KB118491

폐허의 형상

폐허의 형상

La forma de las ruinas

후안 가브리엘 바스케스 장편소설

조구호 옮김

문학동네

일러두기

1. 번역 대본으로는 *La forma de las ruinas*(Juan Gabriel Vásquez, Alfaguara, 2016)를 사용했다.
2. 주석은 모두 옮긴이주이다.
3. 원서에서 이탤릭으로 강조된 부분은 고딕체로 처리했고, 볼드체로 강조된 부분은 볼드체로 처리했다.

내 손에 폐허를 쥐여준 레오나르도 가라비토에게

폐허에 형태를 부여하는 방법을 가르쳐준
마리아 린치와 필라르 레예스에게

차 례

그대는 가장 고귀한 사람의 폐허이니……

셰익스피어, 『줄리어스 시저』

1. 불길한 날짜들에 관해 말한 남자

내가 카를로스 카르바요를 마지막으로 보았을 때 그는 등뒤로 수갑이 채워지고 어깨 사이로 고개를 떨군 채 경찰의 승합차에 힘겹게 오르고 있었는데, 그사이에 텔레비전 화면 아랫부분에 깔리는 자막이 그가 체포된 이유를 설명하고 있었다. 그가 살해당한 어느 정치가의 정장 한 벌을 훔치려 했다는 것이다. 스포츠 뉴스를 시작하기 직전에 시끌벅적한 광고를 마구 쏟아낸 뒤 순식간에 스쳐간 그 장면은 어느 저녁 뉴스 프로그램이 우연히 포착한 것이었는데, 텔레비전 시청자 수천 명이 나와 함께 그 순간을 공유하고 있었으나 놀라지는 않았다고 솔직하게 털어놓을 수 있는 사람은 나뿐이었으리라 생각했던 일을 기억한다. 화면에 등장한 장소는 현재는 박물관으로 바뀐 호르헤 엘리에세르 가이탄*의 옛 집이었는데, 콜롬비아 역사에서 가장 유명한 정치적 범죄와 짧게 간접적으로 접촉하려고 매년 방문자들이 찾아온다. 그 정장은 가이탄이 1948년 4월 9일에 입은 것이었는데, 애매한 나치주의자인데다 장미십자회**의 여러 분파에 심취하고 늘 성처녀 마리아와 대화하던 청년 후안 로아 시에라가 그날 가이탄의 사무실 출입구에서 가이탄을 기다리고 있다가, 정오 무렵 백주에 인파로 붐비는 보고타의 거리 한복판 가이탄과 몇 걸음 떨어진 거리에서 가이탄에게 총알 네 발을 발사했다. 총알이 재킷과 조끼에 구멍을 내버렸고, 그 사실을 아는 사람들은 오직 그 텅 빈 검은 원들을 보려고 박물관을 방문한다. 카를로스 카르바요는 그 방문객들 가운데 하나로 여겨졌을 것이다.

이는 2014년 4월의 두번째 수요일에 일어난 일이었다. 카르바요는 오전 열한시경에 박물관에 도착했고, 무아지경에 빠진 숭배자처럼 몇 시간 동안 박물관 여기저기를 돌아다니거나 형법책들 앞에서 고개를 갸우뚱거리며 서 있거나, 하루종일 반복해서 틀어주는, 화염에 휩싸인 전차들과 마체테를 치켜든 분노한 사람들이 등장하는 장면들로 이루어진 다큐멘터리를 보는 것 같았다. 그는 교복 차림의 학생들이 마지막으로 떠나기를 기다렸다가 2층으로 올라갔고, 가이탄이 암살당하던 날 입은 정장이 모든 사람의 눈에 띄게 보관된 진열장을 보자 곧바로 너클더스터***를 낀 손으로 두꺼운 유리를 쳐서 깨뜨리기 시작했다. 그는

---

* 콜롬비아의 정치가. 자유당의 지도자였으며, 1948년 암살당했다. 그 사건을 계기로 콜롬비아는 오랫동안 혼란기에 접어들게 된다.
** 중세 후기 독일에서 형성된 단체로, 고대에 존재했다가 사라진 비교의 가르침을 비롯해 자연에 대한 식견, 물질적·영적 분야에 대한 학식 등을 비밀리에 보유한 신비주의적 비밀결사로 알려져 있다.
*** 손가락 관절에 끼워 무기로 쓰는 금속 가락지. 브래스 너클이라고도 부른다.

그대로 암청색 재킷의 어깨 부분에 손을 갖다댔으나 더이상 무엇을 할 틈은 없었다. 2층 담당 경비원이 유리 깨지는 소리에 경계심을 품은 채 다가와 카르바요에게 권총을 겨누었기 때문이다. 그때 카르바요는 진열장의 깨진 유리에 손가락이 다쳤다는 사실을 깨닫고 거리의 개처럼 손가락 마디들을 핥았다. 하지만 크게 걱정하지는 않는 것처럼 보였다. 텔레비전에서는 하얀 블라우스와 타탄무늬 스커트를 입은 소녀가 그의 모습을 이렇게 요약했다.

"벽에 낙서를 하다가 붙잡힌 것 같았어요."

다음날 모든 조간신문이 그 실패한 절도 사건에 관해 언급했다. 모든 신문이 암살 사건이 일어난 지 육십육 년이 지난 뒤에도 가이탄의 신화가 계속해서 이런 애착을 일깨우고 있다는 사실에 짐짓 충격을 받았다는 듯 놀라워했고, 일부 신문은 지난해에 반세기를 맞이했음에도 그 매력이 전혀 감소하지 않은 케네디의 암살과 가이탄의 암살을 수차례 비교했다. 모든 사람이 암살의 예측할 수 없는 결과들, 즉 민중이 항의 표시로 불을 지른 도시, 옥상에 배치되어 마구잡이로 총을 쏘아대던 저격병들, 그후 몇 년 동안 전쟁에 휩싸인 국가를, 마치 그럴 필요가 있다는 듯 새삼스럽게 상기했다. 그 소식은 어느 정도는 미묘하게, 어느 정도는 멜로드라마적으로, 그리고 몇 가지 이미지가 첨부되어 사방으로 퍼져나갔는데, 그 이미지에는 혼란스럽고 무질서한 군중이 분노에 사로잡혀 암살범에게 린치를 가하고 나서 반나체 상태가 된 그의 몸을 카레라 7*의 차도로 질질 끌면서 대통령궁을 향해 가는 것도 포함되어

---

* 보고타 시내의 척추라고도 불리는 중심 도로. '카레라'는 남북으로 뻗은 도로를 뜻한다.

있었다. 하지만 미치지 않은 남자 하나가 경비중인 어느 집에 난입해 어느 저명한 망자의 구멍 뚫린 옷을 무리하게 가져가기로 작정한 진정한 이유에 관해 숙고한 것을, 나는 그 어떤 미디어에서도 발견할 수 없었다. 구태여 그럴 필요가 없었다 할지라도 말이다. 그 누구도 스스로에게 그런 질문을 하지 않았고, 우리의 매스컴은 카를로스 카르바요를 차츰차츰 잊어갔다. 콜롬비아 사람들은 좌절감을 느낄 시간조차도 주지 않은 채 매일 일어나는 폭력에 질식해가는 상태였기 때문에, 그 무해한 남자가 황혼의 그림자처럼 차츰차츰 사라져가도록 놔두었다. 아무도 그를 다시 생각하지 않았다.

이것이 그에 관해 내가 하고 싶은 이야기의 일부다. 내가 그를 개인적으로 안다고는 할 수 없지만, 서로를 속이려고 애쓰는 사람들끼리만 느낄 수 있는 모종의 친밀감을 느꼈다. 그럼에도 불구하고 이 이야기(보아하니 장황스럽고도 불충분할 것 같다)를 하기 위해서는 그와 나를 서로에게 소개해준 프란시스코 베나비데스에 관해 먼저 이야기해야 하는데, 왜냐하면 나중에 내게 일어난 일은 프란시스코 베나비데스가 내 삶에 다가왔던 상황에 관해 언급할 경우에만 의미를 지니기 때문이다. 어제, 이 보고서에서 다루려는 사건들 가운데 어떤 것들이 일어났던 보고타 시내의 장소들을 돌아다니면서, 그리고 내가 그 사건들을 고통스럽게 재구성하는 데서 그 어떤 것도 빠져나가지 않았는지 다시 한번 확인하려고 애쓰면서, 나는 내게 없었더라면 더 좋았을 이런 것들을 어쩌다 알게 되었는지 큰 소리로 자문하고 있었다. 그러니까 어쩌다 이 망자들을 생각하고, 이들과 더불어 살고, 이들과 더불어 말을 하고, 이들의 한탄을 듣고, 이들의 고통을 완화하기 위해 할 수 있는 일이 전혀 없다는 사실 때문에 한탄하면서 그토록 많은 시간을 보내게 되었던 것일까. 모든 것이 가벼운 단어 몇 개, 즉 베나비데스 박사가 나를 자기 집으로 초대하기 위해 가볍게 던진 단어들과 더불어 시작되었으리라는 사실이 나를 놀라게 했다. 그 순간 나는 그 어려운 순간에 내게 자기 시간을 써준 사람에게 나도 내 시간을 쓰려고 그 초대를 받아들인다고 믿었으며, 그래서 그 집을 방문하는 것은 단순한 약속이고 우리 삶에서 일어나는 수많은 사소한 일 가운데 하나가 될 터였다. 그날 밤에 일어난 일이 오직 이 책, 그러니까 내가 직접 저지르지 않았음에도 막 상속받은 범죄들에 대해 속죄하려고 쓴 이 책과 더불어 멈추게 될 어떤 공포기제를 작동시켰기 때문에, 나는 내가 얼마나 큰 착각을 했는지 알 수 없었다.

콜롬비아에서 명성이 자자한 외과의사 프란시스코 베나비데스는 몰트위스키를 좋아하고, 일단 그가 픽션보다 역사물에 더 관심이 많았다고 강조해두긴 하겠지만, 열독자였는데, 만약 그가 내 소설 하나를 관심보다는 극기심을 발휘해 다 읽었다면, 그것은 오직 그의 환자들이 그에게 유발했던 감상주의 탓이다. 엄밀히 얘기해 나는 그의 환자가 아니었으나, 우리가 처음으로 만나게 된 것은 건강에 관한 사안 때문이었다. 파리에 정착한 지 불과 몇 주가 지난 1996년 어느 날 밤, 조르주 페렉의 에세이 한 편을 해석하려고 시도했을 때 나는 왼쪽 턱뼈 밑, 피부 밑에 구슬처럼 생긴 특이한 것이 들어 있다는 사실을 감지했다. 그후 며칠 동안 구슬이 커졌으나, 내 삶의 변화에 집중하고 또 그새 도시의 여러 규칙을 깊이 탐구하면서 그 도시에서 내 자리를 찾아보는 데 집중하느라 그런 변화를 알아차리지 못했다. 며칠 만에 림프종이 부풀어 올라 얼굴이 변형되어버렸다. 길거리에서 사람들이 측은하다는 표정으로 나를 쳐다보았고, 학교의 여자 동료 하나는 어느 희귀병에 감염될까 두려워 내게 인사도 하지 않았다. 시험이 시작되었다. 파리의 수많은 의사들이 정확한 진단을 내리지 못했다. 이름도 기억하고 싶지 않은 어느 의사는 감히 림프암일 수도 있다고 말했다. 내 가족이 그게 가능한 일인지 물으려고 베나비데스를 찾아간 것은 그때였다. 베나비데스는 종양 전문가는 아니었으나 최근 몇 년 동안 말기 환자들을 돌보았는데, 보수를 전혀 받지 않고 자비로 진행하는 일종의 개인적인 작업이었다. 그러니까 비록 대양 반대편에 있는 누군가의 질병을 진단한다는 것이 무책임할 수도 있고, 더욱이 사진을 전송할 수 있는 전화기나 컴퓨터와 연계된 디지털카메라도 없었던 시기였으나, 베나비데스는 시간, 지식, 직관을 아낌없이 내주었고, 대양을 넘어온 그의 도움은 내게 최종진단이나 되는 것처럼 아주 유용했다. "만약 사람들이 찾는 것을 선생이 갖고 있다면, 그들은 이미 그것을 발견했을 거요." 언젠가 그가 내게 전화로 말했다. 그 문장의 애매모호한 논리는 물에 빠져 죽어가는 사람에게 던져주는 구명대와 같은 것이었다. 사람이라면 안 보이는 부위에 펑크가 났는지 자문하지도 않은 채 구명대를 잡는 법이다.

　몇 주가 (나는 일종의 무시간의 시간 속에서 스물세 살에 내 삶이 끝나간다는 아주 구체적인 가능성과 공생하면서 보냈지만, 진단의 충격에 정신이 아주 몽롱해졌기 때문에 진정한 공포나 진정한 슬픔은 전혀 느낄 수 없었다) 지난 뒤에 내가 벨기에에서 우연히 만났던, 국경없는 의사회의 회원이자 아프가니스탄의 공포로부터 방금 도착한 어느 전문의가 나를 한번 쓱 쳐다보는 것만으로, 이미 유럽에서는 사라졌고 '제3세계'에서만 발견될 수 있는(사람들은 지금 내가 사용하는 인용부호를 사용하지 않은 채 내게 설명했다) 일종의 림프절 결핵이라는 진단을 내려버렸다. 나는 리에주*의 어느 병원에 입원해 어두운 병실에 갇혀 있었는데, 의사들은 어떤 검사를 해서 내 피를 끓게 만들고, 나를 마취시키고, 내 얼굴 오른쪽 턱 아래를 절개해 림프종을 꺼낸 뒤에 검체를 배양해 조직검사를 했다. 일주일이 지나서 나온 검사 결과는 신참 의사가 아주 비싼 검사들을 할 필요가 없다고 했던 말을 확인해주었다. 나는 구 개월 동안 계속해서 삼중항생치료를 받아 오줌이 끔찍한 오렌지색으로 변했다. 부어올랐던 림프종이 줄어들고 있었다. 어느 날 아침 나는 베개가 축축해진 것을 느꼈고, 뭔가가 터졌다는 사실을 인지했다. 그후 내 얼굴 윤곽은 정상이 되었고(하나는 잘 드러나지 않고 다른 하나는 더 눈에 띄는 흉터인 수술 자국 두 개와는 별개로), 비록 내 턱 밑에 그 사건을 상기시키는 흉터들이 있어서 요 몇 년 내내 온전히 잊어버릴 수 없었다 할지라도, 나는 결국 그 일을 잊어버릴 수 있었다. 내가 베나비데스 박사에게 빚을 졌다는 느낌은 결코 사라지지 않았다. 구 년 뒤에 우리가 처음으로 만났을 때 내게 떠올랐던 단 한 가지 생각은 그에게 합당한 감사 표시를 한 적이 전혀 없다는 것이었다. 그것은 아마도 그가 내 삶에 개입하는 것을 내가 너무 쉽게 허용해버렸기 때문이었으리라.

우리는 산타페병원 카페테리아에서 우연히 만났다. 내 아내와 나는

---

* 벨기에 동부 지방에 위치한 도시.

우리의 보고타 체류를 연장하게 했던 비상사태에 가능한 한 최선을 다해 저항하려 애쓰면서 보름째 입원생활을 하고 있었다. 아내와 나는 가족과 더불어 유럽에서 여름휴가를 보내고 난 뒤 출산일에 맞춰 바르셀로나로 돌아갈 생각으로 8월 초, 그러니까 독립선언기념일 다음날 그곳에 도착했다. 임신이 정상적으로 진행되어 만 24주가 되었고, 우리는 그에 대해 매일 감사했다. 우리는 쌍둥이 임신은 당연히 고위험군에 들어간다는 사실을 처음부터 알고 있었다. 하지만 그 정상성은 어느 일요일에 깨지고 말았는데, 그때, 내 아내의 몸에 불편하고 특이한 통증이 있던 날 밤이 지나고 우리는 아내의 임신 초기부터 우리와 함께했던 고위험임신 치료 전문가 리카르도 루에다 박사를 찾아갔다. 루에다 박사가 세심하게 초음파검사를 한 뒤에 우리에게 새로운 사실을 알렸다.

"집에 가서 옷을 가져오세요." 그가 내게 말했다. "새로운 조치가 있을 때까지 부인은 여기서 몸조리를 하게 될 겁니다."

그는 어느 영화관에 불이 났다고 알리는 사람 같은 어조와 태도로, 즉 사안의 심각성을 알려야 하지만 한꺼번에 우르르 몰려나가다 서로 죽이는 일이 없도록 해야 하는 사람처럼, 아내의 증세를 설명했다. 그는 자궁경관무력증이 의미하는 바를 자세히 기술하고 나서 M*에게 자궁수축이 있었는지 묻더니 결국 우리가 영문도 모른 채 겪게 된 그 비가역적인 과정을 늦추기 위한 응급수술의 필요성을 우리에게 통보했다. 곧이어 그는—불이 난 것을 보고는 사람들이 우르르 몰려나가지 못하게 하려고—조산이 불가피한 현실이라고 말했다. 이제 그토록 불

---

* 'M'은 작가의 아내 마리아나 몬토야의 이니셜로, 이 소설에 자전적인 특성이 있음을 암시한다.

리한 상황에서 우리가 얼마 동안 버텨낼 수 있는지 보아야 했는데, 내 딸들의 생존 가능성은 그 기간에 달려 있었다. 달리 말해, 우리는 우리가 달력을 거스르는 경주에 참여했으며 만약 그 경주에서 지면 여러 사람의 삶이 파괴될 위험이 있다는 사실을 알고 있었다. 그후로는 각각의 결정이 출산을 늦추려는 목적을 갖게 되었다. 9월이 시작되었을 무렵 M은 병원 1층에 있는 입원실에 갇혀 몸을 전혀 움직이지 못하는 박해를 당하면서, 매일 우리의 참을성, 우리의 용기, 우리의 정신력을 시험에 빠지게 했던 검사를 받으며 두 주째 유폐되어 있었다.

매일매일의 일과는 아직 태어나지 않은 내 딸들의 폐를 성장시키기 위한 코르티손* 주사, 너무 잦아서 이내 아내의 팔뚝에 주삿바늘을 꽂을 데가 없어져버린 채혈, 딸들의 뇌, 척추, 속도가 빨라지는 박동이 결코 일치하지 않는 두 심장의 건강 상태가 결정되는, 두 시간까지도 걸리곤 한 지긋지긋한 초음파검사를 중심으로 이루어졌다. 밤이라고 해서 일이 적은 건 아니었다. 잔뜩 긴장했을 뿐 아니라 간호사들이 수시로 병실로 와서 필요한 사항을 점검하고 질문을 해대는 바람에 숙면을 취할 수가 없었기 때문에, 우리는 짜증에 휩싸였다. M은 자궁수축이 일어났으나 느끼지 못했다. 수축을 억제하기 위해(수축의 강도를 억제하는지 빈도를 억제하는지는 전혀 몰랐다) 아달라트라 불리는 약을 처방받기 시작했는데, 우리가 들은 설명에 따르면, 급격한 체온 상승을 유발하는 약이니, 나는 입원실 창문을 활짝 열어놓고 보고타의 혹독한 새벽 추위 아래 자야 한다고 했다. 가끔 추위와 간호사들의 방문 때문

---

* 부신피질호르몬 중 하나로, 흔히 스테로이드라고 알려져 있다.

에 잠을 깨면 인적 없는 병원 주위를 한 바퀴 돌았다. 나는 가끔 대기실의 가죽소파에 앉았는데, 불이 밝혀진 곳을 발견하면 표지에서 제러미아이언스가 나를 바라보고 있는 판본의 『롤리타』 몇 쪽을 읽었다. 병원이 네온사인의 절반 정도를 꺼버리는 그 시각에 나는 어스름한 복도를 돌아다녔는데, 입원실에서 신생아실까지 걸어갔다가 외래수술실의 대기실까지 갔다. 하얀 복도를 돌아다니는 야간 산책에서 나는 의사들로부터 들은 마지막 설명을 상기하고, 그 순간에 출산이 이루어지면 딸아이들에게 어떤 위험이 닥칠 것인지 헤아려보려고 애를 썼다. 그러고는 최근 며칠 동안 딸아이들의 체중이 얼마나 늘어났는지, 그 아이들의 생존을 위해 필요한 최소 시간이 어느 정도로 지속될지 마음속으로 헤아려보았는데, 내 삶의 풍요가 그 그램들을 집요하게 계산하는 데 있다는 사실이 당황스러웠다. 나는 입원실에서 멀어지지 않았고, 벨소리를 확실히 듣기 위해 어떤 경우든 호주머니가 아니라 손에 핸드폰을 들고 있으려 애를 썼다. 나는 핸드폰이 서비스 범위 내에 있는지, 신호 상태가 좋은지 확인하고, 액정 화면의 작은 회색 천구天球에 있는 검은 선네 개가 없어져서 내가 전화를 못 받을 때 딸들이 태어나지는 않을지 확인하려고 자주 핸드폰을 들여다보았다.

내가 베나비데스 박사를 인식하게 된 것은, 아니 그 자신이 내게 인식되도록 한 것은 언젠가 그런 야간 산책을 하고 있을 때였다. 나는 항상 문이 열려 있는 카페테리아로 들어가 야간 근무 교대를 하면서 쉬고 있을 한 무리의 의대생들로부터(내가 사는 도시는 크고 작은 폭력이 가득한, 항상 번잡한 곳이다) 멀리 떨어진 구석자리의 어느 탁자에 앉아 두번째 밀크커피를 단조롭게 휘젓고 있었다. 내가 읽는 책에서 롤리타와 험버트 험버트는 미국 여행을 시작해 기능형 모텔들을 전전하면서 주차장을 눈물과 불법적인 사랑으로 채우고, 전 지역을 누빈다. 베나비데스 박사가 내게 다가와 호들갑스럽지 않게 자신을 소개하고는 내게 두 가지 것을, 먼저 내가 자신을 기억하는지 물었고, 그러고서 내 림프종들에 관한 것은 어떻게 되었는지 물었다. 내가 채 뭐라 대답을 하기도 전에, 그는 누군가가 자기 커피잔을 갑자기 낚아채가기라도 한다는 듯이 두 손으로 단단히 감싸든 채 자리에 앉았다. 우리 같은 일반인에게 주는, 난민수용소에서 사용하는 것 같은 그런 플라스틱 잔이 아니라 진청색으로 칠해진 단단한 세라믹 잔이었다. 어느 대학의 로고가 작은 손바닥 뒤, 약간 벌어진 손가락들 뒤로 살짝 보였다.

"이 시각에 여기서 뭘 하나요?" 그가 내게 물었다. 나는 조산의 위험성, 임신 주수, 여러 가지 예후를 요점만 간추려 말했다. 하지만 나는 내가 그런 문제에 관해 썩 말하고 싶어하지 않는다는 사실을 깨달았고, 그래서 화제를 바꾸어 아무 얘기나 했다. "그런데 박사님은요?"

"어느 환자를 방문하고 있어요." 그가 내게 말했다.

"그 환자는 어떤 증세인데요?"

"통증이 심해요." 그가 다짜고짜 총론을 말했다. "그 환자를 도와주기 위해 내게 뭘 할 수 있는지 보러 왔어요." 그러고서 그는 화제를 바꾸었으나 대답을 회피하는 것처럼 보이지는 않았다. 베나비데스는 통증에 관한 말을 피하는 유형의 사람이 아니었다. "선생의 소설을 읽었어요. 독일 사람들에 관한 거요." 그가 말했다. "내 환자가 작가가 될 거라고 누가 상상이나 했겠어요?"

"누가 그랬겠어요."

"게다가 노인들을 위한 것들을 쓰다니요."

"노인들을 위한 것들이라고요?"

"40년대 것들요. 제2차세계대전 때 생긴 일들. 4월 9일에 관한 것, 기타 등등 말이죠."

그는 내가 전년도에 출간한 소설에 관해 언급하고 있었다. 그 소설의 기원은 내가 독일인과 유대인의 피가 섞인 여성 루트 데 프랑크를 알게 된 1999년으로 거슬러올라가는데, 그녀는 유럽의 경제 붕괴를 피해 1938년에 콜롬비아에 도착한 뒤 동맹국과 연합한 콜롬비아 정부가 어떻게 추축국과 외교관계를 단절하고, 적국의 국민들—유럽 파시즘을 선전하거나 지지하는 사람들—을 수용소로 변한 시골의 고급호텔들에 격리하기 시작했는지 보았다. 질문을 하는 사흘 내내 나는 이 기억력 좋은 여자가 자신의 삶을 거의 온전히 내게 얘기해주는 즐거움과 특권을 향유하면서 아주 작은 메모장의 모눈에 그녀의 이야기를 적어갔는데, 그 메모장은 우리가 만난 그 열대의 땅에 있는 호텔에서 유일하게 손에 넣을 수 있었던 것이다. 칠십 년 이상 두 대륙에서 오싹할 정도로 혼란스러웠던 루트 데 프랑크의 삶에서 특히 한 가지 일화, 즉 도망자 유대인이었던 그녀의 가족이 역사의 그 잔인한 아이러니들 가운데 하나를 겪은 뒤 **독일인이라는 사실 때문에** 박해당하는 신세를 역시 콜롬비아에서 끝맺은 순간이 두드러졌다. 이 오해(오해라는 단어는 불길하고 경박하다)는 내가 '정보원들'이라고 제목을 단 소설의 중추가 되었다. 그리고 루트 데 프랑크의 삶과 기억은 픽션이 늘 그렇듯 왜곡되어 그 허구의 세계에서 일종의 도덕적인 나침반 역할을 한 소설 속 어느 중심인물의 삶과 기억이 되었다. 그녀의 이름은 사라 구터만이다.

하지만 소설은 다른 많은 것을 이야기했다. 소설의 주요 시간적 배경이 40년대여서 어느 순간에 소설의 이야기와 등장인물들이 1948년 4월 9일의 사건들과 만나는 것이 불가피했기 때문에, 『정보원들』의 등장인물들은 그 불길한 날에 관해 이야기했다. 화자의 아버지인 웅변술 교수는 가이탄의 신기에 가까운 연설을 기억할 때마다 감탄하지 않을 수 없었다. 소설의 두 쪽을 차지한 짧은 글에서 화자는 내가 여러 번 그랬듯이, 보고타 시내로 가서 범죄가 이루어진 곳을 방문했는데, 그날 화자와 함께한 사라 구터만은 40년대에도 여전히 카레라 7을 달리고 있던 전차의 레일을 만져보려고 잠시 상체를 숙였다. 야간 카페테리아의 하얀 침묵 속에서 각자의 커피를 앞에 놓은 상태로, 베나비데스 박사는 그 장면—노파 하나가 가이탄이 총을 맞고 쓰러졌던 곳 앞 도로에 상체를 숙이고는 이제 전차가 다니지 않는 레일을 마치 죽은 동물의 맥을 짚는 것처럼 만지는—을 읽고서는 나를 찾을 수밖에 없었다고 고백했다.

"나 또한 그렇게 했어요." 그가 내게 말했다.

"그렇게요?"

"시내로 가서 명판들 앞에 서는 거 말이에요. 레일을 만지려고 상체를 숙이는 것까지요." 그가 잠시 뜸을 들였다가 말했다. "근데, 뭣 때문에 그런 것에 흥미를 느끼는 거요?"

"모르겠습니다." 내가 그에게 말했다. "평생 그렇게 해왔으니까요. 제가 처음에 쓴 단편소설들 가운데 하나는 4월 9일에 관한 겁니다. 다행히 출판이 되지는 않았습니다. 마지막에 눈이 내렸다는 것만 기억납니다."

"보고타에서요?"

"네, 보고타에서죠. 가이탄의 몸 위로요. 레일 위요."

"그럴 줄 알았어요. 나는 원래 꾸며낸 것을 읽는 걸 좋아하지 않거든요."

그렇게 우리는 4월 9일에 관해 이야기하기 시작했다. 베나비데스가 오래전에 우리 콜롬비아 사람들이 그 전설적인 날에다 붙인 거창한 별명인 '보고타소'*에 관해 언급하지 않았다는 것이 내 관심을 끌었다. 아니, 베나비데스는 늘 날짜를 밝혔는데, 그는 마치 존경을 받아야 하는 누군가의 이름과 성을 밝히는 양, 또는 별명을 사용하는 것이 지나칠 정도로 친숙한 행위인 양 굴며, 가끔은 연도를 밝힘으로서 날짜를 완성시킨다. 어찌되었든, 누구든 우리의 과거에 일어난 숭엄한 사건들을 조금이라도 제멋대로 다루는 것은 허용되지 않았다. 그가 내게 여러 일화를 말하기 시작했고, 나는 내 관점을 고수하려고 애를 썼다. 그는 정부가 그 사건의 조사를 지휘하도록 1948년에 계약한 스코틀랜드 야드의 수사관들에 관해, 그리고 나중에 그들 가운데 한 명과 여러 해 동안 주고받은 간략한 편지들에 관해 내게 말했다. 그 수사관은 자신이 콜롬비아를 방문했던 아득히 먼 과거의 나날을 신선한 분노를 표출하며 기억하는 아주 고상한 사람이었는데, 그때 정부는 수사관들에게 매일매일 결과를 제출하라고 요청하면서도 그들 앞에 세상의 모든 장애물을 설치하는 것처럼 보였다. 한편 나는 처이모 레티시아 곤살레스와 나눈 대화에 관해 그에게 말했는데, 마체테를 든 소수의 자유파 일당이 처이모

---

* 1948년 4월 9일 호르헤 엘리에세르 가이탄이 암살당한 후 보고타에서 발생한 폭력사태.

부 후안 로아 세르반테스를 동명의 암살범과 혼동해 추격한 적이 있다. 내가 후안 로아 세르반테스를 처음 만났을 때 그는 그 괴로웠던 나날에 관해 말했는데, 그가 (눈에 띄게 눈물을 참으려고 애를 쓰면서) 가장 잘 기억했던 것은 자신을 살인범과 혼동한 가이탄주의자들이 그에게 부과한 형벌로 그의 서재를 불태워버린 일이었다.

"그날 하필이면 이름이 똑같아서." 베나비데스가 말했다.

그리고 베나비데스는 폭동이 발생했을 때 보고타에 있게 되어 자신도 죽임을 당할 것 같았기에 살기 위해 수많은 시쳇더미 위에 엎드려 첫날밤을 보낸 해안지방 출신 에르난도 데 라 에스프리에야가 그에게 해준 이야기를 내게 들려주었다. 그래서 나는 그에게 가이탄의 집을 방문했다고 말했는데, 그때는 그 집이 이미 박물관으로 변해 있었기 때문에 누구든 유리 진열장 속의 머리 없는 마네킹에 입혀져 진열되고 총알구멍(두 개인지 세 개인지, 이제 기억나지 않는다)이 모든 사람의 눈에 노출된 가이탄의 암청색 재킷을 볼 수가 있었다. 우리는 그곳, 즉 야간근무를 하는 의대생들이 떠난 카페테리아에서 축구 앨범에 간직할 스티커를 교환하는 아이들처럼 일화를 교환하면서 십오 분 또는 이십 분 동안 머물렀다. 하지만 베나비데스 박사는 어느 순간, 자신이 너무 오래 머물러 결례를 했거나 내가 혼자 조용하게 있는 시간을 방해한다고 느낀 듯했다. 나는 베나비데스가 타인의 고통이나 걱정을 접하며 살아온 모든 의사가 그렇듯, 환자나 환자와 가까운 사람들은 아무와도 말을 하지 않고 아무도 그들에게 말을 걸지 않는 고독의 순간을 필요로 한다는 사실을 알고 있다는 느낌을 받았다. 그리고 그때 그가 내게 작별을 고했다.

"나는 가까운 곳에 살아요, 바스케스." 그가 내게 악수를 청하면서 말했다. "4월 9일에 관해 말하고 싶을 때 우리집으로 오면 위스키 한잔하면서 얘기해줄게요. 나는 그 주제에 관해서는 절대 지치지 않거든요."

나는 콜롬비아에는 그런 사람들이 있다는 생각을 잠시 해보았는데, 그들에게는 4월 9일에 관해 얘기하는 것이, 다른 사람들이 체스를 두거나 브리지 게임을 하거나 십자말풀이를 하거나 뜨개질을 하거나 우표를 수집하는 것과 같다. 사실을 말하자면, 이제 그런 얘기를 하는 사람은 거의 없다. 그들은 이 불쌍한 나라를 늘 억눌러왔던 지독한 기억 상실증에 걸려 스스로를 혁신하지도, 후계자를 만들지도, 학파를 만들지도 못한 채 소멸해갔다. 하지만 그들은 여전히 존재하고, 가이탄—정치계의 정상에 올랐고, 콜롬비아의 무자비한 엘리트들로부터 콜롬비아를 구하라는 부름을 받은 빈한한 집안 출신의 변호사, 자신의 연설에 마르크스와 무솔리니의 화해할 수 없는 영향을 섞을 줄 알았던 빛나는 연설가—을 암살한 사건은, 어느 미국인에게 케네디 암살 사건이, 또는 어느 에스파냐 사람에게 2월 23일*이 그럴 수 있듯이, 우리의 국가적 신화의 일부다. 나는 모든 콜롬비아 사람처럼, 보수파들이 가이탄을 죽였다, 자유파들이 가이탄을 죽였다, 공산주의자들이 가이탄을 죽였다, 외국 스파이들이 가이탄을 죽였다, 배신당했다고 느낀 노동자 계급이 가이탄을 죽였다, 위협을 받고 있다고 느낀 소수의 권력자 집단이 가이탄을 죽였다는 말을 듣고 성장했다. 그리고 나는, 우리 모든 콜

---

* 2·23 쿠데타. 1981년 2월 23일, 에스파냐의 국가헌병대원 이백여 명이 마드리드 하원 의사당을 기습해 국회의원 삼백오십여 명을 인질로 잡고 대치했다가 실패했고, 다음날 모두 투항했다.

롬비아 사람이 시간이 흐르면서 수용했듯이, 가이탄을 죽인 후안 로아 시에라는 용케 침묵 속으로 사라진 어느 음모의 자객이었을 뿐이라는 사실을 이내 받아들였다. 어쩌면 그날 내가 고집을 부린 이유는 이것인지도 모른다. 즉 다른 사람들이 가이탄의 형상에 대해 느끼는 무조건적인 애착을 나는 결코 느낀 적이 없는데, 내게는 가이탄의 이미지가 일반적으로 받아들여지는 것보다 더 어슴푸레하게 보이기 때문이다. 하지만 나는 그가 살해되지 않았더라면 이 나라가 더 좋은 곳이 되었을 것이며, 무엇보다도 만약 그 암살 사건이 수많은 세월이 흐른 뒤에도 여전히 미궁에 빠진 채 남지 않는다면 이 나라가 기꺼이 자기 모습을 거울에 비춰볼 수 있게 되리라는 사실을 알고 있다.

4월 9일이 콜롬비아 역사에서 비어 있는 시간임은 확실하지만, 또한 다른 것이기도 하다. 모든 국민을 유혈이 낭자한 전쟁으로 몰아버린 고독한 행위다. 반세기가 넘는 세월 동안 우리가 우리 자신을 불신하게 만들어버린 집단적인 노이로제다. 그 범죄 사건이 일어난 뒤로 흐른 세월 속에서 우리 콜롬비아 사람들은 1948년 그 금요일에 일어난 사건을 이해하려고 시도했지만 실패했는데, 많은 사람은 그 사건을 어느 정도는 진지한 오락거리로 만들었고, 그렇게 함으로써 자신의 에너지를 소모했다.

케네디 암살 사건과 가장 깊이 감춰져 있는 세부사항과 특이사항에 관해 얘기하면서 평생을 보내는 미국인들—나는 그런 사람을 여럿 안다—즉 그 범죄 사건이 일어난 날 재키가 어떤 브랜드의 구두를 신고 있었는지 아는 사람들, 워런 보고서의 전문을 읊어낼 수 있는 사람들이 있다. 그래, 1981년 2월 23일 마드리드의 하원의사당에서 시도되었다가 실패한 쿠데타에 대한 이야기를 멈추지 않고, 또 돔형 지붕에 난 총 알구멍들을 눈을 감고서도 볼 수 있는 에스파냐 사람들—나는 여러 사람은 아니고 한 사람을 아는데, 그 사람이면 충분하다—도 있다. 내 생각에는 온 세상 사람이 다 똑같은데, 사람들은 자기 나라에서 획책된 음모에 그런 식으로 반응한다. 사람들은 그 음모를 아이들의 우화처럼 이야기하고 또 이야기하는 이야기로 만들고, 또 기억하거나 상상할 만한 장소, 우리가 관광을 하기 위해, 추억을 되살리기 위해 또는 잃어버린 뭔가를 발견하려고 애쓰기 위해 찾아가는 가상의 장소로 만든다. 당시의 내 생각에는 베나비데스 박사가 그런 사람들 같았다. 나도 그랬을까? 베나비데스는 '근데, 뭣 때문에 그런 것에 흥미를 느끼는 거요?'라고 내게 물었고, 나는 대학 시절에 써놓은 단편소설 하나를 그에게 이야기해주었다. 하지만 나는 그 소설의 바탕이 무엇인지도, 내가 그 소설을 쓴 순간에 대해서도 그에게 말하지 않았다. 오랫동안 그것들에 관해서는 전혀 기억해본 적이 없었는데, 그런 기억이 되돌아올 수밖에 없는 때가 바로 냉혹한 현재의 한복판인 지금이라는 사실이 나를 놀라게 했다.

1991년, 몹시 힘든 때였다. 마약업자 파블로 에스코바르가 법무부 장관 로드리고 라라 보니야의 살해를 사주한 1984년 4월부터 메데인 카르텔과 콜롬비아 정부 사이의 전쟁이 내가 사는 도시를 급습하거나 도시를 전쟁구역으로 만들어버렸다. 그 전쟁에 참여하지 않았던(실은 우리 모두가 그 전쟁에 참여했으며, 그렇지 않다고 믿는 것은 순진하고 천진난만한 짓이라는 사실은 별개로) 익명의 시민들을 죽일 의도로 마약업자들이 주의깊게 선택한 장소들에서 폭탄이 터졌다. 예를 들자면, 어느 어머니날 전날 밤에 보고타 시내에 위치한 쇼핑몰 두 곳에서 폭탄 테러가 발생해 스물한 명이 죽고, 메데인의 투우장에서 폭탄이 터져—다른 예인데—스물두 명이 죽었다. 폭탄 테러가 달력에 표시되었다. 우리는 몇 개월이 지나는 동안, 어느 순간이든 어디에서든 누구나 폭탄 피해를 당할 수 있기 때문에 우리 가운데 그 누구도 위험으로부터 안전하지 않다는 사실을 이해하기 시작했다. 폭탄 공격이 이루어진 곳들은, 우리가 가까스로 찾아낸 일종의 본능에 따라, 행인들에게 금지된 공간으로 변했다. 도시의 조각들은 우리로부터 벗어나거나 각자 시멘트와 벽돌의 **메멘토 모리**로 변해갔는데, 동시에 우리는 아직은 희미한 어떤 징후를 힐끗 보기 시작했다. 그러니까 하나의 새로운 형식의 우연(우리를 죽음과 분리시키는 우연으로, 모든 우연 가운데 사랑의 우연과 더불어 가장 중요하며 가장 엉뚱하기도 한 우연)이 눈에 보이지 않고 특히 예측할 수 없는 형태의 폭발성 파장과 더불어 우리의 삶에 들어와 있었던 것이다.

그동안 나는 보고타 시내에 있는 어느 대학에서 법학 공부를 시작했는데, 대학 건물은 17세기에 세워진 옛 수도원으로, 독립기에는 혁명가들을 가둔 감옥으로 사용되어 어느 혁명가는 계단을 통해 교수대로 내려왔다. 두꺼운 벽으로 이루어진 강의실들은 여러 명의 대통령, 적지 않은 시인을 배출했는데, 몇 번의 불운한 경우에는 시인 대통령을 배출했다. 강의 시간에는 학교 밖에서 일어나고 있던 것에 관해 거의 언급되지 않았다. 우리는 동굴에 갇힌 한 무리의 동굴탐험가들이 서로를 잡아먹을 권리를 갖는지 토론했다. 『베니스의 상인』에서 샤일록에게 안토니오의 살 1파운드를 떼어갈 권리가 있는지, 그리고 포셔가 하찮은 세부조항을 이용해 샤일록이 그렇게 하는 것을 막은 일이 합당했는지 토론했다. 다른 강의 시간에는(대부분을 차지했다) 신체적인 것이라 할 수 있는 피로, 즉 가벼운 불안발작과 유사한 일종의 가슴이 답답해지는 증상 때문에 애를 먹었다. 절차법이나 물권법 시간에 말로 표현할 수 없을 정도로 권태로워지면 강의실 맨 뒷열 책걸상에 앉아 어수선하게 뒤섞여 있는 학우들의 몸으로 보호받는 상태에서 보르헤스나 바르가스 요사의 책, 바르가스 요사가 추천한 플로베르의 책, 보르헤스가 추천한 스티븐슨이나 카프카의 책을 꺼냈다. 나는 곧 그 학문적 사기를 정교하게 다듬은 의식을 계속하려고 강의에 참여하는 수고를 할 필요가 없다는 결론에 도달했다. 나는 당구를 치고 문학 얘기를 하거나 '실바의 집'*의 가죽소파가 있는 살롱에서 레온 데 그레이프나 파블로 네루다의 시를 녹음해둔 것을 듣거나, 내가 다니던 대학 주변을 어떤 규칙도 방식도 정처도 없이 어슬렁거리거나, 광장의 구두닦이들이 있는 곳에서 케베도 분수 옆에 있는 카페까지, 산탄데르광장의 시끌벅적한 벤치들에서 팔로마르 델 프린시페 광장의 은밀하고 조용한 벤치들까지, 또는 라틴아메리카의 붐 소설을 모두 구할 수 있는 1제곱미터짜리 책가게들이 빼곡하게 들어서 있는 센트로 쿨투랄 델 리브로에서 개인 서재를 채울 책을 제본하는 곳이며 누구든 접착제 냄새가 나고 시끄러운 기계 소리가 들리는 계단에 앉아 다른 사람의 책을 읽을 수 있는 3층짜리 저택 템플로 데 라 이데아까지 걸어가곤 했다. 나는 『백년의 고독』을 시적으로 과장해 추상적인 단편소설들을 쓰고, 코르타사

---

* 콜롬비아의 저명한 시인 호세 아순시온 실바를 기리는 문학관.

르의 단편소설 「동물우화집」 또는 「요부」의 색소폰 연주자의 화성법을 모방한 단편소설들을 썼다. 그러다가 학부 2학년 말에 나는 내가 몇 개월 동안 생각하던 것이 무엇이었는지 이해했다. 바로 내게는 법학 공부가 재미없고 법학도 전혀 쓸모가 없다는 것이었는데, 그 이유는 내가 유일하게 집착하던 것이 픽션을 읽고 결국 소설 쓰는 법을 배우는 일이었기 때문이다.

그즈음 어느 날 사건이 벌어졌다.

정치사상사 강의 시간에 홉스 또는 로크 또는 몽테스키외에 관해 다루고 있을 때 거리에서 두 번의 폭발음이 들렸다. 우리 강의실은 카레라 7에 접한 건물 8층에 있어서 유리창을 통해 도로와 서양식 인도의 멋진 모습을 조망할 수 있었다. 당시 강의실 맨 마지막 열에서 등을 벽에 기댄 채 앉아 있던 나는 유리창 밖을 내다보려고 맨 먼저 자리에서 일어났다. 그곳 판아메리카나 문구점 진열장 앞 인도에 막 총격을 받은 몸뚱이가 쓰러져 있었는데, 그는 모든 사람이 지켜보는 가운데 피를 흘리고 있었다. 나는 눈으로 저격범을 찾아보았지만 소용이 없었다. 아무도 손에 권총을 들고 있지 않은 것 같았고, 아무도 거기 가담한 길모퉁이 뒤로 사라지려고 잽싸게 내달리지 않는 것 같았고, 그리고 어쨌든 범인이 도망간 방향으로 돌아가는 고개도 호기심어린 시선도 가리키는 손가락도 없었는데, 그 이유는 보고타 사람들은 이미 타인의 일에 끼어들지 말라고 배웠기 때문이다. 부상자는 정장 차림이었으나 넥타이는 매지 않은 상태였다. 쓰러지면서 재킷이 벌어졌기 때문에 피에 젖은 하얀 와이셔츠가 드러나 있었다. 움직이지 않았다. 나는 생각했다. 저 사람은 죽었어. 그때 행인 둘이 부상자를 들어올렸고, 다른 누군가가 지나가던 하얀 픽업트럭을 도로에 정차시켰다. 그들은 부상자를 픽업트럭 뒤에 실었고, 부상자를 들어올린 사람들 가운데 하나가 부상자 옆에 탔다. 나는 그 남자가 부상자를 아는지 혹은 그 순간에 알아보았는지 혹은 총격이 발생한 순간에 부상자와 함께 있었는지(예를 들어, 만약 그가 어떤 불편한 거래에서 부상자와 동업자였는지도 모를 일이다), 혹은 단순히 연대감과 전염성 동정심이 그를 움직였는지 자문해보았다. 하얀 픽업트럭은 히메네스대로의 신호등이 초록색으로 바뀌기를 기다리지도 않고 혼잡한 차량 틈에서 벗어나 난폭하게 오른쪽으로 방향을 틀어(나는 픽업트럭이 부상자를 산호세병원으로 데려간다고 이해했다) 내 시아에서 사라졌다.

강의가 끝나자 나는 건물 로비까지 8층을 걸어내려가서 로사리오 광장으로 나갔는데, 그곳에 서 있는 보고타의 창건자 곤살로 히메네스 데 케사다 동상의 갑옷과 검은 내 기억 속에 영원히 비둘기똥을 뒤집어쓴 모습으로 나타난다. 나는 아침에만 해가 비칠 뿐 오전 아홉시 이후에는 결코 해가 들지 않기 때문에 늘 차가운 카예* 14의 골목길을 걸어 판아메리카나 문구점 앞에서 카레라 7 도로를 건넜다. 핏자국이 인도에서 어떤 유실물처럼 빛나고 있었다. 행인 일부는 핏자국을 둘러싸고, 일부는 핏자국을 비켜갔는데, 누군가는 부상자의 신선한 피가 도로에서 넘어지는 사고를 당해 생긴 것이라고 생각했을지도 모르고, 시내 사람들은 아득히 먼 옛날부터 그런 사고를 자주 당해서 사고에 익숙해져 있기 때문에 걸어다니면서 자신도 모르게 사고를 피하게 된다고 생

---

* 동서로 뻗은 도로를 말한다.

각했을지도 모른다. 핏자국은 활짝 편 손만한 크기였다. 나는 사람들이 핏자국을 밟지 않게 보호하려는 듯이 핏자국이 내 발 사이에 있을 정도로 가까이 다가가서 정확히 이렇게 했다. 핏자국을 밟은 것이다.

나는 아이가 물의 온도를 알아보려고 물에 손가락을 집어넣는 것처럼 내 신발 끝으로 조심스럽게 그렇게 했다. 선명한 핏자국의 아주 또렷한 외곽선이 망가져버렸다. 그때 나는 누군가 나를 관찰하고 있는지 살펴보려고 고개를 쳐들었기 때문에 갑자기 부끄러움을 느꼈고, 조용히 내 행동(왠지 무례하거나 불경스러운)을 질책했으며, 사람들의 주목을 받을 만한 행동을 하지 않으려 애쓰면서 핏자국으로부터 멀어졌다. 그곳에서 몇 걸음 떨어진 곳에는 호르헤 엘리에세르 가이탄의 암살 사건을 기리는 대리석 명판들이 있었다. 나는 명판 앞에 서서 글을 읽었든가 읽는 시늉을 했다. 그러고서 히메네스대로의 인도를 통해 카레라 7 도로를 건너, 그 블록 모퉁이를 돌아간 뒤에 카페 파사헤로 들어가 틴토* 한 잔을 시켜놓고 종이 냅킨으로 구두코를 닦았다. 그 카페 테이블의 내 커피잔 밑에 냅킨을 그냥 놔두고 나올 수도 있었겠지만, 나는 그 남자의 마른 피를 손으로 만지게 될까봐 내내 신경쓰면서, 사용한 냅킨을 들고 나왔다. 맨 처음 본 쓰레기통에 더러워진 냅킨을 버렸다. 나는 그날도 그후 이어진 며칠 동안에도 그 사건에 관해 아무에게도 말하지 않았다.

그럼에도 불구하고, 다음날 나는 그 인도에 다시 갔다. 이제 핏자국은 없었다. 회색 콘크리트에 그 흔적이 살짝 남아 있었다. 나는 그 부상

---

* 콜롬비아에서는 연한 블랙커피를 '틴토'라고 부른다. 에스파냐어로 '틴토'는 적포도주 혹은 그 색을 가리키는 단어로, 커피의 색이 적포도주와 유사해 붙은 이름이다.

자에게 무슨 일이 일어났을지 자문해보았다. 혹 그가 살아났는지, 그가 아내나 자식들과 함께 지내면서 몸을 회복하고 있는지, 아니면 죽었는지, 그리고 이 순간에 그 광란의 도시 어느 곳에서 장례식이 거행되고 있는지. 전날 밤과 마찬가지로 나는 히메네스대로 방향으로 두어 걸음을 옮겨서 그 대리석 명판들 앞에 멈춰 섰는데, 하지만 이번에는 모든 명판에 쓰인 글을 한 줄 한 줄 전부 읽었고, 예전에는 결코 그렇게 한 적이 없었다는 사실을 깨달았다. 내가 기억력을 지니게 된 후로 내 가족 사이에 이루어진 대화의 일부가 되었던 남자 가이탄은 내게 사실상 계속해서 낯선 사람, 내가 콜롬비아 역사에 대해 지닌 막연한 생각 속으로 스쳐가는 하나의 실루엣이었다. 그날 오후 나는 웅변술 강의실 입구에서 프란시스코 에레라 교수를 기다렸다가, 4월 9일에 관한 얘기를 좀 듣고 싶은데 맥주 한 잔 대접해도 되겠느냐고 그에게 물었다.

"밀크커피가 더 낫겠네요." 그가 내게 말했다. "술냄새 풍기면서 집에 갈 수가 없어서요."

프란시스코 에레라―친구들은 '파초'라 불렀다―는 마른 몸에 커다란 검은테 안경을 쓴 괴짜로, 바리톤 목소리로 우리 나라 거의 모든 정치가의 목소리를 완벽하게 흉내낼 수 있었다. 그의 전공은 법철학이었으나 수사학에 대한 지식, 특히 성대모사의 재능 때문에 야간강좌 하나를 개설할 수가 있었는데, 그 강좌에서 그는 『줄리어스 시저』에 등장하는 앤토니에서부터 마틴 루터 킹에 이르기까지 정치적 웅변술을 지닌 위대한 연설들을 들려주고 분석했다. 때때로 강의는 나를 포함한 수강생 몇이 그를 근처 카페로 데려가 브랜디 섞은 커피 한 잔과 그의 가장 훌륭한 성대모사를 맞바꾸기 위한 전주곡 역할을 하며 끝났는데,

우리는 카페에서 호기심을 충족시키며 재미를 보았고, 가끔은 옆 테이블에 앉은 사람들의 비웃음을 사기도 했다. 그는 특히 가이탄의 성대모사를 잘했는데, 그의 매부리코와 말쑥하게 빗어 넘긴 검은 머리가 가이탄과 사뭇 닮았다는 느낌을 주기도 했지만, 그것 말고도 대학출판부에서 가이탄의 짧은 전기를 출간할 만큼 가이탄의 생애와 업적에 관해 총체적이고 뛰어난 지식을 가지고서 자신이 구사하는 각 문장을 어느 교령술交靈術 강좌의 영매에 더 가깝게 보일 정도로 정교하게 만들었기 때문이다. 그의 입을 통해 가이탄이 다시 살아나고 있었다. 언젠가 내가 그에게 이렇게 말했다. 그가 가이탄의 연설을 흉내낼 때면 그에게 가이탄이 빙의된 것처럼 보인다고. 그러자 그는 마치 터무니없는 일에 일생을 바쳐놓고는 자신이 시간을 허비한 것이 아니라는 사실을 반쯤 놀란 상태에서 막 깨달은 사람이 그저 씩 웃는 것처럼 미소를 지었다.

카페 파사혜의 문에서―카페로 들어갈 때 구두닦이 하나가 나무 구두닦이 통을 겨드랑이에 낀 채 나와서 우리는 그에게 길을 양보하느라 잠시 멈춰 섰다―파초는 무슨 얘기를 듣고 싶은지 물었다.

"정확히 어땠는지 알고 싶어요." 내가 그에게 말했다. "가이탄의 암살 사건이 어떠했는지요."

"아, 그럼 카페에 들어갈 것도 없네요." 그가 말했다. "이 구역이나 한바퀴 돌아보게 따라와요."

우리 두 사람은 그렇게 했는데, 말 한마디 나누지 않은 채 조용히 걸으면서, 히메네스대로 옆에 있는 광장 계단을 조용히 내려오면서, 조용히 길모퉁이에 도달하면서, 그리고 교통체증이 심한 카레라 7 도로를 건널 순간을 조용히 기다리면서 그렇게 했다. 파초는 뭔가 서두르는 사람처럼 움직였고, 나는 그를 따라잡으려고 애썼다. 그는 집에서 나와 살게 된 자신을 찾아온 동생에게 자신이 살고 있는 새 도시를 구경시켜주는 형처럼 행동했다. 우리는 대리석 명판들 앞을 지나갔는데, 파초가 걸음을 멈춰서 명판들을 쳐다보지 않고, 고개를 움직이거나 손을 뻗쳐서 명판들을 안다는 표시조차 하지 않은 것이 약간 놀라웠다. 우리는 1948년 그해에는 아구스틴 니에토 빌딩이 있던 그 장소(나는 우리가 전날 핏자국이 있었는데 오늘은 핏자국의 환영과 기억만 남아 있는 그곳에서 겨우 몇 걸음 떨어져 있다는 사실을 깨달았다)에 도착했고, 파초는 어느 상점의 유리문으로 나를 이끌었다. "만져봐요." 그가 내게 말했다.

나는 그가 한 말을 잠시 후에야 비로소 이해했다. "만져보라고요?"

"그래요, 문을 만져봐요." 파초가 채근했고, 나는 그의 말에 따랐다. "4월 9일에 여기 이 문으로 가이탄이 나왔어요." 그가 말을 계속했다. "물론, 건물이 같지 않으니 바로 이 문은 아니었죠. 오래전에 아구스틴 니에토 빌딩을 철거하고 이 흉물을 지었거든요. 하지만 이 순간에, 우리에게는 여기 이 문이 가이탄이 나왔던 문이고, 우리는 지금 이 문을 만지고 있죠. 대략 오후 한시쯤이었고, 가이탄은 친구 두어 명과 점심 식사를 할 예정이었어요. 기분이 좋았죠. 기분이 좋았던 이유가 뭔지 알아요?"

"모르겠어요, 파초." 내가 그에게 말했다. 남녀 한 쌍이 건물에서 나오다가 잠시 우리를 쳐다보았다. "이유가 뭔지 설명해주세요."

"왜냐하면 전날 밤에 재판에서 승소했거든요. 그래서, 그래서 기분이 좋았던 거요."

에우도로 갈라르사 오사 기자를 총으로 죽인 코르테스 중위에 대한 가이탄의 변호는 온전한 기적이라기보다는 그저 사법적 성공일 뿐이었다. 가이탄은 중위가 그 기자를 죽인 것은 확실하나 합법적인 정당방위 행위였다고 중위를 변호하는 심금을 울리는 연설, 그가 평생 했던 아주 훌륭한 연설 가운데 하나를 했다. 그 범죄는 십 년 전에 발생했다. 마니살레스 소재 어느 신문사의 편집국장인 그 언론인은 중위가 자기 부대원들을 학대했다고 폭로하는 기사를 신도록 허락했다. 코르테스는 어느 날 신문사를 찾아가 기사에 대해 항의했다. 갈라르사가 그 기사를 쓴 기자는 오직 진실을 말했다고 옹호했을 때 중위가 권총을 꺼내 두 발을 쏘았다. 사건은 그랬다. 가이탄은 인간의 격정, 군인의 명예, 의무감, 조국의 가치에 대한 옹호, 공격과 방어 사이의 균형에 관해, 특정한 상황이 어떻게 시민이 아니라 군인을 모욕하는지, 자신의 명예를 지키는 군인이 어떻게 동시에 사회 전체를 지키고 있는지에 관해 말하기 위해 자신의 가장 훌륭한 수사학적 무기들을 사용했다. 나는 파초가 가이탄이 행한 변론의 마지막 부분을 기억하고 있다는 사실이 놀랍지 않았다. 예전에 수없이 보았던 것처럼 그가 천천히 변화하는 것을 보았고 그의 변한 목소리를 들었는데, 이제는 프란시스코 에레라의 중저음이 아니라 박절기처럼 깊게 뱉어내는 숨, 유독 두드러지는 자음, 그리고 고양된 음조를 지닌 가이탄의 카랑카랑한 목소리였다.

"코르테스 중위, 나는 재판장님의 판결이 어떻게 나올지 모르지만 대중이 그걸 기다리고, 주시한다는 건 압니다! 코르테스 중위, 당신은 내 피고인이 아니에요. 당신의 고상한 삶, 당신의 고통스러운 삶이 내게 손을 내밀 수 있었고, 나는 명예롭고, 정직하고, 관대한 사람의 손을 잡는 사람이라서 그 손을 잡고 있는 거예요!"

"정직과 관대함이라." 내가 말했다.

"아주 멋지죠, 그렇지 않아요?" 파초가 말했다. "아주 투박한 화법인데도 아주 멋지잖아요. 그러니까, 투박하기 때문에 **정확히 말해** 아주 멋지다는 거요."

"투박하지만 성공적이네요." 내가 말했다.

"그래요."

"가이탄은 그런 데는 대단한 솜씨꾼이죠."

"그래, 대단한 솜씨꾼이죠." 파초가 말했다. "그는 자유를 변호하는 사람이었지만 그 기자를 살해한 사람을 막 교도소에서 꺼냈어요. 그런데 그게 모순적이라고 생각하는 사람은 아무도 없었죠. 교훈은, 어느 위대한 웅변가를 결코 믿을 필요가 없다는 거요."

군중은 박수를 쳤고, 가이탄을 투우사처럼 목말을 태워 법정 밖으로 꺼냈다. 새벽 한시 십분이었다. 가이탄은 피곤했지만 의기양양한 상태에서 의무적인 축하인사를 받고, 지인들, 타인들과 더불어 건배를 하고 새벽 네시에 집에 도착했다. 하지만 다섯 시간 뒤에는 머리를 단정하게 빗고 스리피스 정장, 즉 아주 가느다란 줄무늬가 있어 검은색처럼 보이는 짙은 파란색 정장 차림으로 이미 사무실에 복귀해 있었다. 의뢰인을 맞이하고, 기자들의 전화를 받았다. 오후 한시경에 가이탄의 사무실에는 그냥 축하인사만 하려던 친구들이 모여 있었다. 페드로 엘리세오 크루스, 알레한드로 바예호, 호르헤 파디야였다. 그런데 그들 가운데 하나인 플리니오 멘도사 네이라가 전날 밤 일을 축하해야 한다는 이유로 참석자 모두를 점심에 초대했다.

"그러세." 가이탄이 너털웃음을 터뜨리며 말했다. "플리니오, 하지만 자네에게 알려주겠는데, 나 비싼 사람이야."

"그들은 저기쯤 있었던 엘리베이터를 타고 내려갔어요." 파초가 빌딩 입구를 가리키면서 내게 말했다. "아구스틴 니에토 빌딩에 늘 전기가 들어온 건 아니었기 때문에 엘리베이터가 늘 작동되지는 않았죠. 그날은 작동되었어요. 저기로 내려갔는데, 봐요." 나는 보았다. "그리고 거리로 나갔죠. 플리니오 멘도사가 이렇게 가이탄의 팔을 붙잡았어요." 파초가 내 팔을 붙잡아 나를 앞으로 데려갔고, 그래서 우리는 그 건물 문에서 멀어져 카레라 7 쪽으로 갔다. 파초는 건물 벽의 비어 있는 부분을 지나가는 동안에 자신의 목소리가 제대로 전달되지 않자 더 크게 말해야 했고, 차량과 행인들의 소음을 극복하려고 내게 더 가까이 다가와야 했다. "저기 길 건너편에 파엔사극장의 포스터가 있었어요. 로셀리니 감독의 영화 〈무방비 도시〉를 홍보하는 것이었죠. 가이탄은 로마에서 공부한 적이 있으니 잠시 뭔가를 연상하고 포스터를 주시했을 수도 있어요. 하지만 이제 우리는 그것에 관해서는 전혀 알 수 없어요. 한 남자가 죽기 전에 뇌리에 무슨 생각이 떠올랐는지, 어떤 잠재된 기억이 되살아났는지, 어떤 것들이 연상되었는지 알 수 없죠. 어찌되었건, 가이탄이 로마를 생각했건 안 했건, 플리니오 멘도사는 두어 걸음 앞서나감으로써 친구들로부터 멀어졌어요. 마치 가이탄에게 은밀하게 상의할 뭔가가 있다는 듯이요. 그게 뭔지 알겠어요? 아마도 상의할 게 있었을 거요."

"할말은 간단한 거야." 멘도사가 말했다.

그때 멘도사는 가이탄이 느닷없이 걸음을 멈추더니 건물 문 쪽으로 후퇴하기 시작하며 얼굴을 보호하려고 손을 올리는 것을 보았다. 세 발의 총성이 연속으로 울렸다. 그리고 일 초 뒤에 네번째 총성이 울렸다. 가이탄이 뒤로 넘어갔다.

"무슨 일인가, 호르헤?" 멘도사가 가이탄에게 말했다.

"참 어리석은 질문이었지요." 파초가 말했다. "하지만 그 순간에 누가 그런 특이한 질문을 생각할 수 있겠어요?"

"없겠지요." 내가 말했다.

"멘도사는 용케 살인자를 볼 수 있었죠." 파초가 말했다. "그래서 그를 붙잡으려고 했어요. 그러나 살인자가 멘도사에게 권총을 겨누었기 때문에 물러날 수밖에 없었고요. 그는 자기에게도 총을 쏠 거라 생각하고서 숨거나 몸을 지키기 위해 그 건물로, 그 건물 출입구로 돌아가려고 애를 썼어요."

파초가 다시 내 팔을 잡아끌었다. 우리는 아구스틴 니에토 건물의 사라져버린 문으로 되돌아갔다. 카레라 7의 교통체증을 바라보면서 그 구획을 한 바퀴 돌았는데, 파초가 오른손을 치켜들더니 인도에서 가이탄이 쓰러졌던 곳을 가리켰다. 가이탄의 머리에서 가느다란 피 한 줄기가 포장된 바닥으로 흘러나왔다. "저기에 살인범 후안 로아 시에라가 있었어요. 아구스틴 니에토 건물의 출입구 옆에서 가이탄을 기다렸던 것 같아요. 물론, 이건 확실치 않아요. 그 범죄가 발생한 뒤에 증인들은 그가 건물 안으로 들어가서 정상적인 경우보다 더 자주 엘리베이터를 타고 오르내리는 것을 본 기억이 난다고 믿었죠. 다시 말하면 그의 행동거지가 그들의 관심을 끌었던 거요. 하지만 그들의 기억이 확실하다는 가능성은 없어요. 아주 심각한 사건이 일어난 뒤에 누구든 자신이 어떤 것을 보았다고, 뭔가가 의심스러웠다고…… 믿기 시작하니까요. 나중에 어떤 이들은 로아가 낡고 해진 회색 줄무늬 정장을 입고 있었다고 말했어요. 다른 사람들은 줄무늬 정장이지만 갈색이었다고 말했죠. 다른 사람들은 줄무늬 같은 건 전혀 언급하지 않았고요. 소동이 일어나고, 모든 사람이 소리를 지르고, 달려가는 장면을 상상하면 이해가 되지요. 누가 어떻게 그런 걸 제대로 인식할 수 있었겠어요? 어찌되었든, 멘도사는 여기서, 지금 우리가 있는 곳에서 살인범을 보았어요. 살인범이 권총을 내리더니 확인사살을 하려는 듯 다시 가이탄을 겨누는 것을 보았죠. 멘도사의 말에 따르면, 로아는 쏘지 않았다더군요. 다른 증인은 총을 쏜 건 확실하나 총알이 포장된 길바닥에서 튀어올랐고, 이렇게, 그래서 하마터면 멘도사를 죽일 뻔했다고 했고요. 로아는 도망칠 곳을 찾느라 사방을 둘러보기 시작했어요. 저기, 저 길모퉁이에 경찰관 한 명이 있었죠." 파초가 허공에서 히메네스대로를 향해 손을 움직이면서 말했다. "멘도사는 경찰관이 일 초 동안, 아주 짧은 일 초 동안 머뭇거린 뒤에 로아 시에라를 쏘려고 권총을 꺼내는 것을 보았어요. 로아는 북쪽으로, 봐봐요, 저기로 도망치기 시작했어요."

"보고 있어요."

"그때 로아가, 가이탄과 함께 있던 사람들을 위협하려는 듯이, 내 말을 제대로 이해했는지 모르겠는데, 자신의 도주를 은폐하려는 듯 몸을 돌렸어요. 거리에 있던 사람들이 그를 붙잡으려고 덤빈 건 바로 그때였죠. 로아에게 총을 쏘려던 경찰관이나 다른 경찰관 역시 그를 붙잡으려고 했다는 사람들도 있어요. 다른 이들은 그 경찰관이 로아의 뒤로 다가가서 총구를 겨누었는데, 그때 로아가 팔을 치켜들었고, 사람들이 그에게 덤벼들었다고 말하기도 하죠. 로아가 위쪽, 즉 동쪽으로 도망치기 위해 카레라 7 도로를 건너려고 애를 썼다는 얘기도 있더군요. 그는 카레라 7 도로를 건너기 전에 저기, 인도의 저 지점에서 붙잡혔어요. 가이탄의 친구들은 사람들이 살인범을 붙잡는 걸 보고는 자신들이 가이탄을 도울 수 있을까 해서 가이탄 곁으로 돌아갔어요. 가이탄의 몸에서 한 걸음 정도 떨어진 곳에 가이탄의 모자가 있었죠. 그 몸이 이렇게 있었다니까요." 파초가 허공에 수평으로 선들을 그리며 말했다.

"차도와 나란히 있었어요. 하지만 엄청나게 혼란스러웠기 때문에 친구들 각자가 나중에 각기 다른 얘기를 했어요. 일부는 가이탄의 머리가 남쪽을 향하고 다리가 북쪽을 향해 있었다고 하고, 다른 친구들은 정반대라고 했죠. 한 가지에서는 얘기가 일치했어요. 두 눈을 뜨고 있었는데, 무시무시할 정도로 평온했다는 거요. 누군가는, 아마도 바예호였을 텐데, 입에서 피가 흐른다는 사실을 알아챘어요. 다른 누군가는 물을 가져오라고 소리를 질렀어요. 아구스틴 니에토 건물 1층에 카페 엘 가토 네그로가 있었는데, 종업원 하나가 물 한 컵을 가지고 카페에서 나왔어요. 아마 '가이탄을 죽였어요'라고 소리를 질렀을 거요. 사람들이 가이탄에게 다가가 어느 성인을 만지는 사람처럼 가이탄의 몸을 만지려고 상체를 숙이고 있었죠. 그때 의사인 페드로 엘리세오 크루스가 도착해 가이탄의 몸 곁에서 상체를 숙이고는 맥박을 재려고 했어요."

"살아 있나요?" 알레한드로 바예호가 물었다.

"일단 택시를 불러." 크루스가 말했다.

"하지만 그 택시, 검은 택시 한 대가 아무도 부르지 않았건만 가까이

다가와 있었죠." 파초가 말했다. "사람들은 서로 자신이 가이탄을 들어 올려 택시에 태우는 권리를 가지겠다고 옥신각신했어요. 사람들이 가 이탄을 들어올리기 전에 크루스는 가이탄의 머리 뒷부분에 상처 하나 가 있다는 사실을 알아차렸죠. 그가 상처를 살펴보려고 가이탄의 머리 를 움직이자 가이탄이 피를 토했어요. 누군가 크루스에게 상태가 어떤 지 물었어요."

"의식이 없어요." 크루스가 말했다.

"가이탄이 연이어 신음소리를 내뱉었어요." 파초가 말했다. "신음소 리 같은 소리 말이에요."

"그렇다면, 살아 있었군요." 내가 말했다.

"여전히 살아 있었죠." 파초가 말했다. "이 근방의 카페들 가운데 어 느 카페, 엘 몰리노나 엘 잉카의 종업원은 나중에 가이탄이 '날 죽게 내 버려두지 말아요'라고 하는 말을 들었다고 단언했어요. 하지만 난 그걸 믿지 않아요. 크루스의 말을 더 믿어요. 그는 가이탄에게 더이상 손을 쓸 수 없다고 했죠. 그 순간 카메라를 든 남자가 나타나서 가이탄의 사 진을 찍기 시작했어요."

"뭐라고요, 파초?" 내가 말했다. "총격을 받은 뒤에 여기서 찍은 가이 탄의 사진이 있다고요?"

"그렇게들 얘기해요, 그래요. 나는 사진을 본 적이 없지만, 있는 것 같아요. 다시 말하면, 누군가 사진을 찍었다고 알려져 있어요. 문제는 사진이 남아 있느냐는 거죠. 누구든, 그토록 중요한 어떤 것이 행방불 명될 수 있다는, 예를 들어 이사 같은 걸 하면서 분실될 수 있다는 상상 은 못해요. 하지만 그렇게 되었을 개연성이 아주 높아요. 그렇지 않다면 왜 사진이 우리에게까지 도달하지 않았을까요? 물론, 누군가가 찢어버렸을 가능성도 있죠. 그날에 관해서는 수많은 미스터리가 있으니까요…… 어쨌든 그렇게 되었던 것 같아요. 사진사는 사람들을 밀쳐서 틈을 벌려놓고는 가이탄의 사진을 찍기 시작했어요."

증인들 가운데 하나가 화를 냈다. "죽은 사람은 상관하지 말아요." 그가 사진사에게 말했다. "그보다는 살인자를 찍으라고요."

"하지만 사진사는 그렇게 하지 않았어요." 파초가 말했다. "이제 사람들이 가이탄을 택시에 태우려고 들어올리고 있었죠. 크루스가 가이탄과 함께 택시에 타고, 그 택시 뒤에 도착해 있던 다른 택시에는 나머지 사람들이 탔어요. 그리고 모두 남쪽, 센트랄병원을 향해 출발했어요. 그 순간 여러 사람이 가이탄의 몸이 쓰러져 있던 곳에서 상체를 숙이더니 손수건을 꺼내 가이탄이 흘린 피로 적셨다고들 하더군요. 그리고 누군가가 콜롬비아 국기를 가져와서 똑같이 했고요."

"그럼, 로아 시에라는요?" 내가 물었다.

"경찰관 한 명이 로아 시에라를 체포했는데, 내가 해준 말 기억해요?"

"네, 저기 저 건물 옆에서."

"거의 길모퉁이 지점이죠. 로아 시에라가 히메네스대로 쪽으로 도망칠 때 그를 뒤에서 붙잡아 갈비뼈에 권총을 갖다댔어요."

"나를 죽이지 마세요." 로아가 말했다.

그 경찰관은 막 업무 교대를 한 순경으로 밝혀졌다. 그는 로아의 무장을 해제하고(니켈 도금한 권총 한 정을 빼앗아 자기 바지 호주머니에 넣었다) 로아의 팔을 붙잡았다.

"이름이 히메네스였어요." 파초가 말했다. "히메네스대로를 관할하는 순경 히메네스. 나는 가끔 역사에는 약간의 상상력이 필요하다고 생각해요. 그래요, 어찌되었든, 그 경찰관이 로아 시에라를 체포해 데려가고 있을 때 길에 있던 어느 사내가 로아 시에라에게 덤벼들어 그를 때렸는데, 주먹으로 때렸는지 어떤 상자로 가격했는지는 잘 모르겠고, 그래서 로아 시에라는 바로 여기에 있던 가게 쇼윈도를 향해 돌진했어요." 파초가 아구스틴 니에토 건물에 인접한 건물의 출입문을 가리켰다. "이 건물 이름이 파욱스일 텐데, 여기에 산산조각나버린 쇼윈도가 있었어요. 확신할 수는 없지만 코닥 필름 가게였을 거요. 사람들에게 맞았기 때문인지, 쇼윈도에 부딪혔기 때문인지는 알려져 있지 않지만, 로아가 코피를 흘리기 시작했어요."

히메네스 순경은 사람들이 자신들을 에워싸는 것을 보고서 은신처를 모색했다. 그는 그 건물 앞으로 지나가 남쪽으로 걸어갔다. "저 사람이, 저 사람이 가이탄 박사*를 죽인 사람이에요." 군중이 소리를 질렀다. 히메네스 순경은 로아의 팔을 붙잡은 채 그라나다약국의 출입구를 향해 움직이기 시작했으나, 그 짧은 거리를 움직이는 동안에도 구두닦이들이 묵직한 나무 구두닦이 통으로 로아를 가격하는 것을 막을 수 없었다.

"로아는 무서워 죽을 지경이었죠." 파초가 내게 말했다. "로아가 총을 쏘는 것을 보았던 사람들, 특히 바예호와 멘도사는 나중에 그의 얼굴에

---

* '박사(doctor)'는 일반적으로 의사나 박사학위를 취득한 사람에게 쓰는 호칭이지만, 콜롬비아에서는 화이트칼라 계층이나 사회적으로 명망이 있는 사람에게도 이 호칭을 사용한다.

무시무시한 증오심이 드러나 있는 것을 보았다고 말했어요. 어떤 광신자의 증오를 보았다는 거죠. 다들 로아가 총을 쏘는 순간 자신을 완벽하게 제어하면서 행동했다고도 하더군요. 하지만 나중에 분노한 구두닦이들에게 둘러싸이고, 이제 구타를 당하면서, 그리고 내 생각에는, 그 사람들이 자신에게 린치를 가하고자 한다고 생각했을 때…… 그때는 이미 광신적인 행위도 자기제어도 전혀 없었어요. 온전한 두려움뿐이었죠. 로아의 변화가 아주 인상적이었기 때문에 많은 사람이 그에게는 두 개의 각기 다른 유형, 즉 광신자와 겁쟁이가 있었다고 생각했어요."

가이탄의 살해범은 얼굴이 창백해졌다. 그는 피부가 올리브색이고 얼굴이 각진 사내였다. 머리카락은 직모에다 지나치게 길었고, 면도를 대충 해서 얼굴에 지저분한 얼룩이 남아 있었다. 그의 전반적인 면모는 유기견과 흡사했다. 일부 증인은 그가 정비공이나 육체노동자처럼 보였다고 말했는데, 어떤 사람은 심지어 재킷 소매에 기름때가 묻어 있었다고 말할 정도였다. "살인범을 두들겨패야 해요." 누군가 소리를 질렀다. 로아는 얻어맞아 코가 부러진 상태에서 몸을 내맡겨 그라나다약국 안으로 떠밀려 들어갔다. 가이탄의 친구인 파스칼 델 베치오가 사람들이 살인범에게 린치를 가하지 않도록 지켜달라고 약국 주인에게 부탁했다. 그들은 로아를 약국 안에 들여놓았는데, 그는 운명에 몸을 맡긴다는 듯이 최소한의 저항도 하지 않은 채 길에서 보이지 않는 약국 안 어느 구석에서 몸을 웅크리고 있었다. 누군가 철제 셔터를 내렸다. 그때 약국 직원 하나가 그에게 다가갔다.

"왜 가이탄 박사를 죽였어요?" 그가 로아에게 물었다.

"아, 선생님, 제가 말씀드릴 수 없는 강력한 것들 때문입니다." 로아가 말했다.

"사람들이 철제 셔터를 부수기 시작했어요." 파초가 말했다. "약국 주인은 깜짝 놀랐든지 약국이 망가지지 않기를 원했는지, 어쨌든 몸소 셔터를 올리기로 작정했고요."

"사람들이 당신에게 린치를 가할 거요." 약국 직원이 강조했다. "누가 시킨 짓인지 말해봐요."

"말할 수 없습니다." 로아가 말했다.

"로아가 카운터 뒤로 숨으려고 했지만 숨기 전에 사람들이 그를 붙잡았어요." 파초가 말했다. "구두닦이들이 그에게 덤벼들어 그를 약국 밖으로 질질 끌어냈지요. 그런데 그를 길거리로 끌어내기 전에 누군가가 접이식 수레 하나를 발견한 거요, 그게 뭔지 알아요? 상자를 실어 나르는 데 사용하는 철제 짐수레예요. 근데, 누군가가 그 접이식 수레를 집어 로아의 몸 위로 들어올렸다가 내리쳤어요. 나는 그때 로아가 의식을 잃었다고 늘 믿어왔죠. 사람들이 로아를 도로로 끄집어냈어요. 계속해서 그를 때렸지요. 주먹질을 하고, 발로 차고, 나무 구두닦이 통으로 두들기고, 누군가가 다가와 그를 볼펜으로 여러 차례 찔렀다고도 합니다. 사람들이 그를 남쪽, 대통령궁 쪽으로 질질 끌고 가기 시작했어요. 사진 한 장, 즉 무질서한 군중이 더 앞서가서 볼리바르광장에 이르렀을 때 누군가 어느 건물의 높은 층에서 찍은 유명한 사진이 있어요. 사진에는 사람들이 로아를 끌고 가는 모습과 로아, 아니, 그의 사체가 보여요. 질질 끌고 가는 과정에서 옷이 사라져버려 거의 맨몸이 되다시피 했고요. 그 모습은 그 무시무시한 날에 찍은 더 무시무시한 사진들 가운데 하나에 들어 있어요. 그때 로아는 이미 죽어 있었는데, 그 말은 그라나다약국에서 끌고 오는 과정에서 어느 순간에 죽었다는 의미죠. 가끔은 로아가 가이탄과 동시에 죽었다는 생각이 들더군요. 가이탄이 정확히 몇시에 죽었는지 알아요? 한시 오십오분이에요. 오후 두시 오 분 전이죠. 자신을 죽인 사람과 동시에 죽는다는 게 불가능하지는 않아요, 그렇죠? 나는 그게 왜 중요한지 모르겠어요. 아니, 달리 말해 그건 중요하지 않다는 건 알지만, 가끔은 그런 생각을 해요. 사람들이 여기서 로아 시에라를 데려갔어요. 여기에 그라나다약국이 있었고, 여기서 그를 데려갔다니까요. 아마도 지금 우리가 함께 있는 지점을 지나갔을 때 이미 죽어 있었을 거요. 아마 나중에 죽었을 수도 있지만요. 이건 지금도 알 수 없고, 앞으로도 결코 알 수 없는 문제죠."

파초가 입을 다물었다. 한 손을 펴더니 하늘을 쳐다보았다.

"제기랄, 보슬비가 내리네요." 그가 내게 말했다. "더이상 뭘 더 알 필요가 있을까요?"

우리는 이름 모를 남자 하나가 불과 몇 시간 전에 쓰러졌던 곳에서 딱 다섯 걸음 떨어진 곳에 있었다. 나는 파초에게 그 사실을 알고 있었는지 물어볼까 생각했으나, 이내 그것은 필요 이상의 정보, 원하는 바를 얻지 못하는 정보이며 그 행동은 자신의 지식을 내게 선물한 이 남자에게 무례하기까지 한 일처럼 보였기에 더이상 묻지 않았다. 나는 가이탄과 그 이름 없는 사람의 죽음은 서로 아주 다르고, 게다가 많은 세월이 두 사람 사이를 갈라놓고 있었다고 생각했는데, 그럼에도 불구하고 그들의 핏자국 두 개, 즉 1948년에 사람들이 손수건에 적신 피와 1991년 그해에 내 구두코를 더럽힌 피는 본질적으로 많이 다르지 않았다. 내 마음이 강력하게 끌린 것이나 내가 지닌 병적인 호기심을 제외하고는 그 어떤 것도 두 피를 연계시키지 않았으나, 그것만 해도 충분했는데, 그 이유는 병적인 호기심이나 마음의 끌림이 내가 이미 그 몇 해 동안 살고 있던 그 도시, 살인의 도시, 공동묘지의 도시, 길모퉁이마다 시체가 있는 도시에 대해 이미 느끼기 시작한 본능적인 거부감만큼 강렬했기 때문이다. 나는 어떤 공포를 느끼면서, 그리고 그 도시에 우글거리는 주검들, 현재의 주검들, 그리고 또한 과거의 주검들에 대해 묘한 매력을 느끼며 내게서 그런 사실을 발견했다. 나는, 정확히 말해 그런 것이 내게 소름을 유발했기 때문에 어떤 범죄가 일어난 장소들을 찾아다니고, 정확히 말해 어느 날 내가 끔찍하게 죽은 주검의 유령들 가운데 하나가 될 것이라는 두려움 때문에 그 유령들을 추적하면서 그 곳, 그 분노에 찬 도시에서 살고 있었다. 하지만 그것은 파초 에레라 같은 사람에게조차도 설명하기가 쉽지 않은 것이었다.

"더이상 말할 필요가 없네요." 내가 파초에게 말했다. "정말 감사해요."

그리고 나는 파초가 사람들 사이로 사라지는 것을 보았다.

그날 밤 나는 집에 도착해서 파초 에레라가 카레라 7에서, 내 나라의 역사가 바뀌었던 바로 그곳의 보도에서 내게 들려준 것을 반복하거나 반복하려 애를 쓰면서 어느 단편소설 일곱 쪽을 단숨에 써내려갔다. 나는 파초의 이야기가 내 상상력을 사로잡은 방식을 내가 이해했으리라 믿지도 않고, 사십삼 년 전에 콜롬비아 사람 수천 명이 파초의 얘기 속에서 나와 함께했다는 사실을 내가 인식했다고도 믿지 않는다. 그 단편소설은 훌륭하지 않지만 내 것이었다. 그것은 그 무렵 내가 행했고 행할 수많은 시도처럼 가르시아 마르케스나 코르타사르나 보르헤스에게서 빌린 목소리로 쓰인 것이 아니라, 어조와 시각에서 처음으로 나 자신의 것처럼 보이는 뭔가를 간직한 것이었다. 나는 그 단편소설을 파초—자기 윗사람들에게 인정받고자 애를 쓰는 한 젊은이—에게 보여주었고, 그 순간 나와 그 사이에 새로운 관계, 이전보다 더 내밀하고 권위보다는 동지애에 더 바탕을 둔 다른 관계가 시작되었다. 며칠 뒤에 그가 나더러 가이탄의 집에 함께 가고 싶은지 물었다.

"가이탄에게 집이 있나요?"

"그가 살해당했을 때 살았던 집이 있어요." 파초가 말했다. "물론, 이제는 박물관이 되었지만요."

화창한 어느 오후에 우리는 거기, 즉 예전에 가본 뒤로는 다시 간 적이 없는 어느 2층짜리 저택에 도착했는데, 녹색(작은 잔디밭과 나무 한 그루가 기억난다)으로 둘러싸인 집은 가이탄의 유령이 온전히 점유하고 있었다. 1층에는 가이탄의 생애를 다룬 다큐멘터리 하나를 반복하는 낡은 텔레비전 한 대가 있고, 더 안쪽에는 녹음된 그의 연설을 뱉어내는 스피커 몇 대가 있었으며, 2층의 넓은 계단에서 나오면 보이는 사각형 유리 상자 안에 암청색 정장이 서 있었다. 나는 유리 상자를 빙 둘러보면서 옷에 난 총알구멍들을 찾아보았는데, 그것들을 발견하고는 전율했다. 나중에 나는 정원에서 그의 무덤을 찾아가 파초가 내게 들려준 이야기를 떠올리고, 하늘을 향해 얼굴을 쳐들고, 바람결에 움직이는 나뭇잎을 보고, 머리에서 보고타 오후의 태양을 느끼면서 잠시 무덤 앞에 머물렀다. 그때 파초가 내게 작별인사를 할 틈도 주지 않은 채 집밖으로 나가더니 거리를 지나가던 택시를 잡아탔다. 나는 그가 택시 문을 닫고, 행선지를 알려주기 위해 입을 움직이고, 우리가 눈으로 들어온 먼지를 제거하기 위해, 우리를 성가시게 하는 속눈썹을 문지르기 위해, 우리의 시야를 흐리게 하는 눈물을 닦기 위해 그러듯 안경을 벗는 모습을 보았다.

베나비데스 박사를 방문한 것은 우리가 대화를 나눈 지 불과 며칠 만이었다. 토요일에 나는 카페테리아에서 식사를 하는 습관을 살짝 바꿔보려고 집 근처에 있는 쇼핑센터 푸드코트에서 두어 시간을 보낸 뒤 나시오날서점에서 시간을 좀더 보냈는데, 거기서 별 의미 없이 보내는 시간에 써보려고 애를 쓰던 소설에 도움이 될 만한 호세 아베야노스의 책 하나를 발견했다. 조지프 콘래드가 했을 법한 파나마 방문에 관한 피카레스크풍의 변덕스러운 이야기였는데, 각각의 문장을 읽으면서 나는 내 글쓰기가 하나의 의도를 가질 뿐이라는 사실을 깨달았다. 그것은 나의 의학적 불안감을 흐트러뜨리거나 그 불안감으로부터 멀어지게 하는 것이었다. 내가 병원 입원실로 돌아왔을 때 M은 불규칙적인 자궁수축의 강도를 측정하는 어느 검사를 받고 있었다. 그녀의 배는 전극들로 덮여 있었다. 침대 곁에 있는 로봇에서는 속삭이는 듯한 전자음이 들리고, 전자음 위로는 모눈종이에 잉크 선을 그리는 작은 펜이 빗질을 하는 것 같은 섬세한 소리가 들렸다. 수축이 일어날 때마다 선들이 바뀌고, 수면 방해를 받는 작은 동물처럼 꿈틀거렸다. "방금 한 번 일어났어요." 어느 간호사가 말했다. "그거 느끼셨죠?" 그런데 M은 그렇지 않다고, 이번에도 역시 느끼지 못했다고 고백해야 했고, 마치 자신의 무감각 때문에 괜히 화가 난다는 듯이 짜증을 냈다. 반면에 내게는 그 모눈종이가 내 딸들을 세상에 내보내는 첫번째 흔적들 가운데 하나였고, 그래서 나는 간호사들에게 그 모눈종이를 가질 수 있을지, 아니면 복사를 할 수 있을지 물어봐야겠다는 생각을 하기에 이르렀다. 하지만 그때 나는 속으로 말했다. 그런데 모든 게 잘못된다면? 그런데 만약 출산이 잘못되어 딸들이 생존하지 못하거나 생존하더라도 악조건에 처하게 된다면, 그리고 미래에 축하하기는커녕 기념도 못하게 된다면? 그럴 가능성이 아직 효력을 상실하지 않은 상태였다. 의사들도 검사의 결과들도 그럴 가능성을 배제한 적이 없다. 그래서인지 간호사들은 내가 뭔가를 부탁하기도 전에 가버렸다.

"검사 어땠어요?" 내가 물었다.

"똑같아요." M이 미소를 머금으며 말했다. "이 두 아이가 나올 준비가 되어 있는데, 마치 얘들이 서로 약속이나 한 것 같다니까요." 그러고서 말했다. "당신에게 뭔가 왔어요. 저기, 탁자에."

나는 그것이 엽서라는 것을, 더 정확히 말해 뒷면에 메시지가 쓰인 엽서 크기의 사진이라는 걸 단박에 알아보았다. 보낸 이는 사디 곤살레스였는데, 그는 20세기의 위대한 사진작가 가운데 하나였을 뿐만 아니라 이제는 보고타소의 탁월한 증인으로 인정받고 있었다. 그것은 가장 잘 알려진 그의 사진들 가운데 하나였다. 곤살레스는 사람들이 가이탄의 목숨을 구하려고 데려간 센트랄병원에서 그 사진을 찍었다. 사진에서 가이탄은 하얀—보는 이의 마음을 불안하게 만들 정도로 티 하나 없이 하얀—천에 덮인 채 사람들에게 둘러싸여 있었는데, 의사들의 노력이 이미 헛된 것이 되었고, 부상자는 이미 죽었고, 사람들이 이미 그의 몸을 정돈한 다음 낯선 사람들의 입장이 허용된 상태였다. 가이탄을 둘러싸고 있던 사람들 가운데 일부는 의사였다. 의사 한 명은 가이탄의

몸이 밑으로 떨어지지 않게 하려는 듯 가이탄의 몸 위에 투박한 반지를 낀 왼손을 올려놓고 있었다. 페드로 엘리세오 크루스라고 짐작되는 다른 의사는 구석자리를 바라보고 있는데, 아마도 사진에 찍히려고(그는 그 순간이 중요하다는 사실을 감지했을 것이다) 고개를 내밀고 있는 경찰관을 쳐다보았을 것이다. 사진의 왼쪽에는 유난히 낙심한 표정으로 허공을 응시하는 안토니오 아리아스 박사의 옆얼굴이 보였는데, 아리아스 박사만이 우직하게 사진사를 응시하지 않았고, 그가 드러내는 꾸밈없는 슬픔이 그가 그 방에서 일어나고 있던 일을 제대로 파악하지 못한 것처럼 보이게 했기 때문에 내게는 특별하게 여겨졌다. 모든 사람 가운데에 가이탄이 있고, 누군가가 가이탄의 얼굴이 사진에 잘 나오게 하려고 그의 고개를 조금 들어올렸는데—자세가 자연스럽지 않다─그렇게 하기 위해, 즉 그 카우디요*의 죽음을 증거하기 위해 찍힌 사진이기 때문이다. 그래도 내가 보기에 그는 자신이 이루고자 했던 바를 훨씬 더 크게 이루었는데, 그 이유는 가이탄의 얼굴에서 보인 것이, 내가 좋아하는 어느 시구가 말하듯, 고통의 꾸밈없는 익명성이기 때문이다. 내가 이전에 그 사진을 얼마나 자주 보았는지는 모르겠지만 그곳, 침대에 누워 있는 내 아내 곁에서 나는 가이탄 뒤에 있는 소녀, 죽은 가이탄의 머리를 떠받치는 임무를 맡은 듯 보이는 그 소녀를 처음으로 본 것 같다. 내가 M에게 사진을 보여주자 그녀는 아니라고, 가이탄의 머리를 떠받친 사람은 선글라스를 쓴 남자라고 말했는데, 왜냐하면 소녀가 주먹을 쥔 상태인데다 위치상 불가능해서 어쨌든 뭔가를 떠받치기에는 부적합했기 때문이라고 했다. M의 말이 맞다고 생각하면 됐을 테지만 그럴 수 없었다. 나는 소녀의 손, 가이탄의 머리를 떠받치고 있는 소녀의 손을 보고 있었는데, 내게는 가이탄의 머리가 하얀 시트 위에 떠 있는 듯 보였고, 그것이 나를 불안하게 만들었다.

사진 뒷면에는 베나비데스 박사가 볼펜으로 (볼펜 잉크가 종이에 잘 붙고, 코팅된 사진에 번지지 않도록) 다음과 같이 써놓았다.

존경하는 환자님

내일 일요일 우리집에서 만찬을 엽니다. 나 스스로 교양을 차려보고자 프랑스어로 말하자면 아주 '프티 코미테petit comité'**하게 귀하를 초대합니다. 이제는 아무도 관심없는 사안들에 관해 몹시 얘기하고 싶은 마

---

* 에스파냐어권 국가에서 정치 및 군사 지도자를 가리키는 단어.
** '소규모 위원회' '조촐한 모임'이라는 뜻.

음으로 여덟시에 귀하를 기다리겠습니다. 귀하가 더 중요한 일 때문에 바쁘다는 사실을 알고 있지만, 성의껏 접대하겠다고 굳게 약속합니다. 고작 위스키에 불과할지라도 말입니다.

따스한 안부를

FB*

그래서 나는 다음날인 9월 11일에 보고타 북쪽을 향해 갔는데, 그곳부터는 그 너덜거리는 도시의 건물들과 쇼핑센터들이 마구잡이로 뒤섞이기 시작했고, 조금 더 가자 불법으로 지어진 것 같은 건축물들로 여기저기 조각난 거대한 공터가 있었다. 라디오에서는 2001년에 뉴욕에서 발생한 테러에 관한 얘기가 나오고 있었는데, 뉴스 진행자들과 평론가들은 매년 그날이 되면 습관적으로 반복하게 될 얘기를 하고 있었다. 그 순간에 그들이 어디에 있었는지 기억하는 이야기였다. 사 년 전에 나는 어디에 있었지? 바르셀로나에서 점심식사를 끝내고 있었다. 그 시절 나는 텔레비전이 없었기 때문에 엔리케 데 에리스가 전화를 걸 때까지 그에 관해 전혀 몰랐다. "지금 당장 집으로 와." 그가 내게 말했다. "세상이 무너지고 있어." 그리고 이제 나는 카레라 9를 통해 북쪽으로 가고 있었는데, 라디오에서는 그날 녹취된 내용을 틀어주고 있었다. 사건이 일어나는 사이에 그 사건에 관해 언급하는 말들, 첫번째 빌딩이 붕괴되고 난 뒤의 경악과 분노로 가득찬 진술들, 이 같은 경우에 조차도 진정으로 분개할 줄 모르는 정치가들의 반응이었다. 평론가 가

---

* 프란시스코 베나비데스의 이니셜.

운데 하나는 그런 일을 당할 수밖에 없었다고 말했다. "누가요?" 다른 평론가가 나만큼 놀라며 말했다. "미국이요." 처음 말을 꺼낸 사람이 말했다. "수십 년 동안의 제국주의와 그로 인한 모욕 때문이죠. 결국 누군가가 미국에 응답을 한 겁니다." 그 순간 나는 이미 지정된 주소지에 도착했으나, 이미 내 마음에는 베나비데스가 알려준 주소가 아니라 테러가 일어난 지 팔 개월 뒤에 이루어질 나의 뉴욕 방문, 누군가를 잃어버린 사람과 하게 될 인터뷰, 그리고 테러 공격 앞에서 일치단결해 굳세게 대처했던 어느 도시가 겪은 고통의 경험이 있었다. 뉴스 진행자가 계속해서 말하고 있었다. 내 머릿속에서는 여러 가지 대답이 무질서하게 만들어지고 있었고, 나는 큰 소리로, 하지만 들어주는 대상도 없는 이 말밖에 할 수 없었다. "불쌍한 개자식들."

베나비데스 박사는 현관의 문틀 공간을 자기 몸으로 꽉 채운 채 나를 기다리고 있었다. 비록 베나비데스 박사의 키는 나보다 머리 반 개 정도 더 컸을 뿐인데도 나는 그가 상인방에 머리를 부딪히지 않으려고 고개를 숙이고 걷는 사람처럼 크게 느껴졌다. 광도에 따라 색조가 변하는 컬러렌즈에 알루미늄테 안경을 쓰고서 우리 머리 위를 빠르게 이동하는 구름 아래 문지방에 서 있는 그가 내게는 소설의 스파이, 약간 더 뚱뚱하고 무엇보다도 더 우울한 일종의 스마일리*처럼 보였다. 막 쉰 살이 되었고 보고타의 오후 추위를 제대로 막지 못할 만한 낡은 카디건을 걸친 베나비데스는 지쳐 있는 남자라는 인상을 주었다. 타인의 고통이 우리를 살짝 미묘하게 소모시킬 수도 있는 법이다. 베나비데스는

---

* 영국 소설가 존 르카레가 쓴 첩보소설 시리즈의 주인공으로, MI-6 소속의 정보부 요원이다.

오랜 세월 아픔과 싸우고 환자들의 고통과 공포를 공유하면서 살아왔는데, 그런 연민이 그의 에너지를 고갈시켰다. 사람들은 자기 직장 밖에서는 갑자기 늙어버리는데, 가끔 우리는 그들의 노쇠를 우리의 뇌리에 맨 처음 떠오르는 것, 즉 그들의 삶에 대해 우리가 아는 것, 우리가 멀리서 지켜본 적이 있던 그들의 불행, 누군가 우리에게 말해준 그들의 질병 탓으로 돌리곤 한다. 또는 베나비데스의 경우처럼, 내가 그를 존경하기 위해서라 할 만큼, 아니, 그가 타인들에게 바친 헌신을 존경하고 내가 그처럼 되지 않은 것을 애석해하기 위해서라 할 만큼 충분히 알고 있던 그의 직업이 지닌 독특한 특징들 탓으로 돌린다.

"빨리 왔네요." 베나비데스 박사가 내게 말했다. 박사가 나를 집 안마당으로 이끌었는데, 마당의 천창으로 오후의 햇살이 여전히 비껴 들어오고 있었다. 흥미진진한 대화를 나눈 지 몇 분 만에 베나비데스 박사가 내 소설에 관한 얘기를 다시 꺼내더니 아내의 상태와 딸들에게 붙여줄 이름에 관해 묻고는, 자신은 이십대 남매를 두었다고 말했다. 곧이어 그는 내가 앉아 있던 벤치가 자신이 다리를 올려놓았던 레일의 침목이라고 말한 다음, 벽을 가리키더니 벽에 있는 갈고리들은 그 침목에 박혀 있던 나사못(전문용어로 뭐라 부르는지는 모르겠다)이라고 설명했다. 곧이어 그는 자신이 앉아 있는 의자는 1983년 지진이 일어났을 때 무너진 포파얀의 어느 호텔에서 가져 온 것이라고, 그리고 안마당 중앙에 있는 테이블의 유일한 장식물은 어느 상선 스크루의 일부라고 말했다. "내가 이런 일을 어떻게 감당하고 있는지 아직도 모르겠지만, 감당하고 있다오." 잠시 후 나는, 그 순간 베나비데스 박사가 과거의 물건들, 그 말없는 유령들에 대해 내가 비이성적인 관심을 공유하는

지 탐색하면서 나를 시험하고 있다는 인상을 받았다.

"자, 밤이슬을 맞게 되니까 안으로 들어가지요." 그때 어스름 속에서 이제 보이지 않거나 희미하게 보이는 그의 얼굴이 이렇게 말했다. "마침내 사람들이 도착하기 시작한 것 같군요."

결과적으로 **코미테**는 베나비데스가 시사한 것만큼 **프티**하지 않았다. 작은 집에는 손님이 가득했는데, 대부분은 주인과 같은 연배였다. 나는 그 어떤 증거도 없이 그들이 주인의 학교 동창이라고 생각했다. 사람들은 각자 손에 접시 하나를 든 채 식탁 주위로 몰려들어 차가운 고기를 더 많이 담거나 감자샐러드를 공략하거나 자꾸 포크에서 떨어져버리는 다루기 힘든 아스파라거스 몇 개를 길들이려 애쓰면서 불안정한 균형을 유지하고 있었다. 어디선가 스피커 몇 개가 빌리 홀리데이나 어리사 프랭클린의 목소리를 소곤거리고 있었다. 베나비데스가 내게 아내를 소개했다. 몸집이 작은 에스텔라는 골격이 단단하고 코가 아랍인 같았는데, 그녀의 관대한 미소가 특유의 빈정거리는 시선을 어떤 식으로든 별충하고 있었다. 잠시 후, 베나비데스가 나를 손님 중 일부에게 소개하고 싶어했기 때문에 그와 나는 응접실을 (이미 담배 연기로 오염된 공기 속에서) 한 바퀴 돌았다.

베나비데스는 사진 속에서 가이탄의 머리를 떠받치고 있는 사람과 아주 많이 닮았다는 생각이 드는, 두꺼운 안경을 쓴 남자부터 시작해 대머리에 콧수염을 기른 몸집 작은 남자에게 나를 소개했는데, 그는 내게 악수를 하기 위해, 그리고 머리를 염색한 자기 아내를 내게 인사시키기 위해 아내의 손을 놓았다. "내 환자예요." 베나비데스가 그렇게 말하며 나를 소개했는데, 나는 그가 중요하지도 않은 그런 거짓말을 툭

내던지면서 즐기고 있다고 생각했다. 그사이에 나는 불편하거나 불안하다고 느끼기 시작했고, 그 이유를 발견하기가 그리 어렵지 않았다. 내 의식의 일부가 미래의 내 가족, 즉 내 아내의 뱃속에서 위태롭게 자라고 있는 여자아이들은 어떤 상태일까 자문하기 시작했던 것이다. 그곳 베나비데스의 집안을 돌아다니면서 어떤 새로운 조바심을 느끼기 시작했다. 나는 이런 것에―이런 갑작스러운 고독감, 내가 부재중일 때 좋지 않은 일이 일어난다는 미신에 가까운 이런 신념에―부성이 존재하는지 자문했다. 나는 M의 곁에 머물면서 함께 있어주고 내 능력껏 M을 도와주는 대신에 이런 사교 모임에 실속 없는 말을 하러 온 것을 후회했다. 내 등뒤에서 누군가가 시 몇 소절을 읊고 있었다.

이 장미가 증인이었네
그게 사랑이 아니었다면
그 어떤 것도 사랑이 될 수 없으리.
이 장미가 증인이었네
그대가 내 것이 된 바로 그 순간!

레온 데 그레이프의 최악의 시거나, 어쨌든 내게는 그의 멋진 작품들 가운데 늘 가장 저급하게 보인 시지만, 변함없이 콜롬비아 사람 모두가 알고 있기에 어떤 모임에서 돌발적으로―정확히 말하자면 결코 돌발적이지는 않다―나타나는 데 그리 시간이 걸리지 않는 작품이다. 보아하니 베나비데스의 집에서 열린 그 모임은 그런 부류였다. 나는 그곳에 온 것을 다시 한번 후회했다. 밤이 되어 이미 캄캄해진 작은 정원으로 통하는 미닫이문 옆에 걸려 있는 양치식물 화분 아래에 유리문이 달린 진열장 두 개가 있었는데, 안에 들어 있는 것들이 전시품처럼 배치되어 있었기 때문에 즉각 내 관심을 끌었다. 진열장에 다가가 문 앞에 멈춰 선 나는 내 등을 억누르는 사회적 의무감에서 벗어나겠다는 애초의 의도를 유지하려고 그냥 문을 바라보고만 있었다. 하지만 진열장에 든 물건들이 차츰차츰 내 호기심을 자극했다. 이것은 다 무엇일까?

"이건 구리로 만든 만화경이에요." 베나비데스가 말했다. 은밀하게 내 곁으로 다가온 그는 내 생각을 들어버리기라도 한 것 같았는데, 아마도 그 집을 처음 방문한 사람들이 그 진열장 앞에 서서 이것저것 묻기 시작하는 일에 익숙했기 때문일 것이다. "그건 아마존에서 잡은 어느 전갈의 진짜 침이고요. 그건 1856년 형 르맷 리볼버지요. 그건 방울뱀의 골격이에요. 실제로는 작지만, 크기가 중요하지 않다는 건 이미 알고 있을 거요."

"박사님의 개인 박물관이군요." 내가 말했다.

베나비데스가 완연한 만족감을 드러내면서 나를 쳐다보았다. "그런 셈이죠." 그가 말했다. "내가 오랜 세월 모아둔 것들이에요."

"아니, 집 전체가 그렇다는 겁니다. 집 전체가 박사님의 박물관이라고요."

그러자 베나비데스가 환한 미소를 짓더니 진열장 위에 있는 벽을 가리켰다. 액자 두 개가 벽을 장식하고 있었다(물론, 그 물건들을 벽에 걸어둔 것이 미학적이지 않았기 때문에 이런 경우에 '장식물'이라고 말할 수 있을지는 모르겠다). "그건 시드니 베칫의 음반 커버예요."

베나비데스가 말했다. 베칫이 커버에 서명을 하고 날짜를 명기했다. 1959년 5월 2일. "그리고 그건," 베나비데스는 진열장 옆에 감춰지다시피 한 작은 물건을 가리키며 말했다. "그건 언젠가 누가 중국에서 가져온 천칭이죠."

"그거 진짜인가요?" 내가 바보처럼 물었다.

"마지막 한 조각까지 진짜죠." 베나비데스가 내게 말했다. 정말 멋진 기구였다. 나무로 만든 틀은 조각이 되어 있었고, 접시 두 개가 T자를 거꾸로 놓은 것처럼 가로대에 매달려 있었다. "저 옻칠 상자 보이나요? 저 안에 납으로 만든 분동과 여기서 가장 멋진 것을 담아놓았어요. 이봐요, 선생을 누군가에게 소개해주고 싶었어요."

그 순간에야 비로소 나는 베나비데스가 누군가와 함께 있다는 사실을 깨달았다. 그 모임의 주최자 뒤에는 얼굴이 창백한 남자가 왼손에 탄산수가 담긴 컵을 든 채, 소심해서인지 신중해서인지, 숨듯이 대기하고 있었다. 그의 눈 밑으로 커다랗게 처진 살이 붙어 있었는데, 그럼에도 불구하고 그 점 말고는 베나비데스보다 썩 나이가 들어 보이지는 않았고, 그의 독특한 의상에서—갈색 코르덴 재킷에 풀 먹인 하이칼라 셔츠—시선을 끈 것은 빨간, 진빨강, 불빛을 뿜어내는 것처럼 빨간, 투우사의 빨간 카파*처럼 빨간 크라바트였다. 빨간 크라바트를 맨 그 남자가 보드랍고 촉촉한 손으로 내게 악수를 청하고는 불안한 것 같기도 하고 여성적인 것 같기도 한 나지막한 목소리로 자신을 소개했다. 듣는 사람이 말을 잘 알아들으려고 가까이 다가가게 만드는 유의 목소리

---

* 투우사가 소를 유인하고 흥분시키기 위해 사용하는 빨간 천.

였다.

"카를로스 카르바요입니다." 그 인물이 두운체頭韻體로 말했다. "뭐든 도와줄 수 있어요."

"카를로스는 우리 가족의 친구예요," 베나비데스가 말했다. "오랜, 아주 오랜. 이 사람이 이곳에 없었던 때가 언제였는지는 이제 기억도 나지 않아요."

"처음에는 난 이 사람 아버지의 친구였어요." 그 남자가 말했다.

"처음에는 제자, 나중에는 친구였어요." 베나비데스가 말했다. "그리고 그다음에는 내 친구가 되었고요. 말하자면, 신발처럼 물려받은 거죠."

"제자였다고요?" 내가 물었다. "무슨 제자 말인가요?"

"내 부친이 국립대 교수셨어요." 베나비데스가 말했다. "변호사들에게 법과학을 가르치셨죠. 언젠가 그 얘길 해줄게요, 바스케스. 아버지에게는 일화가 몇 개 있거든요."

"몇 개 있어요." 카르바요가 말했거나 그 말을 확증했다. "선생이 보았더라면 알겠지만, 세상에서 가장 훌륭한 교수셨어요. 우리 같은 사람 여럿의 삶을 바꿔놓으셨다고 생각해요." 그는 경건한 표정을 지었고 심지어 다음과 같이 말하는데, 기가 살아나는 것 같았다. "품성이 대단히 훌륭한 분이셨죠."

"언제 돌아가셨어요?" 내가 물었다.

"87년도예요." 베나비데스가 말했다.

"이십 년이 되어가네요." 카르바요가 말했다. "세월 참 빨라요."

나는 그런 크라바트를―고운 비단 같은 그런 모욕을―걸칠 수 있는 사람이 상투적이고 진부한 문장도 사용할 수 있을까 하는 의구심이 생겼다. 하지만 카르바요는 분명 예측할 수 없는 인물이었다. 아마도 그래서 다른 손님들보다 더 흥미로웠을 테고, 그래서 나는 그와 함께 있는 것을 피하지도, 그 구석자리를 떠나기 위한 어떤 핑계를 꾸며내지도 않았다. 나는 주머니에서 핸드폰을 꺼내 작고 검은 눈금들의 강도와 부재중 전화가 없다는 사실을 확인하고 나서 다시 집어넣었다. 그때 누군가가 베나비데스의 관심을 끌었다. 베나비데스의 눈길을 따라가보니 에스텔라가 있었는데, 그녀가 응접실의 다른 쪽 끝에서 팔을 흔들었다(그러자 그녀의 헐렁한 블라우스 소매가 접히면서 개구리 배처럼 창백한 팔이 드러났다). "곧 돌아올게요." 베나비데스가 말했다. "둘 중 하나예요. 내 아내가 지쳐 있거나 내가 얼음을 더 많이 가져와야 하거나." 카르바요는 이제, 특히 사물들의 진실을 읽는 법을 가르쳐줄 누군가가 필요한 그런 순간에는 스승의―지금 그는 베나비데스의 아버지를 '스승'이라 불렀는데, 아마도 그의 머리에 떠오른 그 단어는 특별한 의미를 지녔을 것이다―부재가 아쉽다는 말을 하고 있었다. 그 문장은 진흙 속에서 찾아낸 진주였다. 결국 그 문장은 크라바트와 제법 어울리는 것이었다.

"사물들의 진실을 읽는다고요?" 내가 물었다. "무슨 의미인가요?"

"으음, 내게는 항상 일어나는 일이죠." 카르바요가 말했다. "선생은 그렇지 않나요?"

"뭐가요?"

"어떻게 생각해야 할지 모르는 경우. 지도해줄 누군가가 필요한 경우. 예를 들어 오늘처럼요. 난 차에서 라디오를 들으며 여기로 왔는데,

그 프로그램들은 선생도 알잖아요. 9월 11일에 관한 얘기들을 하더 군요."

"저 역시 그걸 들으며 왔습니다." 내가 말했다.

"그리고 생각해보았어요. 베나비데스 스승님의 부재가 우리에게 얼마나 큰지 말이에요. 우리가 정치공작 뒤에, 언론의 범죄적인 공모 뒤에 숨겨진 진실을 보는 것을 도와주실 수 있었을 텐데요. 스승님은 그런 공모를 믿지 않으셨을 거예요. 스승님은 속임수를 찾아낼 줄 아셨겠지요."

"어떤 속임수 말인가요?"

"이 모든 게 속임수인데, 그걸 모른다는 말은 하지 마세요. 알 카에다 사건. 빈 라덴 사건. 미안한 말이지만, 완전 개소리예요, 이런 것들은 그런 식으로 일어나지 않아요. 쌍둥이 빌딩 같은 건물이 비행기 한 대가 꽂혔다고 바로 그런 식으로 무너져내릴 수 있을까요? 아니요, 아니라고요. 이건 내부에서 꾸민 일이고, 계획적인 파괴라고요. 베나비데스 스승님은 그걸 단박에 아셨을 거요."

"잠깐만요, 잠깐만." 나는 흥미와 병적인 호기심 사이에서 말했다. "파괴 사건에 관해 설명해주세요."

"아주 간단해요. 쌍둥이 빌딩 같은 건물은 외곽이 완벽한 직선이라서 건물 아래에서 폭파시키면 탑이 무너지듯이 와르르 무너져버려요. 발을 잘라버려야지 머리를 때릴 필요가 없어요. 물리적 법칙은 물리적 법칙이죠. 나무 꼭대기를 잘라서 나무가 쓰러지는 경우를 언제 본 적이라도 있던가요?"

"하지만 건물이 나무는 아니잖습니까? 비행기들이 들이받고, 불이 번지고, 건물 구조에 영향을 미쳐서 쌍둥이 빌딩이 무너졌어요. 그렇지 않습니까?"

"좋아요." 카르바요가 말했다. "그렇게 믿고 싶다면야." 그가 탄산수 한 모금을 마셨다. "하지만 그런대도 그 어떤 건물도 통째로 그렇게 완벽하게 무너지지는 않아요. 쌍둥이 빌딩의 붕괴는 마치 상업광고처럼 보였는데, 그걸 부인하지는 마세요."

"그건 하나 마나 한 소리예요."

"그래요, 물론 그렇죠." 카르바요가 한숨을 내쉬었다. "누구든 그 현상을 제대로 보려고 하지 않는다면 전혀 의미가 없어요. 보지 않으려는 사람처럼 눈먼 사람도 없죠."

"그런 바보 같은 속담 같은 건 들먹이지 마시라고요." 내가 그에게 말했다. 내가 그런 특이한 무례를 표출했는지도 모르겠다. 나는 고의적으로 얼토당토않은 주장을 하는 것을 싫어하고, 언어 뒤에 숨는 사람을 견디지 못하는데다, 무엇보다도 아무런 증거도 없이 믿어버리는 우리 인간의 성향을 옹호하기 위해 언어가 발명한 1001가지 빤한 상투어 따위는 더욱 견디지 못한다.

그랬음에도 나는 나의 아주 나쁜 충동을 억제하려 애를 썼고, 그때도 그렇게 했다. "선생님이 저를 설득시킨다면 설득당하겠습니다만, 현재까지 저는 그 어떤 것에도 설득당한 적이 없습니다."

"그러니까 선생한테는 모든 게 특이하게 보이지 않는다는 거로군요."

"뭐가 특이한데요? 쌍둥이 빌딩이 무너진 방식 말인가요? 잘 모르겠어요. 제가 엔지니어가 아니라서, 모를⋯⋯"

"단지 그래서 모르는 게 아니에요. 그날 아침 미 공군이 준비태세를 갖추지 못했기 때문일 수 있어요. 바로 그날 아침 항공우주 방어 시스템이 꺼져 있어서일 수도 있고요. 그 공격이 반드시 어느 전쟁으로 직결될 수 있어서거나 그 전쟁이 현상 유지를 위해 그 순간 아주 필요했기 때문일 수도 있죠."

"하지만 둘은 서로 다른 문제인데요, 카를로스, 제가 그걸 반드시 설명해야 한다고 말하지는 마세요." 내가 말했다. "하나는 부시가 오래전부터 시도하려 했던 어느 전쟁을 하기 위한 핑계로 그 공격을 이용했으리라는 겁니다. 다른 하나는 시민 삼천 명의 죽음을 허용했으리라는 거고요."

"틀림없이 그렇게 보여요. 둘이 각기 다른 사안처럼 보이죠. 이게 바로 이 사람들이 거둔 큰 성공이에요. 즉 실제로는 찰싹 달라붙어 있는 일인데 우리더러 분리되어 있다고 믿게 하는 거요. 요즘에는 순진한 사람만이 다이애나 왕세자비가 사고로 죽었다고 믿죠."

"다이애나 왕세자비요? 근데 그게 이 문제와 무슨 상관……?"

"순진한 사람만이 그녀의 죽음과 매릴린의 죽음 사이에 공통점이 없다고 믿죠. 하지만 우리 가운데 일부는 공통점이 있다는 걸 확실히 알아요."

"아아, 말도 안 되는 소리 마세요." 내가 내뱉었다. "그건 혜안이 아니라 쓸데없는 추측입니다."

그 순간 베나비데스가 우리에게 다가와 이 마지막 말을 듣게 되었다. 나는 부끄러웠으나 변명할 말을 찾아내지 못했다. 물론 나의 짜증은 과도한 것이었는데, 무슨 심리적 기제가 작동했기에 짜증이 났는지 정확히 알 수 없었다. 세상 전체를 음모 코드로 읽는 사람들이 내 화를 돋우었다고 할지라도 그런 무례는 정당화될 수 없었다. 나는 편집증 환자들조차도 적敵이 있다고 언급한 리카르도 피글리아의 소설을 상기했다. 우리가 타인의 편집증을 접할 때, 형태가 다양하며 또한 무척 차분한 성품 뒤에 도사리고 있는 그 편집증은 우리도 모르게 작동하기에, 누구든 방심하면 무책임한 추측을 하느라 평생을 보낸 사람들과 바보 같은 논쟁을 하는 데 자신의 힘을 쏟아붓게 될 수 있다. 아니면 내가 아마도 카르바요에게 불공정했을 것이다. 혹은 카르바요가 인터넷의 배설구에서 획득한 정보를 솜씨 좋게 읊어대는 사람에 불과했거나 혹은 미묘한 선동, 즉 감수성이 예민한 사람이 일으키는 소동을 부지불식간에 탐닉하는 그런 사람이었을 것이다. 아니면 그 모든 것은 훨씬 더 단순했을 수도 있다. 그러니까, 카르바요가 마음의 상처를 입은 사람이어서 그의 믿음이 삶, 즉 그에게 어떤 헤아릴 수 없는 손해를 끼친 삶에서 예기치 않게 일어나는 것에 대한 방어기제로 작용했을 것이다.

베나비데스는 분위기가 좋지 않다는 사실을 감지했다. 나의 거친 반응이 나온 뒤, 그런 분위기가 다르게 바뀔 수 있다는 것 역시 알아차렸다. 그가 내게 위스키 잔을 내밀며 사과했다. "집 끝에서 여기로 오는 데 시간이 많이 걸려서 냅킨이 이미 젖어버렸네요." 나는 말없이 잔을 받아들었고, 묵직한 무게와 유리의 딱딱한 감촉을 느꼈다. 카르바요 역시 말없이 바닥을 내려다보고 있었다. 길게 늘여진 불편한 침묵 뒤에서 베나비데스가 말했다. "카를로스, 바스케스가 누구의 조카인지 알아맞혀봐요."

카르바요는 그 게임에 뜨악한 반응을 보였다. "누군데요?" 그가 말했다.

"호세 마리아 비야레알이죠." 베나비데스가 말했다.

카르바요의 눈이 움직였거나, 혹은 내게는 그렇게 보였다. 우리가 수용한 적이 있던 놀라움이나 감탄의 관습적인 표현에 따르자면, 눈이 더 커졌다고는 말할 수 없으나 눈 속에는 내게 흥미를 유발하는 뭔가가 있었다. 이 또한 내가 명확하게 밝혀야겠지만, 그가 보여주던 것 때문이 아니라 지나치게 보여주지 않으려는 의도가 명백하게 드러났기 때문이다. "호세 마리아 비야레알이 삼촌이라고요?" 카르바요가 말했다. 그는 쌍둥이 빌딩 얘기를 할 때처럼 다시 기민해졌는데, 그사이에 나는 베나비데스가 그런 인척관계를 어떻게 알았을까 자문해보았다. 그럼에도 불구하고 지나치게 놀랄 만한 일은 아니었는데, 그 이유는 내 삼촌 호세 마리아 비야레알은 보수당의 요인이었고, 콜롬비아 정치권에서는 늘 모두가 모두를 알았기 때문이다. 어찌되었든 그 인척관계는 병원 카페에서 우리가 처음으로 대화를 나누던 중에 드러날 수도 있었고 차라리 드러났어야 할 유의 정보였다. 왜 베나비데스가 그때 그것을 언급하지 않았을까? 왜 그런 인척관계가 카르바요의 흥미를 끌었을까? 당시에는 그 이유를 알 수 없었다. 명백한 사실은 베나비데스가 내 삼촌을 언급함으로써 자신이 우리에게 다가왔을 때 느낀 적대심을 중화시키려고 시도했다는 것이다. 그가 즉시 뜻을 이루었다는 것 역시 명백했다.

"그런데 서로 잘 아는 사이셨나요?" 카르바요가 물었다. "선생과 삼촌 말이에요. 삼촌을 잘 알아요?"

"제가 좋아했던 것보다는 덜 압니다." 내가 말했다. "제가 스물세 살

때 삼촌이 돌아가셨거든요."

"뭣 때문에 돌아가셨는데요?"

"잘 모르겠어요. 자연사였을 거예요." 내가 베나비데스를 쳐다보았다. "두 분은 삼촌을 어떻게 아시나요?"

"우리가 어떻게 그를 모를 수 있겠어요?" 카르바요가 말했다. 이제 그는 구부정한 상태가 아니었다. 그의 목소리가 이전의 활기를 회복했다. 우리의 대립은 결코 일어난 적이 없었다. "프란시스코, 우리 그 책을 가져와서 이 사람에게 보여줍시다."

"이보세요, 지금은 안 돼요. 한창 모임이 진행중이잖아요."

"책 좀 가져와봐요. 부탁해요."

"무슨 책인데요?" 내가 물었다.

"가져와서 이 사람에게 보여주자고요." 카르바요가 말했다.

베나비데스는 부모가 변덕을 부려 시키는 심부름을 해야 할 때 아이가 하는 것처럼 익살맞게 얼굴을 찡그렸다. 베나비데스가 옆방으로 사라지더니 곧 돌아왔다. 책을 찾는 데 힘들이지 않았다는 말인데, 혹 그당시에 문제의 책을 읽고 있었거나, 혹 서가를 돌아다니지 않고도 자신을 집어달라고 안달하는 책들의 등을 손가락으로 대충 더듬어 책 한권을 찾을 수 있을 정도로 엄격하게 정리된 서재를 갖고 있었기 때문이리라. 나는 베나비데스 박사가 카르바요에게 책을 넘기기 훨씬 전에 빨간색 케이스에 들어 있는 그 책을 알아보았다. 가르시아 마르케스가 삼 년 전에 출간한 자서전 『이야기하기 위해 살다』였는데, 책은 콜롬비아의 모든 서점과 다른 나라의 서점 대부분에 넘쳐났다. 카르바요는 책을 받아들더니 자신이 흥미를 가졌던 쪽을 찾는데, 그가 해당 쪽을 찾기 전에 내 기억(과 본능)은 그가 내게 보여주려던 것을 이미 알려주었다. 나는 그것을 벌써 알고 있어야 했을 것이다. 우리는 4월 9일에 관해 말하려고 했다.

"그래, 여기 있군요." 카르바요가 말했다.

그가 내게 책을 건네며 그 구절을 가리켰다. 그 구절은 나 역시 바르셀로나의 집에 가지고 있던 판본의 352쪽에 있었다. 문제의 장章에서 가르시아 마르케스는 보고타에서 아무런 의지도 없이 법학 공부를 하고, 로아 시에라가 네번째 불길한 총알을 발사했던 곳으로부터 채 이백 보도 되지 않는 시내 카레라 8의 하숙집에서 아무런 계획도 없이 살면서 불시에 겪게 된 가이탄의 암살 사건을 회고하고 있었다. 가르시아 마르케스는 그 암살 사건이 유발한 폭동, 화재, 도시 전체에 퍼진 과격한 혼란에 관해 (보수당 정부가 통제를 지속하기 위해 기울인 노력에 관해서도) 언급하면서 다음과 같이 썼다.

"유서 깊은 자유주의와 엄격한 보수주의가 공존하는, 보고타와 인접한 보야카주에서는 주지사 호세 마리아 비야레알—완고하고 단호한 보수파—이 아침 이른 시각에 그 지역 소요를 억제했을 뿐만 아니라 수도의 폭동을 진압하기 위해 중무장한 병력을 파견하고 있었다." 완고하고 단호한 보수파. 삼촌에 관한 가르시아 마르케스의 이 말은, 오스피나 대통령의 명령에 의거해 보수파와 맺은 관계를 유일한 기준으로 삼아서 요원들을 선발한 경찰특수부대를 만든 사람에 관한 내용이었기에, 사뭇 유순한 것이었다. 4월 9일이 되기 불과 며칠 전에 지나치게 정치화된 그 경찰부대는 상궤를 벗어나 있었고, 이내 유해하다고 판단되는 것들을 탄압하는 조직으로 변했다.

"이거 알고 있었어요, 바스케스?" 베나비데스가 내게 물었다. "여기서 삼촌 얘기들을 한다는 걸 알고 있었냐고요?"

"네, 알고 있었습니다." 내가 말했다.

"완고하고 단호한 보수파였죠." 카르바요가 말했다.

"우리는 단 한 번도 정치 얘기를 한 적이 없었습니다." 내가 말했다.

"그래요? 4월 9일 얘기를 단 한 번도 한 적이 없었다고요?"

"제가 기억하는 한 없습니다. 일화들이 있었다는 건 알고 있었지만요."

"아하, 그거 흥미롭군요." 카르바요가 말했다. "우리가 거기 흥미를 느낀다는 게 사실이잖아요, 프란시스코?"

"사실이죠." 베나비데스가 말했다.

"자, 말해봐요." 카르바요가 내게 말했다.

"글쎄요, 잘은 모르겠어요. 몇 가지가 있긴 해요. 그 당시 어느 자유파 친구가 식사시간에 삼촌을 찾아간 이야기도 있고요. '친애하는 체페*, 나는 말이야, 자네가 다른 곳에서 자면 좋겠어.' 그 친구가 삼촌에게 말했죠. '왜?' 삼촌이 물었어요. 그러자 자유파 친구가 말했죠. '오늘밤 우리가 자네를 죽일 거거든.' 삼촌은 자신에게 가해진 테러행위 같은 것들을 얘기해주셨어요."

"그럼 4월 9일에 관해서는요?" 카르바요가 물었다. "4월 9일에 관해서는 전혀 얘기해주시지 않았나요?"

"네." 내가 말했다. "제 생각에 인터뷰를 몇 번 하셨지, 그 이상은 없

_____

* 호세 마리아의 애칭.

었네요. 삼촌과 그에 관한 얘기는 하지 않았어요."

"하지만 삼촌이 엄청나게 많은 것을 알고 계셨던 건 확실하죠, 그렇잖아요?"

"어떤 것들 말인가요?"

"그날 당신 삼촌은 보야카 주지사였어요. 이건 모든 사람이 알아요. 이게 소식을 듣고는 보고타에 경찰부대를 보낸 이유죠. 다들 그는 무슨 일이 일어났는지 나중에 알았을 거라고들 생각해요. 수소문을 하고, 정부와 대화를 했을 거예요, 그렇지 않아요? 그가 오랜 시간에 걸쳐 많은 사람과 얘기를 했을 거고, 뭐랄까, 대중의 눈 밖에서 일어난 일 가운데 많은 것을 알았을 거라고 여긴다고요."

"모르겠어요. 삼촌이 그런 얘기를 한 적은 단 한 번도 없었거든요."

"이제 알겠네요." 카르바요가 말했다. "이봐요, 그러니까 삼촌이 잘 차려입은 그 남자에 관해 말한 적이 전혀 없었다는 거예요?"

카르바요는 내게 그렇게 물으면서도 나를 쳐다보지 않았다. 한편, 나는 그 순간에 베나비데스의 시선을 찾고 있었는데, 내가 본 그의 시선이 멍했기 때문에, 아니 오히려 내 눈길을 피하는 듯한 시선이었기 때문에 그 사실을 잘 기억하고 있다. 나는 그의 눈빛이 마치 갑자기 대화가 자기 흥미를 끌지 않게 되었다는 양 딴전을 피우려고 애쓴다는 사실을 발견했다. 그러고 나서 나는 그 짧은 순간 우리의 대화가 그 어느 때보다 그의 관심을 끌었다는 사실을 이해했으나, 우연히 이루어진 것처럼 보이는 대화에 숨겨진 의도가 있으리라고 의심할 만한 이유를 찾지는 못했다.

"잘 차려입은 그 남자가 누구인데요?" 내가 물었다.

카르바요의 손가락들이 『이야기하기 위해 살다』의 쪽들 위에서 다시 움직이기 시작했다. 찾고 있던 부분을 발견하는 데는 그리 많은 시간이 걸리지 않았다.

"읽어봐요." 카르바요가 오른손 집게손가락 끝부분을 어느 단어에 올려놓으며 말했다. 가르시아 마르케스는, 후안 로아 시에라가 가이탄을 암살한 뒤에 분노한 군중에게 쫓겼으며, 군중이 가하는 린치를 피하려면 그라나다약국으로 피하는 수밖에 다른 방도가 없었다고 썼다. 로아 시에라는 약국에 경찰관 몇몇과 약국 주인이 함께 있었기 때문에 안전하다고 믿었을 것이다. 그때 예기치 않은 일이 일어났다. 회색 스리피스 슈트를 입고 영국 공작 같은 분위기를 풍기는 남자가 군중을 선동했는데, 그의 말이 대단히 효과적이었고 그의 존재 자체가 대단한 권위를 지니고 있었기 때문에, 약국 주인은 약국의 철제 셔터를 열고는 구두닦이들이 나무 구두닦이 통을 두드리며 우격다짐으로 밀고 들어와서 공포에 질려 있던 살인범을 데리고 나가는 걸 허용해버렸다. 바로 거기, 카레라 7의 도로 한복판에서 경찰들이 지켜보고 잘 차려입은 남자가 열변을 토하는 가운데 사람들이 살인범을 때려죽여버렸다. 잘 차려입은 남자가—회색 스리피스 슈트를 입고 영국 공작 같은 분위기를 풍기는—소리를 지르기 시작했다. "대통령궁으로!" 이에 관해 가르시아 마르케스는 다음과 같이 쓴다.

"오십 년이 지난 뒤에도 여전히 내 기억은 약국 앞에 있는 군중을 선동하는 것처럼 보이던 그 남자의 이미지에 고정되어 있는데, 그날의 사건에 관한 무수한 증언을 읽어보았지만 그 어느 증언에서도 그 남자에 관한 것은 발견하지 못했다. 나는 당시 고급 옷을 입고 피부는 설화석

고처럼 매끄럽고 하얗던 그의 치밀하게 계산된 행동을 아주 가까운 곳에서 목격했다. 그의 존재가 너무 특이했기 때문에 계속해서 그를 주시하고 있었는데, 군중이 저격범의 시체를 끌고 가자마자 그는 최신형 자동차에 올랐고, 그때부터 역사의 기억에서 지워져버린 것 같았다. 그 남자는 나중에 내가 기자로 일할 때까지 여러 해 동안 내 기억에서도 사라져버렸는데, 그 당시 그가 진짜 살인범의 신분을 감추기 위해 가짜 살인범을 죽이도록 한 거라는 생각이 번득 머리를 스쳤다."

내가 "**진짜 살인범의 신분을 감추기 위해**"라고 읽는 것과 동시에 카르바요가 따라 했기 때문에 우리의 목소리는 모임의 소음 속에서 볼품없는 코러스처럼 들렸다.

"참 특이하군요, 그렇죠?"

"그래요, 특이하네요." 내가 말했다.

"그건 어느 얼간이가 한 말이 아니라 가르시아 마르케스가 한 말이잖아요. 심지어 자서전에서 한 말이고요. 특이하지 않다는 건 말이 안 되죠. 그자에게 뭔가 석연치 않은 점이 없다는 것도 말이 안 되고요. 망각이 그를 삼켜버렸다는 사실에 무슨 내막이 존재하지 않는다는 것 역시 말이 안 되고말고요."

"물론, 뭔가가 있습니다." 내가 말했다. "아직 해결되지 않은 암살 사건이죠. 음모론들로 둘러싸인 암살 사건. 카를로스, 저는 선생이 이런 것에 그토록 관심을 가지신다는 게 놀랍지 않습니다. 이것이 선생의 세계라는 사실을 이미 알았으니까요. 하지만 어느 소설가가 쓴 개별 단락 하나가 마치 밝혀진 진실이나 된다는 듯 집착할 필요가 있는지는 모르겠네요. 그 소설가가 가르시아 마르케스라 할지라도 말이에요."

카르바요는 실망했다기보다는 못마땅해했다. 한 걸음 뒤로 물러나더니(우리 사이에는 서로 공격당했다고 느낄 정도로 아주 강한 불일치가 있으나 권투선수처럼 주먹을 쳐들기에는 살짝 부족하다) 책을 덮고는 아직 책을 내려놓지도 빨간색 케이스에 넣지도 않은 채 뒷짐을 지었다. "이제 알겠군요." 그가 빈정거리는 말투로 말했다. "근데 당신은 어떻게 생각해요, 프란시스코? 우리 모두가 미쳐 있는 이 세계에서 빠져나오려면 내가 어떻게 해야겠어요?"

"좋아요, 카를로스, 화내지 말아요. 이 사람이 하려는 말은⋯⋯"

"이 사람이 하려는 말이 뭔지는 잘 알아요. 이미 말했으니까요. 내가 실없는 사람이라는 거죠."

"아닙니다, 아니라고요. 그렇게 되었다면 용서하세요." 내가 말했다. "그건 그렇지 않⋯⋯"

"하지만 그 반대로 생각하는 사람들도 있는데, 사실이죠, 프란시스코? 다른 사람들은 다 눈이 멀었지만, 제대로 볼 줄 아는 사람들이 있어요. 그런데 당신의 세계에서는 그렇지 않아요, 바스케스. 당신의 세계에는 우연의 일치만 있죠. 쌍둥이 빌딩이 쓰러질 이유가 없는데도 쓰러지는 우연의 일치요. 그건 문을 열어달라는 부탁을 전혀 하지 않고도 문을 열게 할 수 있는 한 남자가 그라나다약국 앞에 있게 되는 우연의 일치고요. 그 사건이 일어난 뒤에 당신의 삼촌 이름이 책 열네 쪽에 등장하는 우연의 일치 말이에요."

"이제 정말 선생을 이해 못하겠네요." 내가 말했다. "제 삼촌과 그자가 무슨 관계가 있다는 겁니까?"

"나는 몰라요." 카르바요가 말했다. "그리고 당신도 마찬가지로 모르죠. 당신이 삼촌에게 아무것도 묻지 않았으니까요. 당신이 4월 9일에 관해 삼촌과 단 한 번도 얘기하지 않았기 때문이고요. 당신 삼촌이 그 라나다약국 문을 열게 한 그 남자를 알았을 거라는 사실을 당신이 모르기 때문이죠. 그거 알고 싶지 않아요, 바스케스? 모든 사람이 지켜보는 가운데 후안 로아 시에라를 죽게 한 뒤에 고급차를 타고 영원히 사라져버린 그자가 누구인지 알고 싶은 마음이 들지 않냐고요? 우리는 당신 나라에서 일어난 가장 심각한 일에 관해 얘기하고 있는데, 당신은 별로 중요하게 여기지 않는 듯 보이는군요. 당신 친척 한 명이 그 역사적인 순간에 참여했고, 당시엔 모든 사람이 서로 알았기 때문에 그자가 누구였는지 알 수 있었어요. 그런데 당신은 그에 관해 눈곱만큼도 관심이 없는 것 같아요. 당신들은 모두 똑같아요, 형제님. 다른 곳에서 살게 되면 다들 조국을 잊어버리죠. 혹 그렇지 않을 수도 있겠지만 지금은 그런 생각이 드네요. 아마도 당신은 삼촌을 보호하려는 생각밖에 없을 거요. 아마도 당신은 그때를 전혀 잊지 않았고, 그때 무슨 일이 일어났는지도 아주 잘 알고 있을 거요. 당신 삼촌이 보야카주의 경찰 특수부대를 조직했다는 걸 당신은 아주 잘 알아요. 그 경찰이 나중에 살인 경찰이 되었다는 걸 당신은 아주 잘 안다고요. 그걸 생각할 때면 어떤 느낌이 들죠? 그걸 잘 알고 있어서 걱정스러운가요? 걱정을 한 적이 있긴 해요? 혹 당신에게는 전혀 상관없는 일이고, 그 모든 게 당신과 무관하며, 그 모든 건 그저 당신이 태어나기 사반세기 전에 일어난 일이라고 생각하는 거요? 그래요, 당신은 그렇게 생각하는 게, 이딴 건 다른 사람들 일이고, 다른 사람들 문제고, 당신 일이 아니라고 생각하는 게 확실해요. 당신이 뭘 알겠어요? 아무튼 당신 자식들이 여기서 태어날 운명이라는 게 기쁘네요. 당신 아내요. 당신 아내가 여기서 출산을 한다는 게 기쁘다고요. 그러면, 당신의 나라가 당신더러 이기적인 사람이 되지 말라는 교훈을 줄 거요. 그래서 곧 당신 딸들이 당신에게 콜롬비아 사람이 되는 것이 무슨 의미인지 가르쳐주겠지요. 물론, 무탈하게 태어난다면요, 그렇지요? 당신 딸들이 병약한 고양이처럼 바로 그 자리에서 죽지 않는다면 말이죠. 난 지금 그것 또한 하나의 교훈이 될 거라는 생각을 하고 있어요."

나는 그때 일을 어슴푸레 기억하고 있다. 그래, 그다음 순간에 내가 이미 위스키 잔을 들고 있지 않았다는 사실을 기억하고 있다. 다음 순간 내가 카르바요의 얼굴에 위스키 잔을 던졌다는 사실을 깨달았는데, 잔이 바닥에 부딪혀 깨지는 소리를 잘 기억하고, 카르바요가 무릎을 꿇은 채 두 손으로 얼굴을 감싸고, 깨진 코로 피를 흘리고, 피가 빨간 크라바트를 빨갛게 물들이고, 투우사의 물레타*의 번쩍거리는 빨간색 위를 검붉게(그리스 사람들은 그런 피를 '검은 피'라고 불렀다) 물들이는 것도 기억하고, 피가 왼손 가장자리를 타고 흘러내려오면서 셔츠 소맷부리와 시곗줄을 더럽히는 것도 기억하고, 셔츠의 하얀 천을 기억하고, 하얗기 때문에 가죽보다 핏자국에 더 취약하다는 사실을 기억하고 있다. 나는 카르바요가 고통스러워서, 아마도 두려워서 지르는 비명을 기억하고 있다. 피를 보면 그렇게 반응하는 사람이 있다. 베나비데스가 권위뿐만 아니라 결단력으로 가득찬 강인한 어느 손으로 내 팔을 붙잡고(거의 십 년이 흘렀지만 내 팔에 가해지던 손의 압력은 여전히 살아

---

* 투우경기에서 후반에 소에게 창을 꽂은 후 마지막으로 소를 쓰러지게 하기 위해 사용하는 붉은 천. 카파와 달리 막대기나 검을 숨겨둔다.

있고, 여전히 느낄 수 있다) 나를 끌어당기더니, 응접실을 차지하고 있던 사람들이 어안이 벙벙한 상태로 쳐다보거나 노골적으로 비난하면서 우리가 지나가도록 쫙 갈라져서 길을 터준 응접실을 가로질렀고, 나는 얼음주머니를 든 채 부상당한 카르바요를 향해 급히 가던 안주인 에스텔라, 그리고 짜증 또는 조바심을 드러내면서 빗자루와 쓰레받기를 가져가는, 아마도 그 집 가정부인 다른 여자를 곁눈질로 쳐다보았다. 나는 베나비데스가 나를 자기 집에서 내치고 있다고 생각할 시간이 있었다. 그 사실을 애석해할, 그래, 우정으로 생겨난 것은 아니었지만 그럴 수도 있었던 어느 관계가 끝났음을 애석해할 시간이 있었고, 반짝 스치는 죄책감 속에서 열려 있는 현관문과 집 밖으로 떠밀리는 광경을 상상했다. 나는 피로를 느꼈고, 지금은 아니지만 그때는 아마도 내가 술을 평소보다 많이 마셨다고 생각했으며, 정신이 몽롱한 상태에서도 내 행위의 결과를 받아들일 준비가 되어 있었기 때문에 재빨리 머릿속으로 사과나 변명의 문장들을 만들어내기 시작했는데, 지금 와서 생각해보니 내가 이미 그 문장들을 입밖에 내기 시작했을 때 베나비데스가 나를 집 현관문 쪽이 아니라 계단 쪽으로 끌어가고 있었다는 사실을 깨달았더랬다. "위층으로 올라가서 왼쪽 첫번째 문을 열고 들어가 안에서 나를 기다려요." 베나비데스가 내 손에 열쇠를 쥐여주며 말했다. "가능하면 빨리 올라갈 테니 아무에게도 문을 열어주지 말아요. 우리 할 얘기가 많을 것 같네요."

2. 저명한 망자들의 유품

공기가 거의 순환되지 않는 그 너저분한 방에서 얼마나 오랫동안 기다렸는지 모르겠다. 분명 베나비데스의 영토로 설계된, 창문 없는 서재였다. 미용실의 낡은 헤어드라이어로밖에 보이지 않는 커다란 등에서 쏟아지는 불빛 아래 독서용 안락의자가 하나 있었고, 나는 손님에게 할당된 듯 보이는 공간을 발견하지 못한 채 방안을 몇 바퀴 돈 뒤에 안락의자에 앉았다. 베나비데스 박사의 서재는 결코 손님을 받기 위해 만들어진 곳이 아니었다. 안락의자 곁에는 십여 권의 책이 쌓여 있는 작은 탁자가 있었는데, 어떤 숨겨진 질서를 깨뜨릴까 두려워 그 어느 책도 펼쳐볼 엄두를 내지 못한 채 그저 쳐다만 보면서 기분전환을 했다. 장 조레스의 전기, 플루타르코스의 『영웅전』을 보았고, 아르투로 알라페의 보고타소에 관한 책과 가죽으로 장정한 다른 책도 보았는데, 전자보다 더 얇은 후자의 경우에는 작가의 이름을 읽을 수가 없었고 제목도 지나치게 정치선전 같아 보였다. 『콜롬비아의 정치적 자유주의가 어떻게 죄악이 아닌가에 관해』라는 제목이었다. 기다란 벽 가운데는 표면이 초록색 가죽으로 덮인 네모난 책상이 차지하고 있었는데, 아주 용의주도하게 정리된 책상에는 종이 두 더미가 서로 부딪치지 않게 놓여 있었다. 하나는 봉인된 봉투들이고 다른 하나는 펼쳐진 계산서들이었는데(그 신성한 공간에 특이하게 용인된 실용적인 삶으로, 여러 생각을 하게 만들 것 같은), 이것들은 수공예품처럼 보이는 필통의 무게 덕에 제자리를 유지하고 있었다. 두 기계가 책상 표면을 지배하고 있었다. 스캐너와 컴퓨터 모니터였는데, 덩치만 크고 쓸모가 없는 모니터는 마지막 세대의 하얀색 고물로, 어느 우상처럼 자기 자리를 차지하고 있었다. 아니, 나는 즉시 생각했다. 우상이 아니라 커다란 눈 같은걸. 모든 것을 쳐다보고 모든 것을 아는 눈. 우습게도, 나는 컴퓨터가 꺼져 있거나 적어도 컴퓨터에 연결된 카메라가 꺼져 있어서 누군가가 나를 염탐하고 있지 않을 것이라는 사실을 확인했다.

저 아래층에서는 무슨 일이 일어났던 것일까? 나는 여전히 상황을 썩 명확하게 인식하지 못한 상태였다. 내가 내 세대의 많은 사람처럼 도시, 나의 도시가 지뢰밭으로 변하고 거대한 폭탄 테러와 총격전이 은밀하고 교활한 방식으로 우리에게 재현되는 어느 시기에 성장한 결과 억눌린 폭력의 암류暗流를 간직하고 있음에도 불구하고, 나는 자신의 과격한 반응에 스스로 놀라고 있었다. 사소한 교통사고에도 우리가 누군가의 얼굴을 박살내려고 서둘러 차에서 내리는 모습을 누구든 기억할 것이고, 내가 그 누군가의 얼굴을 겨냥한 권총 총열의 시꺼먼 구멍을 여러 번 본 적 있는 유일한 사람은 아니라고 확신한다. 또한 야외 전투로 변해버린 축구경기들, 마드리드의 전철 또는 부에노스아이레스의 어느 주유소에서 이루어진 난투극을 녹화하는 숨겨진 카메라에 나 혼자만 매료되어 있지는 않을 텐데, 나는 보면서 우리에게 반드시 필요한 아드레날린이 분비되는 것을 느끼기 위해 이런 장면들을 인터넷에서 검색한다. 하지만 그런 일이 다반사라고 해도, 그 어떤 것도 아래층에서 일어난 일을 정당화할 수 없었다. 다만 당시 겪고 있던 극도의 긴장과 수면부족으로 인해 내 정신 상태가 썩 좋지 않았다는 사실이 그 상황을 설명할 수 있는 최소한의 실마리는 될 수 있었다. 나는 그런 정황에 매달렸다. 그래, 나는 그렇게 행동할 사람이 아니고, 베나비데스 박사와 부인은 그 사실을 이해해야 했다. 그러니까, 그곳에서 30블록 떨어진 곳에서 아직 태어나지 않은 내 딸들이 매일 삶과 죽음의 위기에 처해 있고, 매일매일 나와 내 아내의 삶의 안위가 그 위험성 높은 출산의 운에 달려 있었던 것이다. 카르바요의 그런 비판 때문에 내가 잠시 분별력을 잃어버린 것도 이해할 만하지 않은가?

그건 그렇고, 카르바요가 나와 호세 마리아 비야레알의 관계에 대해 얼마나 알고 있었을까? 그가 구체적인 사항들을 몰랐다는 것은 명백했으나 베나비데스와 그가 나에 관해 어떤 세세한 얘기를 하고 있었다는 것도 명백했다. 언제부터? 베나비데스가 나를 카르바요에게 소개하거나 카르바요가 나를 만나게 하려는 비밀스러운 의도를 가지고 나를 자기 집에 초대했을까? 무엇 때문에? 내가 4월 9일을 직접 겪고 가이탄이 살해된 뒤 일어난 사건에 결정적인 역할을 한 누군가의 조카이기 때문이겠지. 그래, 적어도 그 점만은 확실했다. 정부에 충성하는 주지사가 폭동을 진압하기 위해 경찰 수천 명을 파견한 것은 공적인 사건으로 공식 역사의 한 부분을 이루고 있었다. 물론 나는 모든 사람처럼 가르시아 마르케스의 자서전을 읽은 적이 있는데, 우리의 가장 영향력 있는 지성인일 뿐만 아니라 콜롬비아 최고의 소설가인 그가 각색도 하지 않고 완곡어구를 사용하지도 않고서 어느 숨겨진 진실의 존재를 명확하게 시사했다는 것은 모든 사람에게 그랬듯이 내게도 불편했고, 심지어 나를 불안하게 만들었다. 그 책에 언급된 내용이 사실과 전혀 다르지 않았기 때문이다. 가르시아 마르케스는 잘 차려입은 남자에 관해 말하고, 호르헤 엘리에세르 가이탄을 암살한 후안 로아 시에라를 죽이는 데 그 남자가 관여했다고 시사하면서, 후안 로아 시에라가 유일한 살인자가 아니라 그 범죄의 배후에 정교한 정치적인 음모가 있었다는 자신의 깊은 확신을 글로 써놓았다. 그 남자가 진짜 살인범의 신분을 감추기 위해 가짜 살인범을 죽이도록 했다. 이제 이 문장은 새로운 빛을 내뿜고 있었다. 물론 내 삼촌이 잘 차려입은 그 남자가 누구였는지 알 수 있었으리라고는 생각되지 않았다. 설사 당시 정치 엘리트들 사이에서는 모두가 모두를 알고 있었다 할지라도, 그렇게 생각하는 것은 기이한 일이었다. 기이했다고? 그랬다. 하지만 진정 그랬을까? 카르바요의 말 한 마디 한 마디는 어떤 깊은 확신에 찬 것 같았다. 내 삼촌 호세 마리아가 진짜 살인범의 신분을 감추기 위해 가짜 살인범을 죽이도록 했던 그 남자의 신분을 희미하게나마 밝혀줄 뭔가를 알 수도 있는 위치에 있었다는 확신 말이다.

내가 그런 생각에 빠져 있을 때 누군가 방문을 두드렸다.

문을 열어보니 베나비데스 박사가 방금 전에 일어난 일 때문에 훨씬 더 많이 소진되었다는 듯이 초췌하고 구부정한 모습으로 서 있었다. 베나비데스 박사는 잔 두 개와 푸크시아* 색조의 보온병 하나가 놓인 쟁반을 들고 있었는데, 그 보온병은 달리기 선수들이 달리기를 할 때 사용하는 것과 유사했으나 에너지 음료가 아니라 진한 블랙커피가 담겨 있었다. "고맙지만 저는 됐습니다." 내가 말하자 베나비데스가 대답했다. "마셔요, 당신 거예요. 고마워요." 그리고 그는 내게 커피를 따라주었다. "아아, 바스케스." 그가 말을 이었다. "당신 때문에 내가 참 복잡한 일에 얽혔어요."

"압니다." 내가 말했다. "용서하세요, 프란시스코. 제가 왜 그랬는지 모르겠어요."

"모른다고요? 나는 알아요. 아마도 당신과 같은 입장이라면 그 누구에게든 일어났을 것이 당신에게 일어난 거죠. 카르바요가 감당할 수 없는 것이었고, 나도 알아요. 하지만 그렇다고 해서 그것이 내게 복잡한 일이 아니라는 의미는 아니지만요." 베나비데스는 어느 구석으로 가더니 격자창틀이 달린 일종의 자동기계 버튼을 눌렀다. 방안의 온도가 몇 도 내려갔고 이제 공기가 축축하지 않다는 느낌이 들었다. "당신이 내 모임을 망쳐버렸어요, 친애하는 친구." 베나비데스가 말했다. "내 파티와 내 아내의 파티를 망쳐버렸다고요."

"제가 아래층으로 내려가겠습니다." 내가 제의했다. "제가 모든 사람에게 용서를 구하겠습니다."

"신경쓰지 말아요. 이미 다들 떠났어요."

---

* 바늘꽃과의 소관목으로, 꽃은 어두운 자주색이나 붉은색을 띤다.

"카르바요도요?"

"그래요." 베나비데스가 말했다. "병원으로요. 비중격을 치료받을 거요."

그러고서 그는 책상으로 가서 자리에 앉아 컴퓨터를 켰다. "카르바요는 아주 특이한 사람이에요." 그가 말했다. "그래서 미친 사람처럼 보일 수도 있죠. 그렇지 않다고 말하진 않겠어요. 하지만 그는 실제로는 유익한 사람인데, 아주 열정적이어서 가끔 감당하기 어렵긴 하죠. 난 열정적인 사람이 좋아요. 열정적이라는 건 일종의 약점인데, 내가 뭘 어떻게 하겠어요. 나는 진정한 열정을 가지고 자신이 확신하는 바를 믿는 사람을 좋아해요. 그리고 카르바요가 그런 사람이라는 건 하느님도 아시죠." 베나비데스가 이렇게 말하면서 책상의 초록색 가죽 위에서 마우스를 움직이자 모니터의 화면이 변화하고, 창들이 열리고 겹쳤으며, 맨 뒤에 베나비데스가 바탕화면으로 선택해놓은 이미지가 보였다. 나는 사디 곤살레스의 유명한 사진들 가운데 하나를 알아보고도 놀라지 않았는데, 그 사진에는 4월 9일의 폭동에서 불타는 전차 한 대가 있었다. 폭력이 가득찬 이미지였는데, 컴퓨터를 켤 때마다 보려고 그 이미지를 선택한 남자에 관해 뭔가 말해야 했겠지만, 나는 그 문제에 관해서는 너무 많은 생각을 하지 않기로 작정했다. 또한 그 이미지에서 그 불길한 날에 발생한 위험과 파괴에 대한 고발을 더이상 보지 않는 것도 가능했고, 그 기억을 자극하는 역사적인 증거만 보는 것도 가능했다. "커피 마셨어요?" 베나비데스가 내게 물었다.

나는 어떤 사람들은(나는 아니다) 의미를 읽고 해석하곤 하는 반지 같은 갈색 띠만 밑바닥에 남은 빈 커피잔을 그에게 보여주면서 "전부요" 하고 말했다.

"아주 좋아요. 정신이 좀 드나요, 아니면 한 잔 더 할래요?"

"정신이 드네요, 박사님. 아래층에서 일어난 일은 정말 뜻밖이었습니다. 그건……"

"부탁인데 나를 박사라고 부르지 말아요, 바스케스. 첫째, 그 단어는 이 나라에서 아주 평가절하되어 있어요. 모든 사람, **모든 사람**을 그렇게 부르잖아요. 둘째, 나는 당신의 주치의가 아니에요. 셋째, 당신과 나는 친구예요. 우리 친구 아닌가요?"

"네, 박사님. 프란시스코. 네, 프란시스코."

"친구들 사이에서는 그런 식으로 말하지 않아요. 그렇죠?"

"그러지 않지요, 프란시스코."

"나 또한 당신을 박사라 부를 수 있을 거요, 바스케스. 당신은 글쓰는 일을 하고 있지만, 그전에 법대를 졸업했으니까요. 이 나라에서는 변호사들도 박사라고 부르잖아요?"

"맞습니다."

"근데 왜 내가 당신을 박사라고 안 부르는지 알아요?"

"친구니까요."

"맞아요. 우리는 친구니까요. 그리고 우리가 친구니, 내가 당신을 믿는 거요. 그리고 나는 당신이 나를 믿는다고 생각해요."

"그래요, 프란시스코. 나는 당신을 믿어요."

"맞아요. 우리가 서로를 믿기 때문에 내가 믿는 사람에게만 하는 어떤 일을 이제 하려고 해요. 내가 당신을 믿기 때문에, 그리고 내가 당신에게 설명 하나를 해야 한다고 느끼기 때문이죠. 당신은 내게 위스키 잔 하나와 친구들과의 파티를 빚졌지만 나는 당신에게 설명 하나를 빚졌거든요. 그리고 당신에게 그 설명 빚을 갚을 필요는 없지만, 갚을 거요. 당신은 내가 당신에게 보여주는 것을 이해할 거라 믿어요. 이해하고 제대로 평가할 거라고요. 그렇게 할 수 있는 사람이 많지 않죠. 나는 당신이 그렇게 할 수 있으리라 믿어요. 당신이 날 오해하지 않기를 원하고요. 이리 와봐요." 그가 권위적인 손가락으로 자기 서류들이 놓여 있는 책상 앞, 의자 옆 공간을 가리키며 말했다. "여기 서봐요."

그의 말에 따라 나는 바뀐 컴퓨터 화면을 마주했다. 거의 모든 컴퓨터의 화면과 마찬가지로 이 컴퓨터 화면의 아랫부분에 있는 컬러 아이콘들을 제외하면 이미지 하나가 화면 전체를 차지하고 있었는데, 그것이 흉부 엑스레이 사진이라는 것을 단박에 알아차렸다. 엑스레이 사진 중앙의, 어스름한 갈비뼈들로 둘러싸인 척추 위에 강낭콩처럼 생긴 검은 얼룩이 있었다. 내가 "강낭콩이군요"라고 말했든가 "근데 강낭콩은 뭔가요?"라고 물었는데, 베나비데스는 강낭콩이 아니라 척추에 닿을 때 생긴 충격으로 형태가 변한 총알이라고 말했다. 1948년 4월 9일에 호르헤 엘리에세르 가이탄을 죽인 총알 네 개 가운데 하나였다.

가이탄의 뼈들. 가이탄을 죽인 총알. 나는 그것들을 보고 있었고, 그것들은 그곳에 있었다. 나는 특권의식을, 내가 그곳에 있다는 특이한 특권의식을 느꼈다. 나는 가이탄을, 이미 목숨이 끊긴 그의 유명한 얼굴 사진을, 그리고 대학 시절에 그의 집을 방문했던 일을 생각했는데, 그 당시 그의 생애와 죽음에, 그리고 그의 죽음과 생애가 우리 콜롬비아 사람들에게 말하던 것에 흥미를 느끼기 시작했다. 나는 유리 진열

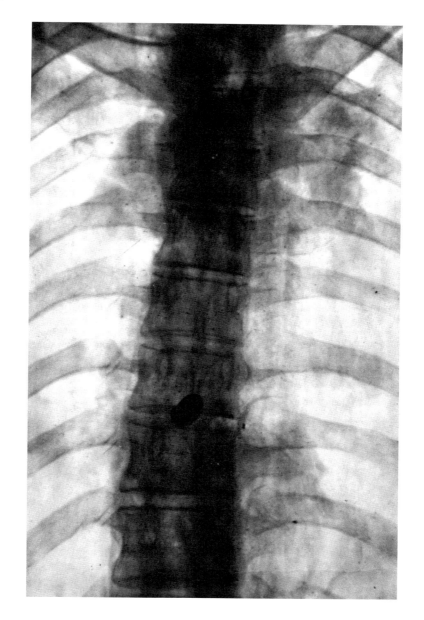

장과 가이탄이 죽임을 당했을 때 입고 있던 스리피스 정장을 기억했고, 살인자 로아 시에라의 총알들이 그 검은색 천에 뚫어놓은 구멍들을 기억했다. 이제 나는 이미 목숨이 끊긴 몸속에 있는 그 총알들을 보고 있었다. 베나비데스는 훌륭한 교수처럼 논평하고 설명했으며, 척추뼈의 수를 세고, 보이지 않는 장기들을 표시해주고, 가이탄의 사체 부검에 관해 누군가가 써놓았던 문장 전체를 시처럼 읊었다. 문장 가운데 하나인 "심정지의 악성 징후가 전혀 없는 온전한 심장"은 심장이 더 좋은 운명을 향유할 수도 있었을 거란 말처럼 생각되었지만(악성 징후가 바로 심장의 운명이었을 것이기에 내게는 특이하게 보였다), 그런 말장난을 할 순간이 아니었다. 내가 할 수 있었던 것은 이것이 어떻게 해서 베나비데스의 수중에 있게 되었는지 속으로 자문해보는 것뿐이었다. 마침내 나는 스스로에게 묻는 것을 그만두고 활기찬 목소리로 그에게 물었다.

"그게 어떻게 가능했나요? 어떻게 해서 이걸 갖게 된 거예요?"

"원본은 내 서랍에 있어요." 베나비데스가 그 누구도 하지 않은 질문에 대답하면서 말했다. "그렇게 하는 게 정상이잖아요? 물론 이게 여기 있다는 건 아무도 모르지만요."

"그런데, 왜 이게 여기에 있는 거죠?"

베나비데스의 얼굴에 미소 같은 것이 번졌다. "내 아버지가 가져오셨어요." 그가 말했다. 그는 우리 콜롬비아 사람들이 성인이 되어서도, 그리고 다른 성인, 심지어 낯선 성인들과 말을 할 때도 늘 사용하는 '아빠papá'라는 단어를 사용하지 않았다. 에스파냐어를 사용하는 다른 나라들에서는 어느 성인이 다른 성인에게 자기 '아빠'에 관해 얘기하는 것은 필시 꼴불견인 일이거나 그가 유치증을 앓는 사람이라는 말이 된다. 하지만 콜롬비아에서는 그렇지 않다. 그럼에도 불구하고 베나비데스 박사는 늘 자기 '아버지'라고 말했다. 그게 왠지 내 마음에 들었다.

"아버지께서 가져오셨다고요?" 내가 말했다. "어디서 가져오셨는데요? 왜 그걸 가지고 계셨답니까?"

"그걸 물어주니 반갑군요." 베나비데스가 말했다. "이제 전모를 얘기해줄 테니 좀 참아요."

베나비데스는 자신이 앉아 있던 의자—일종의 탄력 그물을 등받이처럼 사용하고, 정확한 용도를 알 수 없는 각종 레버와 스위치가 달려 있는, 바퀴 달린 현대식 검은 의자—를 끌어당겨서 독서할 때 사용하는 안락의자 곁으로 이동시켰다. 그가 헤어드라이어를 켜고는 내게 여기 앉아요라고 하듯 신호를 보냈다. 그는 안락의자에 앉아 스웨터 단추 위로 팔짱을 끼더니 자기 아버지 이야기를 하기 시작했다.

돈 루이스 앙헬 베나비데스는 콜롬비아 국립대학교에서 세균학을 공부했다. 학문에 대한 소명의식은 부족했건만 최고 학점을 땄는데, 대학교 마지막 해에 자신의 삶을 바꾸어놓은 방문을 받았다. 스승이자 전설적인 학자인 기예르모 우리베 쿠아야 박사의 추천에 따라 대학 당국이 그더러 법의학연구소를 설립하라고 제의한 것이다. 그는 다시는 세균학책을 펼치지 않았다. 탄도학과 법의학을 전공하기 위해 미국으로 갔고, 자기 분야에서 유명인사가 되어 당대 위대한 교수가 될 준비가 된 상태로 콜롬비아로 돌아왔다. "법과대학의 형벌학연구소에서 강의를 하셨어요." 베나비데스가 내게 말했다. "강의 두어 개를 맡아 명성을 떨치셨고요. 당연히 그랬겠죠? 어쨌든, 아버지가 이십 년 동안 배출한 콜롬비아 판사들은 아버지가 가르친 것을 유일한 법과학 지식으로 알고 있죠." 긴 직업의 과정에서 아버지 베나비데스 박사는 물건들—강의에 사용할 물건이지만 무수한 제자 또는 동료가 준 총기, 낡은 도검, 운석, 호모 하빌리스의 두개골 같은 특이하거나 신기한 물건도 있었다—을 수집해갔는데, 어느 날 대학교의 자기 영토에 도착해서는 우울한 표정을 지었다. "제기랄," 그가 말했다. "이건 뭐 박물관에서 사는 것 같구먼." 그 순간 그는 다음과 같이 결정해버렸다. 그것이 세상에서 가장 자연스러운 결정이라는 듯이, 국립대학교의 동일한 시설 안에 '루이스 앙헬 베나비데스 카라스코 법과학 박물관'을 설립하겠다고 선포하고 가동시킨 것이다.

"60년대에 국립대학교 학생들이 한 달에 한 번씩 동맹휴업을 했을 때 아버지는 박물관에서 가장 귀중한 물건들을 집으로 가져오셨어요." 베나비데스 박사가 내게 말했다. "그것들을 보호하기 위해서였는데요, 그게 무슨 말인지는 알 거요. 그렇게 동맹휴업을 할 때면 무슨 일이 일어날지 전혀 알 수 없기 때문이죠. 학생들이 짱돌을 던지고, 학교 시설물을 닥치는 대로 파괴하고, 경찰과 대치하고. 어찌되었든, 박물관은 온전히 무사했어요. 학생들이 난동꾼처럼 짱돌을 던졌지만 박물관에서는 벽돌 한 장 손대지 않았지요. 오히려 학생들이 박물관을 보호해주고, 박물관을 좋아했다니까요. 바스케스, 나는 그런 걸 보았고, 지금도 기억하고 있어요. 그래요, 이건 아버지가 가끔 집에 가져오시던 것들 가운데 하나예요. 당시 아버지는 집 주방 뒤 구석방에 실험실을 마련해놓고는 자신에게 흥미로운 물건들을 가져와 차츰차츰 또하나의 박물관을 만들어가셨어요. 동맹휴업이 진행되는 동안 대학에서 가져온 것들을 거기에 놔두셨던 거지요. 예를 들어, 그에게는 아주 중요했던 엑스레이 사진요. 아버지가 집 마당에서 역광에 사진을 비춰보며 뭔지 모를 어떤 것을 찾고 계시는 모습을 두어 번 보았는데, 나는 누군가 악보를 읽는 어느 음악가를 보면서 느끼곤 하는 감정을 느꼈어요. 이게 내가 아버지의 삶에 대해 기억하는 것들 가운데 특히 선명한 거죠. 햇빛이 가장 좋은 시각에 창가에 서서 이미지를 통해 어떤 숨겨진 진실을 찾고자 한 아버지."

루이스 앙헬 베나비데스는 1987년에 사망했다. "그런데 어느 날 내 형제들 가운데 하나가 보험증권이 있다는 얘기를 하더군요." 베나비데스 박사가 말했다. "우리가 보험금을 타야 하기 때문에 보험증권을 분실하면 안 되고, 또 누가 가져가버릴 수도 있으니…… 급히 움직여야 한다고요. 보험증권을 다시 써먹으려면, 무슨 이유인지 기억나지는 않지만, 우리가 그 박물관의 재고조사를 해야 했어요. 그 당시 아버지의 박물관에는 이미 소장품이 아주 많았죠. 천오백 점, 이천 점. 누가 그걸 다 헤아리겠어요? 헤라클레스나 할 법한 일이었는데, 게다가 그것은 행정적인 절차여서 내 형제들과 나는 그런 일에 허비할 시간이 없었거든요. 그래서 우리는 아버지의 평생제자로, DAS*에서 근무하던 여성과 계약을 맺었지요. 그녀는 우리를 도와주기로 결정하고 재고조사를 시작했는데, 작업을 하고 있을 때 DAS에서 폭탄이 터진 거요."

DAS 건물에서 터진 폭탄. 내가 열여섯 살이었을 때(나는 고등학교 2학년에 재학중이었다), 마약상 파블로 에스코바르와 곤살로 로드리게

---

* 보안행정국(Departamento Administrativo de Seguridad)의 약자로, 일종의 정보경찰 조직이다.

스 가차는 보안행정국 청사 옆에 다이너마이트 500킬로그램을 적재한 버스를 주차할 음모를 꾸몄다. 이들의 목표물은 엄밀한 의미로 국가의 정보기관이 아니라, 그 기관을 이끌고 있으며 바로 그 당시 메데인 카르텔이 전쟁을 선포한 적을 상징하는 장군이었다. 1989년 12월 6일이었다. 폭발이 팔로케마오 지역을 뒤흔든 때는 아침 일곱시 반이었다. 그 순간 그 도시의 반대편에 있는 강의실에 앉아 있던 나는 당시에 우리에게 그 소식을 전하던 교수의 얼굴에 그려진 공포를 현재도 똑똑히 기억하고 있고, 휴강, 귀가, 그리고 뜨악하고 불안정한 느낌, 혼란스럽고 초조한 느낌 또한 기억하고 있으며, 그 테러 행위가 우리의 일상과 심지어 다른 곳에 있는 행운을 누리던 사람들의 일상까지도 바꾸어버린 그 며칠과 그 기억들을 연관시킬 수 있다. DAS 건물에서 터진 폭탄은 여든 명에 육박하는 사람을 죽이고, 육백 명이 조금 넘는 사람을 다치게 했다. 사망자 가운데는 공무원, 보안요원, 방심한 행인 들이 있었는데, 그들에게 콘크리트 블록이 비처럼 쏟아졌다. 당시 사망자 가운데는 루이스 앙헬 베나비데스 박사의 그 제자가 있었다. 사망자 가운데 하나가 그녀였다고요? 내가 물었다. 맞아요, 박사가 대답했다. 사망자들 가운데 한 명이었어요.

"재고조사는 결코 끝나지 않았어요." 베나비데스가 내게 말했다. "그러던 어느 날, 재고조사를 계속할 수 있을지 그 물건들을 살펴볼 요량으로 박물관으로 갔는데, 문이 닫혀 있더군요. 1990년 초의 일이었는데, 아직 강의가 시작되진 않았죠. 박물관 안에는 남자 둘이 있었는데, 둘 다 정장에 넥타이 차림이었어요. 교수가 아니었죠. 보자마자 알겠더군요. 한 사람은 로돌포 발렌티노*처럼 역겹고 작은 콧수염을 길렀는데, 발렌티노가 누구인지 알아요? 그래, 그의 콧수염이 그랬는데요, 그런 콧수염을 기른 사람은 늘 내 마음에 들지 않아요. 그 사람은 뒷짐을 진 채 이렇게 걸으면서 한쪽에서 다른 쪽으로 왔다갔다했고, 이렇게 해보았자 아무 소용이 없으니 박물관을 닫을 거라고 자기 동료에게 말하는 거예요. 그러자 그 순간 그곳에 있는 모든 것, 아버지에게는 아주 소중했던 그 아름다운 물건들이 모두 떠오르면서 두려워지더군요, 그 물건들이 상자에 담겨 어느 후미진 지하실에서 습기와 먼지에 싸인 채 썩어가고, 게으른 사람들이 살아가는 이 나라의 고물창고에 아무렇게나 쌓여 있는 상상을 했어요. 그 덕에 특별히 애를 쏠 필요도 없었고, 죄책감을 느끼지도 않았죠. 나는 봉지 하나를 집어들어 맨 먼저 눈에 띄는 물건 세 개를 집어넣었어요. 그러고서는 그 누구도 놀라게 하지 않고 의구심을 불러일으키지도 않도록 천천히, 아주 천천히 걸어갔죠. 사람들이 제안한 대로 나중에 박물관을 닫았기 때문에, 당시 내 행동이 옳았다고 생각해요. 사람들은 박물관 문에 벽돌담을 쌓아 진짜로 닫아버렸어요. 그래요, 모든 것을 안에 놓아둔 채로 담을 쌓아버렸다니까요. 바스케스, 당신이 그 안에 있는 보물들을 본다면, 당신이 보게 된다면 좋을 텐데요."

"엑스레이 사진이 그것들 가운데 하나군요." 내가 말했다.

"내가 구해낸 것들 가운데 하나죠, 그래요."

"하지만 그것뿐만이 아니에요."

이렇게 말한 베나비데스가 자리에서 일어나 왼쪽 벽으로 갔다. 그러

---

* 1920년대의 섹스 심벌이었던 이탈리아 배우. '라틴 러버'라고 불렸다.

고는 벽에 걸려 있던 유일한 액자를 양손으로 잡았다. 백 년도 더 전에 보고타의 위도를 계산하고 달의 궤도를 측정하는 방법을 고안한 그의 선조 훌리오 가라비토를 기리는 포스터였다. 빽빽한 콧수염을 기른 그가 '고요의 바다'가 보이는 달 그림 옆에 서 있었다. 베나비데스가 벽에서 포스터를 떼어냈다. 액자 뒷면에는 네 모서리를 접착테이프로 고정해놓은 항공우편 봉투가 있었는데, 가장자리에 빨간색과 파란색 줄무늬가 있는 구식 봉투였다. 베나비데스는 손가락 두 개를 봉투에 집어넣어 반짝거리는 물건을 꺼냈다. 열쇠였다.

"아니, 이것만이 아니에요." 베나비데스가 말했다. "이게 가장 중요한 것도 아니고요. 물론, 이런 물건들이 지닌 중요성은 측정할 수가 없지요. 내 말에 동의하리라 믿어요. 근데 이거 어떻게 생각해요?"

그가 열쇠로 책상의 문서 서랍을 열자 걸쇠가 풀린 서랍이 생명의 숨결을 내뿜으며 밖으로 미끄러져 나왔다. 베나비데스는 서랍에 손을 집어넣더니 즉시 압력 마개로 밀봉된 두꺼운 유리 플라스크를 꺼내 내게 건넸다. 외양은 지극히 평범했다. 술에 담근 살구, 말린 토마토, 바질을 넣어 볶은 가지를 보관할 수 있을 것 같았다. 플라스크 안에는 뭔지 알 수 없는 물건—물론 살구도, 토마토도, 가지도 아니었다—이 반투명 액체 안에서 떠다니는 것처럼 보였다. 그것이 척추의 조각이라는 사실을 일단 수용하자 조각을 감싸고 있는 심지 같은 것은 살, 사람의 살이겠구나 이해했다. 인상이 너무 강렬할 때는 침묵만이 권장되는 법이다. 질문은 군더더기나 심지어 모욕으로 여겨질 수도 있다. (옛것을 모욕하지 말아야 한다.) 베나비데스는 내 머리에 쇄도하는 것을 내가 말로 표현하도록 결코 기다려주지 않았다. 가이탄의 척추 안에서 검은 구

멍 하나가 검은 눈 은하처럼 나를 쳐다보고 있었다.

"아버지는 두번째 저격범이 있었다고 믿으셨어요." 베나비데스가 말했다. "적어도 얼마 동안은 그러셨죠."

베나비데스는 가이탄의 암살을 둘러싼 수많은 음모론 가운데 하나를 언급하고 있었다. 그 음모론에 따르면, 후안 로아 시에라가 4월 9일에 단독으로 실행한 게 아니라 다른 남자가 그와 함께 했는데, 바로 그가 몇 번을 더 쏘았고, 그 총탄들 가운데 하나가 가이탄의 목숨을 앗아갔다고 했다. 50년대에 대두된, 두번째 저격범이 있다는 음모론은 상당 부분 부정할 수 없는 어떤 사실, 즉 가이탄을 죽인 총알들 가운데 하나가 시신의 부검 과정에서 나타나지 않았다는 사실로 인해 힘을 얻어갔다. "물론 사람들의 상상력이 사실로 바뀌기도 해요." 베나비데스가 말했다. "다른 살인범을 보았다고 확신하는 증인들의 수가 갈수록 늘어났어요. 어떤 증인들은 살인범을 묘사하기에 이르렀고요. 일부는 사라진 바로 그 총알이 실제로 가이탄을 죽인 것이고, 그러니 로아 시에라는 절대 살인범이 아니라고까지 말했어요. 그들은 그 총알이 다른 권총에서 발사된 것이고, 그래서 로아 시에라가 절대 살인범이 아니라고 단언했다니까요." 그 증인이 진지하고 존경할 만한 사람들이었기 때문에, 그리고 4월 9일의 그 유령들이 계속해서 우리를 황폐화했기 때문에 어느 형사재판 담당 판사는 1960년에 두번째 저격범에 관한 음모론을 인정하든 결정적으로 배제하든 그 음모론을 해결해서 편집증에 걸린 사람들의 입을 다물게 하라는 임무를 받았다. 판사의 이름은 테오발도 아벤다뇨였는데, 자유파로부터도 보수파로부터도 미움을 사지 않은 특이한 자질을 가지고 있었다. 그 나라에서는 이런 자질이 가장 큰 장점이었다. "그런데 그 판사가 제일 처음에 내린 명령은 시체를 발굴하라는 것이었어요." 베나비데스가 말했다.

"총알을 찾으려고요?" 내가 물었다.

"그렇지만 부검이 너무 간소하게 이루어졌어요. 바스케스, 48년도에 시체를 부검했던 의사들이 뭘 느꼈을지 상상해봐요. 민중의 영웅이자 콜롬비아공화국의 미래 대통령인 위대한 자유파 카우디요 호르헤 엘리에세르 가이탄의 사체 앞에 있다는 게 어떤 일인지 상상해보라고요. 어떻게 주눅들지 않을 수 있었겠어요? 의사들은, 다른 총알을 찾지 못했을지라도 일단 사인이 밝혀지자, 사체를 더이상 조각내지 말자고 결정했어요. 예를 들어, 총알들 가운데 하나가 등을 뚫고 들어갔다는 사실을 알고 있었음에도 등을 절개하지 않았죠. 하지만 사건은 오후 여섯시가 지난 시각에 이루어졌고, 그 순간 진실은 하나였어요. 후안 로아 시에라라 불리는 남자가 가이탄을 죽였고, 분노한 사람들이 그를 죽였다는 거요. 그게 다였죠. 암살범이 총알을 몇 발이나 쏘았는지가 뭐 그리 중요했겠어요? 그건 그동안 대두된 여러 가지 견해들, 모순된 얘기들, 해답 없는 질문들, 다양한 문제들, 즉 그게 뭐든 갖다붙이는 온갖 억측과 더불어 나중에야 비로소 중요해졌거든요. 바스케스, 음모론은 덩굴식물과 같아서, 위로 올라가기 위해 뭐가 되었든 달라붙고 계속해서, 덩굴식물을 지탱하는 것을 떼어낼 수 없게 될 때까지 올라가죠. 그걸 위해 가이탄의 사체를 발굴해 등을 절개해서 부족한 총알을 찾아야 했어요. 그런데 아베다뇨는 누구에게 그걸 하라고 요청했을까요? 그런 일을 누가 했는지 알아요? 그래요. 내 아버지였어요. 루이스 앙헬 베나비데스 카라스코 박사라고요."

"탄도학과 법의학 전문가죠." 내가 말했다.

"맞아요. 부검 날짜와 시각은 비밀에 부쳐졌어요. 가이탄은 산타 테레시타 지역에 있는 자택 근처의 어느 정원에 묻혀 있었죠. 그 동네, 가이탄의 집에 가본 적이 있나요? 그래요, 가이탄은 그 동네에 묻혀 있었어요. 관을 파내서 자택의 어느 마당에 내놓았지요. 어딘지는 잘 모르겠지만, 자택 1층 구석에 있는 그 작은 마당이라고 생각해요. 그곳에 내 아버지가 계셨어요. 아버지가 이 얘기를 얼마나 자주 하셨겠어요, 바스케스? 내가 어렸을 때부터 지금까지 평생 동안 서른 번, 마흔 번, 쉰 번을 해주셨죠. '파파, 사람들이 가이탄의 사체를 꺼냈을 때 얘기를 해주세요.' 내가 아버지에게 부탁하면 아버지는 그 자리에서 얘기를 시작하셨어요. 결국, 아버지는 가이탄의 관을 기다렸다가 당신 눈앞에서 열어보라고 부탁했는데, 가이탄의 사체가 온전한 상태여서 깜짝 놀라셨다더군요. 더 오래가는 사체도 있고 덜 오래가는 사체도 있죠. 가이탄의 몸은 죽은 지 십이 년이 지났는데도 방부처리를 한 것 같은 상태였으니…… 하지만 공기를 쐬자마자 부패하기 시작했죠. 집에 시체 썩은 냄새가 진동했어요. 아버지는 온 동네에 시체 썩은 냄새가 진동했다고 하셨어요. 도저히 참을 수 없을 정도였던 것 같아요. 현장에 있던 사람들이 하나씩 밖으로 나가기 시작했으니까요. 얼굴이 하얗게 질려서는 구역질을 하며 얼굴을 외투 소매에 파묻었죠. 그런데 잠시 후 그들은 마치 아무 일도 없었다는 듯이 생기 있고 혈색 좋은 얼굴로 돌아왔대요. 아버지는 당시 현장에 있던 유일한 기자인 펠리페 곤살레스 톨레도가 사람들을 근처에 있던 가게로 데려가서는 악취를 참아낼 수 있게 하려고 그들의 코에 아과르디엔테*를 바르게 했다는 사실을 나중에 아셨어요. 곤살레스 톨레도는 대단히 꾀가 많은 사람이었죠. 그가 이 나라의 범죄 사건 지면을 채우는 가장 훌륭한 기자였던 데는 다 이유가 있다니까요."

"그가 그날 일에 관해 보도했습니까?"

"물론이죠. 저기 그 기사가 있으니 찾아서 봐요. 아버지 성함이 쓰여 있어요. 기사는 아버지와 검시관이 총알을 꺼낸 순간을 기록해놓고 있어요. 하지만 나는 기사가 기록하지 않은 자세한 사항도 알아요. 두 분이 총알이 박혀 있는 척추를 찾아냈다는 것과 그 척추를 적출한 뒤에 가이탄의 사체를 다시 매장했다는 걸 알죠. 어떤 미친 인간이 시체를 훔쳐갈 생각을 하지 못하게 하려는 처사였어요."

"그럼, 척추는요?"

"두 분이 연구소로 가져가셨죠."

"법의학연구소군요." 내가 말했다.

"거기서, 총알이 동일한 권총에서 나왔다는 사실을 두 분이 혹은 이런 일들을 알고 계셨던 아버지가 확인하셨죠."

"로아 시에라의 권총인가요?"

"그래요." 베나비데스가 말했다. "다른 총알들을 발사한 바로 그 권총요. 지금이야 이런 게 매일 텔레비전에 나오니까 당신도 일이 어떻게 된 건지는 알겠죠. 그러니 총이 몇 구경인지, 총열이 어떻게 해서 총알에 실제로 혼동할 여지 없는 흔적을 남기는지는 설명하지 않을게요. 아버지가 총알을 분석하고 사진을 찍은 뒤에 그 총알이 동일한 권총에서

* 라틴아메리카에서 포도나 사탕수수로 만드는 도수 높은 증류주.

발사된 것이라는 결론을 내렸다는 사실만 알아도 충분해요. 따라서 두 번째 저격범은 없었어요. 적어도 그 결론에 따르면요. 그런 다음 그 총알이 박혔던 척추가 다시 가이탄의 사체로 되돌아가지 않았다는 건 분명해요. 그 척추는 잘 보관되었어요. 아니, 더 정확히 말해, 아버지가 갖고 계시면서 몇 년 동안 계속해서 대학 강의에 사용하셨지요. 이것은 아버지의 다른 사진인데, 무궤도전차를 타고 가시다 찍은 거요. 아버지는 운전하는 것을 전혀 좋아하지 않아서 집과 대학을 오갈 때 무궤도전차를 이용하셨어요. 보고타의 무궤도전차 알아요, 바스케스? 그 장면을 상상해봐요. 아버지는 평범한 남자, 세상에서 가장 평범한 남자였던지라 서류가방을 든 채 무궤도전차를 탔다니까요. 아버지를 보고 저 서류가방 속에 호르헤 엘리에세르 가이탄의 뼈가 들어 있을 거라 그 누가 상상이나 했겠어요. 어린 나는 가끔 아버지의 손을 잡고 함께 버스를 탔는데, 당시 아버지는 한 손으로는 살아 있는 아들의 손을 잡고 다른 손으로는 죽은 사람의 뼈가 들어 있는 가방을 들고 계셨던 거죠. 그것도 아마 그 자리에서 살해당했을 사람 뼈를요. 그런데 당시에 아버지는 그 뼈를 갖고 오가면서, 가죽가방에 잘 집어넣어 무궤도전차를 타고 운반하셨던 거요."

"그렇게 해서 척추가 끝내는 이 집에 있게 되었군요."

"대학에서 박물관으로, 박물관에서 집으로, 그러고서는 집에서 당신 손에까지 간 거죠. 당신의 진정성에 대한 예의 차원에서."

"그런데 그 용액은요?"

"농도 5퍼센트짜리 포름알데히드 용액이에요."

"아니, 그게 아니라. 여전히 같은 용액인지 묻는 거예요."

"주기적으로 갈아줘요. 척추 조각이 흐릿하게 보이지 않도록 그렇게 하죠, 알겠어요? 선명하게 보이게요."

우리 가운데는 선명하게 보는 사람들이 있다는 말을 나는 상기했다. 플라스크를 들어올려 불빛에 비춰보았다. 살, 뼈, 농도 5퍼센트짜리 포름알데히드 용액. 그것은 물론 사람의 유해였지만 무엇보다도 과거의 물건이었다. 나는 늘 과거의 물건들에 민감했고, 아니, 민감했거나 취약했고, 그래서 나는 나와 그런 물건들 사이에는 매혹적이거나 주물숭배적이며, 심지어 옛 미신적이기까지 한 뭔가가 역시 있다는 (부정할 수 없는) 사실을 받아들인다. 나는 내 몸의 어느 부분이 그 물건들을 보고 또 늘 유물처럼 여겨왔다는 사실을 알고 있으며, 그렇기 때문에 신자들이 주님의 나무 십자 쪼가리나 또는 불가사의한 힘으로 어느 남자의 이미지가 새겨진 유명한 망토를 숭배하는 의식을 이해하지 못한 적이 결코 없었고, 이국적이라고 생각한 적은 더더욱 없었다. 나는 초기 기독교 신자들이 박해를 받고 죽임을 당하면서도 순교자들의 유물, 즉 순교자들의 몸을 묶은 사슬, 그들을 찔러 죽인 칼, 감금된 기나긴 시간 동안 그들에게 고통을 주었을 고문기구를 보존하고 숭배하기 시작한 그 헌신적인 태도를 잘 이해할 수 있다. 그들 초기 기독교 신자들은 동료들이 원형경기장에서 죽어가는 모습을 보았는데, 사형을 선고받은 동료들이 맹수나 창의 공격을 받은 뒤에 피를 흘리는 모습을 멀리서 지켜보고는, 목숨을 잃을 심각한 위험을 무릅쓴 채 여전히 신선한 피를 헝겊으로 닦아내기 위해 순교자들의 몸 위로 뛰어들었다. 그날 밤, 나는 베나비데스 박사의 작업실에서 내 눈으로 가이탄의 척추를 직접 보면서, 4월 9일의 범죄를 지켜본 보고타 시민들도 그 신자들과 똑같이 했으리라는 사실을 떠올릴 수밖에 없었다. 보고타 시민들은 자신들의 죽은 카우디요의 새까만 피, 후안 로아 시에라가 쏜 총알 네 방을 맞은 뒤에 흘러나와 길게 퍼진 피를 모으기 위해 아구스틴 니에토 건물 앞에서, 전차 레일에서 불과 몇 걸음 떨어진 곳이었는데도 목숨을 잃을 심각한 위험을 무릅쓴 채 카레라 7의 보도에 무릎을 꿇었다. 나는 가이탄의 척추를 손에 든 채, 어떤 격세유전적인 본능이 우리더러 그렇게 절망적인 행위를 하도록 추동한다고 생각했다.

그래, 그것은 척추였다. 하나의 유골이었다. 나는 플라스크의 유리와 포름알데히드 용액을 통해 유골의 에너지를 느꼈다. 그것은 아마 기독교인들이 느꼈을 에너지인데, 예컨대 성 아우구스티누스가 어느 순교자, 예를 들어 성 스테파노의 유해를 손에 들고 있을 때 느낀 것과도 같을 터였다. 성 아우구스티누스는 심지어 성 스테파노를 죽이려고 던져진 돌멩이들 가운데 하나에 대해 말하기도 했는데, 내가 그런 얘기를 어디에서 읽었는지는 이제 기억나지 않는다. 사람을 죽인 그 돌멩이 역시 당시에 보존되었는데, 그것 역시 하나의 유물이었다. 그런데 가이탄을 죽인 총알은 어디에 있었는가? 내가 엑스레이 사진에서 본 그 총알, 뼈에 부딪혀 납작해진 그 총알은 어디에 있었는가? 가이탄의 등을 뚫고 들어가 뼈에 닿은 충격으로 이미 형태가 변했으며 루이스 앙헬 베나비데스 박사가 뽑아내 분석한 그 총알은 어디에 있었는가? 마찬가지로 베나비데스 박사의 말에 따르자면, 이제 이 척추에 박혀 있지 않은 그 총알은 어디에 있었는가? 베나비데스는 플라스크 유리와 포름알데히드 용액을 통해 척추 조각을 바라보고 있는 나를 바라보았다. 방안의 불빛이 짙은 용액과 조화를 이루고 있었다. 플라스크의 유리 속에서는 척추 안에 있지 않은 색깔, 그 프리즘을 통해 파편화된 빛에서 나오는 색깔, 즉 혼불 같은 불꽃들이 반짝반짝 춤을 추고 있었다. 나는 성 스테파노를 죽인 돌멩이와 가이탄을 죽인 총알을 생각하고 있었다. "그 총알은 어디에 있나요?" 마침내 내가 물었다.

"아, 그래, 총알." 베나비데스가 말했다. "그걸 알 방법이 없어요."

"보관되어 있지 않나요?"

"아마 보관되어 있을 거요, 아마도 누군가가 보관할 생각을 했겠지요. 아마도 먼지를 뒤집어쓴 채 어딘가에 보관되어 있을 거요. 하지만 아버지가 그걸 보관하셨으리라고는 생각하지 않아요."

"하지만 그게 아버님께는 유용했을 겁니다." 내가 말했다. "적어도, 아버님 강의를 위해서는요."

"그래요, 그건 사실이에요. 아버지의 강의를 위해서는. 바스케스, 뭐라 해야 할까, 나도 그런 생각이 들었어요, 그래요, 내 아버지는 분명 그걸 보관하길 원하셨을 거요. 하지만 난 그 총알을 결코 보지 못했어요. 아마도 내가 이것에 관해 아직 전혀 인지하지 못했을 때 아버지가 보관하셨고 심지어 강의에 사용하셨을 거요. 하지만 내가 아는 한, 집에는 결코 가져오지 않으셨어요." 베나비데스가 잠시 침묵을 지켰다. "물론 누군가는 내가 모르는 모든 것으로 책 몇 권을 채울 수도 있겠지요."

"다른 사람도 이런 것들을 보았을까요?"

"내가 이 물건들을 갖게 된 후로는 당신이 처음이에요. 물론 내 가족 외에는. 내 아내와 자식들은 이런 물건들이 존재한다는 걸, 여기 내 금고에 들어 있다는 걸 알아요. 하지만 내 자식들에게 이런 것은 존재하지 않는 거나 마찬가지예요. 내 아내에게는 어느 미치광이의 취미이고요."

"그럼 카르바요는요?"

"카르바요는 이 물건들의 존재는 알아요. 아니, 그 이상이에요. 나보다 훨씬 더 먼저 알고 있었죠. 아버지가 이것들에 관해 그에게 얘기하셨거든요. 60년에 이루어진 해부와 이것들에 관해 얘기하셨어요. 잘은 모르겠지만, 카르바요가 강의 시간에 봤을 가능성도 있고요. 하지만 내가 가지고 있다는 건 몰라요."

"뭐라고요?"

"여기 있는지는 모른다고요."

"그런데 왜 그에게 얘기 안 하셨어요? 우리가 가이탄에 관해 얘기하기 시작했을 때 카르바요의 얼굴을 보았어요. 선생님이 제 삼촌에 관해 그에게 언급했을 때 말이에요. 얼굴에서는 빛이 나고 눈은 커다래졌는데, 마치 어린아이에게 선물을 줄 때 같더군요. 그가 선생님과 동일한, 또는 그게 가능하다면 더 강한 관심을 가졌다는 게 명백한데요. 왜 이걸 그와 공유하지 않나요?"

"모르겠어요." 베나비데스가 말했다. "뭔가를 나 혼자서만 간직해야 하기 때문이겠죠."

"이해가 안 돼요."

"아버지에게 카르바요는 평범한 제자가 아니었어요." 베나비데스가 말했다. "애제자였죠. 아버지의 후계자, 수제자요. 모든 교수가 걸핏하면 그를 칭찬했다고요, 바스케스. 그뿐만이 아니었어요. 많은 교수가 단지 그를 칭찬하고 싶어서 강의를 했을 정도라니까요. 카르바요가 아버지에 대해 느낀 것은 훨씬 더했고요. 아첨, 우상숭배, 거의 광적인 수준이었죠. 내 눈에는 그렇게 보였어요. 게다가 카르바요 이 사람은 뭐어난 학생이었거든요. 아버지가 점심식사를 같이 하려고 집으로 데려오기 시작하면서 그를 처음 보았는데, 그는 반에서 최우수 학생이었지만, 아버지는 그 반이 그에게 아주 보잘것없다고 말씀하셨어요. 평생 가르치신 학생 가운데 가장 훌륭했다는 거죠. 아버지는, '변호사가 되려고 공부한다는 게 참 애석해. 카를리토*는 법의학자가 되어야 하는데'라고 말씀하시곤 했어요. 그에게 진정으로 약하셨어요. 그렇게 말씀하셔서 가끔 내가 질투를 느끼기까지 했다니까요."

"카르바요에게 질투심을 느끼셨다고요, 프란시스코?" 나는 웃었다. 베나비데스 박사도 웃었다. 억지웃음을 짓고, 그 말에 수긍하면서도 동시에 수치스럽다는 듯 얼굴을 찡그렸다. "그처럼 무식하고 거친 사람을 용서해주면서도 질투를 느끼신다고요? 제가 기대하던 바와는 너무 다른데요."

"왜 그렇게 생각해요? 무엇보다도, 그 사람은 당신이 생각하는 것보다는 훨씬 덜 무식하고 덜 거친 사람이에요. 실제로는 뛰어난 사람이죠. 카르바요가 그런 우스꽝스러운 머플러를 매긴 해도 내가 만난 머리 좋은 사람들 가운데 하나요. 뛰어난 변호사가 될 수 있었을 텐데, 변호사 일을 전혀 하지 않았다는 게 애석하죠. 하지만 난 그 사람이 법을 좋아하지 않았다고 생각해요. 그가 내 아버지의 강의를 좋아했고 자기 동기들 가운데 단연 뛰어났지만, 나머지 과정은 억지로 공부했던 것처럼요. 어쨌든 그건 요점을 벗어난 문제죠. 근데, 어른이 되면 그런 게 느껴지지 않을까요? 전혀 그렇지 않아요, 바스케스. 시샘과 질투가 세상

---

* 카를로스의 애칭.

을 움직여요. 수많은 결정 절반은 질투와 시샘 같은 기본적인 감정에 채택되죠. 모욕감, 앙심, 성적 불만족, 열등의식 같은 것에 역사의 동력이 있다고요, 친애하는 환자님. 지금 당장 누군가 당신과 내게 영향을 미치는 결정을 내린다고 할 때, 그는 어느 적을 골탕먹이려고, 어떤 모욕을 되갚아주려고, 어떤 여자를 감동시켜 그녀와 자려고 그런 결정을 내리는 거라니까요. 세상은 그렇게 돌아가는 거요."

"네, 그렇죠. 하지만 어떤 것도 선생님이랑 비교할 수는 없잖아요. 왜 시샘을 하셨나요? 아버님께서 선생님보다 카르바요에게 관심을 더 많이 기울이셨기 때문에요? 선생님은 단 한 번도 그 사람과 같은 반 학생이 아니었잖아요?"

"같은 전공은 결코 아니었어요." 베나비데스가 말했다. "실제로 같은 대학교 학생도 결코 아니었고요. 국립대학교에 들어가겠다고 아버지의 명성을 이용할 마음은 전혀 없었기 때문에, 하베리아나대학교에서 공부했죠. 게다가 카르바요는 나보다 몇 살, 그러니까 말하는 사람에 따라 달라지겠지만, 일고여덟 살은 위였어요. 썩 중요한 건 아닌데요, 내가 점심을 먹으려고 집에 도착하면 그 사람이 있었죠. 내 자리에 앉아 아버지와 얘기를 하고 있었어요."

"잠깐만요, 프란시스코." 내가 끼어들었다. "그거 좀 설명해주세요."

"그러니까 내가 가끔 밥을 먹으러 집에 가면 카르바요가 펼쳐진 책, 공책, 도해, 스케치, 두루마리 종이 같은 것들로 뒤덮인 식탁에 앉아 있었다고요."

"아니, 그거 말고요. 나이 차이에 관해 설명해주세요."

"뭐요?"

"방금 전에 카르바요가 선생님보다 일고여덟 살이 많다고 하셨잖아요." 내가 베나비데스에게 말했다. "방금 전에 말하는 사람에 따라 달라지겠지만, 이라고 하셨는데, 무슨 말인지 모르겠어요."

베나비데스가 씩 웃었다. "그래요, 사실이에요. 내가 그 문제에 너무 익숙해서 그게 특이하다는 사실을 잊고 있었네요. 하지만 아주 단순한 거요. 만약 당신이 카르바요에게 생년을 묻는다면, 1948년이라고 말할 거요. 하지만 만약 주민등록상 생년을 묻는다면, 당신은 그 말이 거짓이라는 사실을 알게 되겠죠. 그는 47년에 태어났으니까요. 왜 차이가 나는지 알아맞혀봐요. 맞힐 기회를 줄게요. 왜 카르바요가 48년에 태어났다고 말하는지 알아맞혀보라고요."

"4월 9일과 맞추기 위해서죠."

"훌륭해요, 바스케스. 이제 카르바요는 당신에게 비밀이 없게 되었군요." 베나비데스가 다시 씩 웃었는데, 그의 미소에 담긴 뜻을 알아내기는 어려웠다. 단순한 빈정거림, 약간의 다정함, 빈정거림과 혼합된 이해, 그리고 아이나 미치광이에게 발휘하는 관용이 어느 정도 섞여 있는 것일까? 그사이에 나는 가르시아 마르케스도 이와 비슷하게 행동했다는 사실을 기억했다. 여러 해 동안 가르시아 마르케스는 자신이 1928년에 태어났다고 주장했는데, 실제로는 그보다 일 년 전에 태어났다. 그가 그렇게 주장한 이유는? 그는 자신의 출생을 그 유명한 바나나 농장 학살사건*과 조응시키고자 했는데, 그 사건은 나중에 그의 강박관

---

* 1928년, 바나나 농장에서 더 좋은 노동 환경을 요구하며 노동자들이 파업을 선언했다. 파업이 길어지자 바나나 회사는 정부를 압박했고, 콜롬비아 정부는 군대를 보내 파업을 진압했다. 기록에 따라서는 천 명이 넘게 군에 사살되었다고 한다.

념 가운데 하나가 되어 『백년의 고독』의 핵심 장에서 얘기되고 재형상화되었다. 나는 베나비데스가 하는 이야기를 지나치게 중단시키지 않으려고 이에 관해서는 얘기하지 않았다.

"식탁 얘기를 계속해주세요." 내가 베나비데스에게 말했다.

"그래요. 내가 집에 도착하면 카르바요가 최신 사안에 관한 서류로 뒤덮인 식탁에 앉아 아버지와 얘기를 나누고 있었어요. 그리고 우리 가족 모두는 아버지가 당신 제자에게 하던 설명을 끝내기만을 기다려야 했죠. 당신의 수제자에게요. 바스케스, 시샘은 다른 사람이 내 자리를 차지하고 있다는 확신일 뿐이에요. 그런데 내가 카르바요에게서 그걸 느낀 거죠. 그가 나를 대신하고, 나를 대체하고, 식탁의 내 자리를 훔친다고요. 아버지가 세상에 관한 당신의 모든 이론을 애제자에게 알려주기 위해 대학교에 머무는 건 아주 좋은 일이었어요. 아버지가 내게 해주지 않은 얘기를 그 사람에게 해주는 건 아주 좋은 일이었고말고요. 하지만 내가 집에 도착했을 때도 동일한 일이 계속 일어나는 것, 그래요, 그게 짜증이 났어요. 아버지가 내가 아니라 그에게 얘기하는 것, 그게 나를 짜증나게 했죠. 아버지는 대학교에서 당신에게 무슨 일이 생기면 내가 아니라 그에게 얘기하셨어요. 그래요, 바스케스, 그렇다니까요. 그게 나를 짜증나게 했어요. 그게 내 삶에 해를 끼쳤다고요. 나는 세상 사람들이 인정할 정도로 온전한 성인이 되었지만, 이게 내 삶에 해를 끼쳤고 그 사실을 내가 어떻게 해볼 도리가 없어요. 어찌되었든, 당시 나는 여전히 아주 젊었죠. 스물네 살에 결혼을 하고, 외과의사 학위를 받고, 그래서 그런 하찮은 건 내게서 지나가버렸어요. 그것 말고도 생각할 것들이 있었고…… 내가 말한 이 모든 건 '아니'라고, 이런 게 여기에 있다는 사실을 카르바요가 모른다는 사실을 설명하기 위한 거예요. 그리고, 나는 그 사안이 이 정도 크기로 남아 있는 게 더 좋아요. 그 사람이 이걸 모르는 게 좋아요. 그 이유가 뭔지 당신이 이해하는지는 모르겠군요."

"선생님이 생각하는 것보다 더 잘 이해합니다." 내가 말했다. "한 가지 물어봐도 될까요?"

"그래요."

"선생님 아버님과 카르바요의 관계가 계속 똑같았나요?"

"항상 똑같았어요." 베나비데스가 말했다. "스승과 제자, 멘토와 멘티 관계였죠. 아버지가 마치 당신 후계자를 찾아내신 것 같았어요. 혹은 카르바요가 마치 자기 아버지를 찾은 것 같았다고도 말할 수 있겠네요."

"카르바요의 아버지는 누구예요?"

"몰라요." 베나비데스가 말했다. "그 폭력사태 때 죽은 것 같아요. 자유파여서 보수파들이 그를 죽였지요. 카르바요는 빈한한 집안 출신이에요, 바스케스, 그 집안에서 처음으로 대학에 간 사람이니까요. 어쨌거나 나는 그의 아버지에 관해 전혀 몰라요. 카르바요가 그런 얘기를 하는 걸 전혀 좋아하지 않았거든요."

"물론 안 좋아했겠죠. 그랬을 겁니다. 그가 베나비데스 박사님께 찰싹 달라붙어 놓아주지 않은 이유가 이해되네요. 베나비데스 박사님이 일종의 아버지 대신이었던 거예요."

"나는 그런 표현을 좋아하지 않지만, 말하자면 그렇지요. 그런 표현이 사실을 부분적으로는 설명해주거든요. 두 사람은 종종 만나고, 통화를 하고…… 서로 책을 빌려주고, 아니 더 정확히 말해 아버지가 그 사람에게 책을 빌려주셨죠. 두 사람은 밤이면 어느 순간에 콜롬비아가 엉망이 되어버렸는지 확인하면서 국가를 개조하는 작업을 계속했어요. 그렇게 아버지의 마지막 오 년의 삶이 지나갔죠. 말하자면 오 년 내지 육 년이에요. 그 세월이 그렇게 지나갔어요."

"무슨 이론이죠?"

"뭐라고요?"

"아버님께서 카르바요에게 당신의 모든 이론을 알려주었다고 말씀하셨잖아요. 무슨 이론이었나요?"

베나비데스는 커피 한 잔을 더 따라서 한 모금 마신 뒤 두어 걸음을 걸어서 자기 책상에 도달했다. 타자기로 쓴 라벨이 달린 자주색 문서보관 파일들이 가득 담긴 서류함을 열었는데, 너무 멀리 떨어져 있었기 때문에 라벨의 글씨는 읽을 수 없었다. 베나비데스는 파일 가운데 하나를 꺼내 안락의자로 돌아와서 무릎 위에 올려놓고는 파일에 손을 갖다대더니, 자신은 제임스 본드 영화의 악당이고 파일이 자신의 하얀 고양이라도 되는 양 파일을 쓰다듬고 진정시켰다. "아버지는 취미가 많지 않았어요." 베나비데스가 말했다. "가장 좋아하는 일을 하며, 그 일을 하면서 즐거워하는 운좋은 사람들 가운데 하나였죠. 당신 일이 당신 오락이었어요. 하지만 당신 삶에도 취미나 소일거리로 보이는 뭔가가 있었는데, 그게 바로 이거요. 유명한 범죄들을 법의학적 관점에서 재구성하는 거죠. 우리 가문의 어느 할아버지는 조각 이천 개, 삼천 개짜리 직소 퍼즐을 잘 맞추기로 유명했어요. 그게 당신의 취미였지요. 거대한 퍼즐을 맞추는 거요. 할아버지는 당신 집 식탁에서 퍼즐을 맞추셨는데,

퍼즐을 맞추고 계실 때는 식구들이 식탁에서 식사를 할 수 없었어요. 그래요, 어떤 살인 사건들을 이렇게 법의학적으로 분석하는 게 아버지의 퍼즐 맞추기였어요. 아버지는 토요일과 일요일에는 아주 일찍 일어나서 그 살인 사건들이 가장 최근 것이나 된다는 듯이 연구를 하셨죠. 장 조레스 살인 사건, 프란츠 페르디난트 대공 살인 사건, 한동안은 율리우스 카이사르의 살인 사건까지 연구하셨다고 생각해봐요. 몇 개월 동안 그걸 분석하고, 특히 셰익스피어의 희곡에 기반해 그의 살해 음모에 관한 자세한 보고서를 쓰셨죠. 실제로는 살해된 것이 아닌데도 사망 사건 몇 개를 범죄 사건이라고 생각하신 시기도 있었고요. 예를 들어, 시몬 볼리바르가 폐결핵으로 사망한 것이 아니라 콜롬비아 내 그의 적들에게 독살당했다고 증명하려 애를 쓰면서 몇 개월을 보내신 게 기억나네요······ 모든 게 하나의 게임이었다는 걸 설명하기 위해 이런 얘기를 해주는 거요. 퍼즐을 맞추는 사람에게는 늘 그렇듯이, 진지한 게임이지만 결국은 게임이죠. 휴우, 누군가 퍼즐 조각 하나라도 움직이면 아까 말한 할아버지가 어떻게 하셨는지 봤어야 한다니까요. 잽싸게 도망쳐야 했어요."

"그 파일이 바로 퍼즐들 가운데 하나인가요?" 내가 물었다.

"그래요." 베나비데스가 대답했다. "존 피츠제럴드 케네디의 퍼즐이죠. 아버지가 언제 그 퍼즐에 빠지셨는지 모르겠지만, 이게 당신의 장난감들 가운데 하나였는데, 이처럼 경솔하게 말해도 된다면 아버지는 평생 그런 장난감과 함께하셨어요. 오 년이나 십 년마다 그 퍼즐을 파일에서 꺼내 다시 맞춰보거나 그러려고 애를 쓰셨죠. 예를 들어, 이 종이들 좀 봐요. 케네디의 암살 사건을 다룬 콜롬비아의 신문기사를 오

려둔 거예요. 날짜를 봐요. 75년도 2월 4일이잖아요. 〈엘 에스파시오〉
에 실린 이 기사는 1983년도 거예요. 신문기사 가장자리에 날짜 보이
죠, 심지어 '케네디 암살 이십 주년' 기념일에 발간되었어요. 저기 선명
하게 보이잖아요. 생각해봐요, 아버지가 〈엘 에스파시오〉 같은 황색신
문을 읽으셨다니까요! 하지만, 케네디에 관한 것은 죄다 보관해두셨어
요. 잘은 모르지만 여기 스무 개나 서른 개 정도 있을 텐데, 어떤 것은
더 중요하고 어떤 것은 덜 중요하죠. 하지만 이 모든 게 아버지의 취미
였어요. 그래서 내가 이것들을 간직하고 있는 거고, 그래서 내게는 소
중한 물건들이에요. 다른 사람에게는 그 어떤 가치도 없는 것들이겠지
만요."

"좀 볼 수 있을까요?"

"그러라고 꺼냈어요. 보여주려고요." 베나비데스는 자리에서 일어
나 등을 구부정하게 구부렸다. 척추에 문제가 있는 사람의 동작이었다.
"집안에 별일이 없는지 보고 올 테니까 그동안 잠시 살펴봐요. 주방에
서 뭐 좀 가져다줄까요?"

"고맙습니다만, 괜찮아요." 내가 말했다. "질문 하나 해도 될까요, 프
란시스코?"

"해요."

"왜 하필이면 이 파일인가요? 서랍에 파일이 가득하잖아요. 다른 것
대신에 이걸 선택해서 보여주시는 데는 특별한 이유가 있나요?"

"물론 이유가 있어요, 바스케스. 이게 카르바요와 관계가 아주 깊거
든요. 비록 당신은 인식하지 못했을지라도, 지금 우리는 여기서, 그에
관해, 카르바요에 관해 말하고 있고, 모든 시간을 할애해서 카르바요에

관해 말하고 있잖아요. 그러니까 찬찬히 들여다봐요. 곧 돌아와서 그것과 관련된 얘기를 계속할게요."

베나비데스는 이렇게 말하고는 방문을 닫고 서재를 나가 나를 홀로 남겨두었다.

나는 여전히 서재의 바퀴 달린 의자에 앉아 파일을 열었다. 하지만 종이들이 내 손에서 미끄러져 바닥으로 떨어지는 바람에, 왼손을 비틀어 종이 일부를 붙잡고 그사이에 오른손으로 종이를 넘기면서 대충 훑어보려고 애썼는데, 그러다가 결국 방바닥, 그러니까 양털색 그대로인 카펫 위로 곧장 내려와 앉아서 카펫 위에 종이를 한 장 한 장 나란히 펼쳐놓았다. L. H. 오즈월드는 J. F. 케네디를 죽이지 않았다. 오려낸 신문기사들 가운데 가장 오래된 것이 카펫에서 내게 소리치고 있었다. 루이스 앙헬 베나비데스는 그 기사가 실린 신문에 대해서는 언급하지 않고 게재 날짜만 확인해주었는데, 그럼에도 불구하고 내가 〈엘 티엠포〉의 서체를 알아보았던 것 같다. 기사는 막 시카고에서 상영된, 결론이 명백한 어느 영상을 다루고 있었다. "아마도 네 명 또는 다섯 명"이 쏜 총알에 케네디 대통령이 암살당했다는 것이었다. 기사는 그 영상이 "뉴욕의 사진가이자 영상전문가"인 로버트 그로든의 작품이라고 소개하고 있었다. 딕 그레고리라는 이름의 정치행동가는 그 영상이 "세계의 향방과 운명을 바꿀 것"이라고 선언하고 있었다. 그 두 이름은 낯설었지만, 기사의 나머지를 읽고나자 문제의 영상이 에이브러햄 저프루더*의 영상

---

* 존 F. 케네디 암살 사건의 목격자. 카메라로 우연히 케네디가 암살당하는 장면을 녹화했다.

이라는 사실을 유추할 수 있었다. 케네디가 암살당한 날 한 아마추어 촬영가가 8mm 무비카메라로 찍은 이십삼 초짜리 영상은 여전히 그 사건에 관해 우리가 가질 수 있는 가장 직접적인 증언이자 그 사건 이후 만들어진 모든 음모론의 출처다. 저프루더의 영상은 20세기 대중의 식의 일부가 되었지만(장면들이 우리의 망막에 살아 있고, 우리는 그 장면들을 즉시 알아본다), 기사에 언급된 날짜에는 아직 그렇지 않은 상태였다. 당시 그 사건은 어느 정도는 여전히 비밀이거나 몇 사람만 알던 것이었기에, 그 기사를 쓴 사람은 현재 우리가 알고 있는 그 촬영가의 이름조차도 몰랐다. 기사가 그런 식으로 쓰인 걸 보니, 심지어 기사를 쓴 사람이 영상의 저작권자를 그로든 씨라고 생각했는지도 모르겠는데, 그 당시 확실했던 것은 그로든—사진가이자 영상전문가—만이 그 영상을 확대해서 검증하고, 자신이 영상에서 본 것을 단호한 어조로 알릴 책임을 지고 있었다는 것이다. 다시 말해, 그가 세계의 향방과 운명을 바꿀 만한 모골 송연해지는 결론에 도달하게 하는 데 책임이 있었던 것이다.

"영상은 케네디 대통령의 머리에 총알 한 방이 도달한 순간을 보여준다." 나는 기사를 읽었다. "그로든에 따르면, 총알의 추진력 때문에 케네디가 왼쪽 뒤로 넘어졌는데, 이는 현재까지 생각되던 바와 달리 총알이 대통령의 등 쪽이 아니라 앞쪽에서 발사되었다는 사실을 말해준다." 멋졌다. 기사의 세계, 즉 1975년 2월 4일의 세계에서 그 폭로는 여전히 폭로일 뿐이었다. 이제 그 폭로는 상식이 되었다. 우리 모두는 케네디의 머리가 움직인 방향은 공식적으로 발표된 것과 다르며, 또 여전히 오즈월드가 단독으로 행동했다는 주장을 견지하는 사람들에게는 신발 속에 들어 있는 돌멩이처럼 여겨진다는 사실을 알고 있다. 기사는 계속되었다. "그로든에 따르면, 영상에서는 케네디에게 총을 발사하는 남자 둘도 보인다. 남자 하나는 수행원 앞, 잔디밭의 어느 커다란 석제 받침대 뒤에 있었다. 그로든에 따르면, 다른 남자는 역시 수행원 앞의 덤불숲에 몸을 반쯤 숨기고 있었다." 그로든에 따르면이라는 두 단어의 반복은 그 기자의 태도를 엿볼 수 있는 창문과도 같은 것으로, 경계하고 두려워하고 걱정하면서, 그런 파괴적인 폭로는 오로지 기사 주인공의 소관이라고 분명히 강조하는(아마 신문사를 대신해서) 태도였다. 그때부터 삼십 년이 흐르는 동안 따르면이라는 말이 얼마나 많이 바뀌었을까? 새로운 의미가 얼마나 많이 채워지고, 주저주저하는 말이 얼마나 많이 배척되고, 확실한 말이 얼마나 많이 수용되었을까? 다른 시

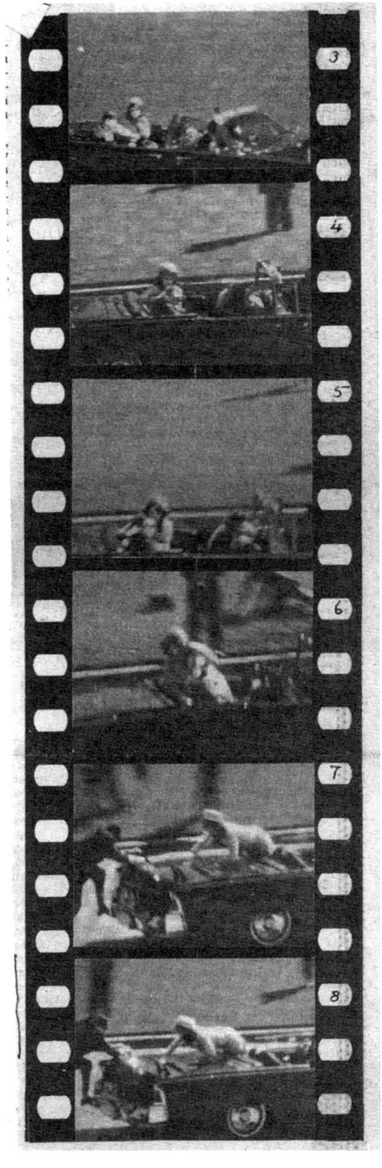
3
4
5
6
7
8

대에 쓰인 문서를, 그 문서가 보이는 순간에 읽은 사람들의 눈으로 읽어내기란 늘 어렵다고 나는 생각했다. 결코 읽을 수 없는 사람들도 있다고 생각했다. 그러니 그들은 과거와 결코 소통할 수 없을 것이다. 과거가 속삭이는 것, 과거가 우리에게 들려주는 비밀을 영원히 듣지 못하고, 과거의 불가사의한 메커니즘 또한 이해하지 못할 것이다.

오려낸 신문기사들 가운데 어떤 것에는 저프루더의 영상 스틸 컷 여섯 개가 실려 있었다. 신문은 그 스틸 컷을 필름처럼 배치해놓았고, 루이스 앙헬 베나비데스 박사는 각 스틸 컷의 하얀 공간에 번호를 매겨놓았는데, 물론 나는 그 일련번호가 무엇과 부합하는지는 확실히 알 수 없었다. 박사가 그 신문기사를 확인하는 데 신경쓰지 않았기 때문에 그 기사가 어느 신문에서 오려냈고 언제 발행됐는지 알 수 없었으나, 나는 로버트 그로든에 관한 뉴스보다 한참 뒤라고 추측했는데, 세상 모든 매체가 이 영상 내용을 사용할 수 있게 되기까지는, 저프루더의 영상이 시카고에서 공개되고 나서도 몇 년이나 더 걸렸기 때문이다. 그 스틸 컷들, 그 영상. 그곳, 베나비데스의 서재 카펫에 앉아서 나는 결코 그것들에 익숙해지지 않을 것 같다고 생각했다. 좋은 무비카메라를 보유한 남자 하나가 완벽한 장소에서 우리 시대의 결정적인 사건들 가운데 하나를 찍는 데는 얼마만큼 축적된 우연이 필요했을까? 태블릿과 스마트폰이 있는 우리 시대에는 모든 사람이 늘 카메라 한 대를 손에 들고 있는데, 이들은 모든 것을 보는 직업 중인들, 즉 모든 것을 필름에 담아 즉시 웹에서 이용하게 만들어버리는, 부지런하지만 비양심적이고, 화가 나 있지만 지각 없는, 어디에나 존재하는 디지털 험담꾼이며, 제아무리 무해하다 한들 그들에게서 벗어날 수 있는 소란이나 공적인 행사는 없다. 그럼에도 불구하고, 63년도 11월에, 익명의 사람들이 개인적으로 가지고 있던 기기들을 통해 삶의 예기치 않은 한 사건이 기록되었다는 사실은 여전히 특이하거나 우연한 일로 보였다. 그런데 저프루더는 그런 사람이었다. 원래부터, 하지만 역시 자발적으로 익명인 한 남자, 군중 속의 한 남자. 11월 22일 정오에 그곳에 있을 이유가 없었는데도 손에 무비카메라를 들고 있던 그곳에 있었던 한 남자.

저프루더가 그곳에 없었을 가능성 또한 아주 농후했으리라. 만약 우크라이나에 살던 그의 가족이 내전의 폭력으로 축출되어 1920년에 이민을 떠나지 않았더라면, 만약 혁명중에 죽었거나 다른 나라를 선택해 망명을 떠났더라면 저프루더는 그곳에 없었을 것이다. 만약 그가 맨해튼의 여러 가게에서 옷 패턴 자르는 법을 배우지 않았더라면 저프루더라는 남자는 댈러스의 운동복 제조업체 나디스사에 채용되지 않았을 테고, 그곳에 있지 않았을 것이다. 만약 그가 무비카메라를 좋아하지 않았다면, 그리고 전년에 출시된 벨앤드하월 카메라의 최신 모델을 사지 않았더라면 그가 찍었던 그 영상을 찍지 않았을 것이다. 그의 영상이 존재하는 데 필요한 것이 적지 않음을 우리는 지금 알고 있다. 우리는 원래 저프루더 씨가 대통령의 차량 행렬을 찍을 생각이었다가 그날 아침 비가 오는 걸 보고는 집에 무비카메라를 놔둔 채 일하러 갔다는 사실을 알고 있다. 날이 개었다고 알려주면서 그 중요한 행사를 놓치지 않으려면 집으로 돌아가서 카메라를 들고 오라고 제안한 사람이 그의 조수였다는 사실을 우리는 알고 있다. 당연히 중요한 행사였지만 성가신 일이라서, 시간이 없어서, 직장을 이탈하고 싶지 않아서, 다른 할일이 있어서…… 같은 이유로 저프루더 씨는 아주 쉽사리 거부할 수도 있었다. 왜 거부하지 않았을까? 왜 벨앤드하월을 찾으러 직장에서 서둘러 집으로 돌아갔을까?

나는 저프루더가 대머리에 굵은 검은테의 커다란 안경을 쓰고, 러시아어 발음이 살짝 배어나는 소심한 오십대 남자이며, 그저 운동복 가게에서 묵묵히 일하기를 원하고, 스스로를 미국 사람이라고 느끼고 싶어한다고 상상해본다. 누구든 쿠바에 러시아 미사일이 배치되어 케네디가 흐루쇼프와 대결한 뒤인 그 며칠 동안 저프루더가 자신의 태생도 발음도 썩 편하게 여기지 않았으리라 짐작할 수 있을 것이다. 그가 케네디 대통령을 존경한 것은 냉전의 그 엄혹한 시기에 자신을 둘러싼 상황에서 대처하는 하나의 방법, 미국에 대한 충성심을 과시하는 방법이었을까? 조수의 충고를 따라 카메라를 찾으러 집으로 돌아감으로써 그에게도 역시 케네디의 방문이 중요한 일이며, 그 역시 자신이 민주주의자라고 확실하게 느꼈으며, 대통령의 방문이라는 애국적인 행사에 그 또한 다른 사람들처럼 참여한다는 사실을 행동으로 보여주었을까? 그가 딜리 플라자에서 내린 뒤에 자신의 벨앤드하월 414PD 모델을 꺼내 비디오를 찍겠다고 결정한 행위에는 그가 이민자로서—비록 사십년 된 이민자였다 할지라도—오랫동안 느낀 깊은 불안감이 얼마나 영향을 미쳤을까? 아아, 하지만 그런 일은 다른 식으로도 일어날 수 있었을 것이다. 왜냐하면 저프루더 씨가 처음에는 자기 사무실의 창문에서 영상을 촬영하겠다고 생각했다가 마지막 순간에야 더 좋은 앵글을 찾아 엘름 거리로 내려가기로 작정했다는 사실을 우리가 알고 있기 때문이다. 일단 그 거리에 서자 그는 대통령의 차량 행렬이 지나갈 경로를 예측해보면서 영상을 촬영하기에 가장 이상적인 지점은, 거리 북쪽

육교 근처의 잘 가꿔진 잔디로 뒤덮인 작은 언덕에 세워진 시멘트 부벽이겠다고 생각했다. 부벽에 도착한 그는 비서 매릴린 시츠먼의 도움을 받아 부벽 위로 올라갔고, 소싯적부터 자신을 힘들게 했던 현기증을 완화시킬 요량으로 비서더러 자기 비옷을 붙잡고 있어달라고 부탁했다. 대통령의 차량 행렬이 휴스턴 거리에 나타났을 때 저프루더는 현기증을 잊고, 자기 비옷의 뒷자락을 붙잡고 있던 손을 잊고, 자신의 벨앤드하월 무비카메라를 제외하고는 모든 것을 잊은 채, 이십칠 초 동안, 486개의 프레임을 찍기 시작했는데, 이 영상은 총알 여러 발이 어느 국가수반의 머리를 박살낸 순간을 영원히, 인류 역사에서 단 한 번 기록했다. "폭죽 같았어." 그는 나중에 말했을 것이다. "대통령의 머리가 폭죽처럼 폭발했어."

뒤따른 것은 전쟁중인 세계였다. 발작적인 비명, 자신의 몸으로 자식들을 보호하기 위해 땅에 엎드리는 남자들, 억제되지 않는 울음, 실신. 대소동이 벌어지는데도 저프루더가 방금 무슨 일이 일어난 건지 깨닫지 못한 채 비서와 함께 사무실로 돌아가고 있을 때 〈댈러스 모닝 뉴스〉의 기자가 그에게 다가왔다. 그의 이름은 해리 매코믹이었다. 저프루더가 영상을 촬영하는 모습을 본 그는 저프루더를 비밀경호국의 포러스트 소럴즈 요원에게 소개시켜주겠다고 제안했는데, 그 요원은 저프루더의 두 손에 들린 특별한 자료를 어떻게 다루어야 할지 분명히 알고 있었을 것이다. 저프루더는 그 요원에게 필름을 넘기는 데 동의했지만 한 가지 조건을 제시했다. 암살 사건을 조사하는 데만 필름을 사용하라는 것이었다. 동의한 남자들이 필름을 현상하기 위해 WFAA 텔레비전 스튜디오로 향했으나 소용없었다. 텔레비전 엔지니어가 현상에 필요한 장비를 가지고 있지 않았던 것이다. 그래서 저프루더는 결국 필름을 코닥 현상소로 가져가 오후 여섯시 반까지 기다렸다가 즉시 제이미슨 필름 회사로 가서 현상한 필름의 복사본 두 개를 만들었고, 평생 가장 진 빠지는 하루를 보낸 뒤 집에 도착했다. 바로 그날 밤 그는 미국에서 첫 이십 년을 살았던 맨해튼으로 돌아가 타임 스퀘어에 도착해서 '대통령의 머리가 폭발하는 것을 보세요!'라는 광고 부스를 보는 꿈을 꾸었다.

나는 케네디의 머리가 터지는 것을 본 적이 있다. 나를 비롯해 수백만 명의 사람이 그 머리가 (폭죽처럼) 터지는 것을 본 적이 있고, 그후 일어난 일, 즉 재키 케네디가 총을 맞아 막 조각나버린 남편의 머리 파편들을 복원하려고 달려든 그 사실 같지 않은 몇 초 동안에 일어난 일 또한 본 적이 있다. 그리고 그곳에는, 루이스 앙헬 베나비데스 박사가 오려놓은 신문기사들 사이에는, 우아하고 단정한 여자 재키가 링컨 리무진(암청색, 가이탄의 정장 색깔과 같은) 위에서 두개골 조각 또는 뇌 조각들을 손으로 붙잡으려고 하는 프레임들이 있었다. 재키는 무엇을 찾고 있었던가? 무슨 본능이 그녀가 사랑했고, 이제는 살아 있지 않은 어느 몸의 조각들을 복구하라고 그녀에게 요청하고 있었을까? 우리는 추측할 수 있다. 우리는, 예를 들어, 더 좋은 어휘가 없기 때문에 내가 완전주의적 본능이라고 부르는 어느 본능, 즉 이전에 한 몸이었던 것은 해체되지 않아야 한다는 열망에 관해 생각해볼 수 있다. 살아서 작업을 하던 존 피츠제럴드 케네디의 온전한 몸은 한 아버지와 한 남편의 몸이었다(그리고 한 대통령, 한 친구, 한 난삽한 연인의 몸이기도 했다). 총알의 충격으로 파편화되고 지금은 리무진의 암청색을 가로질러 미끄러지고 있던 조각들로 부서져버린, 살아 있던 그 몸은 더이상 존재하지 않았다. 설사 그 사실을 인지하지 못했다고 해도 재키는 아마 이렇게 되기를, 즉 부서진 그의 몸을 수선해 원래의 상태로, 몇 초 전까지의 상태로 되돌리기를 원했을 것이다. 그렇게 함으로써, 조각난 몸에 잃어버린 조각들을 되돌려줌으로써 그 몸이 되살아나리라는 공허한 판단에 따라 그렇게 하려고 했을 것이다. 그 법의학 교수는 신문의 이 기사를 보면서, 저프루더의 프레임들을 오려내면서 재키와 똑같은 생각을 했을까? 루이스 앙헬 베나비데스는 그 이미지들을 다른 식으로 읽었는지도 모른다. 재키가 그 당시 실제로 했던 행위를 하면서 이미 법의학 용어들을 생각하고 있었다고, 즉 수사를 해서 용의자를 찾아 합당하게 처벌하는 특별 검사들을 도와주기 위한 증거를 수집할 생각을 하고 있었다고 믿을 만한 충분한 이유를 가지고 있었는지도 모른다. 신문기사를 오려내 자신의 서류철, 자신의 수수께끼에 집어넣는 순간에 그런 생각을 했을지 모른다. 우리는 모두 카메라맨 저프루더가 포착한 이미지들을 냉정하게 거리를 두고 바라보고 있으니 충분히 가능한 일이고, 아버지 베나비데스가 신문기사들을 오렸던 순간 그 이미지들을 그런 식으로 보았다고 상상하는 것 또한 타당하다. 하지만 1963년 11월 22일에 그런 생각이 재키 케네디의 뇌리를 스쳤다고 믿는 것은, 그녀의 맞춤정장 위로 흐르던 여전히 신선한 남편의 피가 천의 올 사이로 스며들어 돌이킬 수 없이 얼룩지는 가운데 그녀가 평정심을 완전히 잃은 채 링컨 리무진의 트렁크 위로 올라간 그 순간에 그런 체계적인 논리가 그녀를 고무시켰다고 믿는 것은, 우리의 본능이 우리에게 부여한 힘을 무시하는 처사다. 재키 케네디의 옷은 또다른 유품이다. 만약 JFK에 관한 어떤 종교가 만들어졌다면(터무니없는 생각은 아니다) 그 옷의 올 하나하나까지 유물이 되었을 것이다. 그리고 우리는 그 옷을 흠모했을 것이고, 그래, 당연히 흠모했을 것이고, 제단이나 박물관을 세웠을 것이고, 오랜 세월 동안 보물처럼 간직했을 것이다.

내가 그런 생각에 몰두해 있을 때 베나비데스 박사가 돌아왔다. "이제 모두 잠들었네요." 베나비데스는 이렇게 말하고는 독서용 안락의자에 피곤한 듯 주저앉았다. 나 역시 피곤하다는 사실을—자신의 동작, 무겁게 한숨을 내쉬는 것으로—내게 주지시키려는 것 같았다. 머리가 약간 지끈거리고 눈이 따끔거리기 시작하더니, 어릴 때부터 나를 따라다니던 밀실공포증이(그래, 저프루더 씨가 느낀 현기증 같은 것이) 되살아났다. 나는 열린 공간으로 가고 싶었고, 보고타의 차가운 밤공기를 쐬고, 묵은 종이와 커피 찌꺼기 냄새가 나는 창문 없는 이 방에서 나가 병원으로 돌아가서, 여전히 내가 이해할 수 없는 저 먼 세계에 살고 있는 내 딸들에 대해 알고 싶었다. 핸드폰을 꺼냈다. 부재중 전화 표시도 없었고, 배터리 잔량 표시 선들도 양호한 상태로 여전히 그곳, 핸드폰의 화면 구석에서 어린이 합창단원들이 키 순서로 정렬해 있듯이 견고하게, 나란히 잘 세워져 있었다. 베나비데스가 오려낸 신문기사들로 뒤덮인 카펫을 가리키며 덧붙였다. "좋아요, 보아하니 이제 지쳤군요."

"아버님이 참 헌신적이셨군요." 내가 말했다. "감탄스러워요."

"그래요, 그러셨어요. 하지만 열망이 의욕을 고조시켰을 때는 이미 연로한 상태셨죠. 아버지가 이십 년째 그 일을 하셨을 때는 여든셋이셨거든요. 그때 더 헌신적으로 변하셨죠. 언젠가 아버지가 당신은 케네디 사건을 해결하지 않고서는 죽지 않겠다고 말씀하셨어요. 물론 해결하지 못하고 돌아가셨지만, 당신의 문서들은 남았고요." 베나비데스가 허리를 숙여 오려낸 신문기사들 위로 손을 내밀더니 하나를 집어들었다. "그래요, 이거예요. 이게 그 당시 건데, 봐요. 당신이 직접 쓰신 그 범죄의 가설에 대한 분석이죠. 읽어봐요."

"저더러 읽어보라고요?"

"그래요."

나는 목청을 가다듬었다. "가설 1." 그리고 읽었다. "저격범 두 명, 95쪽. 95쪽이 뭔가요?"

"모르겠어요. 아버지가 참조하셨던 어느 책의 쪽수예요. 계속 읽어봐요."

나는 베나비데스의 말에 따랐다.

"저격범은 둘인데, 한 명은 6층 창가에 있고, 다른 한 명은 2층에 있다. 주註, 열두시 이십분에 영상이 6층 창가에 있는 사람의 실루엣 둘을 보여준다. 괄호 안, 열두시 삼십일분에 둘이 대통령에게 총을 쏜다. 총격이 가해진 뒤 곧바로 그 건물의 관리인 로이 S. 트룰리가 경찰관 한 명과 올라와 2층 복도에서 코카콜라를 마시고 있던 오즈월드를 발견한다. 아버님의 글씨를 읽기가 쉽지 않은데, 이렇게 쓰인 것 같습니다."

"그런 건 신경쓰지 말고, 계속 읽어봐요."

"가설 2. 97쪽. 오즈월드는 2층 창에서 총을 쏘고, 총 쏘는 실력이 더 뛰어난 다른 저격범은 6층에서 오즈월드의 라이플로 쏘았다. 가설 3⋯⋯"

"아뇨. 그건 읽지 말아요. 전혀 쓸모가 없는 내용이에요."

Hipótesis ①

2 Tiradores ? pag 95

uno en la ventana del
6º piso

, otro en el 2º piso

Nota : a las 12,20 una
película muestra dos
siluetas de personas
en la ventana del
6º piso (A las 12,31 dio-
paros entre el Presidente
el jefe de las oficinas
Roy Truly al salir la
en policía immedrata-
mente de los disparos

encuentran a Oswald
tomándose una cocacola
en el pasillo del 2º
piso.

Hipótesis ② pag 97 - 106

Oswald disparó desde la
ventana del 2º piso y
el otro tirador que se y que se q q q
experto en tiro disparó en
la cabeza de Oswald
desde el Pº ventana del
6º piso

Hipótesis ③ pag 72 - 71

Oswald quería matar era al
Gobernador de quien era
enemigo ?

"아마도 오즈월드가 통치자를 죽이길 원했을 거라고 쓰여 있겠네요."

"네, 맞아요. 전혀 쓸모 없는 내용이죠. 중요한 건 다른 가설들에 있고요, 그들 가설에 아버지의 확신이 들어 있어요."

"아버님의 결론인가요?"

"아뇨, 아버지의 결론이 아니에요. 아버지는 그 어떤 결론도 내리지 않으셨어요. 하지만, 그래요, 오즈월드가 단독으로 하지 않았다는 대단히 결정적인 확신을 갖게 되셨죠. 미국 사람들이 **외로운 늑대**라고 부르는 이론은 완전히 허위라는 확신 말이에요. '외로운 늑대', 미국에서는 그렇게 부르지 않나요? 이름조차 터무니없어요. 그 누구도 혼자서는 그렇게 할 수 없었으리라는 게 명백해 보이잖아요. 다시 말해 모든 증거가 명백하다는 거죠. 그걸 보지 않으려면 소경이 되어야 해요. 아니, 그걸 보지 않으려면 아예 보려고도 하지 않아야 한다니까요."

"카르바요처럼 말씀하시는군요." 내가 말했다.

베나비데스가 웃었다. "아마도, 아마도요." 그러고서 말했다. "보아하니, 저프루더의 영상을 본 적이 있는 것 같군요."

"네, 여러 번."

"그렇다면 잘 기억하고 있겠네요."

"뭘 말입니까?"

"머리 말이에요, 바스케스. 그거 말고 뭐겠어요?"

아마도 내가 즉답을 하지 않아서거나 그의 말이 끝난 뒤 잠깐 동안 침묵이 시작된 탓이겠지만, 베나비데스는 단번에 자기 책상으로 가서 지나치게 큰 컴퓨터 모니터 앞에 서더니(내가 그의 의자에 앉아 있었는데, 그는 의자를 달라고 하지 않았다) 인사를 하듯이 가까스로 허리를 숙이고는 마우스를 움직이며 키를 두드리기 시작했다. 몇 초 만에 유튜브 하나가 열렸다. **저프루더 필름**이라 쓰여 있었다. 영상에서는 링컨 리무진이 하얀 헬멧을 쓴 사이카 경찰의 경호를 받으며 놀랄 만큼 느린 속도로 가고 있었는데, 리무진에는 케네디가 타고 있었다. 그곳에 대통령이 있었다. 그는 차 문에 바짝 다가앉아 오른팔을 문 위에 올려놓음으로써 여유로워진 오른손으로 이쪽저쪽을 향해 인사를 하고, 자신의 삶과 행위에 대한 확신 혹은 적어도 어떤 빈틈없는 자신감을 드러내면서 특유의 선전용 미소와 야외에서도 전혀 흐트러지지 않은 완벽한 헤어스타일을 이용해 세상을 집어삼키고 있었다. 자동차 행렬이 어느 플래카드나 도로 표지판으로 추정되는 물건에 부분적으로 가려졌다가 다시 모습을 드러내 눈에 띄었을 때 그 누구도 이해하지 못한 것처럼 보였던 일이 발생한다. 케네디가 양팔로 특이한 동작을, 그 누구에게도 자연스럽지 않고, 그 순간에 세상 사람들의 주목을 받는 대통령에게는 아주 부자연스러운 동작을 취한다. 두 주먹을 목에—말하자면 넥타이 매듭 앞에—갖다대더니 꼭두각시처럼 양 팔꿈치를 수평이 되게 들어올린다. 첫번째 총격에 부상을 당한다. 그때 그가 잠을 자듯 눈을 감고 재키 쪽으로 상체를 기울이기 시작한 것으로 보아, 뒤에서 날아든 총알이 목을 관통하고 바로 그 순간 그가 의식을 잃었을 가능성이 있다. 그의 느린 동작, 즉 죽음이 평온하게 링컨 리무진에 자리잡는 장면은 끔찍해 보인다. 죽음은 모든 사람이 보는 가운데 숨김없이, 일반적으로 이루어지는 내밀한 방식으로 도래한 것이 아니라 대낮에 난입한 것이다. 대통령의 부인은 무슨 일이 일어났는지 아직 모른다. 남편이 갑자기 몸 상태가 좋지 않다는 듯이 자기 쪽으로 상체를 기울이는 것을 보고는 뭔가 특이한 일이 일어나고 있다는 사실을 알고서, 고개를(그녀의 흠잡을 데 없는 필박스 모자, 한 세대를 풍미한 헤어스타일) 남편에게 기울이며 남편에게 말을 하거나 혹은 그렇게 보이게끔 행동한다. 우리는, 그녀의 말을, 수신자가 이미 들을 수 없다는 사실을 여전히 모른 상태에서 그녀가 했던 그 걱정이 담긴 말을 상상할 수 있다. "무슨 일이에요?" 재키 케네디는 이렇게 말했을 것이다. 또는 "왜 그래요? 괜찮아요?"라고 말했을 것이다. 그리고 그때 남편의 머리가 폭발한다. 그래, 폭죽처럼. 두번째 총알이 그의 후두부를 박살내고 부서진 뼈를, 잔해를 흩뿌린다. 비디오가 몇 초 더 지속되다가 화면이 검게 변했다. 내가 그 주술에서 빠져나오는 데 시간이 걸렸다. 베나비데스는 자신의 독서용 의자로 되돌아가더니 손짓으로(손을 편 채 거의 감지도 못할 정도만 움직여서) 나 역시 내 자리로 되돌아가라고 했다.

"봤지요?" 그러고서 베나비데스가 내게 말했다. "첫번째 총알이 뒤에서 날아들어 케네디의 목을 관통했어요. 아버지는 그때 이미 케네디가 죽었다고 믿으셨어요. 두번째 총알은 앞에서 날아왔어요. 머리를 봐요. 머리가 왼쪽 뒤로 기울어지는데, 그건 총알이 오른쪽 앞에서 날아왔기 때문이에요. 우리 의견이 일치하는 거죠?"

"그렇습니다."

"좋아요. 그럼 말해봐요. 오즈월드가 첫 발을 쏘았을 때는 대통령 뒤에 있었는데, 어떻게 해서 순식간에 대통령 앞에 있게 되었을까요? 만약 첫번째 총알을 쏜 동일한 저격범이 두번째 총알을 쏘았다면 머리가 충격에 의해 앞으로 밀려나왔을 거예요. 그리고 재키가 남편의 두개골

파편을 집으러 리무진 뒤 트렁크 위로 급히 몸을 던지지는 않았겠죠, 파편들이 앞쪽, 즉 주지사가 앉아 있는 자리나 운전석으로 튀었을 테니까요. 아니요, 바스케스, 총알 두 방이 같은 방향에서 날아왔을 가능성은 없어요. 이건 내가 주장하는 것도 음모론에 따른 것도 아니에요. 물리학적인 거요. 아버지가 종종 말씀하셨죠. '그건 물리학적인 문제야.' 그리고 공식 역사는 그걸 받아들이려 하지 않지만, 우린 오래전부터 알고 있었어요. 아버지도 그걸 알고 계셨고요. 최소한 두 사람, 저격범이 두 사람이었다는 걸 알고 계셨다고요."

"그래요, 책 창고 건물에 있었지요. 한 사람은 6층에, 다른 사람은 2층에요."

"맞아요. 하지만 그것 또한 케네디의 머리를 부숴버린 총알이 어디서 날아왔는지는 설명하지 못해요. 아버지는 그 총알이 책 창고가 아니라 자동차 행렬 앞의 어느 곳에서 날아왔다고 믿으셨어요."

"그건 1975년의 문서에 쓰여 있습니다. 이 그로든이라는 사람의 이론이에요."

"그래요. 저격범 한 명 또는 두 명이 앞에서 발사했어요. 그로든은 한 명은 받침대 뒤에, 한 명은 어느 관목 뒤에 있었다고 말해요. 그리고 관목 뒤에 있던 저격범이 라이플을 가지고 있었어요. 자 그럼, 암살 사건이 일어난 뒤 저프루더가 뭐라고 말했는지 알아요? 특수 요원이 저프루더의 진술을 들었는데, 저프루더는 저격범이 자기 뒤에 있었다고 확언했어요. 나중에 워런 위원회 앞에서는 이전 진술을 철회했죠. 딜리광장에 메아리가 너무 심해서 확정할 수가 없다고요. 하지만 암살 사건이 일어난 바로 그날 한 첫번째 진술에는 더할 나위 없이 확고했어요. 주저하지 않았고, '제가 생각하기에는'이라거나 '그랬을지도 몰라요'라고 말하지 않았어요. 아니요. 확고했어요. 그리고 아버지도 확고하셨죠."

"하지만 아버님의 메모에는 그런 말이 안 쓰여 있잖아요."

"내가 보여준 메모는 아버지의 연구 가운데 일부에 불과해요. 이것보다 훨씬 더 방대한 메모 전체가 있는데, 지금 여기에는 없어요. 그걸 누가 가지고 있는지 알아요?"

"설마, 카르바요군요."

"그래요. 카르바요가 가지고 있어요. 왜냐고요? 아버지가 돌아가셨을 때부터 쭉 가지고 있었어요. 단순해요. 카르바요가 많은 문서를 갖게 되었는데, 아버지가 그걸 주셨기 때문이죠. 다시 말하면, 아버지가 그걸 주셨는데, 그가 결코 되돌려주려 하지 않는다는 거요. 받아들이기는 어렵지만 나는 그 이유를 이해할 수 있어요. 아버지의 만년에 카르바요가 그 누구보다 더 많이 아버지와 함께 지냈거든요. 카르바요가 아버지를 찾아가고 시간을 쓰고, 아버지의 말과 이론을 들어주었는데, 그렇게 함께 있어주는 건 아버지 같은 노인에게는 세상에서 가장 중요한 일이죠. 그런데 내 실수였어요, 바스케스. 나는 실수했고, 결코 나 자신을 용서하지 않을 거요. 아버지의 만년에 아버지께 신경을 쓰지 못했죠. 일이 많아 아주 바빴는데, 이해해줘요. 난 어른으로서 새로운 삶에 매료되어 일과 가정에 헌신했거든요. 결혼한 해인가 조금 뒤인가에 태어난 내 아들에 푹 빠져 있었어요. 케네디 암살 이십 주년에 둘째가 태어났어요. 둘째는 딸이었죠. 그래서 1983년에 나는 두 아이의 아버지, 남편, 세상에서 자기 길을 개척하려고 애쓰는 외과의사여야 했고, 그 무엇보다도 아버지를 보살펴드려야 했어요. 그런데, 그래요, 아버지 곁에 카르바요가 있다는 게 많이, 아주 많이 편하더군요."

"아버님이 정신을 딴 데 쓰시게 했군요."

"나만 그런 게 아니겠죠, 안 그래요?" 베나비데스가 말했다. "홀로된 아버지들의 모든 자식은 누군가가 홀로 계시는 자신의 늙은 아버지와 함께 있어주는 걸 고마워하죠. 카르바요는 내게 그런 역할을 완수했어요. 그는 아버지의 완벽한 동반자였고, 아버지가 살아 있고 깨어 있다고 느끼게 해주었는데, 가장 좋은 점은 그가 누구에게 호의를 베풀고 있다는 생각을 전혀 하지 않은 채 그렇게 했다는 거죠. 오히려 자신이 우대를 받는다고 느꼈다니까요. 아버지가 그더러 집으로 들어오라고 허락해주시고 당신의 시간과 아이디어를 선물하심으로써 자신에게 호의를 베풀었다고 느꼈죠. 게다가 그건 진실에 아주 가까워요. '질투가 나네요.' 카르바요가 종종 내게 말했죠. '내가 박사님 같은 분의 아들이라면 얼마나 좋을까요.' 완벽한 합의였어요. 돈도 안 들이고 아주 잘되었으니까요. 나는 그에게 돈은 한푼도 주지 않고, 물건으로 주었어요. 책과 문서. 아버지가 직접 쓰신 글들. 내게도 값진 물건들인데, 물론 내가 그 사실을 너무 늦게 알았지요."

"그럼 그 물건 가운데는 이 파일에 있어야 할 문서들도 있겠군요." 내가 말했다.

"그래요. 하지만 카르바요에게는 그 이상이에요. 실마리들이죠."

"케네디 사건의 실마리군요." 나는 명백한 사실을 확인하듯 이렇게 말했다. 하지만 그리 명백한 사실이 아니었다.

"아니요." 베나비데스가 말했다. "가이탄 사건의 실마리예요. 자, 내말 잘 들어요. 카르바요가 유일하게 관심을 두고 있는 것은 가이탄이라고요. 4월 9일은 그가 유일하게 집착하는 것이고, 그 외에는 없어요. 케네디 사건은 가이탄 사건을 밝혀주는 선에서 관심을 갖고 있을 뿐이고요. 카르바요는 케네디 사건에 가이탄 사건의 실마리가 있다고 하죠. 누가 그를 죽였는지, 어떻게 음모를 은폐했는지 알기 위한 거요. 케네디 사건이 가이탄 사건을 암시해준다는 거죠."

"하지만 케네디 사건이 나중에 일어났는데요." 내가 말했다.

"내가 카르바요에게 그 얘기를 하지 않았다고 믿는 거요? 수천 번, 아주 다양한 논조로 말했어요. 하지만 그는 모든 게 실마리를 가지고 있다고 생각하죠. 모든 것에서 실마리를 찾아요. 실마리를 발견하기만 하면 덤벼든다니까요."

베나비데스는 자주색 문서보관 파일을 집으려 상체를 숙였고, 앉아 있던 안락의자에서 긴 팔을 너무 뻗은 탓에 커프스단추가 살갗을 누르는 상태에서 오려낸 신문기사를 집어들기 시작했다. 엄지와 검지를 집게처럼 이용해 신문기사의 사각형 모서리를 하나하나 집어들면서 아주 조심스럽게 작업했다. "참 누르스름하군, 가여운 것들." 그는 한배에서 갓 태어난 애완동물 새끼에게 말하는 것처럼 다정한 목소리로 말했다. 나 역시 상체를 숙이고 신문기사를 집기 시작했는데, 그 광경 전체가 특이하게도 뭔가 친밀한 분위기를 풍겼다. 베나비데스는 신문기사 가운데 하나만 독서용 책상에 올려놓았다. 나머지는 파일에 정리하고는 그 신문기사를 다시 집어들더니 그걸 본 적이 있느냐고 내게 물었다.

"물론이죠." 내가 말했다. "잭 루비가 오즈월드를 살해하는 장면이잖아요. 세상 사람 모두 그 사진을 보았어요, 프란시스코. 저 프루더의 영

El 25 de noviembre de 1963, Jack Ruby dispara mortalmente sobre Lee Harvey Oswald, quien había sido detenido acusado de ser el asesino del Presidente John F. Kennedy tres días antes. En ese momento comenzaron las dudas sobre la verdadera autoría del magnicidio de Dallas que conmocionó al mundo. (Foto archivo de EL TIEMPO).

상처럼요."

"지금 그 사진을 본 적이 있느냐고 묻는 게 아니에요." 베나비데스가 말했다. "이 사진, 그러니까 1983년에 〈엘 티엠포〉에 실리고, 아버지가 밑줄을 그어놓은 이 복제판 사진을 보았는지 묻고 있는 거예요." 베나비데스는 검지로 사진 아래에서 두번째 줄, 밑줄이 그어진 문장을 가리켰고, 구태여 읽을 필요가 없었는데도 소리 내어 읽었다. 그 순간, 댈러스에서 자행된 대통령 암살의 진범에 관한 의심이 시작되었다.

"밑줄이 그어진 그 문장은 저도 봤어요." 내가 말했다. "근데 그게 어때서요?"

"난 기억해요, 바스케스, 마치 어제 일처럼요. 카르바요가 가르시아 마르케스의 자서전을 들고 내 진료실로 찾아온 그날을 기억한다고요. 그게 이 년 전, 아니 조금 더 전이었어요. 2003년 1월인데, 새해를 맞이한 지 얼마 안 되었기 때문에 기억하고 있어요. 그해 첫 근무일에 내가 진료실에 도착해보니까 카르바요가 일반 환자처럼 소파에 앉아 있더군요. 카르바요는 내가 도착하는 것을 보더니 벌떡 자리에서 일어나 내게 불쑥 다가왔어요. '기사 읽었어요?' 내게 소리치더라고요. '이거 이미 읽었죠? 당신 아버님이 옳으셨어요.' 그가 내게 말했어요. 그후 몇 주 동안, 아니, 몇 주와 몇 개월 동안 그는 그 범죄 사건 두 개를 합쳐 나란히 놓고 보면서 눈에 띄는 것들에 갈수록 집착해갔죠. 그리고 내게 자신이 분석한 바를 열거했어요. 내 진료실이나 집으로 찾아와서는 그렇게 했다니까요. 첫째, 두 사람은 살인자였어요. 후안 로사 시에라와 리 하비 오즈월드에게는 무슨 공통점이 있을까요? 두 사람은 단독범으로, 즉 **외로운 늑대들**로 기소되었죠. 둘째, 두 사람은 각자의 역사적인 순간에 적敵을 대표했어요. 후안 로아 시에라는 나치파라는 이유로 나중에 기소되었는데, 로아가 독일 대사관에서 근무했고 집에 나치의 팸플릿을 가져갔다는 걸 기억하는지 모르겠군요. 세상 모든 사람이 아는 사실이었죠. 오즈월드는 물론 공산주의자였고요. '두 사람이 그 누구와도 연대할 생각을 하지 않는 사람이었기 때문에 그 일을 하도록 뽑혔던 거요.' 카르바요가 그러더군요. '두 사람은 당대의 공적이었어요. 공적을 대표했고, 공적의 화신이었죠. 만약 오늘날 살아 있었더라면 알카에다가 되었을 거요. 그래서 사람들이 그 이야기에 훨씬 더 쉽게 빠지는 거고요.' 셋째, 두 살인자는 결국 거의 즉각적으로 살해당했어요.

'입을 막아버리려고 그렇게 한 거죠. 너무 빤하지 않아요?' 카르바요가 말했어요.

그때 카르바요가 가르시아 마르케스의 자서전을 꺼내더니 잘 차려 입은 남자가 진짜 암살범의 신분을 감추려고 군중더러 가짜 암살범을 죽이게 하는 장면을 읽더군요. 바스케스, 카르바요가 그 문장을 음미하고 한 번 두 번 반복하는 모습이 참 가관이더라니까요. 갈수록 우려되는 광경이었지만 그는 그렇게 했어요. 그러고는 그 문장과 잭 루비의 사진 밑에 있는 문장, 그 순간, 댈러스에서 자행된 대통령 암살의 진범에 관한 의심이 시작되었다를 동시에 언급하기 시작했어요. 그러고서 카르바요는 그 문장으로 장난을 치기 시작했죠. '잭 루비가 진짜 암살범의 신분을 감추기 위해 가짜 암살범을 죽였다는 게 정말 사실이 아닐까요? 안 그래요, 프란시스코? 잘 차려입은 그 남자가 그라나다약국 앞에서 군중을 선동한 때가 요인 암살의 진범에 관한 의심이 시작된 순간이었다는 게 사실이 아닐까요? 박사님은 그걸 아셨어요.' 카르바요가 반복해서 말했죠. '그렇지 않다면 뭐하러 박사님이 그 문장에 밑줄을 그으셨겠어요? 왜 박사님이 케네디 암살에서 두번째 저격범에 관해 그토록 집착하시고, 가이탄의 몸에서 두번째 저격범의 총알을 찾으셨을까요? 그게 뭔지는 모르셨다 해도, 박사님이 뭔가에 접근하시지 않았을까요? 유사한 것들이 너무 많은데, 이건 우연의 일치로 볼 수가 없어요.' 내가 그를 놀렸어요. '무슨 말을 하고 있는 거요, 카를로스? 가이탄을 죽인 자가 케네디를 죽였다고요?' 그는 물론 아니라고, 자신은 머리가 돌지 않았다고…… 하지만 여전히 유사한 점이 지나치게 많다고 하더군요. '여기에 하나의 방식이 있어요. 케네디를 죽인 자가 아마도 가이탄을 죽인

자에게서 수법을 배웠겠지요. 4월 9일에 보고타에 미국 사람들이 없었나요? CIA 요원들이 없었나요? 그리고 가이탄을 죽인 자가 또다른 사람으로부터 배웠을 거요, 그렇잖아요? 그런 완벽한 음모는 아마추어에 의해 만들어지지 않거든요.' 그건 우연의 일치일 뿐이니 그런 바보 같은 소리 그만하라고 카르바요에게 말했어요. 그러자 그가 말했죠. '우연의 일치는 존재하지 않아요.' 우연의 일치는 존재하지 않는다고 말할 때는 두 눈을 크게 떴다니까요. 나는 그처럼 눈을 부라리고 눈썹을 치켜올리는 사람을 본 적이 없어요."

"하지만 가이탄의 경우 두번째 저격범은 없었어요." 내가 말했다. "아버님께서 검시를 하셨잖아요."

"카르바요에게 그 이야기도 해주었어요. 아버지가 탄도 실험을 하셨다는 점을 상기시켜주었죠. 48년도에 이루어진 조사를 통해 처음부터 밝혀진 것을 아버지가 확인하셨다고요. 가이탄을 죽인 모든 총알이 로아 시에라의 권총에서 나왔고요. 하지만 카르바요는 딴 데를 쳐다보거나 못 믿겠다는 듯 얼굴을 찡그리더군요. 48년도의 조사 결과가 어떻게 나왔든 그에게는 다 거짓이었으니, 그의 태도는 물론 당연한 반응이었죠. '문제는 4월 9일에 우리에겐 저프루더 같은 사람이 없었다는 거요.' 그가 내게 말했어요. '만약 우리에게 저프루더 같은 사람이 있었다면 이 나라에서 다른 수탉이 울었을 거예요.' 그래요, 카르바요와 얘기하는 건 어려운 일이에요. 당신도 오늘밤 그걸 알아차렸으리라 생각해요. 어찌되었든 오늘밤에 일어난 일은 카르바요의 강박관념 때문이에요. 카르바요는 그라나다약국 앞에 있던 잘 차려입은 남자가 누구였는지 알고 싶어해요. 후안 로아 시에라를 죽이도록 사주한 사람이 누구였는지 알고 싶어한다고요. 왜냐고요? 내 생각에는, 그렇게 해야 그 사람을 잭 루비와 비교할 수 있고, 그렇게 해서 두 사람 사이에 있는 공통점을 볼 수 있거든요. 그가 내심 원하는 건 4월 9일에 무슨 일이 일어났는지 알아내고, 그 사건의 가장 깊은 곳으로 들어가는 거요. 생각해봐요, 바스케스. 그게 우리 모두가 원하는 거 아닌가요?"

"그렇습니다." 내가 말했다. "뭐라고 해야 할지 모르겠지만, 그게 타당하다고 봐야죠."

"우리는 카르바요 같은 사람을 미치광이, 편집증환자, 불안정한 사람, 마음 내키는 대로 부를 수 있어요. 하지만 그런 사람은 뭔가 중요한 것에 대한 진실을 평생 동안 찾아요. 물론 그릇된 방법으로 할 수도 있죠. 열정 때문에 과도한 짓을 할 수도 있고, 스스로 미욱하다고 생각할 수도 있어요. 하지만 그런 사람은 당신도 나도 할 수 없는 뭔가를 하고 있죠. 그래요, 그들은 불편한 사람이 될 수도 있고, 감정을 분출하거나 정치적으로 부정확한 견해를 펼침으로써 모임을 엉망으로 만들어버릴 수도 있어요. 그들은 사회에서 어설픈 인간으로, 괜한 일에 끼어드는 사람으로, 주제넘은 사람으로, 심지어 무례한 사람으로까지 치부될 수 있어요. 하지만 그들이 상상하는 게 터무니없다 해도, 그들이 감시자 역할을 하고 모든 걸 집어삼키지는 않기 때문에, 나는 그들이 우리에게 어떤 봉사를 한다고 생각해요. 이런 이론의 문제, 즉 케네디 암살 건과 가이탄 암살 건 사이에는 많은 공통점이 있다고 생각하는 일의 문제는 바로 그런 거예요. 이 문제를 찬찬히 살펴보면 진짜로 터무니없는 건 전혀 없다는 거죠."

"터무니없는 건 전혀 없어 보이지만, 모든 게 다 그래요." 내가 말했다. "마치 미친 모자장수*와 얘기하는 것 같죠."

"그렇게 생각할 수도 있겠네요. 각자 자기가 원하는 대로 생각할 수 있으니까요."

"하지만 그걸 진지하게 받아들이시다뇨, 프란시스코."

"내가 얼마나 진지하게 받아들이느냐는 사소한 일이에요. 이제 그런 건 그만 생각해요, 바스케스. 깊이 파헤쳐봐요. 명백해 보이는 것의 이면을 보는 법을 배워요. 카르바요에게는 이게 평생의 사명이에요. 이건 시간과 에너지의 문제일 뿐만 아니라 돈의 문제이기도 하고요. 그는 자신의 통찰력을 믿기 때문에 이 일에 자신이 가진 돈보다 많은 돈을 썼어요. 그가 이렇게 말한 적이 있어요. 나는 예지력을 갖고 있어요. 다른 때는 이렇게 말하더군요. 내 사명은 내 통찰력이에요. 혹은 순서를 바꾸어 말했을 수도 있는데, 지금 정확히 기억나지 않네요. 어쨌거나 똑같은 얘기예요. 그에게 이 암살 건들에서 하나의 진실이 있다면 바로 이거예요. 우리가 진실을 들은 적이 없다는 거죠. 우리는 카르바요가 틀렸다고 말할 수 있을까요? 아니요, 바스케스. 우리가 진실을 들은 적 없다는 건 모든 사람이 알아요. 순진한 사람이나 그 이야기를 모르는 사람만이 후안 로아 시에라가 그 누구의 도움이나 사주를 받지 않고 범행을 저질렀다고 믿지요. 이제는 순진한 사람만이 케네디를 죽인 전문 저격수의 모든 총알을 리 하비 오즈월드가 쏘았다고 믿어요. 그런데 이런 인식을 우리가 어떻게 받아들여야 하는 거죠? 그대로 내버려둘까요, 아니면 뭔가를 할까요? 그래요, 당신에게 카르바요는 미치광이, 아

---

* 루이스 캐럴의 『이상한 나라의 앨리스』에 나오는 인물. 짤막한 말을 계속 던지고, 정답이 없는 수수께끼를 내며, 아무 의미 없는 시구를 읊어댄다.

니 미치광이에다 무책임한 사람에 불과해요. 하지만, 바스케스, 잘 생각해보고, 스스로를 거울에 비춰보고, 카르바요가 어처구니없거나 위험하기 때문에 당신이 카르바요의 생각을 좋아하지 않는 건지 진지하게 자문해봐요. 그가 당신을 짜증나게 하거나 놀라게 하나요? 잘 생각해보고, 스스로를 바라봐요. 지금 깨달았는데, 내가 두 사람을 결코 소개시켜주지 않았어야 했건만 실수한 것 같아요. 만약 내가 실수를 했다면 용서해줘요. 바스케스, 한 가지 고백할 게 있어요. 그 사람이 내게 부탁하더군요. 당신을 만나고 싶으니 두 사람을 서로 소개해달라고요. 내 생각에 그는 당신이 자신에게 뭔가 유용한 것을 얘기해줄 수 있다고 확신하고 있었어요. 그는 그렇게 4월 9일과 함께 사는 사람이라고요. 자신이 탐구한 적 없는 단서 하나를 발견하면 한 마리의 주구走狗처럼 달려들죠. 그런데 당신은, 당신 삼촌이라는 분이…… 그래서 당신이 바로 어떤 단서가 되는 거요. 내가 사안을 제대로 가늠하지 못한 탓에 아마도 오늘밤에 일어난 일 또한 내 잘못일 거요. 어찌되었든 걱정하지 말아요. 그 사람을 다시 만날 것 같지는 않으니까요. 오늘 두 사람이 처음 보았잖아요. 두 번 다시 만나지 않을 거요. 무슨 일이 일어났건, 그래요, 좀 유감스러운 사건이었어요, 그래요. 하지만 당신은 차분하게 있어도 돼요, 바스케스. 두 사람의 삶은 쉽게 겹치는 그런 삶이 아니니까요."

나는 베나비데스의 집을 나서면서 그의 말이 맞기를 바랐다. 결코 다시는 카르바요를 만나지 않기를.

나는 그날 밤에 카르바요를 생각했고, 다른 이유 때문에 그리고 내가 예측할 수 없는 이유 때문에 그다음날에도 계속해서 그를 생각했다. 즉 내가 베나비데스의 집에서 보고 들은 것을 상기하려 했을 때, 카를로스 카르바요, 호르헤 엘리에세르 가이탄, 리 하비 오즈월드, 후안 로아 시에라, 그리고 존 피츠제럴드 케네디를 기억하려 했을 때 내가 느끼게 된 혐오와 매혹, 유혹과 거부라는 상반된 것의 혼재를 전혀 예측할 수 없었으므로. 나는 베나비데스의 집을 나선 지 채 한 시간도 되지 않아 슬픈 운명을 지닌 그 불행한 사람들을 생각했고, 내 기억에 있는 그 이미지들과 그 정보들을 지워버리기 위한 최소한의 노력도 하지 않고서, 그 이미지와 정보에게 치근덕거리면서 즐기고, 상상력을 동원해 그것들을 풍부하게 만들고, 그것들을 언어적 형태로 만들어 이야기를 시작하기 위해 머릿속으로 이야기를 구성했다. 화요일, 나는 보고타 시내에 있는 라 칸델라리아 지역으로 가기 위해 아침 일찍 집을 나섰는데, 가이탄이 쓰러진 곳에 가서 파초 에레라가 1991년 어느 날 오후 내게 들려준 그 이야기를 상기하는 것 외에 다른 동기는 없었다. 나는 법과대생이었을 때 하던 식으로 즉시 초로 데 케베도 광장에서 팔로마르델 프린시페 광장까지, 산탄데르광장 벤치에서 보고타대성당의 계단까지 걸어갔다. 그 당시에는 산책이 그날그날(똑같은 날은 결코 없었다)의 우연과 변덕에 자발적으로 편승해서 질서 없이 제멋대로였으나 어느 순간부터 산책에 어떤 질서가 부여되었는데, 내가 지속적으로 콜롬비아를 방문하면서 완성된 그 질서는 현재 하나의 고정된 일상사가 되었다. 그 지역 지도에 그려진 내 산책 경로는 평행사변형이었고, 꼭 지점들은 「죽음과 나침반」에서처럼 폭력적인 사건들이 일어난 지점이었는데, 보르헤스의 단편소설에 등장하는 인물들이 또다른 등장인물인 어느 범죄자가 의도적으로 만들어낸 인물인 반면에 내 이야기에 등장하는 인물들은 역사의 무자비한 우발적 사건에 딱 들어맞는 사람들이었다.

나는 늘 카페 파사혜에서 브랜디 커피 한 잔을 마시고 나서 산책을 시작해 로사리오광장을 가로지르고, 카예 14를 통해 동쪽으로 걸어가서 시인 호세 아순시온 실바가 1896년 가슴에 총 한 방을 쏘아 자살한 언덕배기 자택 앞 보도를 따라 걸었다. 그리고 남쪽으로 계속 걸어가서 카예 10을 통해 아래로 내려간 뒤 죽은 거북이처럼 길을 덮고 있는 포석 위를 조심스럽게 걸어, 음모자 한 무리가 칼을 휘두르면서 집에 침입해 침실에서 그를 죽이려고 시도하던 1828년 9월의 그 무법적인 밤에 시몬 볼리바르가 뛰어넘었던 창문 밑으로 천천히 걸어갔다. 나는 국회의사당 옆 카레라 7로 나와 스무 걸음을 더 걸었는데, 그곳에는 1914년에 일어난 라파엘 우리베 우리베 장군의 암살 사건을 애석해하면서 약간은 불편하게 증언부언한 대리석 명판 두 개가 있었다. 곧이어 북쪽으로 네 블록을 더 가서 지금은 사라진 아구스틴 니에토 건물 앞 또는 더 정확히 말해 호르헤 엘리에세르 가이탄이 암살당해 쓰러진 인도까지 걸었다. 가끔은(하지만 늘 그런 건 아니다) 몇 미터를 더 걸어가 1931년에 수입 식료품 가게가 있던 곳에서 산책을 끝냈는데, 그곳에서는 내가 어렸을 때 만화의 내용을 제대로 이해하지 못하면서도 존경했던 만화가 리카르도 렌돈이 총알 하나가 박히는 어느 머리를 스케치하고 나서 마지막 맥주잔을 들이켜고는 그 누구도 결코 확인할 수 없었던 이유로 자신의 관자놀이에 총알 한 방을 발사했다. 9월 13일, 그 화요일에 나는 이 모든 것을 되풀이했지만 이번에는 우리가 유산으로 물려받은 사람들, 즉 여러 해에 걸쳐 그 비좁은 공간에서 쓰러짐으로써, 설령 우리가 그 사실을 잘 모른다 할지라도, 우리의 풍경을 이루는 망자들을 생각하면서 되풀이했는데, 사람들이 그런 죽음에 관해 말해주는 명판들 앞에서 결코 멈추지도 않고, 그리고 십중팔구는 우리의 생각과 더불어 살아 있는 그 사람들을 생각하지 않은 채, 잠시라도 생각하지 않은 채 지나쳐버리는 것이 가히 충격적이었다. 살아 있는 우리는 잔인하다.

나는 법학 공부를 하느라 용을 쓰고 매일 아침 일곱시에 강의를 듣던 당시에 그랬던 것처럼 이른 시각에 산책을 했다. 하지만 이번에는 최근 십이 년 동안 가본 적이 없는—생각조차 해본 적이 없는—어느 곳으로 돌아갔다. 1993년 초에 나는, 자주 하던 식으로, 죽을 만큼 따분한 법학 공부로부터 벗어나기 위해 시내로 산책을 나갔다. 그날 아침 나는 당시에 구하기 아주 어려워진 코르타사르의 시글로 XXI 출판사판 두 권짜리 전집 『최종 라운드』를 찾고 있었다. 레르네르서점에서 허탕을 친 뒤 센트로 쿨투랄 델 리브로에 가보기로 작정했는데, 센트로는 공장 창고 같은 분위기를 풍기는 특이한 건물이었다. 3층짜리 벽돌 건물로, 비좁은 여러 진열실에서는 원하는 중고서적을 거의 모두 구할 수 있었다. 하지만 나는 그 건물의 미로에서 길을 잃기 전에 같은 구역의 길 건너편에 있는, 문방구 건물에 박혀 있는 작은 서점을 떠올리고는 거기서 먼저 운을 시험해보리라 작정했다. 그 순간에는 신학기가 막 시작되었다는 사실을 기억하지 못했는데, 서점 진열장 앞에 섰을 때 수많은 어머니의 치마폭 사이에서 잠시도 가만히 있지 못하고 온 힘을 다해 소리를 질러대는 아이들 무리를 마주하게 되어 짜증이 났다. 안 되겠어. 다른 날 시간 내서 와야겠군. 나는 계속해서 걷다가 길모퉁이에서 방향을 동쪽으로 틀어, 창고형 서점의 첫번째 출입구를 찾으려면 거기서 남쪽으로 꺾어야 하는 다음 길모퉁이를 향해 갔는데, 그때 단한 번도 들어본 적이 없지만 어떤 소리인지 즉각적으로 알 수 있던 굉음이 건물 벽을 흔들었다. 우리 가운데 많은 수가 바로 거기서 폭탄이 터진 것인지 서로에게 물을 정도로 폭발음이 대단했기 때문에, 건물이 무너져내리지 않은 것이 신기했다. 나는 머릿속으로 한 가지만을 생각하면서, 즉 나와 반대 방향으로 달리고 있던 사람들 사이를 헤치고 나아가 그 지역을 가능하면 빨리 벗어나, 대학으로 가서 내 누이가 잘 있는지 확인해야겠다고 생각하면서 히메네스대로를 향해 달려갔다. 나는 나중에야 저녁 뉴스를 보고는, 폭발 사고로 수십 명의 사상자(도로에 팬 깊은 구멍 외에도)가 발생했으며 희생자 가운데 많은 수가 옆 문방구에 학용품을 사러 간 엄마들 또는 아이들이었다는 사실을 알게 되었다.

그리고 지금 나는 틀렸을지도 모르는 기억력에 의지해 폭탄이 터진 곳에 도착해서 내가 들어가려고 했던 문방구를 찾아가면서(그리고 불안정한 내 도시에서 많은 것이 그렇듯 그 문방구가 이미 사라져버렸다는 사실을 발견하면서), 그날을, 내 고막의 고통을, 그리고 내가 죽은 사람들 가운데 하나가 될 수도 있었다는 사실을 기억했으며, 그 사실을 과장하지도 낭만적인 감정을 투여하지도 않고 수용했다. 그리고 1993년 초 몇 개월 동안에 겪은 고난을 되살렸다. 카레라 7과 카예 72가 만나는 지점, 카레라 100과 카예 33이 만나는 지점에서 터진 폭탄, 시내에서 두 번 터진 폭탄, 카레라 13과 카예 15가 만나는 지점과 카레라 25

와 카예 9가 만나는 지점에서 차례로 터진 폭탄, 그리고 카예 93에 있는 쇼핑센터에서 터진 폭탄이었다. 물론 이제는 폭탄의 흔적도 주검 스물세 구의 흔적도 남아 있지 않았다. 나는 폐허에 관해서도 파괴의 물리적인 흔적에 관해서도 생각하지 않았고, 뛰어나거나 중요한 개인들, 죽음으로써 타인의 삶에 영향력을 행사했던 공적인 인물들의 몰락을 우리에게 상기시켜주는 명판들 같은 어느 명판에 대해 생각하고 있었다. 아니, 이것은 의심할 바 없이 내 나라에서 일어난 테러리즘의 성공 사례 가운데 하나였다. 떼죽음(참 끔찍한 표현이다), 집단적인 죽음(아니, 이것도 더 좋은 표현은 아니다)은 결코 기억되지 않고 건물의 벽에서 가벼운 경의를 받을 만한 것도 아닌 듯 보이는데, 왜냐하면 명판이 불가피하게 커지기 때문이며(독자 여러분, 생각해보시라. 이름 스물세 개를 넣거나 DAS에서 폭탄이 터진 사건처럼 그 세 배에 달하는 이름을 넣으려면), 아마도 암시적이거나 암묵적인 전통에 따라, 다른 사람을 죽음으로 끌고 가는 사람들, 즉 예기치 않게 몰락함으로써 사회 전체를 몰락시킬 수 있고 또 종종 그렇게 하는 탓에 우리가 그들을 보호하고 그들의 죽음을 두려워하는 바로 그 사람들을 위해 대리석 명판들이 보존되기 때문일 것이다. 옛날에는 그 누구도 자신의 왕자나 왕이나 여왕을 위해 목숨을 바치는 걸 주저하지 않았는데, 그들의 몰락이, 광기 때문이든 음모 때문이든 자살로 인한 것이든, 왕국 전체를 완전히 나락으로 떨어뜨릴 수 있다는 사실을 모두가 알고 있었기 때문이다. 나는 그런 일이 호르헤 엘리에세르 가이탄과 더불어 일어났고, 아마도 우리가 그의 죽음을 막을 수도 있었을 것이라는 생각을 해보았는데, 우리가 그의 죽음을 막았더라면 무슨 일이 일어났을지, 얼마나 많은 무명

씨의 죽음을 면하게 해주었을지, 오늘날 우리가 어떤 나라를 갖게 되었을지 자문하는 콜롬비아 사람이 없지는 않을 것이라고 믿는다. 기억은 늘 자신이 하고 싶은 대로 함으로써 예측할 수 없는 방식으로 작용하기 때문에, 나폴레옹이 한 말이 즉각적으로 뇌리에 떠올랐다. "한 남자의 삶을 이해하려면, 그가 스무 살 때 살았던 세상을 이해해야 한다." 1973년에 태어난 내게 스무 살 때 세상은 이랬다. 1월과 4월 사이에 폭탄들이 터진 세상, 파블로 에스코바르가 메데인의 어느 옥상에서 총에 맞아 죽은 세상이었다. 하지만 그것이 나 자신의 삶에서 무엇을 의미하게 될지는 몰랐다. 나는 길모퉁이를 돌아서 벽돌 건물로 들어갔지만, 내가 서점 매대들 사이를 막 돌아다니기 시작했을 때 M이 핸드폰으로 전화를 했다(내가 며칠 동안 들을까봐 두려워했던 전화벨이 결국 거기서 울린 것이다). 막상 본인은 평정심을 느끼지 못했을 텐데도 내가 진정하게 하려는 게 분명한 차분한 목소리로, 그녀는 양수가 터졌다고 말했다. 의사들이 한 시간 내로 긴급 제왕절개를 해야겠다고 자신에게 설명했다는 것이다. 나는 수술을 하기 전에 그녀를 볼 수 있을지 물었다.

"볼 수 있을 거예요," 그녀가 말했다. "아무튼 빨리 와줘요."

병원에 도착해보니 상황이 요란스러웠다. 모든 출입구에 대기줄이 있었다. 주차장으로 들어가려는 차량 행렬, 병원 건물 유리문을 통과하려는 사람 행렬. 무장한 경비원이 여자들의 지갑, 남자들의 가방, 그리고 백처럼 보이는 것이면 모두 검사했다. 그런 통제를 통과하자 다른 경비원이 나를 제지하더니 팔을 벌리라고 한 후 몸수색을 하기 시작했다. "무슨 일이 생긴 겁니까?" 내가 물었다. "안전조치입니다." 경비원이 말했다. "투르바이 대통령이 막 서거하셨거든요." 하지만 안전조치 때문에 몇 분이 지체되었고, 나는 서두르지 않는 사람들을(나를 조바심 나게 만드는 그런 다급한 일이 없는 게 분명한) 피해 병원 복도를 잰걸음으로 걸어가면서 늦어지겠다고, 아내가 수술을 받으러 가기 전에 아내를 보지 못하게 될 거라고, 내가 함께 있어주고 지켜준다는 사실을 아내가 느끼게 해줄 수 없겠다고 생각했는데, 그때―압박을 받은 머리는 특이한 방식으로 작용하고, 긴장감은 가장 예기치 않은 방향으로 흘러넘친다―지금은 부끄럽게 생각되는 유치하고 폭력적인 적의를 품고 금방 사라져버렸던 개인적이고 짧은 분노를 표출하면서 투르바이를 경멸하자, 전혀 정당화될 수 없는 불편한 굴욕감이 남았다. 나는 대기줄에도 불구하고, 조사와 소지품 검사에도 불구하고, 결국 제 시각에 도착할 수 있었다. 불빛이 어스름한 복도에서 멈춰 있는 병원 침대에 누워 있던 아내 M은 누군가 와서 자신을 수술실로 데려가주기를 기다리는 사이에 마취과의사의 질문에 답하고 있었는데, 얼굴이 창백하고 손은 땀에 젖었지만 상황을 조절하는 사람의 표정을 하고 있어서 나는 아내를 존경하지 않을 수 없었다.

딸들은 각각 그날 열두시와 열두시 사분에 태어났다. 딸들이 태어난 순간에 의사들은 나더러 딸들을 보지 못하게 했다. 딸들을 운반하는 이동용 침대가 어찌나 다급하게 수술실에서 나왔던지 한순간 불길한 바람을 느꼈다. 내가 유일하게 볼 수 있었던 것은 엉망진창이 되어 있는 하얀 천이었다. 그 무기력한 꾸러미에서 타원형의 투명한 공기 펌프가 나와 있었는데, 딸들이 코르티손 덕분에 자라난 폐로 첫번째 숨을 쉬게 도와주려고 간호사들이 손으로 펌프를 쥐어짰다. 여전히 마취 상태에 있던 M이 깨어나려면 몇 분이 걸릴 예정이었으나 나는 그녀가 마취에서 깨어나면 옆에 있게 해달라고 부탁했고, 기다리는 몇 분 동안 이제 그녀와 영원히 함께하게 될 이 절망감, 딸들이 태어났을 때 딸들을 보지 못했다는 절망감에 대해 생각했다. 그녀는 깨어날 것이고, 그러면 나는 모든 것이 잘되었으며 딸들이 인큐베이터 속에서 회복되기 시작했다는 소식을 그녀에게 전할 것이다. 하지만 그녀가 딸들을 보지 못했다는 사실은 전혀 바뀌지 않을 것이다. 그 점이 나를 슬프게 했다. 그럼에도 불구하고 내 슬픔은 그녀가 느꼈을 슬픔과 비교할 수 없으리라. 하지만 지금 중요한 것은 그것이 아니라, 조산이라는 긴급상황 뒤에 우리가 다른 과제, 즉 몸이 살아갈 준비가 되어 있지 않은 30주짜리 아기들의 불확실한 생존율 문제를 해결해야 한다는 의무였다.

몇 시간 후 나는 내 딸들을 처음으로 볼 수 있었다. 그동안 나는 혼자 있었다. M은 이십칠 일 동안 꼼짝도 하지 않고 누워 지낸 탓에 다리 근육에 가벼운 위축증이 생겨 침대에서 일어설 수조차 없었다. 그래서 딸들을 봐도 좋다는 허락을 받자마자 나는 이 순간(물론 우리는 그 순간이 아주 다를 것이라고 생각했었다)을 위해 가져온 카메라를 찾아 들고 신생아 집중치료실로 갔다. 밝은 빛줄기가 딸들을 적시고 있었다. 일부 부위는 잘 가려져 있었다. 머리에는 양털 모자가 씌워져 있고, 불빛에 상하지 않게 눈은 하얀 밴드로 덮여 있고, 입에는 산소마스크가 씌워져 있었다. 우리는 흔히 우리 삶으로 들어온 새로운 얼굴을 보고 익히고 기억하는 일을 시작하는데, 딸들의 얼굴 중 그 어느 부위도 보이지 않았기 때문에 나는 그런 일을 할 수 없었다. 카드에 적힌 바에 따르면, 1040그램, 1260그램이 딸들의 정확한 체중이었다. 친구들을 초

대해 저녁식사로 조리하는 파스타의 무게였다. 나는 딸들을 보면서(내 손가락 하나만큼 굵은 팔, 여전히 솜털로 뒤덮인 자줏빛 피부, 비좁은 가슴 표면에 겨우 들어가는 전극들을 보면서) 이런 무서운 사실을 깨달았다. 내 딸들을 위협하는 해악이 내부적인 것, 즉 작동을 하거나 하지 않을 수 있는 시한폭탄처럼 미성숙한 몸에 있기 때문에, 내 딸들의 생존은 내 손에 달려 있지 않으며, 그 해악으로부터 내 딸들을 보호하기 위해 내가 할 수 있는 일은 전혀 없었고, 나는 그 위험요소들의 온전한 목록을 아직 전달받지 않았음에도 그 사실을 알고 있었다. 그 목록은 나중에 받게 될 것이다. 몇 시간, 며칠이 흘러가는 동안 의사들이 내게 동맥관, 즉 어느 정도 시간이 지나도 계속 열려 있으면 수술을 할 필요가 있는 심장의 어느 관에 관해 얘기할 것이고, 청색증이 정확히 무엇을 의미하는지에 관해, 산소포화도에 관해, 여전히 우리를 위협하는 망막병증과 실명의 위험성에 관해서도 얘기해나갈 것이다. 나는 상태가 아주 나쁜 사진(인큐베이터의 플라스틱이 플래시의 섬광을 반사해서 반대쪽에 있는 것을 부분적으로 가려버렸다) 몇 장을 찍어 M에게 가져다주었다.

"당신 딸들이 저기 있어요." 나는 억지 미소를 지으며 말했다.

"저기 있군요." 그녀가 말했다.

그리고 그녀는 모든 것이 시작된 지 처음으로 울음을 터뜨렸다.

나는 딸들을 보살피는 데 신경을 쓰느라 베나비데스의 집에서 본 것에 관해 M에게 얘기하지 않았다. 그 얘기를 하기 전에 무슨 일이 생겨버린 것이다. 그 일은 M이 퇴원하기 조금 전에 일어났다. 이제 M이 병원을 돌아다닐 수 있는 상태가 되어, 우리는 신생아과의 규정이 허락할 때마다 함께 딸들을 보러 가기 시작했다. 최대 이십 분 동안 이루어지는 짧은 면회였는데, 그때 인큐베이터에서 꺼내 잠시 딸들을 보듬고 딸들을 느끼고 딸들이 우리를 느끼게 할 수 있었다. 그 순간에는 간호사들이 딸들에게서 전극을 떼어냈고, 듣는 이를 불편하게 하는 윙윙거리는 기계음—그 사망 각서—이 꺼졌다. 반면에 처음 며칠 동안 착용했던 C-PAP*를 대체한 산소 투여용 튜브를 떼는 것은 불가능했다. 딸들은 얼굴에 산소 투여용 튜브를(작은 코 양쪽으로 반창고 조각 두 개를) 붙여놓은 상태였는데, 우리 방문자들은 튜브가 팽팽해지거나 떨어지지 않도록 인큐베이터에 바짝 다가가 앉아야 했다. 그렇게 우리는 산소탱크에 연결된 상태로 우리의 가슴 위에서 잠들어 있는 그 작은 몸들과 더불어 불편한 자세로 산소탱크에 상체를 기댄 채, 소극적인 행복의 몇 분이면서 감춰진 걱정의 몇 분을 보냈는데, 취약성의 증거가 그때만큼 확실한 적이 결코 없었기 때문이다. 나는 딸들의 손 하나를 엄지와 검지로 지탱한 상태에서 내가 원하기만 하면 손을 조각내버릴 수도 있으리라는 사실을 완벽하게 이해했다. 바람이 딸들의 폐를 상하게 할 수 있을 거라는 사실을 알고 있었기 때문에 신생아 집중치료실의 문을 주시하고 있었다. 조산아들의 면역 체계는 가장 무해한 박테리아에도 무너질 수 있기 때문에, 나는 알코올냄새가 눈을 아리게 하는 투명한 젤을 이용해 필요 이상으로 손을 소독했다. 그러면서 온 세상이 하나의 위협이 되었다는 사실을, 관심을 가지기보다는 불안한 마음으로 차츰차츰 인식해가고 있었다. 낯선 물건들의 존재가, 그리고 다른 사람들이

---

* 수면 호흡 장애 치료기로, 마스크를 통해 공기를 기도로 운반하는 기기.

내가 아는 사람들이라 할지라도, 그 아는 사람들이 의사들이고 바로 그 병원에 근무한다고 할지라도, 다른 사람들과 가까이 있다는 사실이 나를 불안하게, 심지어 공격적으로 만들었다. M이 퇴원하려고 물건들을 정리하는 동안 딸들을 보러 신생아 집중치료실로 들어간 날 내가 보인 반응은 이런 조바심 탓이었는데, 당시 베나비데스 박사는 어느 딸이 들어 있는 인큐베이터에 상체를 숙인 채 맨손으로 산소 투여용 튜브를 조작하고 있었다. 나는 박사에게 인사도 하지 않은 채 무엇을 하고 있느냐고 물었다.

"튜브가 빠져버렸어요." 그가 나를 보지 않은 채 씩 웃으며 말했다. "막 다시 넣었네요."

"손 좀 빼주세요."

베나비데스가 새끼손가락 끝으로 반창고를 매만지고 나서 인큐베이터에서 손을 빼더니 나를 돌아보았다. "아주 단순한 거니까, 걱정 말아요." 그가 말했다. "캐뉼라가……"

"제가 바라는 건요," 내가 그의 말을 끊었다. "제가 없을 때 제 딸들의 인큐베이터에 손을 집어넣지 마시라는 겁니다. 제 말을 이해하시는지 모르겠지만, 제 딸들을 만지지 마세요."

"아기에게 캐뉼라를 끼우고 있었어요."

"무슨 일을 하고 계셨는지는 상관없어요, 프란시스코. 저는 선생님이 제 딸들을 만지지 않기를 바란다고요. 선생님이 의사라고 해도 말입니다."

프란시스코 박사는 진심으로 놀랐다. 벽 쪽으로 가더니 소독기의 레버를 한 번, 또 한 번 눌렀다. "나는 당신에게 인사를 하고 당신 딸들을 살펴보러 왔어요. 말하자면, 뭔가 해주려고요." 박사가 내게 말했다.

"그렇다면 고마운데요, 우린 잘 있습니다. 이건 박사님 전공이 아니잖아요."

"실례합니다, 아버님." 간호사 하나가 내 옆으로 다가와 내게 말했다.

"무슨 일인데요."

"가운을 입지 않으면 여기 계실 수 없거든요, 규정이 그렇습니다."

나는 막 다림질한 옷의 따스한 냄새를 간직한 연파란색 꾸러미 하나를 받았다. 내가 소독한 가운을 입고 모자를 쓰는 사이에 베나비데스는 그곳을 떠났다. 그를 함부로 대하고 모욕했다는 생각이 들었다. 그러고서 생각했다. 망했어. 베나비데스는 M과 마주치지 않았고, M은 소독한 모자와 가운을 제대로 차려입은 상태로 딸 하나를 받을 준비를 하고서 그가 떠난 지 몇 분 후에 도착해 내 곁에 앉았다. 그녀가 내게 괜찮으냐고 물었던 것으로 보아 내 표정에서 뭔가를 보았던 것 같다. 나는 그 순간 모든 것을—베나비데스, 그의 아버지, 카르바요, 그리고 가이탄의 척추에 관해—얘기해줄까 했으나 그렇게 할 수가 없었다. "아니, 아무 일도 없어요." 내가 말했다. "그럴 리가 없어요. 뭔가 있잖아요." 늘 확실한 직관을 지니고 있던 그녀가 말했다. 나는 그녀에게 그렇다고, 뭔가가 있었지만 나중에, 병원에서 나가면 얘기하자고 했다. 내 가슴에서 아기가 자고 있는 상태에서 말을 한다는 것이 아주 불편했고, 내 목소리와 호흡이 결국 아기에게 폐가 될 수도 있고, 내가 결코 본 적 없을 정도로 가장 평화롭고 조용하게 자고 있는 아기의 수면을 방해할 수도 있기 때문이다. 물론 이것은 전혀 사실이 아니었으나 진짜 이유를 정확히 밝힐 수가 없었는데, 그곳에서 그 일을 말하고 싶지 않았기 때문이다. 우리가 우리 자신에 대해 얻는 지식의 쪼가리들은 결코 제 시각에 우리에게 도달하지 않는다. 당시 나는 M의 말이 전적으로 옳다는 사실을 깨닫기까지 여러 날을 기다려야 했는데, 그녀는 그간의 자세한 사정과 내가 베나비데스 박사와 충돌한 것을 약간 뉘우친다는 얘기를 들은 뒤 내게 우리 딸들에 관해 이처럼 단순하게 말했다. "그러니까 당신은 더러운 사람이 우리 딸들에게 다가가는 것을 원치 않는다는 말이잖아요."

나는 그런 형용사가 베나비데스 박사에게는 어울리지 않는다고 대답하려 했는데, 처음부터 그는 내가 알고 있는 사람들 가운데 가장 정직하고 투명한 사람들 가운데 하나로—그래, 가장 깨끗한 사람으로—보였기 때문이다. 하지만 그때 M이 다른 것을 언급하고 있다는 사실을 이해했다. 프란시스코 베나비데스의 도덕적인 상태를 언급한 것이 아니라, 달팽이가 등껍질을 달고 다니듯이, 베나비데스가 아버지의 유산을 가지고 있다는 사실을 언급한 것이다. 다른 말로 하자면, 내 딸의 오른쪽 광대뼈 부위에 붙인 반창고를 매만지던 그 손이 과거 어느 순간에는 총을 맞아 죽은 어느 남자의 척추를 들고 있었으리라는 것이 아주 현실적이고 개연성 있는 사실이며, 심지어 그 남자는 일반인이 아니라, 그에 대한 범죄가 여전히 우리 콜롬비아 사람들에게 살아 있고, 오십칠 년이 지난 뒤에도 여전히 우리가 서로를 죽여대는 다양한 전쟁을 모호한 방식으로 부양하는 사람이었다. 나는 내 삶의 문 하나가 열려 그 문을 통해, 우리의 삶에 개입하고 우리의 집과 우리의 방, 그리고 우리 자식들의 침대로 들어오기 위해 전략과 책략을 짤 수 있는 폭력의 괴물들이 들어올 가능성이 있는지 자문해보았다. 지금 떠올려보면 당시 나는 그 누구도 안전하지 않다고 생각했고, 그러면서도 내 딸들은 안전할 것이라고 약속해놓고는 증인도 없이 그런 약속을 한 것에 은밀한 불안감을 느꼈다. 나는 딸들을 찾아가 인큐베이터에서 꺼내 차례로 내 가슴에서 잠들게 할 때건, 처가—테라스 너머로 유칼립투스들이 보이는 그 차가운 방—에서 조지프 콘래드의 파나마 생활에 관해 쓰던 내 소설의 파일에 어느 페이지를 첨가하는 동안이건, 매일 스스로에게 그런 약속을 했더랬다. (예를 들어, 화자의 딸이 임신한 지 6개월 반 만에 태어났는데, 몸이 어찌나 작던지 누구든 양손으로 덮을 수 있고, 어찌나 살집이 없던지 발에는 뼈의 굴곡이 드러날 정도이고, 근육이 어찌나 약하던지 입으로 엄마의 젖을 빨 수도 없다고 기술한 페이지였다.) 어느 날 밤, M이 딸들의 입에 자신의 새끼손가락 관절을 집어넣어 딸들의 빨기반사 능력을 키우려고 하는 동안 나는 내가 딸들이 아니라 프란시스코 베나비데스를, 딸들이 밤을 보낼 수 있도록 우리가 주어야 할 모유가 아니라 총알 하나가 박힌 어느 흉부의 엑스레이 사진을, 딸들의 작은 발뒤꿈치에 난 주삿바늘자국이나 피검사가 아니라 포름알데히드 용액에 보존된 어느 척추의 반짝거리는 색조를 생각하고 있다는 사실을 깨달았다. "그게 당신의 강박관념으로 변하고 있어요," 어느 날 밤 M이 나를 나무랐다. "얼굴에 나타난다고요."

"뭐가 보이는데요?"

"모르겠어요. 하지만 지금 당신에게 무슨 일이 일어나지 않으면 좋겠어요. 이 모든 게 진이 빠져요. 나도 진이 빠져 있고, 당신도 그렇죠. 그리고 난 이걸 혼자 감당하고 싶지 않아요. 아기들 문제 말이에요. 무슨 일이 있는지는 잘 모르지만, 난 당신이 여기에서 우리와 함께 있으면서 이걸 함께하면 좋겠어요.”

　“우리가 함께하고 있잖아요.”

　“하지만 당신에게 무슨 일이 있잖아요.”

　“아무 일도 없어요.” 내가 말했다. “아무 일도.”

3. 상처 입은 동물

11월 말 카르바요가 다시 내 삶에 나타났다. 내 딸들은 이제 인큐베이터에서 나와 M이 자기 부모와 함께 살 때 쓰던 방에서 우리와 함께 밤을 보내고 있었다. 우리는 요람 하나에 조정 가능한 난간을 설치해 둘로 분리한 다음 두 딸을 각각의 칸에 눕혀놓고는 각자에게 의료용 산소탱크를 연결시키고 윗입술을 덮는 플라스틱 캐뉼라를 채워주었는데, 탱크는 자신이 있는 쪽 난간 너머로 말없는 친척처럼 딸을 바라보고 있었다. 21일 여섯시경, 내가 기저귀를 갈고 있을 때 친구 하나가 전화를 걸어 다음과 같은 소식을 전해주었다. 자기 세대에서 가장 뛰어난 소설가들 가운데 하나이자 최근 몇 년 동안 내 친구였던 라파엘 움베르토 모레노 두란*이 아침에 사망했다는 것이었다. "벌써 돌아가셨어요." 그녀는 체념이 섞인 부사에 목소리의 모든 무게를 가해 말하더니, 즉시 장례식 시간, 성당 이름, 성당의 정확한 주소를 알려주었다. 다음날 아침 나는 장례식장에서 R. H.(우리 모두는 그를 이렇게 불렀다)의 친구, 가족과 함께 슬픔을, 하지만 안도감도 함께 나누었다. 왜냐하면 그의 병은 치료하기 어려운 것이었기에 병고가 길지는 않았지만 강렬했고, 비록 그가 유머로, 그리고 내가 오직 용기라고 부를 수 있는 무엇을 가지고 병을 견뎌냈다 해도, 무엇보다도 고통스러운 것이었기 때문이다.

우리는 내가 법학도였을 때 서로 알게 되었고, 아마도 그가 삼십여 년 전에 그랬듯 나의 유일한 의도는 그에게서 소설 작법을 배우는 것이었는데, 어떻게 해서 그렇게 되었는지는 잘 모르겠지만 우리는 친구가 되어갔다. 그는 70년대 초반에 도착해 행복한 초기를 포함해 십이 년을 보낸 도시 바르셀로나에서 가끔 나를 찾아왔고, 나는 기회가 될 때마다, 가끔은 그의 집에서 점심을 먹으려고, 가끔은 그가 자기 사서함에서 우편물을 꺼내러 갈 때 따라가려고 보고타에서 그를 찾아갔었다. 그것이 그의 전 일과였다. 아비앙카 빌딩까지 걸어가서 잠금장치가 걸린 사서함들이 늘어선 회랑으로 들어가 편지와 잡지를 잔뜩 들고 그곳을 나오는 것이었다. 그런 식으로 산책을 하던 중 언젠가 그가 자신의 병에 관해 고백했다. 어느 날 오후 자신이 살고 있던 건물의 계단을 올라가고 있을 때 갑자기 숨이 멎고, 시야가 흐릿해지고―세상이 새까만 공간으로 변했다―바로 그곳, 벽돌 색깔의 딱딱한 계단에서 실신할 뻔했다고 설명한 것이다. 의사들은 얼마 지나지 않아 그의 증세를 빈혈

---

* 콜롬비아 소설가로, 20세기 콜롬비아문학의 대표 작가 중 한 사람이다.

이라고 진단하고 원인을 발견했는데, 암이 이미 오래전부터 식도에서 은밀하게 살아가고 있었고, 그 암을 발견하면서 그는 다양한 치료를 받아야 했으며 식욕에도 문제가 생겼다. 그는 그것을 자신의 '에일리언'* 이라고 불렀다. "에일리언 하나를 가지고 있어요." 그는 갑자기 여윈 몸을 보고 설명을 요구하는 사람에게 이렇게 말했다. 자신이 사람들에게 좋지 않은 안색을 보이거나 짜증이 나면 이렇게 사과했다. "오늘은 내 에일리언이 활동을 하지 않고 있네요." 이제, 암 진단을 받은 지 일 년이 조금 더 지났을 무렵, 그는 병자의 존엄성도 존중하지 않고 휴전도 없는 그 빌어먹을 병에 대한 전투에서 패배했다. 그리고 그곳에 모인 그의 지인, 친구인 우리는 성당 안으로 들어가서 긴 나무의자의 빈자리를 찾고, 슬픈 일을 당했을 때 사용하는 특유의 조용한 목소리로 서로 인사를 하면서 네 개의 하얀 벽 사이를 움직였는데, 서로 모의라도 한 듯 오피스 빌딩과 빽빽한 유칼립투스들이 성당 주위에 솟아 있어서 죽음을 애통해하는 빛 한줄기 들어오지 못했기 때문에, 특히 추위 때문에 죽을 지경이었다. 말하자면, 우리 모두가 그곳에 있었다. R. H.를 사랑한 사람들, 존경한 사람들, 그를 사랑하지도 존경하지도 않았지만 그의 책들에 감탄했다고 고백한 사람들, 그의 책들에 감탄했지만 질투 때문에 내색을 하지 않은 사람들, 과거 언젠가는 그의 조롱이나 직설적인 공격의 대상이 되었으나 지금은 자신의 면상에 대고 상스럽다고 나무라던 R. H.가 없다는 사실을 말없이 애석해하면서 향유하기 위해 와 있던 사람들이었다. 어느 작가의 장례식처럼 위선이 강력하게 집중되

---

* 외계인 또는 이방인을 뜻하는 영어 단어.

는 곳은 적다. 사람들이 R. H.의 몸이 안식하고 있는 관을 둘러싼 그곳 성당에서 이 순간에 슬픔 또는 비통함 또는 낙망을 가장하는, 오랜 가장기술을 선보이는 사람이 적어도 한 명은 있었는데, 그는 R. H.도 그의 책들도 이제는 자신에게 그림자를 드리우지 못할 것이라고 속으로 생각하고 있었다.

나는 어느 장소에, 중간쯤에 놓인 (내가 난입자라는 느낌이 들 만큼 관에 너무 가깝지도 않고, 내가 단순한 구경꾼처럼 보일 만큼 너무 멀리 떨어지지도 않은) 나무의자 가장자리에 앉아 있는 동안, 종교를 믿지 않았던 누군가를 보내주는 종교행사에 마지막으로 참석했던 경우를 기억하려 애쓰고 있었다. 수많은 불가지론자가 그랬듯이 R. H.는 생애 마지막 며칠 동안 하느님께 다가갔을까? 영혼에서 일어나는 그런 변신은 우리 친구들이 전혀 보지 못하는 장소에서 일어나기 때문에 나는 그에 관해서는 추측할 수 없었지만, 암 때문에 개종한 사람의 수가 얼마나 되는지(물론 사안이 반대로 일어나지는 않는다. 나는 배교를 하게 만드는 질병은 전혀 모른다) 연구해야 할 것이다. 장례미사를 집전하는 신부가 말하기 시작했을 때, 중앙 통로 쪽 앞줄 의자에 앉아 있는 남자가 내 관심을 끌었는데, 그의 실루엣이, 마치 자신의 후보자가 연설할 때 선거대책위원장이 후보자의 말에 동의하는 것처럼, 스피커에서 나오는 신부의 말끝마다 고개를 끄덕였다. 하지만 그때 신자석에서 누군가가 움직이고 사람들이 수군거리는 소리가 들려서 사람들이 고개를 돌렸는데, 그 이유는 신부가 고개를 한번 끄덕이자 R. H.의 아내 모니카 사르미엔토가 자리에서 일어나 강론대를 향해 걸어가고 있었기 때문이다. 모니카는 마이크의 높이를 조절하고, 검은 안경을 벗고

한 손을 피곤한 눈에 갖다대고 나서는 R. H.가 알레한드로에게 남긴 편지를 읽겠다고, 헤아릴 수 없이 깊은 슬픔에서 비롯된 고결하고 강인한 태도로 밝혔다.

"알레한드로가 누구예요?" 내 옆에서 누군가가 말했다.

"잘 모르겠어요." 다른 누군가가 말했다. "아들일 것 같은데요."

"사랑하는 알레한드로." 모니카가 말했다. 우리 위로 정적이 내려앉았다. "이제 막 열한 살이 되려는 너는 내가 무슨 이유로 이 편지를 쓰는지 이해하지 못할 가능성이 아주 높지. 하지만 나는 예방조치로 이 편지를 쓰고 있단다. 설명해주마. 모든 아들은 조만간 카프카 신드롬, 즉 자기 아버지에게 자신의 잘못을 '이실직고'하면서, 아버지가 현재나 과거에 독재적이고 이기적이며, 이해력과 관대함이 부족하다고 질책하는 편지 한 통을 쓸 필요성을 느끼게 된단다. 왜냐하면 아들은 특정한 나이가 되면 자신이 창조의 왕이라 생각하고서 자신을 위한 아버지의 헌신과 관심만을 요구하기 때문인데, 만약 아버지가 그런 요구를 들어주지 않으면 앙심, 다시 말해 개인적인 반감을 가지고서 불복종하고, 적의를 품고, 또는 카프카의 경우처럼 무시무시한 보복성 글을 쓰기 마련이거든. 혹시 이 편지가 그저 내 병을 치료하려는 시도일 수도 있겠다. 여러 해 전에 무언가를 읽었는데, 지금 그 의미가 온전하게 되살아나는구나. 나는 프랜시스 베이컨 경—자신이 설파하는 것과 완전히 반대로 행동하는 아주 지혜로운 도덕주의자—이 쓴 어느 에세이의 첫 줄을 결코 잊을 수 없는데, 그 글은 다음과 같단다. '아내와 자식이 있는 사람은 운명에게 인질로 잡혀 있는 것이다.' 사랑하는 알레한드로야, 생각해보니 오늘 내가 운명의 인질, 다시 말해 운運의 인질, 우리의 관계를 맺어준 우연의 인질이더구나. 나의 의지는 내가 세상을 방황하던 시기의 의지가 아닌데, 그때는 그 무엇도, 그 누구도 내 자유를 제한하지 않았고, 내게는 그 모든 게 열린 길들이 있는 넓은 지도였단다. 나는 내가 영원히 젊고 길들여지지 않을 거라 믿었으며, 인생은 열여덟 살에 시작하고, 그 나이에 이루어지지 않은 모든 것은 원생동물의 질서에 포함되어 있다고 믿었다. 내게 아이들은 이집트의 열한번째 재앙이었고, 내 이름의 머리글자는 유아살해의 구호로 변해버릴 정도였거든. R. H.가 라파엘 움베르토를 의미하는 것이 아니라 헤로데스 왕*을 의미했지 뭐냐. 네가 태어날 때까지는 그랬는데, 네가 태어났을 때 나는 베이컨 경의 글이 예상치 못한 놀라움을 숨기고 있다는 사실을 발견하게 됐단다. 네가 태어나자 나는 네 운명의 인질이 되어버린 거야."

사람들이 성당 안에서 씩 웃었고, 나는 생각했다. R. H.답다고. 슬프고 비통한 경우를 유머를 구사하기 위한, 언어유희를 하기 위한, 엄숙함을 부숴버리는 기지를 발휘하기 위한 기회로 바꾸는 것이 역시 그답다고. 나는 또한 내 딸들을 생각했다. 내가 내 딸들의 운명의 인질이 되어버렸을까? R. H.는 모니카의 입을 통해 지금 자기 아들의 탄생에 관해 말하고, 아니, 오히려 자기 아들의 탄생에 관해 아들에게 말하고, 자식에 관해 얘기하는 모든 아버지의 불가피한 속물성을 받아들이고, 아버지들이 그 일화가 사람들에게는 전혀 재미없을 수 있다는 사실을 알면서도 자주 자식에 관해 얘기할 때처럼 여러 일화를 재미있게 얘기하고 있다. 그런 일화 가운데 하나는 멕시코 친구 몇이 알레한드로에게

---

* 신약성경에서 예수를 죽이기 위해 베들레헴의 남자아이들을 모두 죽였다는 헤로데 1세. 에스파냐어로는 'Rey Herodes'라고 표기한다.

천으로 만든 페가수스 인형을 선물한 날을 상기시켰다. 아들 알레한드로가 R. H.에게 왜 그 말에 날개가 달려 있는지 묻자, R. H.는 페르세우스가 메두사의 머리를 잘라 죽이자 흘러나온 피에서 페가수스가 태어났는데, 메두사의 머리에는 머리카락 대신에 뱀 백 마리가 있어서 메두사가 그 뱀들을 가지고 자신의 희생물들을 마비시켜버렸다고 설명했다. "웃기지 마세요, 아빠." 알레한드로는 말했다. "네가 그렇게 말한 순간부터 네가 마술적 사실주의에 대한 면역력을 갖고 태어났다는 사실을 알게 됐지, 내가 방금 전에 우스운 꼴이 되어버린 게 위안이 되더구나." R. H.가 모니카의 목소리를 통해 말했다.

신자석에서 터져나온 폭소가 울려퍼졌다.

"무엇에 대한 면역력이라고요?" 내 옆의 누군가가 물었다.

"그냥 들어요." 사람들이 그에게 대답했다.

"내가 왜 그런 일화들을 회고하느냐고?" 모니카가 계속해서 읽었다. "왜냐하면 아버지는 어떤 식으로는 자신의 성숙기에 자신이 아들의 기억이 될 수 있다고 믿고 기억이 되고 싶어하는데, 아들에게는 자신의 어린 시절에는 모든 것이, 마치 자신이 현재까지 산 것은 별 가치가 없고 자신이 현재 주도하고 있는 것만이 중요하다는 듯이, 일시적이고 중요하지 않기 때문이지. 아이들에게 유년기는 존재하지 않는단다. 반면에 어른들에게 유년기는 우리가 어느 날 잃어버리고는 희미한 기억들 또는 존재하지 않는 기억들과 더불어 헛되이 되살리고 싶어하는 과거의 세계, 일반적으로 다른 꿈들의 그림자에 불과한 과거의 세계야. 그래서 우리는 아들의 기억, 즉 아들은 금방 잊어버릴 테지만 아버지에게는 자신이 후손을 낳았다는 가장 훌륭한 증거가 되는 그 무엇을 공중

하는 사람이 되고 싶어한단다. 아들이 자기 것이 되기 시작하는 어느 세계를, 아무런 생각도 없이, 자신이 가진 개념들을 이용해 강조하려고 시도할 때 사용하는 그 유치한 철학의 레퍼토리를 어찌 잊겠니? 어느 날 밤, 너와 나는 텔레비전을 보면서 뉴스 시간이 되길 기다리고 있었지. 텔레비전은 리우데자네이루 카니발의 마지막—가장 뜨거운—순간들을 생중계해주고 있었어. 너는 소파에 편하게 자리를 잡은 채 삼바드로메*에서 경연하던 다양하고 풍만한 갈색 살들을 열심히 관찰하고 있었어. 네가 다섯 살 정도 되었을 때였는데, 나는 감정을 억누르지 못한 채 우리가 음탕한 노인이나 되는 것처럼 네게 말했잖니. '알레한드로, 여자들은 정말 멋지지.' 그런데 너는 고개조차 돌리지 않고서 그런 문제에 전문가라도 된다는 듯이 대답했지. '그래요, 아빠. 그리고 젖도 줘요.'"

이번에는 폭소가 성당 안을 가득 채웠다. 사람들은 웃으면서도 계속해서 불편해했다. 이렇게 큰 소리로 웃어도 되나? 모두 이렇게 자문하는 것 같았다. R. H.는 과거에도 혹은 죽은 뒤에도 그런 것에 신경을 쓰지 않았는데, 오히려 자신이 어떤 무해한 불협화음을 유발하는 일이 그에게는 진정한 즐거움이 되었을 것이다.

"사랑하는 알레한드로. 내가 후회하는 것이 있다면, 그건 바로 내 아버지에게 내가 당신을 얼마나 존경하고 사랑했는지 말하지 못한 것이란다. 내가 아버지에게 보여준 애정어린 행동이라는 것은 고작해야 아버지가 돌아가시기 이틀 전에 아버지 이마에 살짝 입을 맞춘 것뿐이야.

---

* 리우 카니발이 열리는 거리.

입을 맞출 때 설탕 맛이 났고, 이제 주인이 없는 물건을 은밀하게 훔치는 도둑처럼 느껴졌어. 우리는 왜 자신의 감정을 숨기는 거지? 비겁해서? 이기심 때문에? 우리는 어머니에게는 다르게 처신하지. 꽃, 선물, 달달한 말로 어머니를 감싸잖니. 우리가 애정을 가지고 아버지를 만나서 얼굴과 얼굴을 맞댄 채 우리가 아버지를 많이 사랑하고 존경한다는 말을 하지 못하게 만드는 것이 무엇일까? 반대로, 아버지가 우리를 제자리에 갖다놓을 때 왜 우리는 작은 소리로 아버지에게 욕을 하는 걸까? 왜 우리는 기회가 될 때 다정한 말이 아니라 불량한 말로 반응하는 걸까? 왜 우리는 험담을 할 때는 용감해지면서 애정을 표현할 때는 겁쟁이가 되는 걸까? 왜 나는 아버지에게 이런 것을 단 한 번도 말하지 못했으면서, 아마도 네가 너무 어려서 아직 이해하지 못할 텐데도 네게는 말하는 걸까? 어느 날 밤 나는 방에서 아버지와 얘기를 하고 싶었는데 아버지가 이미 잠들어 계셨단다. 내가 조용히 방에서 나오려고 했을 때 아버지가 잠결에 내뱉으시는, 절망적인 목소리를 들었지. '아니요, 아빠, 아니에요!' 아버지가 불안한 꿈속에서 당신 아버지와 함께 계셨다는 게 참 특이하지? 꿈에 대한 수수께끼 말고도 내 관심을 끌었던 뭔가가 있었다면, 당시 아버지는 일흔여덟이었고 할아버지는 적어도 사반세기 이전에 돌아가셨다는 사실이었어. 자기 아버지와 얘기를 하려면 죽어야 하는 걸까?"

그때 가벼운 비가 내리기 시작했다. 아니, 가벼운 비가 아니라 간헐적인 비, 빗방울이 굵고 무겁지만 간헐적으로 내리는 비였다. 밖에서 주차된 차량의 금속성 지붕에 빗방울 부딪히는 소리가 가냘프게 들려왔고, 그 순간부터 모니카가 읽는 글을 알아듣는 게 더욱 어려워졌다.

늘 그렇듯이 내 주의력이 흩어졌다. 내 딸들이 태어난 뒤 두번째로 나 역시 운명의 인질이 되었는지 자문해보았는데, 나는 뭐라고 대답해야 할지도 그 대답을 어디서 찾기 시작해야 할지도 몰랐다. 미래에 내 딸들이 내게 어떻게 행동할까? 아버지와 딸들의 관계는 어땠을까? 확실히 아버지와 아들이라는 두 남자, 특히 다른 세대의 두 남자의 관계와는 다를 것이다. 하지만 내가 사내 자식들, 아들들을 가졌더라면 유사한 어려움에 처해 있지 않았을까? 내 아들들이 내 앞에서 자기 느낌을 숨길까? 내 앞에서 불량하게 반응할까, 다정하게 반응할까? 나는 왜 내 딸들도 나와 긴장되고 어려운 관계를 맺을 것이라고 생각하지 않는 걸까? 아마도 남자들의 동지애와 공범의식이 내게는 항상 우습게 보였기에, 나는 평생 남자보다 여자와 더 좋은 관계를 맺어왔는데, 내 딸들과는 어떻게 될까? 그때 나는 모니카가 마지막 말임이 틀림없는 말을 하고 나서 방금 전에 읽던 종이를 접고는 단상에서 내려와 양팔을 벌린 채 자신을 받아들이는 남녀들과 뒤섞이는 것을 보았다. 그러나 그녀의 행동은 박수갈채가 아니라 박수의 억제를 불러일으켰다. R. H.가 아들에게 쓴 편지는 어느 망자를 위한 미사의 관례를 타파했고, 미사 참석자들은 자신들이 방향을 잃었다고, 멋지게 방향을 잃었다고 느꼈으며, 그들의 얼굴에는 자신이 어떻게 처신해야 할지 몰랐기 때문에, 모든 사람이 아는 의식을 치르며 누군가와 이별하러 왔기 때문에, 그리고 웃으면서, 웃고 싶어하면서, 박수를 치지 않았지만 박수를 치고 싶어하면서 혹은 아마도 내가 내 딸들을 생각하고 있었듯이 자기 아들이나 딸을 생각하면서 대충 마무리를 지었기 때문에 만족스러워하는 표정이 드러났다.

그 미사에서 그 밖에 또 무슨 일이 있었는지는 잘 모르겠다. 내가 영성체를 하지 않았는지도, 방심해서 누군가에게 평화를 빌지 않았는지도 기억나지 않는다. R. H.의 몸을 담은 관이 내 앞으로 지나갔고, 나는 관이 지나기를 기다렸으며, 그러고는 강물 같은 조문객, 그들이 움직이면서 내는 소란한 침묵에 휩쓸려버렸다. 관에서 눈을 뗄 수가 없었다. 관은 운구자들의 발걸음에 따라 위아래로 출렁거리면서 성당 출입구의 네모난 빛을 향해 고집스럽게 움직이고 있었다. 나는 관이 정오의 공기 속으로 들어가 장의차를, 입처럼 벌어진 차 뒷문을 향해 계단을 내려가는 것을 보았다. 장의차 기사가 차 뒷문을 닫는 것을 계단의 맨 윗단에서 조용히 지켜보았는데, 그때 장의차에 둘린 자주색 바탕의 띠에 황금색 글씨로 쓰인 책 표지와 등에서, 인터뷰 제목에서, 신문의 서평란 맨 밑에서 자주 본 적이 있던 이름을 보았다. 라파엘 움베르토가 언제부터 R. H.로 결정되었을까? 1977년에 출간된 그의 첫 소설 『여인들의 장난』 초판 표지와 책등에는 그의 온전한 이름이 쓰여 있었고, 이십 년이 지난 뒤 우리가 라 로마나 식당에서 소스를 지나치게 많이 넣은 파스타로 점심을 먹는 동안 그가 자기 책에 써서 내게 준 헌사에도 여전히 그 긴 이름이 온전하게 적혀 있었다. 그의 이름이 마치 장의차에 두른 자주색 띠에 아무 문제 없이 들어갈 준비를 한 것처럼 어느 순간에 머리글자로 바뀌었을까? 성당이 차츰차츰 비어가고, 미사 참석자들이 주차장으로 내려가 차에 올라타고, 차들이 한 줄로 주차장을 나가기 시작했다. 우리, 즉 계단 맨 위에 머물고 있던 사람들은 엄격한 규율에 따라 출발하는 것을 바라보고 있었다. 비가 거세지기 시작했을 때는 아주 적은 수의—내가 기억하기에는 예닐곱 명이었다—사람만 남아 있었다. 계단을 내려가 성당 옆 공원을 통과해 폭우가 쏟아지기 전에 카레라 11에서 택시를 타자고 생각했던 순간 나는 손 하나가 어깨에 묵직하게 얹히는 것을 느꼈는데, 몸을 돌려보니 카르바요였다.

그였다. R. H.가 아들에게 쓴 편지가 읽히기 전에 내 관심을 끌었던 그 남자. 그런데 왜 아까 그를 알아보지 못했을까? 그의 외모에서 뭔가가 바뀌었는가? 나는 그를 감지하지 못했지만, 동시에 그는 나를 즉시 알아보았다는 절대적인 확신을 가졌다. 뿐만 아니라, 카르바요가 미사의 전 과정에서 나의 존재를 알고 있었고, 멀리서 나를 지켜보면서 스파이처럼 나를 따라다니고 내 곁에 서고 내가 다른 사람들과 우연히 나눈 대화에 침입하고 우리가 돌발적으로 만났다고 가장하기 위해 적합한 순간을 기다렸다는 사실을 알았고, 알았다고 믿었다. 그리고 그는 확실한 본능, 약탈자적 본능으로 자신의 사냥감을 덮치기 좋은 순간을 알았다. 그는 블러드하운드 같은 사람이에요, 베나비데스가 내게 말했었다.

그리고 이렇게도 말했다. 당신은 하나의 실마리예요.

그리고 지금 나는 생각하고 있었다. 나는 그의 실마리야. 하나의 블러드하운드. 그의 사냥감이 바로 나야.

* * *

"정말 반갑군요." 카르바요가 말했다. "이렇게 되길 기대한 건 아니지만요."

그가 거짓말을 하고 있다는 의구심은 전혀 들지 않았다. 하지만 무슨 목적으로? 그건 알 수 없었지만 내 의구심을 해소해줄 질문이 떠오르지 않았다. 사실 그 순간에 나 또한 거짓말을 하는 것 말고 더 좋은 방안이 떠오르지 않았다. (더 좋은 선택은 결코 거의 없다. 거짓말은 용도가 수천 가지고, 아이처럼 유연하고 순종적이다. 우리가 요구하는 일을 하고, 늘 우리의 시중을 들 준비가 되어 있고, 으스대지 않고 이기적이지도 않으며, 대가를 전혀 요구하지 않는다. 거짓말 없이는, 우리는 정글 같은 사회생활에서 단 일 초도 생존할 수가 없다.) "여기 미사에 참례했나요?" 내가 말했다. "보질 못했는데, 어디 숨어 있었던 거죠?"

"일찍 도착했어요." 그가 허공에다 손을 가로저었다. "저쪽 앞에 있었죠."

"당신이 R. H.와 알고 지낸 줄 몰랐어요."

"친했어요." 카르바요가 내게 말했다.

"말도 안 돼."

"그랬다고요. 짧지만 보람 있는 그런 우정이었는데, 곧 알게 될 거요. 우리, 안으로 들어가 앉을까요? 빗줄기가 굵어지기 시작했네요."

그건 사실이었다. 정오경인데도 사방이 어두워졌고, 비가 성당 위로 거세게 내리쳤다. 굵은 빗방울이 계단의 돌을 때리다 이제 웅덩이를 만들기 시작하고, 즉시 웅덩이들로 후두둑 떨어졌으며, 우리의 구두, 양말, 바지 밑단에 빗방울이 튀겼다. 그곳에 서 있다가는 머리에서 발끝까지 흠뻑 젖을 것 같았다. 그래서 우리는 성당 문턱을 넘어가기로 작정하고서 신자가 없는 텅 빈 성당 안 마지막 줄에 단둘이 앉았는데, 제단에서 아주 멀리 떨어져 있었기 때문에 그리스도의 이목구비가 구분되지 않았다. 그 순간이 내게는 영화의 장면처럼 특이하게도 익숙했다. 예를 들어 이탈리아 마피아의 비밀회합 같은. 카르바요는 긴 나무의자

가운데에 자리를 잡았고, 나는 가급적 중앙통로 쪽에 아주 가깝게 앉았다. 우리 목소리가 메아리뿐 아니라 밖에서 떨어지는 소란스러운 빗소리 때문에도 일그러졌고, 잠시 뒤 우리는 소리를 지르지 않고도 서로의 말을 이해할 수 있도록 스스로도 감지하지 못한 채 가까이 붙어 있었다는 사실을 인지했다. 나는 카르바요의 코에 반창고가 붙어 있다는 사실을 알아차렸다. 베나비데스의 집에서 사건이 일어난 지 며칠이 흘렀는지 헤아려보았는데, 세상 그 어떤 비중격도 치료하는 데 두 달이 넘게 걸리지는 않을 것 같았다. "코는 좀 어때요?" 내가 그에게 물었다.

그가 손가락 하나를 얼굴로 가져갔으나 코를 만지지는 않았다. "당신에게 원한을 품진 않아요." 그가 말했다.

"하지만 여전히 그 반창고를 붙일 필요가 있나요?"

"그 문제 때문에 당신에게 인사를 했던 거요." 그는 내 말을 듣지 않은 것처럼 말을 이었다. "당신에게 행동으로 보여주려고 했는데, 그걸 뭐라더라, 그래, 입증하려고요. 내가 당신에게 원한을 품고 있지 않다는 말이에요. 그건 그래요, 진통제를 사는 데 들어간 돈에 관한 얘기도 아니에요. 그리고 노동력 상실일자에 관한 얘기도 아니고요."

"아, 그럼 영수증을 보내줘요, 내가⋯⋯"

"아뇨, 그건 아니에요." 그가 내 말을 잘랐다. "나를 모욕하지 말아요."

"미안해요, 내가 생각한⋯⋯"

"아니요, 선생, 아니라고요. 난 어느 친구를 보내주려고 왔지, 당신에게 돌렉스* 두어 개 값을 받으러 온 게 아니에요."

---

* 콜롬비아에서 대중적인 진통제의 상품명.

168

내가 그를 모욕했다. 그가 느낀 모욕감은 진정인 것 같았다. 이 사내는 대체 어떤 사람인 거야? 그가 하는 말 하나하나가 내게 더 많은 반감을 불러일으켰지만, 더 많은 호기심도 불러일으켰다. 나는 그의 코에 붙은 반창고가 공을 들인 위장의 일부이거나, 오히려 단순하기 때문에 약아빠진 위장이라고 짐짓 냉소적으로 생각해보았다. 대체 뭐지? 뭔지 상상할 수가 없었다. 카르바요가 R. H.에 관한 얘기를 시작했다. 카르바요는, 미안한 말이지만, 그 병이 지랄 같아서, 그리고 그래, 예고를 하기 때문에 더 지랄 같아서 자신이 R. H.의 죽음을 접하고 놀랐다고 말할 수는 없었다고 해도 몹시 애석하다고 했다. 그 병이 아무리 짧다 해도, 아무리 돌발적이라 해도, 죽음의 통지를 받고도 늘 몇 개월 동안은 병고를 겪는다는 것이었다. 그래서 그 병이 잔인하다고. 그 병이 R. H.에게 잔인했다고 말할 수 있다고 했다. 늘 좋은 사람들에게 잔인했다는 것이었다. 아니, 우리는 분명 아무것도 아니고, 누군가가 복권에 당첨되면 그건 순서가 되었기 때문이니 특별히 할일이 없다고…… 이거 보라지, 나는 생각했다. 우리가 처음 만났을 때 내가 감지한 적 있던 그 상투적인 말투와 특이한 인식이 그렇게 무차별적으로 뒤섞여 있다고. "R. H.가 사라진 것은 국가 문학의 손실이에요." 그가 말했다. 그리고 덧붙였다. "모레노 두란 같은 사람이 매일 태어나는 게 아니거든요."

"그래요, 그건 사실이에요." 내가 말했다.

"그렇게 생각되지 않아요? 이런 건 말로 표현해야 한다고요. 『외무부 장관의 고양이들』, 참 대단한 소설이죠! 『맘브루』, 참 대단한 소설이에요! 당신이 그 소설의 서평을 썼잖아요?"

"뭐라고요?"

"국립은행의 잡지에." 카르바요가 말했다. "서평 참 좋았어요. 내 말은 아주 긍정적이었다는 거요. 물론 내 취향에는 썩 못 미쳤지만."

『맘브루』에 대한 내 서평은 1997년에 나왔다. 내가 젊었던 그 시절에 『국립은행 문화 및 도서 공보』에 실리는 서평은—계간지로 한 호에 서평을 네 개까지 실을 수 있었다—내 주요 수입원이었다. 그 공보가 대량 배포를 위해 발간되는 도서라는 점만 감안하면 어떤 칭찬도 할 수 있었다. 다양한 학술집단, 도서관 이용자, 광적인 애서가가 읽었다. 카르바요가 나를 조사하고 있었을까? 그가 나에 대해 얼마나 알고 있으며, 알고자 하는 이유는 무엇이었을까? 단지, 베나비데스가 말했다시피, 내가 4월 9일 사건의 주요 목격자인 호세 마리아 비야레알의 친척이라는 사실이 그에게 일깨운 관심 때문이었을까? 물론 그가 그렇게 생각하는 것 또한 가능했다. 그는 시간이 남아돌고, 어떤 강박관념에 사로잡혀 있고…… 나와 유사한 문학적 취향을 가진 영리한 남자였다. 왜냐하면 나 또한 틀림없이 R. H. 모레노 두란의 풍성한 작품들 가운데 그가 선정한 그 두 소설을 선정했을 것이기 때문이다. 이제 카르바요는 R. H.에 관해 무차별적으로 칭송하기 시작했다. "각 소설의 첫 문장이 어때 보여요? 아, 첫 문장들 참 대단해요! '신부新婦의 땀은 아라비아 사람들이 탤컴파우더*에 붙여준 이름이다.' 이건 『무적의 기사』예요. '당신과 내가 섹스를 했을 때, 죽음이 〈제7의 봉인〉**의 기사와 체스 게임을 벌여 승리했다.' 이건 『디아나의 나팔소리』죠. '밤에 튀어오르

---

* 활석가루에 봉산, 향료 등을 섞어 만든 화장용 가루.
** 1957년 개봉한 스웨덴 극영화. 중세의 어느 기사가 흑사병이 창궐한 지역을 지나면서 그의 목숨을 노리는 죽음과 체스 게임을 한다.

는 연어처럼 그렇게 맨해튼의 새벽은……' 아아, 첫 문장들이 참 대단해요, 바스케스, 첫 문장들이 이렇다니까요! 사람들이 그런 책을 집어들면 손에서 놓지 않는다고요! 적어도 나 같은 사람은 그러죠, 나는 잘 쓰인 이야기를 읽으려고 소설을 읽어요. 뭐랄까, **쾌락주의적인 독자죠.**" 그가 다른 사람에게서 빌려온 것 같은 명민함으로 그 문장들을 한 줄씩 읊으면서 얘기하던 중에 야간의 산불처럼 빛나는 어떤 말을 했다.

"잠깐만요," 내가 그의 말을 끊었다. "그거 다시 말해봐요."

"그는 자기 조국의 삶에 관한 단서 몇 개를 쓱 밀어줄 수 있는 작가였어요. 가장 난해한 사안들을 행간에 녹여 말할 수 있는 사람이었고요. 암시의 대가였죠."

"아뇨, 그거 말고요." 내가 그에게 대답했다. "글로 쓸 게 있다고 방금 전에 말했잖아요."

"아, 그래요." 카르바요가 말했다. "내가 이에 관해 뭔가를 알고 있는데, 나보다는 덜 알고 있다고는 해도 당신도 알고 있는 것 같군요. 어찌되었든 내가 알고 있는 것을 당신에게 알려줄게요. 가이사의 것은 가이사에게. 그 대화가 없었더라면 R. H.는 결코 내 삶을 자기 삶만큼 풍요롭게 만들지 못했을 거요. 물론 지금은 아무것도 남아 있지 않지만요."

"무슨 대화요?"

"정말 모르는 거요?" 그가 놀라움을 과장하면서 말했다. (나는 그가 배우, 허풍쟁이라고 생각했다. 그의 말은 단 한 마디도 믿지 말아야 한다고도.) "내가 모든 걸 잘근잘근 씹어서 먹여주어야 할 것 같군요. 새 잡지에 실린 대화 말이에요, 바스케스. '현대소설과 다른 질병들', 대화의 제목이 그렇지 않았던가요?"

그래, 정확히 그런 제목이었다. 카르바요는 참으로 놀랄 만한 사람이었다. 작년 8월에, 막 창간한 잡지 〈피에데파히나〉의 편집장 모이세스 멜로가 우리를 집으로 초대해서는 R. H.가 암 진단을 받고부터 그에게 일어난 일, 즉 문학적으로 본 그의 질병과 고통에 관해 말해주었다. 단 두 시간짜리 대화였는데, 위스키가 없는 대신에 작동중인 녹음기가 있고, 우리의 말에 가끔 결여되었던 일관성과 의도를 부여하기 위해 대화를 정리하고 편집하는 절차가 있었다는 점이 우리가 평소에 하던 다른 대화와 달랐을 뿐이다. 잡지는 12월에 출간되었다. 성탄절과 새해 첫날 사이에 루이스 앙헬 아랑고 도서관에서 이런저런 자료를 찾아보던 카르바요는, 어느 카페의 탁자 위에서 그 잡지를 우연히 발견했다. "나는 하마터면 나자빠질 뻔했어요." 그가 내게 말했다. "내가 찾던 모든 것을 그 잡지에서 발견했거든요."

"찾고 있었던 게 뭐였는데요?" 내가 물었다.

"열린 마음을 가진 사람이었어요." 카르바요가 내게 말했다. "말을 들을 준비가 되어 있는 사람. 편견에 사로잡히지 않는 사람, 공식적인 견해의 구속복을 찢어버릴 준비가 되어 있는 사람."

"우리가 구속복에 관해 얘기를 했는지 기억이 나지 않네요." 내가 말했다.

"안 난다고요? 애석하군요. 하지만 오슨 웰스*에 관해 얘기했다는 건 기억하리라 생각해요."

나는 그를 기억하고는 있었지만 사실 막연했다. 반면에, 그후 십 년

---

* 미국 배우, 영화감독. 〈시민 케인〉을 만들었다.

이 지난 현재 이 회고록을 쓰고 있는 동안, 내 앞에 있는 〈피에데파히나〉창간호에서 (그레이엄 그런에 대한 기사와 프랑크푸르트 도서전에 관한 기사 사이에 있는) 모레노 두란과 나의 대화를 찾을 수 있고, 그가 사용한 단어들을 정확히 확인해서 여기에, 차츰차츰 증거서류의 면모를 취해가는 이 서술에 조심스럽게 옮겨적을 수 있게 되었다. 검은색 양복에 자주색 와이셔츠를 차려입은 R. H.가 막 탈고하려던 소설에 관해 얘기했다. 소설의 줄거리는 1942년 8월에 오슨 웰스가 한 콜롬비아 여행에 관한 이야기 「1인칭 단수」에서 비롯된 것이었다. 그 여행은 실제로는 결코 이루어지지 않았기 때문에 특별한 것이었다. 우리 대화에서 R. H.는 이렇게 설명했다. "〈시민 케인〉의 성공 이후로 웰스는 세계적인 명성을 지닌 인물이 되었어요. 미국, 국무성과 RKO*는 웰스를 라틴아메리카로 보내 다큐멘터리 한 편을 만들게 하고, 그렇게 해서 추축국에 대항해 라틴아메리카의 관심사를 미국의 관심사와 연계시키는 형식으로 웰스의 명성을 이용하겠다고 작정했죠." 그러고서 대담은 이렇게 이어진다.

JG**: 아마도 미국은 웰스를 잠시 배제하려고 했을 겁니다. 〈시민 케인〉에 등장하는 언론계의 거물 윌리엄 랜돌프 허스트***의 압력으로요.

---

* 미국의 영화 제작 및 배급사 RKO 라디오 픽처스.
** 화자 후안 가브리엘의 머리글자.
*** 〈시민 케인〉의 주인공 케인의 모델이었던 허스트는 당시 영화 제작을 저지하려 했고, 영화가 완성된 후에는 언론에 언급되지 못하게 막았다.

nate mediático representado y destruido en *Ciudadano Kane...*

RH: Sospecho que Welles vino, en el fondo, huyéndole a Rita Hayworth, que era bastante "intensa". En realidad, vino a hacer el documental y permaneció en el Brasil, ininterrumpidamente, por siete meses. Luego fue a Buenos Aires, habló con Borges, para el estreno de *El Ciudadano*, que así se llamó su película en Argentina. De ahí surgió la bellísima nota que Borges escribió en *Sur*. Luego fue a Chile, y ya de despedida llegó a Lima, y el 12 de agosto las agencias de prensa le hicieron la última entrevista y le preguntaron: *¿Y qué va a hacer a partir de ahora, viaja a Los Ángeles?* Dijo: *No, mañana viajo a Bogotá, Colombia.* Le preguntaron por qué, y contestó: *Tengo grandes amigos en Colombia, me encantan los toros, Colombia es un país de toros* y soltó todo un rosario de tópicos sobre nuestro país. Al día siguiente, agosto 13, en la primera página de *El Tiempo* se lee: OR-SON WELLES LLEGA A BOGOTÁ, y los mismos titulares reproducen *El Espectador* y *El Siglo*. Pero Orson Welles no llegó nunca a Bogotá. Ese capítulo forma parte de una novela que se llama *El hombre que soñaba películas en blanco y negro*, que cuenta lo que le ocurrió a Welles en Bogotá los días 13, 14 y 15 de agosto, ocho días exactos después que Eduardo Santos entregara el poder y lo asumiera por segunda vez Alfonso López Pumarejo. Esto tiene una importancia política que nadie recuerda, y es que Laureano Gómez, en una entrevista que tuvo con el embajador norteamericano, le dijo que si Alfonso López se posesionaba, él daría un golpe de estado con la ayuda de sus amigos del Eje. La cuestión es que Orson Welles llega a Bogotá, una ciudad convertida en un nido de espías, corresponsales de guerra, y con el agravante de que en ese momento el país estaba completamente conmovido, dolido y rencoroso por el hundimiento de varias fragatas colombianas en el Caribe. En ese ambiente Orson Welles sufre una serie de peripecias impresionantes. Es una novela larga, de unas cuatrocientas y pico de páginas, donde reconstruyo un determinado momento histórico colombiano. De alguna forma constituye un díptico con *Los felinos del Canciller*.

RH : 웰스는 내심 성격이 아주 강한 리타 헤이워스*에게서 도망치려고 했을 거라고 생각해요. 실제로 그는 다큐멘터리 하나를 만들려고 브라질로 가서 7개월 동안 쭉 머물렀거든요. 그러고서 영화 〈시민〉의 개봉을 위해 부에노스아이레스로 갔는데, 아르헨티나에서는 〈시민 케인〉을 그렇게 불렀어요. 그는 보르헤스와 대화를 했죠. 보르헤스가 「남부」에 썼던 아주 멋진 주석이 바로 그 대화에서 비롯되었

---

* 당대 최고의 인기를 구가하던 배우. 오슨 웰스의 두번째 배우자였다.

어요. 그러고 나서 칠레로 갔고, 마지막 여정으로 리마를 거쳤는데, 8월 12일에 리마에서 언론사들과 마지막 인터뷰를 했어요. '그럼 이제부터는 뭘 하실 작정인가요, 로스앤젤레스로 가십니까?'라고 기자들이 묻자 그가 '아니요. 내일 콜롬비아, 보고타로 갑니다'라고 말했어요. 기자들이 그 이유를 묻자 '콜롬비아에 대단한 친구들이 있고, 나는 투우를 아주 좋아하는데, 콜롬비아는 투우의 나라거든요'라고 대답했고요. 그러고는 우리 나라에 관한 얘기를 아주 줄줄이 늘어놓았죠. 그다음날인 8월 13일 〈엘 티엠포〉의 1면에는 다음과 같은 기사가 실렸어요. '오슨 웰스 보고타 도착.' 그리고 같은 제목이 〈엘 에스펙타도르〉와 〈엘 시글로〉에도 실렸지요. 하지만 오슨 웰스는 결코 보고타에 도착하지 않았어요.

잡지에 실린 대화에는 내가 R. H.에게 한 질문이 나와 있지 않다. "왜 그런 거죠, R. H.? 왜 오슨 웰스는 보고타로 가지 않은 겁니까?" 특유의 짓궂은 표현도 나와 있지 않았는데, 순간 그의 얼굴 표정이 암으로 죽어가는 남자의 것에서 아이의 것으로 바뀌었다.

"대답하지 않을 테니 기대하지 말아요." 그가 말했다. "그걸 알려면 소설 전체를 다 읽어봐야 할 겁니다." 반면에, 잡지에는 다음과 같은 그의 말이 실려 있었다.

RH : 그 소설의 제목은 '흑백 영화 꿈을 꾼 남자'였는데, 8월 13일, 14일, 그리고 에두아르도 산토스가 권력을 넘겨 알폰소 로페스 푸마레호가 두번째로 권력을 이양받은 지* 정확히 여드레 뒤인 8월 15일에 웰스가 보고타에서 겪은 것을 이야기하죠. 이건 그 누구도 기억하지 않는 정치적 중요성을 지니고 있는데요, 라우레아노 고메스**가 미국 대사와 한 대담에서 만약 알폰소 로페스는 권력을 잡으면 추축국의 친구들 도움을 받아 쿠데타를 일으켰을 거라고 말했어요. 오슨 웰스가 스파이와 전쟁특파원이 득시글거리는 곳으로 변한 도시인 보고타에 도착했는데, 문제는 그 당시 콜롬비아의 프리깃함 여러 척이 카리브해에서 침몰해 나라가 완전히 동요했고, 감정이 상해 원한에 차 있어서 안 좋은 상황이었어요. 그런 분위기에서 오슨 웰스는 일련의 특이한 일을 겪게 되죠.

JG : 그건 역사와 문학의 관계에서 나사를 한번 더 조이는 것이죠. 소설은 역사적인 추정을 하는 데 아주 대단한 도구가 되니까요.

RH : 나는 소설이 새로운 공간들을 점유할 거라고는 믿지 않지만, 모든 공간이 소설의 영역이 될 거라는 확신이 있어요. 아주 특이한 사건이 있었지요. 오슨 웰스가 1942년 리우 카니발 기간에 슈테판 츠바이크***를 만났는데, 슈테판 츠바이크가 친구 하나를 콜롬비아로 초대해서 함께 살 예정이라면서 그 멋진 나라에 대해 오슨 웰스에게 얘기했지요. 내 소설에서는 오슨 웰스가 콜롬비아에 도착했을 때 어느 모임에 초대되어 저명인사들을 소개받는데, 그 모임에는 아주 말수가 적고, 키가 약 2미터에 이르고, 미나스제라이스주州 말투

---

* 에두아르도 산토스 몬테호는 콜롬비아의 15대 대통령, 알폰소 로페스 푸마레호는 14대와 16대 대통령이다.

** 콜롬비아 정치인, 18대 대통령

*** 오스트리아 소설가, 전기작가.

가 두드러지고, 모든 사람이 비아토르라고 부르는 남자가 있었고, 웰스는 즉각적으로 그에게 호감을 느끼죠. 비아토르는 다름 아닌 주앙 기마랑이스 호자*인데, 그 당시에 그는 보고타에 살고 있었어요. 대사관의 서기관으로 부임한 그는 직전에 함부르크의 영사를 역임했는데, 거기서 나치들이 그를 포로수용소에 넣어버렸지요. 석방되어 본부로 돌아갈 때 보고타로 발령이 났고요. 기마랑이스에 대한 정보는 믿을 수 있을 정도로 확실해요. 어떤 비평가가 '이 친구는 감당할 수 없는 사람이었다…… 그리고 그 모든 것은 사실이다. 결국 웰스와 기마랑이스 호자는 이곳 보고타에서 친구가 되었다'고 했는데, 그 말이 의심쩍더라도 나는 그 놀랄 만한 사실을 모두 이용할 겁니다.

우리가 나눈 대화에서 R. H.는 그 모든 것을 얘기했는데, 카를로스 카르바요가 이 대화를 읽었던 것이다. 하지만 성당의 맨 뒤 열의 나무 의자에 앉아 있었을 때 나는 이런 세세한 것들을 기억하지 못했다. R. H.가 자유당 대통령 산토스와 로페스에 관해 말했는지도, 프랑코를 존경하고 추축국의 승리를 기원하던 보수당 지도자 라우레아노 고메스에 관해 말했는지도, 카리브해에서 나치의 잠수함들에 격침당해 침몰함으로써 콜롬비아 정부가 '제3제국'**과의 외교관계를 파기하는 구실을 제공한 콜롬비아 프리깃함들에 관해 말했는지도 기억하지 못했다. 나는, 브라질에서 살다가 바르비탈***을 복용하고 자살한 모습이(아내 로

---

* 브라질 미나스제라이스주 출신의 소설가, 외교관.
** 나치 독일에 대한 호칭.
*** 마취제, 수면제 등으로 사용되는 약물.

테가 기모노 차림에 속옷을 입지 않은 채로 함께 자살했다) 섬뜩한 사진으로 찍힌 슈테판 츠바이크에 관해 우리가 얘기했는지도, 1967년에 (어느 유명한 소설에서 자신의 심근경색과 죽음에 관해 언급한 지 십일 년이 지난 뒤에) 심근경색으로 죽은 기마랑이스 호자를 언급했는지도 기억하지 못했다. 대화의 상세한 내용은 내 기억에서 희석되어 있었다. 보아하니, 재미삼아 빙빙 돌려 말하던 카르바요의 기억에서는 그렇지 않았을 것이다. 밖에서는 폭우가 주인 없는 자동차들의 지붕을 두두둑 때려대고, 바람이 성당 근처에 있는 유칼립투스의 가지를 흔들어대기 시작했다. 성당 맨 구석, 강론대 쪽에서 뭔가가 움직였다. 나는 그림자 또는 실루엣 하나가 숨는 것을 보았다. 누군가 멀리서 우리를 지켜보고(감시하고) 있었다고 생각했다. 그때 검은 옷을 입은 소년이 나타나 우리를 주시하더니 사라졌다. 문이 쾅하고 닫히는 소리가 천둥소리처럼 뒤늦게 우리에게 도달했다.

"그 대화를 읽었는데요, 내게 어떤 일이 생겼는지 알아요?" 이제 카르바요가 내게 물었다. "그걸 읽었을 때 내가 어떻게 했는지 알아요? 땅바닥이 움직이는 것 같았어요. **진짜로**. 작업을 계속할 수가 없었죠."

그는 루이스 앙헬 아랑고 도서관에 틀어박혀 나는 모르는 작가였지만 그는 관심을 갖고 있던 마르코 툴리오 안솔라에 관한 정보를 검색했는데, 오전 내내 성공하지 못했다. 그냥 바람이나 쐬러 밖에 나갔다가 카페에서 잡지 〈피에데파히나〉를 발견했다. 그는 도서관으로 돌아가 계속해서 마이크로필름을 조사할 생각밖에 없었지만, 잡지를 발견하는 바람에 그러지 못했다. 더이상 존재하지 않는 어느 도시를 다룬 옛 신문들과 낡은 사진들을 어찌 계속해서 뒤질 수 있었겠는가? 아니,

가능하지 않았을 것이다. 왜냐하면 카르바요가 오랫동안 찾아왔던 무언가가 거기, 어느 문학잡지의 페이지에서 갑자기 나타났기 때문이다. "전기가 통하는 것 같았어요." 그가 내게 말했다. "내 몸은 소리를 지르라고, 밖으로 나가서 시내를 내달리면서 계속해서 소리를 지르라고 요구하는데, 어떻게 내가 도서관 탁자에 가만히 앉아 있을 수 있었겠어요?"

카르바요는 자신이 할 일이 무엇인지 즉시 알아차렸다. 오후 시간에 조사를 시작했고, 하루가 저물기 전에 '여성 모음집' 3부작*의 작가 R. H. 모레노 두란(1946년 퉁하 출생)이 자신의 마지막 작품인 에세이 『바벨의 여인들』을 소개하는 강연을 한다는 사실을 알게 되었다. 행사는 여섯시 반에 센트랄대학교에서 열릴 예정이었다. 입장은 무료였다. "내게는 기회였어요." 카르바요가 말했다. "두 번 생각하지 않았죠." 나흘 뒤 그는 금속 걸쇠가 있는 서류가방을 집어들어 일부 문서와 그 잡지를 집어넣은 채 센트랄대학교 강당에 도착해 강당 입구 판매대에서 책을 사서는 바로 옆 카페로 가서 강연이 끝날 때까지 과일차 한 잔을 마셨다. 그러고서 사람들이 각자 손에 책을 든 채 탁자보가 씌워진 탁자 앞으로 줄을 서는 것을 보았다. 카르바요는 줄을 서는 대신에 모든 사람이 떠날 때까지 기다렸고, 모레노 두란이 행사 진행자들과 작별인사를 하고 행사장을 나가 카레라 7 쪽으로 걸어가는 것을 보았다. 바로 그때 그는 모레노 두란에게 다가갔다.

"선생님, 선생님의 꿈의 책을 제가 가지고 있습니다." 그는 모레노 두

---

* 『여인들의 장난』 『디아나의 나팔소리』 『마돈나의 변덕스러운 피날레』.

란에게 다짜고짜 말했다.

R. H.는 어느 미치광이를 보듯이 카르바요를 쳐다보았을 수도 있었지만, 그렇게 하지는 않았다. 그러고는 카르바요가 부주의하게 들고 있던 자신의 책, 『바벨의 여인들』을 응시하더니 말했다.

"좋아요, 내 꿈의 책 정도는 아니지만, 사인해줄 테니 이리 와봐요."

"아니에요, 아닙니다." 카르바요가 말했다. "제가 드리고 싶은 말씀은⋯⋯"

카르바요는 자신이 유발한 오해를 어떻게 R. H.에게 설명해야 할지 몰랐다. 두어 차례 횡설수설 버벅거리고, 두 손은 허공에서 무질서하게 움직였지만, 모레노 두란은 이미 책의 제목이 쓰인 쪽을 펼쳐놓고 있었다. "누구에게라고 쓸까요?" 카르바요는 그에게서 단번에 책을 낚아채야 했다. "아닙니다, 선생님, 선생님은 제 말을 이해하지 못하셨어요. 저는 선생님께 하나의 주제, 즉 선생님이 평생 쓰실 가장 좋은 책의 주제를 드리려고 왔습니다. 그 누구도 콜롬비아에서 만든 적이 없는 책입니다. 왜냐하면 이 책을 만들기 위해서는 두 가지 전제, 정보와 과감성이 필요하기 때문이죠. 그래서 제가 선생님께 그걸 제안하려고 온 겁니다, 선생님. 선생님만이 이 책을 쓰실 수 있으니까요. 더 정확히 말하자면, 선생님과 제가요. 제가 정보를 제공하고, 선생님께서는 과감성을 발휘하시고요."

"아하." R. H.가 한숨을 내쉬었다. 그러고는 말했다. "그럼, 안 할게요. 대단히 고맙지만, 관심이 없네요."

"왜 안 하신다는 겁니까?"

"안 하고 싶으니까요." R. H.가 카르바요의 말을 잘랐다. "하지만, 고마워요."

R. H.가 카레라 7 쪽으로 걷기 시작했다. 카르바요는 그와 함께 걸었다. 카르바요는 자기 서류가방이 R. H.의 것과 비슷하다는 사실을 인지했다. 둘 다 검은색 가죽이고, 금속 걸쇠가 달려 있었다. 이런 세부사항에서 카르바요는 어떤 확증, 또는 적어도 어떤 유인誘因, 즉 자신의 경험에서는 존재하지 않았던 일치들을 보았다. 카르바요는 보도에 나 있는 틈새에 신경쓰고 모레노 두란이 자신으로부터 달아나지 않도록 애를 쓰면서 행인들 사이로 길을 터가는 사이에, 의구심을 갖지 않기 위해서라도, 제안받은 그 멋진 책이 무엇일지 자문하면서 나머지 삶을 보내지 않기 위해서라도, 기차를 타지 못하고 보내버렸다고 생각하면서 죽지 않기 위해서라도, 제발 자기 얘기를 좀 들어달라고 모레노 두란에게 요청하면서 길을 가고 있었다.

"암이 그에게 어떤 영향을 미쳤는지 난 알지 못했어요." 카르바요가 내게 말했다. "평생 R. H.를 본 적이 전혀 없었기 때문에 당시의 모습과 비교를 할 수가 없었죠. 생각지도 못했고요. 아, 정말 말라 있더군요. 생각지도 못했어요. 아, 병이 아주 깊었음이 틀림없었어요."

하지만 카르바요는 자기가 말을 끝내자 R. H.가 자기를 다른 식으로 쳐다보았다는 사실을 깨달았다. 그의 시선에는 무엇이 있었던가? 음모, 경멸, 세상에서 가장 사적인 것이—어느 병의 말기 증상—방금 전에 훼손당했다는 불편한 감정이었을까? R. H.는 계속해서 걸어갔다. 그가 카레라 7에서 북쪽으로 방향을 틀자 카르바요도 그와 함께 방향을 틀었다. 하지만 R. H.는 피로해서인지 포기해서인지 이제 말을 하지 않았다. 사람들을 피하고, 행상들이 길에 깔아놓은 모포를 밟지 않으려 애쓰면서 말없이 길을 걸었다. 카르바요는 그것이 침묵을 온전하게 유지하기 위한 것인지 결코 알지 못했을 텐데, 그때 R. H.가 그에게 물었다. "그런데, 왜 나인가요?" 단순한 질문이었지만 카르바요에게는 일종의 순간적인 기지를 발휘하기에 충분했다. "제가 그걸 쓰지 않는 것과 같은 이유입니다." 카르바요가 R. H.에게 말했다. "제가 물론, 300쪽은 채울 수 있을 겁니다. 하지만 작업은 실패할 것이고, 제가 한 것을 모두 쓰레기통에 버리게 될 겁니다. 아닙니다, 이 책은 아무나 쓸 수 있는 게 아닙니다. 『흑백 영화 꿈을 꾼 남자』를 쓴 바로 그분이 쓰셔야 합니다."

마치 카르바요의 가슴에 있는 손 하나가 R. H.를 붙잡은 것 같았다. 카르바요는 생각했다. 이제 기회가 왔군.

"보고타에 있는 오슨 웰스." 카르바요가 말했다. "누가 감히 그 얘기를 할 수 있었겠습니까? 선생님, 공식적인 이야기는 웰스의 보고타 방문을 포함하지 않고, 공식적인 견해는 그런 일이 있었다는 걸 부인합니다. 하지만 선생님은 정말 과감하셨고, 그 이야기를 진짜로 받아들이셨어요. 그리고 지금, 선생님 덕분에 오슨 웰스가 보고타를 방문한 사람들 가운데 영원히 남아 있게 될 겁니다. 그는 슈테판 츠바이크와 함께 브라질에 있었죠. 보르헤스와 함께 아르헨티나에 있었고요. 그리고 그 당시 기마랑이스 호자와 함께 보고타에 있었어요. 선생님의 소설은 몇 가지 사건을 복구해주었는데, 그러지 않았더라면 영원히 사라져버렸을 거예요. 만약 선생님을 통하지 않았더라면 그런 숨겨진 사실들은 결코 빛을 보지 못했을 겁니다. 그리고 선생님, 저는 그 숨겨진 사실들 가운데 하나를 가지고 있는데요, 그걸 선생님께 얘기해드리고 싶습니다. 저는 이것을 세상에 알리기 위해 어떻게 해야 할지 생각하면서 십 년이 넘게, 아니 이십 년도 넘게 세월을 보냈습니다. 하지만 이제 그 방법을 알아냈습니다. 제가 선생님과 함께 그걸 해야 한다는 겁니다. 선생님의 책 한 권과 더불어. 제가 선생님께 맡기고 싶은 이야기는, 선생님께서 책으로 만드시라고 선생님께 맡기고 싶은 그 침묵하는 진실은 세상을 뒤집어놓을 겁니다."

"아, 그래요?" R. H.가 과격하게 회의적인 태도로 얼굴을 찡그리며 입술을 삐죽거렸고, 카르바요는 그의 권위의 무게를 느꼈다. "그럼 자, 대체 그 진실이 뭔가요?"

"두 시간만 주세요, 선생님. 더 많은 시간은 요구하지 않을 겁니다." 카르바요가 말했다. "아닙니다, 두 시간도 채 걸리지 않습니다. 한 시간이면 충분합니다. 한 시간 안에 모든 것을 설명해드리고, 문서들을 보여드리면, 그때 선생님께서 그럴 만한 가치가 있는지 없는지 결정하시는 겁니다."

두 사람은 카예 26에 도착했고, 거기서부터 카레라 7이 고가도로로 바뀌었는데, 보행자들은 고가도로 가장자리에 서면 차들이 마술처럼 자기 신발 밑창에서 사라진다고 생각하게 된다. 카르바요가 현기증으로 몸을 휘청거리는 사이에 R. H.가 말했다. "이봐요, 친구, 나는 마음이 급해요. 아직 내게 아무것도 납득시키지 않았잖아요. 이제 그걸 설명해보거나 아님 우리 그 정도로 해둡시다." 버스 한 대가 보도를 스치듯 과속으로 달리는 바람에 아스팔트가 흔들렸고, 확 밀려온 바람이 막 서류가방에서 꺼내 들고 있던 밀봉된 봉투를 카르바요의 손에서 채갈 뻔했다.

"근데, 그건 뭡니까?" R. H.가 물었다.

"편지입니다, 선생님. 선생님께 전해드릴 겁니다. 오늘 우리가 얘기를 할 수 없을 경우에 선생님께 드리려고 제가 쓴 거죠. 아니, 편지가 아니라 하나의 보고서죠. 단 다섯 쪽이지만 제가 설명하는 것 모두, 제가 아는 것 모두, 최근 사십 년 동안 제가 연구해서 발견한 것 모두가 들어 있습니다. 읽기만 하시면 알게 되실 겁니다. 우리 수중에 있는 것, 이 정보를 가지고 우리가 할 수 있는 것, 이것이 알려지면 이 나라에 일어날 격변에 관해서요. 우리가 이 사실을 세상에 알리게 되면 모든 게 바뀔 겁니다. 물론 이 나라의 과거가 바뀌겠지만 무엇보다도 이 나라의 미래가 바뀌겠지요. 우리가 다른 사람과 관계하는 방법도 바뀌고요. 제가 드리는 말씀을 유념하세요, 선생님. 선생님께서 우리의 이 책을 쓰신 뒤에는 이 나라의 삶이 결코 이전과 똑같지 않을 겁니다."

* * *

　"R. H.가 받아들였나요?" 내가 물었다.

　"나 역시 처음에는 그걸 믿지 않았어요." 카르바요가 내게 말했다. "하지만 R. H.는 사람 말을 곧잘 믿는 사람이에요, 알잖아요? 믿고 있었어요. 위대한 작가들은 그래요. 직관을 가지고, 그 직관과 더불어 믿음을 갖죠. 그들 앞에 진실을 갖다대면 진실을 인정할 줄 알아요. 그리고 진실이 알려지도록 죽음을 불사하고 싸우고, 싸우죠. 그래요, R. H.는 내 기대에 어긋나지 않았어요." 그는 잠시 뜸을 들였다가 말했다. "한 가지 문제는 그가 작품을 끝내기 전에 죽음이 그를 데려갈 수도 있었다는 거요."

그가 한 말이 사실일 수 있었을까? 모든 것, 카르바요의 모든 것이 내게 불신을 유발했고, 그의 말 한 마디 한 마디가 내게는 속임수 같았는데, 그럼에도 불구하고 나는 내가 했어야 하는 일, 즉 자리에서 일어나 큰 소리로 그의 거짓말을 폭로하는 일을 할 수 없었다. 하지만 그게 거짓말이었을까? **사람 말을 곧잘 믿는 사람들에 관한 것, 진실에 관한 것, 작품을 끝내기 전에 사람들을 데려가는 죽음에 관한 것** 외에 카르바요가 내게 거짓말을 하고 있었던가? 무슨 목적으로? 그런 생각이 다시금 내 머리를 스쳤다. 만약 이 모든 것이 거짓말이라면 카르바요는 세상에서 제일가는 거짓말쟁이였다. 만약 그 모든 것이 연기라면, 이 남자는 세상에서 제일가는 배우였다. 그는 **허풍쟁이**고, **자신에게 사로잡혀 있는 인물**이라고 나는 다시금 생각했고, 그러자 이 남자가 병에 걸려 있다는 생각이 처음으로 머리에 떠올랐다. 『이민자들』*의 어느 쪽에서 제발트가 코르사코프증후군**, 즉 상실된 진짜 기억을 대체하기 위해 허구적인 기억을 만들어내는 기억장애에 관해 한 말이 뇌리에 떠올랐는데, 나는 카르바요가 그와 비슷한 어떤 질병을 앓고 있을 가능성이 없는지 자문해보았다. 어느 저명 작가를 괴롭히고, 쫓아다니는 것, 거리 한복판에서 그에게 편지를 건네주는 것, 말도 안 되는 책을 쓰겠다고 비밀리에 합의하는 것에 관한 그 엉터리 이야기가 더 실현 가능하지 않았을까? 진지하고 헌신적인 소설가 R. H.를 음모론에 심취한 자발적인 대필 작가처럼 생각하는 것보다 그게 더 그럴듯하지 않았을까?

---

* 독일 작가 W. G. 제발트의 소설.
** 티아민(비타민B1) 결핍으로 유발되는 신경학적 장애. 주요 증상 중 사라진 기억을 만들어낸 내용으로 채워버리는 작화증이 있다.

"아, 책을 끝내기 전에 돌아가셨군요." 내가 말했다. "하지만 시작은 하셨잖아요."

"물론 시작했죠." 카르바요가 말했다. "우리가 만날 때마다 그가 내게 고마워했어요. '이게 내 금브로치가 될 거요.' 그가 내게 말했죠. '그런데 당신더러 똥이나 처먹으라고 말할 생각이었소, 카를리토스.*' 그래요, 그렇게 내게 **카를리토스**라고 말했죠. 그는 마지막까지 책 작업을 했어요. 나는 그의 병에 관해 더 많이 알고 싶은 마음뿐이었어요. 그랬으면 그의 노력에 합당한 가치를 부여했을 거요."

"두 사람은 어디에서 만났나요?"

"가끔은 라 로마나에서요. 히메네스대로에 있는 식당인데, 혹시 아는지 모르겠어요."

"아뇨, 몰라요. 그 외에는 어디서요?"

"그가 우편물을 가지러 가는 데 가끔 나더러 따라가달라고 청했어요. 사서함을 가지고 있었거든요."

"그래요, 그래, 그건 나도 알아요. 그 밖에는 어디서요?"

"왜 그래요, 바스케스? 나를 시험하는 거요?"

"그런 곳 말고는 어디서 만났나요?"

"언젠가 자기 친구들과 함께 점심식사를 하자며 나를 집으로 초대했어요."

"아, 그래요? 어떤 친구들이었는데요?"

카르바요가 슬픈 표정을 지으며 나를 바라보았다. "날 믿지 않는군

＊ 카를로스의 애칭.

요." 그가 말했다. "이제 알았어요. 당신은 내가 이야기를 꾸며낸다고 생각해요."

블라인드 하나가 흔들리는 것 같았다. 나는 이전에는 본 적 없는 어떤 취약성, 어떤 경우에도 속임수의 취약성이 아닌 어떤 취약성이 드러나는 것을 순간적으로 볼 수 있었다. 나는 일종의 계시를 받았다. 일거에, 영원히 그에게서 벗어나기 위해서는 그렇다고 대답하면 충분하다는 것이었다. 그래요, 카를로스, 나는 당신이 모든 것을 꾸며대고 있다고 믿어요. 그래요, 나는 당신이 거짓말을 한다고 믿고, 나를 속인다고 믿고, 헛소리를 하거나 아프다고 믿어요. 하지만 나는 그렇게 말하지 않았다. 카르바요가 R. H.와 직접적이고 가까운 접촉을 하지 않았다면 알 수 없었을 세부사항인 라 로마나 식당과 우편물을 가지러 가는 산책이 나더러 생각을 고쳐먹게 했다. 하지만 나는 또한 그 무엇보다도 호기심, 즉 결코 교훈을 얻지 못한 채 나를 여러 번 수많은 분쟁에 빠뜨린 그 무시무시한 호기심 때문에, 늘 보통은 타자의 삶에 대해, 그리고 특히 고통받는 사람들의 삶에 대해, 그들의 비밀스러운 고독 속에서 일어나는 모든 것에 대해, 다른 말로 표현하자면 블라인드 뒤에서 일어나는 모든 것에 대해 느끼던 호기심 때문에 단념했다. 우리 모두는 숨겨진 삶을 영위하지만 가끔 블라인드가 흔들리면 어떤 행위 또는 어떤 제스처를 엿보고서 저 뒤에 뭔가가 있다고 의심하는데, 우리가 숨겨져 있는 것을 볼 수 없거나 우리가 그것을 보지 못하도록 누군가 엄청난 노력을 투입하기 때문에, 숨겨진 것이 우리 관심을 끌 만한 것인지 우리는 결코 모른다. 어떤 비밀인지는 관계없이(그 비밀이 지극히 평범한 것이든 어떤 삶을 규정한 것이든 상관없이), 비밀을 숨긴다는 것은 늘 전략과 전술로 가득찬 어려운 과제인데, 그 과제는 기억과 서술 기법, 확신, 그리고 심지어 어느 정도의 행운을 요구한다. 그리고 그렇기 때문에 거짓말이 사람들의 흥미를 끄는 것이다. 왜냐하면 그 어떤 거짓말도 완벽하고 획일적이지 않기 때문이다. 그리고 블라인드가 움직임으로써 다른 사람이 우리에게 보여주고 싶지 않은 것이 잠시 드러나게 하기 위해서는, 어느 정도의 시간 동안 혹은 집요하고 지속적인 관심을 가지고 관찰하는 것만으로도 충분하기 때문이다. 카를로스 카르바요가 내가 자신을 믿지 않는다는 사실을 깨달았을 때, 그런 일이 그곳, 성당의 의자에서 일어났다. 그렇기 때문에 나는, 그를 파멸시키기 위해(또는 우리의 관계를 깨버리기 위해), 그리고 그를 영원히 멀리하기 위해 그 순간에 내 말 한마디면 충분하리라는 사실을 동물적인 본능으로 알았다. 하지만 그렇게 하지 않겠다고 작정했다. 연민 때문이 아니라 호기심 때문이었다. 다시 말해, 호기심은 가장 좋은 감정도—연민, 유대감, 이타심—왜곡된 목적을 달성하기 위한 도구로 바꿔버리기 때문이다.

"아니요, 카를로스. 나는 당신이 그 어떤 것도 날조하지 않는다는 걸 알아요." 내가 그에게 말했다. "하지만 좀 이해해줘요. 나는 약 십 년 전부터 쭉 R. H.를 알고 지냈어요. 아니, 다시 말하면, 그를 알고 있었죠. 그리고 내가 아는 그 작가는 당신이 얘기하는 이런 유형의 남자와 전혀 어울리지 않아요."

"순진한 척하지 말아요, 바스케스. 혹시 R. H.를 완벽하게 안다고 믿는 거요? 혹시 누군가를 완벽하게 알 수 있다고 믿는 거냐고요?"

"누군가를 **적당히** 아는 건 가능하죠."

"마치 사람이 단 하나의 얼굴만 가지고 있다는 듯이 말이죠." 카르바요가 말했다. "마치 세상 모든 사람이 생각보다 덜 복잡하다는 듯이."

"그럴 수 있겠네요." 내가 말했다. "하지만 아주 그렇진 않아요. 카레라 7의 한복판에서 낯선 사람의 부탁을 들어줄 만큼은 아니지요. 자기 삶의 마지막 몇 개월을 어떤 망상에 투여할 정도는 아니라고요."

"근데 그게 망상이 아니었다면요? 그리고 그에게 그걸 제안한 사람이 낯선 사람이 아니었다면요?"

"이해가 안 돼요." 내가 말했다. "R. H.에게 그걸 제안했을 때 당신은 그를 모르고 있었어요. 방금 전에 내게 그렇게 말하지 않았나요?"

"이제는 R. H.에 관해 말하는 게 아니에요." 카르바요가 말했다. 그는 바닥을 응시하다가 스테인드글라스를 바라보았다. "R. H.는 이제 없어요. 하지만 자료는 여전히 남아 있고, 내가 발견한 것도 여전히 남아 있으며, 진실은 여전히 기다리고 있죠. 진실은 인내력이 있어요. 책이 여전히 살아서 꼬리를 흔들고 있으니 누군가는 책을 써야 해요."

어떻게 그가 장례식장에 오는 것을 보지 못했는지는 모르겠다. 지금, 여러 해 전에 일어난 그 장면을 글로 쓰기 위해 회고해보는 동안 나는 그때 느낀 것과 같은 놀라움을 느끼며 똑같은 질문을 해본다. 어떻게 내가 그걸 짐작하지 못했을까? 어떻게 내가 낌새를 알아채지 못했을까? 성당 문 쪽을 쳐다보니 이미 비가 그쳐 있었는데, 그러자 마치 내 몸이 그렇게 될 줄 알았다는 듯이 추위를 덜 느끼게 되었던 기억이 난다. 물론 나는 다음과 같은 생각을 했었다. 물론 이 만남이 우연이 아니고, 물론 카를로스 카르바요는 여기서 어느 친구의 장례미사에 참례해 나를 만나게 되리라는 사실을 알고 있었다. 아니, 나를 만난다고 확신하지 않았다 해도 만나게 될 가능성이 높다는 사실은 알고 있었고, 운을 시험해보기로 작정했다. 그리고 운은 그의 편이었다.

"아, 이제 알겠어요." 내가 말했다. "지금 당신은 내가 그 책을 쓰기를 원하는 거죠."

"이봐요, 바스케스, 미안하지만, 당신은 R. H.가 아니에요." 카르바요가 말했다. "난 당신의 단편소설을 읽었어요. 벨기에에서 일어난 일을 다룬 것 말이죠. 말해봐요, 뭣 때문에 그런 허튼짓에 시간을 허비하는 거요? 숲에 가서 사냥이나 하고 부인과 헤어지는, 그런 유럽의 등장인물들에게 누가 관심을 두겠냐고요? 제발요, 참으로 경망스럽고, 참으로 바보 같다고요. 여기 당신 고국은 내전이 일어나고, 매년 2만 명 이상이 죽고, 라틴아메리카 그 어느 나라에서도 본 적이 없는 테러를 겪는 곳이며, 우리의 역사는 처음부터 우리의 위대한 인물들이 암살당하는 것으로 정해져 있는데도 당신은 아르덴에서 헤어지는 부부 얘기나 쓰고 있네요. 난 당신이 이해가 안 돼요. 그런데 당신 소설, 독일 사람들을 다루는 그 소설은 분명 더 훌륭해요. 그 소설에는 뭔가 가치 있는 것이 있다고 말할 수 있어요. 하지만, 나 또한 당신에게 솔직해져야겠는데, 결과는 전반적으로 실패였어요. 특별히 당신 또래의 누군가에게는 가치 있는 실패지만, 실패는 실패인 거요. 그 소설은 쓸데없이 말만 많고 겸손이 부족해요. 하지만 심각한 건 그게 아니죠. 가장 심각한 건, 그 소설을 훼손하는 점은, 그 소설이 비겁하다는 거요."

"비겁하다."

"들은 바 그대로요. 그 소설은 위대한 테마들을 계란을 밟듯이 지나치게 조심스럽게 다루고 있어요. 마약 거래를 언급하고, 심지어 그 축구선수의 암살까지 다루지만, 그런 게 제대로 다루어져 있나요? 가이탄을 언급하지만, 가이탄에게 일어난 일이 제대로 다뤄졌느냐고요? 당신 삼촌 호세 마리아를 언급하지만 그게 소설의 테마와 부합하나요? 아니요, 바스케스, 당신에게는 책임감이, 이 나라가 지닌 난제들에 대한 책임감이 부족하다는 말이에요, 형제님."

"아마도 내가 다른 난제들을 선택한 것 같네요." 내가 말했다.

"외국인들의 난제죠." 그가 말했다. "우리 것이 아니라."

"나 원 참." 나는 웃으며, 아니 웃는 체하면서 말했다. "내 평생 들은 말 중에서 가장 어처구니없는 말이네요."

"R. H.가 당신에게 메모 하나를 남겼어요." 카르바요가 내 말을 잘랐다. "당신에게 그걸 주는 것으로 내 임무를 완수하는 거요."

카르바요가 내게 하얀 종이를 건넸다. 작가적인 집착에 사로잡힌 나는 그 종이가 80그램짜리 레터지로, 모레노 두란이 너저분한 초고를 쓸 때 사용하는 종이와 동일하다는 사실을 알아차렸다(그는 마지막 몇 년 동안에만 컴퓨터로 옮겨 글을 썼는데, 그래서 나는 종이를 보고는 그 글이 최근 것이라는 사실을 충분히 알 수 있었다). 종이에는 문장 여섯 개가 쓰여 있었다.

친애하는 후안 가브리엘

얼마 전에 특이한 가능성 하나가 내 수중에 들어왔어요. 다시 말하면, 특이한 남자 하나가 내게 그걸 주었는데, 그가 당신에게 이 편지를 전해 줄 거요. 삶은 이 선물을 책으로 만들 만한 시간을 내게 허용하지 않았지만, 나는 그런 상황에서도 내 임무를 완수했다고 생각해요. 이제 당신이 참으로 멋진 자료를 물려받아 성공적인 결과를 맺을 차례지요. 당신 손

에 뭔가 엄청난 것이 있고, 그래서 나는 당신이 이 비밀을 받을 자격이
있다는 걸 의심하지 않아요.

　언제나처럼 내 포옹과 내 우정을 받으시길.

　나는 망자들의 말이 우리에게 유발하는 깊은 감동을 느끼며 메모를
읽고 또 읽었다. 우리는 우리가 지금 만지고 있는 그 종이를 스치는 그
들의 손과 피부를 상상하며, 각각의 선과 곡선과 점은 그들이 세상을
돌아다닌 흔적이다. 거기에 내 이름, 그리고 애정을 가지고 기술된 단
어들이 있었으며, 그때 나는 내가 과거에 언젠가 그랬던 것처럼 이제
그 메모에 답할 수 없게 되었고, 그러면서 죽은 사람들이 이제는 우리
가 그들과 함께할 수 없는 모든 것을 가지고 멀어지기 시작했다고 생
각했다.

　나는 카르바요에게 언제 그 메모를 받았는지 물었다.

　"사흘 전이에요." 그가 말했다. "R. H.가 병원에 입원할 때 나를 불러
들여 모든 문서를 넘겨주었는데, 문서들 위에 메모를 써놓았더군요. 그
러고는 '후안 가브리엘이 바로 그 사람'이라고 내게 말했고요."

　"그 책을 쓰기 위한 거군요."

　"나 또한 찬성하지 않아요. 하지만 R. H.에게는 나름대로 이유가 있
었을 거요. 당신을 믿는다는, 말하자면 당신에게 이 유산을 남긴다는
거죠. 그가 내게 없는 것을 당신에게서 본 게 확실해요." 카르바요가 앞
쪽, 그리스도상을 쳐다보고 나서 말했다. "뭐라고 했죠, 바스케스? 당신
삶에 관한 책을 쓸 생각을 한다고 했나요?"

　나는 다시 그 메모를 읽고, 다시 서명을 살펴보았다. "생각 좀 해봐야

겠어요." 내가 카르바요에게 말했다. "아참, 어이가 없네." 그가 코웃음을 치며 소리쳤다. "쓸데없는 생각을 하고 또 하고. 당신네들은 생각을 너무 많이 해요."

"그리 쉬운 게 아니에요, 카를로스. 그래요, 당신은 두 암살 사건 사이에서 시시한 일치점 서너 개를 발견했죠. 그 두 사건은 모두에게 공개되어 있는데, 그게 뭐가 그리 특이하다는 건지 잘 모르겠어요. 서로 유사한 두 건의 요인 암살 사건이잖아요. 그래, 좋아요. 하지만 그렇다고 해서 그 둘이 정말로 서로 관련되어 있다고 생각하는 건 오산이에요. 혹 정치가 한 명을 죽이는 데 몇 가지 다른 형식이 있는 건가요?"

카르바요가 흠칫 놀라며 물었다. "누가 그런 얘길 하던가요?"

"베나비데스지 누구겠어요? 근데 왜 그래요? 사실 아닌가요? 그건 당신 이론이잖아요? 가이탄 사건과 케네디 사건이 너무나 유사하다면서요?"

"전혀 그렇지 않아요." 카르바요가 제대로 평가받지 못한 예술가처럼 우거지상을 하며 말했다. "그건 훨씬 더 복잡한 뭔가를 거칠게 단순화해버리는 짓이라고요. 내 친애하는 친구가 사안을 전혀 이해하지 못하고, 아버지로부터 아무것도 물려받지 못한 것처럼 보이는군요. 참 실망스럽네요. 우리의 의사 친구가 또 뭘 얘기하던가요?"

"우리는 두번째 저격범에 관해 얘기했어요." 내가 말했다. "케네디 사건에서도 그렇지만 가이탄의 사건에서도요. 당신의 선생님, 루이스 앙헬 베나비데스에 관해 얘기했죠, 카를로스. 그 위대한 루이스 앙헬 베나비데스, 그래요, 댈러스에 한 명 이상의 암살자가 있었다는 사실을 밝혀낸 탄도학의 전문가. 그런데 그 누구의 도움도 받지 않았어요. 하지만 1960년에 그가 가이탄의 유골도 발굴했고, 분실된 총알이 동일한 권총에서 발사되었다는 사실을 의심할 여지가 없이 확인해주었잖아요. 가이탄은, 케네디의 경우와 달리 단 한 사람이 죽었다는 거였죠."

"하지만 그건 확인되지 않았어요."

"물론 확인되었어요."

"확인되지 않았다고요."

"어떻게 안 되었다는 겁니까? 혹시 검시를 안 했나요? 당신이 제아무리 부정하고자 해도 증거가 있다고요, 카를로스."

"증거가 사라져버렸어요." 카르바요가 목소리를 낮춰 말했다. "그래요, 바스케스 당신이 들은 바대로요. 박사님이 검시를 하셨고, 분실된 총알이 박혔던 척추를 적출해서 총알을 찾아내셨어요. 하지만 척추도 총알도 더이상 존재하지 않아요. 사라져버렸다고요. 어디에 있는지, 또는 누군가 파괴해버렸는지 누가 알겠어요? 왜 그런 증거들이 사라져버렸는지 자문해야 해요, 그렇게 생각하지 않아요? 어느 정도 시간이 흐른 뒤에 그 증거들을 더이상 참고할 수 없다는 사실에 누가 관심을 두었는지 스스로에게 물어봐야 해요. 과학이 발전하고 지난 범죄의 증거들이 더 많은 것을 말해주기 시작했다는 사실을 누가 인지했는지, 그때 그 증거들이 사라지도록 결정한 사람이 누구였는지 스스로에게 물어봐야 한다고요. 확실한 건 사라지게 해버렸다는 거요, 바스케스, 늘 그렇듯이 사라지게 해버렸다니까요. 그래서 이제 우리는 새로운 과학에 기반해서 검사해볼 그 증거들을 갖지 못할 거고, 그것들이 우리에게 무엇을 말해줄지, 그것들이 무슨 뜻밖의 사실들을 간직하고 있는지 아무도 모르게 되었죠. 탄도학이 많이 발전했어요. 법의학도 많이 발전했죠. 하지만 힘 있는 자들이 증거를 사라지게 해버렸기 때문에 그런 게 우리에겐 아무 소용이 없어요. 그래서 그들이 그렇게 승리를 해가는 거요, 바스케스. 우리에게 그렇게 진실을 숨겨가는 거요, 그렇게……"

"아아, 카를로스, 잠시 조용히 해봐요." 내가 불쑥 그의 말을 제지했다.

"아니, 그건 경우가 아니죠." 그가 항의했다. "당신이 그렇게……"

"가이탄의 척추가 베나비데스의 집에 있어요." 내가 말했다.

"뭐라고요?"

"그 누구도 그걸 없애지 않았고, 그 어떤 음모도 없어요. 박물관이 문을 닫았을 때 프란시스코가 집으로 가져갔는데, 그게 다예요. 분실되지 않도록 가져간 거지, 감추려고 가져간 게 아니에요. 당신의 이론을 망가뜨려서 미안하지만, 산타클로스가 바로 당신 부모라는 사실을 누가 당신에게 설명해줬어야 했네요."

이번에 나는 일부러 매정하게 말했는데, 아버지에게 버림받은 사람에게 그렇게 했다는 사실을 아주 잘 인식하고 있었다. 카르바요가 아버지로부터 버림받았다는 사실과 그가 유령을 믿는 성향 사이에는 어떤 관계가 있을까? 잠시 그런 생각을 해보았으나 바로 그때 그의 얼굴 표정이 내 관심을 딴 데로 돌렸다. 나는 그와 유사한 표정을 결코 본 적이 없다. 나는 그의 표정이 순간적으로 일그러졌다가 이내, 그가 내면적으로 무슨 노력을 했는지 모르겠지만, 평정을 되찾는 것을 보았다.

그가 상처를 입었어. 나는 생각했다. 그는 상처 입은 동물이야.

그를 보는 것이 고통스러웠고 동시에 매력적이었으며, 무엇보다도 감동적이었다. 왜냐하면 그가 그 짧은 순간 자신과 벌인 싸움에서 뭔가가, 자신의 환멸과 실망을 감추려는 그 본능 속의 뭔가가 내가 그 사실을 밝힌 것이 착오였다는 것을 내게 가르쳐주었기 때문이다. 카르바요에게 그 척추에—나는 그것이 비밀의 척추라고 생각했다—관해 말함으로써 나는 베나비데스의 신뢰를 저버렸는데, 베나비데스 박사와 그의 서재에서 대화를 하는 동안 그의 어조나 말을 통해 카르바요에게 척추와 엑스레이 사진의 존재를 숨기겠다는 의도가 명백히 드러났기 때문에, 베나비데스 박사가 나더러 그 사실에 관해 그 어떤 것도 명시적으로 금지하지 않았다고 주장해도 전혀 소용없을 것이다. 당시 나는 그 비밀을 카르바요에게 넘겨버렸다. 순간적인 본능으로 유발된 충동에 따라 그렇게 해버렸으나, 그런 변명은 전혀 수용될 수 없는 것이었다. 카르바요의 머리에 어떤 생각이 스쳤고, 어떤 실망감을 느꼈으며, 항상 자신이 베나비데스의 형제고 루이스 앙헬 베나비데스의 정신적인 상속자라고 느꼈던 카르바요에게는 베나비데스가 척추에 대해 거짓말을 했던 대화들에 대해 어떤 기억이 떠올랐을까? 카르바요는 내가 느꼈을 배신감과는 다르겠지만 아마도 훨씬 더 강한 배신감을 느꼈을까? 하늘이 맑아지기 시작하고, 햇빛이 더 강렬하게 성당 안으로 들어왔다. 특이한 착시현상 때문에 카르바요가 창백해진 것처럼 보였다. 그는 제단 너머에 있는 그리스도상을 응시하고 있었다. 얘기를 재개하지 않을 것처럼 보였다. 나는 그가 내게 건넨 종이를, 편지를 접듯 세 번 접어 상의 호주머니에 집어넣었다. "생각 좀 해볼게요." 나는 이렇게 말하고 자리에서 일어났다.

"그래요." 카르바요가 나를 처다보지 않은 채 말했다. 명확하고 확신에 차 있던 그의 목소리에서는 길거리에서 밀쳐진 사람이 몸의 균형을 잃으면서 내뱉는 당황스러운 어조가 갑자기 느껴졌다. "생각해봐요, 바스케스. 하지만 가볍게 생각하지는 말아요. 내가 R. H.에게 했던 말을 당신에게 그대로 하는 거요. 이 기회를 놓치지 말아요."

"무슨 기회요?" 내가 말했다. "이야기를 만드는 기회요?" 질문이 냉소적으로 들렸으나 그것은 내 의도가 아니었다. 진정으로 알고 싶어서 그렇게 물었던 것이다. 내 손이 닿은 곳에 있는 것이 바로 그것이었는지 알고 싶었다.

카르바요는 제단 너머에 있는 그리스도상을 응시한 채 대답을 하지 않았다.

12월 중순경 R. H.의 장례식을 치른 지 3주가 지난 뒤에 나는 모니카에게 전화를 해서 찾아가도 되는지 물었다. 그사이에 카르바요가 이메일 두 개를 보냈는데(그가 어떻게 내 이메일 주소를 알아냈는지는 정말 모르겠다), 나는 그 어느 것에도 답을 하지 않았다. 그러자 그가 세번째 이메일을 보냈다. 잘 지내죠, 후안 가브리엘, 생각해볼수록 이 책이 당신을 위한 것이라는 확신이 드니, 기회를 놓치지 말아요, 안녕. CC.*
나는 이 이메일에도 답을 하지 않았다.

R. H.가 살던 아파트에 도착했을 때 나는 나 말고 다른 사람도 모니카를 방문할 생각을 했다는 사실을 알게 되었다. 우고 차파로는 갈색 콧수염을 기르고, 하얀 얼굴 여기저기에 점이 있는 사람이었다. 그는 세상의 모든 영화를 보았고, 그것들 가운데 상당수에 관한 글을 썼으

---

* 카를로스 카르바요의 머리글자.

며, R. H.의 생애 마지막 몇 개월 동안 R. H.와 진정으로 가까운 관계를 유지했다. R. H.가 화학요법치료를 하는 데 함께 가주고, 그의 문서 정리를 돕고, 아비앙카 건물에서 우편물을 수거하러 함께 가고, R. H.가 자신의 작업과 관련된 도움을 필요로 할 경우마다 그의 집으로 찾아갔다. R. H.의 집은 보고타 북부 지역에 있는 넓은 아파트였는데, 크고 웅장한 유리창들을 통해 그 시끄러운 도시의 모든 소음이 들어왔다. 거기서 우리는 점심을 먹고 R. H.의 책에 관한 얘기, 책들을 이용해 할 만한 것들에 관한 얘기를 하고, 그의 병에 관해서도—그는 늘 삶에 대한 용기와 병에 대한 무관심을 섞어서, 자신을 질병의 희생자라고 여기지 않은 채로 자신의 말이 수용되기를 바라면서, 자유롭게 토론했다—얘기를 나누었는데, 대화는 R. H.가 독서를 할 때 이용하던 작은 개방형 서재에서 끊이지 않고 지속되었고, 서재 앞에 있는 검은색 나무 책장에는 미신에 따라 진짜 가죽으로 제본된 그의 책 초판본들이 보관되어 있었다. 우고가 그 책들을 보기 시작했다. 마치 이 서재에 처음 와본다는 듯이 책장을 한 칸 한 칸 넘어가면서 책등에 쓰인 글을 읽고, 어떤 것은 뽑아들었다가 다시 꽂아놓았다. 모니카는 고리버들 흔들의자에 앉아 있었으나 의자를 흔들거리지는 않았고, 신발 뒤축이 카펫 위에 단단히 자리잡고 있었다. 그녀의 머리 뒤에는 안마당이 바라보이는 비좁은 세로창이 있었는데, 잠시 후에 사라질 차갑고 노곤한 햇빛, 안데스 도시의 과묵한 햇빛이 그 창을 통해 들어오고 있었다.

"좋아요, 이제 해봅시다." 모니카가 당찬 목소리로 말했다. "내게 하고 싶은 말이 뭔가요?"

"네." 내가 말했다. "유치한 건데요, 확실히 해두고 싶어서요. 카를로스 카르바요를 아시나요?"

짧은 침묵이 흘렀다. "아니요, 누군데요?"

"어떤 남잔데요, R. H.의 지인이에요." 내가 말했다. "그래요, 지인인지는 잘 모르겠어요. 적어도 R. H.를 안다고 말하는 사람이에요. 그 사람 이름이 기억나시는지 알고 싶어서요."

"귀에 설군요." 모니카가 말했다.

"확실한가요?" 내가 말했다. "그 사람이 R. H.와 잘 아는 사이라고 말했거든요. 서로 자주 만났다고요. 그는 R. H.가 자신에게 책 한 권을 써주기를 원했어요."

이 마지막 말은 우고가 몸을 꼿꼿하게 세우고 우리를 향해 몸을 돌리게 하기에 충분했다. "이런, 그래요, 난 그 사람이 누군지 알아요." 우고가 말했다. "그 책과 관계된 사람, 그래요, 알아요. 골치 아픈 인간, 짐승 같은 인간, 무례한 인간이에요."

"카를로스 카르바요." 나는 분명히 하기 위해 이렇게 말했다.

"네, 네, 그 사람이에요." 우고가 말했다. "늘 우리를 쫓아다니던, 지겨운 사람요. 화학요법치료를 받으러 가면 그곳에서 그가 마치 R. H.의 잃어버린 형제나 되는 듯, 우리를 기다리고 있었다니까요. 당신도 그를 알죠?"

나는 모든 사항을 상세하게 얘기하지는 않으나 상황을 이해시킬 정도로는 충분히 했다. "장례미사 때 그가 다가왔어요." 내가 그들에게 말했다. "〈피에데파히나〉에 실린 내 대화를 읽은 적이 있는데, 그 대화가 자신을 R. H.에게 이끌었다고 설명하더군요. 다시 말해, R. H.가 오슨 웰스를 다룬 소설에 관해 얘기하신 걸 읽은 적이 있는데, R. H.가 자신이 필요로 하는 사람이라고 생각했다는 겁니다."

"뭐하려고요?" 모니카가 물었다.

이번에는 우고가 대답했다. "그 사람은 그 누구도 모르는 것들을 자신이 안다고 말해요. 자신이 가이탄의 사건에 관해 연구했다고 말하는데, 4월 9일에 관한 것처럼 보여요. 그렇지 않나요? 유사한 거였는데. 화학요법을 하는 데까지 우리를 쫓아와서는 R. H. 옆에 앉아 선생님, 선생님이 책을 써주셔야 합니다, 선생님 말고 그 누구도 쓸 수 없으니, 선생님이 써주셔야 합니다, 같은 소리를 했어요. 정말이지, 끝내는 무섭기까지 했다니까요. R. H.는 당신이 할리우드의 프로듀서가 되어버렸다고 하시더군요."

"왜죠?"

"이제 그에게 '에일리언' 하나와 '스토커' 하나가 생겼잖아요."

모니카가 웃었다. 씁쓰레한 웃음이었다.

"하지만 R. H.가 수용하지 않으셨나요?" 내가 물었다.

"물론 안 하셨죠." 우고가 말했다. "경찰을 부를까 할 정도였는데, 그는 정말 우려스러운 사람이었거든요."

"근데 그 사람은 R. H.가 자신의 제안을 받아들이셨다고 말했는걸요." 내가 말했다.

"뭐라고 했다고요?" 모니카가 물었다.

"R. H.가 받아들이셨다고요. 심지어 글을 쓰기 시작하셨다고까지 했는데요."

"대체 무슨 말인지 모르겠네요." 모니카가 말했다. "왜 하필이면 R. H.여야 했대요? 왜 그 사람이어야 했냐고요?"

"제가 제대로 설명할 수 있을지 모르겠네요." 내가 말했다. "이 카르바요라는 남자는 제가 R. H.와 나눈 대화를 읽었어요. 그 대화에서 R. H.가 웰스를 다룬 소설에 관해 언급하면서 웰스가 실제로는 결코 보고타에 있지 않았다고 말씀하셨는데요. 당시의 신문들이 그가 보고타로 갈 것이라고 알렸지만 그렇게 되지 않았죠. 그럼에도 R. H.는 그것에 관해, 그 여행에 관해 언급하고, 웰스가 보고타에 사흘 동안 머물렀다고 하면서 그 이야기를 아주 자세하게 하셨어요. 소설은 웰스가 보고타에서 머문 그 사흘 동안 겪은 것, 그가 만난 사람들, 그 당시의 정치적 분쟁 등을 다룬 내용이에요. 적어도 그건 그 대화에서 R. H.가 제게 설명해주신 거예요. 제가 원고를 읽어본 적이 없기 때문에 그게 진실인지는 잘 모르겠지만요. 혹시 읽어보셨나요, 우고?"

"아니요."

"난 읽었어요." 모니카가 말했다. "아무튼 계속해봐요."

"근데 카르바요가 그런 걸 인지하고 있었어요. 공식 역사가 부정하는 어떤 것에 관한 소설 한 권을 쓴 사람이 자기 책을 쓸 권한을 지닌 유일한 사람이라는 거죠. 왜냐고요? 그의 책이 공식 역사가 부정하는 것을 이야기하는 내용이거든요."

"하지만 그게 뭐냐고요?" 모니카가 말했다. "그의 책이 이야기하는 것이 뭔가요?"

"그건 잘 모릅니다. 말해주지 않았거든요. 하지만 가이탄과 4월 9일과 관계된 거긴 해요. 저는 9월에 어느 친구의 집에서 카르바요를 처음 만나 상당 시간 얘기를 나누었고, 그래서 그게 어떤 건지는 대충 알고 있습니다. 단순한 음모론으로, 수천 가지 이론 가운데 하나죠."

"음모론이라." 모니카가 말했다. "참 흥미롭군요."

"그리고 참 독창적이네요." 우고가 말했다. "이 나라에는 그런 특이한 생각을 하는 미치광이가 많다니까요."

"아니요, 아니요," 모니카가 말했다. "그 사람 말이 진지해 보여요. 당신은 그 소설을 읽지 않았잖아요."

모니카가 자리에서 일어났고, 우리는 그녀가 방들과 R. H.의 서재로 연결된 어스름한 복도를 통해 사라지는 것을 보았다. 곧 우고의 얼굴에 조롱하는 듯한 찡그린 표정이 드러났는데, 아마도 그가 습관적으로 짓는 표정이었을 것이다. 짧은 눈썹이 코 위로 지붕처럼 치켜올라가고, 성긴 콧수염 아래 입에서는 고소하고 짓궂고, 악의적인 동시에 음울한 미소가 번졌다. 그와 같은 순간에 우고에게는 세상 전체가 채플린의 〈황금광 시대〉 〈시티 라이트〉 같은 영화로 변하는 듯 보였다.

모니카가 빨간 공책을 들고 돌아왔다. 아니, 공책이 아니었다. 그녀가 자리에 앉아 무릎에 올려놓았을 때 나는 그것이 문방구에서 표지를 빨간색 나일론 판지로 만들고 검은색 고리로 묶어 제본한 원고라는 것을 알아차렸다. "오슨 웰스에 관한 소설이에요." 그녀가 우리에게 말했다. 그녀가 원고를 훑어보면서 명확하지만 어느 부분에 있는지는 온전히 기억하지 못하는 어떤 것을 찾는 동안, 나는 앉아 있던 자리에서 인쇄된 쪽들, 검은색 잉크로 쓴 쪽의 숫자, 빨간색 잉크로 쓴 교정 표시를 볼 수가 있었는데, 여기저기 문장을 삭제하라는 표시를 하거나 여백에 뭔가를 적어두거나 군데군데 문장 전체를 선으로 둘러싸고는 짧은 선 두 개로 무자비한 가위 표시를 해서 문장을 죽여놓았다. 어떤 쪽 하나가 내 관심을 끌었기 때문에 나는 모니카에게 그 쪽을 읽게 해달라고

Rusia. Hitler se oponía a la ruptura de Japón y los Estados Unidos".

-Si algo nos ha enseñado nuestro tiempo -dijo de pronto Welles- ha sido tomar conciencia de los muchos seres que llevamos dentro. Somos multitud dentro de nuestra individualidad, tantos hombres como opiniones manifestemos o estados de ánimo vivamos.

-Welles dejó de hablar y fijó su mirada en algunas manchas de tinta fresca que descubrió en la parte inferior del periódico que hojeaba su amigo. Husmeó dentro del portafolios y comprobó que su estilográfica tenía una pátina de tinta azul justo a la altura del anillo donde la tapa protege a la pluma.

-Supongo que son cosas de la despresurización -dijo sin que Crews advirtiera su maniobra.

Tras comprobar que el depósito de la tinta no había sufrido ningún desperfecto secó la pluma con un trozo de papel y enroscó la tapa con gran pericia. A continuación devolvió la estilográfica al portafolios y se miró los dedos, felizmente libres de manchas.

-Somos como las visiones de un calidoscopio -prosiguió Welles su discurso, como si nada lo hubiera interrumpido-. Quien me vea o escuche tiene que ordenar las diferentes partes de un todo. Ni yo mismo sé quién soy.

-¿Quiere eso decir que no somos más que lo que la visión de los otros dice que somos?

-Sospecho que sí -dijo Welles, mientras paseaba el índice de la derecha por la primera página del periódico- Fíjate, si no, en Stalingrado. Aquí arriba aparece la noticia general sobre la situación de los nazis ante la estrategia del ejército rojo. Es la noticia desnuda de los hechos. A la derecha, un mapa nos ilustra sobre el orden de la batalla. Abajo, a la izquierda, dos o tres opiniones de autores especializados comentan lo que puede

4

부탁했다. 거기에서 R. H.는 몇 줄을 삭제하라는 표시를 해놓았는데, 불쌍하다는 생각이 들었다. 단 한 번도 읽히지 않은 단어들을 지옥으로 보내는 심판이 불쌍하게 여겨졌던 것이다. 나는 핸드폰으로 그 쪽을 촬영하게 해달라고 요청했다.

"당신네 작가들은 미치광이예요." 그녀는 그렇게 말했지만, 내 요청을 물리치지는 않았다.

문제의 문장은 이랬다.

만약 우리의 시간이 우리에게 가르쳐주는 것이 있다면—돌연히 웰스가 말했다—그것은 우리가 우리 안에 가지고 다니는 수많은 존재에 대한 인식이다. 우리는, 우리가 드러내는 수많은 사람과 수많은 의견만큼, 혹은 우리가 경험하는 수많은 기분 상태만큼 많은 수의 사람을 각자의 몸안에 갖고 있다.

그사이에 모니카는 자신이 찾던 것을 발견해 내게 읽어주었다. 제2차세계대전 당시에 일어난 유명한 사건인 스쿠너 레솔루테호의 침몰 사건*에 관해 언급하는 장면이었다. 나는 소설 『정보원들』을 쓰기 위해 조사를 하는 동안 그 사건에 관해 몇 번 조사한 적이 있었기 때문에 잘 알고 있었고, 콜롬비아 정부가 그 공격을 늘 나치의 잠수함 탓으로 돌림으로써 독일과의 외교 관계를 단절하고, 독일 사람들을 수용소에 감금하고, 그들의 재산을 빼앗고, 그들의 은행 계좌를 폐쇄하는 조치를

––––––––––––––––––––

* 1942년 6월 23일, 독일 잠수함이 카리브해에서 레솔루테호를 공격해 침몰시켰다.

취했다는 사실을 기억하고 있었다. 그들의 모든 부는—콜롬비아에서 살던 독일인들은 일반적으로 부자였다—국가의 금고로 들어갔는데, 이는 거의 항상 부패한 권력자들 또는 권력 있는 부패한 자들의 손에 들어갔다는 것을 의미했다. 소설에서 한 등장인물이 다른 등장인물에게 물었다. "당신은 카리브해에서 배들이 침몰한 것이 우리 나라가 연합국에 들어가고, 그 기회를 이용해 독일 사람들을 희생하고 애국자 몇 사람을 부자로 만들려는 계획이었을 뿐이라고 얘기하는 겁니까?"

"봤어요?" 모니카가 말했다.

"뭔데요?" 내가 말했다.

"뭘요?" 우고가 말했다.

"기다려봐요." 모니카가 말했다.

반지를 끼지 않은 그녀의 손이 다시금 종이를 넘기기 시작했으나 이번에는 찾는 것을 발견하는 데 시간이 덜 걸렸다. 그녀는 내게 다시 원고를 넘겨주더니, 다시 읽으라고 부탁했다. "가르델의 죽음을 어떻게 생각하나요?" 소설의 화자가 말했다(하지만 나는 그 화자가 누구인지 몰랐다). "많은 사람이 사고가 아니라 테러라고 얘기하는데, 이제 내 말 이해할 거요, 누군가 비행기에 폭탄을 설치했다고요. 안녕, 소르살.*" 살세디토라고 불리는 등장인물이 대답했다. "그런 생각은 '스릴러' 소설에 완벽하게 들어맞아요. 게다가 그런 유사한 일이 죽음의 나라인 우리 나라에서 일어난다고 한들 그 누구도 이상하게 여기지 않을 거예요."

---

* '개똥지빠귀'를 뜻하는 에스파냐어 단어. 당시 아르헨티나의 탱고 가수 카를로스 가르델과 민속음악 가수 호세 베티노티는 자주 함께 묶여서 언급되었는데, 베티노티의 별명이 바로 '작은 개똥지빠귀(소르살리토)'였다.

여기에서도 언급된 내용이 내게 친숙했으며, '소르살'이라는 별명은, 나중에 알게 되겠지만, 근거가 있는 것이었다. 1935년 6월, 탱고의 역사에서 가장 중요한 가수 카를로스 가르델이 콜롬비아의 세 개 도시에서 순회공연을 하던 중 메데인의 올라야 에레라 공항에서 비행기 사고로 사망했다. 그가 탄 비행기는 F-31기로, 별명이 '양철 거위'여서 필시 몇 사람은 불안했을 텐데, 오후 세시 이 분 전에 출발하기로 되어 있었으나 그때 기장이 비행기에 영화 필름 보관통 여러 개를 싣고 가야 할 필요가 생겼다는 연락을 받았다. 화물칸에 공간이 충분치 않아서 승무원들은 필름 보관통을 의자 밑에 넣어두었다. 나중에 사람들은 과적이 사고의 원인이었다고들 말할 것이다. 어찌되었든 기장은(이름이 육십 년 뒤의 대통령 이름과 같은 에르네스토 삼페르였다) 체크무늬 깃발을 보았고, 활주를 시작했다. 하지만 F-31은 속도를 내지 못했다. "이 비행기는 라크로즈 전차* 같구먼"이라고 가르델이 농담을 했던 것 같다. 그때 비행기가 오른쪽으로 기울더니 결국에는 활주로를 벗어났고, 만약 기장이 마지막 순간에 조치를 취하지 않았더라면 직원들이 가득한 앞의 사무실 건물과 충돌했을 것이다. F-31은 급격하게 방향을 틀어서 사무실 건물을 피하고, 마니살레스로 떠나려고 순서를 기다리던 다른 비행기와 충돌했다. 두 비행기는 즉시 불이 붙었고 열다섯 명이 사망했는데, 가르델은 사망자 가운데 하나였다. 공식 조사 결과는 사고의 원인이 과도한 무게, 남쪽에서 불어온 강풍, 그리고 무엇보다도 비행장의 열악한 지형적 조건이라고 밝혔다. 공식 보고서에 서명한 전문가 중에

---

* 1870년 부에노스아이레스에서 개통한 증기 전차.

는 에피파니오 몬토야라는 엔지니어가 있었는데, 그의 손녀는 할아버지가 가르델의 사고 현장에 있었다고 1994년에 내게 말해주고, 오 년 뒤 나와 결혼하게 된다.

하지만 나는 그런 하찮은 우연의 일치를 모니카와 우고에게 언급하지 않았는데, 그 이유는 그들이 역사 속 가장 독특한 카메오들에 대한 나의 관심에 동참해줄 이유도 없고, 게다가 적절한 일로 보이지 않았기 때문이다. 적절한 일은 가르델의 죽음에 관해서도 그 당시에 다양한 음모론이 유포되었음을 기억하는 것이다. 일부 음모론은 콜롬비아의 두 거대 항공사의 경쟁에 관해 언급했다. 다른 음모론들은 기장들 사이의 경쟁에 관해 언급했다. 또다른 음모론들은 결국, 신비하게도 탄약통이 없던 어느 신호조명총에 관해 언급했다.

"이제 알겠어요?" 모니카가 말했다.

"그런 것 같아요." 우고가 말했다.

"이봐요, 카르바요라는 사람이 누군지 난 몰라요." 모니카가 말했다. "하지만, 만약 그가 음모에 관한 자기 말을 들어줄 누군가를 필요로 했다면, 그 사람은 거기 있었을 거예요. R. H.는 그런 것에 민감하게 반응했거든요. 그는 모든 것이 숨겨진 면을 가지고 있다는 생각을 좋아했죠. 카리브해에서 일어난 스쿠너의 침몰 사건은? 독일 사람들의 재산을 빼앗기 위한 음모. 가르델이 죽은 사건은? 사업에서 경쟁업체를 제거하기 위한 어느 항공사의 음모. 뭐라고 해야 할까? 그는 이런 걸 좋아했어요."

"그런 건 아무 의미도 없어요." 내가 말했다.

"물론 없죠. 하지만 소설에는 그런 것이 가득차 있어요. 그 사람은 자신이 어떤 나무에 기댈지 잘 알고 있었다는 사실을 받아들여야 해요."

"하지만 그 사람은 이 소설을 읽지 못했는걸요." 우고가 말했다.

"상관없어요." 모니카가 말했다. "내가 말하고 싶은 건 R. H.가 그런 괴상한 것을 잘 받아들였다는 거예요. 아니면 이해심이나 호기심이 많았다고 할 수도 있겠지요. 그이가 시내 어느 카페에 앉아서 그 미치광이의 얘기를 듣고, 그의 말을 물리치지 못하고 심지어 살짝 관심까지 보이면서, 자기 소설에 써먹을 뭔가 유용한 것을 그에게서 뽑아낼 수 있을지 가늠했다는 것이 내게는 특이해 보이지 않아요. 당신네 작가들은 늘 사람들로부터 이야기를 훔치고, 늘 다른 사람들의 특이한 점을 이용하잖아요, 어디, 그렇지 않다고 말해봐요. 어찌되었든 방금 전에 말했다시피 난 그 사람이 누군지는 몰라요."

"자신이 R. H.와 친했다고 했어요."

"좋아요, 확실히 말하는데, 그럴 리가 없어요. R. H.는 마지막 몇 개월 동안 외출하지 않았다고요. 친한 친구라면 누구든 내가 여기서 보았을 거예요. 그리고 새로운 친구라면 내 관심을 끌었겠죠."

"저도 그렇게 생각합니다." 내가 말했다.

"그렇다니까요."

"하지만 사안이 아주 특이하네요." 우고가 내게 말했다. "R. H.가 그 책을 쓰시기로 했다고 그 사람이 말하던가요?"

"동의만 하신 게 아니에요." 내가 말했다. "행복해하셨대요. 자신의 위대한 소설, 백조의 노래*가 될 거라고요. 병고에 시달리지만 않았다

---

* 예술가에게 최후의 업적이 될 작품을 가리키는 관용어.

면 그 소설을 끝내셨을 거고요. 그래서 제게 그걸 넘기셨다는 거죠."

"자, 자. 그게 무슨 말이에요?" 모니카가 말했다.

내가 이 순간을 예견했다는 것이 즐거웠다. 나는 연필, 볼펜 같은 것을 보관할 때 사용하는 재킷 속주머니에 손을 집어넣어 장례미사가 끝난 뒤 카르바요가 건네준 편지를 꺼냈다. 그 편지를 펼쳐서 모니카에게 주었다. 나는 그녀가 편지를 읽는 것을 보았고—내게는 늘 어떤 의구심을 품은 채 세상을 바라보는 듯 보이던 그녀의 작은 눈이 종이 위에서 파리처럼 움직이는 것을 보았다—그러고서 그녀가 편지를 우고에게 넘기고, 우고가 조용히 편지를 읽고는 아무런 반응도 보이지 않는 것을 보았다.

"그 사람이 당신에게 이 메모를 주었군요." 모니카가 말했다. 이제 그녀의 목소리에 담긴 것은 질문이 아니라 하나의 긍정이었다. "카르바요라는 사람이."

"네. R. H.가 제게 그걸 남기셨다고 했어요. R. H. 당신이 하실 수 없을 것 같으니 내가 그 책을 쓰길 원하셨다고요."

"그런데, 감동적이네요." 모니카가 말했다.

"뭐가요?"

"가짜예요, 이 편지. 하지만 잘 만들어졌네요. 그게 감동적이라는 거예요. 아주 잘 만들어졌다는 것이."

"가짜라는 걸 어떻게 아셨어요?" 우고가 물었다.

"R. H.는 일상생활용 서명과 문학용 서명을 다르게 했어요." 모니카가 말했다. "말하자면 하나는 수표나 계약서에 서명할 때 사용하고, 다른 것은 책에다 사용했죠. 편지에는 책을 헌정할 때 사용하던 서명을 썼고요." 그녀가 종이를 얼굴에 갖다댔다. "그런데 이건 일상생활용 서명이에요. 그래, 완벽하군요."

"하지만 그 사람이 어디서 그 서명을 볼 수 있었을까요?" 내가 말했다. "그게 이해가 되지 않네요."

"나는 됩니다." 우고가 말했다. "R. H.는 화학요법을 받을 때마다 서류에 서명을 하셨거든요. 불가능하지 않아요……"

"불가능하지는 않지만, 아주 특이하죠."

"그걸 복사한 사람은, 어찌되었든, 기술이 좋은 사람이에요." 모니카가 말했다. "하지만 확실한 건 R. H.가 이 서명을 결코 편지에는 사용하지 않았고, 문학에 관한 편지에는 더 사용하지 않았으며, 어느 친구에게 보내는 문학에 관한 편지에는 더더욱 사용하지 않았다는 거죠."

vida no me ha dado tiempo para transformar este don en
: dadas mis circunstancias he cumplido a cabalidad. Ahora
tan maravilloso material y llevarlo a buen puerto. Tienes en
nde y no dudo al decir que eres digno depositario de estos

siempre mi abrazo y mi amistad,

"이 편지가 가짜라는 말씀이로군요." 내가 말했다.

"바로 그거예요."

"확신하시네요."

"완전히 확신하죠. R. H.가 당신에게 서명해서 준 것들 가운데 어디서든 이 서명을 본 적이 있는지 말해봐요."

내가 그 서명을 단 한 번도 보지 못했다는 것은 사실이었다. 나는 안도감을 느꼈으나 막연한 패배감도 느꼈는데, 그 패배감에는 언급하기 아주 조심스러운 어떤 부끄러운 감탄도 부가되었다. 나는 몇 시간 동안 서류를 연구하는 데 몰두하고, 그러고는 서명의 곡선 부분과 모서리 부분을 어렵게 답사하고, 그것들을 차츰차츰 익히고 되살리면서 서명을 섬세하게 복사하는 그의 모습을 상상했는데, 바로 그때, 그가 가이탄의 영혼이 자신의 몸안에서 살도록 했던 파초 에레라처럼 그것들을 되살렸으리라는 생각이 들었다. 그래, 나는 그 거짓말의 강도, 또는 오히려 그 거짓말을 정당화하거나 만들어낸 그 욕망의 강도에 감탄하고, 거짓말의 세부사항, 거짓말을 지탱하거나 전달하기 위한 연구에 감탄했다 (그리고 나는 그가 어떤 세부사항들을 어디서 얻었을까, 라 로마나 식당에서, 그리고 사서함에서 우편물을 꺼내면서였을까 자문해보았는데, 만족할 만한 대답을 찾을 수가 없어서 그가 더욱 감탄스러웠다). 나는 단순한 말 속임수를 초월하고 극복하는, 복잡하고 잘 짜인 미장센 하나를 요구하는, 이것들을 만들어내기 위한 소도구와 재능을 필요로 하는 아주 잘 다듬어진 어느 거짓말을 위한 새로운 어휘를 우리가 발명해야 한다고 생각했다. 카르바요는 어떤 사람이었을까? 비록 위조범이라 할지라도 단순한 위조범은 아니었다. 어떤 사람이었을까? 자신의 목적을 달성하기 위해, 세상에서 자신의 집념을 관철하기 위해 어느 망자의 편지를 위조할 수 있는 누군가였다. "격정적인 사람이에요." 언젠가 베나비데스가 내게 그런 식으로, 또는 다른 식으로 말한 적이 있었으나, 나는 격정보다는 어떤 불건전한 강박증이라고, 인간이 되기 위해 고통받는 어느 악마라고 생각했는데, 그 이유는 누군가는 단지 악마를 추종하는 것만으로도 카르바요가 도달했던 극단에 이를 수 있기 때문이다. 그래서 나는 그를 존경하지 않을 수 없었다.

emplaciente.
Un abrgo de
tu amigo de
siempre,
R.H. Moreno

taurus

Bogotá /septiem

"비록 그렇다 할지라도, 재능이 있는 사람이에요." 그 집을 떠나려고 나서면서 내가 우고에게 말했다.

"재능이 아주 대단해요." 우고가 말했다. "누구든 그런 재능을 갖고 싶어할 겁니다."

그날 밤 아파트에 도착했을 때 나는 뭔가 제대로 되어 있지 않다는 사실을 즉각 알아차렸다. 갓난 딸들은 우리 방에서 자고 있고, M이 막 집에 돌아온 듯 차가 계단 아래에 주차되어 있었다. 무슨 일이 있었는지 설명은 필요 없었다. 그녀의 짜증난 또는 실망한 표정만 봐도, 함께 병원에 가기로 약속했는데 내가 부끄럽게도 약속을 지키지 못했다는 사실을 충분히 기억해낼 수 있었기 때문이다. 병원에 함께 가기로 약속한 이유는 내 딸들이 이제는 산소를 공급해주지 않아도 자력으로 숨쉬기를 시작할 수 있는지 판단하기 위한 산소포화도를 측정하기 위해서였다. 최근 우리는 사나흘마다 유사한 검사를 했지만 결과는 늘 기대 밖이었고, 따라서 산소통을 임대해 사방으로 가지고 다닐 필요성을 뒤로 밀쳐두는 것은 우리에게 어떤 상징적인 가치가 있었다. 내 딸들의 얼굴을 둘러싸던 캐뉼라가 정상 상태를 향한 마지막 암초였다. 이번에도 역시 기대하던 일이 일어나지 않았다. 실망은 분위기에서 느껴졌고 아내의 얼굴과 몸에 배어 있었으나, 나는 그 실망감이 단지 검사 결과 때문인지, 혹은 나의 잘못된 부재 때문이기도 한지 알 수 없었다. M이 병원 로고가 찍힌 종이를 건넸는데, 두 번의 검사 가운데 어떤 것의 결과가 적혀 있었다.

- 캐뉼라 착용시 1/8: 맥박, 142. 산소포화도 %, 95
- 무산소 상태로 깨어 있을 시: 맥박, 146. 산소포화도 %, 86
- 무산소 상태로 수면시: 맥박, 149. 산소포화도 %, 84

"다른 쪽은요?" 내가 물었다.
"똑같아요." 그녀가 말했다. "쌍둥이잖아요."
"안 된다는 거예요?"
"안 된다는 거죠." M이 말했다. "당신과 내가 함께 알아보았더라면 좋았을 거고, 우리가 검사 결과를 통보받을 때 당신이 거기 있었더라면 좋았을 거예요." 그리고 덧붙였다. "어디 있었어요?"

"R. H.의 집에요." 내가 말했다. "모니카와 얘기하고 있었어요. 우리가 결정할 게…… 카르바요 건이 진짜인지 살펴보느라요."

"카르바요? 베나비데스의 친구요?"

"그래요." 내가 말했다. "미안해요. 시간을 놓쳐버렸어요."

"시간을 놓친 게 아니라 검사한다는 걸 잊었겠죠." M이 말했다. "당신 머리에서 지워졌다고요." 그러고는 덧붙였다. "당신은 이 집에 없는 사람이에요. 이건 당신 일이 아니고요."

"무슨 뜻이에요?" 내가 말했다. 물론 나는 그 말의 의미를 완벽하게 알고 있었다.

"당신이 머리를 딴 데다 쓰고 다니는데 그게 어디인지 모르겠다고요. 지금 우리에게 일어나고 있는 이 일은 중요한 일이고 신경을 써야 해요. 아직 우리는 앞으로 나아가지 못했고, 나빠질 수 있는 것들이 아직도 많고, 딸들은 우리에게 달려 있단 말이에요. 내게 필요한 건 당신이 나와 함께 있으면서 이 문제에 집중하는 것인데, 당신은 그 편집증적 미치광이가 한 말에 더 관심을 쏟는 것 같아요. 사실, 당신이 그런 인간에게 관심을 쏟은 게 처음은 아니지만, 이번 건 달라요. 딸들은 항상 사람들이 서로를 죽이는 나라에서 태어났어요. 그건 어쩔 수 없는 일이에요. 하지만 심각한 건 당신이 당신 딸들보다 그런 죽음에 더 많은 관심을 갖고 있다는 거예요. 어쩌면 내가 과장을 하고 있든지 괜한 트집을 잡는 것일 수도 있는데, 잘 모르겠어요. 난 트집이나 잡는 사람이 되고 싶지는 않아요. 하지만 지금은 딸들이 있잖아요. 내 말을 이해했는지 모르겠네요. 이런 걸 딸들이 있는 집으로, 딸들이 있는 침대로 가져오지 말아요. 당신은 방금 전까지 하루종일 그 미치광이와 이야기하고, 끔찍한 것들을 생각하면서 보냈어요. 당신 손과 머리에 있는 그 모든 것을 딸들에게 가져오지 말아요. 그런 것을 생각하느라 딸들을 도외시하지 말라고요. 나중에 시간이 있겠지만, 지금은 더 중요한 것들이 있으니 그런 건 하지 말아요." M이 주방의 스윙도어를 향해 걸어가기 시작했다. "하지만 당신이 못하겠다면, 당신이 이 문제에 온 관심을 쏟을 수 없다면, 바르셀로나로 가는 게 낫겠어요." 그녀가 주방으로 사라지기 전에 말했다. "나 혼자서 할게요."

나는 거실에 남았다. 잠시 후 위층 방으로 올라가보니 딸들이 깨어 있었는데, 아주 크게 뜬 회색 눈 네 개가 놀라움과 호기심이 뒤섞인 표정으로 방안 어느 지점을 응시하려고 애를 쓰고 있었다. 딸들이 태어난 지 구십 일이 지나 이제야 비로소 얼굴에 닮은 점이 나타나기 시작하면서, 이제야 비로소 나는 딸들의 뼈와 근육에서 작용하는 유전학적 힘을 감지할 수 있었는데, 딸들의 입에서 내 입을, 딸들의 가녀린 눈썹에서 M의 눈썹을, 아직까지는 나를 제대로 쳐다보지 못하지만 곧 쳐다보게 될 그 대칭적인 두 얼굴에 반복되어 있는 우리의 특성들을 발견하는 것은 일종의 기적이었다. 딸들의 초점 없던 시선은 초점을 맞추게 될 것이고, 눈은 이제 나를 쳐다보기 위해 회색이 아니라 내 눈의 색깔을 띠게 될 것이다. 언젠가 어느 책에 써먹은 적이 있던 폴 엘뤼아르의 시구가 뇌리에 떠올랐는데, 의미가 명백하게 이해되지는 않았지만 갓난아기를 언급한 것은 아니라는 사실은 명백한 시구였다.

그녀는 내 손의 형상을 갖고
그녀는 내 눈의 색깔을 갖고

그녀는 내 그림자에 삼켜져 있다

하늘에 맞서는 바위처럼

  나는 어리석게도 딸들이 내 부재를 알아차렸을지, 나를 책망했을지 자문해보았다. 내가 처음으로 딸들을 실망시켰는지 자문해보았다. 그리고 생각했다. 자식이 있는 사람은 운명에게 인질로 잡혀 있는 것이다. 며칠 전에 장례미사에서 그 말을 들었을 때는, 추상적이고 나와 무관하고 내 지식이나 경험과는 너무 먼 얘기처럼 들렸는데, 이제는 그 말의 의미가 진정으로 이해되는 것 같았다. 나는 운명의 인질이다라고 생각했다. 그런 다음 나는 다시 아래층으로 내려가 내 것이 아니었던 책상에 앉아 내 컴퓨터를 켜고, 확실한 말 몇 마디를 카르바요에게 썼다.

  이봐요, 카를로스, 그 문제를 주의깊게 생각해보고 어떤 결론에 도달했어요. 이건 나를 위한 것이 아니에요. 당신이 글을 쓰고 싶어하지 않는다는 사실을 내가 알기 때문만이 아니라(당신은 당신의 망상을 위한 후원자 하나, 당신의 편집증에 인쇄된 문자의 가짜 명성을 부여할 누군가를 원하고 있죠), 내가 생각하기에 당신은 진실을 말하고 있지 않기 때문이에요. 나는 R. H.가 내게 뭔가를 남겼을 거라고 믿지 않아요. 미안한 말이지만, 나는 당신이 허풍쟁이에 사기꾼이라 생각해요. 나는 당신이 제안하는 것에 관심이 없고, 당신과 계속해서 만나고 싶지도 않으며, 오직 당신이 내 결정을 존중해주고 고집부리지 말기를 부탁할 뿐이에요.

  나는 몇 분 만에 그의 답을 받았다.

그냥 지옥으로 썩 꺼져버려.

네 단어에 철자법상 오류가 하나 있었다. 그게 다였다. 나는 실망과 경멸, 강력한 경멸, 모욕과 심지어 협박이나 다름없는 경멸이 뒤섞인 카르바요의 얼굴을 상상했다.

나는 답을 하지 않았다.

그리고 그도 다시는 내게 메시지를 보내지 않았다.

2006년 1월에 나의 보고타 체류는 끝났다. 나는 내가 내 조국의 옛 폭력들과 지나치게 가깝게 접촉했던 사실을 잊기 위한 준비를, 그리고 내가 뒤로 밀쳐두었던 삶이 아니라 내 앞에 놓여 있던 삶에 집중하기 위한 준비를 한 상태로 바르셀로나에 — 이전에 칠 년 동안 살았던 도시 — 도착했다. 베나비데스와 카르바요와의 만남이 이내 내 기억에 되돌아오기 시작했기 때문에, 나는 스스로도 거의 깨닫지 못했지만 그렇게 해야만 했는데, 명확히 규정할 수 없는 어느 순간부터는 그 기억이 이미 존재하지 않았고, 그 유명한 암살 사건들의 이미지와(폭죽처럼 폭발한 어느 머리와 총알 하나가 들어 있는 살이 많은 어느 척추) 함께, 그리고 우리의 편집증, 즉 전 세계가 우리의 적이라는 일반적인 느낌을 조장했을 뿐인 음모들에 관한 터무니없는 이야기와 함께 내 현재를 오염시키는 일도 더는 없었다. 나는 생활비를 벌기 위해 강의에 몰두하면서 딸들의 기대를 저버리지 않으려고 노력했는데, 내 과오가 내게는 곧 과거사가 될 테지만, 내 딸들에게는 내가 과오를 저지르는 첫 순간부터 그리고 앞으로 영원히 각인될 것이라는 사실을 알고 있었기 때문이다. 우리가 우리의 변덕에 따라 자식들의 삶을 만들어내는 힘이 무시무시하다고 모든 사람이 말하지만, 내가 그러다 실수를 하게 된다면, 자식들의 삶을 훼손하거나 왜곡하거나 자식들에게 해를 끼치거나 의도하지 않은 채 자식들이 다른 사람에게 해를 끼치도록 가르치게 된다면, 내가 향유하게 될 면책은 훨씬 더 무시무시할 것이라는 생각이 들었다. 나는 방심하지 않고, 과거에 오염되지 않고서 딸들에게 헌신할 수 있다는 사실이 만족스러웠다. 자발적이고 의식적인 노력이었고, 노력의 결과는 내가 깨닫지 못한 고집의 결실이었다. 카르바요의 강박관념은 물론이거니와 베나비데스의 강박관념에 내 시간과 귀를 넘겨준 것은 하나의 과오였다. 그 과오는 고칠 수 없는 것이었다.

하지만 의지에 따라 진정으로 잊을 수 있을까? 키케로는 『연설가에 대하여』에서 지식이 당대에 비견할 자가 없었던 아테네 사람 테미스토클레스에 관해 이야기한다. 어느 기회에 교양도 있고 출세도 한 어느 남자가 테미스토클레스를 찾아가서 그에게 다양하게 알랑대면서 자신을 소개한 뒤 기억술을 가르쳐주겠다고 제안했다는 것이다. 호기심이 발동한 테미스토클레스가 그때 겨우 언급되기 시작한 그 신기술로 무엇을 얻을 수 있는지 묻자, 방문자는 모든 것을 기억하도록 해줄 것이라고 자부심을 가지고 확언했다. 실망한 테미스토클레스는 방문자에게 진정한 호의는 자신에게 모든 것을 기억하는 법이 아니라 원하는 것을 잊는 법을 가르치는 것이라고 대답했다. 나는 살면서 겪은 (어느 순간에 보고 듣고 결정했던) 일들에 관해 생각할 수 있는데, 그 일들은 유용하지 않으면서도 결국은 불편한 것, 수치스럽거나 고통스러운 것이 되어버리기 때문에 그런 일들이 없었더라면 더 잘 살 수 있었을 테지만, 자발적으로 잊는다는 것은 가능하지도 않기에 계속해서 내 기억에 웅크리고 있으리라는 사실을 안다. 그 일들이 어느 정도는 긴 시간 동안 나를 동면하는 동물처럼 평화롭게 내버려둘 수도 있지만, 나는 어느 날이든, 뭔가를 보거나 듣게 될 것이고, 또는 그 일들이 되돌아와 내 머리에 떠오르게 할 어떤 결정을 내리게 될 것이다. 죄책감을 느끼게 하는 기억들이나 단순히 마음을 어지럽히는 기억들이 예기치 않은 순간 우리의 기억에 되돌아올 때는, 되돌아오는 것과 함께 늘 일종의 근육 반응—우리 몸의 반사작용—이 일어난다. 누군가 뭔가를 던졌을 때처럼 어깨에 고개를 처박고 움츠리는 사람들이 있는가 하면, 다른 사람들은 자기의 돌발적인 행위가 원하지 않는 기억을 쫓아낸다는 듯이 작업 탁자나 운전대를 두드려대고, 또다른 사람들은 두 눈을 꼭 감고 입술과 어금니를 악문 채 이를 드러내면서 뭔가를 고발하듯이 얼굴을 찌푸리는데, 우리가 그런 사람들을 염탐하고 있다면 우리 자신이 그러는 순간들조차 인식할 수 있을 것이다. 그렇게 되면, 우리는 그 사람이 불편하거나, 마음을 어지럽히거나, 죄책감이 들게 하는 무엇을 막 떠올렸다고 생각하게 될 것이다. 아니, 망각은 통제되지 않으며, 또 할 수만 있다면, 즉 과거를 현재에 끼어들게 하는 방법을 습득할 수 있게 된다면 우리의 마음은 더 잘 작동하게 될 텐데도, 우리는 망각을 통제하는 법을 결코 배운 적이 없다.

나는 어느 경우에서든 성공했다. 그후로 지속된 칠 년 동안 그 범죄들을 다시는 생각하지 않았다. 마치 내가 프란시스코 베나비데스의 집을 결코 방문한 적이 없었던 것 같았으며, 망각은 균열 없는 승리였다.

나는 글을 쓰고, 일을 하고, 필요하다고 생각되는 여행을 했고, 헤밍웨이의 문장들 또는 알 파치노와 나눈 대담을 다룬 책들을 번역하고, 이십대 미국 청년들에게 문학을 강의하고, 그들이 **룰포와 오네티***에게 관심을 갖도록 시도해 가끔은 성공하고, 『화산 아래서』**와 『위대한 개츠비』를 읽으면서, 나는 이 책들이 내게 귀중한 교훈을 주려고 하건만 나는 너무 굼뜨게 내용을 이해하고 있다고 느꼈다. 그러는 동안 시간이 흘러가도록 내버려두었다. 도시들은, 어느 아이의 얼굴처럼, 우리가 자기에게 보여주었던 것을 되돌려준다. 그 당시 몇 년 동안 바르셀로나가 나를 받아주고 보듬어주었지만, 그것은 내 개인적인 만족감의 반영, 가정사가 내 나날에 제공해주었던 특이한 균형감의 반영이었을 뿐이다. 나는 별생각 없이 살았는데, 그것은 의심할 바 없이 행복의 메타포들 가운데 하나였다. 내 딸들은 테투안광장 옆에 있는 우리 아파트의 기나긴 복도를 걷는 법을 배웠고, 아파트 거실에서는 야자나무 몇 그루가 보였는데 나무에서는 일 년 내내 작은 잉꼬들이 시끄럽게 떠들어댔고, 나중에 우리가 카예 코르세가의 정원 딸린 1층 아파트로 이사했을 때 딸들이 이미 혼합 억양으로 말하기 시작했고, 그로 인해 딸들은 자기네 두 조국 어느 편에서도 꼬마 외국인이 되었으며, 언어를 습득하는 과정에서 딸들의 언어는 내가 낯선 이방인인 나 자신의 감정을 비춰보는 특이한 거울이 되었다. 만약 내가 내 도시로 돌아가 살지 못한다면, 내가 내 도시를 떠난 이후 흐른 세월이(이미 여러 해가 흘렀다) 나를 돌이킬 수 없이 멀리 떨어지게 해서 결국은 돌아가는 것을 불가능하게

---

* 후안 룰포는 멕시코 작가, 후안 카를로스 오네티는 우루과이 작가다.
** 영국 시인이자 소설가인 맬컴 라우리의 자전적 소설.

만들 것인지, 그 어느 때보다도 진지하게 자문해보았다. 좋은 친구 하나가 그에 관해 언어적으로 비틀어 요약함으로써 심오한 진실이 담긴 문장을 만들었다.

"우리 콜롬비아 사람들은 콜롬비아를 떠나지 않는다." 그가 말했다. "우리 콜롬비아 사람들은 늘 떠나고 있다."

하지만 경계는 어디에 있었는가? 우리가 우리의 집으로 돌아갈 신성한 권리를 상실하기 전에 세입자로서 얼마 동안의 시간을 보낼 수 있었던가? 영어사전에서 세입자라는 단어는 다른 동물종의 둥지 또는 굴에 서식하는 모든 동물을 일컫는 말이다. 그 정의는 우리를 괴롭히는 호언장담에 의지하지 않고도 내 상황을 설명하려고 할 때 도움이 되었는데, 국외거주자라는 사실의 단순함이 나를 지루하게 만든 까닭은 내가 망명자가 아니었기 때문이며, 나 또한 자신이 어느 디아스포라에 속하는 일을 결코 받아들이지 않았을 것이다. 하지만 만약 세입자의 조건이 세습적이라면 내 딸들은 제아무리 바르셀로나의 삶에 정착했다 할지라도 불가피하게 국외자 처지가 되어야 하고, 계속해서 다른 종에 속해야 한다고 생각하면서, 나는 어느 시기에 꿈을 잃어버렸다. 아니, 내가 이 도시에서 제아무리 편안함을 느꼈다 해도, 내가 이 도시의 사람들과 구석구석을 제아무리 좋아했다 해도, 아마도 이 도시는 내 굴이 아니었듯이 내 딸들의 굴도 아니었다. 바르셀로나에 살면서 요 몇 년처럼 좋았던 적은 결코 없었는데, 이 기간에 나는 내 딸들과 내 친구들의 자식이 자라는 것을 보고, 결코 읽은 적이 없던 책을 읽고, 내가 책을 읽지 않고서 어떻게 살아왔는지 자문했다. 밤에는 가끔 친구들과 술을 마시거나 또는 M과 함께 멜리에스 극장가에서 히치콕이나 웰스나

하워드 호크스의 영화를 보고 돌아오면서 긴 산책을 했는데, 산책을 끝내고 집에 돌아와서는 내 딸들의 이마에 입을 맞추고, 취침등의 파르스름한 불빛 아래 잠들어 있는 딸들을 잠시 바라보고, 현관문과 유리창이 제대로 닫혔는지 확인하고, 나 또한 잠을 자러 갔다. 그 모든 것에는 콘래드가 말한 '그림자 선線'이 남아 있다는 느낌이 들었는데, 그 나이에 우리는 영원히 성인이었으며, 세상에서 우리의 자리를 차지하고, 세상의 비밀들을 밝혀내기 시작한다. 내 나이 서른셋에 나는 다가오는 것과 맞설 수 있다고 느꼈는데, 적어도 오 년 전부터 이미 그 상상의 경계를 건넜다. 그리고 그 모든 것은 신비하게도 행운, 즉 도망칠 수 있었다는 거대한 행운과 분리될 수 없는 듯 보였다.

그래, 그랬다. 마치 내가 도망친 것 같다는 표현이 아주 좋아 보이는데, 왜냐하면 우리 콜롬비아 사람들은 모두 도망을 치며, 도망치면서 우리의 삶이 지나가기 때문이다. 즉, 우리가 도망치려 애를 쓰면서 혹은 우리가 왜 도망치지 않는지 자문하면서, 그리고 그 밖의 다른 곳에서 좋은 삶을 영위하면서 또는 그런 삶을 추구하지 않겠다는 결심과 씨름하면서 우리의 삶이 지나가기 때문이다. 그렇게 우리 가운데 누군가가 바르셀로나나 마드리드에서 살아가는 일이 생기고, 그런 식으로 우리는 뉴욕을 세계에서 세번째로 콜롬비아 사람이 많이 사는 도시로 만들고, 그렇게 우리는 마이애미나 파리나 리마나 멕시코시티에 정착해서 마치 빈 공간에 물이 흘러들어 그 공간을 채우듯이 그 도시들의 빈틈을 채운다. 그 무렵에 나는 윌리엄 개스의 놀라운 소설『터널』을 번역하기 시작했는데, 소설의 제사題辭가 감동적이어야 했는데, 그리고 무엇보다 현재는 감동적으로 느껴지는데도, 당시 내게는 감동적이지 않았다.

아낙사고라스가 어느 외국에서 죽게 되어 비통해하는 남자에게 말했다. "지옥으로 내려가는 길은 어디에서 가든 같습니다."

아니, 콜롬비아의 폭력으로부터는 도망칠 수 없고, 나는 그 사실을 알아야만 했다. 아무도 도망치지 않지만, 마약 거래와 함께 태어나 파블로 에스코바르가 선포한 전쟁의 피 속에서 국가가 난파했을 때 성인의 삶에 이른 우리 세대 사람들 가운데 도망치는 사람은 훨씬 더 적다. 1996년에 내가 그랬듯이 누구든 나라를 떠날 수 있고, 그럴 수 있다고 믿고서 나라를 남겨두고 떠나지만, 결국 속을 뿐이며, 우리는 서로를 속인다. 삶이, 아주 다양한 방식으로 가르칠 수 있었던 어느 교훈을 내게 주기 위해 선택한 그 스승이 나를 놀라게 하는 일은 결코 없어지지 않을 것이다. 그 교훈이란 바로 사냥당한 어느 하마다.*

파블로 에스코바르가 본부로 사용하던 소유물이었고 일반인에게 개방된 동물원이기도 했던 아시엔다** 나폴레스에서 도망친 후 이 년을 보낸 무게 1톤 반짜리 하마였다. 내가 하마 사진을 본 것은 여름, 2009년도의 후텁지근한 여름이었다. 그 시기에 이따금 나를 찾아온 수많은 손님 가운데 하나가 내 집에 잡지 〈세마나〉를 두고 간 적이 있었는데, 내가 한가한 시간에 냉장고에서 차가운 맥주 한 병을 꺼낸 뒤 기계적으로 펼쳐보기까지는—잡지는 떠도는 영혼처럼 비틀거리며 방황하고 있었다—며칠이 지나야 했다. 그럼에도 금방 효과가 나타났다. 하마를 사냥한 제복 차림의 검은 피부 군인들이 얼굴에 조야한 승리의

---

* 이 하마의 이야기는 작가의 전작인 『추락하는 모든 것들의 소음』에도 나온다.
** 중남미 지역의 대농장.

미소를 머금고서 하늘을 향해 총을 겨눈 채 하마의 사체를 둘러싸고 있는 모습이 예견할 수 없던 느낌, 현재 순간과 전혀 관계가 없는 일종의 불안감, 설명하기 어렵지만 뭔가 잘못되고 있다는 기분을 내게 유발했다. 무슨 일이 있었던 것일까? 나는 상황을 이해하기 위해 사진을 주의깊게 살펴보고 잡지에 기술된 하마의 도주와 사냥에 관한 설명을 읽고 또 읽었다. 사냥꾼들에게 둘러싸인 하마의 모습이 변덕스러운 내 기억 속에서 파블로 에스코바르의 이미지와 중첩되었는데, 당시 그는 추적을 당하다가 메데인의 집 옥상에서 사살되었고, 모두 제복 차림에다 하늘을 향해 총을 겨누고 모두 승리의 미소를 머금은 채 그의 사체를 둘러싸고 있던 사냥꾼들 가운데 하나가 십 년 동안 나라를 피로 물들인 남자의 털북숭이 얼굴을 카메라들과 구경꾼들에게 보여주기 위해서라는 듯 사체의 셔츠를 잡고 들어올렸다.

갑자기 그 기억이 되살아났다. 학교 친구, 그 친구의 부모와 함께 아시엔다 나폴레스에 갔던 일이 기억나기 시작했는데, 그곳은 하마 외에도 아마존의 분홍색 돌고래, 기린 여러 쌍, 회색 코뿔소와 아프리카 코끼리, 무리를 지어 모여 있어서 관람자에게 신기루 같은 인상을 주는 얼룩말, 자라면서 여러 호수를 점유해갔던(거대한 야자나무 아래로 기다란 분홍색 선을 만들며) 홍학 부대, 축구공을 굴릴 줄 아는 캥거루, 그리고 콜롬비아 축구대표팀 선수의 이름을 부르는 앵무새를 수용하던 우화적인 장소였다. 1985년이었다. 막 방학이 시작되었으니 7월이었음이 틀림없다. 그래서 내가, 마약 밀매업자들이 마약 짐을 미국에 성공적으로 넘기는 일을 지칭하는 대관식을 기념하기 위해―폰 하나가 방어선들을 넘어 목적지에 도착하면 화려한 퀸으로 바뀐다―파블로 에스코바르가 대문 위에 지붕처럼 설치했던 하얀색 경비행기 밑을 지나 아시엔다의 대문을 통과한 때는 열두 살이었을 것이다. 나중에 나는 그 경비행기―경비행기의 등록번호는 HK-617로, 그것은 변덕스러운 내 기억력에 남아 있는 완벽하게 쓸모없는 정보의 조각들 가운데 하나다―가 마약 짐을 싣고 가다가 바닷속으로 사라져버린 비행기의 복제품이라는 사실을 알게 되겠지만, 그때는 친구, 친구의 부모와 함께 비행기 날개 밑을 통과하면서 수개월 전에 이미 나라에서 가장 악명 높은 마약밀매업자였던 그 남자, 즉 그 전해 4월부터 법무부장관 암살에 대한 책임이 있지만 여전히 처벌받지 않았던 그 남자의 소유지를 내가 찾아간 일을 내 부모가 못마땅하게 생각했을 거라는 사실을 아주 잘 알고 있었기 때문에, 짜릿하게 밀려오는 유치한 죄책감을 느꼈다.

그 모든 기억이 지극히 선명하게 떠올랐다. 충동을 거부할 수 없었다. 나는 내 메모장, 즉 검은색 표지의 몰스킨 노트를 찾아서 그 당시 몇 년 동안의 내 삶, 그 동물원, 내가 그곳에 있었다는 사실을 알게 된 내 부모가 했을 생각에 관한 기억을 기록하기 시작했다. 그래, 내가 그곳에 간 일을 내 부모는 달가워하지 않았을 것이다. 그리고 나는 열두 살이었기 때문에 그 이유를 이해하는 데 필요한 요소들을 이미 가지고 있었다. 로드리고 라라 보니야 장관의 암살은 부모님 당신들이 살고 있던 나라에 대한 당신들의 생각을 일거에 산산조각내버렸다. "이런 일들은 가이탄 이후로 일어나지 않았어." 그 당시 며칠 동안 아버지가 이렇게 말했거나 적어도 내 기억에서는 이렇게 말한다. 그들―그 당시 마흔 살이던 세대―은 그런 일이 더는 **일어나지 않았던** 나라에서 성장했었다. 장관이 암살당하기 불과 몇 개월 전, 어느 이웃집에서 열린 주말 모임에서 어느 성인은, 장관이 계속해서 마피아들을 귀찮게 한다면 그들이 장관을 죽일 테니 장관이 더 조심해야 한다는 견해를 밝혔다. 참석자들 모두―놉사에서 생산한 루아나* 차림으로 카드 게임을 하고 아과르디엔테를 마시던 친척 네 쌍―가 너털웃음을 터뜨렸는데, 그 이유는 그 누구도 그런 일이 일어날 거라는 생각도 상상도 하지 않았기 때문이고, 보고타소를 기억하던(자신의 기억이건 상속된 기억을 통해서건) 사람들은 그런 일이 다시는 일어나지 않을 거라는 환상을 가지고 있었기 때문이다. 하지만 환상은 4월 30일 밤에 산산조각나버렸다. 로드리고 라라는 초저녁에 집무실에서 나왔는데, 시카리오**들이 그를 따라잡았을 때는 이미 밤이 되어 있었다. 기관단총을 소지하고 있던 시카리오는 어느 이스라엘 용병이 메데인 남부의 사바네타에 설립한 시카리오 학교에서 배운 바대로 총을 십자형으로 발사했다. 암살당하던 순간 라라는 양장제본한 『콜롬비아 역사 사전』 한 권을 갖고 있었다.

　그다음날, 길거리에는 특이한 고요, 임종의 고통을 겪는 사람이 있는 집에 감도는 고요가 있었다. 나중에 내가 나보다 나이 많은 사람들에게 그 문제에 관해 물었을 때 모두 똑같은 생각을 밝혔다. 다른 도시, 혼란스러운 상태로 다음날을 맞이한 도시였다는 것이다. 물론 나라도 다른 나라였다. 그 안에서 뭔가 부서졌고 뭔가가 바뀌었으나, '영원히' 바뀌었다는 사실은 여전히 알지 못했고, 그날 밤에 어떤 암울한 십 년, 정

---

* 콜롬비아에서 입는 판초의 일종. 콜롬비아의 놉사에서는 '세계 판초의 날'인 매년 5월 26일 축제가 열린다.
** 살인청부업자를 뜻하는 에스파냐어 단어.

확히 말해 구 년 칠 개월 며칠이 열렸다는 사실도 알 수 없었는데, 우리는 남은 생애 동안 그 세월의 영향을 설명하려 시도해야 할 것이다. 그래, 암울한 십 년, 그늘진 부분, 우리 역사의 악취나는 구덩이였다. 콜롬비아 정부는 어떤 식으로든 반응해야 했는데, 그 반응이란 마약 카르텔들이 가장 많은 피해를 입을 곳을 공격하고, 언론의 대대적인 과잉선전을 통해 마약 밀매업자들의 즉각적인 인도를 실시하겠다고 알리는 것이었다. 1979년에 훌리오 세사르 투르바이와 지미 카터가 서명한 콜롬비아와 미국의 범죄인 인도조약이 다시금 좀비처럼 길거리로 나와 마약 밀매업자들을 놀라게 만들었다. 왜냐하면 마약 밀매업자들은 한 가지 사실, 즉 콜롬비아 판사 한 명은 매수하든지 암살할 수 있었지만—"돈이냐 총알이냐"가 그들의 유명한 구호였다—자신들의 달러를 숨겨놓은 곳과 자신들의 굶주린 시카리오들로부터 멀리 떨어진 외국에서 그렇게 하는 것은 더 어렵다는 사실을 아주 분명하게 인지하고 있었기 때문이다. 그때 첫번째 폭탄, 또는 적어도 내가 기억하는 첫번째 폭탄이 터졌다. 미국 대사관 앞에서 폭탄이 터져 한 명이 사망했다. 2개월 후, 미국은 첫번째로 인도되는 마약 밀매업자들을 실은 비행기들을 받았다. 에스코바르와 그의 동업자들은 자기에게 그와 같은 일이 일어나지 않게 해야겠다고 작정하고서 '인도되는 사람들'이라는 이름의 집단을 결성해 우리는 **미국의 교도소보다 콜롬비아의 무덤이 더 좋다**라는 전쟁구호를 외쳤다. 그리고 그들은 감탄할 정도로 집요하게 다른 사람들을 위한 무덤을 파는 데 몰두했다.

라라 암살 사건 조사관인 툴리오 마누엘 카스트로 힐 판사는 머플러로 얼굴을 가린 채 초록색 마쓰다 자동차에서 내린 시카리오가 쏜 총알 세 발을 맞고 사망했다. 인도협정의 재정자^{裁定者}였던 대법원 판사 에르난도 바케로 보르다는 라라가 죽은 장소로부터 불과 몇 블록 떨어진 곳에서 오토바이를 탄 시카리오 여러 명의 칼을 맞고 사망했다. 반세기에 걸친 폭력의 시대에 암살된 자유주의자의 아들이자 아마존강 연안의 농장주였고, 길랭바레증후군 환자이자 〈엘 에스펙타도르〉의 레티시아 지역 통신원인 로베르토 카마초 프라다는 집 앞에 숨어 있던 어느 시카리오에게 죽임을 당했다. 몇 개월 전에 당구 상대의 목을 마체테로 자르고 투옥되었다가 막 탈옥해서는 범죄에 대한 대가로 10만 페소를 받고 오직 경감을 죽이려는 목적으로 노카이마에서 보고타로 온 열여덟 살짜리 시카리오가 경찰의 마약범죄단 경감인 루이스 알프레도 마카나를 살해했는데, 그는 나중에 모든 사실을 실토했다가 다시 번복했다. 어느 지프차 타이어에서 코카인 36킬로그램을 발견한 DAS의 요원 둘이 1976년에 살해당한 사건의 조사를 맡은 판사 구스타보 술루아가 세르나는 전화를 통해, 그의 이름으로 집에 배달된 근조화환을 통해, 심지어 만약 조사 임무를 그만두지 않는다면 임신한 부인과 태아를 죽이겠다는 파블로 에스코바르의 메시지를 통해 사 년 동안 협박을 받다가 메데인의 어느 로터리에서 포위되어 총을 맞고 사망했다. 카르텔과의 투쟁에서 라라의 동료였던 하이메 라미레스 고메스 대령이 주말에 사사이마에서 휴식을 취한 뒤 경호원도 없이, 평소 가지고 다니던 권총 외에는 다른 총기도 소지하지 않은 채 집으로 돌아가고 있을 때 범인들이 보고타 입구에서 그를 기다리고 있다가 부인과 두 아이가 지켜보는 가운데 총알 마흔 발을 그의 몸에 박아버렸다. 〈엘 에스펙타도르〉의 편집인 기예르모 카노는 우선은 마약 소지 혐의로 체포된 에스코바르의 옛 사진들을 되살렸고, 나중에는 라라의 재판 선고를 반복해서 알리며 자신의 칼럼을 이용해 에스코바르를 부패한 범죄자라 부르는 등 신문의 사설과 주요 지면을 통해 에스코바르와 맞섰다가, 성탄절 몇 주 전 저녁 일곱시 반에 신문사 건물에서 멀리 떨어지지 않은 곳에서 총을 맞고 사망했다. 이타구이에서 발견된 코카인 10킬로그램 때문에 파블로 에스코바르를 조사하던 판사 마리엘라 에스피노사는 온갖 협박에 시달리고, 사건파일 때문에 그녀가 근무하는 재판소가 불타고, 그녀가 운전하는 심카 자동차에 폭탄이 설치되었으며(판사는 폭탄이 터지기 직전에 차에서 내렸다), 몇 개월 후 자기 집 차고 문에서 그녀가 도착하는 것을 바라보던 어머니 면전에서 살해당했다. 라라와 함께 신자유주의 운동을 결성하고, 호르헤 엘리에세르 가이탄을 모방할 정도로 숭배했으며, 마피아들을 가혹하게 박해하고, 로켓포 암살 시도에서 살아남은 대통령 후보 루이스 카를로스 갈란은 수백 명의 군중 앞에서 연설을 하려고 막 나무 연단에 올랐을 때 기관단총 세 발을 맞고 사망했다. 그리고 이런 일이 일어나는 사이에 폭탄들 또한 터졌다. 어느 친구의 아버지를 죽인 비행기의 폭탄, 베나비데스 박사의 조수를 죽인 DAS의 폭탄, 내가 아주 가까이에 있었던 상업회의소의 폭탄, 쇼핑센터들의 폭탄.

많은 시간이 흐른 뒤 나는 선언이나 다름없고 그 뜻을 의심할 여지도 없는 에스코바르의 목소리를 녹음을 통해 들을 수 있었다.

"저들이 우리에게 평화를 요구하도록 우리는 아주 시끌벅적한 혼란을 유발해야 하네. 만약 우리가 정치가들을 괴롭히고, 그들의 집에 불을 지르고, 아주 시끌벅적한 내전을 일으키면, 그때 그들은 우리를 평화회담에 불러들여 문제를 해결하게 될 거야."

하지만 그 대상은 정치가들뿐만 아니라 우리의 집이 불태워지는 것을 지켜보는 우리 모두, 즉 그 내전, 내전이라기보다는 연약하고 무고한 사람들에 대한 비겁하고 무자비하고 기만적인 학살에 휩싸여 있는 우리 자신이다.

* * *

동물원을 방문한 지 이십사 년 뒤에 나는 그 당시 몇 년 동안 보았던 모든 것을 바르셀로나에서 기억하면서, 인터넷에서 가능한 모든 자료를(라라의 피로 물든 자동차 시트를 찍은 비디오 또는 갈란이 쓰러진 나무 연단을 찍은 비디오) 얻어내려고 긴 시간을 보내면서, 친구들이나 친척들에게 무엇을 기억하는지 묻기 위해 전화를 걸어 얘기를 나누면서, 그 밖의 다른 희생자들에 관해 기억하지 않으면 내가 마치 부당한 짓을 하는 것 같고 내가 그들의 죽음을 잊었다고 책망할 수 있는 누군가가 나를 주의깊게 관찰하는 것 같은 마음에 그 희생자들을 기억하면서, 폭탄에 의해 탈골된 그 도시, 테러가 발생할 때마다 목이 잘린 뒤에도 계속해서 원을 그리며 뱅뱅 도는 암탉처럼 되어 다음날 아침을 맞이하던 그 도시를 기억하면서 지내고 있었다. 그리고 나는 우리에게, 물론 보고타 사람 모두에게, 하지만 특히 우리, 모든 것이 시작되었을 때 어린이였고 그 어려운 십 년 동안 어떻게 살아야 하는지 배웠던 우리에게 무슨 일이 일어났는지 자문해보았다. 나는 바르셀로나에서, 우리 축구팀의 경기를 관람하고 경기장에서 돌아오던 어느 밤에 부분적인 대답을 얻었다. 늘 그러했듯이, 나는 잠시 바람을 쐬려고 콜블랑 전철역까지 걸어가서 첫번째로 오는 전차를 탔는데, 축구경기가 있는 밤이었기 때문에 러시아워 최악의 순간처럼 사람이 가득했다. 우리 승객들은 겨우 몸을 움직일 수 있었고, 우리 중 키가 큰 사람들만이 전차가 갑작스레 움직일 때마다 옆 사람과 몸을 부딪치지 않으려고 (한 손으로 초록색 천장에 압력을 가하면서) 몸을 지탱할 수 있었다. 하지만 전차의 운행이 진행됨에 따라 객차가 비어갔고, 우리는 역들과 승객들을 뒤에 두고 앞으로 나아갔는데, 마침내 디아고날역에서 객차 문이 닫힐 때 뭔가가 내 관심을 끌었다. 수공예품 배낭 하나가 객차 연결장치의 주름상자 근처 의자 밑에 덩그러니 놓여 있었다. 나는, 내가 배낭을 바라보았을 때 어떤 여자도 배낭을 바라보았다는 사실을 알아차렸다. 우리 팀의 파란색과 빨간색이 섞인 (FC 바르셀로나) 셔츠 차림의 그녀는 같은 셔츠를 입은 아기를 안고 있었는데, 아기는 여자의 어깨에 머리를 괸 채 잠들어 있었고, 여자는 잠든 남자아이의 머리 너머로 방치된 배낭을 바라보고 있었다. 얼굴 표정에 드러난 뭔가가 내게 친숙해 보였다. 우리가 아는 사이였던가? 우리가 경기장에서 마주쳤던가? 내가 어디서 그녀를 보았지?

그게 언제 일인지는 기억나지 않지만, 내가 알기로는 지하디스트*의 바르셀로나 지하철 테러 계획이 에스파냐의 신문들을 채우고 약 이 년이 지난 때였을 것이다. 우리 모두는 알 카에다가 아토차역에서 행한 테러의 생생한 이미지를 통해 광기의 며칠 동안에 무슨 일이 있었는지

---

* 이슬람 원리주의 무장투쟁 운동가.

자세히 알고 있었다. 폭탄으로 산산조각난 열차의 이미지들은—갈기 갈기 찢긴 어느 뱀의 가죽처럼 철로 위에 흩어져 있는 열차 조각들— 우리에게도 일어날 수 있었는데 실제로는 일어나지 않았던 그 사건을 아주 자세히 보여주기 위해 2004년부터 우리에게 되돌아온 것처럼 보였고, 수개월 동안 어느 신문 가판대에서 우리를 지켜보면서, 우리가 길거리를 걷는 동안 우리의 관심을 끄는 전광판으로부터 어느 카페를 비추면서, 우리 사이에 계속해서 살아 있었다. 그런 기억들이 언론을 통해 전해지면서 우리는 바르셀로나의 테러리스트들이 여섯 명의 자살 테러리스트와 세 명의 리더로 이루어진 세포조직이고, 그들이 배낭에 폭탄을 넣어두면 제3자가 리모컨으로 폭탄을 터뜨리게 되어 있고, 두 역 사이를 이동하는 열차에는 **구급대가 도달할 수 없기** 때문에 지하철을 선택했다는 사실을 알게 되었다. 디아고날역을 떠난 뒤에 우리가 탄 열차에서 잠든 아들을 안고 있던 여자(FC 바르셀로나 셔츠를 입은 두 사람)는 방치된 배낭 하나를 보았고, 탄로되어 미수에 그치지 않았더라면 많은 사람을 죽일 수도 있었을 그 계획을 기억했을 것이다. 당시 나는 그 여자를 보고타에서, 내가 지나갔던 수많은 곳에서, 쇼핑센터에서, 지하 주차장에서, 또한 정상적인 하루를 살아가는 것처럼 보였던 수많은 사람의 얼굴에서 본 적이 있었기에, 그 순간 여자의 얼굴에 드러난 표정을 기억했다. 우리는 폭탄이 터질 때 유릿조각이 치명적인 파편이 되지 않게 하기 위해 유리창에 마스킹테이프를 십자형태로 붙이는 것이 당연한 일이라고 둘러댔다. 우리는, 우리가 집밖에 있을 때, 폭탄이 터지거나 요인이 암살되어 통행금지령이 발령될 때마다 다른 사람의 집에서 자는 것이 당연한 일이라고 둘러댔다. 일 년 반. 나는 모든 것을 밝혀주는 상상을 통해, 우리가 보는 것보다 더 멀리 떨어진 것을 보는 스토리텔링을 통해 이런 기억을, 메모를, 자료를 변형시킴으로써 결국 그 십 년 동안에 일어났던 것을 이해하려는 무모한 의도를 가지고 일 년 반 동안 그런 사실들을 한 쪽 한 쪽 기록해갔다. 공공연하고 가시적인 사실들은 물론이거니와 연대기와 역사에서 우리를 기다리고 있던 수많은 이미지와 이야기, 인터넷의 기억력 좋은 미로들을 이해하려는 의도, 가장 훌륭한 역사가도 가장 훌륭한 기자도 다른 사람의 영혼에서 일어나는 일은 얘기할 수 없으므로 그 어느 곳에도 포함되지 않은 비가시적이고 사적인 사실들 또한 이해하려는 의도였다. 그래, 일 년 반이었다. 끊임없이 그 며칠을 기억하면서 보낸 일 년 반, 이들의 죽음을 생각하면서, 이들의 죽음과 함께 살면서, 이들의 죽음과 대화를 하면서, 이들의 죽음의 한탄을 듣고 나는 나대로 이들의 고통을 완화시키기 위해 아무것도 할 수 없다는 사실을 한탄하면서 보낸 일 년 반. 하지만 무엇보다도, 당시에 일어난 일을 이해하려고 계속해서 애를 쓰고, 여러 해가 지난 뒤에도 스스로 이해하기 위해 계속해서 얘기하면서 사는 우리 자신을 생각하면서 보낸 일 년 반. 그게 바로 내가 한 일이었다. 나는 그것을 설명하려 애썼고, 이야기 하나를 했고, 책 한 권을 썼다. 맹세컨대, 『추락하는 모든 것들의 소음』을 탈고한 뒤에야 비로소, 과거에 내가 겪은 폭력과 더불어 내 개인 빚이 청산되었다고 생각했다. 우리의 폭력은 우리가 살면서 겪는 것일 뿐만 아니라 다른 폭력, 즉 모든 폭력이 비록 눈에 보이지 않는다 할지라도 그것들을 묶어주는 끈으로 연계되어 있기 때문에, 과거 시간이 현재 시간에 포함되어 있기 때문에, 또는 과거가 재고조사의 특혜도 없이 우리가 물려받은 유산이기 때문에, 그리고 우리가 결국 모든 것을, 즉 분별력과 무례함, 적중과 실수, 무죄와 범죄를 물려받기 때문에 이전부터 있어왔던 또다른 폭력이 었다는 사실을 내가 이해하지 못했다는 것이 지금은 믿기지 않는다.

4. 왜 그대는 오만한가?

2012년 7월, 나는 유럽 3개국에서 십육 년을 산 뒤에 다시 보고타에 정착했다. 내가 처음으로 한 일들 가운데 하나는 베나비데스 박사에게 전화를 걸어 우리가 언제 만날 수 있는지 묻는 것이었다. 우리의 마지막 만남이 썩 만족스럽지 않은 상태로 끝났기 때문에 그런 불편함을 해소하고 싶었다. 어떤 의미로는 언짢음을 완화하고 싶었는데, 판단뿐만 아니라 행위에서도 내가 실수를 저질렀기 때문에 그에 대해 사과를 하고 그런 불편함을 해소하고 싶었던 것이다. 박사가 마음이 편치 않기 때문에 내 전화를 받을 수 없다고, 어느 슬픈 목소리가 말했다. 다른 나라에서 새로운 삶을 시작하는 작업은 자기 나라에서 그렇게 하는 것보다 더 단순하지 않다. 나는, 내가 보고타에 도착하게 된 불가사의에, 그리고 내가 부재한 몇 년 동안 내 도시의 사고방식과 기질을 바꾼 수많은 방식을 해석하는 데 집중하고 있었기 때문에, 베나비데스에게 다시는 전화를 하지 않았고, 그의 건강에 대해서는 전혀 관심을 두지 않았다. 그렇게 일 년 반을 보냈다. 짧은 소설 하나를 썼다. 필요하다고 생각되는 여행을 했다. 천천히, 습관을 들여가며, 보고타에 도착해가고 있었다. 지금 내 기억에서 멀어진 그 일 년 반 동안 나는 베나비데스의 근황을 알지 못했다. 그를 거의 생각하지 않았다. 그는 내게 자기 서재의 문을 열어주고, 자신이 비밀스럽게 생각하던 사안에 나를 참여시켰다. 나를 신뢰했다. 그런 신임에 보답하기 위해 내가 무슨 짓을 했던가? 어느 날 나는 우리가 불편하고 험한 대화를 나눈 지 팔 년이 지났다는 사실을 깨달았고, 내 잘못 때문에, 나의 고독하고 내성적인 성향 때문에, 가끔은 정당화될 수 없는 나의 은신 때문에, 적극적인 관계를 (심지어 내가 사랑하거나 내가 진정으로 관심을 두는 사람과의 관계조차도) 유지하지 못하는 기질 때문에, 누군가가 내 삶에서 사라진 것이 처음은 아니라고 스스로에게 말했다. 이것은 늘 나의 커다란 결점들 가운데 하나였고, 나를 실망시키고 다른 사람을 실망시킨 적이 한두 번이 아니었다. 그럼에도 불구하고, 그 누구도 자신의 의지력으로는 본성을 바꾸지 못하므로 그런 문제에서 내가 할 수 있는 건 전혀 없다.

하지만 2014년 초에 무슨 일이 일어났다.

1월 1일, 나는 커피 재배 지역의 19세기에 지어진 어느 아시엔다, 즉 벽은 갈대와 진흙을 엮어 만들고 나무 바닥에 니스칠을 한 어느 집에 머물고 있었는데, 그 집의 이름인 알사시아*가 나로 하여금 자신들의 향수 한 조각을 콜롬비아 안데스에 갖다놓은 프로이센-프랑스전쟁의 참전용사들을 생각하게 만들었다. 좋은 사람들과 더불어 새해를 맞이하겠다는 분명한 의도를 가지고 그곳에 도착했으나 지난해의 마지막 뉴스를 생각하느라 결국에는 예정했던 것보다 더 많은 시간을 허비해버렸다. 지난 12월 24일, 내게는 분명 대작인 단편소설집을 쓴 작가 센카 마르니코비치가 사라예보에서 베오그라드의 집으로 돌아가는 도중에, 미끄러운 빙판길에서 제어되지 않은 자동차가 가드레일을 부수고 높다란 제방 아래로 미끄러져 자동차 정비소 벽에 정면으로 충돌했다. 사진을 본 적도, 목소리를 들어본 적도 전혀 없고, 단 한 권의 책을 썼을 뿐, 심지어 불과 몇 년 전만 해도 내가 존재조차 몰랐던 어느 작가가 세상 반대편에서 사망했다는 소식이 내게 예기치 않은, 의아스러운 우울증을 유발했다.

2010년 봄, 나는 에스파냐어를 공부하는 사람들에게 문학에 관해 이야기하기 위해 바르셀로나에서 베오그라드까지 칠십이 시간 동안 여행을 하면서 그녀의 이름을 만났다. 나를 초대한 사람은 틈틈이 세사르 바예호의 시를 번역했던 라틴아메리카문학 교수였는데, 그녀는 내 강연이 끝난 뒤 소설가 이보 안드리치의 아파트를 구경시켜주고, 그다음날에는 나의 물신숭배적인 방문에 더해, 다뉴브강이 보이는 공원과 우리 같은 호기심 많은 외국인이 보스니아 전쟁 시기의 평가절하된 화폐를 살 수 있는 너저분한 술집 구경을 일정에 포함시켰다. 그 바에서 그녀는 『사라예보의 유령들』을 읽은 적이 있느냐고 물었다. 내가 그 책을

---

* 프랑스 알자스 지역의 에스파냐어 표기.

읽어본 적도 없을 뿐만 아니라 작가에 대해서도 전혀 들은 바가 없다고 말하자 교수는 제기랄, 그럴 수는 없어요, 라고 완벽한 마드리드 억양으로 말했는데, 그다음날 오전에 나는 그녀가 그 당시 유일한 서구 언어로 번역된 마르니코비치의 책 한 권을 호텔 프런트에 놓고 갔다는 사실을 알았다. 나는 베오그라드 공항의 대기실에서 『사라예보의 유령들』을 읽기 시작했는데, 취리히에서 환승을 하고, 기상악화로 지체되었다가 바르셀로나 집에 도착할 즈음 그 책을 이미 다 읽었고, 그 멋진 책을 예전에 만나지 못한 것을 저주하면서, 그리고 내가 W. G. 제발트라는 사람의 특이하기 이를 데 없는 책을 펼쳤던 1999년 그날 이후로 그토록 경이로운 발견을 한 적이 없었다고 느끼면서, 몇몇 단편소설을 다시 읽었다. 그런데 지금 마르니코비치는 죽어 있고, 그 경이로운 작은 책을 출간한 지 삼십구 년 뒤인 일흔두 살에 죽었는데, 그녀의 부음을 접한 내가 느낀 우울증은 그녀의 책을 다시 읽고 싶고, 나보다 더 많은 것을 알고 있던 그녀의 목소리에 몰입하고 싶고, 내 눈보다 더 주의깊은 그녀의 눈을 통해 세상을 주시하고 싶다는 물질적인 욕구 같은 것으로 변했다. 나는 책장에서 그 책을 꺼내 검은색 가방에 넣었는데, 가방 속에 들어 있던 그 1월 1일은 그 크림색 표지의 중립적인 색채에서까지 침묵을 유지하면서, 자신과 내가 공통의 친구 하나를 잃어버렸다는 듯이 사려깊게, 그 19세기 아시엔다에서 나와 함께 있었다.

물론 그날은 휴일이었으나 수요일이기도 했다. 내가 칠 년 전부터 〈엘 에스펙타도르〉에 매주 써온 주간 칼럼을 쓰는 날이었다. 나는 머리가 덜 둔한 오전 시간에 칼럼을 쓰는 것이 습관이었으나 그때는 정초의 유유함이(세상이 새롭게 시작되었기 때문에 전혀 서두를 이유가 없다는 무의식적인 확신) 내 규율을 깨뜨려버렸다. 그래서 늦은 점심을 먹고 나서, 바닥이 나무로 된 옛집이 억제할 수 없는 졸음 상태에 있고 매미와 작은 잉꼬들의 소요를 제외하면 고요를 깨뜨리는 것이 전혀 없을 때, 맥주 한 병을 마신 다음 전날 밤의 떠들썩한 술파티에서 피운 담배로 초록색 바다 천이 불타버린 카드 게임 테이블에 자리를 잡고 앉아서 어떤 것을 만나리라는 확신 따위 없이 운을 시험하러 나온 사냥꾼처럼 작업을 시작했다. 마르니코비치의 책을 무작위로 펼쳐서 일부 단편소설의 첫 부분을 다시 읽고, 그 책에서 가장 뛰어난 작품이며 막 깨어나고 있던 그해에 가장 적합한 「가브릴로 프린치프의 긴 생애」를 전부 읽었다. 내 머릿속에 들어 있는 그 등장인물들과 더불어 칼럼의 첫 부분 문장을 썼다. 몇 분 만에 마르니코비치의 이야기는 내 마음에 더 가까이 다가온 다른 테마들, 다른 등장인물들과 연계되었고, 그래서 칼럼은 비교적 단순한 어떤 발상에 관한 것이 되어버렸다. 불과 몇 개월 차이로 발생한 두 개의 유명한 범죄, 즉 세계적인 중요성을 가지는 범죄와 결과가 더 제한적이었던 다른 범죄가 서로 연관될 수 있다는 것이었다. 칼럼의 제목은 '올해의 추억'으로 정했다. 그리고 즉시 이렇게 썼다.

이해는 많은 것을, 하지만 좋지 않은 것을 기념하는 해가 될 것이다. 물론 파나마 사람들은 막 개통한 운하로 SS 안콘호가 통과한 일을 축하할 것이다.* 물론 훌리오 코르타사르의 독자들은 그가 브뤼셀

---

* 파나마운하는 1914년 완공되었다.

에서 탄생한 일을 축하할 것이다.* 하지만 다가오는 몇 개월은 무엇보다도 어떤 암살 사건들과 그 결과에 관해 얘기하게 될 터여서 몹시 두렵다. 상투적으로 말하자면 1914년은 비탄에 휩싸인 20세기로 들어가는 진정한 문인데, 그 이유는, 정확히 말해 어느 아르헨티나 작가가 태어났기 때문이라거나 두 대양 사이에 길이 열렸기 때문이 아니다. 그해에 발생한 암살 사건들이 이후에 전개될 역사의 상당 부분에서 산파 역할을 했기 때문에, 길모퉁이에서 우리를 기다리고 있었다고 생각했던 재난이 사소하다는 듯이, 그 몇 년에 관해 엄평스레 진정시키는 관점으로 논평하는 것은 불쾌감을 준다. 그해의 유산에 관해 쓰인 픽션 가운데 가장 뛰어난 「가브릴로 프린치프의 긴 생애」에서 세르비아의 작가 센카 마르니코비치는 어느 세계를 창조하는데, 그곳에서는 제1차세계대전이 일어나지 않았다. 세르비아의 젊은 민족주의자 가브릴로 프린치프는 프란츠 페르디난트 대공을 죽이기 위해 사라예보에 도착하나, 그의 권총이 작동되지 않아 대공은 계속해서 살아 있다. 프린치프는 일 년 뒤에 폐결핵으로 죽었고, 세상은 달라져 있다.

하지만 물론 그렇지는 않았다. 가브릴로 프린치프는 오스트리아의 프란츠 페르디난트 대공을 죽였다. 프린치프가 만 스무 살이 되려는 시점이었다. 그는 '검은 손' 게릴라 집단에 가담하려고 애썼지만 키가 작아 거부되었다. 폭탄을 다루고 권총을 쏘는 법을 배운 뒤에 결국 음모자 여섯 명으로 이루어진 집단에 가담했는데, 그 집단

---

* 코르타사르는 1914년 벨기에 브뤼셀에서 태어났다.

의 목표는 오스트리아-헝가리제국의 왕위계승자를 암살하고, 슬라브 지방을 제국으로부터 분리해서 거대한 세르비아 국가를 만들게 하는 것이었다. 음모자들은 대공이 지나갈 거리를 따라 늘어선 군중 틈에 끼어들었는데, 대공이 탄 자동차는 군중이 자기네 귀족들을 볼 수 있도록 지붕을 개방한 상태였다. 음모자들의 계획은 우두머리부터 꼴찌까지 모든 음모자가 요인 암살을 시도하겠다는 것이었다. 첫 번째 시도는 두려움 때문에 실패했다. 프린치프는 마르니코비치의 경이로운 추측에도 불구하고 실패하지 않았다.

동년 10월, 하지만 세상 반대편에서 대공이 아니라 공화국의 퇴역 장군이자 상원의원이 프린치프처럼 젊고 가난한 두 인물에게 총이 아니라 손도끼로 살해당했다. 여러 내전에 참전한 용사이자 논란의 여지가 없이 자유당의 지도자고(그 당시에 자유파가 된다는 것은 특별한 의미가 있었다), 소설*에 등장하는 인물 아우렐리아노 부엔디아의 모델인 라파엘 우리베 우리베가 15일 정오에 실직한 목수인 레오비힐도 갈라르사와 헤수스 카르바할의 공격을 받았다. 그는 다음 날 새벽 보고타의 카예 9에 있는 자신의 집에서 사망했다. 암살자들로부터 타격을 받은 보도에는 무릎 높이로 설치되어 있기 때문에 아무도 쳐다보지 않는 명판 하나가 있다. 그럼에도 불구하고 콜롬비아 사람들은 그를 기억할 것이다. 그에 관해 글을 쓸 것이고, 그의 삶을 잘 모를지라도 그의 삶을 축하하고, 왜 그를 죽였는지 모를지라도 그의 죽음을 애도할 것이다. 그리고 그렇게 프린치프, 프란츠 페르

* 가브리엘 가르시아 마르케스의 『백년의 고독』을 가리킨다.

디난트, 우리베 우리베를 생각하면서, 그 범죄 행위들을 생각하면서, 그 범죄 행위들의 원인과 결과에 대해 생각하면서 우리는 시간을 보낼 것이다. 한 해가 막 시작되고 있다.

칼럼은 1월 3일에 발간되었다. 다음주 월요일인 주현절主顯節에 나는 여명이 밝아오기 조금 전 잠을 깼다. 나는 발밑의 나무 바닥이 삐걱거리는 소리도, 낡은 집의 그 어떤 문의 경첩소리도 전혀 들리지 않게 애를 쓰면서 내 컴퓨터를 찾아 신문을 읽기 시작했다. 여러 해 전에 나는 웹페이지에서 내 칼럼에 대한 코멘트를 읽는 습관을 버렸는데, 그 이유는 관심도 시간도 없었을뿐더러 그런 논평에는 우리의 새로운 디지털 사회의 가장 나쁜 악습이 펼쳐져 있다고 확신했기 때문이다. 그 악습이란 지적인 무책임, 오만한 통속성, 처벌받지 않는 것만큼이나 미덥지 않은 중상모략, 하지만 무엇보다도 언어적 테러리즘, 참가자들이 이해할 수 없는 기세로 가담하는 학교 운동장의 약자 괴롭히기, 익명으로는 조롱하지만 실제 목소리로는 자기의 상소리를 결코 되풀이하지 않을 그 모든 공격자의 비겁함 같은 것이다. 우리 나라에서 열리는 오피니언 칼럼들에 대한 토론회는 조지 오웰의 소설 『1984』에 등장하는 '이 분 증오'라는 의식을 현대적인 디지털 버전으로 바꾼 것인데, '이 분 증오' 의식에서는 시민들이 보는 스크린에 적의 이미지가 투사되면 시민들은 극도로 흥분해 물리적인 공격(스크린에 물건을 집어던진다)과 언어적 공격(욕을 하고, 고함을 지르고, 비난을 하고, 중상을 한다)을 가하고 나서는 스스로 자유롭다고, 홀가분하다고, 만족스럽다고 느끼면서 일상 세계로 되돌아온다. 그래, 여러 해 전부터 나는 그런 논평을 읽지 않았다. 그럼에도 불구하고, 그날 아침에는 읽었다. 철자법 틀린 그 욕설들, 한결같이 한심스럽게 끝내버린 중상모략들, 콜롬비아라는 국가에서는 뭔가가 부패했다는 그 모든 주장을 꼼꼼히 읽었다. 웹페이지 마지막 부분에 있는 논평이 내 관심을 끌었다. 이것은 그 논평이다.

거기서 일어날 일을 누가 중요하게 생각한다고, 참 바보 같은 칼럼이야!! 여기서는 무슨 일이 일어났지?? 우리 콜롬비아 사람들은, 제아무리 **우리를 속이려고** 애를 쓴다 해도 우리베 우리베를 죽인 이유를 **알고 있으며**, 진실이 빛을 보지 못했다는 건 다른 사안이다. <엘 에스펙타도르>의 당신네 선생들은 이 사람 같은 칼럼니스트들과 함께 매일매일 권위를 잃어가고 있다. 자칭 칼럼니스트라는 아저씨는 실패한 당신 소설에나 신경쓰는 게 나을 것이다. 어느 날 진실은 **빛을** 보게 될 것이다!!!

이어지는 며칠 동안 나는 카를로스 카르바요를 다시 만났다는 우스꽝스러운 확신에서 벗어나지 못했다. 그리고 그렇지 않았다고, 내가 그를 만난 것이 아니라 그가 내가 가는 길에 용의주도하게 서 있었다고 생각했다. 그러다가 이도 저도 확실하지 않으며 진실은 더 단순하고 더 성가시다고, 즉 카를로스 카르바요는 결코 떠난 적이 없다고 생각했다. 우리가 성당에서 조우하고 나서 흘러간 이 기나긴 팔 년 동안, 카르바요는 단 한순간도 내게서 눈을 떼지 않았다. 나는 그가 내 책들을 읽지 않았을 리가 없다고 생각했는데, 그가 내 칼럼들을 추적해서 중상모략하는 익명의 글을 남겼다는 것이 확실했다. '자유로운영혼'은 믿을 수 없게도 카를로스 카르바요가 아니라 우리의 역사처럼 격동의 역사를 지난 어느 나라에서 편집증의 공화국들에 사는 수백만 명의 개인들 가운데 하나일 수도 있었다. 나는 프란시스코 베나비데스에게 전화를 해서 건강이 어떤지, 최근에 카르바요와 연락한 적이 있는지, 카르바요가 그에게 내 말을 한 적이 있는지, 카르바요가 성당에서 내게 제안한 일과 내 대답에 관해 그에게 얘기한 적이 있는지 물어보는 것이 공정하다고 생각했다. 그래서 프란시스코 베나비데스에게 전화를 했다. 받지 않았다. 그의 병원 비서를 통해 그에게 메시지를 남겼다. 그는 내게 전화를 하지 않았다.

19세기풍 아시엔다의 내 짧은 생활은 끝이 났다. 나는 작업의 리듬을 회복할 준비를 하고서 가족과 함께 보고타로 돌아왔으나 베나비데스와 연락하려는 시도를 하지 않았다. 두 가지 일 때문에 마음이 흩어져버렸기 때문이다. 하나는 내가 쓰려고 오 년 동안 애를 썼는데, 많은 실패를 하고 나서 지금은 심드렁해진 듯 보이는, 휴가를 떠나기 위해 중지하기가 아주 힘들었던, 한국전쟁에 참전한 용사에 관한 소설이고, 다른 하나는 센카 마르니코비치에 관한 정보를 찾는 일이었는데, 그녀의 죽음이 갑자기 그녀를 흥미로운 사람으로 변화시켰다. 하지만 모든 것을 아는 인터넷이 센카 마르니코비치에 관해서는 아주 조금만 알고 있었다. 우리가 어떤 것을 걱정하거나 집착할 때 늘 그러듯이, 삶은 모든 것이 직접적이거나 간접적인 방식으로 그녀를 기억나게 하거나 그녀에 대한 기억을 내게 상기시키도록 하기 위해 갑자기 음모를 꾸미는 것처럼 보였다. 그러니까 말하자면, 내가 약간 알고 지내는 에스파냐 출신 커플 아시에르와 루트는 발칸 지역에 살면서 일한 적이 있었는데, 두 사람이 그 당시 며칠 동안 겪은 일을 향수를 섞어 내게 얘기해주고,

사라예보의 포위전에 관한 책 몇 권을 주어서, 우리 사이에 어떤 우정이 생겨나게 되었다. 그리고 또, 소설가 미겔 토레스가 내 칼럼을 읽었다고 밝히면서 그 세르비아 작가가 누구인지, 실제 역사를 바꾸거나 전복해서 다룬 그런 픽션에 관심이 아주 많은데 그녀의 책들이 번역되어 있는지, 어디서 구할 수 있는지 묻는 편지를 내게 보냈다. 나는 그에게 답을 하지 않았다. 무례하고 이기적인 행위에다, 더욱이 그는 내가 높게 평가하는(4월 9일에 관한 그의 소설들은 지금까지 내 나라에서 출간된 가장 훌륭한 소설에 포함된다) 동료였는데도. 하지만 픽션을 읽는 어느 독자의 삶이 지닌 미스터리 가운데 하나는 우리에게 중요하고 새로운 뭔가를, 우리가 결코 들은 적이 없는 뭔가를 말해준 책이나 작가들에 관해, 가끔 우리에게 밀어닥치는 소유 욕망이다. 나는 센카 마르니코비치가 오직 내게만 속해 있었기 때문에 센카 마르니코비치에 관해 말하고 싶지 않았다. 그것은 원초적인 감정이었으나 그 당시 내가 느끼던 감정이기도 했다.

2월 초에 나는 결국 베나비데스에게 편지를 썼다. 여러 해 동안 우리가 서로 침묵을 지킨 것이 안타깝다고 말했다. 그런 침묵과 그 침묵의 결과에 대한 책임이 내게 있지만 다시 연락하는 것이 좋겠다고 말했다. 이번에는 그가 즉답을 했다.

존경하는 환자님
당신의 메시지를 받으니 반가운데, 내가 거부를 할 이유가 없지요. 가끔 나는 오래전 그날들을 생각하고, 또한 우리가 연락이 끊긴 것을 애석해했거든요. 당신이 국내거주자 자격으로 나타나 지금 우리를 명예롭게 해주고 있다는 걸 알고 있죠. 우리가 언제 만나서 그동안 못한 얘기를 나누기를 원하는지 말해보세요. 삶이 그리 호락호락하지 않았기에 내 골칫거리를 (여기에 멜로드라마적인 음악을 삽입) 이해하는 누군가와 얘기를 하고 싶다는 생각이 들어요. 어찌되었든 내가 이 편지에 설명하지 못하는 다양한 이유가 있는데, 이 순간에는 그 누군가가 바로 당신이네요. 요즘 나는 오후에 근무해요. 여덟시까지 병원에 있죠. 찾아오기 전에 어떤 식으로든 알려주세요.

따뜻한 안부를 전하며

프란시스코

나는 그다음주 금요일에 그를 찾아갔다. 내 딸들이 태어났을 때 며칠 동안 그 기나긴 밤 시간을 불안하고 초조하게 보냈는데, 그 이후로는 밤 시각에 병원에 간다는 생각만 해도 불편하게 느껴졌다. 게다가 우리는 내가 마치 지난날들을 되살리는 것처럼 그때를 상기시켜주는 어느 장소에서 만나자고 약속했다. 병원 지하에 있는 카페테리아였는데, 유리창이 없는 그 공간에는 식사 시간에 두 유형의 사람들, 즉 늘 근심어린 표정을 짓는 환자의 가족 또는 그런 환경에 익숙해져 있고 가끔은 무신경한 의사와 간호사로 가득차 있었다. 약속 시각 이 분 후에 베나비데스가 도착했는데, 나는 그의 얼굴에서 흘러간 세월의 폐해를 보았고, 그러자 감탄과 아주 유사한 존경심과 더불어 나로 하여금 그를 높이 평가하게 만들었던 이유들이 어떤 현시顯示처럼 뇌리에 떠올랐다. 베나비데스의 피곤한 얼굴에 드러난 것은 흘러간 세월뿐만이 아니라 다른 사람의 고통, 즉 몇 년 전에 맡게 된, 기본적으로는 죽어가는 사람과 함께해주는 일종의 선택적인 작업이 그에게 유발한 노화였다. 하얀 가운 차림의 그는 초록색 표지의 책 한 권을 들고 왔다. 그는, 내가 그를 기다리고 있던 탁자에 도달하기 전, 그가 유리문을 통과했을 때 자리에서 일어난 각기 다른 네 사람에게 인사를 했는데, 피곤한데도 모두에게 똑같이 다정한 인사를 건네고 반갑게, 하지만 어깨에 일종의 보이지 않는 무게가 실린 상태로 악수를 청했다. 그는 이제 테 없는 안경을 쓰고 있었는데, 진빨간색 다리와 코 위의 브리지가 없었더라면 유리알 두 개가 눈 앞에 떠 있는 듯 보였을 것이다.

"이걸 가져왔어요." 그가 자리에 앉으면서 말했다.

대학 출판사에서 출간한 것으로,『눈에서 죽음을 보며. 여덟 가지 관점』이라는 무시무시한 제목이 붙어 있었다.

"뭔가요?" 내가 물었다.

"동일한 테마를 각기 다르게 다룬 거요." 그가 말했다. "철학자, 신학자, 문학가, 당신이 관심을 가질 만한 사람들이 참여했고, 의사로는 내가 참여했어요." 그가 진중하게 침묵을 유지한 뒤에 덧붙였다. "책을 읽을 일밖에 없을 때를 위해서."

"대단히 감사합니다." 내가 말했는데, 진정으로(책을 받을 때 늘 그렇게 했던 것은 아니다) 한 말이었다. "보세요, 프란시스코, 우리가 마지막으로 만났던……"

"팔 년 전이죠? 팔 년 전에 일어난 일에 관해 얘기하자는 거요? 아니요, 바스케스. 그건 시간 낭비예요. 그보다는, 더 중요한 것들에 관해 얘기하죠. 예를 들어, 딸들은 어떻게 지내는지 말해봐요."

나는 그렇게 했다. 우리가 배식을 위해 줄을 서는 동안에, 탁자로 돌아와 밥을 먹는 동안에, 나는 매일매일 갈수록 더 어려워지는 듯 보이던 아버지의 역할에 대한 경험과 병원에서 겪은 장애가 오직 의료적인 것이었던 처음 며칠에 대한 향수를 가끔 느낀다는 얘기를 그에게 대충 얘기했다. 지금 나는 세상, 즉 모든 사람에게 해를 끼치기 위해 술수를 쓰는 빌어먹을 이 세상과 맞서야 했는데, 내 딸들의 나이에 이미 누구든 영원히 상처를 입은 수많은 또래 아이들을 볼 수 있었다. 나는 그에게 바르셀로나에서 보낸 마지막 몇 년과 콜롬비아로 돌아오기로 한 결정에 관해 얘기했다. 십육 년이 지난 뒤 내 도시에서 다시 살게 된 느낌, 예전과 달리 내가 온전히 이곳 사람이 아니며 바르셀로나에서도 온전히 그곳 사람이 아니라는 약간은 낯선 느낌에 관해 얘기했다. 내가 돌아올 수 있도록 해준 것은 그 특이한 외래성인데, 내가 늘 그 외래성으로부터 영양을 공급받았기 때문이라고도 했다. 다른 한편으로 그 도시는 예기치 않게 내게 화가 나 있고, 적대적이고, 옹졸해져 있었다. 내가 떠났던 시기와는 다르게 폭력이 시민들에 대한 전쟁에 최적화된 일부 행위자들에게서 비롯된 것이 아니라, 모두 자신의 십자군전쟁에 참여한 듯 보이는, 모두 타자를 지적하고 규탄하기 위해 고발하는 손가락을 꼿꼿이 세운 채 돌아다니는 듯 보이는 시민 자신들에게서 비롯되었다. 어느 순간에 이런 일이 일어난 거죠? 내가 베나비데스에게 물었다. 어느 순간에 우리가 그렇게 되어버린 거죠? 보고타 사람들은 기회가 되면 혐오스러운 타자, 즉 무신론자, 노동자, 부자, 동성애자, 흑인, 공산주의자, 사업가, 현 대통령 지지자, 전 대통령 지지자, 미요나리오스의 팬, 산타페의 팬*을 영원히 지워버리는 버튼을 망설임 없이 누를 것이라는 불편한 확신이 하루에도 여러 번 생겼다. 도시는 자잘한 근본주의의 독에 중독되어 있고, 독은 하수관으로 흐르는 더러운 물처럼 우리의 저변에 흐르고 있었다. 그리고 삶은 아주 정상적으로 진행되는 것처럼 보였으며, 보고타 사람들은 계속해서 친구들의 품으로, 애인과의 섹스로 도피하고, 그 독이 자신들에게 전혀 영향을 미치지 않는다고, 혹은 아마도 그 독이 존재하지 않는다고 믿으면서 계속해서 부모와 자식과 형제와 남편과 부인이 되고 있었다. 하지만 프란시스코 베나비데스와 같은 경이로운 사람들이 있었는데, 그는 사랑을 회피하지 않은 채, 공감을 아끼지 않은 채, 감정을 조절하지 않은 채, 가능한 결말은 슬픔인 어느 관계에 머리를 들이밀고 눈을 감지 않은 채 뛰어들면서 자기 일상의 모든 시간을 어느 말기환자의 손을 잡아주고 최선의 죽음에 관해 얘기하는 데 투여한다.

내가 그에게 카르바요에 관해 말했다. 사람들이 카페테리아에 드나들고, 접시에 부딪히는 날붙이 소리, 바닥 판석에 닿는 구둣굽 소리, 긴장된 목소리에 부딪히는 목소리가 뒤섞인 배경 소음이 들리는 가운데 베나비데스에게 카르바요에 관해 말했다. R. H. 모레노 두란의 장례미사에서 카르바요를 만난 얘기, 카르바요가 내게 해준 얘기, 오슨 웰스의 소설에 관한 얘기를 해주고, 베나비데스가 특별히 그 소설을 조롱하면서 전반적으로 소설가들을 조롱하는 말을 들었는데, 그는 그들이 역사와 실제로 일어난 사건들이 충분히 흥미롭지 않다는 양 역사를 가만 내버려둘 줄도, 실제로 일어난 사건들을 존중할 줄도 모른다고 했다. 그래서 소설가들은 오래전에 진짜 중요한 전투에서 패배했다고, 그 전

---

* 미요나리오스와 산타페는 콜롬비아의 프로 축구팀 이름이다.

투란 사람들이 불쾌하거나 잿빛이거나 불완전한 자신들의 삶에 관해 더이상 생각하지 않게 만드는 것이 아니라 자기 삶의 옷깃을 붙잡고서 삶의 눈을 쳐다보고, 삶을 인정사정없이 모욕하고 나서 삶의 뺨을 때리게 만드는 전투였다고 말했다. 나는, 어찌되었든 R. H.가 죽은 지 팔 년이 넘었으며, 그 소설이 출간되지 않았고, 그래서 베나비데스의 말이 확실히 옳다고, 사람들은 사건들이 실제로 어떻게 일어났는지 알기만 해도 넘치도록 충분해서 이제는 사건들이 어떻게 '일어날 수 있었는지' 아는 것에 관심이 없다고 말했다. 그럼에도 불구하고 그것은 내가 소설을 읽는 데서 유일하게 관심을 두는 점이다. 즉, 내가 탐색하는 것은 그 다른 현실, 진짜로 일어난 현실이 아니라, 진짜로 일어났고 확인할 수 있는 사건들을 소설적으로 재생해놓은 것이 아니라 가능성의 영역, 추정의 영역 혹은 기자나 역사가에게는 금지되어 있는 장소에 소설가가 어떤 식으로 개입했느냐 하는 문제다. 나는 그 모든 것을 베나비데스에게 말했고, 베나비데스는 인내 혹은 관심을 가장하면서 내 말을 들었다.

나는 즉시 위조된 편지에 대해, 책 하나를 쓰라는 제의에 대해 베나비데스에게 말했다. "위조된 게 확실해요?" 베나비데스가 내게 물었다. "아주 확실합니다." 내가 말했다. 그때 어느 노인 부부가 카페테리아 구석의 부드러운 안락의자들이 있는 곳에 자리를 잡는 것이 눈에 띄었다. 하지만 그들을 주목한 이유는 그들이 내 관심을 끌어서가 아니라 베나비데스에게 뭔가를 고백해야겠다고 말했을 때 베나비데스의 눈을 쳐다보지 않기 위해서였다. 나는 무슨 말을 하려는지 그가 물을 시간도 주지 않고, 즉시 가이탄의 척추가 보존되어 있다는 사실을—그리고 보존되어 있는 장소를—어떻게 카르바요에게 밝히게 됐는지 설명했다.

"의도치 않게," 내가 바보같이 말했다. "말이 튀어나와버렸어요."

그때 나는 그의 얼굴에서 내가 결코 본 적이 없던 뭔가를, 그의 깊은 내면에서 드러나는 어떤 새로운 형상을 보았다. 아주 길게 느껴지는 시간이 흘렀다. 사 초, 오 초, 아마도 육 초였을까. 그때 베나비데스가 침묵에서 벗어나 존재하는 단음절들 가운데 가장 짧은 음절을 뱉었다.

"아." 그가 말했다.

"죄송합니다." 내가 그에게 말했다.

"이제 알았어요."

"박사님이 그러길 원치 않으셨다는 걸 압니다."

"이제 알았어요." 베나비데스가 되풀이했다. 그리고 말했다. "그랬을 거라는 생각이 들었어요." 그런 다음 또 말했다. "지금 당신이 그 일을 확인해줬지만, 그랬을 거라는 생각이 들었어요." 그때 그가 내 접시를 쳐다보았다. 나는 그가 내 날붙이의 위치에 주목하고 있다는 걸 알았다. "다 드셨나요?" 그가 물었다. "후식 원해요, 커피?"

"감사합니다만, 괜찮아요."

"아니라고요, 정말요? 나도 마찬가지예요."

나는 그가 자리에서 일어나 상체가 아니라 무릎을 살짝 굽혀서 쟁반을 들어올리는 것을 보았다. 그는 빈 쟁반, 사용한 쟁반을 놓는 곳을 향해 걷기 시작했다. 나는 자리에서 일어나 그를 따라갔다.

"죄송해요, 프란시스코, 제가 경솔해서 죄송합니다." 내가 말했다. "이에 관해 비밀이 유지되기를 원하셨다는 걸 이제 알았습니다. 하지만 카르바요와 언쟁을 하고 있을 때 분위기가 달아올랐고, 결국 내뱉어버리듯 튀어나와버렸어요. 그게 그가 나를 더이상 귀찮게 하지 못하게 하는 유일한 방법이었다는 점을 이해해주세요. 네, 제가 참 바보짓을 했죠. 바보짓. 하지만 글쎄요, 세상이 끝장날 정도는 아니니까요."

그가 하얀 가운을 쓰다듬더니 나를 쳐다보았다.

"세상이 끝장날지는 잘 모르겠네요." 그가 말했다. "하지만 이제 막 밤이 시작되고 있어요. 다시 말하면, 바스케스, 우리 이야기가 길어지 겠다고요. 당신이 얘기를 하지 않고 집에 일찍 들어가지 않았으면 해 요. 이리 와요, 산책 좀 하면서 그동안 내게 무슨 일이 생겼는지 얘기해 줄게요. 당신 의견이나 한번 들어보죠."

그러고는 그가 내게 얘기하기 시작했다.

"한 이 년 전에 집에서 파티를 열었어요." 베나비데스가 내게 말했다. "아내의 생일, 즉 내 삶에서 본 가장 잘 산 오십 년을 축하하기 위한 파 티였죠. 아내 말에 따르면, 빚 없이 산 오십 년이었고요. 아내의 친구, 내 친구, 아내와 나의 친구가 왔어요. 초대받은 사람들 가운데 한 명 은, 보나마나 카르바요였는데, 그는 맨 처음에 와서 맨 마지막에 갔어 요. 바스케스, 우리집에서 카르바요는 하나의 가구나 다름없어요. 우리 는 그에게 익숙해져 있죠. 늘 찾아오는 노총각 삼촌 같아서, 우리의 다 른 가족이나 매한가지고, 우리집을 자기 집처럼 돌아다녀요. 그날 그는 내 아내에게 사진첩을 만들어주었는데, 정말 예쁘더군요. 종이를, 그것 도 에스텔라가 태어난 60년대 초에 생산된 종이를 구했더라고요. 종이 들을 꿰매어 합치려고 실도 구했고요, 이건 제본이라 부르지 않고, 따 로 이름이 있는데, 잘 모르겠네요. 그가 사진을 구했어요. 그걸 어떻게 구했는지는 전혀 모르겠어요. 내 아이들이 세 살, 다섯 살, 일곱 살 먹었을 때의 사진들, 우리가 연애 시절에 아내와 함께 놀러가서 찍은 사진들, 아버지의 사진들을 카르바요가 어디서 구했는지 알려고 애를 쓰지는 않았어요. 오랜 시간 동안 정성을 들여 직접 손으로 만든, 진짜 아주 특별한 선물이었죠. 나로서는 일이 아주 잘 끝난 셈이에요. 에스텔라가 평소에는 마리아치*를 썩 좋아하지 않았는데, 그날 내가 무모하게 마리아치 악단을 준비했는데도 좋아하더군요. 마리아치의 세레나데가 끝나고 사람들이 한 명씩 자리를 떴고, 마침내 우리는 천천히 밤이 깊어가는 가운데 마당에 있는 철로 침목에 앉았죠. 우리가 누구였느냐면, 내 가족과 나요. 그 안마당은 바스케스 당신도 아는 곳이었는데, 한 가지 다른 점은 난로가 있었다는 거죠. 밤이 되어 날이 추워지기 시작해도 모닥불처럼 공기를 데워줘서 우리가 거기 밖에서 머무를 수 있게 해주는 전기난로예요. 에스텔라가 유난히 추위를 타서 밤이 되면 마당에서 얘기를 하며 머문 적이 결코 없었기 때문에 내 아이들이 선물한 거였어요. 아이들이 그 난로를 선물해서 그날 밤에 처음으로 사용했는데, 효과가 있었죠. 어쨌든, 내 아이들은 아과르디엔테를 마시면서 시시콜콜 끊임없이 얘기를 하고 죽어 넘어갈 정도로 웃는 것이 생일을 축하하는 가장 좋은 방법이라고 여겼기 때문에 우리는 그렇게 하고 있었는데, 나는 그 순간과 그 장소를 이용해 내 가족에게 소식 하나를 전하겠다고 작정했어요. '아버지가 내게 남기신 것들, 저 위에 있는 것들에 관해 얘기하려고 해. 그것들을 되돌려줄 거야.' 내가 가족에게 말했

---

* 멕시코의 전통음악, 또는 그 음악을 연주하는 악단.

어요.

내가 지금 내 가족을, 내 가족의 놀란 얼굴을 보고 있는 것 같군요. '어떻게 되돌려줄 건데요?' 가족이 그러더군요. 나는 그렇게 할 거라고 말했죠. 이제는 어떤 사안에 관해 결정을 하고 싶다고요. 내 나이 예순 이 다 되어간다고 가족에게 말했는데, 다들 이 나이가 되면 생각이 많 아지고 가끔은 특이한 발상이 떠오르잖아요. 이 물건들, 내가 박물관 에서 꺼내온 물건들은 오랜 세월 나와 함께 있었어요. 나는 단 한 번도 나 자신을 속인 적이 없고, 그것들이 내 것이라고 생각한 적도 단 한 번 도 없어요. 나는 꺼내온 일을 정당화하긴 했어요. 그렇게 하는 것이 옳 았고 필요한 일이었음을 알지만, 그것들이 내 것이 아니라는 것도 알아 요. 이 물건들은 수십 년을 나와 함께 보내면서 이사할 때도 나와 함께 하고, 내 삶의 일부로서…… 그 누구도 이 물건들을 찾지 않았다는 것 만 봐도 내가 가지고 있길 잘했다는 증거잖아요. 그곳에 있던 다른 것 들, 내가 가져오지 못한 것들은 분실되었어요. 하지만 이것들은 아니니 까요. 이것들은 구제되었고, 그 누구도 여기에 관해 내게 물어보지도 않았거든요. 이것들이 내게 무한한 행복을 주었다는 사실을 그날 오후 또는 그날 밤에 그 사람들에게 부인하지 않았던 것처럼 당신에게도 부 인하지 않을 거요, 바스케스. 밤에 집에 돌아와 술 한 잔 마시면서 이것 들을 만지고, 이것들에 관한 글, 이것들에 관계된 순간에 관한 글을 읽 는 일, 그 모든 것이 내게는 어느 수집가가 우표를 가지고 그러는 것과 같은 행위예요. 나비라도 상관없어요. 화폐여도 상관없고요. 최근 몇 년 동안 나는 이것들 때문에 아주 만족스러운 순간들을 보냈어요. 그 모든 것을 가족에게 얘기했지요. 나는 에스텔라와 내 아들과 딸을 쳐다보면서 안심하라고, 그들에게 그에 관한 철학적인 얘기를 하지는 않을 거라고, 걱정하지 말라고, 하지만 그냥 그렇게 되었을 뿐이라고 가족에게 얘기했어요. 그리고 그때 그 사안의 핵심에 관해서도 설명했죠. 내가 그런 행복을 느꼈음에도 불구하고, 나의 옛 물건들에게 광적으로 집착하면서 보낸 순간들에도 불구하고, 이것들이 내 것이 아니라는 사실은 결코, 결코 잊은 적이 없었어요. 그것들은 내 것이 아니고, 결코 내 것인 적이 없었죠. 가끔은, 그래, 이것들을 유산으로 물려줄 권리가 내게 있고, 내 자식들도 역시 유산으로 물려줄 수 있겠다고 생각하며 즐겼다고는 해도, 역시 내 가족의 소유가 아니에요. 아니, 그렇지 않아요. 나는 권리가 없어요. 내 것도 아니고, 내 가족 것도 아니고, 내 나라의 것이에요. 국가의 것, 그래, 국가의 유산이죠. 나는 가족에게 그렇게 말하고, 그런 장광설을 퍼붓고 나서 물었어요. '여기까지는 동의해?'

대답한 사람은 아들이었어요. '네, 아빠. 동의해요. 하지만 아빠가 그 물건들을 구했잖아요. 구한 사람만 신경을 쓰지, 아무도 신경을 쓰지 않아요. 제가 생각하기에는 그런 건 구한 사람이 가지는 거예요.'

나는 그렇지 않다고 말했어요. 내 소유가 아니라고 딱 잘라 말했지요. 어느 공공기관의 소유였는데 이제는 개인의 수중에 있다고요. 가족에게 말했어요. '내 말은, 내가 이것들을 가지고 있는지 아무도 모른다는 거야. 누가 내가 이것들을 훔쳤다고 할지도 몰라. 그걸 부인하려면 어떻게 해야 되지? 부인할 수 없을 거야, 없다고, 부인하기 위한 논거가 없어. 이게 바로 내가 내 가족과 함께 얘기하고 싶은 거야. 나는 죽으면서 가족에게 이 문제를 떠넘기고 싶지 않거든. 문제를 해결하려면 한평생이 걸리겠지만, 실수를 하지 않으려면 이 사안을 잘 생각해야겠지.

그리고 나는 이미 생각해보았어.' 나는 우리 가족이 여기에 무관심했다고 말했어요. 내 아내조차도 관심을 갖지 않았는데, 아내는 내 관심사를 공유하느니 그냥 너그럽게 받아주었어요. 아이들도 관심을 갖지 않았는데, 걔들은 자기와 관계가 더 깊은 것에 머리를 썼고요. 가족에게 했던 얘기를 해줄게요, 바스케스. 내가 죽으면 내 가족이 아주 무시무시한 곤경에 처할지도 모른다는 상상을 하나요? 요컨대 나는 그런 생각을 한 적이 있고, 생각하느라고 많은 시간을 보냈는데, 이제 때가 되었다, 시간이 도래했다는 결론에 도달한 거요. 그래요. 이제 그것들을 되돌려줄 시간이죠.

에스텔라가 명확하게 묻더군요. '하지만 누구에게? 이제는 그런 걸 보관할 장소가 없다는 걸 잘 알잖아. 수년이 흐른 뒤에 이것들을 누구에게 되돌려준다는 거야? 게다가 그렇게 되면 어떤 일이 일어날 수 있는데? 이런 상황에 관련된 법이 어떤지는 잘 모르겠지만, 당신이 분쟁에 휘말리게 된다는 건 확실해. 콜롬비아는 어떤 선행이 처벌받을 수도 있는 곳이야. 우리에게 어떤 일이 닥칠지 아무도 몰라. 그 누구에게도 필요한 적 없고, 그 누구도 당신처럼 돌보지 않고, 무엇보다 그 누구도 당신처럼 이용하지도 않을 옛날 물건 몇 개를 보관할 장소를 바꾸느라 그런 위험을 자초할 만큼 가치 있는 일이야? 아니, 난 바보짓이라고 생각해. 당신 아버지의 박물관 물건들은 당신의 보물이지. 그게 남아 있게 된 건 당신 덕분이고. 당신이 몇 년 전에 보관하지 않았더라면 분실되었을 거라고. 당신이 그걸 되돌려주면 분실될 테니까, 내 말 들어. 게다가 그 물건들을 누구에게 되돌려줄 수 있는지도 모르겠어.'

예를 들어 국립박물관이라고 아내에게 말했어요. 그곳에는 내전시

입은 제복, 검, 어느 국민적 영웅의 펜 같은 것이 있으니까요. 사람들이 가서 볼 수 있게 아버지의 물건들을 전시하는 게 당연하지 않아요? '그런데, 아무도 안 가면요?' 내 딸이 말했어요. '박물관에서 전시하는 것에 관심을 보이지 않으면요?' '관심을 보일 거다.' 내가 말했죠. '전시를 할 거다. 그리고 관심을 보이지 않고, 전시를 하지 않는다 해도 난 상관없어. 그 물건들이 이 세상에서 무엇을 의미하는지 이제 몰라준다고 해도, 이게 옳고 품위 있는 일이야.' '그런데 그들이 그 물건들을 빼앗고, 아버지를 기소해버리면요? 사람들을 파산시켜버리는 그런 벌금을 부과하면요? 그런 생각은 해보셨어요? 혹시 나라의 역사적인 보물을 몰래 보살핀 일에 대해 그들이 고마워하리라고 생각하시는 거예요? 이런 일이 콜롬비아에서 일어날 거라고 믿으시는 거예요, 아빠? 솔직히 말해보세요. 약간의 뼈를 이십 년 동안 가지고 계셨다고 메달이라도 받으실 거라 생각하시는 거냐고요?'

나는 가족이 그런 식으로 반응하리라고는 상상도 못했어요. '지금 내게 중요한 건 내가 죽으면 이게 좋은 사람들 수중에 가게 될지야.' 내가 가족에게 설명했죠. '그리고 그 누구에게도 문제가 되지 않을 거야. 또 사람들이 나를 나쁘게 생각하지도 않을 거고. 내 가족이 내 말에 동의하지 않아도 이해해. 그리고 내 뜻에 반대하는 것도 이해해. 그래서 이일을 잘해야 하고, 공명정대하게 해야 하지. 난 생각을 많이 해봤고, 이미 결정을 내렸어. 하지만 불쾌한 상황을 피하기 위해서는 잘 처리해야 한다는 데 동의해. 그럼 우리가 어떻게 해야 될까? 의견 좀 줘봐. 먼저 누군가, 박물관의 누군가, 문화부의 누군가와 얘기를 해봐야겠다는 생각이 들어. 그게 아주 중요할 거야.' 내가 말했죠.

가족 모임에서만 있는 그런 침묵이 흘렀죠. 가족의 침묵은 달라요. 바스케스, 그렇지 않아요? 누구든 친구들 사이에 있을 때는 불편한 침묵이 흐르면 어떻게든 깨뜨리는데, 모두 침묵이 너무 길어지기 전에 침묵을 깨뜨릴 필요나 유용성을 느끼거든요. 하지만 가족은 말을 하지 않고 있을 수 있고, 그렇게 해도 아무 일도 생기지 않아요. 그 침묵이 좋은 것일 때, 신뢰와 편안함에서 비롯된 침묵일 때는 정말 좋죠. 다른 종류의 침묵일 때는 그렇지 않지만요. 처음으로 침묵을 깨뜨린 사람은 내 아내였어요. '먼저 언론 매체들과 뭘 해보지 그래? 예를 들어 라디오 방송과 인터뷰를 한다든가. 어떤 중재자, 어떤 메신저가 있다면, 어느 인터뷰를 통해 사람들이 먼저 그 사실을 알게 된다면, 일은 더 쉬워질 거고 당신도 덜 위험해질 거야. 이렇게 되면 당신은 상황을 설명하고, 당신이 실제로 국가적인 유산을 구해서 이십 년 동안 보호하고 돌봐왔으며, 나라가 당신에게 빚을 지고 있다고 말할 수 있잖아. 정치가들의 말을 빌리자면, 당신이 메시지를 통제할 수 있다고. 그리고 심지어 박물관에 압력을 가하거나 당신 물건들을 존중하고 좋은 조건으로 받아들이게 할 수도 있지. 호의를 베푸는 사람은 당신이니까 호의를 청하지는 마. 다른 나라 같으면 물건 하나하나가 각각의 박물관을 가질 수 있는, 그런 물건들이 사라지는 걸 막았잖아. 만약 누군가 자신이 링컨의 유골을 가지고 있다고 말한다면 미국에서는 어떻게 되었을지 생각해봐. 만약 누군가, 난 잘 모르겠지만, 장 조레스의 갈비뼈 하나를 가지고 있다고 말하고 나선다면 프랑스에서는 어떻게 되었을지 생각해보라고. 자신이 그 갈비뼈를 지금까지 쭉 보호하고 보살피고 유지해왔는데, 이제 그걸 국가에, 국민에게 헌납하고 싶다고 한다면 말이야. 그 사람의 동상을 세워줄걸. 동상 같은 건 진부하고 멋지지도 않으니 난 그런 건 원치 않아. 하지만 당신은 고맙다는 말을 당연히 들을 권리가 있다고 봐.'

늘 그렇듯이, 에스텔라 말이 맞았어요. 나는 에스텔라의 말이 지당하다는 것에 이미 익숙해져 있는데도 늘 놀라죠. 에스텔라는 여자로 변한 오컴의 면도날*이에요. 상식을 주입해주고, 어리석은 짓은 전혀 하지 않아요. 그래서 모든 사람은 그 말이 가장 현명하고, 사려 깊고, 유익하다는 데 즉각적으로 동의하죠. 내 아이들은 각자 나름대로 언론 매체를 통해 알게 된 어떤 사람에게 말해보겠다고 해요. 다시 말해, 접촉해보겠다는 거죠. 에스텔라도 마찬가지로 카라콜이나 RCN**에 근무하는 누군가를 아는 누군가를 알고 있었는데, 그 사람이 누구인지는 이제 기억나지 않네요. 그리고 나는 당신을 생각했어요, 바스케스. 바로 그때 당신이 뇌리에 떠올라서 더 신경을 쓸 필요가 없었죠. 이것들을, 모두는 아니지만 가장 중요한 것 몇 개를 본 사람은 당신뿐이어서……물론 그날 당신이 내 집에서 손님의 코를 부러뜨렸을 때는 〈엘 에스펙타도르〉에 당신의 칼럼이 실리지 않았어요. 하지만 이제는, 그래요, 내 아이들이 그 칼럼을 읽었고, 에스텔라도 읽었죠. 거의 항상 동의하더군요. 다시 말해 거의 항상 당신의 칼럼에 동의한다고요. 당신이 공격적인 자세를 취할 때를 제외하고는요. 에스텔라는 그런 걸 싫어하거든요. 당신이 억지주장을 한대요. 당신이 옳을 수도 있지만, 옳은 말이라 해

---

* '경제성의 원리' '검약의 원리' 등으로도 불리는 원칙. 같은 현상을 설명하는 두 주장이 있다면 더 간단한 쪽을 선택해야 한다는 이론이다.
** 카라콜, RCN은 콜롬비아의 텔레비전 방송국이다.

도 가끔 당신에게서 드러나는 그 오만한 어조로 교묘하게 다른 사람을 조롱하면서 냉소적으로 할 때는 더이상 옳게 여겨지지 않는다는 거죠. 그리고 만약 에스텔라가 여기에 있다면 언젠가 내게 했던 말을 당신에게 할 거예요. '당신 친구는 다른 사람을 설득시키는 데 전혀 관심이 없고, 말로 그 사람의 급소를 찌르는 데만 관심이 있어. 그렇게 하면 안 돼. 그러면 토론이 안 된다고. 애석한 일이야.' 하다보니 주제에서 벗어난 얘기를 하고 있군요. 사실 당신에게 전화를 해서 이 문제를 해결하는 걸 도와달라고 요청할 생각이었어요. 칼럼 한 편을 쓰든지, 신문에 인터뷰를 싣든지, 어떻게든. 생각해봤어요. 바스케스가 나를 도와줄 거야, 틀림없이. 연휴 전날인 금요일이었기 때문에 그날 밤 당장 당신을 찾을 건 아니라고 생각했죠. 다음날 아침 일찍 우리 가족은 비야 데 레이바에 있는 친구들 집에 놀러갈 예정이었어요. 그래서 돌아오는 화요일에 당신에게 편지를 쓰기로 했죠. 그리고 이렇게 말했어요, 그래, 이렇게 말했던 것 같아요. '좋아, 그럼 그렇게들 하지. 각자 자기가 할 수 있는 걸 찾아보자고. 나는 화요일 일찍 바스케스에게 편지를 쓰겠어.'

그날 우리는 잠자리에서 일어나 주방으로 가서 청소를 좀 하고 설거지를 하고 쓰레기를 꺼냈어요. 각자 그렇게 개수대 수도꼭지를 틀어놓고, 그릇과 날붙이 씻는 소리를 내고, 쓰레기통에서 비닐봉지를 꺼내 윗부분을 묶은 뒤 새 봉지를 열어 쓰레기통에 넣으면서 맡은 일을 하고 있었죠. 한창 부산하게 일을 하고 있을 때 우리집 문에서 방울소리가 들려왔어요. 문에는 여닫힐 때 알려주는 방울들이 달려 있는데, 어떤 건지는 당신도 알 거요. 아무튼, 우리는 그 소리를 들었고, 에스텔라가 아들에게 말했어요. '누가 왔는지 나가보렴.' 아들이 고무장갑을 벗고 주방을 나가더니, 잠시 후에 아니라고, 문이 열리지 않았고 닫혀 있었다고 말하면서 돌아오더군요. 방울소리가 난 문에 관해서는 다들 더이상 단 한 마디도 하지 않았는데, 그 문제를 다시는 생각하지 않았던 것 같아요. 그때 나는 금방 그걸 잊어버렸어요. 연휴 마지막 날인 월요일 밤에 집에 도착했을 때에야 비로소 에스텔라와 내게 이심전심으로 그 문에 대한 생각이 되살아났는데, 집에 도둑이 들었다는 사실을 발견했던 거요.

대문 유리, 즉 집으로 들어올 때 문 오른쪽에 있는 작은 사각형의 유리가 깨져 있었어요. 기억나죠? 도둑이 유리를 깨고 안으로 손을 집어넣어 문을 연 거요. 당신도 그런 비슷한 일을 겪은 적이 있지요, 바스케스? 도둑이 든 뒤 처음으로 집에 들어가는 게 어떤 건지 당신도 알죠? 망연자실한 느낌, 좌절감, 무력감, 부당하다는 느낌이 들잖아요. 방금 전 집에 도둑이 들었는데 공정성 같은 걸 얘기하는 우스꽝스러운 짓을 할 사람은 아무도 없기 때문에 그건 바보 같은 느낌이에요, 안 그래요? 자신에게 막 총 세 발을 쏜 사람에게 무례하다고 얘기하는 것과 같고요. 그런데 그런 느낌이 든다고요. 나는, 내가 가서 살펴볼 테니 다들 자동차로 돌아가 있으라고 말했어요. 누구든 물건들이 여전히 있는지 보기 위해 살펴본다고 말하지 않고, 그냥 **살펴본다고만** 말하죠. 아내가 '아아, 바보 같은 짓 그만둬'라고 말하고는 먼저 집으로 들어갔어요. 우리는 이 방 저 방 다 살펴보았는데, 이런 경우에는 누구든 결국 이제는 집에 아무도 없고 도둑이 몇 시간 전에 떠났다는 사실을 알게 되죠. 그리고 실제로 우리집에는 아무도 없었어요. 집안이 엉망이 되어 있지도 않았고요. 보석, 노트북, 내 나이트테이블에 있던 잔돈 같은 자잘한 물건들을 가져갔더군요. 아래층 캐비닛에서 내 만화경과 낡은 권총들도 가져갔고요. 내 데스크탑 컴퓨터는 커서 그랬는지 가져가지 않았지만, 내 서류 캐비닛의 자물쇠를 부수고 아버지의 유산, 즉 우리가 되도록 빨리 되돌려주려고 했던 모든 것을 포함해 안에 든 것을 모조리 가져간 거요.

그래요, 그렇게 되었어요. 당신이 그날 밤에 내 집에서 보았던 것, 그런 걸 가져가버렸다니까요. 당신이 보지 못한 다른 것들도 죄다. 모두요, 바스케스. 귀중품을 넣은 가방에다 전부 넣어 가져가버렸다고요. 나는, 도둑이 서랍들을 싹 쓸어갔고, 나중에는, 이렇게 표현해서 미안한데, 이 모든 잡동사니, 누르스름한 액체 속에 든 뼛조각 하나가 대체 뭐지? 라고 자문했으리라 상상하고, 왜 그런 생각이 드는지는 나도 잘 모르겠지만 그 액체를 아마도 초록색일 변기에 쏟아붓고, 뼈와 용기를 분리해 쓰레기통에 버렸을 거라고 상상했어요. 나는 심지어 어렸을 때도 물건을 잃어버리고 운 적이 결코 없었는데, 그날 밤에는 울었어요. 나를 위해 울어줄 아버지가 안 계시다는 것 때문에 울었죠. 말하자면, 나는 아버지가 안 계셔서 울고, 아버지는 당신 물건들 때문에 우셨을 거예요. 아버지의 부재하는 울음을 대신하려고 울었던 거라고요. 우느라고 그때 당신을 찾지 않았는데, 바스케스, 시시콜콜 설명할 필요는 없겠죠. 이제 당신의 칼럼도, 신문 인터뷰도 전혀 필요하지 않았으니까요. 되돌려줄 게 아무것도 없었으니까요. 이렇게 되었는데, 뭐하려고요.

요 이 년 동안을 한탄하면서 보냈어요. 아버지의 유산을 되돌려준다는 생각을 전에는 하지 못했다는 사실을 한탄하면서. 에스텔라가 가끔 한 말을 듣지 않고 금고에 넣어두지 않은 것을 한탄하면서요. 나는, 이것들은 내게만 중요한 거고, 게다가 이것들이 이곳에 있는지 아무도 모르는데, 뭐하러? 라고 에스텔라에게 말했죠. 하지만 에스텔라는 단 한 사람에게만 중요한 물건들에 관해 이렇게 말하곤 했죠. 대개 그런 건 다른 무언가로 대체될 수 없고, 그런 **이유로 단 한** 사람에게만 **중요하기 때문에** 다른 것보다 더 잘 간수해야 한다고요. 하지만 나는 물론 그 말에 신경을 쓰지 않았고, 그런 일이 일어난 거요. 그리고 이 모든 세월 동안 나는 누군가가 죽기라도 한 양 애도를 하려고 애썼어요. 내가 이미 목표를 달성했거나 달성중이었다고 말해야겠네요, 바스케스. 당신에게 그 이메일을 썼을 때 나는 내가 방금 얘기한 이 일을 당신에게 얘기해주기로, 보고타 사람 수천 명에게 일어났던 일이 내게도 일어났다고 설명해주기로 마음먹었던 거죠. 이렇게요, '이제 나는 다른 사람이 되어 있어요, 바스케스, 이제 나는 통계를 믿게 되었어요. 전에 이런 일을 겪지 않고서 이 나이에 이르렀다는 게 믿을 수가 없네요.' 아니면 이렇게 말하려고요. '생각해봐요, 바스케스, 참 운이 없었어요. 약간은 닥치는 대로, 그렇게 한 다발을 집어갔다니까요. 상자에 든 것을 모조리 가져갔고, 그렇게 아버지의 물건이 사라져버렸다고요. 근데 무슨 말을 할 수 있겠어요. 참 운이 없었다는 말밖에 할 수 없죠. 그런 걸 두고 불운하다고 하는 거예요. 도둑은 자신이 가져간 게 뭔지 몰라요, 바스케스. 그 개자식은 자신이 가져간 게 뭔지 모르고, 내게 무슨 해를 끼쳤는지도 모른다고요.' 그 모든 게 내가 당신에게 말해주고 싶었던 거고, 당신이 먼저 연락하지 않았더라도 필시 그 모든 걸 당신에게 말해주었을 거요. 왜냐하면 지금, 방금 전에 당신이 내게 말해준 사실과 더불어, 다른 상황이었으면 피상적이거나 따분했을 그 자잘한 것들과 더불어 모든 것이 바뀌니까요."

"이해가 안 돼요." 마침내 내가 말했다. "모든 것이 뭔가요? 왜 모든 것이 바뀌죠?"

"우리가 언제 카페테리아에서 나왔나요, 바스케스? 얼마 동안 이 문제에 관해 얘기한 거죠? 십오 분, 이십 분? 이십 분 정도 되겠네요. 내가 머릿속으로 생각하는 것을, 이 이십 분 동안에 내 머릿속에 떠오른 것을 알게 된다면 당신은 무서워 죽을 거요. 내 삶 전체가 이 이십 분 동안에 뒤집어졌단 말이죠. 그 이유를 알아요, 바스케스? 우리가 함께 복도를 걸어가는 동안, 엘리베이터를 타고 오르내리는 동안 나는 늘 내가 에스텔라에게 했던 말만 상기해보았거든요. 이제 당신도 알 거요. 만약 내가 내 물건들이 안전하다고 믿었다면, 만약 내가 그 물건에 아무 일도 일어나지 않을 거라고 철석같이 믿었다면, 그 이유는 그 누구도 그 물건들이 이곳에 있는 걸 몰랐고, 그 누구도 그 물건들에 관심을 갖지 않았기 때문이었으니까요. 하지만 지금 당신이 그 이야기를 해주어서, 그동안 확실했던 그 모든 게 바뀌기 시작했다고요. 최근 몇 년 동안에 일어났던 모든 것이 이 이십 분 동안에 바뀌어버렸고, 나는 지금 내가 알고 있는 사실이 두려운데, 만약 당신이 이걸 알 수 있다면, 당신이 내 머릿속으로 들어와서 내가 겪고 있었다고 과거에 생각했던 것과 겪었다고 지금 생각하는 것 사이에 들어 있는 무시무시한 차이를 알 수 있다면 당신도 두려워할 거요. 왜냐하면 당신은 자신에게는 중요하지 않았던 것 한 가지를 방금 전에 내게 고백했고, 아버지가 돌아가시기 전에 남긴 뼈에 관해 내가 생각할 수 있는 유일한 사항이 바로 이거니까요. 그러니까, 이 년 전에는 그 뼈의 존재에 관해 알고 있던 사람이 이 세상에 한 명 있었고, 이들 물건을 중요하게 여기는 사람이 이 세상에 한 명 있었다는 거지요. 아니, 한 사람 더 있죠. 당신과 나, 우리 둘이었는데, 이제는 한 사람이 더 생겼어요. 지금은 카르바요가 있네요. 이제 카르바요가 우리와 함께 있다고요. 이 년 전, 내가 여행에서 돌아와 아버지가 물려주신 것을 도둑맞았다는 사실을 알았을 때, 카르바요는 그것들의 존재를 이미 알고 있었어요. 어떻게 알았냐고요? 당신이 카르바요에게 말해주었으니까요, 바스케스. 당신이 그에게 그 사실을 말해주었으니까요."

그래, 이십 분이었다. 베나비데스가 산타페병원의 미로들을 통해, 즉 지하 카페테리아에서 1층 출입문까지, 1층 출입문에서 다른 건물로 연결된, 높다란 유리창이 달린 복도까지 나를 인도한 다음, 지나치게 비좁은 (앞에서 사람이 오면 부딪치지 않으려고 벽에 달라붙어야 할 것 같은 느낌을 주는) 그 복도를 통해 진료실로 올라가는 엘리베이터에 도달하는 사이에 쉼없이 말하던 기나긴 이십 분이었다. 내가 함께 그의 진료실로 가는 동안 그는 말을 하고 있었다. 나는 그가 그 시각에는 텅 비어 있어 쓸쓸해 보이는 비서들의 커다란 데스크들 사이를 통과해 자기 진료실 문을 열고, 서류 캐비닛에서 뭔가를 찾아 꺼낸 뒤에 페이퍼 시트로 덮어놓은 파란색 진료 테이블이 있는 다른 방으로 가서는 자신이 입고 있던 것과 같은 하얀 가운을 옷걸이에서 꺼내는 것을 보았는데, 그는 이 모든 행동을 하면서도 계속해서 말을 했다. 그가 내게 가운을 건네면서—"이것 받아요." 그가 말했다—계속해서 말을 했다. 그는 말을 멈추지 않았다. 나는 그와 함께 엘리베이터를 타고 아래로 내려가 빌딩 2층까지 되돌아가서 유리창이 달린 복도를 통해 빌딩의 주 출입구로 돌아갔는데, 그는 말을 멈추지 않았다. 나는 그가 손바닥에 시큼한 냄새를 남기는 금속 난간이 달리고 바닥이 테라조 석재로 된 계단을 통해 위로 올라갔을 때도 그와 함께했는데, 그는 말을 멈추지 않았다. 나는 그와 함께 4층으로 갔고 함께 유리문이 있는 곳까지 걸어갔는데, 그곳에서는 이마에 커다란 점이 있는 지친 표정의 여자가 합판으로 만든 책상 뒤에 앉아 있다가 인사를 했다.

"베나비데스 박사님, 뵙게 되어 정말 반갑네요, 426호에 가시나요?" 벨소리가 울리자 베나비데스가 유리문을 밀었다. 그는 그 순간에만 카르바요와 자신의 개인 사물함에서 도난당한 물건들에 관해 말을 하지 않았다.

"바스케스 박사, 이 가운 입을 겁니까, 안 입을 겁니까?" 그가 내게 말했다. 그러고는 비웃는 표정을 지으며 그 여자에게 말했다. "아아, 카르멘시타,* 요즘 의사들이란."

나는 놀라고 말았다. 누구든 제3자 앞에서 놀라게 되었을 때는 늘 본능적으로 게임이나 또는 다른 사람이 우리를 끌어들인 그 속임수에 따르게 된다. 일단 자신이 무대에 있는 동안에는 그 환상을 유지해야 하는 배우라고 느끼고, 그에 대한 설명을 나중에 요구할 것이다. 카르멘시타가 관심있는 눈초리로 나를 쳐다보고 있었다.

"물론 입어요." 내가 말했다. 가운을 입기 위해, 나는 베나비데스가 내게 준 책을 미리 양 무릎 사이에 넣었다. 쉬운 작업이 아니었다. "죄

* 카르멘의 애칭.

266

송합니다, 집중이 잘 안 돼서요." 내가 말했다. 하지만 우리 뒤에 있던 유리문이 닫히자마자 나는 베나비데스의 팔을 잡았다. "이게 뭡니까, 프란시스코? 지금 뭘 하시는 거예요?"

"나를 따라와요."

"어디로요? 우리가 얘기를 하다 말았다고 생각하지 않으세요?"

"아니요." 그가 말했다. "중단되었어요, 어떤 성교가 그러듯이요. 대화는 나중에 계속할 거요."

"하지만 방금 전에 하신 말씀은 엄청났잖아요." 내가 주장했다. "카르바요가 그렇게 할 수 있었다고 진짜로 믿으시는 겁니까? 그 사람이 그럴 수 있다고 믿으시냐고요?"

"참 순진하군요, 바스케스. 카르바요는 그럴 수 있고, 훨씬 더한 것도 할 수 있어요. 어떻게 지금까지도 그걸 모를 수 있어요? 그러니까 이건 이거고 그건 그거라니까요. 어쨌든, 내 말은, 우리가 대화를 나중에 계속한다는 거요. 그 주제에 관한 대화 말이에요. 맹세컨대 나중에 계속해요." 베나비데스가 살짝 내 손을 잡았다. "지금은 내가 다른 것을 생각해야 해요."

어느 종교집단의 회원이 자기 지도자를 따르듯 나는 베나비데스를 따라 복도 끝까지 갔다. 막 입은 가운이 나를 베나비데스 박사의 자력에 이끌리게 만들었다. 우리는 오른쪽에 있는 어느 방으로 들어갔다. 블라인드가 올려져 있었는데, 창에는 우중충한 검은색 천이 씌워져 있었다. 나는 먼저 초록색 소파 한쪽 끝에 앉아 신문을 읽고 있던 대머리 남자를 주시했는데, 그는 소파의 나머지 부분이 누군가 다른 사람을 위해 예약되어 있다는 듯이 팔걸이에 바짝 붙어 있었다. 남자는 우리가 들어오는 것을 보고서 (손목을 숙련되게 움직여) 신문을 접더니, 두 번을 더 접어 소파 팔걸이 위에 놓고는 자리에서 일어나 베나비데스에게 인사를 했다. 일상적인 인사였으나―베나비데스에게 악수를 청하고, 씩 웃고, 말 몇 마디를 하고―나는 내가 규정할 수 없던 뭔가로 인해 베나비데스의 출현이 이 방에서 지닌 힘, 더 정확히 말하면 그가 이 남자에게 불어넣은 존경심과 심지어 감탄까지도 느끼게 되었다. 내가 다른 존재, 침대에 누워 있는 여자의 존재를 인식하게 된 것은 바로 그때였는데, 우리가 들어갔을 때 잠을 자거나 휴식을 취하고 있는 듯 보이던 그녀가 이제는 눈을, 잿빛이 도는 귀조차도 추하게 만들 수 없는 커다란 눈, 유별나게 크지만 그녀의 얼굴과 그녀의 피로하고 부식되고 고갈된 아름다움과 신비하게도 조화를 이루는 눈을 떴다.

"이분은 바스케스 박사예요." 베나비데스가 나를 소개했다. "내가 안드레아의 사례에 관해 바스케스 박사에게 얘기했어요. 내가 아주 신임하는 분이에요."

대머리 남자가 내게 악수를 청했다. "반갑습니다." 그가 내게 말했다. "안드레아의 아버지입니다." 침대에 누워 있던 여자가, 몸을 움직이면 아프다는 듯 어렵사리 해맑은 미소를 머금었다. 나는 그녀를 더 잘 볼 수 있었다. 비록 그녀의 자세와 태도가 삶에 지친 여자처럼 보였다 할지라도, 나는 얼굴 피부와 머리카락 색깔을 통해 그녀가 서른 살이 조금 넘었을 것이라고 추정했다. 베나비데스가 내게 뭔가 말했다. 그는 **면역학적 문제**라는 용어를 사용하더니, 환자가 몇 년 동안 침대에 누워 지내는데, 호전되거나 완치될 가능성이 없다고 말했고, 나는 베나비데스가 참 영악하다고 생각했다. 그는 내가 이해하도록 쉬운 용어를 사용해 말했지만, 자기 환자들이 이해하도록 그렇게 한 것 같았다. 그는, 허혈 진단이 내려진 뒤에 취해진 마지막 의학적 소견은 왼다리를 절단할 필요가 있다는 내용임을 확인해주었다고 설명했다. 안드레아는 그 말을 담담하게 받아들였다. 그녀는 커다란 눈을 뜨고서 벽 윗부분을 쳐다보았는데, 그녀의 눈길이 머무는 곳에서는 철제 받침대 하나가 꺼진 텔레비전을 받치고 있었다. 안드레아의 아버지가 힘껏 눈을 감았다가 다시 떴는데, 안드레아의 엄청나게 큰 눈은 분명 아버지를 닮지 않은 것 같았다. 베나비데스가 안드레아의 아버지 옆에 앉았다. 소파에는 내가 앉을 공간이 없었으나 나는 상관하지 않았다. 주인공이 안드레아인 어느 공연을 관람하는 것처럼 자리를 잡은 세 남자의 이미지에는 뭔가 우스꽝스러운 면모가 있었을 것이다. 그래서 나는 언젠가 본 적 있는, 이런 상황에서 의사, 또는 동반자, 조수, 간호사 또는 단순한 구경꾼이 하는 행동처럼 세면대 옆에 서 있었다. 이런 인물군에는 단 한 번도 속해본 적이 없었다. 나는 일종의 사기꾼이었고, 베나비데스 박사에게 이끌려 이 사기에 이끌려와 있었다. 왜? 베나비데스가 대체 무슨 이유로 나를 이런 계략에 빠뜨리는 걸까? 그는 처음부터 이런 사기극을 계획했는데, 그 이유는 그가 진료실로 가서 예비 가운을 꺼냈을 때 이미 이 순간을 생각하고 있었다는 게 명백했기 때문이다. 가운은 깨끗한 냄새가 났다. 가슴 주머니에는 파란색 볼펜 한 자루가 들어 있었다. 나는 가운 양옆 주머니에 손을 넣어보았으나 주머니 속에는 아무것도 없었다. "좋아요, 말을 들어보죠." 그때 베나비데스가 말했다.

"이겁니다, 박사님." 아버지가 말했다. 그러고는 말을 멈추었다. 그가 딸에게 몸을 돌렸다. "네가 말씀드리고 싶니?"

"아니에요, 아빠가 말씀드리세요." 안드레아가 말했다. 낮고 낭랑한 목소리였다. 상황이 그러했음에도 불구하고 그녀에게는 카리스마라고 부를 수밖에 없는 무엇이 있었다.

"그래." 아버지가 말했다. "저희는 생각하고, 또 생각해봤습니다."

안드레아가 아버지의 말을 잘랐다. "아니에요, 제가 말씀드리는 게 더 낫겠어요." 그녀가 말했다. "아빠가 괜찮으시다면."

"난 괜찮다." 아버지가 말했다.

"저희는 원하지 않아요." 안드레아가 말했다. 그녀는 이제 베나비데스에게 말하고 있었다. 그녀의 두 눈은 밤의 등대 불빛처럼 베나비데스에게 고정되어 있었다. "다시 말해, 원하지 않는 사람은 바로 접니다. 아빠도 동의하시고요."

"다리 절단을 진행하는 걸 원하지 않는다고요?"

"그래요." 안드레아가 말했다. "저는 그걸 원하지 않아요."

베나비데스가 말했다. "이해해요." 그 순간의 그의 목소리 또한 내가 이전에는 들어본 적 없는 목소리였다. 다정하지만 온정주의적이지 않았고, 연대와 동조를 유발하지만 도를 넘지 않게 조심하는 목소리였다. "이해해요, 잘 이해해요." 그가 다시 말했다. 그리고 목소리를 낮추었다. "좋아요, 우린 이에 관해 이미 많은 얘기를 나누었죠. 제 생각에는 두 분이 우리가 나눈 얘기를 모두 명심하고 있는 것 같네요."

"그렇습니다." 아버지가 말했다.

"저는 피곤해요, 박사님." 안드레아가 말했다.

"알아요." 베나비데스가 말했다.

"저, 아주 아주 피곤해요. 이제 더이상 못하겠어요. 그리고, 어찌되었든, 우리가 그걸 하게 되면 어떻게 되는 거죠? 이 다리를 자르면 어떻게 되는 건가요? 제가 나아질 수 있는 가능성이 있을까요?"

베나비데스가 안드레아의 눈을 쳐다보았다. 그는 안드레아를 언급하지 않은 채 언급하고 있다는 듯이 두 손을 진료기록부에 올려놓았다. "그럴 가능성은 없어요." 그가 말했다.

"없어요, 사실이지요?" 안드레아가 말했다.

"없어요." 베나비데스가 말했다.

"바로 그래서예요." 안드레아가 말했다. "제가 잘못 판단한 건지 말씀해주세요, 박사님. 하지만 이렇게 해서 우리가 얻을 수 있는 거라고는 더 많은 시간뿐이잖아요. 가치 있는 변화도 없이, 다른 다리도 절단하기만을 기다리면서, 계속 이런 식으로 살아가기 위한 더 많은 시간 말이에요. 원래 그런 거니까요, 안 그래요? 몇 개월 이내에 다른 다리도 자르게 될 테죠, 그렇죠? 말씀해보세요, 박사님, 제가 잘못 판단한 건지."

"그렇지 않아요." 베나비데스가 말했다. "우리가 예견할 수 있는 시간 내에 정확히 그렇게 되지요."

베나비데스 박사는 단 한 순간도 안드레아에게서 눈을 떼지 않았다. 대화의 언저리에 머물고 있던 나는 안드레아를 주의깊게 쳐다보지도 못했고, 안드레아의 아버지가 내 눈을 쳐다보았을 때 그와 눈도 제대로 맞추지 못했기 때문에, 나는 베나비데스 박사가 취한 용기에 감탄했다. 나는 메모하는 척할 수 있는 핸드폰에서, 수액이 담긴 투명한 비닐봉지에서, 또는 심지어 안드레아의 몸 윤곽, 즉 한 가닥으로 묶은 머리카락, 굵은 동맥이 두드러져 보이는 목, 운동선수 같은 팔에서 도피처를 찾고 있었다.

"그러니까, 모든 배려는 일시적인 완화제군요. 이제 그것, 시간을 버는 것 말고는 할 게 전혀 없네요. 그렇죠?"

"맞아요."

"근데, 아빠와 제가 얘기를 해봤어요." 안드레아가 말했다. "그리고 우리는 더 많은 시간은 필요 없다고 결정했고요." 아버지가 고개를 숙이고 흐느끼기 시작했다. "저는 너무 피곤하네요." 안드레아가 말했다. 그리고 덧붙였다. "죄송해요, 아빠." 그러고는 안드레아 또한 울기 시작했다.

베나비데스는 침대로 다가가 두 손으로 안드레아의 왼손을 잡았다. 안드레아의 창백한 손은 강했지만 작았기 때문에 베나비데스의 손이 안드레아의 손을 집어삼키는 것처럼 보였다. "좋아요." 베나비데스가 말했다. "안드레아에게는 뭐든지 할 권리가 있어요. 당연히 용서를 구할 권리도 있지만, 그럴 필요는 없어요. 다른 사람이 아니라 바로 자신이 겪고 있으니까요. 그리고 안드레아는 용감했어요. 아주 용감했고, 나는 두 사람처럼 용감한 사람은 거의 본 적이 없어요. 안드레아를 설득하려고 애쓰지 않겠어요. 그 이유는, 첫째, 내가 필요한 모든 정보를 이미 주었기 때문이에요. 둘째, 내가 안드레아라 해도 그렇게 할 거고요. 의사는 치료가 가능할 때 치료해야 해요. 치료할 수 없다면, 증세를 완화시켜야 하죠. 만약 그것도 할 수 없으면, 이 모든 것이 세상에서 가장 좋은 조건에서 이루어지도록 함께해주고 도와주는 수밖에 없어요. 지금까지 그래왔듯이 함께 해줄 테지만, 본인이 원하는 경우만, 본인이 생각하기에 유용하거나 필요하기 때문에 내게 그걸 허용해주는 경우에만 그렇게 할게요, 안드레아."

안드레아의 울음은 짧았다. 이미 많은 고통을 겪어왔던 사람의 절제된 울음이었다. 한 손으로 부드럽게 눈물을 닦고 나서 협탁에서 화장지를 꺼내더니 자존심 때문인 것처럼, 피부의 번들거림을 지우기 위해서라는 듯 코끝을 닦았다.

"이제는 뭘 하게 되죠?"

"서류상 몇 가지를 처리해야 해요." 베나비데스가 말했다. "내일 당장 퇴원할 수 있어요. 집으로 가는 거죠."

"집으로." 안드레아가 미소를 지으며 말했다.

"우리집으로 가는 거야." 안드레아의 아버지가 말했다.

"그래요," 안드레아가 말했다. "그래요. 그런데, 그후에는요? 어떻게 하실 건데요, 박사님?"

"완화치료를 할 거예요." 베나비데스가 말했다.

"그리고 그후에는요?"

"그후에는 이제 아무것도 없어요."

"이제 아무것도 하지 않는 거로군요." 아버지가 말했다. 질문처럼 보였으나 질문이 아니었다.

"가끔은, 하지 않는 것이 제대로 하는 방법이죠." 베나비데스가 말했다.

"고맙습니다." 안드레아가 말했다.

"내일 퇴원하세요." 베나비데스가 말했다.

"네." 안드레아가 말했다. "아, 그래, 저 내일 퇴원해요. 여기서 나가 내 집으로, 내 침대로 가는 거죠."

"네 침대로." 아버지가 딸에게 말했다.

"이제 당신이 필요해요, 히랄도 씨." 베나비데스가 말했다. "몇 가지 서명해야 하거든요." 그리고 안드레아에게 말했다. "우리, 오래 걸리지 않을 거예요."

두 사람이 나갔다. 안드레아와 나만 병실에 남게 되자 그녀는 천장을 쳐다보고 나는 그녀를 쳐다보았는데, 나는 세상의 모든 감정을 이입해도 안드레아의 머리에 떠오른 생각을 맞히기에는 충분하지 않다는 사실을 고통스럽게 인식하고 있었다.

안드레아는 방금 전에 자신이 죽겠다고 결정했다. 그런데, 사람이 죽겠다고 결정했을 때 누구를 생각하는가? 안드레아에게 배우자가 있었다면 어디에 있을까? 자식들은 어디에 있을까? 아마도 그녀는 자신이 고치지 못한 실수를 한탄할 것이고, 혹은 아마도 옛날 행복했던 어느 순간을 회상할 것이다. 아마도 두려워할 것이다. 자신에게 밀어닥친 상황을 두려워할 것이다. 우리가 눈물을 훔치기 위해 그러듯이 그녀가 자기 눈을 누르면서 한 번, 두 번 깜박거리는 것을 보았는데, 그러고 나서 그녀가 나를 쳐다보았다. "그런데, 박사님은 어떻게 생각하세요?"

"네?"

"박사님은 제 상태를 아시잖아요. 어떻게 생각하세요? 제가 잘못 판단한 건가요?"

"그건 당신만이 알 수 있어요." 내가 그녀에게 말했다. 그러자 나는, 이 말은 안드레아가 자신의 죽음을 결정했을 때뿐만 아니라 다른 의사에게 질문을 했을 때 보여주던 용기에 비하면 훨씬 더 명백하게 비겁한 행위였다는 생각이 들었다. 덜 용감한 사람이라 해도 자신이 무척 애써서 결정한 일이 그리 의심스럽지 않을 경우에는 다른 사람의 의견을 구하려고 하지 않을 것이기 때문이다.

"아니요." 내가 그녀에게 말했다. "당신이 잘못 판단했다고 생각하지 않아요."

그녀가 나를 쳐다보고 있었다.

"두려워요." 그녀가 말했다. "문제는 저 역시 피곤하다는 거예요. 두려움보다는 피곤함을 더 많이 느껴요."

"이봐요, 안드레아." 내가 말했다. "나는 당신이 느끼는 게 무엇인지 알 수가 없어요. 대부분의 의사들은 그걸 아는 척하지만 사실은 그렇지 않아요. 환자의 의무기록을 읽고는 알아맞히려고 애를 쓰지요. 한 가지는 얘기할 수 있어요. 베나비데스는 진짜 실력 있는 의사예요. 그리고 만약 그가 당신과 함께하고 당신을 도와주겠다고 하면 당신은 두려워할 필요가 없어요. 당신은 세상에서 가장 훌륭한 손 안에 있으니까요."

물론 나는 진짜로 그렇다고 믿었고, 안드레아가 그 시시한 진단을 공유할 것이라고 확신했다. 하지만 그녀가 던진 뜻밖의 질문을 미리 알았더라면 그녀에게 다른 말을 해주고 싶었을 것이다. 내가 그녀를 존경하고, 내가 그녀의 용기, 강인함, 놀라울 정도의 사리판단력을 부러워하고, 이 순간에 내가 그곳에 있다는 특권에 대해 무한하게 감사한다고 (비록 그 이유는 모른다 할지라도) 말했을 것이다. 아니다, 내가 찾고 있었던 단어는 사리판단력이 아니었고, 이 여자의 몸과 눈에서 내가 보던 것을 묘사하는 단어는 사리판단력이 아니었다. 자주성, 그래, 그것이다. 그녀의 몸과 눈이 자주성을 발산하고 있었다. 커다란 눈을 가진 안드레아를 죽음이 몇 개월 안에 데려갈 테지만 죽음의 순간에도 그녀는 자기 몸에 대한 완벽한 자주성을 계속해서 행사할 것이다. 그리고 결코 죽음은 오만해질 권리가 없을 것이다. 나는 생각했다. **죽음이여, 오만해지지 말라.*** 나는 이 시를 머릿속으로 번역해서 안드레아에게 말해주려고 했으나, 그랬다가 안드레아가 나를 미치광이 또는 약간은 몰상식한 인간으로 여길지도 모르겠다고 생각했는데, 이와 같은 순간에 옛 영국 시를(시가 모든 사람에게 위안이나 구명대가 되지는 않으며, 나는 여러 해에 걸쳐 그런 사실을 알아냈다) 읊어보겠다는 생각을 할 사람은 없을 것이기 때문이다. 하지만 죽음을 **운명과 우연의, 왕들과 절망한 자들의 노예**라고 부를 때, 죽음이 **독약, 전쟁, 질병**과 함께 사는 것이라고 비난받을 때, 내 머리는 그 시의 다른 행을 번역하는 임무를 떠맡지 않을 수 없었다. 이 옛 시가 말하는 것은 죽음이 이런 경우, 즉 질병, 전쟁, 독약, 절망한 자들, 왕들, 우연, 운명에 좌우된다는 것이다. 시는 왜 그대는 오만한가? 라고 말하고, 나는, 그래, 무엇 때문에? 라고 생각했다. 반면에 안드레아는 자기 자신, 자신의 용기, 자신의 강인함에 대해, 아버지의 탈진한 얼굴에 선명하게 드러난 용기와 강인함에 대해 자랑스러워할 만한 세상의 모든 이유를 가졌다. 하지만 나는 안드레아에게 그렇다고 말할 수 없었다. 그래, 나는 그에 관해 안드레아에게 말할 수 없었고, 그녀를 이제 막 알았지만 이미 그녀를 자랑스러워하게 된 반면 죽음이 오만해질 이유가 없다는 말을 할 수가 없었다. 안드레아가 침대의 전기조절장치를 집어들어 앉아 있는 자세가 될 만큼 등받이를 들어올린 뒤 바닥에 팔을 짚고 힘껏 자세를 바꾸자, 그녀의 몸은

---

* 17세기 영국 시인 존 던의 「성스러운 소네트 10」의 일절.

더이상 죽어가는 몸이 아니었다.

나는 안드레아가 손으로 얼굴을 감싸는 것을 보았는데, 울기 위해서가 아니라 깊은 숨을 쉬기 위해서였다. 그녀의 어깨가 올라갔고, 병원 환자복 속의 가슴은 내가 이전에 감지하지 못한 크기를 회복했다. 안드레아의 얼굴이 드러났을 때는 표정이 바뀌어 있었다. 마치 그녀의 결정이 자신을 짓누르는 중압감에서 벗어나게 했다는 듯이, 마치 싸움을 포기하고 평화롭게 죽겠다는 욕망을 수용한 일이 여기 산타페병원의 4층 병실, 병실 한가운데에 놓인 병원 침대로 새로운 평정심을 가져다주었다는 듯이, 그렇게 바뀐 것 같았다. 무섭고도 아름다운 순간이었으나 나는 그 아름다움이 어디에 있는지 몰랐다. 물론, 내가 모든 상황을 제대로 파악하지 못했는지도 모른다. 우리는 그런 식으로, 즉 타인을 제대로 파악하지 못하면서, 부정확한 코드로 타인을 읽으려 하면서, 타인에게 달려들려고 시도하면서, 그러고는 심연으로 떨어지면서 우리의 시간을 모두 보내버렸기에, 상황을 오해한다 해도 특이하거나 이상한 일이 아니다. 비록 오해가 아주 매력적이라고 해도, 타인의 속내를 실제적으로 알 수 있는 방법이 없고 우리와 타인 사이에는 헤아릴 수 없는 빈 공간이 항상 만들어지기 때문에, 이해나 공감에 대한 신기루는 그저 신기루일 뿐이다. 우리 모두는 각자 소통할 수 없는 자신의 경험에 갇혀 있고, 죽음은 모든 경험 가운데서 가장 소통 불가능한 것이며, 죽음 다음으로 가장 소통 불가능한 경험은 죽고 싶은 욕망이다. 그곳에서 일어나고 있던 일이 그것이었다. 안드레아와 나 사이에는 거대한 빈 공간이 만들어지고 있었는데, 그 이유는 죽을 결심을 함으로써 어떤 식으로는 산 자들의 세계에 속해 있지 않은 그녀와 이 세계에 확고하게 자리잡고 나와 내 가족을 위한 계획을 세울 수 있었던 나 사이에 공통 영역이 존재하지 않았기 때문이다. 나는 다른 구절을 기억했다. 그리고 **훌륭한 사람들은 그대와 함께 가장 빨리 떠난다.** 물론 그렇지 않지만(시 또한 거짓말을 할 수 있고, 또한 우발적인 데마고기*를 유발할 수 있다), 아마도 이 경우에는 그랬을 것이다.

"그 책은 뭐예요?" 안드레아가 내게 물었다.

안드레아는 베나비데스가 내게 준 책에 신경을 쓰고 있었던 것이다. 나는 책의 존재를 거의 잊고 있었다. 책을 소독용 알코올 용기 아래에 있는 세면대 가장자리에 올려놓았는데, 그 책에 다시 신경을 쓴다는 일이, 밤에 인도에서 어떤 사물을 보게 되었을 때 깜짝 놀라는 것처럼 다시금 나를 놀라게 했다.

"아, 이거요." 내가 말했다. "베나비데스 박사가 방금 전에 주신 거예요. 이 책에 그분이 쓰신 글이 들어 있어요."

"박사님 글이라고요?"

"네."

"말도 안 돼요." 안드레아가 대답했다. "그러니까, 제 담당 의사께서도 작가시라는 거군요." 그녀는 상체를 더 뒤로 젖혀서 베개에 편안하게 몸을 기댔다. "뭐에 관한 글인데요?"

위장해봤자 전혀 의미가 없었다. "죽음에 관한 글입니다." 내가 그녀에게 말했다.

"아이참, 아네요." 그녀가 말했다. 나는 그녀가 세번째로 씩 웃는 것

---

* 사람들을 선동하기 위해 만들어진 유언비어, 거짓 선동 자료.

을 보았다. "저는 그런 바보 같은 우연의 일치를 좋아하지 않아요." 그러고는 덧붙였다. "우연의 일치가 아닌 경우는 말고."

"그게 무슨 말이죠?"

"아무것도 아니니까 신경쓰지 마세요, 박사님." 안드레아가 말했다. "그런데 그 글 제목이 뭐예요?"

"박사님 거요?"

"당연히 그거죠. 그거 말고 저한테 다른 글들이 뭔 상관이겠어요?"

나는 책의 목차를 훑어보면서 베나비데스 박사의 글을 찾아보았다. 「죽음에 대한 탐사, 톨스토이에서부터 후안 룰포까지」 다음에, 그리고 「고통의 장점: 기독교적 자비를 위한 기회로서의 죽음」 앞에 있었다. 제목은 단 한 단어인 「안락사」였는데, 둥그스름한 형태의 제호가 잘못 만들어진 처마돌림띠처럼 저자의 이름 위에 떠 있었다. 제목을 읊조려보자, 입에서 뭔가가 느껴졌다. "자, 저도 좀 보게요." 안드레아가 말했다. 내가 책을 건네주자 그녀가 더 잘 보려고 실눈을 떴다. 나는 순간적으로 그녀가 원시여서 독서용 안경을 사용했으나 이제는 안경을 포기했거나 어디에 놔두었는지 잊었지만 구태여 찾을 수고를 하지 않았다고 판단했는데, 그 이유는 어쨌든 그녀가 독서를 그다지 좋아하는 사람이 아니거나 최근 며칠 대단히 우울해서였으리라. 그렇게 우울한 상태가 되면 그 누구도 신문을 읽지 않고, 혹은 단순히 말해 이제 신문을 읽을 이유가 없게 된다. 나는 생각했다. 그녀의 삶은 이제 그럴 이유가 없는 삶이다. "안락사," 안드레아는 마치 그 단어를 사겠다고 결정하기 전에 가늠해보는 것처럼 말로 해보고, 되풀이했다. "안락사."

"적절한 죽음이죠." 내가 그녀에게 말했다.

"박사님 생각은 어때요?"

"아직 읽어보지 않았어요."

"안 읽었다고요? 하지만 밑줄이 그어져 있잖아요." 그녀가 말했다. "직접 그으신 거 아니에요?"

"아직 책을 펼쳐보지도 않았습니다. 베나비데스 박사님이 방금 전에 주셨거든요."

"누가 밑줄을 그었을까요? 자신이 쓴 글에 밑줄을 긋는 사람도 있을까요?"

"저는 글을 쓰지 않아서요." 내가 그녀에게 말했다. "뭐라 말해야 할지 모르겠네요."

하지만 순간적으로 이런 말을 덧붙일까 고려했다. 가족력이죠. 베나비데스의 아버지 역시 당신이 읽는 글에 밑줄을 그으셨어요. 예를 들어 케네디의 암살에 관한 어느 신문기사요. 그럼에도 불구하고 나는 침묵을 지켰다.

"여기 박사님이 외과의사고, 생명윤리 전문가이고, 전임교수이며, 그 밖에 또 이것저것 쓰여 있네요. 우리의 베나비데스 박사님은 이 약력란에 실린 것보다 더 많은 직함을 가지고 계세요."

"내가 말했잖아요. 당신은 가장 훌륭한 손 안에 있다고요."

"아이참, 그런 바보 같은 소리 하지 마세요, 박사님." 그녀가 나를 나무랐다. "그렇다는 건 알지만, 단지 졸업증서들 때문만은 아닐 거예요." 그녀는 그저 경박하거나 어리석은 나의 견해를 비난했을 뿐인데, 마치 자신이 저지른 무례를 후회한다는 듯이, 그녀의 얼굴에 즉각적으로 부끄러워하는 표정이 드러났다. "들어보세요, 들어보세요." 그때 그녀가 말했다. 그러고는 실눈을 뜨면서 책을 얼굴에 가까이 갖다댔다. "자기 환자의 죽음 앞에서 의사들이 느낀 죄책감은 현대 의학이 자연사에 관해 행한 깊은 부정에서 비롯된다." 그 문장에 밑줄이 그어져 있었다. "우리는, '나는 너무 많은 의사의 진료 때문에 죽어가고 있다'고 말한 알렉산드로스 대왕을 기억할 수 있다." 이 문장에도 밑줄이 그어져 있었다. 여기 길게 밑줄이 그어진 부분이 있다. 거의 한 문단 전체에 밑줄이 그어져 있다. 안드레아가 그 문단을 읽기 시작했다. "나는 어느 옛친구의 전화를 받았다." 안드레아가 글을 읽다가 멈추었다. 그러고는 속으로 계속 읽어갔는데, 조용한 병실 안에서 그녀의 눈이 움직였지만 입은 단어들을 발음하지 않았다. "아." 잠시 후 그녀가 말했다.

"왜 그래요?" 내가 말했다.

그녀가 책을 덮더니 내게 되돌려주었다. "아무것도 아니에요." 그녀가 말했다. "두 분이 얼마나 늦어지실까요?"

"계속 읽어주지 않을래요?"

"너무 많이 늦어지시네요." 안드레아가 이렇게 말했으나, 나는 그녀가 내게 아무 말도 더는 하지 않는다는 인상을 받았다. "서류 작업, 늘 그 서류 작업. 이 나라에서는 죽을 때까지 그 서류 작업을 해야 한다니까요."

이전의 놀랄 만한 민첩성이 그녀의 얼굴, 그녀의 몸짓에서 발산되었다. "죽을 때까지." 그녀가 이렇게 되풀이하더니 울기 시작했다. 베나비데스의 글에 쓰인 뭔가가 그녀에게 이런 변화를 유발한 것이다. 나는 어찌할 바를 몰라 약간 허둥대고 있다는 사실을 감지했다. "안드레아." 나는 그녀의 이름을 불렀는데, 난처한 상황에서 우리는 늘 이름에 마술적인 속성을 부여하기 위해 상대방의 이름을 주문처럼 불러주기 때문이다. 하지만 그녀는 내 말을 듣지 않았다. 눈을 뜬 채 처음에는 소리 없이, 나중에는 어린 소녀처럼 가녀리게 흐느끼고 있었다. 나는 의사들이 실제로 그렇게 하는지도 모르고, 또 글로 쓰여 있든 아니든 어떤 행위규범 또는 심지어 어떤 윤리규범을 위반하고 있는지도 모른 채 침대 위 안드레아 곁에 앉았다. 안드레아가 나를 껴안았는데, 나는 그녀가 그렇게 하도록 내버려두고, 그 즉시 나도 안드레아를 껴안았다. 그녀의 척추가 단단하다는 것이 손바닥으로 느껴졌는데, 그때 그녀가 하는 말이 들렸다. "저는 해줄 이야기가 없어요." "무슨 말이에요, 안드레아?" 내가 물었다. 하지만 그녀는 아무런 설명도 하지 않았다. 그리고 내게서 몸을 떼어냈다. 그때 복도에서 나는 발소리를, 문 자물쇠가 열리는 소리를 들었고, 나는 붙잡히지 않겠다는 듯이, 안드레아와 내가 뭔가 금지된 행위, 즉 서로 희롱하고 어떤 불법적인 끌림을 위장하거나 발산하는 부적절한 접촉을 하고 있었다는 듯이 자리에서 벌떡 일어섰다. 베나비데스와 안드레아의 아버지가 들어왔을 때 거기, 침대 시트에는 내 체중의 흔적이 여전히 남아 있었다. 나는 그 남자가 막 자기 딸의 죽음에 서명을 했다고 생각했다. 베나비데스가 뭔가 말하려 했지만 내가 선수를 쳤다.

"박사님, 밖에서 기다리겠습니다." 내가 말했다. "천천히 일 보세요."

나는 병실에서 나와 왔던 곳으로 되돌아갔다. 카르멘시타가 유리문을 열어주고 작별인사를 했다. "좋은 저녁 보내세요, 박사님." 하지만 나는 그곳을 떠나지 않았다. 아무도 없는 대기실에서 소리가 들리지 않는 텔레비전 앞에 앉았는데, 텔레비전에서는 넥타이를 맨 남자 셋과 정장 차림의 여자 하나가 뭔가 동시에 손짓을 할 만큼 중요한 뭔가를 토론하고 있었다. 나는 책을 펼쳐서 베나비데스의 글을 찾았고, 안드레아가 소리 내서 읽기 시작했던 문장을 발견한 뒤에 이어지는 문장들, 아마도 베나비데스가 흔히 생각할 수 있는 것보다 덜 투명한 의도를 가지고 밑줄을 그어놓은 문장들을 읽어나갔다. 한 문단으로 이루어진 짧은 이야기였다. 글에서 베나비데스는 이미 치료가 불가능한 혈액학적 문제를 지닌 어느 친구의 사례를 회고했다. "그는 무기한으로 수혈을 계속하는 것은 이제 의미가 없다는 사실을 명확하게 알고 있었다." 베나비데스는 이렇게 쓰면서, 친구는 모든 치료를 포기하고 자연사하기로 결심했다고 했다. "내가 산 세월보다 훨씬 더 예전인 과거 세월 동안 그가 겪은 이야기들을 들어주면서, 그가 가족과 함께 집에서 친절한 간호를 받으며 차분하고 평온하게 보낸 마지막 며칠을 공유했을 때, 나는 그의 많은 가르침 가운데 하나를 받았다. 나는 무엇이 잘 죽는 방식인지 볼 수 있었다." 나는 눈길을 들어올렸다. 텔레비전 화면에서는 정장 차림의 여자가 계속해서 손짓을 하고 얼굴을 찡그리면서 말하고 있었다. 증오에 찬 찡그림이라고 생각했다. 나는 다시 책으로 돌아갔다. "그의 세계는 방으로, 가까운 가족과 추억으로 제한되어갔다." 베나비데스는 친구에 관해 이렇게 썼다. "어느 날 오후, 우리가 고된 일과를 마치고 잠을 자듯이, 자신의 임무를 완수했다고 만족하면서 눈을 감았다." 화면 속의 여자가 이를 드러내고, 턱을 내밀고, 검은 혀를 입술 사이로 내밀고, 자신의 상대방들 또는 반박하는 사람들을 증오하고 있었으나 나는 그 여자가 아니라 안드레아를, 안드레아가 눈물을 흘리며 내게 한 말을 생각했다. "저는 해줄 이야기가 없어요."

그때 나는 이해를 했다고 믿었다. 베나비데스의 이야기, 즉 치료를 단념한 친구, 먼 과거의 이야기를 베나비데스에게 해준 남자, 자기 방에서, 가까운 가족 곁에서, 추억으로 몸을 감싼 채 죽기 위해 유폐될 수 있었던 남자에 관한 베나비데스의 애정어린 단어들이 이 용감한 여자를 망가뜨렸다고 이해했다(또는 이해했다고 믿었다). 서른 몇 살 먹은 안드레아는 해줄 이야기 혹은 자신의 몸을 감쌀 추억을 가지기에는 지나치게 젊었다. 그녀는 "저는 해줄 이야기가 없어요"라고 말했는데, 그 말을 곱씹을수록 그 깊은 슬픔의 순간이 베나비데스의 글에서 밑줄 그어진 어느 문장의 결과처럼 그녀를 압도했다는 생각이 더 선명해졌다. 그녀처럼 더이상 이 세상에 속하지 않으려 했고, 그녀처럼 자연사로 죽겠다는 자유롭고 자주적인 결정을 내렸고, 그녀처럼 죽음을 물리쳤던 어느 남자에 관한 문장 하나가 죽음에게는 오만해지지 말라고 말했고, 그 남자를 위해 그 오만을 요구했다. 그래, 죽어가는 무명의 친구와 환자 안드레아, 인내심 많은 안드레아, 그 두 사람은 똑같았다. 두 사람을 구분해주는 것은 단 하나뿐이었는데, 그것은 듣고 싶은 누군가에게 해줄 이야기, 평화롭게 죽기 위해 자신의 몸을 감쌀 수 있는 추억이었다. 그 미세한 차이가 안드레아에게 근원을 캐볼 수도 추정할 수조차 없는 일종의 현시를 유발했다고 나는 이해했거나 이해했다고 믿었고, 그럼으로써 나는 아주 멍한 상태에 있었기 때문에 그 순간 유리문이 열리고 베나비데스가 곁에 와 있다는 사실도 몰랐다.

"어디로 갈 거요?" 그가 내게 말했다. "나를 데려다달라고 청하면 큰 문제가 될까요? 우리 하던 얘기 마저 끝내보자고요."

우리는 서로 그 도시의 다른 쪽으로, 베나비데스는 북쪽, 나는 남쪽으로 가야 했다. 게다가 밤 열한시가 거의 다 된 시각이었다.

"전혀 문제없습니다." 내가 그에게 말했다. "대화를 마저 끝내야죠."

우리는 불이 밝혀진 대로를 따라 북쪽으로 가고 있었는데, 베나비데스의 강요 또는 명령에 따라 그와 함께, 말없이 다시 가는 이 길은 내가 구 년 전에 외롭게 갔던 동일한 경로였다. 병원 주차장에서 나올 때 우리가 방금 전에 공유했던 그 특이하기 이를 데 없는 장면에 대해 긴급하게 물어야겠다는 생각이 들었다. 그러니까, 왜 나를 그 모든 일에 끌어들였는지, 왜 내게 하얀 가운을 빌려주었는지, 왜 나를 그 속임수에 참여하라고 강요했는지, 내가 자신이 환자와 나눈 대화의 증인, 그 환자가 자신의 죽음을 향해 가기로 결정한 순간의 증인이 되는 것이 왜 그에게 필요하거나 유용하거나 아마도 재미있다고 생각하는지 물었다. 베나비데스는 차 앞 유리창과 우리 앞에 전개되고 있던 카레라 9에서 시선을 떼지 않은 채 대답했다. "그에 관해서는 말하고 싶지 않아요."

"보세요, 프란시스코." 내가 말했다. "먼저 박사님이 저를 그런 일에 끌어들이셨어요. 저를 다른 사람으로 위장시켜서 저와 상관없는 어떤 것을 보도록 강요하셨잖아요. 그런데 지금 그에 관해서는 말하고 싶지 않다고요?"

"그래요. 그에 관해서는 말하고 싶지 않아요."

"말하는 게 그리 쉽지 않다는 거군요." 내가 말했다. "제가 필요로 하는 건……"

"나는 병원 밖에서는 내 말기 환자들 얘기를 하지 않아요." 베나비데스는 조바심이 배어 있는 어조로 말했다. "여러 해 전에 한 결심인데, 세상에서 가장 잘한 결심이라는 생각이 계속해서 들어요. 각자 삶을 따로따로 유지해야 하는데요, 바스케스, 그러지 않으면 미쳐버릴 수 있거든요. 이게 고갈되면, 다른 사람의 에너지를 빨아먹게 돼요. 그리고 나는 다른 사람들처럼 에너지가 제한되어 있는 사람이죠."

물론, 내게는 변명처럼 들렸다. 하지만 아주 분별력 있는 변명이었고, 베나비데스 박사의 얼굴에 나타난 피로가 아주 그럴듯해서 그 변명을 받아들이지 않을 수가 없었다. 나 역시 안드레아 히랄도의 병실에 나의 힘을 남겨두고 나왔다고 느끼면서 병실에서 나왔다. 그 힘은 내가 앉았던 침대 시트에 엉켜 있거나 아마도 죽겠다고 결심한 그 여자의 몸에, 어설픈 위안이 필요해 보이는 사람에게 그 위안을 조금이나마 제공해주려는 의도로 내가 잠시 껴안았던 그 연약한 뼈들에 흡수되어버렸을 것이다. 완벽하게 조용한 카예 스무 개를 지난 뒤에 나는 베나비데스가 눈을 감았다는 사실을 깨달았다. 잠이 든 것처럼 보였으나 목이 꼿꼿했다. 고개가 끄덕이지도 꺾이지도 않았다. 나는 그것이 하나의 안식처, 이 순간에 필요한 것이었다고 생각했기 때문에 즉흥적으로 생긴 그 안식처에서 감히 그를 꺼내지 못했다. 여전히 동일한 질문들이 있었다. 베나비데스는 내가 참여할 준비가 되어 있지 않은 어느 장면으로 계략을 써서 나를 인도해 무엇을 찾으려고 했을까? 그런 거였다면, 거기서 내가 무엇을 보거나 듣기를 바랐던 걸까? 바로 그 순간에 안드레아가 그런 결정을 내릴 것이라는 사실을 그가 알고 있었을까? 그 책과 더불어 무슨 일이 일어났을까? 안드레아와 내가 어찌되었든 결국 자기 글이 쓰인 쪽들을 훑어보고, 그가 밑줄을 그어놓은 문장들을 읽게 될 거라는 계획을 짜놓았을까? 그런 의도를 가지고 그 책을 내게 주었을까? 그가 병실에서 나가고 우리만 남겨두었을 때, 그는 결국 무슨 일이 일어날 거라고 예견했을까? 내가 카르바요를 처음 만난 그 오래전 밤에도 내게 이런 생각이, 베나비데스가 통제하고 아는 듯 보이던 것보다 훨씬 더 많이 통제하고 알고 있었다는 생각이 떠올랐다.

우리가 그의 집 경비실 앞에 도착했을 때에야 비로소 베나비데스가 삶으로 돌아왔다. 경비가 다가와 내 신분을 확인했다. 내가 차 창문을 열자 차가운 공기가 모기떼 구름처럼 차 안으로 밀려들어왔다. "베나비데스 박사와 함께 왔습니다." 나는 목소리를 높여 말했다. "내측 23호입니다." 경비가 베나비데스를 확인하도록 내가 그를 가리켰을 때, 그가 눈을 떴다. 잠을 잔 것이 아니라 몇 초 동안 숙고의 시간을 보낸 사람처럼.

"좋아요, 우리 이제 도착했군요." 그가 말했다. "고마워요."

집안이 어두웠다. 안에 누군가가 있다고 위장함으로써 도둑들을 단념시키기 위해 항상 켜놓는 현관 등까지 꺼져 있었다. 문 앞에서 베나비데스는 작은 유리에 한 손을 갖다대더니 내게 말했다. "이게 바로 도둑이 깨버린 유리예요." 나도 베나비데스를 따라했다. 한 손을 오래전에 교체한 새 유리에 갖다댔는데, 그사이에 베나비데스가 말했다. "위에 있는 것도 아래에 있는 것도 깨지 않았어요. 이것을, 문 자물쇠와 똑같은 높이에 있는 것을 깨버렸죠."

"세상 모든 문은 같은 높이에 자물쇠가 달려 있거든요." 내가 그에게 말했다.

하지만 그는 내 말을 듣지 않았다. "마치 자기 집인 양 여기를 통해 들어왔어요." 그가 내게 말하면서 거실을 향해 오른쪽으로 걸어갔다. "예전에는 도둑이 먼저 내 캐비닛에 든 만화경 등을 찾아보았을 거라고 생각했어요. 그러고는 뭐가 더 있는지 찾아보려고 위층으로 올라갔을 거라고요. 하지만 이제는 달라요."

"이제는 그렇게 생각하시지 않는군요."

"그래요."

"지금은 도둑이 카르바요였다고 생각하신단 말이죠."

"이리 와봐요, 바스케스." 베나비데스가 말했다. "나를 따라와요."

그가 계단을 올라갔고, 나도 그를 따라 올라갔는데, 어느 범죄의 현장을, 침해당한 어느 집이 아니라 누군가가 살해된 장소를 훑어보고 있다는 느낌이 들었다. 집에 사람이 살지 않는 것처럼 공기가 차갑고, 전체가 어두웠기 때문에 베나비데스가 앞으로 나아가면서—세상이 우리 앞에 나타나도록 만들면서—등불들을 켜나갔다. "내가 생각하는 건 도둑이 맨 먼저 여기, 내 서재로 왔다는 거예요." 베나비데스가 말했다. "왜냐하면 이미 알고 있었거든요. 도둑은 자신이 무엇을 찾고 있는지, 그게 어디에 있는지 완벽하게 알고 있었다고요. 그것을 찾아낸 뒤 집안을 돌아다니면서, 다른 물건들을 조금 훔쳤어요. 보석류, 돈 조금, 팔 수 있는 도구들 두어 개, 옛날 것처럼 보이는 물건들 두어 개였죠. 하지만 중요한 물건을 훔친 뒤에요. 말하자면 그건 중요한 물건이 이미 가방 속에 들어 있을 때였는데, 단지 위장하려고 그랬을 가능성이 농후해요. 문제는 자세한 정황을 상상하는 게 어렵다는 거죠. 타인들을 상상하는 것은 늘 어렵지만, 우리가 안다고 믿었는데 지금은 결국 잘 모르게 된 어떤 사람을 상상하는 것은 더 어려워요. 나는 카페테리아에서 나오면서부터 카르바요를 상상하려고 애를 쓰고 있지만, 그림을 완성할 수가 없네요. 먼저, 나는 그 사람일 수 없다고, 그 사람이었을 수가 없다고 생각해요. 아버지의 제자 카르바요. 내 친구 카르바요. 과거 물건들에 대한 관심을 늘 나와 함께 공유해온 친구 카를로스 카르바요…… 그러고는 생각해요. 이런 관심사를 공유하던 **유일한** 친구. 내 아버지의 유산에, 육십육 년 전에 암살당한 어느 정치가의 유골에 관심을 가질 수 있었던 **유일한 사람**. 당신 덕분에 내 가족이 아니면서 그 뼈에 관해 알게 된 **유일한 사람**, 그 뼈들이 어디에 보관되어 있는지 상상할 수 있었던 **유일한 사람**. 이제 알 거요, 바스케스. 유일한 사람, 유일한 사람, 유일한 사람."

"하지만 뭐하게요?" 내가 물었다. "뭐하려고 지금 이런 것들을 훔치려고 했을까요?"

"지금이 아니에요. 이 년 전이에요."

"마찬가지예요. 박사님이 이들 물건을 소유하고 계셨다고 제가 카르바요에게 얘기한 게 구 년 전이잖아요. 그가 그것들을 훔쳤다는 게 사실이라면, 왜 칠 년을 기다렸다가 그랬을까요?"

베나비데스가 자신의 검은색 의자에 앉았다. "전혀 모르겠어요." 그가 말했다. "하지만 도둑이 무슨 이유로 그렇게 했는지는 알 필요가 없어요. 단지 사실들을 숙고하고, 논리적인 추론을 해봐야 해요. 다른 누가 있을까요, 바스케스? 다른 누가 이것을 훔쳐가려고 했을까요?"

"그게 뭔지 모르던 누군가죠." 내가 그에게 말했다.

"난 그렇게 생각하지 않아요."

"누군가 자물쇠가 채워진 서랍을 보고는 그 안에 든 것을 모조리 가져갔어요. 서랍 안에 썩 가치 있는 것을 보관하는 게 아니라면 그 누구도 서랍에 자물쇠를 채우지 않는다고, 아마도, 물론 아주 논리적으로 생각했을 거예요. 이것은 논리적이에요, 프란시스코. 평생 친구가 갑자기 남의 집 유리창을 깨고 침입하겠다고 작정할 거라는 생각은 못하죠. 보세요, 저는 카르바요가 전혀 마음에 들지 않습니다. 그는 사실 허언증 환자이자 사기꾼이고 위조범이기까지 해요. 그렇다고 해도 그가 도둑이라고 생각하는 건 비약이 심하네요."

"당신은 나만큼 그를 몰라요." 베나비데스가 말했다. "그의 능력이 어느 정도인지 모른다고요. 나는 이미 여러 해를 그와 함께 살았기 때문에, 알죠. 그와 함께, 그의 강박관념과 함께 살았다고요. 우리 모두는 크든 작든 강박관념을 가지고 있어요, 바스케스. 하지만 나는 카르바요 같은 누군가를, 실제로 단 하나의 발상, 견해에 따라 자신의 삶을 통째로 조정해버리는 누군가를 만난 적이 전혀 없어요. 카르바요는 이혼남인데, 알고 있었어요?"

"아니요, 그런 얘기는 전혀 한 적이 없어요. 자신의 사적인 삶에 관해 제게 얘기할 이유 또한 없지요."

"좋아요, 그런 사람이에요. 70년대 말에 칼리 출신 여성과 결혼했어요. 아주 사근사근한 여자였는데, 그녀가 짓는 미소는 누구든 하루를 즐겁게 만들었어요. 게다가 현실적이고 실용적인 여자였고요. 카를로스는 결국 그녀와 헤어졌죠. 그런데 그 이유가 뭔지 알아요? 그녀가 4월 9일을 이해하지 못했기 때문이에요."

"어떤 부분을요?"

"한 사람 이상이 가이탄을 죽였을 수 있었다는 사실을 이해하지 못했던 거요. 로아 시에라가 아닌 누군가가 가이탄을 죽였을 수도 있다는 것을. 그녀는 이런 걸 비웃었어요. 카르바요에게 말했죠. '봐요, 여보. 방아쇠에 손가락이 몇 개 들어가죠?' 카르바요는 참지 못했고요. 어느 날 자기 물건을 챙겨서 집을 나와버렸고, 두어 주 동안 아버지의 소파에서 잠을 잤어요."

"하지만 그건 전혀 상관없는 얘기잖아요, 프란시스코."

"그런 것 같아요?"

"그런 것 같아요."

나는 훼손된 서랍 옆에 쭈그리고 앉았다. 보니 자물쇠가 부서져 있고, 서랍 가장자리에 나무 부스러기가 있었는데, 나는 이런 효과를 유발했을 드라이버와 망치를 생각했다. 서랍이 아주 여러 날 동안 열어둔 것처럼 안쪽에 먼지가 쌓여 있고, 어느 구석에서 집게벌레 한 마리가 돌아다니고 있었다. "광신자가 뭐죠, 바스케스?" 베나비데스가 말했다. "광신자는 살면서 단 한 가지 것에만 능력을 발휘하며 그 한 가지 것이 무엇인지 찾고, 마지막 일 초까지 자신의 모든 시간을 거기 바치는 사람이에요. 그는 어떤 특별한 이유 때문에 그것에 관심을 갖죠. 왜냐하면 그것과 더불어 뭔가를 할 수 있으며, 그것이 그가 뭔가를 하는 데 도구로 소용될 것이고, 그가 돈이나 권력이나 여자 하나나 여러 여자를 얻는 데 도움을 줄 것이고, 자기 자신이 더 좋은 사람이라 느끼기 위해, 자신의 에고를 먹여살리기 위해, 천국을 얻기 위해, 세상을 바꾸기 위해 도움을 줄 테니까요. 물론 세상을 바꾸는 것이 에고를 먹여살리고, 돈과 권력과 여자를 주죠. 또한, 그래서 사람들은 자신이 하는 일을 하는데, 광신자도 그래요. 광신자는 가끔 훨씬 더 신비로운 이유, 우리가 발명해놓은 이유의 범주 그 어떤 것에도 속하지 않는 이유 때문에 자신이 하는 일을 계속해요. 시간이 흐르면서 이들 이유가 뒤섞여서 혼란스러워지고, 비이성적인 것에 가까운 하나의 강박관념이 되고, 자신이 뭔가를 위해 태어났다는 개인적이고 불가피한 임무의 의미가 되죠. 어찌되었든 이런 사람은 여러 가지 것을 통해 구분이 되는데, 그중하나는 아주 분명해요. 자신이 해야 할 일을 한다는 거요. 자신에게 소용없는 것은 삶에서 모두 제거해버려요. 만약 뭔가가 자신에게 소용이 되면, 그것을 하거나 그것을 얻어요. 무엇이 되었든."

"그러니까 박사님은 카르바요가 광신자라고 생각하시는군요."

"적어도 광신자처럼 행동하니까요." 베나비데스가 말했다. "여러 유형의 광신자가 있어요, 바스케스. 죽이는 광신자도 있고 그렇지 않은 광신자도 있죠. 광신자가 되는 방법이 아주 많고 다양한데, 나무를 자르지 말라며 단식농성을 하는 것에서부터 쿠란에 쓰여 있다면서 폭탄을 설치하는 것까지 단계가 있어요. 내가 착각했을 수도 있지만, 친구집에 침입해 자신에게 소용될 어떤 물건을 훔치는 누군가도 그 단계에 들어갈 수 있다고 생각해요. 혹은, 그 누군가는, 어떤 왜곡된 심적 기제에 의거해, 그 물건들이 자신에게, 친구보다 자신에게 더 속해 있고 자신의 소유가 되어야 하는 것인데 삶의 불공정성 때문에 그렇게 되지 않았다고 느꼈는지도 몰라요. 사건들이 그런 식으로 발생했을 가능성이 없을까요? 카르바요는 아버지가 1960년도에 해부를 한 뒤부터 갖고 있던 가이탄의 척추가 내 집에 있다는 사실을 우연히 알게 돼요. 화가 나서 죽을 지경이 되죠. 그 물건들이 자기 스승, 자기 멘토 것이었기 때문에, 방탕한 아들보다는 사랑받은 제자의 손에 있는 게 더 낫다는 거요. 스승이 이 물건들을 제자인 자신만큼 이해하지도 높이 평가하지도 않는 당신 아들에게 남겨줌으로써 대단한 오류, 참으로 심각한 오류를 범했다는 거죠. 아들에게는 단순한 역사적 골동품, 수집가의 재미있는 일, 취미 또는 더할 나위 없는 주물呪物에 불과해요. 반면에 제자에게는 하나의 임무라는 거요. 그건 그래요. 어떤 임무의 일부고, 더 고상한 목적을 위해 소용되는 것들이죠. 그런데 다른 사람들은 그걸 알지 못해요. 다른 사람들은 문외한이거든요."

"하느님은 이가 없는 사람에게 빵을 주시죠."

"맞아요."

"그런데 그 임무가 책인가요?"

"다른 것이 떠오르지 않네요." 베나비데스가 말했다. "그래요, 바스케스, 책이에요. 그가 당신더러 써달라고 하는 그 책. 좀더 정확히 말해, 그 책이 공공의 빛에 드러나게 할 정보나 역사죠. 그가 주장하는, 가이탄을 죽인 음모론. 그 이전에 아버지가 그러셨듯이, 그가 평생을 지고 다니는 그 강박관념. 차이라면, 아버지께는 그게 하나의 게임이었다는 거요. 진지한 게임이었지만, 어쩌되었든 일종의 게임이었죠." 베나비데스는 구 년 전에도 똑같은 단어를 사용했다. 나는 이름도 얼굴도 메시지도 잘 기억하지 못하지만 단어, 단어의 순서, 단어의 리듬, 단어의 은밀한 음악성은 잘 기억한다. 그런데 이 단어들은 베나비데스가 내게 가이탄의 척추를 보여주던 그날 밤에 말한 것들과 똑같았다. "요 몇 년 동안 내가 무슨 일을 겪었는지 상상도 못할 지경이에요. 카르바요는 나를 믿지 않았는데, 사실 그는 아무도 믿지 않아요. 그가 우리 가족과 아주 친하다는 사실, 내 집에 자주 찾아왔다고 해도 아무것도 바꾸지 않아요. 그의 삶이 온통, 내게는 계속해서 하나의 어두운 영역, 하나의 비밀이에요. 최근 몇 년 동안 그에게 뭔가가 일어났을 거요. 그가 뭔가를 발견하고, 뭔가를 생각했겠지요. 모르겠어요. 어떤 연료, 어떤 논리적인 순서를 만들 수가 없네요. 하지만 내가 아버지의 유산을 되돌려주려고 결정한 바로 뒤에, 내가 그 문제를 가족에게 얘기한 바로 뒤에 그것들을 도둑맞았다는 것은 참 대단한 우연의 일치처럼 보여요. 그날 밤 우리 모두가 잠을 자러 갔을 때 이미 그 결정은 번복할 수 없는 것이 되었어요. 우리는 내가 물려받은 유산을 세상에 내놓기 위해 다양한 접촉을 하고, 결국은 그 물건들이 있어야 할 자리인 어느 박물관에 전시되게 하려고 애를 쓸 생각이었죠. 그런데 바로 그때 도둑이 든 거요. 대단한 우연의 일치가 아니라고요? 나는 아니라고 봐요. 카르바요는 우리가 시행하려고 생각한 것이 무엇인지 알았고, 그래서 그걸 막았던 거요. 어떻게 그렇게 되었는지 모르겠지만, 상상이 잘 안 돼요. 하지만 가장 단순한 설명은 되죠. 단순한 설명이 있을 때는 복잡한 설명을 찾지 않는 것이 낫다는 사실을 내 경험과 아내를 통해 배웠어요."

"하지만 그게 복잡하기 이를 데 없는 거라면요?" 내가 말했다. "단순한 설명은 다른 거예요, 프란시스코. 평범한 도둑들에 관해서나 하는 거라고요."

베나비데스는 내 말을 듣고 있지 않았거나 들은 척하지 않았다.

"지금 물어야 할 것은, 우리가 뭘 하느냐? 예요. 이 물건들을 되찾아 오려면 우리가 뭘 해야 할까요? 논의를 하기 위해, 카르바요가 그것들을 수중에 가지고 있는지 확실히는 모른다는 걸 인정하죠. 그걸 확인하기 위해 우리가 뭘 해야 할까요? 그 친구가 여전히 우리집에 온다고요, 바스케스. 그와 나, 내 가족과의 관계가 절도 사건 이후로도 변하지 않았어요. 내가 받은 유산에 관해 그에게 말하고 싶지 않았기 때문에, 물론 나는 절도 사건에 관해 얘기하지 않았어요. 내가 그것들을 수년 동안 숨겨왔다는 사실을 그에게 고백하고 싶지 않았던 거지요. 하지만 지금 그를 의심하게 되면서 요 몇 년 동안 그를 점심이나 저녁에 초대했던 매 경우를 상기해보기 시작했어요. 포커페이스였어요, 바스케스, 완벽한 연기였다고요! 그는 자신의 의도를 드러낼 수 있는 것이라면 머리털 하나도 움직이지 않았는데, 참 대단해요. 그가 우리집 식탁에 얼마나 여러 번 앉았는지, 그리고 가이탄, 케네디, 그 두 범죄 사건에서 자신이 파악한 우연의 일치들에 관해 얼마나 여러 번 얘기했는지 셀 수도 없을 정도인데, 그 모든 것을 절도 사건이 일어나기 전에 했던 바대로 정확하게 얘기했어요. 막상 도둑을 맞고 나서는 이제 그가 그 척추를 결코 손에 넣지 못하게 된 일에 기분이 좋지 않았어요. 물론 그것을 결코 그에게 보여주고 싶지는 않았으나, 절도 사건 이후에는 내가 그걸 원치 않아서 안 한 게 아니라 할 수 없게 된 거잖아요. 그리고 마치 내가 그에게서 뭔가를 빼앗은 것처럼 기분이 좋지 않았죠. 내가 그에게서! 삶이란 아이러니해요, 그렇지 않아요? 그동안 나는 그가 가이탄에 관해 얘기하는 것을 들어왔고, 비록 그 자신은 몰랐다 할지라도 내가 그에게서 어떤 큰 만족감을 빼앗았기 때문에 마음이 무거웠는데, 그사이에 그는 자신이 우리집에 와서 척추를 손에 넣게 될 것이고, 자기 눈으로 척추를 볼 것이고, 우리가 상상할 수 없는 목적을 위해 척추를 사용할 것이라는 점을 알고 있었던 거요. 그가 자신의 망상에 대한 일체의 자료로, 자신의 음모론에 대한 증거물로 척추를 제시하기 위해서요."

"만약 그가 그것을 가지고 있다면요?"

"그래요, 만약 그가 가지고 있다면." 베나비데스가 말했다. 그러고는 잠시 입을 다물었다. 나는 그가 자리에서 일어나 의자 뒤로 가서는 조난자가 통나무 하나를 붙잡듯이 의자의 검은 등받이를 양손으로 움켜쥐는 모습을 보았다. "이봐요, 바스케스. 내 말 좀 들어봐요." 그가 내게 말했다. "지금 내가 하려는 말이 경박스럽게 들릴 수 있겠지만, 사실은 그렇지 않아요. 병원에서 당신에게 다른 것들에 관해 얘기하면서도 동시에 그 생각을 하고 있었어요. 여기로 오는 차 안에서도 그 생각을 했다고요. 지금 우리가 얘기를 나누는 중에도 쭉 그 생각을 하고 있었네요. 이런 거죠. 아버지가 내게 물려주신 유산이 내 것이지 다른 사람 것이 아니라는 생각요. 하지만 나는 그것이 우리 나라의 국가유산이라는 사실 역시 알고, 많은 세월이 지났지만 국가유산이 되길 원해요. 내가 원하지 않는 것은, 내가 명확하게 원하지 않는 것은 그 물건이 어느 광신자가 고통스러운 어느 과거를 추측하는 데 사용되는 거예요. 그럼에도 불구하고, 당신만이 카르바요가 그것을 가졌는지 가지지 않았는지 확인해줄 수 있어요. 바스케스, 삶이 당신을 그 특이한 상황에 처하게 만들었는데도 특별히 할 수 있는 게 전혀 없네요. 카르바요는 당신이 책 하나를 쓰기를 원했어요. 가서 책을 쓰겠다고 제의해보는 게 좋겠어요. 그래요, 그 친구 말대로요. 그를 수소문해서 그놈의 책을 쓰겠다고 그에게 제의하고 그의 집에 가서 조사를 해봐요. 당신 같은 위치에 있는 사람이 아무도 없어요. 만약 당신의 친구인 모레노 두란이 살아 있다면 그에게 요청했을 거요. 하지만 그는 살아 있지 않죠. 살아 있는 사람은 바로 당신이에요. 그리고 카르바요가 당신에게 집 문을 열어주고, 가이탄 암살의 진실을 세상에 드러내기 위해 그가 가지고 있는 서류들, 증거품들, 모든 자료를 당신에게 보여줄 거요. 그의 편에 서서 그가 듣고 싶어하는 모든 걸 얘기해주고, 거짓말을 하고, 필요한 것 모두를 해 줘요. 그리고 조사해봐요. 이 발상이 터무니없게 보인다는 걸 알지만, 사실은 그렇지 않아요. 완벽하게 합리적인 거요. 그러니 내 부탁 좀 들 어줘요, 바스케스. 그 사람 집으로 가는 일에 대해 오늘밤 생각해보고, 내일 전화해요. 내가 당신에게 도움을 청하고 있다는 사실을 단 한 순 간도 잊지 말아요. 당신 도움이 필요해서 부탁하는 거요. 나는 당신 손 에 달려 있어요, 바스케스. 당신 손에 달려 있다고요."

5. 커다란 상처

어느 일요일 밤에 나는 카를로스 카르바요에게 메일을 써서—내가 컴퓨터에 저장해둔 주소는 오래전에 바뀌었기 때문에 베나비데스가 가르쳐준 주소로—그와 얘기를 할 필요가 있다고 했다. 그가 즉각적으로 답을 했는데, 가장 관습적인 사고방식이 드러나는 특성들, 즉 문법과 철자법을 경시하는 건 여전했다. **후안 가브리엘, 정중한 인사를 보내요. 깜짝 놀랐는데, 뭔 일인가요?** 나는 그에게 우리가 마지막으로 만난 뒤에 많은 일이 있었고, 나도 변하고 내 상황도 변했다고 쓰고는, 몇 년 전부터 지금까지 이전에는 없었던 몇 가지 호기심이 내게 발동되었는데(나는 그렇게 썼다. "내게 발동되었다"), 언젠가 그가 제의했던 그 책이 내 운명의 일부라는 결론에 차츰차츰 도달하게 되었다고(나는 그렇게 썼다. "내 운명의 일부") 설명했다. 이런 수사가 카르바요의 기대감을 충족시키리라 생각했던 것이다. 사기꾼이 된 느낌이 들었으나, 사기는 프란시스코 베나비데스가 내게 부여한 임무의 일부이며, 그래서 결국 수단을 정당화한다고도 느꼈다. 그러고는 카르바요가 내 말에 대답을 하지 않았다는 사실을 깨닫고는 그를 세게 압박했고, 이 전문 도박꾼이 나의 진짜 의도를 추측하거나 어렴풋이 감지했을 것이라고 생각하게 되었다. 나는 그런 생각을 하면서 침대로 갔고, 그때부터 내 의도를 드러내지 않은 채 임무를 수행하기 위한 부수적인 계획을 짜보았다. 하지만 다음날 아침 여섯시 반에 전화벨이 울렸다. 카르바요였다.

"이 번호는 어떻게 알아냈어요?" 내가 그에게 물었다.

카르바요는 대답하지 않았다. "목소릴 들어서 반갑네요." 그가 내게 말했다. "이번 금요일 밤에 바빠요?"

"아뇨." 나는 대답했다. 사실이었지만, 아니었대도 어떻게 해서든 다른 선약을 모두 취소했을 것이다. "원한다면 함께 식사할 수 있어요."

"아뇨, 식사는 안 돼요." 그가 거부했다. "내 프로그램에 초대할게요."

그렇게 해서 나는 이 종잡을 수 없는 사내의 새로운 모습을 이해하게 되었다. 카르바요는 매일 자정부터 네 시간 동안 방송하는 라디오 프로그램 하나를 얻었는데, 거기서 그는 한 사람, 가끔은 두 사람을 초대해 인터뷰(물론 이 단어는 그 공간에서 일어나는 일을 규정하기에는 지나치게 **전문적**이었다)했다. 최근 오 년 동안 〈아베스 녹투르나스〉* 프로그램은 정치가, 축구선수, 개념미술 작가, 퇴역 군인, 대중가수, 연속극 배우, 소설가, 시인, 소설가이기도 한 시인, 자신을 시인이라 생각하

---

* 올빼미, 부엉이 등 야행성 조류를 뜻하는 에스파냐어 단어.

는 정치가와 자신을 배우라 생각하는 가수를 초대했는데, 내가 결코 들어본 적이 없는 그 프로그램이 애청자들에게는, 필연적으로 소수가 청취하기 때문에, 말하자면 성격이 내밀하기 때문에 아주 높게 평가된 일종의 라디오 방송이라는 사실은 잠시만 인터넷을 검색해봐도 충분히 알 수 있었다. 초대 손님은 두 가지 임무를 부여받았다. 자신이 좋아하는 음악과—그 프로그램을 초대 손님 것으로 만들기 위한 노래 십여 곡—보온병에 든 커피든 아과르디엔테나 럼 한 병이든 물 한 통이든 자신이 마실 음료를 가져와야 했다. 그 외에 초대 손님에게 요구되는 유일한 것은 열린 마음과 대화하고자 하는 욕망이었는데, 그 이유는 〈아베스 녹투르나스〉의 처음 두 시간을 초대 손님이 채워야 하기 때문이다. 그 시간에 카르바요는 초대 손님과 대화를 하고 청취자의 전화를 받았다. 이어지는 두 시간 동안에는 카르바요 혼자 스튜디오에 남아 계속해서 전화를, 많은 경우에는 초대 손님이 떠난 뒤에 그와 나눈 대화에 관한 코멘트를 하기 위한 전화를 받았고, 음악을 틀고 혼자서 방송을 했다. 그렇게 최근 몇 년 동안 그는 잠을 못 이루는 사람, 고독한 사람, 자의로 또는 일 때문에 날밤을 새는 사람, 그리고 아주 일찍 잠에서 깨는 사람들의 동반자가 되었다. 지금 그가 나더러 그 프로그램에 출연해달라고 초대한 것이다. 내가 그의 삶에 다시 초대되기 위해 지불하는 가격치고는 썩 높지 않다는 생각이 들었다.

그래서 나는 차가운 금요일 밤 열한시 반에 카예 84와 평행한 도로변에 있는 토델라르방송국 앞에 주차한 뒤 노란 전깃불 아래서 따분한 표정을 짓고 있던 수위에게 어디에서 카를로스 카르바요를 만날 수 있는지 물었다. 그는 잠시 주저하다가 링바인더를 들여다보았다. 이 남자는 〈아베스 녹투르나스〉의 애청자가 아니었다. 나는 그가 모호하게 가르쳐준 대로 어스름한 계단을 통해 2층으로 올라가서는 희미한 네온 불빛과 방송중인 스튜디오의 불빛이 비치는 카펫 깔린 텅 빈 복도를 걸어갔다. 한 손에는 위스키 반병을 들고 있었다. 재킷 주머니에는 내가 좋아하는 노래 열 곡, 즉 그날 오후에 부랴부랴 내가 좋아하는 음악이 되어버린 음악이 담긴 메모리 스틱이 들어 있었는데, 작은 플라스틱 실린더를 카르바요에게 넘겼을 때 나는 〈엘리너 릭비〉부터 〈도시들〉까지, 폴 사이먼의 어느 노래부터 세라의 어느 노래까지 모두 고독을 노래하고 있다는 사실을 깨달았다.*

"초대 손님이 도착하셨군요." 듣는 이가 아무도 없는데 카르바요가 소리쳤다. "어서 와요, 어서 와, 자기 집처럼 편안하게 생각해요."

카르바요는 벨트가 제대로 통제하지 못하는 밝은색 청바지와 와이셔츠 차림에 실내가 춥지 않건만 목에 흰색과 검은색이 섞인 체크무늬 머플러를 두르고 있었다. 이전보다 더 창백해 보였는데, 나는 즉각적으로 얼굴색을 현재 그가 진행하는 그 일과 연계시켰다. 그는 밤에 일하고 낮에 자는 사람으로 바뀌었기 때문에 햇빛을 조금밖에 쐬지 못했다. 그렇게 보이는 데는 틀림없이 올리브색 귀와 까칠한 수염 사이로 선명하게 드러난 파란 핏줄 탓도 있었다. 카르바요는 우리 보고타 사람들이 늘 하는 질문도—별일 없어요? 어떻게 지내요? 잘 지냈어요?—하지 않고 나를 스튜디오로 데려가더니 작은 콜롬비아 국기가 달린 마이크 앞에 앉으라 하고는, 그사이에 방음패드가 붙은 문을 닫고 나서 음향기

---

* 〈엘리너 릭비〉는 비틀스의 노래, 〈도시들〉은 멕시코 가수 호세 알프레도 히메네스의 노래다. 폴 사이먼은 미국의 싱어송라이터, 후안 마누엘 세라는 에스파냐의 싱어송라이터다.

사를 향해 상체를 숙이면서 잘 알아들을 수 없는 소리로 주절주절 설명했다. 그가 돌아와 의자에 앉아 헤드폰을 쓰고는 긴 손가락을 움직여 나도 그렇게 하라고 지시했을 때 그가 일부러 나를 피한다는 생각이 들었다. 아마도 그는 우리가 서로에게 경솔한 언동을 하거나 거짓 예의를 차리지 않게 하려고 우리의 대담이 시작될 때 방송도 시작되기를 원했을 것이다. 나는 그가 사회생활의 다양한 방식 때문에 조바심이 생겼다고 생각했다. 그가 소심하거나 소극적으로 변했다고도 생각했다. 하지만 그가 내게 올가미를 걸고 있다는 생각은 결코 하지 않았다.

"오늘 우리는 아주 특별한 손님을 모셨습니다." 그가 말했다. 그곳에 내가 기억하는 카르바요가 있었다. 카르바요의 상투성은 그의 기벽과 뒤섞여 그의 말에서 잡초처럼 피어나고 있었다. 그는 나를 형식적으로 소개하고는 우리가 대화를 처음 하는 것은 아니라고 청취자들에게 말했다. "친애하는 청취자 여러분, 친애하는 올빼미 여러분, 우리가 어떻게 만나게 되었는지 아십니까?" 카르바요가 목소리를 낮추고, 계략의 일부인 것이 분명한 친밀함을 아무런 노력도 하지 않고서 드러내며 물었다. "이 사람이 유리컵으로 제 코를 부숴버렸어요. 그래서 서로 알게 되었지요. 나를 병원으로 보낸 사람을 본 프로그램에 초대한 것이 처음이네요. 이게 마지막이 되기를 희망합니다. 그렇지 않은가요?" 그가 공범자처럼 씩 웃었으나 나를 보고 웃은 게 아니었다. 내 눈앞에서, 카르바요는 그 순간에 우리의 대화를 듣고 있던 사람 수천 명과 사적인 관계를 만들어내고 있었다. 정말 놀라웠다. "그게 벌써 구 년 전, 그러니까 몇 개월 빠지는 구 년 전이네요. 그리고 친애하는 청취자 여러분, 올빼미 여러분, 그런데 우리는 이곳에 있습니다. 우리는 아주 태연하게 이곳에 있죠. 왠지 아십니까? 왜냐하면 사건은 항상 한 가지 이유 때문에 일어나니까요. 후안 가브리엘, 안녕하세요?"

"안녕하세요, 카를로스." 내가 말했다. "내가 원하는 건……"

"당신은 책 여러 권을 쓴 작가이자 〈엘 에스펙타도르〉의 칼럼니스트이기도 하지요. 그리고 칼럼니스트로서 새해 벽두에 그게 당신의 관심사인지 우리가 몰랐던 라파엘 우리베 우리베의 암살 사건을 가지고 우리를 놀라게 했어요."

이 말이 나를 무방비 상태로 만들었다. 그 당시에 나는 즉흥적으로 썼던 칼럼을 거의 완전히 잊고 있었으나, 그 익명 뒤에 카르바요가 도사리고 있다고 추론했던 불만족스러운 독자의 코멘트가 뇌리에 섬광처럼 스쳤다. 지금, 당시의 내 추론이 옳았다는 생각이 들었다.

"그래요, 사실 그 칼럼은 단지 우리베 우리베에 관한 것만은 아니에요." 내가 말했다. "무엇보다도, 내가 좋아하는 어느 책에 관한 것이죠. 제목이 『사라예보의 유령들』인데, 모든 사람에게 추천하겠어요. 두번째는 그 칼럼이 다룬 것은 각기 다른 기념일에, 즉 두 개의 범죄 사건……"

"어떻게 해서 우리베 우리베에게 관심을 갖게 되었나요?" 그 프로그램의 주인이 내 말을 잘랐다.

"잘 모르겠어요." 내가 말했다. "최근에 관심이 생겼어요."

"아, 그래요? 하지만 당신의 소설 『코스타과나*의 비밀 이야기』의 첫 부분에 그 관심사를 언급했더군요. 우리베 우리베와 그를 암살한 갈라르사와 카르바할을 언급했어요. 그게 이미 칠 년 전이니까, 당신의 관

---

* 조지프 콘래드의 『노스트로모』에 나오는 가상의 남아메리카 지역 국가.

심이 그렇게 최근 것도 아니겠네요."

"사실이에요. 기억하지는 못했지만, 사실이죠. 글쎄요, 카를로스, 나는 모든 콜롬비아 사람처럼 그 범죄 사건에 관심이 있어요. 나는……"

"당신은 그렇게 생각해요? 나는 썩 확신하지 않는데요. 내 청취자, 내 올빼미 중 몇이나 라파엘 우리베 우리베에 관해 아는지 잘 모르겠어요. 그가 어떻게 죽었는지 몇 사람이나 알까요? 당신은 그가 어떻게 죽었는지 알아요? 그게 어떻게 된 건지 알고 있어요?"

나는 뭔가를 알고 있었다. 나는 내가 뭔가를 알고 있지만 대단치 않은 거라고 그에게 말하고 싶었던 것 같다. 그저 일반적인 것으로, 그 장면이 어떻게 해서 내 기억 속에 들어가게 되었는지는 모르겠지만, 내 기억이 보존하고 있던, 어느 정도는 고정된 어떤 장면이었다. 그렇게 해서 우리는 과거를 알게 된다. 물론 나는 내 칼럼에 쓴 내용을 알고 있었다. 그 라디오 방송에서 대화를 하게 된 날에서 8개월이 빠지는 백년 전인 1914년 10월 15일, 라파엘 우리베 우리베 장군은 카레라 7의 서쪽 보도를 걷고 있을 때 목수 두 명의 손도끼 공격을 받고 부상을 입었다. 그래, 나는 이 사실을 알고 있었고, 어렸을 때부터 알고 있었다. 아버지가 나를 그 모든 것이 일어난 장소로 데려간 때는 내가 아홉 살이나 열 살 때였을 텐데, 아버지는 그 사건을 추모하는 서글픈 대리석 명판을 보여주면서 그 암살 사건에 관해 얘기해주었다. 갈라르사와 카르바할. 비록 이 두 개의 성(姓)이 각각 제 이름과 함께 쓰이기 위해서는, 그리고 내 유년기의 의식이 마침내 이 두 성을 분리하고 각 성의 주인이 이제는 영원히 지속되는 어떤 신비한 개체나 머리가 둘인 괴물이 아니라 두 명의 개인이라고 생각하기 위해서는 틀림없이 여러 해가 걸려야 했을지라도, 이 두 개의 성을 부르는 소리가 그때부터 어느 대중 가요의 후렴구처럼 나를 따라다녔다. 내가 어렸을 때 가족과 함께 볼리 바르광장을 걸으면서 그들을 어떻게 생각했는지는 모르겠고, 1914년 의 보고타 사람들이 보았음이 틀림없는 그 잔인하고 난폭한 장면을 내 가 어떻게 상상했는지도 기억할 수 없다. 나의 무지가 일반적으로 알려 진 이런 사항을 무시하고 그 장면을 거짓과 오류로 치장했다는 사실을 나는 깨달았다.

이 모든 것을 카르바요에게 설명할 수도 있었겠지만, 나는 그렇게 하지 않았다. 갈라르사와 카르바할, 그리고 국회의사당 건물의 동쪽 보 도에 관해서만 말했다. 대담 진행자는 불만스럽다는 듯이 얼굴을 찡그 렸고(다행히 그의 청취자들에게는 보이지 않게), 말을 계속했다.

"그게 바로 역사가 말하는 거죠." 카르바요가 비웃었다. "하지만 내 청취자들은 역사가, 뭐랄까요, 약간은 거짓말일 수도 있다는 사실을 알 아요. 그렇잖아요, 친애하는 후안 가브리엘?" 이제 그의 말투는 끈적해 졌거나 공손해졌거나 혹은 그 두 가지가 섞인 상태가 되어 있었다. "진 실은 다를 수 있지요, 그렇잖아요? 마찬가지로, 아무 예나 들어보자면, 가이탄의 암살에 관한 진실은 우리가 학교 교과서에서 배운 진실과는 다르죠."

"그래요, 나는 당신이 가이탄의 문제를 꺼내는 데 시간이 얼마나 걸 릴지 자문해보았어요." 나는 약간의 유머를 가미해 대화의 지배권을 회 복하려고 애쓰면서 그에게 말했다. 당신이 가이탄의 척추를 훔쳐갔어라 고 생각했다. "친애하는 카를로스, 당신은 내가 음모론을 썩 믿지 않는 다는 걸 아시죠. 그게 인기가 있다는 건 알고, 사람들이……"

"잠시만요." 그가 다시 내 말을 잘랐다. "전화가 왔네요." 그는 내게서 시선을 거두더니(나는 어떤 중압감에서 벗어난 느낌이 들었다) 시선을 허공에 둔 채 말했다. "네, 좋은 저녁입니다. 제가 이 기쁨을 함께 누리는 분은 누구신가요?"

"좋은 저녁이에요, 카를리토스." 남자의 목소리가 말했다. "저는 이스마엘이라고 합니다."

"돈* 이스마엘, 오늘밤 우리에게 해주고 싶으신 얘기가 뭘까요?"

"나도 그 젊은 벨라스케스의 칼럼을 읽었어요." 잡음 때문에 일그러진 이스마엘의 목소리가 말했다. 카르바요는 그가 잘못 말한 내 이름을 정정해주지 않았다. 나는 대화에 끼어들어 정정할 생각이 없었다. "그리고 한 가지 말하고 싶은 게 있는데요, 만약 그 사람이 제1차세계대전에 그토록 관심이 많다면, 그 사람이 '음모론'이라고 무시하면서 부르는 그것을 칼럼에서 빼먹지 말아야 했어요."

"그건 무시가 아니에요." 내가 개입하려 애를 썼다. "그건……"

"당신은 칼럼에서 프란츠 페르디난트에 관해 말했어요." 이스마엘이 말했다. "가브릴로 프린치프에 관해서도 말했죠. 당신은 그렇게 제1차세계대전이 발발했다고 말했고요. 질문 하나 해도 될까요?"

나는 사근사근하게 대하려고 애를 썼다. "물론 편하게 하고 싶은 대로 하세요, 이스마엘."

"당신은 미국이 어떻게 전쟁에 참여했는지 알죠?"

믿기 어려운 얘기였다. 나는 시계를 보았다. 프로그램을 시작한 지

---

* 남성의 이름 앞에 붙이는 경칭.

채 반시간도 되지 않았는데, 이제 내가 서양의 역사에 관해 일종의 전화 시험을 봐야만 하나보다. 카르바요는, 그 순간 세상에서 가장 중요한 일이 미국이 제1차세계대전, 즉 당시 사람들은 두번째 전쟁이 일어날 가능성을 알지 못했기 때문에 첫번째 전쟁이 아니라 그냥 대전이었던 그 전쟁에 참여한 이유를 내가 설명하는 일이라는 듯, 두 눈을 크게 뜨고 극도로 진지한 표정을 지었다. 사람들은 그렇게 '대전'이라고 불렀다. 포퓰리즘적 낙관주의에 기반해 '모든 전쟁을 끝내기 위한 전쟁'이라고도 불렀다. 그 분쟁의 이름은 세월이 흐르면서, 아마도 그 분쟁의 성격이나 우리가 그 분쟁에 관해 언급하기 위해 고안해왔던 설명이 바뀌었듯이, 이름이 바뀌었다. 사물에 이름을 붙이는 우리의 능력은 제한되어 있는데, 그런 제한은 우리가 이름을 붙이려고 시도하는 사물이 영원히 사라져버리게 되면, 훨씬 더 민감하거나 잔혹해진다. 그것이 바로 과거다. 하나의 이야기, 다른 이야기에 기반해 만들어진 하나의 이야기, 동사와 명사로 만들어지는 하나의 술책인데, 아마도 우리는 인간의 고통, 즉 죽음에 대한 두려움과 살고자 하는 열망, 그리고 참호 속에서 싸우면서 느끼는 향수, 개양귀비 들판*으로 갔다가 우리가 그를 기억할 때는 아마도 이미 죽어 있을 병사에 대한 걱정을 그 술책에 붙잡아놓을 수도 있을 것이다.

"살펴볼까요." 내가 말했다. "제가 틀리지 않았다면, 윌슨 대통령이

---

* 캐나다 시인 존 매크레이의 시 「개양귀비 들판에서」는 전쟁의 고통을 다룬 대표적인 시로, 죽은 동료를 기리며 쓴 작품이다. '개양귀비 들판(Flanders Fields)'은 플랑드르 지역의 전장이라는 뜻이기도 하다. 제1차세계대전 당시 플랑드르 지역에서 한 달 이상 전투가 이어졌으며, 매크레이의 친구 역시 이 전투에서 전사했다.

루시타니아호가 침몰한 뒤 독일에 선전포고를 했어요. 그 배는 증기 여객선이었는데, 독일의 잠수함이 침몰시켰지요. 그 공격으로 천 명이 넘는 사람이 죽었고요. 윌슨은 즉각 전쟁을 선포한 것이 아니라, 그래요, 조금 뒤에 했어요."

"좋아요, 그런데 한 가지만 얘기해주세요." 이스마엘이 부탁했다. "루시타니아호가 언제 침몰했나요?"

"정확한 날짜는 기억나지 않네요." 내가 방어했다. "아마도……"

"1915년 5월 7일이에요." 이스마엘이 말했다. "영국인들이 독일의 암호를 언제 해독했나요?"

"뭐가 언제라고요?"

"독일의 암호 말이에요. 독일의 전쟁암호. 영국인들이 그걸 언제 해독했죠?"

"모르겠네요, 이스마엘."

"1914년 12월이죠." 전화 목소리가 말했다. "루시타니아호가 침몰하기 약 5개월 전이에요. 그럼 말해봐요. 만약 당시에 해군장관이던 윈스턴 처칠 씨가 독일 잠수함 각각의 위치를 알 수 있었다면, 어떻게 그 잠수함들 가운데 한 척이 어느 증기 여객선에 접근해 어뢰 한 방으로 침몰시킬 수 있었을까요? 루시타니아호가 항구 근처 해협에 정박하고 있을 때 독일의 어뢰를 맞았잖아요. 그 배가 왜 그곳에 있었는지, 뭘 기다리고 있었는지 알아요? 영국 항구까지 자신을 호위할 배를 기다리고 있었어요. 그 배는 주노호였고요. 그런데 결코 도착하지 않았죠. 윈스턴 처칠이 항구로 돌아오라는 명령을 내렸기 때문에 도착하지 않은 거예요. 그 지점에서 우리의 초대 손님에게 질문을 하고 싶어요. 왜일까요? 왜 처칠은 주노호가 루시타니아호에 접근하기 전에 항구로 돌아오라는 명령을 내렸을까요? 왜 처칠은 그 해역에 독일 잠수함 세 척이 있다는 걸 알았으면서도 **자진해서 루시타니아호를 방치해버렸을까요? 자, 말씀해보세요, 왜냐고요?"**

갑자기 나는 피로를, 심한 피로를 느꼈는데, 시간이 많이 지났기 때문이 아니었다. 마치 스튜디오의 문이 살짝 열렸다는 듯이, 익명의 장소들로부터 나의 불신 또는 나의 단순함을 책망하는 일련의 기나긴 독백을 밤 깊은 곳에서 보았던 것이다. 나는 카르바요의 고소해하는 표정, 올가미를 설치해놓고 사냥감이 걸렸는지 보려고 가보는 사람의 표정을 볼 것이라 생각하고는 카르바요를 쳐다보았다. 하지만 그의 얼굴에서 그런 표정은커녕 오히려 이스마엘의 개입과 나의 다음 대답에 대한 그의 진정한 관심을 발견했다. 아마도 이스마엘 같은 사람들이 카를로스의 청취자, 올빼미 부대를 이루고 있었을 것이다. 나는 낮에는 불만족스러운 기능을 수행하고 밤만 되면 실제적인 삶을 되찾는 이 고독한 사람들을 상상하려고 애쓸 필요가 전혀 없었는데, 이들은 밤에 고적한 소형 아파트에서 책꽂이에 꽂혀 있는 것이 아니라 쌓아놓은 책들에 둘러싸여 컴퓨터나 라디오를 켜서 자정이 되기를 기다린다. 그러고는 신데렐라에게 일어난 것과 반대되는 기적이 일어나기를 기다린다. 이들 남녀는 카르바요 또는 그의 목소리와 더불어 세상의 이면, 공식 역사에서 묵살된 사건들의 진실을 조사하는 데 몇 시간을 바치고, 편집증을 동무로 삼아 그렇게 분노를 공유하는 데서 쾌감을 느끼면서, 서로 알지도 못하고 결코 얼굴을 본 적도 없는 두 사람을 가장 강하게 결합시킬 수 있는 것, 즉 자신들이 공동의 추적자라는 느낌을 발견할 것이다. 이 모든 생각이 순식간에 떠올랐는데, 그 이후에 일어났던 일은 이 글을 쓰고 있는 지금에야 의미를 회복했다. 나는 뭔가를 이해했다. 이스마엘이 음모론에 관한 나의 견해를 이미 알았다는 듯이 재빨리 전화한 이유가 무엇인지 이해했다. 카르바요가 자신의 프로그램에 나를 초대한 이유가 무엇인지 이해했다. 물론 내 견해에 어떤 관심이 있어서는 아니었고, 내 책에 관심이 있어서는 더더욱 아니었다. 나를 시험하기 위해 초대했던 것이다. 다시 말하면, 나의 지난 책들 때문에 나를 초대한 것이 아니라, 전혀 의심할 여지 없이, 내가 미래의 어떤 책을 쓸 만한지 알아보기 위해서였다. 그런 사실을 알고 나니 어처구니가 없었다. 나는 서둘러 대답했다.

"배가 침몰하기를 기다렸기 때문이죠."

"뭐라고요?" 카르바요가 말했다.

"물론, 미국이 전쟁에 참여하게 하려고 그랬던 거예요." 내가 말했다. "그렇지 않나요? 하지만 미국은 관례적으로 다른 나라들의 분쟁에 관여하지 않았는데, 그것은 건국의 아버지들부터 내려온 일종의 전통이었어요. 워싱턴까지도 그것을 일종의 국가철학으로 인정했다고 생각해요." 이건 옛날에 읽은 적이 있는 어렴풋한 기억이기에 정확하지 않다는 건 의심할 여지가 없었다. 하지만 나는 그 누구도 내 말을 부인하지 못할 것이라고 믿었다. 실제로 그 누구도 부인하지 않았다. "그럼에도 불구하고, 전쟁이 이익을 창출하기 때문에 많은 사람은 미국이 전쟁에 참여하는 걸 원했어요. 다들 미국의 부자들은 전쟁이 자신들에게 다양한 기회를 제공하기 때문에 미국의 참전을 원했다고 알고 있어요. 하지만 윌슨 대통령은 미국이 개입하는 것을 완고하게 거부했지요. 미국

국민들에 대한 어떤 폭력적인 행위를 할 필요가 있었고, 여론을 격앙시켜 대통령을 뒤에서 압박하면서 응징을 요구하고 복수를 요구하는 어떤 행위를 할 필요가 있었어요."

카르바요가 의자 등받이에 상체를 기댔다. 양팔을 머리 뒤로 들어올리더니 나를 쳐다보았다.

"하우스 대령의 문서에 관해 들은 적이 있나요?" 이스마엘이 물었다. 나는 진실을 밝힐 수 없었다. 그 문서에 관해서는 최소한의 생각도 없었기 때문이다. 하지만 이스마엘이 말하고 싶어하기 때문에, 말하고 싶어 죽을 지경이기 때문에 내가 말할 필요가 없을 것이라는 사실을 알고 있었다. 그래서 이스마엘더러 얘기를 하라고 했다.

"하우스 대령의 문서에 관해 들어보지 않은 사람이 누가 있겠어요?" 내가 그에게 말했다.

"맞아요. 누가 있겠어요?" 이스마엘이 말했다. "좋아요. 그 문서에는, 당신도 알다시피, 아주 우아한 대화가 수록되어 있죠."

"그럼, 그걸 청취자분들께 설명해보시지요." 내가 말했다. "하우스 대령이 누구였는지 우리 올빼미들에게 설명해보십시다."

"그래요, 그렇게 하시죠." 이스마엘이 말했다. "하우스 대령은 윌슨 대통령이 가장 신임하던 최측근이었어요. 그의 문서는 영국 외교부장관 에드워드 그레이 경과 나눈 대화를 기록한 것이죠. 대화는 루시타니아호 사건이 일어나기 조금 전에 이루어졌어요. 그레이는, 만약 독일이 수많은 그링고* 승객이 탄 그 대서양 횡단 정기여객선을 침몰시키지 않

* 중남미에서 미국인을 비하해 부르는 호칭. 미국-멕시코전쟁시 베라크루스항에 상륙한 녹색(Green) 옷을 입은 미 해병대에게 "꺼져(Go)"라고 했다는 데서 유래했다고 한다.

았다면 미국이 어떻게 했을지 하우스에게 물어요."

"여기서는 미국인이라고 합시다." 카르바요가 끼어들었다.

"미안합니다. 그래, 미국인입니다. 만약 독일이 미국의 여객선을 침몰시키지 않았더라면 미국이 어떻게 했을까요? 하우스 대령은, 미국의 분노가 대단하기 때문에 우리 미국인을 전쟁으로 몰아가기에 충분하다고 대답하죠. 그의 대답은 대략 그런 식이었어요."

"그런데 실제로 그렇게 되었어요." 내가 말했다. "'대략'이라는 말은 빼고요."

"미국이 전쟁에 참여함으로써 많은 사람이 부자가 되었어요. 록펠러는 2억 달러가 넘는 돈을 벌었죠. J. P. 모건은 로스차일드로부터 1억 달러 이상을 대출받았어요. 그리고 당신은 루시타니아호가 무슨 화물을 실었는지 물론 알 거예요."

"물론이죠." 내가 말했다. "하지만 직접 말해주세요, 이스마엘, 우리의 올빼미들에게 그걸 말해줘요."

"탄약이에요." 이스마엘이 말했다. "J. P. 모건 소유의 탄환 6백만 발이었어요. 만약 누군가가 이런 얘기를 꾸며낸다면, 그 누구도 믿지 않을 거예요."

"하지만 이런 얘기를 꾸며낸 사람은 없어요." 내가 말했다.

"없어요. 왜냐하면, 거기에 있었으니까요."

"아무도 말하지 않는 역사 속에."

"맞아요."

"하지만 그걸 볼 줄 알아야 해요."

"볼 줄 알아야 하죠." 이스마엘이 따라했다.

"사건들의 진실을 읽어야 해요." 내가 말했다.

카르바요가—아버지 또는 선생 또는 어느 종파의 지도자 같은 얼굴로—내 말을 인정하며 나를 바라보았다.

내가 출연한 〈아베스 녹투르나스〉의 나머지 시간 동안 나는 어떻게 해서 프랑스혁명이 실제로 부르주아의 음모가 되었는지, 어떻게 해서 비밀결사 일루미나티가 세상의 종교에 대한 전쟁을 선포했는지, 어떻게 해서 나치 철학—누군가 **나치 철학**이라는 표현을 사용했다—의 진짜 기원이 히틀러가 툴레라고 하는 비밀협회에 가입한 1919년일 수 있는지 토론했다. 프로그램의 마지막 부분에서 진화론은 사회주의가 우리 문명에 침투하기 위한 사회주의의 도구들 가운데 하나고, UN은 세상에 새로운 질서를 세우기를 원하는 사람들에게 일종의 최전선이라고 말하는 것을 들었다. 나는 70년대 초반에 리처드 닉슨 대통령이 선언한 대 마약 전쟁은, 그 전쟁과 더불어 미국이 자신의 법을 라틴아메리카에 강요할 수 있게 되었으며 동시에 마약조직의 검은 돈이 미국의 경제를 후원하게 되었기 때문에, 미국 역사에서 가장 성공한 제국주의적 전략이었다는 사실 또한 알았다. 약 두시경, 우리의 대담이 끝나고 밴 모리슨의 노래와 자크 브렐의 노래를 들려주는 동안 프로그램이 중단되자, 나는 카르바요에게 고마움을 표하고 작별인사로 악수를 청했다. 내 손이 잠시 허공에 머물렀다. 짧은 순간이었지만, 마치 방금 전에 내가 느꼈던 그의 인정認定이 사라져버린 듯한, 카르바요의 시선에 변화가 있었다는 것을 감지할 수 있는 시간이었다. 하지만 인정이 사라진 것이 아니라 그의 시선이 사색적이고 촛불처럼 미약해졌을 뿐이었다.

"좋아요, 나는 갑니다." 내가 말했다. "하지만 나는 책을 쓸 준비가 되어 있으니 적당한 때 전화하세요."

내가 걸음을 떼자마자 카르바요가 내 팔을 붙잡았다.

"가지 마요, 가지 마." 그가 내게 말했다. "잠시 기다려요. 프로그램을 끝내면 날 집에 데려다줘요."

"카를로스, 나는 올빼미가 아닌데요." 나는 그의 기분을 상하게 하지 않으려 애쓰면서 말했다. "내게는 지금 너무 늦은 시각이에요. 우리 다른 날 얘기하는 낫겠어요."

"그런 게 아니에요. 기다릴 만한 가치가 있다는 표현 들어본 적 있어요? 좋아요, 바로 그런 거요. 참아요, 친구, 참아보라고요. 내 말을 믿어야 후회하지 않을 거요."

그의 말은 도둑맞은 어느 척추에 대해 얘기해주겠다는 약속이었을까? 그 누구도 나더러 그런 생각을 하지 말라고 할 수는 없었을 것이다. 어찌되었든 그 척추가 나의 유일한 임무였다. 카르바요가 나를 집에 초대했다. 그렇게 되면 새벽 네시가 지난 시각이 되겠지만, 그래, 어떻게 내가 그걸 거절할 수 있었겠는가?

"그래, 좋아요." 내가 말했다. "어디서 기다릴까요?"

"좋은 자리를 잡아줄 테니 와봐요." 그가 말했다. "프로그램 나머지 부분을 들을 수 있게요."

그는 나를 복도 건너편의 불 꺼진 스튜디오로 데려가 빈 위스키병, 불에 탄 가죽 냄새를 풍기는 커피가 넘칠 정도로 채워진 플라스틱 컵과 함께 있게 했다. 정말이었다. 그의 스튜디오의 소리, 즉 〈아베스 녹투르나스〉의 음악이 완벽하게 들렸다. 카르바요가 네온 불을 켜려고 벽에 한 손을 갖다대려 했을 때, 나는 이 상태가 좋으니 그대로 두라고 말했다. 사람이 거의 없는, 혹은 밤 세계의 유령들이 점거한 그 건물에서 새벽 두시의 어스름과 고요가 내 마음을 가라앉히고 편안하게 만들었는데, 그 이유는 그곳에 앉아 있으니 방금 전 두 시간 동안 축적된 긴장이 밀려왔기 때문이다. 그 시간 동안 바보 같은 것을 많이 얘기했지만 일부 적절한 것, 다른 새로운 것, 여전히 내게 남아 있고 또 이유도 알 수 없이 나를 불편하게 만들었던 다른 것도 얘기했다. 이는 또다른 것들, 어떤 대화가 끝난 뒤 누군가가 우리에게 뭔가를 말하고 싶어했는데—두려움 때문에, 소심해서, 지나치게 신중해서, 우리에게 불쾌감이나 슬픔을 유발하지 않으려고—그렇게 하지 못했다는 느낌이 우리를 불편하게 만드는 것과 마찬가지다. 예를 들어, 라파엘 우리베 우리베의 암살에 관한 카르바요의 관심이 내게는 새로운 것이었는데, 앞서 언급한 내 칼럼에서 그 암살 사건은 하나의 구실, 칼럼니스트로서 나의 창의성이 발현되지 않았던 어느 날 제법 매력적이었던 어떤 아이디어를 완전하게 만드는 하나의 방식이었을 뿐이다. 프로그램의 어느 휴지기에—막심 르 포레스티에의 노랫소리가 들리는 동안—내 초대자가 나를 짧게 질책했다.

"그 칼럼 때문에 당신이 여기 있는 거요." 그가 내게 말했다. "그러니 그 칼럼을 무시하지 말아요."

그리고 이제 그 방송에서 누군가가 우리베 우리베에 관해 얘기하고 있었다. 나는 이런저런 생각에 몰두해 있었기 때문에 그가 어떤 사람에 관해 말하는지 알지 못했다. 대화가 한창 진행된 상태에서 듣게 되었다. 아니면 그가 아마도 우리베 우리베에 관한 얘기를 구체적으로 하지는 않았는데, 지나가는 투로 잠시 언급했는지도 모르겠다. 목소리들이 선명하게, 동시에 멀리서 들리는 것 같았는데, 아마도 라디오에서 나오는 소리였기 때문이었을 것이다. 비록 내가 앉아 있던 의자로부터 10미터 정도 떨어진 거리에서 〈아베스 녹투르나스〉의 소리가 송출되고 있었을지라도, 마치 예를 들어 바랑키야나 바르셀로나나 워싱턴에 있는 나에게 들려오는 것 같았다. 전화를 건 청취자가 흡연자의 거칠고 마모되고 약한 목소리로 말했는데, 목소리가 잡음과 뒤섞였기 (그리고 전화 연결 상태가 나빠서 도움이 되지 못했기) 때문에 나무랄 데 없는 그의 얘기 중에서 단어들만 이해할 수 있었다. 맨 먼저 내 이름을 언급한 사람, 또는 그렇다고 생각된 사람은 그 청취자였다. 우리는 누구든 자신의 이름을 들을 때면 경계를 하도록 체계화되어 있다. 군중 속에서도 또는 혼란 속에서도 자기 이름의 음절을 구분하는데, 그런 일이 내게도 일어났던 것이다. 하지만 내 이름이 다시는 등장하지 않았다. 이제는 안솔라라는 사람에 관한 얘기를 하고 있었다.

"그래요, 그는 알고 있었어요." 카르바요가 말했다. "제 올빼미 여러분은 안솔라가 우리처럼 용감한 사람, 진실을 전달하는 사람, 사물의 이면을 볼 줄 아는 사람이었다는 사실을 저만큼 잘 아시죠. 그렇지 않습니까, 돈 아르만도?" 병자 같은 목소리를 지닌 남자의 이름은 아르만도였다. "물론 그렇죠." 아르만도가 말했다. "카를로스, 만약 안솔라가 발견한 사실들이 지금까지 남아 있었더라면 무슨 일이 일어났을지 스스로에게 물어봐야 해요. 하지만 이 나라는 기억력을 갖고 있지 않거나, 관심이 있는 것만 기억하기 때문에 그것들이 잊혔어요." "내 생각에는 기억상실의 문제가 아니에요." 이제 카르바요가 말했다. "안솔라뿐만 아니라 그가 발견한 것을 잊는다는 건 의도적인 망각이지요. 그래서 그건 망각이 아니고요. 불편한 진실을 폐기하는 것이죠. 어느 성공한 음모의 완벽한 실례라고 할 수 있어요." 그러고는 돈 아르만도가 말했다. "그건 바스케스가 모르는 사실이에요." 그리고 카르바요가 그것을 인정했다. "그래요, 그건 그가 모르는 사실이죠."

새벽 네시가 되기 조금 전에 카르바요는 내가 마련한 음악 목록의 마지막 곡을 틀어놓고(가장 긴 곡인데, 그는 늘 가장 긴 곡을 마지막으로 틀었다), 음향기사와 다 죽어가는 사람들에게나 어울릴 법한 이별의 포옹을 했다. 카르바요가 멀리서 내게 손짓을 하자 나는 자리에서 일어났고, 그는 몸을 능숙하게 움직이고 나는 벽을 더듬으며 그를 뒤따라 어두운 복도를 걸은 다음, 몇 분 만에 차를 출발시켜 방송국 앞 도로를 통해 북쪽으로 가서 카예 85까지 올라간 뒤 카레라 7을 타고 남쪽으로 달렸다. 칠레대로에 이르렀을 때 나는 용기를 내서 카르바요에게 물었다. "안솔라가 누군가요?"

카르바요는 나를 쳐다보지 않았다. 우리는 인적이 끊긴 위협적인 어느 도시에서 차를 몰고 있었는데, 보고타의 새벽은 위협적이었다. 내가 보고타를 떠난 당시보다는 상황이 더 나아졌다 해도, 여전히 모든 사람이 주저 없이 교통신호를 무시하고 달려버리는 곳이다. 도로를 응시하는 카르바요의 얼굴에는 가로등의 노란 불빛과 간헐적으로 만나는 자동차들의 빨간 불빛이 어른거렸다. "다음에." 그가 내게 말했다.

"무엇 다음이라는 거죠? 방송중에 내 얘기를 하는 걸 들었어요. 내가 모르는 뭔가를 발견한 안솔라라는 사람에 관해서도 얘기하던데요. 누구예요?"

"그는." 카르바요가 말했다.

"누구냐고요?"

"다음에." 카르바요가 말했다. "다음에요."

카르바요는 내게 손으로 지시를 했다. 그는 자동차를 타는 순간에는 주소를 대지 못하고, 마치 처음부터 목적지를 가르쳐주는 것이 어떤 비밀을 폭로하는 일인 양, 적에게 지나치게 많은 정보를 주는 일인 양, 길모퉁이마다 운전자더러 어디로 가라고 가리켜주는 그런 사람이었다. 그렇게 우리는 테켄다마호텔 뒤를 지나 카레라 5까지 올라간 뒤 남쪽을 향해 차를 몰아 카예 18에 도착했다.

문이 닫혀 있는 어느 주차장 앞, 남자 둘이 더러운 모포를 덮고 잠을 자는 어느 판잣집에서 몇 미터 떨어진 길모퉁이에 이르자 자동차 안의 어둠 속에서 카르바요의 손이 움직였다.

"여기요." 그가 가리켰다. "이 창문이 내 집 거요. 차는 여기에 둬요."

"여기요?"

"아무 일도 없을 테니, 안심해요. 이 거리에서는 우리끼리 서로 보호해줘요."

"하지만 차가 통행을 가로막고 있잖아요."

"이 시각에는 아무도 지나가지 않아요. 차는 나중에 옮깁시다. 저 주차장은 학생들이 도착하기 시작하는 여섯시나 여섯시 반에 문을 열어요."

카르바요는 어느 아파트 1층에 살고 있었는데, 작은 방 두 개짜리 아파트의 창문들에는 마치 포로가 도망치지 못하게 하려는 듯 철제 격자창이 설치되어 있었다. 아파트 바닥이 거의 탑처럼 쌓아올린 책더미로 뒤덮여 있었기 때문에 책에 부딪히지 않은 채 걸어다니기가 쉽지는 않았으나, 나는 일상의 삶이 책탑들 사이로 열어놓은 비좁은 길을 통해 카르바요의 뒤를 따라 걸어갔다. 거실 중간쯤의 어느 벽에 냉장고가 붙어 있고, 냉장고 위에는 책이 놓여 있었다. "한잔할래요?" 그가 내게 물었으나 내 대답을 듣기도 전에 도메크 브랜디* 한 잔을 따랐다. 그가 술을 따르는 사이에 나는 거실에 단 하나밖에 없는 진열장, 즉 불안정하게 보이는 구조물을 주목하고 있었는데, 진열장에서는 머그컵, 와인잔, 유리컵이 자리를 차지하려고 책과 다투고, 맨 위에 놓인 판자에는 수집품처럼 늘어서 있는 아과르디엔테 넥타르의 빈병과 책이 자리다툼을 하고 있었다. 병들 사이에서 보르헤스의 초상화가 멍하게 우리를 바라보고 있었다. 궁금해진 내가 초상화를 가리켰다. "아, 네, 내가 보르헤스와 인터뷰를 했어요." 그가 전혀 대수롭지 않다는 듯이 말했다. "육십몇 년도였을 거요. 대학방송국이 보르헤스와 인터뷰를 하기로 했는데, 인터뷰 진행자에게 일이 생기는 바람에 그 사람 대신 인터뷰를 할 누군가를 찾고 있다고, 그 방송국 기자인 어느 친구가 내게 말하더군요. 원래 인터뷰를 하기로 한 사람이 교수였던 것 같아요. 물론 나는 인터뷰의 내용이 무엇인지도 모른 채 그렇게 하겠다고 했지요. 그런데 대상자가 보르헤스였던 거죠, 내 말이 무슨 뜻인지 이해할 거요. 담당자가 말했어요. '내일 열한시에 기다리겠어요.' 잠시 후 나는 당황했고 방금 전에 내가 무슨 짓을 했는지 깨달았는데, 집에 도착했을 때는 뱃속이 뒤집히기 시작하더군요. 구토와 설사를 하고, 내분비계통 전체가 엉망이

---

* 주류 회사 얼라이드도메크에서 생산하는 브랜디.

되어갔어요. 질문지를 작성할까 말까 고민하기 시작했죠. 질문지를 작성했다가 찢어버리고 다시 작성했어요. 저명한 아르헨티나 사람 하나 때문에 그런 엄청난 공포를 느낀다는 것, 상상이 되죠? 약속 장소에 가보니 보르헤스가 이미 그곳에 와 있었는데, 아직 코다마*와 함께 지내던 시기가 아니었기 때문에 혼자 있었어요. 인터뷰는 두 시간 반 동안 지속되었고 나중에 방송되었는데, 그다음날 내가 내 카세트테이프 복사본을 받으러 가보니, 방송국측에서 이미 지워버렸더군요. 어느 축구 경기 중계를 덧씌워버렸던 거요." 카르바요가 내게 술잔을 넘겨주고 나서 덧붙였다.

"잠시 기다려봐요. 뭘 좀 가져와야겠어요."

종잡을 수 없는 카르바요. 분명 카르바요는 깊이를 헤아릴 수 없는 사람이었다. 내가 그를 이해했다고, 그가 **어떤 사람인지** 내가 이해했다고 생각하자마자 카르바요는 자신의 다른 면모를 드러냄으로써 나의 만족감을 우습게 만들어버렸다. 나는 『픽션들』이나 『알렙』을 읽으러, 혹은 즉흥적으로 결정된 인터뷰 진행자에게는 에세이가 단편소설보다 당연히 더 많은 질문거리, 혹은 적어도 바보 같거나 중복적으로 보일 위험을 초래하지 않을 질문거리를 암시해줄 것이므로 아마도 에세이들을 읽으러 가려고 베나비데스 박사의 강의실에서 나오는 카르바요를 상상했다. 휘트먼이나 카프카에 대한 보르헤스의 성찰을 읽고 있는, 음모를 추종하는 카르바요. 무슨 이유인지는 모르겠지만, 그 모습이 내게는 너무 매력적으로 다가왔다. 그때 나는 늘 좋아하던 보르헤스의 에

---

* 보르헤스의 비서이자 두번째 부인 마리아 코다마.

세이 「역사의 겸손」을 기억해냈는데, 보르헤스가 에세이에서 역사의 가장 중요한 날짜들은 아마도 책에 나타나는 것들이 아니라 숨겨져 있거나 개인적인 것들이라고 주장했기 때문에, 이 에세이가 이 남자의 아파트에 있는 것이 특이하게도 타당하게 보였다. 이에 관해 카르바요가 어떤 의견을 개진했을까? 어떤 비밀스러운 날짜들이 그에게 건강하지 못한 강박관념을 불어넣은 날인 1948년 4월 9일보다 더 중요했을까? 혹은 내 기억이 에세이의 내용을 왜곡한 것일까? 그럴 수도 있었다. 하지만 그때 나는 율리우스 카이사르에 관해 언급하고, 음모에 관해 다룬 「배신자와 영웅에 관한 주제」라는 단편소설을 떠올렸고, 그러고서 제목이 '음모자들'인 보르헤스의 시 한 편을 떠올렸는데, 이 시는 스위스를 만들기 위해 모인 스위스 사람들에 관해서만 얘기함으로써 우리로 하여금 비밀스러운 대화, 스파이 행위, 암살에 관해 생각하도록 초대한다. 어찌되었든 보르헤스는 카르바요의 아파트에서 더이상 이국적으로 보이지 않았다. 나는 카르바요가 자신이 발견한 것을 R. H. 모레노 두란에게 제공하기 전에 보르헤스에게 제공했는지 자문해보았다. 그런 생각이 터무니없게 보이지 않았다.

내가 이런 생각을 하고 있을 때 카르바요가 거실로 나왔다. 손에 문서보관 파일 하나를 들고 있었다.

"난 이 시각에 하는 일이 있어요." 카르바요가 말했다. "집에 도착하면 뜨거운 수프를 마련해서 잠을 자러 가는데, 그렇게 하지 않으면 하루의 나머지를 망쳐버리거든요. 하지만 오늘은 특별한 날이니까 자러 가기 전에 당신이 편안하게 자리잡게 해줘야겠어요. 왜냐하면 나중에 우리가 건배하게 되길, 우리의 프로젝트를 위해 건배하게 되길 바라니까요. 우리, 여기까지는 동의하는 거죠?"

"동의해요." 내가 그에게 말했다.

"당신이 여기에 있는 건 이것을 위해서라고 이해했어요. 우리의 프로젝트를 위해. 스스로 자신이 쓰이기를 간절히 바라는 이 책을 쓰기 위해서. 내가 제대로 이해한 건가요, 아님 착각을 한 건가요?"

"착각한 건 아니에요."

"만약 내가 착각한 거면, 얘기해줘요. 그렇게 해야 우리가 시간을 허비하지 않거든요."

"착각한 거 아니에요."

"그렇다면 가급적 빨리 시작해야 돼요." 그가 내게 말했다. 그는 가져온 파일을 내게 내밀면서 명령했다. "여기서 시작합시다."

파일은 내가 몇 년 전 프란시스코 베나비데스의 집에서 본 것과 똑같은 형태였다. 숫자 세 개가 적혀 있었다. 15. 10. 1914. 그 외에는 단어도 이름도 그 어떤 라벨도 없었지만 날짜는 인식할 수 있었다.

"우리베 우리베의 범죄 사건이군요." 내가 말했다. "왜죠, 카를로스? 이게 책과 무슨 관계가 있는 거죠?"

"이것부터 읽어봐요." 그가 내게 말했다. "다른 건 다 당신이 어떤 사실을 알기 전까지는 주지 않을 거니까 일단 바로 이걸 읽어보라고요. 괜찮다면 나는 자러 가겠어요. 몇 시간 동안 좀 자두지 않으면 오늘밤 프로그램을 어떻게 준비하겠어요? 그리고 내가 이 시각에 자지 않으면 어떤 정신에 내 올빼미들에게 말을 하며, 이건 내 올빼미들에게 아주 중요한 건데요, 어떤 정신으로 그들의 말에 주의를, 귀를 기울이겠냐고요? 바스케스, 이 사람들은 내게 의존적이기 때문에 나는 이들을 실망시킬 수 없어요. 나는 그들에게 빚을 지고 있는데, 당신은 나를 이해할 거요."

"이해해요, 카를로스."

"제대로 이해할 거라는 확신은 없지만, 상관없어요. 아까도 말했지만 다시 말하겠는데, 여기가 당신 집이라고 생각해요. 냉장고에 물주전자가 있어요. 전에 만들어놓은 커피 상태가 좋지 않으니, 원한다면 만들어 마셔요. 부탁 한 가지 할게요. 시끄럽게는 하지 말아요. 나를 잠에서 깨우면 안 돼요. 나를 깨우면 내가 짜증을 낼 수가 있거든요."

"걱정하지 말아요." 내가 그에게 말했다.

"집에 가야 한다면, 그 파일은 그곳, 탁자 위에 놔둬요. 나가면서 문을 잘 닫아야 하는데, 내 아파트의 현관문, 특히 이 아파트 건물의 현관문을 잘 닫아야 해요. 도둑이 들지 않게요."

그러고서 카르바요는 문을 ─ 오른쪽 끝에 있는 문 ─ 닫았고, 이제 나는 그에 관해서는 더이상 알지 못하게 되었다. 홀로 카를로스 카르바요의 거실에, 어느 친구가 내게 맡긴 임무를 수행하는 곳에 홀로 있게 되었다. 그래서 나는 표지에 쓰인 날짜가 내 머릿속에서 왱왱거리는 그 파일을 읽는 대신에 포르말린을 넣은 플라스크에 담긴 척추 조각을 찾기 시작했다. 냉장고에서 찾아보았고, 책장의 책들 사이에서, 아과르디엔테 병들 뒤에서 찾아보았고, 누군가 구석에 처박아둔 것 같은 옷장처럼 보이는 서랍에서 찾아보다가 결국은 벽 옆에서 잡초처럼 자라고 있던 책탑들 사이를 면밀하게 조사해보았다. 하지만 그 어느 곳에서도 찾을 수가 없었다. 자물쇠가 채워진 서랍도 없었고, 뭔가를 숨길 수 있는 찬장 같은 것도 없었다. 이곳에서는 모든 것이 눈에 띄었다. 나는 카르바요가 자신이 훔친 물건을 보관하는 바로 그 방에 나를 홀로, 편안하게 놔두지는 않았을 것이라고 즉각적으로 생각했고, 그러다가 아마도 카르바요가 그것을 훔치지 않았을 것이라고, 프란시스코 베나비데스가 완전히 착각을 했다고, 이 모든 일은 부당할 뿐만 아니라 한 편의 기괴한 싸구려 익살극이라고 생각했다. 카르바요는 괴짜에, 편집증을 가지고 있지만 도둑은 아니었다. 그를 존경하고, 매일 밤 신자처럼 헌신적으로 그의 말을 듣는 사람이 수백 명이나 되지 않는가? 그의 프로그램은 일종의 야간 교회고, 자선과 공감으로 이루어지는 은밀한 작업이지 않은가? 우리 독자들 모두가 뭔가를 숨길 때 사용하는 공간인 책장 안을 살펴보기 위해 내 손이 책들을 꺼내는 동안 나는 이런 용어들을 생각했다가 즉시 부끄러움을 느꼈다. 나는 **자선과 공감**, 불면증에 걸린 그 사람들, 그 외로운 사람들보다 내가 우월하다고 믿는 오만함, 그들이 잘못된 삶을 산다거나 그들의 삶이 환상이나 억측에 기반해 이루어진다고 믿는 짜증스러운 온정주의에 관해 생각했는데, 반면에 내 삶은……

　몇 분 뒤 나는 포기하고 말았다. 나의 짧은 개인적인 조사는 흥미로운 결과를 전혀 도출해내지 못했다. 찾는 물건도, 그 물건에 도달할 수 있는 단서도 징후도 발견하지 못했다. 나는 파일로 돌아가서는 시큰둥하게 파일을 펼쳤다. 파일을 훑어보면서 나중에 카르바요에게 거짓말을 해서 여기 그의 집, 더 정확히 말해 일종의 요새에서 머물 수 있을 권리를 유지하게끔 할 만한 것을 생각해냈다, 아니, 지금 생각해보니 기억해냈다. 파일에는 라파엘 우리베 우리베가 사망한 날 일어난 일들을 시간 단위로 기록한 아주 자세한 연표가 들어 있었다. 나는 신발을 벗은 뒤 파일의 종이쪽들이 불빛을 더 직접적으로 받을 수 있게 소파에 등을 기대고 깊숙이 앉았다. 창문에 커튼이 드리워져 있었는데, 그덕에 유리창에서 여명이 보이지 않거나 아마도 창틀 틈새로 소심하게들어올 것이다. 새벽 다섯시가 조금 넘었을 무렵 나는 주전자에 새 커피를 끓이고 (마팔다*가 '주의: 작업할 때 무책임한 사람들'이라는 글이새겨진 포스터 하나를 자신의 세계에 매달아놓은 그림이 그려진 머그잔에 커피를 따라놓고) 파일을 읽기 시작했다. 내가 손에 들고 있던 파일의 내용, 즉 그 불길한 날에 관한 나의 무지의 크기를 내게 분명하게드러내기 위해 하나의 비밀처럼, 내 나라에서 지난 세기를 수놓은 수많은 다른 비밀 가운데 첫번째 비밀처럼 펼쳐지던 어떤 사실을 이해한때는 여섯시 또는 여섯시가 조금 못된 시각이었을 것이다. 나는 메모를하기 시작했는데, 현재 내 앞에 있는 그 메모는 내가 그 문서들에 어떤이야기의 형식과 어떤 질서와 어떤 의미를 지닌 환상을—하지만 단지하나의 환상만—부여할 수 있게 해준 안내서와 기록이 되었다.

  1914년 10월 15일, 오후 한시 반경에 만인이 인정하는 자유당의 지도자이자 공화국의 상원의원, 네 번의 내전에 참전한 역전의 용사 라파엘 우리베 우리베 장군이 카예 9 111번지의 집에서 나와 국회의사당을 향해 길 한가운데로 걷기 시작했다. 상원 회기에 늘 그렇듯, 검은 정장을 입고 중산모를 쓴 차림이었고, 그를 아는 사람들에 따르면, 업무상 사고에 관한 법안이 담긴 서류를 겨드랑이에 끼고 있었다. 그는 그시각에 의사당의 사무실이 닫혀 있을 거라는 사실을 알고 있었지만, 늘

---

* 아르헨티나의 풍자만화 『마팔다』의 주인공으로, 여섯 살짜리 소녀다.

미리 도착하는 것을 좋아했다. 빈 시간은 자신이 할 무시무시한 발언을 준비하는 데 사용했다. 카레라 7의 길모퉁이에 도착해 길을 건넌 뒤 북쪽으로 가는 서쪽 보도를 통해 몇 미터를 나아갔는데, 루아나를 입고 밀짚모자를 쓴 사내 둘이 자신을 뒤따르고 있다는 사실을 감지하지 못했다. 두 사내의 이름은 나중에 알려졌다. 검은색 루아나 차림의 레오비힐도 갈라르사는 키가 크고 더 흰 피부에 구릿빛 콧수염을 기르고 있었다. 밤색 루아나를 걸친 사내의―키가 작고, 더 검은 콧수염을 기르고, 눈꼬리가 더 치켜올라갔으며, 갈색 피부에는 병자처럼 푸르스름한 기색이 감돌았다―이름은 헤수스 카르바할이었다. 나중에 그들의 직업이 수공업자, 더 정확히 말해 목수였는데, 각자 루아나 밑에 숨긴 손도끼를 준비하느라 오전 시간을 보냈다는 사실도 알려지게 되었다. 날을 세우고, 나무 손잡이에 송곳으로 구멍을 뚫은 다음, 결정적인 순간에 틀림없이 손에 땀이 날 것이기 때문에 손잡이가 미끄러져나가는 것을 방지하기 위해 손목에 묶을 용설란 노끈을 구멍에 끼웠다. 그리고 우리베 우리베 장군은 그곳, 그 사내들 앞으로 몇 걸음 떨어진 곳에서, 몇 개월 동안 자신의 생명을 위협하는 암살 시도를 알리는 예언에 귀를 막은 채, 예전에도 수없이 그랬듯이 길을 걷고 있었다.

위협은 최근 몇 년 동안 그를 따라다녔다. 장군은 그런 위협에 익숙했다. 나라 전체가 피에 잠기는 것을 피하려고 굴욕적인 평화조약에 서명해야 했던 1899년 전쟁부터 적들로부터는 당연히, 그리고 일부 친구들로부터도 미움을 받고 있다는 느낌을 지닌 채 살아왔다. 보수적인 언론 매체가 그 전쟁에서 십만 명이 죽은 책임을 그에게 돌린 적이 있었는데, 이는 아마도 그가 충분히 자책했다는 사실을 몰랐기 때문일 것이다. 하지만 실제로 그랬다. 그리고 죄책감, 또는 그와 유사한 어떤 것이 그를 변화시켰다. 마지막 십 년 동안, 가장 완고한 자유주의의 상징인 우리베 장군은 그의 지지자들에게도 불명예스럽게 보이는 변신을 했다. 단지 그가 영원히 무기를 버려서도, 콜롬비아의 어느 집단 사람들에게는 적대적이고 다른 집단 사람들에게는 우호적인 말을 다시는 내뱉지 않아서도 아니라, 보수파 대통령들에게 좋은 외교적인 일을 행하면서, 가장 조용한 지역들까지 직접 가보았는데 콜롬비아의 평화가 자신의 유일한 목적이라고, 긴 연설을 통해 자주 반복하며 옛날의 적들을 옹호하는 데 헌신했기 때문이었다.

우리베 우리베 장군의 적군은 전쟁 시기에는 눈에 잘 띄었는데, 평화 시기에는 유령처럼 흐릿하게 보였다. 어떤 사람들이 그 유령을 따르는지, 유령의 의도가 무엇인지는 알 수 없었지만, 그에게 적대적인 소문, 은근한 협박, 우정어린 경고 메시지가 도달하기 시작했는데 무슨 이유인지 그가 늘 받던 것들과 달라 보였다. 친구들은 그더러 조심하라고, 자신들이 특이한 얘기를 들은 적이 있다고 그에게 말했다. 가족은 그더러 혼자 외출하지 말라고 부탁했다. 가장 강경한 추종자들에게 그는 계속해서 진보의 상징이었고 노동자들의 수호자였으며 진정한 자유주의의 최후 보루였다. 다른 사람들에게는 도덕적인 쇠퇴의 완벽한 화신, 전통과 신앙의 적이었다. 보수파들에게 우리베는 **부패한 독트린***의 선전원이었고, 자유파로서 지옥의 영원한 불에 던져진 사람이었다. 자유파의 반에게 그는 **보수파**였고, 자신의 당과 대의를 배신한 사람이었다.

---

* 국제 사회에서 자기 나라의 정책상 원칙을 공식적으로 표명하는 일을 뜻하는 용어.

이 마지막 비난은, 그에게 가장 특이하게 보인 것이었는데, 1914년 그 해의 대통령 선거 기간에 이 비난이 새로운 생명을 얻었다. 상원의원 우리베는―외교관, 중재자, 그의 유일한 강박관념이 나라의 화해를 이루는 것이었던 평화를 사랑하는 남자―보수파 후보를 지지했다. 그런 후원 때문에 예견할 수 있었다시피, 호세 비센테 콘차가 대통령 선거에서 승리했다. 우리베 장군은 그 사실을 알 수 없었겠지만, 그 선거가 자신의 삶에서 마지막 선거였다.

자유파들은 그를 배신자라고 비난했다. 보고타 시내의 벽들에는 그를 비방하는 벽보가 나붙기 시작했다. 수공업자인 베르나르디노 토바르라는 사람은 보수파들이 그 승리는 우리베 우리베 덕분이라고 하는 말을 들었다. "장군이 살 날은 이미 계산되어 있어." 그 수공업자가 말했다. 훌리오 마차도라는 사람에게는 우리베 장군이 스스로를 배신했다는 말이 들렸다. "수공업자들이 장군을 암살할 것이다." 그가 말했다. 새로운 대통령이 취임한 뒤 발신자 불명의 메시지 두 개가 우리베 장군의 집에 도달했다. 둘 가운데 하나는 콘차의 당선과 "우리베가 이 도시의 노동계에 유발한 당연한 분노"에 관해 우리베에게 말하고 이렇게 경고했다. "우리는 당신 마음의 짐을 덜어주기 위해 누군가의 손을 빌리겠다는 사실을 알리는 것이 현명한 처사라고 믿습니다." 두번째 익명 메시지는 좀 덜 시적이고 좀더 위협적이었다.

라파엘 우리베 우리베. 만약 당신이 콘차 내각의 수립에 참여했다는 사실을 납득 가게 설명하지 않으면 당신에게 경고하겠습니다. 다시 말해, 당신이 자유당을 비참하게 희생시켰다고 믿어 의심치 않으므로, 당신의 남은 날은 아주 짧을 것입니다.

이 위협적인 문장의 아래에는 도도해 보이는 대문자로 이루어진 한 줄짜리 서명이 오른쪽으로 치우쳐 자리하고 있었다. **수공업자들.** 나중에 퍼진 소문에 따르면, 그 목요일 아침에 장군은 의회 회의에 참석하기 위해 길을 나서기 조금 전 경호원 한 명을 대동할 필요성에 관해 가족과 논의했다. 하지만 실제로는 그렇게 하지 않았다. 그를 죽이기로 작정하고 손도끼로 무장한 사내들—수공업자 둘—이 따라오고 있다는 사실을 감지하지 못한 채 땅바닥을 내려다보면서 혼자 집을 나섰다.

나중에 헤수스 카르바할이 실토한 바에 따르면, 그를 죽일 결정은 전날 밤에 이루어졌다. 우연히 만나게 된 살인범들은 푸에르토 콜롬비아 가게에서 치차*를 마신 뒤 함께 그곳을 나와 자신들이 자주 가는 다른 가게 푸엔테 아루블라로 향했다. 그들은 카드놀이를 하면서 술을 마시고 담배를 피웠고, 나중에 티플레**와 기타로 이루어진 작은 오케스트라가 오자 (카르바할이 사용한 용어로) '여자 없이 남자들끼리만' 춤을 추었다. 춤판이 끝났을 때는 가게에 두 사람만 남아 있었다. 둘은 카레라 13을 통해 치차가게 라 알람브라까지 걸어갔다. 걸어가는 도중에 노동부가 우리베 우리베 장군을 추종하는 자유주의 파벌인 일명 '블로케'의 회원들만 채용하기 때문에 당시 일자리를 구하는 것이 어렵다는 얘기를 했다. 그들은 장군이 자신의 파벌에 가입하지 않았거나 마지막 선거에서 자신의 제안에 따라 투표하지 않은 노동자들의 실직과 굶주

---

* 옥수수를 과일이나 설탕과 함께 끓여서 발효시켜 만드는 음료.
** 기타와 비슷하게 생긴, 음역대가 높은 현악기.

림의 직접적인 책임자라고 판정했다. 장군이 전쟁 시기에만 노동자들에게 신경을 쓰고 평화 시기에는 노동자들을 잊어버린다고, 민중을 총알받이로 여긴다고 비난했다. "이 땅에서 굶어죽을 것이 아니라 굶주리게 만든 사람을 응징해야 돼." 카르바할 아니면 갈라르사가 말했다. 응징을 하기 위해―응징의 방식과 전략을 결정하기 위해―그들은 다음날 아침 여덟시에 카예 9에 위치한 갈라르사의 목공소에서 만나기로 약속했다.

갈라르사의 목공소는 규모가 작았지만 보고타 시내 한복판, 산타클라라성당에서 아래쪽으로 한 블록 반 떨어진 곳으로, 위치가 좋았다. 고작해야 방 두 칸짜리로 방 하나는 공구가 있는 작업장, 다른 하나는 잠을 자는 곳으로 사용했는데, 목수 하나, 목조공 하나와 아홉 살짜리를 포함한 견습생 둘이 갈라르사의 지시에 따라 작업을 했다. 나중에 그곳에서 개머리판이 파손된 카빈 한 정, 군용 베레모 두 개, 권총용 탄약통 열한 개, 칼집이 있는 단도 한 개가 발견되었는데, 그 누구도 그 작은 무기고에 목수 다섯이 필요했던 이유가 무엇인지 만족스럽게 설명하지 못했다. 갈라르사는 아버지로부터 기술을 배웠는데, 아버지는 술 때문에 문제를 일으키는 과격한 남자였다. 아버지의 이름은 피오 갈라르사였는데, 역시 목수였던 마르셀리노 레이바를 살해하려는 계획을 세워 총을 쏘아 죽인 죄로 1881년에 10개월 징역형을 선고받은 적이 있었다. 레오비힐도는 채 한 살도 되지 않은 상태에서 이미 살인자의 혼외자가 되었다. 그는 열아홉 살에 정부군으로 징병되어 천일전쟁*에 비야미사르 부대원으로 참전했다. 그리고 전쟁에 승리한 것 외에도 전쟁이 끝났을 때 특전을 받아 군대의 목수로 취업했다. 그 무렵 카르바할을 만났다. 그는 카르바할을 자신이 일하던 군대 목공소에 채용했다. 십 년 뒤, 독립하겠다고 작정한 그는 카예 9에 목공소를 함께 차리자고 카르바할에게 제안했다. 동업자 관계는 그리 오래가지 못했고(두 사람은 '회계상의 이견'으로 갈라섰다), 10월 14일 수요일 오후에 푸에르토 콜롬비아 가게에서 우연히 만나기까지 서로 소식을 모르고 지냈다.

목요일은 구름이 끼고 날씨가 쌀쌀한 가운데 날이 밝았다. 카르바할이 여덟시 정각에 목공소에 도착했지만 갈라르사는 없었다. 그는 갈라르사를 찾으러 그의 정부 마리아 아루블라가 사는 방으로 갔는데, 체구가 작은 그녀는 이 년 전부터 그의 옷을 빨아주고 음식을 마련해주는데 지쳐 있었다. 카르바할은 숙취를 달래려고 창과**를 먹고 있는 갈라르사를 보고는 애정어린 욕으로―"어이, 얼간이, 안녕하셔?"―인사를 건네고 나서 마리아가 다가오는 것을 보고 옆 가게에서 얼른 아과르디엔테나 한 잔 마시자고 제안했다. 목공소로 돌아가는 길에 자신들의 불행에 대한 책임이 있는 사람을 응징하자는 계획에 서로 동의하고서, 각자 손도끼를 가지고 있었기 때문에 응징을 실행하는 데 손도끼를 사용하기로 결정했다.

갈라르사는 목공소에 도착해 시렁에서 자신의 손도끼를 내렸는데, 손잡이가 망가진 것을 보고는 목재용 접착제로 수선하기 시작했고, 그

* 1899년 10월 17일부터 1902년 12월 21일까지 벌어진 내전으로, 집권당인 보수당에 대항해 자유당이 공식 반란을 공표하면서 일어났다. 콜롬비아 역사에서 가장 치명적인 전쟁 중 하나로 십만 명이 넘는 희생자가 나왔다.
** 아침밥을 먹기 전이나 아침밥과 함께 먹는 수프. 양파, 미나릿과 식물, 우유 및 소금으로 만든다.

사이에 카르바할은 자기 손도끼를 가지러 집으로 갔다. 두 사람은 손도 끼 날을 갈고 손잡이에 구멍을 뚫어 용설란 노끈을 끼워 매달았는데, 그런 다음 둘 가운데 하나, 갈라르사 또는 카르바할, 카르바할 또는 갈 라르사가 말했다.

"유칼립투스를 자르기 딱 좋네."

그때 두 사람은 자신들이 술 한 잔 마실 돈도 없다는 사실을 깨닫고, 돈을 넉넉히 빌릴 수 있는 리켈 도금 쥠쇠를 들고 함께 전당포 라 코메 르시알로 향했다. 100페소를 달라고 요구했으나, 전당포 주인은 50페 소만 주었다. 카르바할은 영수증에 갈라르사라는 이름을 썼다. 두 사람 은 그곳에서 나와 아과르디엔테를 마시러 갔고 다른 가게에서 또 마셨 는데, 목공소에 돌아오니 마리아 아루블라가 갈라르사에게 음식 쟁반 하나를 보내왔다. 두 사람은 날붙이를 공유해가며 밥, 삶은 감자, 고수 냄새가 나는 맑은 국을 모두 나눠먹고는 오전 열한시 반에 장군을 찾 으러 갔다.

살인자들이 우리베 우리베 장군의 집 현관문을 염탐하던 그 순간에 장군은 무엇을 하고 있었을까? 나중에 알려지기를 장군은 집 서재에서 상원 회의에 가져갈 서류를 검토하면서 잠시 시간을 보냈다. 장군이 창 문에 모습을 드러낸 채, 숲 언저리에 있는 사냥꾼들처럼 자신을 노리는 루아나 차림의 두 사람을 내려다보았을까? 갈라르사와 카르바할은 그 순간에 무엇을 보았을까? 누가 먼저 우리베 장군을 보았을까? 누가 상 대에게 상황을 알려주었을까? 살인자들은 옆 가게로 들어갔고, 장군이 집에서 점심식사를 하고 있으리라 추정하고서 맥주를 마실 시간이 있 다고 생각했다. 오후 한시가 지나 두 사람은 카레라 7 방향으로 몇 미터를 걸었고, 장군의 집 현관문을 더 잘 보기 위해 가톨릭수련원 건물의 대문에 이르러 걸음을 멈추었다. 하지만 장군이 나오는 모습을 보지 못했다. 집 현관문이 열리는 순간을 놓쳐버린 것이다. 우리베 우리베가 카예를 걸어가는 모습을 그들이 보았을 때는 이미 *그가* 그들을 앞서가고 있었다. "저기, 우리 친구가 나오고 있어." 갈라르사가 말했거나 아니면 아마 카르바할이었을 것이다.

두 사람은 장군을 뒤따라갔다. 카르바할은 보도에서 4, 5미터 거리를 두고서 장군을 바짝 뒤따라갔고, 갈라르사는 사람들의 의심을 사지 않으려고 앞을 바라보면서 카예 가운데로 걸어갔다. 두 사람이 그런 상태에 있을 때 장군은 카레라 7 길모퉁이에서 북쪽으로 방향을 틀더니 서쪽 보도, 국회의사당 보도를 향해 길을 건넜다. 그때까지 여전히 살인자들은 동일한 대형을 유지하려 신경을 썼는데, 한 사람은 우리베 우리베가 뒤를 돌아보면—예를 들어 어떤 소리를 들었다고 생각하고서—그리고 자신을 바짝 뒤따라오는 사내, 아마도 더는 의도를 숨긴 채 길을 걸을 수 없게 될 사내를 어떤 식으로든 기습적으로 발견하게 되면, 자신은 어떻게 될지 자문해야 했다. 하지만 그런 일은 일어나지 않았다. 우리베 우리베는 뒤를 돌아보지 않았다. 그는 국회의사당의 앞마당 앞 보도를 계속해서 걸어갔다. 나중에 카르바할은 그 순간 공격을 단념하자는 신호를 갈라르사에게 보낼 생각이었다고 진술했다. "만약 갈라르사가 뒤를 돌아 나를 바라보면 포기하자는 신호를 보내야겠다고 속으로 생각했어요." 그가 설명했다. 하지만 갈라르사는 뒤를 돌아보지도, 카르바할을 바라보지도, 카르바할의 시선을 감지하지도 않았다. 만약 그렇게 했더라면 우리베 장군의 목숨이 보존되었을까? 한쪽 가터가 풀어지는 바람에 카르바할은 제대로 묶으려고 잠시 상체를 숙였다(그 모습을 본 어떤 사람은 나중에 그의 피부가 검고 털이 없었다고 기술할 것이다). 그러고 나서 즉시 공격을 개시했다.

카르바할은 차도로 내려가 빠른 걸음으로 장군을 앞지르고는 장군의 관심을 살 만한 행동을 했다. 어떤 사람들은 그가 장군에게 휘파람을 불었다고 하고, 다른 사람들은 그가 장군의 정식 직함을 불렀다고 한다. 초기에 지배적이었던 설에 따르면, 그는 장군에게 불만을 터뜨렸다. "당신이 우리를 망쳐버렸어." 그가 장군에게 말했다. 장군이 그의 말에 대꾸하기 위해 혹은 그 비난에 관심을 표하기 위해 혹은 그저 기이하다는 생각이 들어 걸음을 멈춘 순간, 갈라르사는 재빨리 우리베를 뒤쫓아와서는 우리베가 땅바닥에 무릎을 꿇기에 충분한 힘으로 머리를 먼저 가격했다. 첫번째 비명소리가 들리고(일부는 경찰관을 부르는 소리였고, 일부는 단순히 공포로 인한 비명이었다), 인력거 하나가 전차 선로 위에 멈추고, 그때 그곳에서 무슨 일이 일어났는지 이미 알아챈데다 자신들이 **증인**이라는 사실도 이미 인식한 증인들은 카르바할이 쓰러진 남자에게 다가가―"마치 그의 얼굴을 살펴보려는 듯"이라고 증인들 가운데 하나가 말했다―작은 손을 들어올려 남자를 몇 번 가격하는 모습을 보았는데, 어찌나 세게 가격했던지 두개골에 부딪히는 손도끼 소리, 뼈가 부서지는 가느다란 소리가 완벽하게 들렸다. "이제는 분명 나를 죽이겠군." 카르바할의 말이 들렸다. "난 이제 이 개자식에게 임무를 완수했어."

"살인자들! 살인자들! 우리베 장군을 죽였어!" 비명소리가 살인 현장에서 멀어지듯이, 고요한 물에 돌 하나가 떨어지면 원형의 파문이 일듯이, 길모퉁이들에서 반복되기 시작했다. 사건을 목격한 사람들은 필사적으로 도움을 구하려 애를 썼다. "경찰! 경찰!" 누군가가 소리쳤고, 다른 누군가는 이런 소리를 들었다. "경찰관님! 경찰관!" 그렇게 말한 사람은 마리아 델 카르멘 레이였는데, 그곳을 지나가던 그녀는 진짜 현기증을 느꼈다고 나중에 진술했다. "그 어떤 경찰관도 구하러 오지 않았어요."

우리베 우리베는 머리와 얼굴이 피범벅이 되었다. 누군가 우리베 우리베를 국회의사당 앞마당의 낮은 돌담에 기대어놓았는데, 훗날 많은 사람이 자신의 손수건으로 부상자의 피를 닦았다는 사실에, 또는 자신이 부상자의 피를 닦은 손수건의 주인이었다는 사실에 자부심을 느꼈을 것이다. 카르바할이 그 사람을, 우리베를 보고 있었고, 증인들이 우리베를 보는 카르바할을 보고 있었는데, 카르바할의 시선에는 경멸이, 하지만 차분한 경멸이 드러나 있었다. 그럼에도 그는 당황한 것 같았다. 카르바할은 장군을 가격한 뒤 먼저 북쪽으로, 볼리바르광장을 향해 갔으나 잠시 후 몸을 돌리더니 다시 가격하려는 듯 희생자를 향해 다가왔다. 그곳에 있던 사람들 가운데 하나가 그를 가로막았다. "근데, 이게 무슨 짓이오?" 그가 카르바할에게 말했다. 카르바할이 잠시 망설이다가 다시 멀어졌으나, 그 증인에 따르면 그의 얼굴 표정에는 "반항"이, "만족스러운 분노"가 서려 있었다. 경찰관 아바쿡 오소리오 아리아스가 카르바할을 체포해 피범벅이 된 손도끼를 빼앗으려고 팔을 비틀었을 때 카르바할은 반항을 하지 않았는데, 당시에 그 광경을 지켜본 사람들은 카르바할이 자신의 운명을 전혀 걱정하지 않는 것처럼 보였다고 말한다. 그사이에 갈라르사는 남쪽으로 도망쳐서 국회의사당을 뒤쪽으로 돌아가듯이 카예 9를 통해 서쪽으로 꺾었으나, 이미 일정한 간격을 두고 증인 여러 명과 군 장교 몇 사람에게 쫓기고 있었다. 그를 추적하던 사람들은 그가 가던 길을 멈추고는 안드레스 산토스라는 이름의 노동자와 짧게 대화하는 것을(갈라르사가 산토스에게 일자리가 있느냐고 묻자 산토스가 아니라고 대답했고, 산토스가 갈라르사에게 일자리가 있느냐고 묻자 갈라르사가 아니라고 대답했다) 보았다. 그를 추적하던 사람들은 그때 갈라르사가 산타클라라성당을 향해 걷다가 벽 앞에 서서 벽에 붙어 있는 광고지를 읽거나 읽는 시늉을 하는 것도 보았다. 경찰관 호세 안토니오 피니야는 증인들의 말을 듣고서 경계 태세를 취하며 갈라르사를 따라잡아, 바로 그곳, 광고지로 뒤덮인 벽 앞에서 그를 체포해 조사하기 시작했다. 경찰관 피니야에 따르면, 갈라르사는 "도끼 손잡이와 망치 역할을 하는 도끼머리의 납작한 부분이" 피범벅이 된 손도끼를 왼손에 들고 있었고, 주머니에는 작은 나이프와 신분증이 들어 있는 지갑이 있었다. 경찰관 피니야가 갈라르사를 몸수색하는 동안 남자 하나가 갈라르사에게 다가와 사정없이 뺨을 후려쳐서 코를 부러뜨려버렸는데, 나중에 갈라르사는 그 예기치 않은 공격을 자신의 손도끼에 묻은 피를 정당화하는 데 사용하려고 애썼다. 왜 손도끼를 들고 있으면서 방어하려고 하지 않았나요? 라고 검사가 그에게 물었다. 갈라르사는 특이한 문장으로 대답했는데, 그 특이함에 관해서는 그 누구도 신경을 쓰지 않았다.

"이걸 전혀 사용하지 않기 때문이죠. 사람을 죽인 적이 없거든요." 그가 말했다.

그사이에 카르바할은 경찰서로 보내졌고, 그를 체포한 경찰관 오소리오는 우리베 장군을 부축해 일으켜세웠다. 장군은 머리가 땅바닥으로 떨어지는 게 두렵다는 듯이 피에 젖은 손수건을 든 손으로 자신의 머리를 지탱했고, 얼굴을 타고 흘러내리는 핏줄기 사이로 앞을 응시하며 걸어가려고 애썼으나 다리가 반응하지 않았다. 경찰관 오소리오와 증인 몇이 장군을 집에 데려가려고 어느 차에 태운 뒤, 오소리오는 부상자 혼자서 자신의 목적지에 도착하거나 자기가 없는 가운데 뭔가 중요한 일이 일어나는 것을 막으려는 듯이 차 옆에 붙어 뛰어갔다.

바로 그 순간 볼리바르광장 건너편에 있던 루이스 세아 박사가—콜롬비아에서 가장 유명한 외과의사 가운데 하나로, 프랑스 와인을 제대로 감별하고, 빅토르 위고와 휘트먼의 시를 암송할 줄 아는 시 애독자였다—카레라 8에서 자신의 병원으로 가는 길에 국회의사당 앞을 지나가다 국회의사당 동쪽 편에 모여 있는 군중을 보았다. 세아 박사는 어느 낯선 남자가 우리베 우리베 장군이 손도끼에 맞아 살해당했다고 한 말을 어쩌다 들었는지, 자신이 얼마나 황급히 장군의 집에 도착했는지, 소문이 사실이 아니게 해달라고 말없이 얼마나 기도를 했는지, 어떻게 구경꾼들을 헤치고 장군의 집에 도착해 현관을 지나 집안 계단을 올라가서(마지막 디딤판에서 넘어져가며) 거실 앞에 있는 방에서 간이침대에 누운 상태로 가족과 외부인들에게 둘러싸여 자신에게 무슨 일이 일어나고 있는지도 거의 모르던 부상당한 장군을 발견했는지 남은 삶 동안 얘기했을 것이다.

사람들이 장군의 상의를 열어젖히고, 이미 피범벅이 되어 하나의 기다란 딱지에 불과한 얇은 천을 찢어 몸통이 드러나게 했다. 장군의 머리는 어지럽게 쌓여 있는 베개들 위에 놓여 있었는데, 얼굴에 타박상을 입어 표정이 일그러져 있었다. 피를 흘리는 그의 얼굴이 창백하게 굳어 있었는데, 창백한 색깔이 얼굴을 적신 진홍색 액체와 대비되어, 밀랍인 형처럼 무섭게 보였다. 세아 박사는 자신이 존경하던 동료 몇이 그곳에 있다는 사실을 확인하자 안심이 되었다. 그런 다음 그는 거즈, 끓인물, 솜을 달라고 해서 상처 부위를 씻고, 어떤 위험이 도사리고 있는지도 모른 채 어느 밀림에 들어가는 탐험가처럼 부상의 정도를 조사했다. 장군의 곱슬한 머리카락에서 피가 계속해서 뚝뚝 떨어져서, 먼저 출혈 부위를 솜으로 압박하려고 곱슬머리 속으로 손을 집어넣었다. 손가락들이 두개골에 닿아 있는 원형의 상처 하나를 발견했고, 손도끼의 날이어느 과일의 과육을 자르듯 부드러운 세포조직을 깔끔하게 잘랐다는 사실을 확인했다. 세아 박사는 긴장한 손가락들이 굳은 피가 뭉쳐 있는 머리타래에 뒤엉키지 않게 하려고 애쓰면서 계속해서 머리를 더듬었고, 손가락을 정수리 쪽으로 이동시켜 오른쪽 두정골 위에서 피를 가장 많이 흘리는 상처, 가장 큰 상처를 찾아냈다.

세아 박사는 끓인 물로 손을 씻고 나서 살균한 탈지면을 상처 부위에 대고 머리카락을 자르기 시작했다. 우리베가 몸을 부르르 떨며 상체를 일으켜 세우려고 애를 쓰면서 횡설수설 중얼거렸다. "잠깐, 이봐!" 우리베가 말했다. "이게 무슨 짓이야? 나 좀 놔줘! 놓으라고!" 우리베는 상대가 없는 싸움을 하다가 의식을 잃고 베개 위로 쓰러졌다. 구석에 있던 누군가는 우리베가 죽었다고 믿었고, 소리 없는 울음이 방을 채웠다. 호세 마리아 롬바나 바레네체 박사가 우리베의 맥박을 쟀다. "아직 우리와 함께 계시네요." 롬바나 박사가, 마치 부상자의 살짝 벌어진 마른 입술 사이로 새어나오는 속삭임을 자신의 떨리는 목소리로 억눌러버리고 싶지 않다는 듯이 낮은 목소리로 말했다. 그때 장군이 다시 정신을 차리고, 다시 몸을 부르르 떨더니 다시 소리를 질렀다. "나 좀 놔줘!" 장군이 말했다. "이게 무슨 짓이야? 무슨 짓이냐고? 나 좀 놓으라니까!" 세아 박사가 큰 상처를 찬찬히 살펴보기 시작했다. 손도끼 날이 두개골을 가로 방향으로 절단했다는 사실을 발견하고서, 공격자가 무턱대고 앞에서 공격한 것이 아니라 부상을 최대로 입히려면 어느 쪽에서 공격하는 것이 좋을지 따져보는 시간을 두었나보다 생각했다. 장군의 두개골에 구멍을 뚫어야 했다. 하지만 그곳, 장군의 집에는 수술도구가 없었기 때문에 메디컬 센터에 요청해야 했다.

기다림은 고통이었다. 호세 토마스 에나오 박사가 맥박을 너무 자주 쟀기 때문에 장군이 결국 짜증을 냈는데, 장군이 화를 내며 뱉어낸 말은 공식 문서에 실린 글처럼 들렸다. "의장님, 귀하의 의견에 함께하지 못하겠습니다." 장군의 사위 카를로스 아돌포 우루에타는 의사들이 작업을 하도록 놔두고 아내를 위로하기 위해 옆에 있는 어느 방으로 물러나 있었으나, 집 위로 내려앉은 기다림의 침묵을 느꼈을 것이다. 집 밖, 거리로부터 우리베를 응원하는 소리가 들려오고, 집 마당에서 낯선 사람들이 초초하게 왔다갔다했으나 집 2층은 조용했다. 그래서 우루에타는 부상당한 우리베가 있는 방으로 향했는데, 가는 길에 콧수염을 빽빽하게 기른 경찰청장 살로몬 코레알 장군이 집주인 같은 태도로 도착해서는 분노한 또는 좌절한 군중의 반응을 미리 알아보려는지 그곳에 있던 사람들과 대화를 하고 있다는 사실을 알게 되었다. 우루에타는 우리베 장군이 코레알을 좋아하지 않을 것이기에 무엇보다도 코레알의 출현이 달갑지 않았으나, 그 순간에는 아무 말도 하지 않기로 했다. 어찌되었든 코레알이 공식적인 지휘권을 가진 사람이었다. 우루에타는 넥타이를 느슨하게 풀고 우리베의 방으로 들어갔다. 그는 눈물 젖은 목소리로 브랜디에 얼음조각 몇 개를 넣어 우리베에게 갖다달라고 제안했다. 우리베 장군이 갑자기 정신을 차렸다는 듯이 반응했다. "브랜디 말고." 우리베 장군이 말했다. "물, 그냥 물, 갈증을 다스릴 물." 질그릇에 담긴 물이 우리베 장군에게 건네졌다. 의사들이 우리베 장군에게 생리식염수를 주사했다. 수술 준비를 했다.

메디컬 센터에서 보낸 수술도구가 세시 십분에 도착했다. 짐을 실은 당나귀처럼 어색한 사각형 수술대가 마련되는 사이에 세아 박사는 다시 손을 씻었다. 마취의사 엘리 바아몬이 장군을 잠재우는 일을 맡았다. 라파엘 우크로스 박사가 상처 부위의 머리카락을 면도칼로 밀었다. "라파엘 우리베 우리베 만세!" 카예 11에서 군중이 소리치는 소리가 들려왔고, 세아 박사가 부드러운 세포조직을 갈라 두개골의 병터가 드러나게 했고, 볼리바르광장에서 군중이 "만세!"라고 응답했고, 세아 박사가 부서진 뼛조각 하나를 꺼낸 뒤에 끈적끈적하고 미지근한 대뇌의 일부를 손가락으로 분리했고, 손도끼 날이 수막에 손가락 두께(1인치) 이상으로 깊게 박혔다고 확인했다. 상처 부위에 계속해서 피가 고여 수술이 어려웠다. "그런데 피가 어디서 나는 거죠?" 누군가가 물었다. "우리베 우리베 장군 만세!" 카레라 6에서 사람들이 소리쳤다. "여기 있어요, 여기 있어." 세아 박사가 상시상정맥동에서 절개된 부위를 발견하고 소리쳤다. "거즈, 거즈를 더 많이 대요." 에나오 박사가 말했고, 밖에서 사람들이 소리를 질렀다. "만세!" 레지던트들이 피로에 지친 장군의 몸에 스트리크닌과 장뇌를 주사하는 사이에, 장군은 아무도 이해하지 못할 말로 불평을 하면서 노래하는 것처럼 혹은 아내를 부르는 것처럼 음절들을 늘어놓았는데, 그때 장군의 아내가 얼굴과 목이 눈물범벅이 된 상태로 남편에게 다가가 뭘 원하는지 물었다. 장군은 죽어가는 사람 특유의 솔직함을 드러내며 대꾸했다. "내가 뭘 알겠소?" 몇 분 후, 푸트남 박사가 장군에게 통증을 느끼느냐고 묻자 장군이 살짝 힐난하는 투로 대답했다.

"통증을 안 느낄지 생각해봐요."

붕대를 감고 거즈를 대면서 처치하고 주사를 놓으며 부산을 떠느라 세아 박사도 다른 의사들도 밤이 되었는지 모르고 있었다. 장군의 형 훌리안 우리베가 방으로 와서 신부들이 도착했다는 사실을 알렸을 때에야 비로소 사람들이 벽에 걸려 있는 시계를 쳐다보았다. 온화한 태도의 예수회 사제 둘은, 기자 호아킨 아추리가 우리베 우리베 장군이 동의하지 않았으리라는 점을 지적하려 애를 썼건만, 한 시간 내내 장군과 함께 있었다. 어쨌든 아추리 기자는 가톨릭교회의 과도한 태도를 지칠 때까지 폭로하고 가톨릭교회의 관용을 거부한 적이 있었다. "저는 의사일 뿐이고, 이런 사안들에는 관심이 없습니다. 게다가 장군님은 의식이 없습니다." 세아 박사가 이렇게 말하자마자 우리베 우리베가 거부하는 소리를 지르기 시작했다. "안 돼, 안 돼!" 장군이 말했다. 그리고 이렇게도 말했다. "당신들, 당신들!" 장군의 말은 피를 토하면서 끊겼다. 식은 땀이 부상당한 장군의 이마와 목을 적셨다. "이제 임종하시겠구면." 누군가가 말했다. 세아 박사가 뜨거운 물이 담긴 병들을 치우고 장군의 체온을 재고 나서 맥박을 쟀는데, 전완에서는 맥이 잡히지 않고 경동맥에서만 잡혔다. 길거리에 있던 군중의 고함소리가 들리지 않았다. 그때 세아 박사는 부상당한 장군이 눈을 뜨고 머리를 베개에 힘껏 밀착시키더니 공포어린 목소리로 똑같은 말을 되풀이하는 모습을 보았다. "마지막!" 장군이 말했다. "마지막! 마지막!"

공화국 상원의원, 자유당 지도자, 내전에 네 번 참전한 용사 라파엘 우리베 우리베 장군은 10월 16일 금요일 새벽 두시에 오십오 세를 일기로 타계했다. 보고타의 밤공기가 차가웠음에도 불구하고 집 창문들은 열려 있었고, 자선수녀회의 수녀 몇은 구석자리, 즉 장군이 여행에서 가져와 모아놓은 소라껍데기 네 개 옆에서 고개를 숙인 채 기도하고, 그사이에 가장 부지런한 원주민 여성 둘이 장군의 사체를 씻기 시작했다. 그녀들이 머리에 부은 물이 목을 타고 내려오면서 장밋빛 용액으로 변했고, 그중 한 명이 눈에 생긴 아주 작은 웅덩이를 보고 천으로 눈을 살짝 두드려서 물을 닦아주면서 운 다음 살아 있는 자신의 눈을 옷소매로 훔쳤다. 죽었지만 역시 젖어 있던 다른 눈이 섬뜩하게 전이된 웅덩이였다. 장군은 깨끗한 몸으로 머리에 붕대를 두른 채 열린 관에 안치되었고, 관은 집의 중앙홀 한가운데에 놓였다. 이어지는 몇 시간 동안 장군의 가족들이 마지막으로 그를 보러 왔고, 암살당한 한 남자 때문에 흘러나오는 특별한 눈물을 흘리며 울었다. 망연자실해서 흘리는 눈물, 그리고 또한 순수한 분노, 무기력, 고통스러운 놀라움 때문에 흘리는 눈물, 그 범죄를 막을 수 있었겠지만 막지 못했던 모든 사람을 향해 흘리는 눈물, 암살당한 사람이 위험에 처해 있다는 사실을 알고 있었는데도, 아마도 나쁜 것들에 관해 말하는 일은 그것들을 불러내서는 문을 열어주어 우리 삶으로 들어오도록 허용해주는 일이라 믿고서, 위험에 처한 사람에게 그 사실을 알리려고 하지 않았던 사람들을 향해 흘리는 그 눈물.

그 10월 16일 아침나절에 검시관들이 도착했는데, 바로 그때 어느 젊은 예술가가 우리베 장군의 얼굴을 석고 마스크로 만들고 있었다. 검시 담당자는 의사 둘, 즉 리카르도 파하르도 베가와 훌리오 만리케, 그리고 검시관 사무소의 조수 셋이었다. 그들 모두 메모를 하고 **양두정골 후위**와 **두피 절상** 같은 어휘를 쓰고, 측정 테이프 하나를 꺼내 **사선 방향, 12센티미터**라고 썼다. 그러고서는 머리 피부를 한쪽 귀에서 다른 쪽 귀까지 절개해 머리덮개뼈가 드러나게 한 뒤에 손도끼가 부순 **뼈** 부위를 찾았다. 파하르도 박사가 상처 길이를 재라고 명령하고(측정치는 길이 8.5센티미터, 너비 4.5센티미터였다), 훌리오 만리케는 수막을 자르기 위해 가위를 달라고 요청하고, 메스로 수질髓質을 절개해 죽은 비둘기를 땅바닥에서 들어올리듯 두 손으로 우리베 장군의 뇌를 적출했다. 뇌를 앉은뱅이저울에 올려놓았다. "1500그램." 그가 말했다. 그런 다음 검시관들은 두개골을 복원하고 몸을 검사하기 시작했다. 복부와 내장은 완벽하게 건강했고, 폐에는 결절 하나 없었다. 세포조직의 색깔과 탄성으로 판단해보건대, 모든 이가 장군이 평생 담배 한 개비 피운 적이 없다고 생각했을 법했다. 모든 검시관은 그가 삼십 년은 더 살았을 것이라는 데 동의했다.

17일 새벽에 암살범들을 데려와 우리베 장군의 시신을 확인시켰다. 장례식장은 가톨릭교회의 수도원과 초기의 대학으로 사용되던 식민지풍의 거대한 석조건물인 살론 데 그라도스에 마련되었는데, 프란시스코 데 파울라 산탄데르가 1828년에 볼리바르를 죽이려고 시도한 음모

에 가담했다는 이유로 재판을 받는 사이 몇 개월 동안 갇혀 있던 곳이
다. 사람들이 위험한 일을 겪거나 질서를 교란하지 않고 순서대로 돌아
가며 조문을 할 수 있도록 복도 하나는 장례식장에 들어오는 용도로,
다른 하나는 나가는 용도로, 복도 두 개를 마련하도록 조치했으며, 열
병식 제복을 입은 군인들이 장군의 관 옆에 서 있으려고, 혹은 관을 지
키려고 도착했다. 모든 인종의, 모든 계급의, 모든 직종의 사람들이 열
을 지어 관대棺臺 주변을 돌았는데, 조문객들은 오직 장군에게 자신들
의 달랠 길 없는 슬픔을 표하려고 하거나, 병적인 호기심을 가지고 한
위인의 주검을 바라보거나 자신들의 말을 듣고 싶어하는 사람이 있으
면 그 범죄에 관한 견해와 암살의 이유에 관한 이론을 밝히려고 했다.
그리고 레오비힐도 갈라르사와 헤수스 카르바할이 경찰관 한 명과 수
사반장을 대동하고 그곳까지 왔다.

　그 시각에 장례식장에는 몇 사람밖에 없었으나 진정한 참사를 일으
키기에 충분했을 것이다. 장군을 추종하던 사람들, 상심해서 복수하고
싶어하던 사람들이 어느 순간이든지 세상 사람들 앞에서 살인범들에
게 달려들어 린치를 가할 수 있는 상황이었다. 하지만 살론 데 그라도
스에서는 아무 일도 일어나지 않았다. 사람들은 암살범들을 희생물로
삼아 구타하지도, 그들의 목을 조르지도, 옷을 찢지도, 시내 거리로 끌
고 다니지도, 모욕하지도 않았다. 암살범들은 자기가 희생시킨 사람의
몸에 가까이 다가가더니 일반 조문객처럼 고인의 얼굴에 무심한 시선
을 던졌다. 그들을 체포한 경찰관들이 주저하지 않고 그들을 용의선상
에 올려―루아나, 밀짚모자―용의자로 인정하고 압수한 증거품들, 즉
손잡이에 뚫린 구멍에 용설란 노끈이 꿰어진 손도끼, 손도끼 날에 막

말라붙은 장군의 피를 즉각적으로 제시했기 때문에, 그 순간 그 범죄에 관한 그들의 책임은 이미 기정사실이 되어 있었다. 그럼에도 불구하고 그 두 암살범은 살론 데 그라도스에 있는 희생자의 시신 앞에서 사건에 대한 책임을 부정하면서 수사반장의 질문에 대답했다.

네, 그들은 장군을 알고 있었습니다.

아닙니다, 그들은 장군의 죽음의 원인이 무엇인지 모르고 있었습니다.

아닙니다, 그들은 장군을 공격하지 않았습니다.

아닙니다, 누가 장군을 공격할 수 있었을지 그들은 모르고 있었습니다.

법률적인 조사가 끝난 뒤, 수사반장과 경찰관은 암살범들을 출구로 인도했다. 경찰관은 왼쪽에서 한 암살범의 팔을 붙잡고, 수사반장은 오른쪽에서 다른 암살범의 팔을 붙잡은 채 갔다. 어느 증인의 말에 따르면, 경찰관들이 너무 방심한 상태였기 때문에 암살범들이 도망갈 수 있을 정도였다. 마치 아무도 그들에게 신경을 쓰지 않는 것 같았고, 그들을 믿는 것 같았다.

오랜 세월 동안 국가가 치른 장례식 가운데 가장 성대한 장례식이었다. 나중에 누군가는 특유의 보고타식 과장법을 사용해, 도시 전체가 자신의 율리우스 카이사르와 이별하기 위해 로마식 복장을 착용했다고 썼다. (적절하지 않은 비유였다. 그후 며칠 동안 누군가가 신문들에 그 비유에 응답했다시피, 율리우스 카이사르는 폭군이었기 때문에 암살당했다.) 신문기사들은, 페넌트와 깃발이 걸리고 대주교가 집전하는 의식이 끝난 뒤 관을 묘지로 운구하기 위해 관을 감싸고 도는 장례행진을 하고, 화관들로 장식된 마차들이 엄밀한 순서에 따라, 즉 첫번째로 대통령이 탄 마차가, 뒤를 이어 사도 대표단이 탄 마차가, 그다음 의회와 대법원 인사들이 탄 마차들이, 그 뒤를 이어 자유당 인사들이 탄 마차들이 움직인 장면에 관해 언급할 것이다. 화관들이 어찌나 많았던지 광장이 꽃향기로 가득찼는데, 꽃향기는 장례행렬과 함께 카예 레알을 통과하고, 카예 플로리안을 통과했다. 인접한 길들에서 점점 더 많은 사람이 몰려와 장례행렬에 합세했다. 이 순간에 우리베는 볼리바르보다 더 중요한 인물이라고 누군가가 말했다. 모든 집의 발코니에서는 검은 옷을 입은 여자들과 아이들이 장례행렬을 바라보았는데, 슬픔에 젖은 아이들은 슬픔에 관한 지시사항을 충실하게 따랐다. 묘지에서는 상하원의원에서부터 언론과 군의 대표로 구성된 아홉 명의 연설자가 목청껏 연설을 했고, 그래서 보고타 사람들은 국가가 **파벌주의적인 증오를 한편으로 제쳐두고 위대한 희생자를 추모하며 일제히 눈물을 흘리고 울었다는 사실**과 남자들의 격정이 관 앞에서는 **잠잠해졌다는 사실**을 알게 되었다. 하지만 진실은 아주 달랐다. 표면적인 차분함, 조용해진 격정, 그리고 일제히 흘린 눈물 밑에서 우리베 가문의 친척들은 자신들의 주변에서 아주 특이한 일들이 일어나고 있다는 사실을 감지하기 시작했다.

우선 짜증나는 조사가 진행되었다. 그 임무는 당연히, 범죄가 일어난 다음날부터 시작되었다. 법적인 절차에 따라 보고타시 수석조사관이 임무를 부여받았는데, 그는 이미 검사직을 수행한 적이 있는 변호사였기 때문에 그의 업무 적합성은 대단히 믿을 만했다. 하지만 막 작업을 개시했을 때, 그는 자신이 법적인 절차를 떠맡지 않게 되었다는 소식을 들었다. 공화국의 대통령이 경찰청장 살로몬 코레알에게 그 임무를 맡아달라고 개인적으로 부탁했다는 것이다. 언제부터 대통령이 어느 범죄의 조사관을 자기 마음대로 지명할 수 있었던가? 게다가 당연한 조사를 수행하는 데 필요한 교육도, 지식도, 경험도 없는 한 남자에게 조사 임무를 맡기는 것이 가능했을까? 하지만 가장 우려되는 점은 대통령의 결정이 어디에도 명시되지 않았다는 것이다. 그 어떤 서류에도 쓰여 있지 않고, 그 어떤 공문에도 나와 있지 않고, 그에 대해 확실한 증거도 전혀 없었다. 존재하지 않았다.

경찰청장 살로몬 코레알은 보수파에 호의적이고 권위적인 성향을 지닌 사람으로 알려진 인물이었다. 그런 평판은 보수파 한 무리가 합법적인 대통령인 팔십대의 마누엘 산클레멘테를 하야시키고 자신들과 더 가까운 사람을 대통령직에 앉히기 위한 음모에 그가 가담했던 세기 초부터 그를 따라다녔다. 전설과 진실이 사람들의 기억에 혼재해 있었지만, 어느 무시무시한 이야기에 따르면 그가 과두아스의 경찰서장이었을 때 산클레멘테를 체포해서는 흡사 그가 여든이 넘은 대통령이 아니라 길거리 노상강도나 된다는 듯이 어느 의자에 묶어놓고는, 욕설을 퍼붓고 때린 뒤 그를 어느 유리 상자 안에 가둔 채 정오의 태양 아래에 갖다놓았는데, 그 모든 것이 그를 권좌에서 물러나게 하기 위해서였다. 산클레멘테를 유리 상자에서 꺼냈을 때는 유리벽이 난폭한 태양열로 흐릿했고, 노인은 탈진과 탈수 상태에 빠져 실신해버렸으나, 자신을 고문한 자들에게 자신이 하야하는 즐거움을 결코 주지 않았다. 과두아스 경찰서장의 잔학한 행위는 나쁜 소문처럼 전국에 퍼져나갔고, 그런 섬뜩한 사건이 발생한 지 이 년 뒤 산클레멘테가 사망했을 때 사람들은 그가 자연사하지 않았다는 사실에 동의했다. 그의 적들이 가한 모욕과 고통이 그를 죽였던 것이다. 그리고 그의 적들 가운데는 살로몬 코레알이 있었다.

그렇기 때문에 그가 그런 법적 절차에 모습을 드러낸 것은 우리베 장군의 추종자들에게 그 어떤 신뢰감도 주지 못했다. 코레알이 하는 모든 것은 불분명했다. 그는 대통령으로부터 수사 업무를 맡으라는 명령을 받자마자 경찰 수사반장에게 그 범죄를 지켜본 증인들의 진술을 취합하라는 임무를 맡겼다. 그럼에도 불구하고 사흘이 지난 뒤 그는 우려할 만큼 효율적으로 수사반장을 해임하면서 발버둥을 칠 최소한의 권리도 부여하지 않았다. 수사반장의 이름은 루빈 보니야였는데, 그는 지조 있고 완고하기로 소문난 공무원이었기 때문에 그를 해임한 것은 정당화하기 어려운 일이었다. 하지만 살로몬 코레알은 그가 '정부에 대한 험담을 은밀하게 퍼뜨리고, 나중에 전보를 통해 반복했다'는 이유로 고발했다. 그리고 그를 업무에서 배제했다.

코레알이 언급한 그 전보는 이제 보고타 사람들의 입에 오르내렸다. 보니야는 해임된 지 얼마 지나지 않아 그 전보를 어느 지인에게 보냈고, 지인은 보니야에게 알리지도 허락을 받지도 않은 채 전보의 내용을 어느 신문에 실었다. 전보는 가볍게 여길 수 없는 비난을—**진실이 드러나기 시작했을 때 나를 수사에서 배제시켰어요**—담고 있었고, 보고타 사람들은 보니야라는 사람이 어떤 중요한 사실을 알아낼 시점이었을 것이라고 자문했다. 여기 저기, 반복되고 뒤틀린 일상적인 대화에서 보니야는 자신이 두 암살범의 대질심문을 실시하려던 바로 그때 자신이 수사에서 배제되었을 것이라고 불평했다. 또한 코레알 씨가 수사에 잘못된 방식으로 개입해서는 법이 금지하고 있음에도 심문에 직접 참여하겠다고 고집하고, 심지어는 암살범에게 어떤 질문을 하게 되면 입을 다물라는 듯이 손가락 하나를 자기 입술에 갖다댔다는 말도 들은 적이 있었다. 하지만 이것이 경찰청장에 관해 나돈 소문들 가운데 가장 심각한 것은 아니었는데, 왜냐하면 보니야가 해고된 때에 이미 우리베의 가족은 어느 수상한 증인에 관해 몹시 심각한 사실을 인지했기 때문이다. 그 증인은 알프레도 가르시아라는 남자였다.

알프레도 가르시아는 서른한두 살 정도 되는 남자로, 옷차림이 단정하지 않고 머리가 부스스했으며, 이 여러 개가 빠진 입에서는 금니 하나가 반짝거렸다. 그는 우리베 우리베 장군에게 호의적인 다른 사람들처럼 장군이 사망하던 날 밤에 장군의 집에 나타나서는 처음부터 층계참에 자리를 잡고 앉아 방금 전에 일어난 일에 관해 사람들과 작은 소리로 얘기를 나누었다. 모두 그 범죄와 용의자들에 관해 각자의 견해를 가지고 있었다. 사람들이 자신의 생각이 옳다고 주장함으로써 집이 온갖 추측으로 가득찼다. 우리베 가족의 친구이자 장군에게 부츠를 두어 번 판 적이 있던 구둣방 주인인 토마스 실바 씨는 계단 옆을 지나가면서 가르시아가 혼자서 하는 말을 들었다.

"이 사건에서 갈라르사와 카르바할에게 동조한 사람들이 누군지 안다면, 사안이 달라질 건데."

토마스 실바가 즉각적으로 그에게 물었다. "대체 무슨 말이오? 당신이 뭘 아는 거요?"

"아는 바를 모조리 경찰에게 말해야 해요." 사람들이 그에게 말했다.

두 사람은 조사관을 만나러 갔다. 조사관은 그 말을 관심 있게 들었으나, 이 늦은 시각에는 그들의 진술을 받아들일 수 없으니 다음날 다시 와야 한다고 했다. 그렇게 했다. 가르시아와 실바는 다음날 아주 이른 시각에 경찰청 조사실로 갔다. 경찰청장 살로몬 코레알이 청사 현관에서 기다리고 있었다.

"내게 무슨 말을 하려는 건지 이미 알고 있습니다." 코레알이 그들에게 말했다. 그가 실바의 어깨를 토닥거렸다. "이 문제에 관해 얘기해봅시다." 그러고는 덧붙였다. "잠시 기다렸다가 함께 얘기해보자고요."

코레알은 두 사람을 남겨둔 채 청사로 들어갔다. 실바와 가르시아는 그가 어떤 서류를 찾거나 비서를 만나 어떤 얘기를 들으러 갔으려니 생각하고 그가 돌아오기를 기다렸다. 십 분, 이십 분, 한 시간, 두 시간을 기다렸다. 하지만 코레알 장군은 다시는 청사 밖으로 나오지 않았다. 밤 열한시에 가르시아와 실바는 코레알 장군이 아무도 이해하지 못하는 이유로 자신들의 진술을 듣고 싶어하지 않는다는 사실을 깨달았다.

며칠 동안 그들은 어떻게 해야 할지 생각했다. 마침내 어느 변호사가 토마스 실바에게 두 증인을 만나서 자필 진술서를 받으라고 조언했다. 실바는 가르시아 씨, 그리고 각각 바스케스와 에스피노사라는 성을 가진 두 시민을 자신의 구둣방으로 불렀다. 사람들이 모이자 실바는 메모장과 펜을 꺼내 진열장 위에 올려놓았다. 그러고는 가르시아에게 말했다(하지만 명령에 가까웠다).

"자, 이제 당시에 본 것을 쓰시오."

그가 쓴 것은 다음과 같았다. 사건이 발생하기 전날 밤 가르시아가 갈라르사의 목공소 옆을 지나가다가 옆 가게에서 음료수 한 잔을 마시려고 했을 때 두 암살범 갈라르사와 카르바할이 멋진 정장 차림에 중산모를 눌러쓴 남자 몇과 얘기를 하고 있는 모습을 보았다. 어두웠기 때문에 그 남자들의 얼굴을 제대로 볼 수 없었으나, 잘 차려입은 남자들이 그 밤시간에 노동자 둘과 대화를 하고 있다는 사실이 관심을 끌었다. 가르시아는 그들 곁을 지나가면서 갈라르사가 하는 말을 들었다. "부탁드린 것을 주신다면, 저희가 하겠습니다." 그가 말했다. "그렇지 않다면, 더이상 할 말이 없고요." "저기서 어떤 사람이 엿듣고 있으니 목소리를 낮춰요." 그들은 모두 갈라르사의 목공소로 들어가 문을 닫았다. 가르시아는 졸렸지만 호기심이 생겨, 프란시스코 보르다 씨의 집 벽에 몸을 기댔다가 길을 오르락내리락하다가 하며, 추워 죽겠다 싶은 상태로 한 시간가량 기다렸다. 마침내 그들이 나오는 것을 보고는 카레라 10 길모퉁이에 몸을 숨긴 채, 그 신사들 가운데 하나가 교양 있는 어조로 하는 말을 들었다. "이제 다 된 거죠." "걱정 마세요," 갈라르사 아니면 카르바할이 대답했다. "이 문제는 저희가 확실하게 처리하겠습니다." 뒤이어 카르바할 아니면 갈라르사가 덧붙였다. "이 일에서 아주 좋은 결과를 보시게 될 겁니다." 증인 가르시아는 자신이 방금 쓴 진술을 큰 소리로 읽더니 불필요하게 보일 정도로 현란하게 서명했다. 하지만 코레알은 진술서를 거들떠보지도 않았다. 그날 밤 암살범들과 대화를 한 그 남자들이 누구인지는 결코 밝혀지지 않았다. 가르시아의 증언이 타당한지도 결코 조사되지 않았다.

코레알이 증언을 무시했다는 소식이 이내 장군의 형 훌리안 우리베의 귀에 도달했다. 그는 목이 길고 쫙 뻗은 콧수염을 기른 남자로, 늘 장군의 동무 같은 형제보다는 제2의 아버지처럼 행동했다. 그의 부드러운 눈썹은 그가 장군보다 두 살 더 많은 것이 아니라 삶을 두 배 더 살았다는 듯 장군이 결코 지니지 못한 평온한 분위기를 풍겼다. 그는 처음부터 형사소송 절차를 예의 주시하고, 세세한 사항들에 관심을 가지고, 진행되던 매 사안에 대해 염려하고 신경을 썼다. 11월 초에 그는 살로몬 코레알의 집무실로 향했다. 자신이 직접 쓴 서류를 가져갔는데, 서류는 수사가 시작되고 여러 날이 지난 뒤 그 자신이 직접 수집한 일부 정보를 수록한 것이었다. 직접 그런 자료를 취합했듯이 직접 기록하고 직접 경찰청장에게 전달하고자 했는데, 그 이유는 그렇게 하는 것이 대단히 중요하다고 생각했을 뿐만 아니라 전달자를 믿을 수 없다는 사실을 깨달았기 때문이다.

서류에는 증인 열두 명의 진술이 담겨 있었다. 열두 명의 증인은 우리베 장군의 암살범들이 테켄다마폭포에서 했을 일종의 소풍이나 방문에 관해 각기 다른 정확도와 내용으로 묘사했다. 폭포, 즉 보고타 강물이 꺾여 떨어지는 산의 절벽은 보고타의 주요 관광지 가운데 하나였으며, 대규모 노동자 무리가 휴일에 그곳을 구경하러 가는 것은 전혀 비난할 만한 일이 아니었다. 실제로 보고타에 있는 수공업자 단체들은 늘 야유회를 계획하고, 그런 풍경에 익숙해진 사람이라도 숨을 멈추게 만드는 장관, 그리고 키 큰 나무로 뒤덮여 있는 산에 동화적인 분위기를 입히는, 늘 안개가 자욱한 그곳의 공기 때문에 폭포는 많은 사람에게 언제나 첫번째 선택지였다. 하지만 증인들의 말에 따르면 6월 성 요한 축일 무렵에 이루어진 그 소풍은 다른 소풍과는 달랐는데, 그 이유는 암살범들이—항상 증인들의 말에 따르면—자신들끼리만 간 것이 아니었기 때문이다. 최상류층 남자 하나가 그들과 함께 갔는데, 검은 루아나를 입고 파나마모자를 쓴 그 남자는 자기 주머니 돈으로 마차 두 대를 빌리고 심지어 열 명의 야유회를 위해 1000페소를 제공하기까지 했다. 그는 페드로 레온 아코스타였다.

그리고 그것이 모든 것을 바꾸었다.

페드로 레온 아코스타는 사악한 남자로, 나라에 사악한 남자들이 부족하지 않은 그 당시에도 가장 사악한 남자들 가운데 하나였다. 왼쪽 눈꺼풀이 살짝 내려서 그로 인해 눈초리에 의구심과 불안감이 서린 듯 보이고, 끝이 뾰족한 귀는 심술궂은 도깨비처럼 보였다. 한때는 능력 있는 기병, 꽤 알아주는 총잡이이기도 했던 도깨비. 보수적이고 가톨릭적인 오랜 전통을 고수하던 그의 가족은 소포에, 그리고 우바테를 감싸고 있는 산지에 위치한 광대한 농장들을 소유하고 있었다. 하지만 페드로 레온 아코스타는 사람들의 존경을 유발하기는커녕 길 잃은 양들, 즉 좋은 집안에서 태어났으면서 세상에 피해를 입힐 뿐만 아니라 부모의 가슴을 찢어지게 하는 자식들이 유발하는 그런 공포를 조장했다. 아코스타 집안처럼 유명한 집안이 페드로 레온 같은 아들 하나를 두게 되는 그런 우발적인 사고는 아주 무시무시하게 보이는데, 그런 운명의 장난에는 근거는 없지만 뭔가 유해한 것, 하느님이 그 집안 사람들을 잊어버렸다는 증거 같은 것이 있기 때문이다. 그럼에도 불구하고 보고타 사람들이 여전히 잊지 않았던 사실은, 그가 루아나를 입고 멋진 모자를 쓴 채 말을 타고 자신의 농장들을 둘러보러 나온 남자, 길에서 유기견들을 만나게 될 뿐인데도 무장을 하고 다니는 그런 남자였으며, 하느님이 버린 다른 좋은 집안의 길 잃은 다른 양들과는 전혀 다른 남자였다는 사실이다. 그래, 그는 그런 남자들과는 달랐다. 팔 년 뒤에 그는 공화국의 대통령을 암살하려고 시도했다.

* * *

1905년 초 페드로 레온 아코스타와 그의 동생 미겔은 자유파의 요구에 너무 유약하게 처신하던 라파엘 레예스 대통령에 모반을 획책하기 위해 다른 보수파 가족인 오르테가 가문의 삼형제와 결탁했다. 그들의 계획은 오랜 세월 쌓인 앙심의 결과였다. 언젠가 레예스가 자신의 의무는 자신이 속한 정당뿐만 아니라 모든 나라를 통치하는 것이라고 말한 일이 불신을 불렀다. 레예스가 전쟁부장관직을 자유파 장군인 벵하민 에레라에게 주려 한다는 소문이 있었는데, 음모자들은 그 장관직이 그렇게 적에게 부여되는 것을 받아들일 준비가 되어 있지 않았다. 하지만 가장 견딜 수 없었던 것은 벵하민 에레라가 반정부 무장투쟁을 벌이고 가톨릭교회와 맺은 정교조약의 취소를 요구한 무신론자 라파엘 우리베 우리베 장군과 친해진 것이었다. 1895년 전쟁에서 레예스 대통령은 벵하민 에레라 장군을 격퇴했다. 그런데 소문에 따르면, 이제 그는 에레라 장군이 정부 조직에 참여하는 것을 허용할 예정이었다. 나중에 패배자들에게 나라를 넘길 것이라면 하느님과 콜롬비아의 이름으로 전쟁에서 승리하는 게 무슨 소용이 있었을까?

나중에 전설처럼 회자될 어느 날 오후 보수파 기사騎士 스무 명이 소포 계곡 입구에 모여, 짐승처럼 누워 있는 거대한 산 앞에서 오른손의 엄지와 검지를 모아 십자성호를 긋고 왼손으로는 샴페인 잔을 받쳐든 채 레예스를 무찌르자고 맹세하고 거사의 성공을 위해 건배했다. 그들은 자신들의 계획이 알려질 것이라고 예상하지 않았으나, 실제로는 알려져버렸다. 그럼에도 불구하고 그 결과는 두려워할 만한 것이 아니었는데, 그 이유는 그 두 가문의 수장인 돈 아나톨리오 아코스타와 돈 세넨 오르테가가 레예스 대통령의 친구였기 때문이다. 이는 음모자들에게 일종의 특혜였다. 음모에 대한 소문을 들은 대통령은 모든 사람을—음모자들의 부모와 자식들, 본당 주임신부—대통령궁으로 불러 모아놓고는, 말썽쟁이 아이들에게 말하듯, 음모자들이 계획을 포기하게 해달라고 부탁했다. 그는 자유파 인사 하나를 전쟁부장관에 임명할 의사가 전혀 없다고 그들에게 확언했다. 음모자들을 진정시키기 위해 아코스타에게는 경찰청장직을, 그의 동생 미겔에게는 칠레의 어느 군사학교에 파견하는 콜롬비아 정부 대표직을 제안했다. 아코스타가 대통령의 제안을 정중하게 받아들이고 헤어질 때 미소를 지으며 포옹을 했음에도 불구하고, 11월에 대통령은 그 음모가 지속되고 있다는 사실을 알았다. 군 사령관 루이스 수아레스 카스티요 장군은 음모자들을 줄줄이 체포했다. 하지만 아코스타 형제들도 오르테가 형제들도—친구의 아들들—투옥되지 않았다.

1906년 2월 초 국가 정보부는 음모자들이 10일에서 12일 사이에 공격을 개시할 예정이라는, 확인된 소문을 레예스 대통령에게 보고했다. 레예스는 소풍을 자제하지도 경호원의 수를 늘리지도 않았다. 10일 오전 열한시경에 산카를로스궁에서 딸 소피아를 데리고 나와 늘 그랬듯이 함께 보고타 북쪽으로 드라이브를 하러 갔다. 사륜포장마차는 거의 온전하게 포장을 친 상태로 달렸다. 소피아는 멀미를 했으면서도 아빠가 바람을 쐬면 감기에 걸릴 수 있으니 앞부분의 포장만 걷어놓자고 요구했다. 두 사람은 볼리바르광장으로 내려갔다가 카예 플로리안과 카예 레알을 통해 북쪽으로 갔다. 니에베스성당 옆을 지나면서 대통령은 하늘을 향해 시선을 들어올리고, 모자를 벗고, 기도를 했다. 산디에고공원 모퉁이에서는 누군가를 기다리는 듯한 기사 셋을 주시했고, 기사들이 대통령 자신을 주시한다는 사실 또한 감지했다. 그는 그들이 암살범이라고 생각했다. 자신이 마차에서 내려 그들에게 맞서봤자 자신을 죽이려는 그들의 임무를 용이하게 해줄 뿐이라고 생각했다. 그래서 계속해서 앞으로 나아갔다. '바로 콜로라도'*라고 불리는 지역의 막달레나 별장에 도착했을 때 그는 벌써 열한시 반이나 되었다는 사실을 깨닫고는 대통령궁으로 돌아가기로 했다. 마부에게 돌아가자고 했는데, 왔던 곳으로 되돌아가려고 마차가 돌기 시작했을 때 보니 그 기사 셋이 그곳까지 따라와 있었다. 기사 하나가 마차 앞에 버티고 섰다. 다른 둘은 뒤쪽에서 루아나 자락을 걷어올리고 권총을 꺼내 발사하기 시작했다.

"자네도 쏘게!" 레예스가 자신의 유일한 경호원인 파우스티노 포마르 대위에게 소리쳤다. 그리고 마부에게 말했다. "출발해, 바르가스! 저 놈을 깔아뭉개버려!" 마부 베르나르디노 바르가스가 말들에게 채찍질을 하자 마차가 휘청거렸다. 길을 가로막고 있던 사내는 마차가 자신을 덮치려는 것을 보고서 한쪽으로 비켜서더니 마차 옆으로 이동해서 총을 쏘기 시작했다. 대통령이 센 것은 다섯 발이었는데, 그 어떤 총알도 공격자들에게 부상을 입히지 않자 곤혹스러워했다. "겁쟁이들!" 소피

---

* 에스파냐어로 '붉은 진흙땅'이라는 뜻.

아가 소리쳤다. "살인자들!" 포마르 대위는 총알이 소진될 때까지 총을 쏘았다. 그러고서 그들은 공격자들이 북쪽으로 말을 몰아 도망치고 있다는 사실을 알아차렸다. 레예스 대통령은 소피아가 부상당하지 않았다는 사실을 확인했지만 자신들이 간신히 위기를 모면했다는 사실도 확인했다. 사륜포장마차에는 총구멍이 여러 개 뚫려 있었고, 딸의 모자 챙에도 총구멍 하나가 있었다. "하느님이 우리를 구하셨군." 대통령이 말했다. 몇 분 전에 대통령은 니에베스성당의 성체에 짧지만 진심어린 기도를 올렸는데, 지금 하늘이 기적을 통해 기도에 응답했던 것이다. 다음으로 할 일은 전신국으로 가서 명령을 하달하는 것이었다. 대통령은 공격자들이 도망치면서 거쳐갈 만한 지역인 라 칼레라, 푸엔테 델 코문, 카히카에 전보를 보내라고 명령했다. 사냥이 시작되었다.

2월 28일에 다음과 같은 포고령이 발포되었다.

경찰청장은 로베르토 곤살레스, 마르코 A. 살가르, 페르난도 아길라르, 페드로 레온 아코스타에게 고하노니, 경찰청장실이나 경찰청장 자택 가운데 현재 자신들의 소재지에서 가장 가까운 곳으로 출두해서 금월 10일 대통령 각하와 영애 소피아 R. 데 발렌시아 양에게 자행한 공격에 대해 자신들에게 씌워진 혐의에 대해 해명하기 바람.

위 자들이 본 조치에 따르면 책무를 이행한 점이 고려될 것이고, 그러지 않으면 법에 따라 최대로 엄정하게 조치할 것임.

위 자들을 숨기고, 위 자들과 내통하고, 정보를 제공하고, 소식이나 음식을 갖다주는 자는 모조리 군사법원에 보내져 공범, 조력자 또는 은닉자로 판정할 것임. 반면에 위 자들의 행선지나 은신처를 알리거나 위 자들을 넘기는 사람은 누구든, 앞에 언급된 삼 인의 경우 각각 100,000페소, 페드로 레온 아코스타의 경우 200,000페소의 포상금을 받게 될 것이고, 신고자의 성명은 비밀에 부쳐질 것임을 약속함.

공격자들의 이름이 밝혀지고 군침 도는 포상금이 제시되자, 이들을 체포하는 것은 시간문제에 불과했다. 공격자 셋과 친한 친구처럼 보이는 에메테리오 페드라사라는 남자가 3월 초에 이들을 고발하고 포상금을 받게 되었다. 곤살레스, 살가르, 아길라르는 체포되어 군법회의에 회부되었는데, 군법회의는 그 공격을 "범죄집단"에 의해 자행된 중대범죄로 판단하고 피고인들을 "범죄 현장에서 총살형에 처한다"라고 선고했다. 어느 사형집행도 그처럼 철저하게 문서화된 적이 없었다. 알려진 사진에는 공격자 세 명과 공격을 선동한 후안 오르티스의 사체가 실려 있었는데, 후안 오르티스는 공격이 이루어지기 전 토요일에 보데가 데 산디에고에서 공격자들과 아과르디엔테를 마셨다는 소문이 있었다. 그랬다, 사진에는 이미 목숨이 끊어진 그들 모두가 벌거벗은 몸에 양손이 등뒤로 묶인 상태로 나무 벤치에 앉아 있었는데, 적어도 그들 가운데 하나는 하얀 밴드로 눈이 가려져 있었다. 다른 사진에는 다른 음모자들이 보였는데, 그들이 받은 형은 동료들의 사형집행을 의무적으로 지켜보는 것이었다. 몇 사람이 그 장면을 외면했을까? 몇 사람이 그 순간에 하얀 밴드로 자기 얼굴을 가리고 싶어했을까? 누군가는 그들의 죽음을 보았을까? 나도 지금 죽어 있는 저들처럼 될 수도 있었을 거야라거나, 지금 어떤 사람이 죽는다면 내가 바로 그 사람이 아닐까?라고 짧게 생각했을까? 우리는 확실하게 알 수 없으나 그들은 그곳에 그렇게 있었다. 그들은 대중축제 또는 길거리에서 공연하는 연극의 일부가 될 법한 장면에서 역시 경찰관들에게 에워싸인 채 의자에 앉아 있었다. 그곳에 레예스 대통령에 대한 음모를 꾸몄던 모든 이가 있었다. 즉 한 사람만 제외하고 모두. 페드로 레온 아코스타는 없었다. 그는 경찰의 포위망을 벗어났다.

어떻게 그게 가능했을까? 이는 페드로 레온 아코스타가 보고타의 유력인사 몇을 친구로 두고 있었기 때문인데, 그들 가운데 많은 이가 온건하거나 비겁한 보수파 사람들 모두, 나라를 무신론자 자유파에게 넘긴 사람들 모두에 대한 반감을 공유하고 있었다. 공격이 이루어진 바로 그날 아벨라르도 메사 대령이 페드로 레온 아코스타에게 전화를 해서 그가 수배중이라는 소식을 전하자, 카레라 13에서 말에서 내린 아코스타는 몇 시간 만에 동쪽 들판을 통해 도시를 벗어났다. 그는 엘 살리트레 아시엔다로 갔으나 문에 도저히 부술 수 없는 자물쇠가 채워져 있었기 때문에 그곳에 숨을 수가 없었고, 결국 산 베르나르도 아시엔다의 야산에 도착해서는 아무도 여기서 그를 찾을 거라 생각 못한 나무숲에 숨었다. 그 지역 산 가운데서 가장 춥고 습한 곳이었는데, 보고타의 분위기가 가라앉을 때까지 그곳에 머물러야 했다. 그는 산에서 동굴 하나를 발견했다. 실제로 동굴에 들어가기 위해서는 짐승처럼 기어야 했고 동굴 속은 그가 지금껏 가본 적 없는 가장 어두운 장소였으나, 그 어떤 길, 그 어떤 인가로부터도 멀리 떨어져 있었기 때문에 그곳에서는 안전하게 지낼 수 있을 것 같았다.

그 며칠 동안 그는 아프지 않았던 것이 기적 같다고 생각했다. 나중에, 사람들이 그를 위해 만들어준 오두막에 숨어 있던 그는 자신에게 도달하는 정보를 예의 주시하면서 자신을 찾기 위해 풀어놓은 사람이 얼마나 많은지, 자신의 머리에 걸린 현상금이 얼마인지 알게 되었다. 자신이 모든 사람을 불신하기 시작했다는 사실도 깨달았다. 기나긴 도주를 재개하기 전에 마지막으로 아내를 보고 따뜻한 음식을 먹고 양모 이불 속에서 잠시 쉬고 싶어서 혼자 길을 떠났고, 밤에 집에 도착할 수 있었다. 하지만 집에 가자 생각이 달라져버렸다. 그는 아내의 옷장을 뒤져보았다. 횡격막을 지나치게 조이지 않는 넉넉한 드레스를 찾아냈다. 여자로 변장한 채 늘 밤에만 이동해 막달레나강에 도착해서 파나마로 가는 미국청과회사 수송선을 타고 레예스 대통령이 임기를 마칠 때 피난지―그는 망명지라고 말했다―가 될 곳, 코스타리카의 산호세에 도착했다.

그에 관해서는 더이상 알려지지 않았다.

몇 년 뒤 라파엘 레예스 대통령이 권좌를 넘겨주었을 때, 용서와 망각이(또는 이 둘이 뒤섞여) 차츰차츰 그의 적들에게 도달해 내려앉았다. 페드로 레온 아코스타가 1909년도에 은밀하게 나라로 돌아왔을 때, 그는 자신의 잘못이 전설로 변해 있다는 사실, 즉 잘못이 공공연하게 자랑할 만한 것이 되어 있다는 사실을 알게 되었다. 그래서 그는 이렇게 했다. 자신은 레예스 장군에 대한 음모를 꾸민 것을 결코 후회한적 없고, 사람들이 비겁해서 자신을 따르지 않은 것이며, 게다가 자신이 콜롬비아에 머물렀더라면 사람들이 돈 때문에 자신을 배신해 당국에 고발했을 가능성이 농후했기 때문에 나라를 떠날 수밖에 없었다고, 가끔은 육성으로 가끔은 언론 매체를 통해 계속해서 말했다. 1914년경에 그는 도망자가 아니었을 뿐만 아니라, 반드시 그와 정치적 성향이 유사한 단체들이 아니더라도 사회 각계각층의 수많은 콜롬비아 사람이 그를 존경심, 즉 시초부터 성공한 음모자들에게는 예약되어 있는 존경심을 가지고 바라보았다.

11월 말경에 훌리안 우리베는 그 우려스러운 상황에 대해 어떤 결정을 하기 위해 우리베 장군의 사위 카를로스 아돌포 우루에타를 만났다. 살로몬 코레알이 법적 절차를 조종하고 있는데도 아무도 신경을 쓰지 않는 것처럼 보였다. 페드로 레온 아코스타가 갈라르사, 카르바할과 함께 있는 것을 본 사람들이 있는데도 아무도 이런 실마리를 따라가지 않았고, 그 어떤 조사도 하지 않았으며, 페드로 레온 아코스타가 우리베 장군을 암살한 범인들과 함께 있는 것을 보았다고 말한 증인 열두 명 가운데 두 증인만 진술을 하게 했다. 두 증인 가운데 하나는 예전에 신문에 실린 사진에서 갈라르사를 알아보았다고 확언했는데, 새 진술에서는 아무도 이유를 알지 못했으나, 수공업자들에 관한 일반적인 얘기만 했지 그들의 신원을 정확하게 확인했다고 말한 기억은 없다고 번복했다. 마차 대여업을 하면서 테켄다마역 근처에 사는 다른 증인은 아코스타가 자신의 고객으로 대여한 마차를 타고 테켄다마폭포에 갔다는 사실은 인정했으나 아코스타 일행에 관해서는 입을 다물었다. 훌리안 우리베에게 밝혀진 모든 것은 명백한 사실이었다. 설사 증인들이 갈라르사와 카르바할의 신원을 확인할 수 없었거나 확인하기를 꺼렸다할지라도, 페드로 레온 아코스타가 수공업자 한 무리와 함께 그곳에 있었고 갈라르사와 카르바할이 그들 사이에 있었다고 볼 개연성 있는 단서가 하나 이상은 있었다. 이런 방향으로 계속해서 조사를 하고, 그 사람들 모두의 신원을 확인하고, 나머지 증인 열 명이 말했듯이 그곳에 암살범들이 있었다는 말이 확실한지 알아보는 것이 어느 정도는 논리적이지 않을까? 하지만 전혀 그렇게 되지 않았다. 마치 그 사건의 담당 검사인 저명한 알레한드로 로드리게스 포레로가 그들의 증언이 수사에 반영되는 일을 피하려 했다는 듯이. 그들의 증언이 존재하지 않은 척하고 싶어했다는 듯이. 11월 그날 오후에 훌리안 우리베와 카를로스 아돌포 우루에타는 그런 상황을 고려해볼 때 자신들이 선택할 수 있는 길은 하나뿐이라고 결정했다. 그 범죄 사건을 자신들이 직접 조사하는 것이었다.

하지만 누구에게 그 임무를 맡길까? 살로몬 코레알과 로드리게스 포레로 검사에 맞서고, 정부당국이 콜롬비아 역사에서 가장 유명한 범죄 수사를 무책임하고 부주의하게 처리하고 있다는 사실을 사방에 소리칠 정도로 대범한 사람은 누구일까? 누가 이런 일을 맡아줄 정도로 저돌적인 사람일까? 누가 저돌적일 뿐만 아니라 이렇게 혼란스러운 일에 뛰어들 정도로 우리베 장군에 대한 기억에 충실한 사람일까? 그 사람은 믿을 수 있는 자유파여야 했다. 형사소송에 관해, 조사 기법에 관해 잘 아는 변호사여야 했다. 우리베 장군에게 호의적이고 심지어 무조건적으로 지지하는 사람이어야 했고, 게다가 그의 친구라면 훨씬 더 좋았다. 그런 점을 먼저 얘기한 사람은 카를로스 아돌포 우루에타였다. 하지만 어느 사람의 이름이 방안의 공기 중에 떠올랐을 때, 두 사람은 그 이름이 계속해서 그 방에 있었음을 느꼈다. 바로 마르코 툴리오 안솔라였다.

안솔라는 그 당시 스물세 살이었다. 젊은 변호사였지만 공공사업부 공무원으로 일하던 시절부터 전문가로서 확고한 명성을 얻었다. 특히 반체제주의적이고 대범한 사람으로, 최근 몇 년 동안 우리베 장군과 친하게 지냈다. 심지어 우리베 장군이 멘토이자 후원자이자 대부로서 그를 자신의 날개 아래에 두고서 첫 일자리를 얻어주었다. 그는 검은 머리, 젊은 나이에 비해 많이 벗어진 이마, 일자형 콧수염, 처음 보면 썩 활기차 보이지 않는 눈을 지녔지만, 훌리안 우리베는 그가 이 임무에 적합한 인물이라는 사실을 추호도 의심하지 않았다.

그래서 11월 초, 하늘이 맑게 갠 날 밤에는 보고타의 날씨가 춥듯이 어느 추운 날 밤에 훌리안 우리베와 카를로스 아돌포 우루에타는 서류가 가득 담긴 가방을 들고 마르코 툴리오 안솔라의 집으로 갔다. 두 사람은 알프레도 가르시아, 범죄가 일어나기 전날 밤 암살범들을 찾아갔던 잘 차려입은 남자들, 테켄다마폭포에서 이루어진 야유회에 관해 얘기한 적 있던 증인들, 페드로 레온 아코스타, 훌리안 우리베가 경찰청장 살로몬 코레알 장군에 대한 자신의 의구심을 설명하기 위해 작성한 글의 초안에 관해 한 시간 내내 안솔라에게 얘기했다. 두 사람은 여러 가지 사실에 기반해, 우리베 장군 암살 사건에 대한 조사가 로드리게스 포레로 검사의 견해, 즉 암살 사건은 갈라르사와 카르바할의 단독범행이라는 견해와 부합하지 않는 그 어떤 견해도 사건 파일에 들어가지 않게끔 조작되고 있다고 확신했다. 하지만 두 사람은 암살 사건이 그들의 단독범행이 아니라 믿었고, 자신들이 공식 조사를 의심하기에 충분한 증거들을 수집했다고 믿었다.

"안솔라, 우리는 자네가 공식 조사와 별도로 조사를 해달라는 부탁을 하고 싶네." 마침내 훌리안 우리베가 말했다. "알프레도 가르시아가 제공한 단서를 추적해보게나. 테켄다마폭포에 관한 단서를 추적해봐. 아나 로사 디에스가 제공한 단서를 추적해보고."

"아나 로사 디에스가 누구죠?" 안솔라가 물었다.

"우리가 아나 로사 디에스에 관해 말하지 않았던가?"

"안 하신 것 같은데요." 안솔라가 말했다.

그래서 그들은 아나 로사 디에스에 관해 안솔라에게 얘기해주었다. 그녀는 아주 가난한 젊은 여성으로, 최근 몇 개월 동안 알프레도 가르시아의 빨래를 해주었다. 하지만 그 점은 중요하지 않았다. 중요한 점은 그녀가 암살범 갈라르사의 어머니 엘로이사 바라간과 함께 살았다는 것이다. 가르시아는 자신의 증언이 토마스 실바의 메모장에 기록된 지 조금 뒤에 디에스 씨를 토마스 실바의 구둣방으로 데려가서 방금 전에 그녀가 자신에게 했던 얘기를 거기서 다시 해보라고 했다. 아나 로사는 그의 말대로 했다. 그녀는, 며칠 전에 자신이 살고 있던 집에 예수회 사제 한 명이 찾아와 레오비힐도 갈라르사의 어머니에 관해 물었다고 토마스 실바에게 말했다. 아나 로사 디에스가 갈라르사의 어머니가 없다고 사제에게 말하자 사제는 명함을 꺼내 뭐라고 적더니 아나 로사더러 명함을 갈라르사 부인에게 전해달라고 부탁했다. 명함에 뭐라 적혀 있던가요? 라고 토마스 실바가 물었다. 토마스 실바는 그 글을 직접 볼 필요가 있다고 아나 로사 디에스가 말했다. 그 명함이 어디에 있나요? 실바가 물었다. 아나 로사 디에스는 자신이 명함을 구둣방에 가져올 수 있다고 말했다. 부인 몰래 빼와보겠다고. 하지만 나흘 뒤, 마침내 아나 로사 디에스가 명함을 보여주려고 토마스 실바에게 갔을 때 실바는 출타중이었다. 구둣방 종업원들이 명함을 보았지만, 아나 로사는 명함을 그곳에 놔두고 싶어하지 않았다. 그녀는 명함을 챙긴 뒤 나중에 다시 오겠노라고 했다. 하지만 결코 돌아오지 않았다.

"그럼 그 여자를 찾아봐야겠군요." 안솔라가 말했다.

"바로 그게 문제지." 훌리안 우리베가 말했다. "디에스 씨가 사라져버렸거든."

"사라져버리다니요?"

"이제 그 여자는 없어. 갈라르사의 어머니 집에 없다니까. 그 어디에도 없어. 지구상에서 사라져버렸어."

"경찰은 뭐라 하던가요?" 안솔라가 말했다.

"경찰도 못 찾고 있다네." 카를로스 아돌포 우루에타가 말했다.

"하지만 두 분은 안 믿으시는……"

"우리는 이제 뭘 믿어야 할지 모르겠어." 훌리안 우리베가 끼어들었다.

그 순간 안솔라는 자신의 멘토이자 스승인 우리베 장군의 형이 다시 한번 부탁하고 있다고 느꼈다. 게다가 나중에 자신이 우리베 장군 암살 사건에 관한 진실을 밝혀달라는 부탁을 받은 적은 있었다는 식으로 이야기되는 것을 허용할 수가 없었다. 그가 훌리안 우리베를 바라보며 말했다.

"영광스러운 일이 되겠지요."

"그 말은 우리를 도와주겠다 이건가?" 훌리안 우리베가 말했다.

"네." 안솔라가 말했다. "도와드리는 것 또한 영광이고요."

다음날 아침 일찍, 보고타의 공기가 여전히 코끝을 시리게 할 때, 안솔라는 집을 나서 범죄 현장까지 십여 블록을 걸어갔다. 볼리바르광장은 차분했다. 안솔라는 북쪽에서부터 국회의사당으로 접근해 대성당 앞을 지난 뒤 예수회 학교 앞에서 그 구역 몇 미터 거리 안에 경찰관 여러 명이 있다는 사실을 눈치챘다. 두 달 전에 라파엘 우리베 우리베가 공격을 당한 바로 그 지점까지 갔는데, 당시 우리베는 머리에서 피가 펑펑 흘러나오는 상태로 낮은 돌담에 몸을 기대고 있었고, 그사이에 암살범들은 그곳에서 멀리 떨어지지 않은 곳에서 각각 체포되었다. 희미한 아침해가 소심하게 비추기 시작하던 국회의사당 동쪽 벽을 향해 고개를 치켜들었을 때 욕실 창문만큼 작은 대리석 명판을 보고서 그는 그곳을 알아볼 수 있었다. 그는 명판이 지나치게 신중해 보인다고, 명판이 자신을 드러내고 싶어하지 않는 것 같다고, 쓰인 글귀 때문에 또는 아마도 (그때 안솔라 생각으로는) 쓰이지 않은 글귀 때문에 명판이 부끄러워하는 것처럼 보인다고 생각했다.

라파엘 우리베 우리베에게
콜롬비아 의회
1914년 10월 15일

안솔라는 이 의회가 우리베 장군을 가질 만한 자격이 없다고 생각했다. 나라, 살해 협박이 거의 일상화되어 있고, 일상적인 협박이 실행되는 일이 다반사인 이 나라도 우리베 장군이 나라의 운명과 미래를 위해 일으킨 그 전쟁들을 가질 만한 자격이 없었다. 잠시 후 안솔라는 장군이 공격을 당한 뒤에 쓰러졌다고들 하는 바로 그 방식으로 돌담 옆에 쭈그리고 앉아 그곳에서 세상을 보려고 애썼다. 카예 9, 예수회 학교, 대성당, 그 모든 것이 파란 아침 하늘 아래서 선명하게 보였다. 그는 자신이 들은 바대로, 돌담에서 암살범들의 도끼가 남긴 흔적을 찾아보려고 했지만 발견하지 못했다. 핏자국, 어느 얼룩 또는 어느 얼룩의 얼룩을 찾아보려 했지만 전혀 발견하지 못했을 뿐만 아니라, 뭔가를 발견할 수 있을 거라고 믿었던 자신이 바보처럼 느껴졌다. 하지만 그래도 괜찮다고 생각했다. 자신이 맡게 된 임무에 자부심을 느끼며, 이 절박한 조사가 자신이 살아오면서 행한 일 가운데 가장 중요한 것이 되리라고 확신하면서 스스로 만족하고 있었다. 그는 자신이 그런 명예로운 결정을 했다고 해도, 당시까지 자신의 미래를 생각할 때 머리에 떠올리곤 했던 그 모든 것을 방금 전에 버렸다고 생각하지는 않았다.

"그리고 거기서 모든 게 시작돼요, 바스케스." 카르바요가 말했다. 정오가 다 되어 그는 자신의 '괴물의 동굴'에서 나왔고, 벽들 사이로 물이 졸졸 흐르는 소리가 들린 뒤, 깨끗한 셔츠를 입고 숱 적은 머리카락을 관자놀이에 가지런히 붙였다. 그리고 하얀 양말을 신은 채 아파트 내부를 걸어다니면서 마치 수세기 동안 해온 이야기를 재개한다는 듯이 말을 하기 시작했다. "그래, 모든 게 그렇게 시작해요. 우리의 이 나라, 잘 잊어버리는 사람들과 잘 믿는 사람들이 사는 이 나라에서 아무도 모르는 이 모든 엄청난 혼란, 내가 나 자신에게보다 더 많은 시간을 썼던 이 모든 혼란이 그 1914년 말에 안솔라라고 불리는 그 젊은 변호사와 더불어 그곳에서 시작한다고요. 역사의 불가사의, 그 범죄와 더불어 어둠에서 나왔다가 오 년이 지난 뒤에 그 어둠으로 돌아가는 유령, 평범하고 아마도 행복한 삶을 영위하다가 어떤 의무, 즉 어떤 음모의 진실을 밝히는 의무를 짊어진 남자. 어떤 음모의 진실을 밝히는 일은 한 사람이 할 수 있는 작업 가운데 가장 숭고한 거요, 바스케스. 세상만큼 커다란 어떤 거짓말을 깨부수는 거라고요. 두 번 고민하지 않고 자신을 해치려는 이들과 맞서는 거죠. 위험을, 늘 위험을 겪는 것이고말고요. 진실을 찾는 건 심심풀이가 아니에요, 바스케스. 한가해서 하게 되는 그런 게 아니라고요. 그건 안솔라에게 심심풀이가 아니었고 내게도 아니었죠. 이건 장난이 아니에요. 그러니 여기서, 앞으로 다가오는 요 며칠 동안, 이 네 벽 사이에서 나와 함께 보게 될 것을 볼 준비를 해봐요. 왜냐하면 이 이야기는 당신의 생각을 많이 바꿀 테니까요. 그후 몇 년 동안 안솔라에게 일어난 일이 그의 삶을 통째로 바꾸어버렸으니까, 당신이 이 일을 겪고도 아무 탈 없이 빠져나올 거란 기대는 하지 말아요. 여기서는 그 누구도 무탈하게 나갈 수 없어요. 누구도, 그 누구도, 당신뿐 아니라 그 누구도."

6. 조사

1914년의 마지막 며칠, 그리고 새해의 첫 며칠 동안, 도시가 우리베 장군의 죽음을 애도함과 동시에 아기 예수의 탄생을 축하하고 애를 쓰는 사이에 마르코 툴리오 안솔라는 그 사건의 증인들, 즉 그 사건을 직접 본 사람들, 보지는 못했지만 근처에 있었던 사람들, 담당 검사가 무시해버리기로 작정한 중요한 말을 한 사람들에 관해 조사하는 데 가능한 한 많은 시간과 노력을 할애했다. 그가 처음 인지한 것은 너무나 뻔한 것이었다. 로드리게스 포레로 검사도 경찰청장 살로몬 코레알도, 수염도 나지 않은 이 애송이가 아주 민감한 사건에 개입하는 것을 대단히 우습게 취급했다. 하지만 안솔라는 질문을 하기 시작해서 사람들이 대답하는 것을 보고, 보고타 안팎으로 돌아다니면서 편지를 써서 답신을 받고, 그렇게 해서 여러 가지 우려스러운 일에 관해 차츰차츰 알아가고 있었다. 맨 처음 알아낸 것은 길거리에서 사람들이 살로몬 코레알에게 '손도끼 장군'이라는 별명을 붙여주었다는 사실이었다. 사방에서 사람들이 그를 별명으로 불렀는데, 경찰관들이나 경찰청장의 친구들이 듣지 않게 늘 주의를 기울였다. 비록 안솔라가 수행하던 조사에서 저속한 별명 하나가 전혀 중요하지는 않았다고 해도, 사람들은 어떤 말을 하면 그 말을 하는 이유가 무엇인지 알고 있다는 것이 확실하고, 언젠가 훌리안 우리베가 말했다시피 '백성의 소리는 하늘의 소리'라는 것 또한 확실했다.

"손도끼 장군." 안솔라가 되뇌었다. "백성의 소리가 하늘의 소리인지는 잘 모르겠으나, 적어도 그들은 사실을 있는 그대로 말하지."

조사를 진행하는 과정에서 특이한 일이 계속해서 일어났다. 검사는 범죄가 일어나기 전날 밤 증인 알프레도 가르시아가 갈라르사의 목공소에서 본 것이 무엇인지 이미 알고 있었음에도 불구하고, 토마스 실바의 구둣방 카운터 위에서 작성되고 서명된 문서의 존재를 알고 있었음에도 불구하고, 재판에서 법적인 가치를 지닐 수 있는 공식 진술을 하도록 가르시아를 소환한 적이 아직까지 없었다. 그 이유는? 그렇다, 훌리안 우리베가 한 말이 확실했다. 가끔은, 검사가 두 명의 암살범에 의한 단독범행이라는 것 외의 다른 가능성, 혹은 이 지극히 단순한 사건을 복잡하게 만들 수 있는 그 어떠한 요소도 예비조사 과정에 포함되지 않게끔 가로막거나 훼방놓기로 작정한 듯 보였다. 토마스 실바는 사흘마다 검사를 찾아갔는데, 길거리에서 그를 만나면 귀찮을 정도로 졸라대고 자신이 기록한 진술을 받아들이라고 애원했지만 소용없었다. 검사는 얼버무리며 대답하곤 했다. 그는 가르시아의 서류를 받은 적이 없다고. 그에게 그 서류를 달라고 이미 요청했다고. 10월 14일 밤에 암살범들과 함께 얘기를 나누던 잘 차려입은 남자 여섯 명이 누구였는지는 조사되지 않은 채 여러 날이 지나갔다.

그러던 중, 질문 하나가 안솔라를 불편하게 했다. 아나 로사 디에스라는 여자는 어디에 있을까? 예수회 사제라는 어떤 사람이 암살범 갈라르사의 어머니에게 남겨두었다는 그 명함이라는 것은 대체 어떻게 되었을까? 그 종이 쪼가리는 아나 로사 디에스가 토마스 실바에게 갖다주려고 했을 정도로 중요한 것이었을까? 그 종이 쪼가리가 중요하다는 것과 그 여자가 사라져버린 것은 무슨 관계가 있었을까? 안솔라는 사방으로 그녀를 찾아다녔다. 갈라르사의 어머니인 엘로이사 바라간의 집에도 가보았지만 그녀는 없었다. 그는 겉모습과는 달리 교활한 여자 같던 바라간 부인과 대화를 나누었고, 아나 로사 디에스가 도둑처럼 말도 없이 떠나면서 보름 치 집세도 내지 않았다는 사실만 알게 되었다. 물론 그녀가 살던 방은 즉시 나갔다. 하지만 당시에 새로운 세입자가 집에 없었기 때문에 안솔라는 방 내부를 들여다볼 수가 없었다. 그때, 카예 16의 205A에 위치한 살인범 갈라르사의 방에 새로 들어온 세입자를 만나야겠다는 생각이 들었고, 크리스마스 사흘 전이었던 그날, 그곳에 도착해보니 보고타시 소속 조사관이 이미 그 방을 비우기 시작해 거의 끝마쳐가고 있었다. 갈라르사와 그의 정부 마리아 아루블라의 물건들이 길거리에 버려져 있었다. 그들이 사용하던 가구, 서랍들이 여전히 길거리에 있었고, 보도에 버려져 누군가 집어가길 기다리는 옷가지들이 있는 서글픈 광경이었다. 안솔라는 방을 비우는 과정에서 중요한 단서가 포함되었다는 사실을 나중에 알게 되었을 것이다. 그 보고타시 소속 3등 조사관은 몇 개의 나무상자 뒤에 잘 숨겨진, 날을 세운 손도끼 하나를 발견했고, 손도끼에서 불과 몇 미터 떨어진 곳에서는 구멍에 용설란 노끈이 꿰어진 도끼 자루를 찾아냈다. 손도끼는 암살범들이 우리베 장군을 공격하기 위해 사용한 도구와 같은 도구였다. 이상한 점은 범행이 일어난 날 오후에 갈라르사의 방까지 가서 철저히 수색했던 경찰관들이 손도끼를 발견하지 못했다는 것이다.

"이건 새 거네요." 시 조사관이 안솔라에게 말했다. "사용하지 않았어요."

"날이 살아 있군요." 안솔라가 말했다.

"날이 아주 예리해요." 시 조사관이 말했다. "이게 여기에 있다니 이상하군요. 이런 건 목공소에서는 사용하지 않거든요."

"데스하레타도라."* 안솔라가 말했다.

"뭐라고요?"

"그렇게 불립니다." 안솔라가 말했다. "아니 그것보다, 그게 여기 있다는 게 이상하다기보다 사용되지 않았다는 게 이상하군요."

그날 이후, 안솔라는 두 가지 생각에 집착하기 시작했다. 첫째, 범행은 암살범들이 주장하는 것보다 훨씬 이전에 계획되었다는 점인데, 반면 암살범들은 범죄를 저지르기 전날 밤 어느 치차가게에서 결정된 것이라고 주장했다. 둘째, 세번째 손도끼는 틀림없이 세번째 공격자의 것이었다. 그는 도저히 알 수 없는 어떤 이유로 그 손도끼를 사용할 수 없었다. 그날 우리베 장군을 공격할 준비가 된 다른 공격자가 있었던

---

* 날이 반달처럼 생긴 손도끼의 일종으로, 주로 동물의 힘줄을 자를 때 사용한다.

것일까? 안솔라는 누군가를 취조할 때마다 제3의 인물에 관해 말하기 시작했고, 새로운 증인들의 증언을 듣거나 기존의 증언을 다시 읽으며 범행의 순간을 재구성하려고 애썼다. 그는 범죄 장면이 우리의 기억이 바뀌듯이 바뀌고 있다는 사실을 깨달았다. 새로운 날이 되고, 새로운 대화가 이루어지고, 세세한 발견이 이루어짐에 따라 그의 머리에 형성되었던 이미지들이 희미해졌고, 예전에는 아무것도 없었던 카레라 7의 여러 장소에서 사람들이 나타났으며, 반면에 카예 9에서는 그가 항상 주시했다고 생각한 어느 실루엣이 사라져버렸다. 안솔라는 사람들이 자신을 힐끗 쳐다본다는 사실을 감지하기 시작했다. 이제 보고타 사람들은 암살당한 장군의 가족이 그에게 부여한 임무가 무엇인지 눈치채가고 있었다. "저 사람이군." 어느 날 오후에 그는 카페 윈드소르에서 누군가 그의 등뒤에서 하는 말을 들었다. "아주 젊은 친구네요." 다른 사람이 말했다. "그런 엄청난 일에 저런 애송이를 투입하는 이유가 뭔지 모르겠네요." 또다른 사람이 결론지었다. "나는 저 애송이가 새해를 맞이하지 못할 거라고 봅니다." 안솔라가 뒤를 돌아보자 신문을 읽고 있던 사람들만 보였다. 마치 그 누구도 입을 열지 않은 것 같았다.

그는 그렇게 새해를 맞았다. 그는 증인들의 증언을 검토하고, 갈라사르와 카르바할 말고 다른 공격자에 관해, 직접적인 관련은 없더라도, 어떤 참조 사항을 찾아보려 애쓰면서 그 며칠(한 해에서 다른 해로 이어지는 휴일들)을 보냈다. 증인들은 공격, 암살자, 희생자에 관해 말했다. 도움을 요청한 사람들과 도와준 사람들에 관해 말했다. 하지만 안솔라는 그 어떤 확실한 것도 알아내지 못했다. 하지만 1월 초, 안솔라는 진술하게 될 내용이 중요했음에도 불구하고 이전에 전혀 진술한 적이 없었던 두 사람을 조사하게 되었다.

그들이 안솔라에게 접근했지, 그 반대가 아니었다. 안솔라가 카레라 8을 통해 북쪽으로 가고 있을 때 나비넥타이를 맨 남자가 다가오더니 그 옆에서 함께 걷기 시작했다. 그는 자신을 호세 안토니오 레마라고 소개하고는 우리베 사건에 관한 얘기를 검사에게 들려주려고 애썼지만 제대로 되지 않았다고 말했다. "내가 본 것을 얘기하려고 온 게 아니라 다른 사람이 본 것을 얘기하려고 왔습니다." 레마가 말했다. 그 다른 사람은 상원에서 근무하는 토마스 카르데나스라는 남자였는데, 그는 범죄가 일어나기 조금 전에 국회의사당을 나오던 차였기 때문에 모든 것을 볼 수 있었다고 했다. "모든 것이라고요?" 안솔라가 말했다. "그래요, 모든 것이죠." 레마가 말했다. 카르데나스가 어느 카페에서 레마와 다른 친구들에게 자신이 본 것을 얘기했는데, 어찌나 명확했던지 그의 말을 곧이곧대로 받아들이지 않을 수 없었다고 했다. "그가 뭘 봤습니까?" 안솔라가 물었다. 레마가 대답했다. "그곳에 두 명의 암살범 말고 다른 누군가가 있었다고 했습니다."

"아, 그래요?" 안솔라가 말했다. "그게 누구였죠?"

"카르데나스는 그 사람이 누구인지는 알아보지 못했어요." 레마가 말했다. "그 사람이 맨 먼저 장군을 때렸죠. 카르데나스는 비록 먼 거리였지만 그 사람이 사용한 무기를 보았는데, 너클더스터처럼 보였다고 합니다. 모든 것을 얘기하려고 경찰을 찾아갔지만 경찰은 그의 진술을 받아주지 않았고요."

"경찰이 뭐라고 하던가요?"

"그런 정보는 유용하지 않다고 했답니다." 레마가 말했다. "그러고는 얼버무렸다고 했습니다."

2월 중순에 토마스 카르데나스 씨는 레마가 안솔라에게 얘기한 모든 것을 확인해주었다. 그는 범죄가 일어난 날 오후 한시경 술집 '흰곰' 옆 벽에 붙은 포스터들을 살펴보고 있을 때, 우리베 장군이(비록 그 순간에는 그 사람이 우리베 장군이라는 사실을 모르고 있었다 할지라도) 국회의사당 동쪽 보도로 걸어가는 것을 보았다. 그때 그는 우리베 장군이 혼자가 아니라, 콧수염을 기르고 검은색 정장 차림에 중산모를 쓴 남자가 장군을 바짝 뒤따라가고 있는 것을 보았다. 중산모를 쓴 남자가 걸음을 빨리해 우리베 장군 바로 뒤로 다가가더니 손을 쳐들어 장군의 얼굴을 가격했다. 카르데나스는 그의 손에서 뭔가가 반짝이는 것을 보았는데, 너클더스터처럼 보였다.

"그래서 이 정보를 경찰에게 주려고 했나요?" 안솔라가 물었다.

"그래요. 하지만 받아들이지 않았어요." 카르데나스가 말했다. "그게 사안을 왜곡시킬 거라면서요."

너클더스터를 낀 남자의 모습이 안솔라의 뇌리에서 떠나지 않았다. 그의 존재는 범죄의 초기 보고서에는 등장하지 않았다. 유령 같았다. 그 남자가 바로 갈라르사가 버린 쓰레기 사이에서 발견된 세번째 손도끼의 주인이었을까? 그렇다면, 장군을 공격하기 전에 무기를 바꾸겠다고 작정한 이유가 무엇이었을까? 어찌되었든 너클더스터의 남자에 관한 사항 하나는 확인되었다. 물론 누구인지는 알 수 없었지만, 그가 갈라르사도 카르바할도 아니라는 사실은 확실했다. 따라서 그는 제3의 인물이었다.

집에 도착한 안솔라는 식당에 틀어박혀 검시 결과를 살펴보았다. 너클더스터로 가격한 상처와 손도끼로 가격한 상처는 같지 않다. 법의학 검사에서 그런 차이는 마땅히 확인되었을 것이다. 물론 카르데나스가 거짓말을 했거나, 보지 않은 것을 보았다고 믿거나, 그 광경에 자신의 조바심을 투여하지만 않았다면 말이다. 당연히 아니었다. 흑백으로 된 검시 결과에는 너클더스터가 우리베 장군의 피부와 뼈를 가격한 흔적이 있었다. 안솔라는 부검감정서를 읽었다. 얼굴에, 하안와열 근처 피부와 연조직에 영향을 준 길이 4센티미터의 비스듬한 자상이 있는데, 예리한 도구로 인한 상처의 특징을 지님. 좌측 이마에 반상출혈이 있는 직경 3센티미터의 원형 피부 미란糜爛이 있음. 본 병변은 둔기에 의한 것임. 우측 광대뼈 부위 피부에 둔기에 의한 직경 1.5센티미터의 상처가 있고, 우측 뺨에도 유사한 병변이 있음. 콧등에 둔기에 의한 1센티미터의 피부 미란이 있음. 둔기라는 단어가 등장할 때마다 안솔라는 다른 짐승들이 손도끼를 들고서 작업을 끝내게 하기 위한, 희생자 우리베 장군을 도륙하기 위한 상태로 준비해놓으려고 우리베 장군의 얼굴 위로 내리쳐진 손의 너클더스터를 생각했다. 여기에 있었다. 둔기에 의한 상처들은 갈라르사와 카르바할이 가지고 있던 손도끼로는 그 어떤 경우에도 생길 수 없었으므로 제3자가 장군을 공격했다는 증거가 여기에 있었던 것이다. 안솔라는 자신이 옳았다고 기뻐했을 수도 있었지만, 실제로는 슬펐다. 자신이 혼자라고 느꼈다.

안솔라는 잘못된 판단을 내리지 않기 위해 우리베 장군의 목숨을 살려보려고 애썼던 의사들 가운데 하나인 루이스 세아 박사를 만나러 갔다. 진료실에서 기다리는 동안 안솔라는 해골, 벽에 걸린 해부도, 유리문이 달린 진열장, 출입문의 베벨드글라스* 들을 살펴보았는데, 흰색 조명으로 다채롭게 보였다. 안솔라는 루이스 세아를 잘 몰랐으나 훌리안 우리베가 그를 칭찬한 적이 있었기 때문에, 친한 친구 앞에 있는 듯 느껴졌다. 아니, 어느 공범 앞에 있는 것처럼. 세상 사람들이 그의 편에 있는 사람들과 그의 반대편에 있는 사람들로 분리되기 시작했다. 한쪽에는 진실을 찾는 사람들이 있었고, 다른 한쪽에는 진실을 감추고 땅속에 묻으려는 사람들이 있었다. 그는 자기 주변의 세상 사람들이 이해할 수 없는 방식으로 행동한다고도 느꼈다. 그 며칠 동안, 신문에는 올림피아극장에서 외국 영화들을 상영하던 이탈리아 출신 디 도메니코 형제가 낸 광고가 실렸다. 디 도메니코 형제의 회사가 우리베 장군의 생애에 관한 영화의 대본을 100프랑에 사겠다고 제의하는 광고였다. 안솔라가 그 광고의 결과를 알 수는 없었지만, 광고는 뭔가 수상한 냄새를 풍겼다. 여기서 그가 어느 국가적인 슬픔의 진실을 찾아내려고 애쓰는 동안, 신문들은 그 슬픔을 유발한 사람에 관한 이야기를 지어내는 사람에게 돈을 주겠다는 제의를 하고 있었다.

"이 나라에서는 모든 것이 팔립니다." 그가 진료실에서 세아 박사에게 말했다. "저명인사들의 죽음까지 말입니다."

놀랍게도 세아 박사는 그 신문광고에 대해 완벽하게 알고 있었을 뿐만 아니라 놀랄 만한 사실을 밝히기까지 했다. 디 도메니코 형제가 우리베 장군을 공격한 날 현장에 있었다는 것이다. 세아 박사는 그 거리가 아니라 우리베 장군을 살리려고 시도하는 의사들의 외과장비 아래

---

* 모서리를 빗각으로 깎은 판유리. 주로 문을 만들 때 사용한다.

에, 장군이 삶과 죽음 사이에서 싸우고 있던 순간에 바로 그들이 장군의 집에 있었다고 밝혔다. "그들이 거기에 있었다고요?" 안솔라가 소리쳤다. 그러자 박사는 그렇다고 했고, 그들이 알 수 없는 목적으로 사진을 찍는 검은 상자를 가지고 사람들 틈에 섞여 그곳에 있었다고 말했다. 세아 박사가 안솔라에게 "영화 좋아해요?"라고 물었고, 안솔라는 딱한 번 영화를 보러 간 적이 있다고 실토해야 했다. 그러고는 불쾌하게 느껴지는 그 폭로적인 이야기로 되돌아가려고 애를 썼다. "그들, 디 도메니코 형제가 우리베 장군이 사경을 헤매고 있을 때 장군의 집에 있었다고요?" 안솔라가 다시 물었고, 세아 박사가 "네, 그곳에 있었어요"라고 다시 대답했다. "무엇을 하고 있었나요?" 안솔라가 묻자 세아 박사가 어깨를 들썩했다.

"그거야 나도 모르죠."

그런 다음 안솔라는 자신이 찾아온 이유를 설명했다. **반상출혈, 둔기, 너클더스터**라는 용어를 말했다. 세아 박사는 예의바르게 그의 말을 들었으나 아주 열심히 듣는 것 같지는 않았다. **박사는 내가 쓸데없는 일을 하고 있다고 생각하는군.** 안솔라는 스스로에게 말했다. **나를 아이처럼, 어른들 일에 끼어든 아이처럼 보고 있어.** 잠시 후 세아 박사는 안솔라를 쳐다보지도 않은 채 낮은 목소리로 그렇다고, 안솔라의 말이 맞다고 말했다.

"말씀해주세요, 박사님." 안솔라가 말했다.

"진실은 아주 단순해요. 장군 얼굴에 난 이런 상처는 손도끼로 생긴 것일 수 없어요."

"도끼의 뭉툭한 부위로 생긴 것도 아닌가요?" 안솔라가 물었다. "손도끼의 날 말고 다른 부위를 뭐라 부르는지는 모르겠습니다. 그 부위 때문에 생긴 것도 전혀 아닌가요?"

"그럴 수는 없을 것 같아요." 세아 박사가 말했다. "암살범들의 손도끼는 무게가 약 800그램이에요. 그런 물건이 이런 상처를 만들 수는 없어요." 세아 박사의 손가락이 부검감정서의 행들을 하나씩 짚어나갔다. "봐요, 여기요. 얼굴에 아주 작은 상흔 네 개가 있어요. 각 상흔 직경이 아주 작죠. 사실은 이런 건 부르는 명칭이 따로 있어요, 친구. 범인이 힘이 아주 좋은 괴물이거나 거인이라면 이것은 주먹으로 쳐서 생긴 상처겠지요. 하지만 그날 볼리바르광장에는 괴물도, 거인도 없었어요. 그렇지 않아요?"

"그렇습니다."

"그렇다면 다른 선택의 여지가 없어요. 이건 너클더스터로 가격한 거요." 안솔라는 의심스러워하는 눈초리로 세아 박사를 쳐다보았는데, 왜냐하면 그때 세아 박사가 다음과 같이 덧붙였기 때문이다. "납득이 되지 않는다면 검시관들을 찾아가봐요. 아마도 그들이 장군의 유골을 보여줄 거요. 당신이 뭐든 직접 만져봐야만 믿는 사람이라면 말이지요."

"장군의 유골이라고요?"

"그래요, 법의학팀이 머리덮개뼈를 가지고 있어야 했어요. 그 뼈는 두개골 윗부분인데, 뇌를 검사하려면 떼어내야 해요. 장군의 경우 뇌막의 훼손 부위를 검사하기 위해서였죠. 물론 뼈가 부서져 있었고요. 장군을 죽인 손도끼의 흔적이 있었어요. 머리덮개뼈의 깨진 뼛조각 하나가 있었죠. 그 구멍 때문에 사망에 이른 거요." 세아 박사는 잠시 조용히 있었다. "나는 법의학팀이 머리덮개뼈를 가지고 나갈 때까지 그곳에서 모든 일을 도와주었어요. 그리고 법의학 팀원 하나가 분명 그 뼈를 가지고 있을 거요."

"하지만 정말 그럴까요?"

"이봐요, 친구. 그건 십계명처럼 명백히 그럴 수밖에 없어요. 부검감정서를 읽어봐요. 죽음에 이르게 한 상처는 바로 그거예요. 적어도 내가 기억하는 한 하나였어요. 머리덮개뼈를 부숴 뇌막에 손상을 입힌 상처죠. 그 외에 그 어떤 상처도 장군을 죽음에 이르게 하진 않았을 거예요. 그렇잖아요? 그 상처가 뇌까지 침투했고, 그로 인해 결국 장군이 죽게 됐어요. 그래서 나중을 위해 그 신체 부위를 보관하는 거요. 하나의 증인 같은 거죠, 이해하겠어요? 그 부위, 즉 머리덮개뼈와 타격에 의해 깨진 뼛조각이 바로 증인이에요. 그래서 보관해야 하죠. 아마 만리케 박사가 그걸 보관했을 거요."

"하지만 죽은 사람의 머리에 뭐가 남아 있나요?" 안솔라가 물었다. "그 뼈의 비어 있는 부위를 무엇으로 채워놓나요?"

"이봐요, 안솔라. 그런 바보 같은 질문 좀 하지 말아요." 세아가 말했다. "내가 추천서 두어 장 써주는 게 차라리 더 낫겠네요. 당신이 여기 들러 내 추천서를 받아가는 것 말고는 내가 도와줄 수 있는 게 없는 것 같아요. 대체 그날 무슨 일이 일어났는지 나도 당신만큼이나 알고 싶어요."

그리고 그렇게 했다. 비 내리는 어느 날 아침 안솔라는 세아의 추천서를 손에 들고 의대 병리학 교수이자 쿤디나마르카주 소속 법의학자

홀리오 만리케의 사무실로 갔다. 만리케 박사는 수염을 짧고 뾰족하게 길렀는데, 수줍은 소년의 맑은 눈이 신뢰감을 주었다. 만리케는 사십이 갓 넘은 나이에 이미 보고타 의학계에서 명성이 자자했다. 파리에서 외과학을, 또 뉴욕에서 감각기관을 공부하고, 영국과 노르웨이에서 나병을 연구했으며, 나병 전문 산후안 데 디오스 병원에서 안질환에 걸린 환자를 진료했다. 그런 그의 업적에도 불구하고 그 누구도 놀라워하지 않았는데, 그 이유는 그가 명문 의사 집안의 네번째 의사였기 때문이다. 그의 할아버지가 의사였고 아버지도 의사였으며, 역시 의사인 형은 콜롬비아에서 외과학의 전설로, 마법의 손을 지닌 그는 병원들을 설립하고 의과대학 학과장을 역임했으며, 보고타 시의원을 역임한 뒤 프랑스와 에스파냐의 전권대사가 되었다. "그날 내게 무슨 일이 일어났는지 알아요?" 만리케가 안솔라에게 물었다. "보고타 사람 모두가 그날 내게 무슨 일이 일어났는지 알고 있어요. 당신도 알아요?" 안솔라는 모른다고 대답했다.

"모른다고요?" 만리케가 물었다.

"네, 모릅니다." 안솔라가 대답했다.

만리케는 부검을 한 바로 그날 리카르도 파하르도 베가 박사, 그리고 조수 셋과 함께 우리베 장군의 집으로 갔다고 했다. 조수들 가운데 하나는 부검 업무를 막 시작한 젊은이였는데, 감정이 북받쳐서 울음을 터뜨렸다. 만리케는, 라파엘 우리베 우리베 장군 같은 사람의 머리를 연다는 것이 매일 이루어지는 일은 아니니 그를 십분 이해했지만, 그런 행동은 용납할 수 없었기 때문에 그 젊은이를 부검을 진행하던 방에서 내보냈다. "마음이 진정되면 돌아오게." 만리케가 그에게 말했다. 그사이에 그는 피부를 절개하고, 톱을 이용해 머리덮개뼈를 갈라서 손상된 뇌를 검사한 후, 파하르도 박사와 함께 뇌를 꺼내 무게를 재서 수치를 기록하고는, 여느 사람처럼 방금 전까지 그 뇌에 무슨 일이 일어났을지 잠시 생각했다. 그는 내장을 꺼내 검사하기 위해 조수들의 도움을 받아 장군의 복부를 열었다. 조수들은 심장과 폐를 검사하기 위해 흉골을 절단하는 것도 도왔다. 마침내 열었던 복부를 닫고, 만리케가 머리를 봉합할 준비를 하고 있을 때 쫓겨났던 조수가 들어와서 만리케 박사에게 용서를 구하더니 누군가 밖에서 만리케 박사를 기다리고 있다고 말했다. 만리케 박사는 본의 아니게 약간은 멸시를 담아 조수를 쳐다보지도 않은 채 대꾸했다. "지금은 바쁘다고 전하게." 그러고는 질책, 혹은 대놓고 하는 불평을 넘어서는 질문 하나를 덧붙였다. "자네는 지금 우리가 여기서 뭘 하고 있는지 모르는 건가?"

"긴급한 일이라고 해서요, 박사님." 그 젊은이가 말했다.

"여기도 긴급하네." 만리케 박사가 말했다. "게다가 중요하단 말일세."

"박사님께 전할 소식을 가져왔대요." 그 젊은이가 말했다.

그렇게 해서 만리케 박사는 자신의 형이 죽었다는 사실을 알게 되었다.

형 후안 에반헬리스타 만리케는 외교관직을 끝낸 뒤 파리에서 의료 업무를 이어가고 있었다. 이 년 동안 그는 프랑스에 거주하던 콜롬비아 사람들에게 일종의 큰삼촌 같은 존재였다. 그들을 보살피고, 위로하며, 아파하는 모습을 지켜보고, 또 아주 가끔은 임종도 같이 맞아주었다. 하지만 그때 전쟁이 발발했다. 독일이 중립을 유지하던 벨기에 영토를 침공하고 군대가 프랑스를 향해 진격하고 있을 때, 후안 에반헬리스타 만리케는 아내, 여동생과 함께 짐을 꾸려서, 그렇게 할 형편이 되었던 다른 많은 사람처럼 에스파냐 영토로 피신하는 방법을 택했다. 북부 국경을 통과해 산세바스티안에 정착했다. 독일군이 파리의 관문이라 불리던 롱위를 점령하고 나서 리에주의 요새들을 함락시켰다는 내용의 편지 한 통을 보내왔다. 형 후안은 독일군에 관해 "야만적"이라고 썼다. 그것이 동생 훌리오 만리케가 알고 있던 형의 마지막 소식이었다. 이제 다음과 같은 소식이 훌리오에게 전해졌다. 후안 에반헬리스타는 아마도 국경을 건너는 동안 걸렸을 가능성이 농후한 기관지폐렴에 걸렸고, 그의 심장질환이 천식을 더욱 악화시켰을 뿐이었다. 13일 밤, 그의 폐는 반응을 멈추었다. 후안 에반헬리스타는 자신이 고국에서 멀리 떨어진 도시에서 죽는 순간에 자신이 존경하던 우리베 장군을 누군가가 암살할 계획을 세우고 있었다는 사실을 몰랐다. 동생 훌리오가 장군의 머리를 장인의 섬세함으로 꿰매고 있는 사이에 자신이 죽으리라는 사실 또한 상상하지 못했을 것이다.

"신문들이 그 소식을 보고타에 알렸어요." 훌리오 만리케가 말했다. "하지만 최근 몇십 년 동안 가장 중요한 인물들 가운데 하나가 손도끼에 맞아 막 죽었는데, 다른 대륙에서 의사 하나가 죽은 일에 누가 신경을 쓰려 했겠어요?"

"그리고 박사님은 부검을 하고 계셨군요." 안솔라가 말했다.

"그래요, 부검을 하고 있었죠." 만리케가 말했다. 그는 잠시 입을 다물고 자신의 감춰진 슬픔을 반추했다. 그러고 나서 다시 말했다. "그러니까, 우리베 장군의 유골을 보고 싶다는 거로군요."

"부검감정서를 보고 싶은 겁니다."

"부검감정서가 어떻다는 거죠?"

"부검감정서에 예리하지 않은 둔기의 타격에 관한 내용이 있을 겁니다." 안솔라가 말했다. "손도끼로는 불가능한 그런 타격 말입니다."

"아, 이제 알겠어요. 그래요, 당신이 뭘 원하는지 이제 알겠네요." 만리케가 말했다. "친애하는 안솔라, 내가 당신에게 보여주려는 것은 아무 소용이 없어요. 하지만 어쨌든 보여줄게요. 나중에 괜히 왔다는 소리를 하지 못하게 하려고요."

만리케 박사는 자리에서 일어나더니 어느 캐비닛 문을 열었다. 머리덮개뼈를 꺼내 나무 책상 위에 놓았다. 뼈는 안솔라가 예상했던 것보다 더 작았는데, 마치 인간의 피부와 살에 결코 뒤덮인 적 없었다는 듯이 깨끗했다. 안솔라는 그것이 나라의 향방을 바꾼 어느 카우디요의 유골이라기보다는 오히려 시골에서 치차를 마실 때 사용하는 사발 같다고 생각했다. 그러고는 자신이 그런 생각을 한 것을 부끄러워했다.

머리덮개뼈의 앞 부위에는 R. U. U.라는 머리글자 세 개가 새겨져 있었다.

"항상 이렇게 하십니까?" 안솔라가 물었다.

"항상." 만리케 박사가 안솔라에게 말했다. "분실하지 않고, 혼동하지도 말라고요. 겁내지 말고 만져봐요."

안솔라는 만리케 박사의 말대로 했다. 손도끼에 맞아 뼈가 부서져 손상된 부위의 가장자리를 손가락 하나로 쓰다듬어보니 매끄럽지 않고 거칠었으며, 잠시 후 유적지를 답사하는 것처럼 내부를 만져보니 부서진 두개골의 가장자리로 뭔가를 자를 수 있을 것 같은 느낌이 들었다. "이 손상 부위는 손도끼 때문에 생긴 거요." 만리케가 말했다. "내 기억이 맞다면, 둔기에 의한 상처들이 오른쪽 뺨과 안와 부분에 있어요. 그러니까 이 선 아래에 있는 모든 것에요." 만리케는 이렇게 말하면서 머리덮개뼈를 들어올리더니 마치 거기에서 우리베 장군의 두개골의 나머지 부분이 시작된다는 듯, 허공에 상상의 경계선 하나를 그렸다. "그런 상처들은 뼈에 흔적을 남기지 않아요. 하지만 흔적을 남겼다 해도 그 뼈는 매장되어 있어요. 장군의 유해와 함께 매장되었다는 말이죠."

"그것들이 여기에는 없군요." 안솔라가 말했다.

"안타깝게도 없어요." 만리케가 말했다. "하지만 다행인 건, 내가 그것들을 보았다는 거요."

"제게는 썩 소용이 없습니다."

"물론 소용이 없겠지요." 만리케가 말했다. 그러고는 잠시 말이 없다가 입을 열었다. "하나만 물어볼게요."

"네, 말씀하세요, 박사님."

"왜 이런 일을 하고 있는 건가요?"

안솔라는 두개골을 쳐다보았다. "알고 싶어서입니다." 안솔라가 말했다. "제가 존경하는 분이 제게 이 일을 부탁하셨기 때문입니다. 잘 모르겠습니다, 박사님. 그 누구도 이 일을 하지 않으면, 어떤 일이 일어날 수 있기 때문입니다. 이해하시기 어렵다는 거 압니다."

"충분히 이해할 수 있어요." 만리케가 말했다. "그리고, 이렇게 말해도 개의치 않는다면, 아주 존경받을 만한 일이죠."

만리케 박사의 사무실을 나서면서 안솔라는 자신이 실망하지 않았다는 사실을 깨달았다. 분명 빈손으로 나온 게 사실이었지만, 미스터리의 한 부분을 건드린 기분이었다. 물론 그것은 왜곡된 감각이었다. 그 감각은 죽은 사람의 뼈를 만짐으로써 왜곡되고, 그 순간 특이하게 엄숙해짐으로써 왜곡되고, 폭력의 순간이 다른 위대한 폭력의 순간과 갑자기, 순간적으로 접촉함으로써 왜곡된 것이었는데, 그 다른 폭력은 아주 멀리서 이루어진 폭력, 여기서 수천 킬로미터나 떨어진 곳에서 발발해 우리에게 영향을 미친 하나의 전쟁이었다. 안솔라는 바보처럼 그런 것에 감동하고 있었다. 그는 자기 손을 보고는 두개골 조각 위에, 그 평화로운 테라코타적 풍경 위에 머물러 있었던 자신의 손가락을 문질러보았다. 하지만 평화롭지 않았다. 그 안에서 뭔가 폭력적인 것이 일어났었다. 구멍난 머리덮개뼈. 만리케 박사가 말했듯이 목숨 하나가 빠져나간 뼛조각이었다. 안솔라는 자신이 보았던 것을 본 사람은 불과 몇 사람뿐이라고 생각했다. 그것은 하나의 종교적인 체험 같은 것, 그렇다, 어떤 유품에 가까이 있다는 실감 같은 것이었다. 종교적인 체험처럼 말로 엄밀하게는 표현할 수 없는 것이었다. 그는 자신이 본 것을 보았기 때문에, 자신이 만진 것을 만졌기 때문에 자신과 다른 사람들 사이에 틈이 벌어지게 되었다고 생각했다.

안솔라는 카페 윈드소르로 들어가 카라히요* 한 잔을 시켰는데, 사람들이 자신을 쳐다보는 시선이 느껴졌다. 자신에 관한 말을 하고 있는 것 같았는데, 나중에 그 사실을 확인할 수 있었다. 하지만 그는 상관하지 않았고, 자신이 상관하지 않는다는 사실에 놀랐다.

---

* 브랜디를 섞은 커피.

그에게 증언하기 위해 찾아온 다음 사람은—그렇다. 이제 사람들이 그에게 와서 여러 가지 이야기를 해주었다—메르세데스 그라우였다. 범죄가 일어난 날 그라우 씨는 카예 9에 있는 런던탑 근처 길모퉁이에서 전차를 기다리고 있었다. 그녀가 전차를 기다리는 사이 멋있는 남자 한 명이 그녀의 관심을 끌었는데, 그 역시 전차를 기다리는 듯한 모습으로 그녀로부터 불과 몇 미터 거리에 서 있었다. 그 남자를 어디서 보았는지는 기억할 수 없었지만 아는 사람 같았다. 그는 에나멜가죽 앵클부츠에 하얀 줄무늬가 들어간 고급스러운 검은 바지, 연회색 루아나 차림이었다. 그래, 그는 메르세데스 그라우가 다른 곳에서 본 적 있던 바로 그 사람이었다. 그녀는 남자의 콧수염과 작은 눈을 알아보았고, 깔끔한 피부를 통해 남자가 방금 면도를 했다는 사실을 깨달았다. 그때 남자를 기억해냈다. 대성당에서 미사를 드릴 때 여러 번 본 적이 있고, 심지어 어느 날 올림피아극장에서 영화를(아마도 〈몬테크리스토 백작〉이나 〈삼총사〉였거나 디 도메니코 형제가 다른 도시에서 촬영한 단편영화들 가운데 하나였을 텐데, 확실히 기억하지 못했다) 볼 때 만난 적도 있었다. 그녀가 자신이 무례하거나 무심한 사람이 되지 않으려면 남자에게 가볍게 목례를 해야 하는지 자문하고 있을 때, 잘 차려입은 그 남자가 수공업자나 노동자임이 분명한 다른 남자에게 몸을 돌려 이렇게 말했다.

"저기 우리베 장군이 오고 있소."

메르세데스 그라우는 잘 차려입은 그 남자가 가리킨 곳을 바라보았는데, 실제로 라파엘 우리베 우리베 장군이 카예 9를 통해 걸어내려오고 있었다. 그 순간까지 산바르톨로메 건물 구석에 있던 수공업자는 장군이 카레라 7을 건널 때까지 지켜보았는데, 장군이 어찌나 가까이 다가왔던지 수공업자는 길을 비켜서야 했고, 이후 그의 뒤를 따라가기 시작했다. 메르세데스는 그 수공업자의 손이 루아나 속에서 움직였고, 잰걸음으로 걸어갔다고 말했다. 한편 잘 차려입은 남자는 자기 자리에서 움직이지 않았는데, 마치 보도의 노면에 박혀 있는 것 같았다. 수공업자는 우리베 장군을 뒤따라갔는데, 장군이 카레라 7을 건너 국회의사당의 보도로 돌벽을 따라 걷기 시작했다. 그때 메르세데스 그라우는 저 멀리 그 돌벽 모퉁이에서, 지저분한 루아나를 입고 역시 수공업자처럼 보이는 다른 남자가 나타나 루아나 속에 감춰져 있던 손을 꺼내서는 우리베 장군에게 달려들어 머리를 두 번 가격했으며, 장군이 돌벽에 등을 기댄 채 쓰러졌다는 사실을 깨달았다. "이런, 목뼈가 부러졌어." 그녀는 누군가 한 말을 들었다. 그때 처음부터 장군을 뒤따라가던 남자가 다가가 다시 장군을 가격했다. 또 누군가가 소리쳤다. "경찰!" 그리고 그 순간에 현장을 빠져나와 서두르지 않고 남쪽을 향해 가던 첫번째 공격자가 그녀, 메르세데스 그라우와 마주쳤는데, 그녀는 공포에 사로잡혀 이렇게 소리쳤을 뿐이다. "보고타에서 사람을 죽이다니!"

"이렇게 하는 거요." 공격자가 대꾸했다.

메르세데스 그라우는 그의 눈을 쳐다볼 수 없었지만 검은 루아나 속에서 반짝이던 무기는—아마도 칼 하나, 아니, 작은 마체테—볼 수 있었다. 그때 그 공격자가 에나멜가죽 앵클부츠를 신은 우아한 남자에게 다가갔거나 다가가려고 했는데, 남자는 공격자가 더 가까이 다가오자 무시무시한 목소리, 왜 그토록 인상적이었는지는 모르지만, 메르세데스 그라우가 결코 잊을 수 없을 그 목소리, 입이 움직이지 않았지만 입에서 나오는 것 같은 차분한 목소리, 메르세데스 그라우가 기억을 떠올릴 때마다 소름 돋게 만드는 그 목소리로 공격자에게 말했다.

"어떻게 됐소?" 남자가 말했다. "죽였소?"

공격자는 남자를 쳐다보지 않은 채, 혹은 곁눈질로 쳐다보면서 말했다.

"네, 죽였습니다."

그러고서 그는 국회의사당 뒤로 지나갈 것처럼, 즉시 서쪽을 향해 모퉁이를 돌았다. 반면 에나멜가죽 앵클부츠를 신은 남자는 카예 9를 통해 위쪽, 즉 언덕 쪽을 향해 걷기 시작했다. 메르세데스 그라우는 남자를 눈에서 놓치지 않으려고 차도 쪽으로 몇 걸음을 옮겼다. 그녀는 남자가 반 블록 정도 가서 다른 남자, 자기보다 몸집이 떡 벌어지고 옷을 잘 입고 머리에 펠트 모자를 쓴 남자를 만나는 것을 보았다. 에나멜가죽 앵클부츠를 신은 남자는 누군가를 만났을 때 하듯이 그에게 인사하지 않고, 마치 한 사람이 다른 사람을 기다리고 있었다는 듯이 서로 만났다. 그러고서 두 사람은 위쪽으로 걸어가기 시작해서 우리베 가족의 집 앞으로, 가톨릭수련원 건물의 발코니 아래로 지나갔고, 그사이 보도에 쓰러져 있던 장군은 모든 사람이 지켜보고, 비명을 지르고, 도움을 청하고, 대로로 사람들이 내달리는 가운데 피를 흘리고 있었다.

안솔라는 자문해보았다. 에나멜가죽 앵클부츠를 신은 남자는 누구였을까? 갈라르사에게 **이미 그를 죽였는지** 물어서 긍정의 대답을 듣고는 범행 장소를 떠날 수 있었던 사람은 누구였을까? 경찰도 검찰도 그 남자의 신원을 확인하는 데 관심이 없는 것처럼 보였다. 범죄가 일어난 날부터 메르세데스 그라우는 그를 여러 차례, 다시 보았다는 생각이 들었으나, 그가 누구인지는 결코 알아내지 못했다. 우리베 장군을 묘지까지 운구하는 행렬에 있던 그를 멀리서 보았거나 본 것 같았다. 국회의사당 동쪽 벽에 우리베 장군을 기리는 명패를 부착하는 수행원들 사이에서 그를 보았거나 본 것 같았다. 하지만 두 번 모두 그녀는 뭔가를 물어볼 사람 없이 혼자였고, 그 남자는 나타나자마자 사라져버렸다. 혹시 그녀가 상상해낸 인물이었을까? 이런 일들을 상상으로 해낼 수 있다는 것은 안솔라도 알고 있었는데, 당시 보고타 사람들의 상상력은 사납고 통제가 되지 않는 성난 어느 동물처럼 맹렬했다. 그 어떤 경우에도 메르세데스 그라우는 에나멜가죽 앵클부츠를 신은 남자를 상상해내지 않았다. 최소한 그것만은 확실했다. 그 남자는 실재했고, 목소리도 실재했으며, 에나멜가죽 앵클부츠도 실재했는데, 이는 갈라르사와 카르바할이 독자적으로 행동하지 않았다는 증거이며, 뭔가 더 큰 사건, 살로몬 코레알 경찰청장과 로드리게스 포레로 검사가 믿고 싶어하는 것보다 더 큰 사건이라는 증거였다. 아니야, 안솔라는 생각했다. 레오베힐도 갈라르사와 헤수스 카르바할은 독자적인 암살범이 아니다. 라파엘 우리베 우리베 장군의 부서진 두개골을 손으로 들어 손가락으로 쓰다듬은 적이 있던 그는, 우리베 장군 암살이 단순히 자신들이 실직한데 앙심을 품은 두 수공업자에 의해 즉흥적으로 이루어진 범행이 아니라고 생각했다. 다른 무언가였다. 그 범죄에는 손도끼가 아니라 너클더스터를 든 제3의 공격자, 그리고 막 면도를 하고, 암살범들보다 잘 차려입고 멀리서 지켜보던 감시자, 즉 자신들이 꾸민 범죄의 희생자가 가까이 다가오고 있다는 사실을 카르바할에게 알려주고, 갈라르사에게 그의 임무의 결과에 관해 물었던 남자가 관여되어 있었다. 안솔라는 모의를 생각했고, 그러고 나서는 음모를 생각했는데, 이 단어들은 우리를 사랑하는 누군가의 욕설처럼 불편하게 그의 머릿속에 맴돌았고, 그는 눈을 질끈 감았다.

3월경에 안솔라는, 우리베 장군의 암살 범죄가 일어나기 며칠 전 전국의 예언가나 선지자, 점쟁이나 주술사가 그 범죄를 예견하는 특이한 현상이 있었다는 사실을 깨닫기 시작했다. 보고타에서 135킬로미터 정도 떨어져 있는 시미하카에서는 우리베 장군이 암살당하기 사십 일 전에 훌리오 마차도가 암살에 관해 말했다고 다섯 명이 증언했다. 자신의 예언이 구현된 뒤 선견지명이 있는 마차도가 델핀 델가도라는 사람을 만났다. "내가 당신에게 했던 말 기억해요?" 마차도가 그에게 물었다. "그걸 기억하느냐고요?" 보고타에서 66킬로미터 정도 떨어진 테나에서는 자신이 라파엘 우리베 우리베를 죽인 암살범의 사촌형제라고 말한 에우헤니오 갈라르사라는 사람은 몇 개월 전에 그 범죄 계획을 알았노라고 말했다. "나는 좋은 가정 출신이기 때문에 가담하고 싶지 않았어요." 그가 말했다. 나중에 자신이 했던 말을 재확인해야 했을 때, 자신이 암살범과 친척이라는 점에 관해 거짓말을 했으며, 자신은 그의 이름만 알고 있을 뿐이라면서 그 밖의 모든 것을 부인했다. 아니, 그는 자신이 그 범죄를 미리 알았다는 말을 그 누구에게도 한 적이 없었다. 그가 그날 술에 취해 있었기 때문에 증인들이 그의 말을 잘못 이해한 것이 확실했다.

그 예언자들 가운데 가장 정확했던 건 아우렐리오 칸시노라는 남자였다. 그는 전문 정비공이었다. 1914년 8월 초에 프랑스-벨기에 공업 회사에서 근무하기 시작한 그는 우리베 장군이 암살당하기 몇 주 전에 산탄데르주의 수아이타 인근 라 코모다 발전소를 건설하기 위해 계약한 기술자들의 일원이 되었는데, 발전소는 보고타에서 270킬로미터 정도 떨어진 곳에 있었다. 암살 사건이 일어나기 십칠 일 전에 작업 동료들은 그가 라파엘 우리베 우리베 장군은 기껏해야 스무 날을 살 거라고 하는 말을 들었다. "내가 아는데, 장담하죠." 그가 말했다. 암살이 이루어진 뒤 동료들은 그가 장군에 관해 거칠게 얘기하는 것을 들었다. "만약 내가 장군을 죽였다면, 나는 그 작자의 피를 마셨을 거요." 칸시노가 이렇게 말한 적이 있다고 동료들이 말했다. 칸시노는 자신이 갈라르사, 카르바할과는 서로 아는 사이고, 그들이 어느 단체에 소속되어 있는지도 아주 잘 알고 있으며, 그 두 암살범이 범죄에 관해서는 일절 함구하리라는 것도 안다고, 자신의 말이 틀릴 리 없으니 확실하게 말할 수 있다고 했다는 것이다. "그들은 아무 말도 하지 말라는 지령을 받았다고 하던데요." 증인들에 따르면 칸시노는 이렇게 말했다. 칸시노의 예언을 들은 적이 있었던 바로 그 작업 동료들은 국내 신문에서 그 범죄 사실이 확인된 뒤에 칸시노를 만나러 갔는데, 칸시노는 미소를 지으며 그들을 맞이해서는 만족스러운 듯 소리쳤다.

"거봐요, 여러분, 내가 뭐라고 했나요?"

며칠 뒤 수아이타 시장은 칸시노의 작업 동료들로부터 이런 사실에 관한 증언을 듣기 위해 그들을 불러들였다. 그들의 증언은 틀림없었다. 세부사항은 인간의 기억이 다르듯 기억의 양과 정확성에서는 조금씩 달랐지만, 내용 자체는 모두 같았다. 칸시노의 예언하는 능력, 믿기 어려울 정도의 선견지명, 가까이 알고 지내는 사람만이 알 수 있을 정도로 갈라르사와 카르바할에 관한 세부사항들에 관한 지식에 대해 모두가 한목소리로 인정했다. 그 당시에 이루어진 증언은 다음과 같다.

미겔 니에토

그렇다, 그는 똑똑히 기억하고 있었다. 그들은 라 코모다에서 맥주를 마시고 있었다. 그곳에는 사람이 여덟 명 내지 아홉 명 정도 있었는데, 모두 프랑스-벨기에 회사의 근무자로, 그 며칠 동안에는 나라에 그 밖에 다른 일이 전혀 일어난 적이 결코 없다는 듯이 모든 사람이 우리베 장군의 암살 사건에 관한 얘기를 했고, 그들도 그 범죄에 관해 얘기하고 있었다. 그때 아우렐리오 칸시노가 왔는데, 당시 그곳에 있던 많은 수가 범죄에 관한 그의 예언을 기억하고 있었다. 그는 맥주 두어 잔을 마신 뒤 이렇게 털어놓았다. "만약 나도 그를 죽였더라면." 그가 말했다. "만약 그들이 나를 선택했더라면, 아주 기꺼이 그를 죽이고 피도 마셨을 거요." 어느 동료가 그가 언급한 그들이 누구인지, 어떤 사람들이 그를 선택할 수 있는지 그에게 물었다. 그러자 칸시노는 암살범 갈라르사와 카르바할이 속해 있던 단체에 관해 언급했는데, 그 단체는 규모가 크고 회원 수가 약 사백 명이라고 했다. "거물급 인물들과 부자들이 단체를 이끌지요." 칸시노가 말했다. "이들이 회원들을 후원하고요. 그러니 그 사람들은 갈라르사와 카르바할에게 무슨 일이 일어나게 놔두지 않을 거요." 칸시노는 암살범들에 관해 언급하고는 이렇게 말했다. "나는 그들을 속속들이 알아요. 지령을 받았으니 절대 함구할 거요."

라파엘 코르테스

그 범죄가 일어난 지 얼마 뒤인 10월 어느 날, 아우렐리오 칸시노와 일부 작업 동료들이 모여 있었다. 그들은 가끔 그렇게 모여서 맥주 몇 잔 마시며 살아가는 얘기를 나누곤 했다. 칸시노는 그 범죄가 일어나기 전에 자신이 했던 예언을 동료들에게 상기시켰다. "내가 말한 대로 된 거 다들 봤죠?" 동료들이 어떻게 해서 알았는지 칸시노에게 묻자, 칸시노는 암살범들이 속해 있던 단체에 관해 거침없이 말했다. "나도 그 협회 회원인데요, 참 영광스러운 일이죠. 내가 제비를 뽑았을 수도 있어요. 그래서 내가 이곳에 온 거요. 제비를 뽑지 않으려고요." 제비뽑기? 누군가가 그에게 물었다. 무슨 제비뽑기를 말하는 건가요? 협회는 회원이 약 사백 명으로, 신분이 아주 높은 사람들이 후원하는데, 이 사람들이 제비뽑기를 해서 갈라르사와 카르바할을 뽑았다고 칸시노가 말했다. 그들이 비밀을 발설할 수도 있지 않느냐고 누군가가 칸시노에게 물었다. 칸시노가 대답했다. 그들은 아무 말도 하지 않을 것인데, 그 이유는 칸시노 자신이 그들을 속속들이 알고 있고, 범행과 관련해 그들에게 아무 일도 일어나지 않을 것이며, 게다가 그들의 가족은 약속한 대로 보호를 잘 받고 있을 것이기 때문에 그들이 함구하는 편이 좋다고 말했다. "굉장한 권력자들이 그들을 도와줄 거요."

시로 카반사

회사에서 우리베 장군에 대한 범죄 소식을 전보로 받았을 때, 아우렐리오 칸시노는 어느 모임에서 동료들에게 우쭐거렸다. "내가 말한 것보다 며칠 빨리 일어나긴 했지만, 일어날 일이 일어난 거지요." 그가 말했다. 동료들은 실제로 칸시노가 장군의 죽음을 예견했다는 사실을 기억했다. "스무 날을 넘지 않을 거요." 칸시노가 말했다. 시로 카반사는 그 밖에 누가 더 그 범죄에 가담했는지 칸시노에게 물었다. "국민이죠." 칸시노는 이렇게 말하고 나서 신비로운 또는 신비로운 척하는 침묵에 잠겼다. 그것은 거짓 침묵이었다. 암살범들이 더 힘센 다른 사람의 도움을 받고 있었는지 누군가가 묻자 칸시노가 대답했다. "우리가 그들을 돕는 거죠." "당신도 그들을 돕는다고?" 시로 카반사가 물었다. "우리베는 배신자였어요." 칸시노가 말했다. "만약 우리베가 다시 살아난다면, 내가 그를 다시 죽여서 피를 마셔버릴 거예요." 며칠 뒤 발전소에서 작업을 하던 중 시로 카반사가 칸시노에게 다가가 그가 모든 작업 동료에게 고백했던 말을 증언해달라는 부름을 받으면 어떻게 되는지 물었다. 칸시노는 허공에다 한 손을 가로저었다. "술에 취해 있었다고 말할 거요." 칸시노가 태연하게 말했다. "그래서 아무것도 기억나지 않는다고요."

네포무세노 벨라스케스

그렇다, 물론 아우렐리오 칸시노가 동료들에게 그 범죄에 관해 말했다. 범죄가 일어나기 십칠 일 전에 범죄를 예견했다. 범죄가 일어났다는 소식이 전해졌을 때, 칸시노는 며칠 앞당겨 일어났으나 모든 것이 예견했던 바대로 되었다고 말했다. 암살범 갈라르사와 카르바할이 속한 단체를 언급하면서 대단히 으스댔다. "나 역시 영광스럽게도 그 단체에 속해 있어요." 그 범죄에 관해서는 국가를 위해 행한 위대한 봉사라고 말했다. "그자는 파렴치한 배신자이기 때문에 마땅히 그렇게 모욕적으로 죽어야 했어요."

엔리케 사르미엔토

우리베의 암살 소식을 전보로 통보받기 조금 전에 동료들은 회사 사택에 있었다. 발전소의 배관 공사를 하려고 보고타에서 온 아우렐리오 칸시노는 동료들과 얘기를 하다가 이렇게 말했다. "내가 여러분에게 말하지 않았던가요?" 그러고서 며칠 뒤 그 암살 사건을 상세하게 다룬 신문들이 도착했을 때, 아우렐리오 칸시노의 동료들은 칸시노가 모든 것을 예견했다는 사실을 깨달았다. 작업중 쉬는 시간에 사르미엔토는 다른 동료에게 그 범행에 관해 얘기하고 있었는데, 암살범들 가운데 한 명의 이름이 생각나지 않았다. 그 자리에 있던 아우렐리오 칸시노가 그의 이름은 레오비힐도 갈라르사인데, 카예 9에 살고 레크리에이션 협회 회원이라고 말했다. 그러자 사르미엔토는 그 단체가 무엇을 하느냐고 칸시노에게 물었다. 특정 관심사를 얘기하기 위한 모임으로, 보고타 인근으로 소풍을 가기도 한다고 칸시노가 말했다. 이 단체에 속한다는 건 영광스러운 일인데, 회원이 사백 명 이상이고, 후원자들은 자본가들, 지위가 높은 사람들이어서 암살범들의 가족을 부양할 것이라고 말했다.

3월에 칸시노는 이런 증언들에 관한 자신의 견해를 순회법원 2호 판사 앞에서 밝히기 위해 보고타에 도착했다. 그는 단순하게 말하고 말을 아끼는 데 비범했다. 즉, 모든 것을 부인했다. 그런 말을 한 기억이 없다고 했다. 작업 동료들과의 모임은 기억했으나 그 모임에서 오간 얘기는 기억하지 못했다. 술에 취해 있었기 때문에 기억나지 않는다고 둘러댔다. 여러 증인이 그가 그런 예언을 했고 그 예언이 실현되자 그가 만족스러워했다고 증언했으나 그는 그 모든 것을 부인했는데, 그 사람 하나의 목소리는 이구동성으로 그를 비난한 여러 목소리만큼의 무게가 있었다. 그는 자신이 이상하게 한 얘기를 동료들이 오해했다고, 자신은 그 어떤 순간에도 우리베 장군의 암살 범죄를 예견한 적이 없으며, 그 예측이 맞았다고 으스댄 적은 더더욱 없다고 말했다. 우리베 장군이 되살아난다면 칸시노 그가 다시 죽일 것이라는 말을 누가 했느냐고 사람들이 칸시노에게 물으면, 그는 "나는 몰라요"라고 대답했다. 우리베 장군을 죽여서 피를 마실 수 있다는 말을 누가 했느냐고 사람들이 칸시노에게 물으면, 그는 "나는 몰라요"라고 대답했다. 그는 갈라르사가 자기 앞에 없을 때는 갈라르사를 모른다고 부인했는데, 나중에 갈라르사와 함께 있게 되자 그를 안다고, 암살 사건이 일어나기 두 달 전에 갈라르사가 자기 옆집에 살았다고, 치차가게 푸에르토 콜롬비아에서 갈라르사, 그리고 그의 친구 카르바할과 만난 적이 있다고, 두 사람이 자신이 속한 단체의 활동에 관해 얘기하는 것을 여러 번 들은 적이 있다고 기억해냈다. 그 단체가 무슨 단체냐고 사람들이 그에게 물었다. 레크리에이션 단체로 큰 모임인데, 이미 여러 해 전부터 피켓 시위도 하고 수공업자들과 소풍을 가기도 한다고 칸시노가 말했다. 그 레크리에이션 단체가 정치적인 활동도 했는지 묻자 그는 강하게 부인했고, 다음과 같은 말을 해야 적절하다고 생각한 양 "난 정치는 잘 몰라요"라고 덧붙였다. 아무도 묻지 않았건만 그는 자신이 알고 이해한 바에 따라 진실하게 말한다며, 그 단체는 종교적인 활동도 하지 않는다고 덧붙였다. 하지만 가장 이목을 끌었던 점은 자신이 그 단체에 속하지 않았다고 극구

부인했다는 것이다. "갈라르사와 카르바할이 보고타에 목공소를 가지고 있었고 그곳에서 그들이 레크리에이션 협회라고 부르던 모임을 했다고 말하긴 했지만, 무슨 목적으로 그랬는지는 결코 몰랐어요." "암살범들의 목공소에서 회원들이 모였다고요?" 판사가 물었다. 칸시노는 그렇다고 대답하고는 이렇게 말했다. "제가 알고 이해한 바에 따라 진실하게 말씀드리면요." 그때 판사가 증인들을 불렀다. 아우렐리오 칸시노는 증인들 앞에서 그 사건에 대한 자신의 진술을 확고하게 유지했다. 자신이 술에 취해 있었고, 사람들이 자기 말을 오해했으며, 그는 그런 말을 결코 한 적이 없다는 것이다. 한편 증인들은―니에토, 카반사, 코르테스, 사르미엔토, 그리고 벨라스케스―자신들의 진술이 확실하다고 말했다.

일이 그렇게 되어버릴 것처럼 보였으나 그때 상급판사 하나가 칸시노를 다시 소환했는데, 이번에는 알레한드로 로드리게스 포레로 검사 앞에서 진술하도록 하기 위해서였다. 오랜 시간 동안 판사는 예전에 했던 것과 같은 질문을 칸시노에게 했고, 한편 그도 똑같은 대답으로 자신을 변호했다. 하지만 나중에 평정심을 잃기 시작했다. 자신에 대한 음모가 꾸며졌는데, 증인들이 자신을 교도소에 보내려고 합의했다고 말했다. 판사는 그를 압박하고, 증인들의 진술에 관해 그에게 다시 질문하고, 그가 범한 모순을 지적하고, 각기 다른 증인 다섯 명이 그가 한 말에 대해 똑같은 견해를 밝힐 수 있다는 게 어떻게 가능하겠느냐고 물었다. 그때 그 누구도 기대하지 않았던 일이 발생했다. 칸시노가 암살 범죄가 일어난 뒤 작업 동료들에게 얘기를 했다고 인정한 것이다.

"그들에게 뭐라고 말했습니까?" 판사가 물었다.

"누가 우리베 우리베를 죽였는지 말할 수 있다고 그들에게 장담했습니다."

"누가 우리베 우리베를 죽였다고 말했습니까?" 판사가 물었다.

"페드로 레온 아코스타 장군입니다." 칸시노가 말했다. "암살범들에게 명령한 사람은 바로 그 사람이에요."

"어떤 근거로 그렇게 인정하는 건가요?" 판사가 물었다.

그러자 칸시노가 대답했다. "〈힐 블라스〉에 그렇게 보도되었으니까요."

〈힐 블라스〉. 근거 없는 소문, 가장 신랄한 풍자를 게재하는 선정적 신문으로, 종교의 성스러운 가치도 사회 상류층의 권위도 인정하지 않고, 전차에 치인 아이들 사진, 정치적인 이유로 일어난 싸움에서 사지가 잘린 시체들 사진을 게재했다. 품위도 수치심도 없는 선전물이었다. 그리고 칸시노는 그런 신문을 읽고 그런 무모한 비난을 쏟아낸 것이다.

판사도 검사도 칸시노의 말을 인정하지 않았다.

* * *

유럽에서 건너온 전보를 통해 신문들은 세계대전에 관한 뉴스로 도배됐다. 보고타 사회에서 대다수는 미사에서 프랑스의 승리를 기원했고, 랭스*에 관해 결코 들어본 적도 없는 사람들이 랭스의 대성당이 파

---

* 프랑스의 도시로, 프랑스 국왕의 대관식이 거행된 노트르담대성당이 위치해 있다. 1914년 독일의 폭격으로 대성당에 화재가 발생했고, 이 일은 프랑스 국민들에게 큰 분노를 불러일으켰다.

괴되었다는 소식에 자기 옷을 찢었고,* 아르덴이 어디에 있는지도 모르는 사람들이 보슈**들이 그곳에서 야만인처럼 행동했다고 주장했다. 독일군의 진군에 감탄하며 그들을 추종하는 사람들도 있었으며, 또다른 이들은 독일 문명을 찬양하고 독일 사람의 기질 가운데 어떤 것은 우리에게 필요하다고 했고, 그를 통해 그 많은 흑인과 그 많은 인디오의 해로운 영향으로부터 우리가 마침내 벗어날 수 있을지 지켜보자고 했다. 5월 중순에 막연한 소문 하나가 뉴스가 되고, 그후 일종의 전설이 되었다. 그것은 콜롬비아 사람 한 명이 프랑스의 외인부대와 함께 싸우다 전사했다는 것이다. 만약 죽은 그가 수도에 살던 한 부르주아 계층의 총애받던 아들이 아니었다면, 그 사건이 일깨웠던 신문 독자들의 호기심 말고는 그 이상 아무것도 알려지지 않을 것이다. 하지만 실제로 그는 한 부르주아 계층의 총애받던 아들이었다. 안솔라가 조사를 진척시켜가던 불과 며칠 동안, 제1외인연대의 제2행군연대가 독일군의 참호 '화이트 웍스'를 획득했으며, 140고지를 점령해 지켜내는 임무를 수행하던 아르투아 전투에서 그가 전사했다는 소식은 모든 카페, 모든 사교계의 살롱, 상류층 가정의 모든 식탁에서 사랑받는 주제였다.

보고타 사람들이 밀실공포증의 분위기, 그리고 라파엘 우리베 우리베 장군의 죽음이 유발한 억제된 편집증의 분위기에서 며칠 또는 몇 주 동안이라도 벗어나기 위해 그 사건이 필요했을까? 어찌되었든 에르난도 데 벤고에체아의 죽음은 (죽기 전의 짧은 생애처럼) 사람들의 관심을 차지하고, 신문 부고란에 상세하게 실리고, 잡지에 실린 아르테

---

* 성경에서 옷을 찢는 행위는 슬픔, 분노, 고통 등을 표현하는 행위다.
** 독일 사람을 낮잡아 부르는 말.

마요르*를 통해 추모되고, 친구들의 산발적인 기억 속에서 설명되었다. 호아킨 아추리는 에르난도의 죽음을 통해 겪게 된 그의 누이 엘비라의 고통에 관한 글을 〈라 파트리아〉에 실은 적이 있는데, 그녀는 "한 조국이 아닌, 문명 전체를 위해" 목숨을 바친 사람들을 칭송하는 어느 연대기에 등장했다. 런던에서는 외교관이자 작가인 산티아고 페레스 트리아나가 그의 사망에 관한 글을 잡지 〈이스파니아〉에 기고해 반향을 불러일으켰다. 파리에서는 죽은 젊은이의 절친이었던 레옹 폴 파르그가 이미 그를 기리는 긴 글을 실었고, 고인이 된 친구의 유고 시집을 출간했다. 보고타 사람들은 에르난도 데 벤고에체아가 위대한 시인이라고 알고 있었다. 그렇다, 그는 스물여섯 살에 위대한 시인이 되었는데, 그 영웅적인 죽음이 그를 그토록 일찍 데려가지 않았더라면 호세 아순시온 실바의 홀%을 물려받았을 것이다.

마르코 툴리오 안솔라는 그 군인 시인의 이야기에 관심이 갔다. 1915년 중반기 그 며칠 동안에 종종 그 군인 시인을 생각했다. 안솔라는 마치 어느 연재소설을 읽어가는 것처럼 그 군인 시인에 관한 글은 출간되는 대로 읽기 시작했다. 무엇이 그에게서 수집가들과도 같은 그런 이국적인 것에 대한 관심이 싹트게 했는지 정확히는 알 수 없었다. 어쩌면 여기서는 매일같이 수많은 사람이 아무도 모르게 죽어가는 반면, 저 먼 곳에서 콜롬비아 사람 한 명이 죽었다는 사실이 뉴스가 되는 그 특이한 상황에서 비롯됐는지도 모른다. 또 에르난도 데 벤고에체아가 안솔라보다 겨우 두 살 많았고, 안솔라는 살면서 누구나 한번쯤 하

---

* 9음절 이상으로 이루어진 시의 한 형태.

는 내가 될 수도 있었다 같은 엉뚱한 생각을 피할 수 없었는데, 어쩌면 같은 세대가 처한 문제였기 때문인지도 모른다. 다른 생에서는 혹은 어느 평행우주적인 생에서는 안솔라가 벤고에체아가 될 수 있었을 것이다. 운이 조금만 바뀌었어도, 원인과 우연이 몇 밀리미터만 이동했어도 프랑스의 전장에서 쓰러진 젊은이는 에르난도 데 벤고에체아가 아니라 안솔라 자신이 될 수 있었다. 만약 자신의 아버지가 자본가 집안의 성공한 사업가였더라면, 만약 아버지가 예일대학교에서 공부하고 파리에서 사업 기회를 발견했더라면, 만약 아버지가 세기말에 수많은 라틴아메리카 사람이 파리에 정착했듯이 파리에 정착했더라면, 아마도 안솔라는 벤고에체아가 파리에서 태어났듯이 파리에서 태어났을 것이고, 아마도 프랑스어와 에스파냐어를 모두 유창하게 구사했을 것이고, 아마도 벤고에체아처럼 플로베르와 보들레르를 읽었을 것이고, 아마도 에스파냐어로 발간되는 파리의 잡지들, 이를테면 벤고에체아가 인상주의 예술, 러시아 발레, 파리의 여러 대로에서 쓰인 니카라과의 시, 피르민 터치가 색소폰을 연주하고 환상곡 오케스트라가 합주했던 독일 오페라에 관해 글을 써서 보내면 매번 그 글을 실어주던 〈라틴아메리카 리뷰〉에도 에세이를 썼을 것이다. 안솔라는 그에게 여기로 가봐라 저기로 가봐라 얘기하는 증인들과 계속해서 대화를 하고, 계속해서 모호한 진술을 받아 명확하게 정리하기 위해 애를 쓰고, 이런저런 위태로운 상황에서 우리베 장군의 이런저런 적을 보았다고 말하는, 신빙성을 장담할 수 없는 사람들과 계속해서 면담을 하는 사이에, 벤고에체아를 생각하고 벤고에체아에 관한 글을 읽고, 아마도 자신들이 파리에 머무르겠다고 결정했던 순간을 애석해하고 있을 벤고에체아의 부모를 동정하고, 그러면서 벤고에체아의 나머지 가족이 보고타의 어느 곳에 살고 있을지 자문해보고 그들 역시 동정했다.

그 며칠 동안 안솔라는 수녀 두 명과 얘기를 나누었고, 수녀들은 범죄가 일어나기 전 며칠 동안 갈라르사와 카르바할이 가톨릭수련원 건물 1층에서 우리베 장군의 집을 염탐하는 모습을 보았다고 단언했는데(그리고 수녀들은, 따라서 범행이 하루 전날 즉흥적으로 준비되지 않았다는 또다른 증거를 안솔라에게 제공해주었다), 안솔라는 벤고에체아에게 콜롬비아 국적은 하나의 결심이었다는 사실을 깨달았다. 스물한 살이 되었을 때 벤고에체아는 자신의 두 조국 가운데 하나를 선택해야 했는데, 그는 자기 부모의 조국, 모국어의 조국을 선택한 것이다. 신문들은 그를 누구도 뛰어넘을 수 없는 애국자의 전형이라며 치켜세웠고, 또한 그가 신앙심 깊은 가톨릭 교인이라는 사실을 알았을 때는 그에 대한 칭송이 끊이질 않았다. 미겔 데 마이스트레라는 필명으로 활동하는 어느 칼럼니스트는 전사한 그 군인에게 바치는 열렬한 찬사를 〈라 우니닷〉에 실었는데, 그가 그렇게 한 이유는 그 불신자들의 나라, 가톨릭 교인들에게 전쟁을 선포한 적 있었던 그 무신론자의 공화국에서 신앙을 유지하기란 결코 쉽지 않았을 것이기 때문이다. 그는 정교의 분리를 결정했던 1905년의 프랑스법에 관해 자신의 글에 길게 언급했는데, 정교를 분리함으로써 국민이 지옥으로 가게 되었다고 썼다. 기사는 교황 비오 10세가 그 불온한 법을 규탄하고 그 법이 사물의 초자연적인 질서를 부정한다고 비난하며 발표한 회칙 '베헤멘테르 노스'*에

---

* 1906년 2월 11일 교황 비오 10세가 공표한 교황 회칙. 프랑스의 정교분리 법안에 대한 비난이 담겨 있다.

관해서도 언급한다. 그리고 다음과 같이 끝낸다. 우리 사이에도 성모님 교회의 영원한 역할을 부정하고, 우리 국민의 전통적인 가치를 훼손하고, 우리 인내력의 원천이자 우리 양심의 파수꾼인 정교협약을 일방적으로 폐기하려고 시도하는 사람들이 있었다. 그래서 하느님은 몽둥이로도 채찍으로도 벌하지 않으시고, 그자들을 하나의 유감스러운 본보기로 삼으셨다.

안솔라는 엄청나게 매료되어 글을 읽었다. 미겔 데 마이스트레라는 사람이 글 몇 줄로 프랑스에서 전사한 군인에 대한 칭송을 하다가 보고타에서 암살당한 장군에 대해 교묘하게 암묵적인 혹평을 해버린 것이다. 그렇다, 〈라 우니닷〉의 칼럼은 라파엘 우리베 우리베에 관해 언급했는데, 갑자기 안솔라는, 마치 그 칼럼니스트가 젊은 벤고에체아의 죽음을 다른 것들을 위한 단순한 구실로 써버린 것처럼 느꼈기에, 벤고에체아에 대해 더는 언급하지 않는다는 사실을 확인하기 위해 그 칼럼을 다시 읽어야 했다. 그런데 이 미겔 데 마이스트레라는 사람은 과연 누구였을까? 그는 장군의 암살을 어떤 식으로든 정당화한 처음이자 마지막 사람이 아니었다. 유사한 견해들을 다른 신문들에서도—예를 들어 〈엘 레푸블리카노〉—볼 수 있었고, 장군이 사망하기 전 몇 개월 동안 장군에게 집요하게 굴던 〈산손 카라스코〉의 캐리커처들은 지금, 비뚤어진 줄에도 똑바로 글을 쓰시는 하느님의 방식에 관해 애매모호한 코멘트들을 허용하고 있었다. 안솔라에게는 그 모든 수사법이 서글프게도 친숙했다. 군인 벤고에체아가 전사하기 몇 주 전에 안솔라는 볼리바르광장의 어느 구두닦이의 이야기를 들은 적이 있었는데, 코르테스라는 성을 가진 그 사춘기 소년은 10월 15일에 자신이 보고 들은 것을 말해주고 싶어했다. 암살범들이 우리베 장군을 공격했을 때, 구두닦이 소년은 국회의사당의 아트리움 모퉁이, 카페 엔리케 레이톤 앞에서 어느 손님의 구두를 닦아주고 있었다. 뚱뚱하고 키가 작고, 코가 크고 빨갰으며, 머리가 검고 곱슬한 남자 손님이 격정적으로 일어섰다.

"그런 비열한 인간은 그런 식으로 죽어야 해." 그가 장갑 낀 한 손으로 자신의 프록코트를 쓸어내리며 말했다. "몽둥이나 채찍이나 총알이 아니라 도끼로 쳐서 죽여야 한다니까."

코르테스 소년은 그 남자가 국회의사당 쪽으로 허둥지둥 달려가는 것을 보았는데, 남자는 갑작스레 서두른 탓에 자신이 한쪽 구두만 닦았다는 사실을 잊은 것처럼 보였다.

우리베 장군의 죽음 앞에서 그토록 만족감을 드러낸 그 남자가 누구였는지는 결코 밝혀지지 않았다. 하지만 그것은 그리 중요하지 않았다. 안솔라는 보고타에 그와 같은 사람이 많다고 생각했다. 많은 사람이 우리베에 대한 범죄는 단순한 범죄가 아니라 응징이라고 생각하면서 즐거워했다. 많은 사람이 미겔 데 마이스트레처럼 암살을 묵과하거나, 약간은 은밀하게 관용을 베풀었다. 우리베 장군은 마지막 며칠 동안 얼마나 외로웠을까! 어떻게 이 부정한 도시가 장군을 배신할 수 있는가! 비록 며칠 동안이었거나 간헐적이긴 했지만, 보고타 사람들의 관심에서 벤고에체아의 죽음이 장군에 대한 암살 사건을 밀어냈다는 것은 놀라운 일이 아니었다. 우리베 장군에 대한 범죄가 산세바스티안에서 기관지폐렴으로 죽은 의사 만리케의 죽음을 가려버렸듯, 이번에는 아르투아에서 어느 콜롬비아 사람의 아들의 목을 꿰뚫은 총알이, 모두가 가까이서 직접 경험하며, 따라서 가끔은 모든 사람이 어떤 식으로든 개입되어 있는 것처럼 보였던 이 암살 사건을 가려버렸다. 안솔라는 장례식날 우리베 장군의 관을 운반했던 행렬을 떠올리고는 모두가 거짓말쟁이고 위선자라고 생각했다. 그러고서 부당하다고 느꼈는데, 왜냐하면 그 군중 사이에는 다른 사람들, 즉 우리베를 지지했던 사람들, 또는 아무 말 없이 그와 함께했던 사람들도 있었고, 그리고 더욱이 슬픈 건, 우리베 장군 자신은 그 사실을 몰랐기 때문이다. 10월 15일에 우리베 장군을 돌보면서 장군의 부상당한 머리를 떠받치고, 자기 손수건으로 장군의 피를 닦아주고, 나중에 그 손수건을 유품이나 되는 것처럼 보관한 사람들, 장군의 집 현관에서 장군을 위해 기도했던 사람들, 이 몇 개월 동안 안솔라를 찾아와 사건에 관한 정보를 주거나 사건에 의구심을 표출함으로써 안솔라가 거짓말과 왜곡의 진흙탕 속에서 빛을 향해 나아갈 수 있도록 해준 사람들이었다. 그래, 그들 역시 존재했고, 안솔라가 현재까지 밝혀낸 사실은 얼마 안 되지만 모두 그들 덕분이었다. 그래, 증인들, 즉 메르세데스 그라우, 레마, 카르데나스, 구두닦이 소년, 세아 박사와 만리케 박사 덕분이었다. 그들을 만나기 이전에는, 이미 이름을 잊어버리기 시작한 다른 증인들이 있었고, 그들을 만난 이후에는 이 모든 것을 잊어버리게 될, 아직은 먼 미래에 결국에는 이름을 잊어버리게 될 다른 증인들이 있었다. 목소리들, 우리베 장군의 암살 범죄에 관해 그에게 이야기해주거나 이야기해줄 목소리들, 친절하거나 흥미로워하는 목소리들, 거칠고 투박한 목소리들, 명확하거나 기억이 흐려진 목소리들, 하나의 군대, 즉 거짓말, 왜곡, 은폐의 군대와 대적하기 위해 보고타를 행진하는 어느 군대 같은 목소리들이었다.

그런 목소리들 가운데 하나, 가장 중요한 목소리들 가운데 하나는,

암살 사건이 일어나기 전날 밤 갈라르사, 카르바할과 함께 있던 잘 차려입은 낯선 남자 여섯 명을 본 인물, 암살범들이 이번 일은 아주 잘될 겁니다라고, 이번 일이 잘되는 걸 보시게 될 겁니다라고 약속하는 말을 들었던 인물인 알프레도 가르시아의 목소리였다. 그 어떤 당국자도 받아들이려고 하지 않았던 가르시아의 증언을 채록한 구둣방 주인 토마스 실바가 어느 날 안솔라의 사무실로 찾아왔다. 이 일은 10월에 일어났는데, 당시 아르투아에서는 세번째 전투가 일어나고 있었고, 독일, 오스트리아-헝가리, 불가리아 군대가 세르비아를 침공하기 위해 연합하고 있었다. 구둣방 주인 실바는 걱정하고 있었으나 유럽에서 일어나고 있던 전쟁 때문은 아니었다. "팔고 싶어해요." 그가 말했다.

"누가요?" 안솔라가 말했다. "누가 뭘 팔고 싶어한다는 거죠?"

"가르시아가요, 증인 말이에요. 그 사람, 점잖지만 가난하거든요. 이제 더는 기다릴 수 없다고 요즘 말하고 있어요. 자신이 하고자 하는 말에 검찰이 관심을 보이지 않으면, 페드로 레온 아코스타가 관심을 보일 거라는 얘기예요."

"이해가 안 됩니다." 안솔라가 말했다.

"그 사람은 파산했다니까요." 토마스 실바가 말했다. "먹을 것도 없어요. 명줄이나 부지하라고 내가 그 사람에게 5페소, 10페소짜리 지폐를 준 적이 있고, 내 가게 직원들이 그 사람 신발을 무료로 고쳐준 적도 있어요, 안솔라 박사님. 그래서 지금 페드로 레온 아코스타가 자신의 증언에 대한 대가로 돈을 줄 거라고 믿고 있고요. '나로서는 아코스타 박사와 거래하는 게 수사관하고 하는 것보다 더 이득이에요'라고 말했어요. 그렇게, '더 이득이에요'라는 표현을 사용했다니까요. 그 사람은 자포자기 상태인데, 그런 사람들이 이런 짓을 하죠."

"그런데 왜 아코스타랍니까?" 안솔라가 물었다. "그가 자신이 알고 있는 사실을 말해주는 대가로 페드로 레온 아코스타가 왜 그에게 돈을 주는 거죠?"

"나도 그게 궁금해요." 토마스 실바가 말했다. "하지만 우리가 검사더러 가르시아의 진술을 받으라고 일 년 동안 간청했어요. 가르시아가 내 앞에서 직접 쓴 그 메모를 수사에 포함시키라고 일 년 동안 요청했다고요. 그런데 전혀 그렇게 되지 않았고요, 나는 그 메모장이 어디에 있는지조차도 몰라요."

"그렇군요." 안솔라가 말했다. "하지만 왜 아코스타죠?"

페드로 레온 아코스타 장군의 이름이 조사에서 너무 자주 등장하기 시작했다. 안솔라에게는 그가 어떤 식으로든 개입되어 있었다는 사실이 갈수록 더 명백해지는 듯 보였다. 그리고 그렇게 믿을 만큼 충분한 이유가 있었다. 아코스타는 라파엘 레예스 대통령에게 테러를 가하고 살아남은 음모자 가운데 한 명이지 않았던가? 그의 과거는 폭력으로 점철되어 있었는데, 그 누구도 자신의 과거를 지울 수는 없다고 안솔라는 생각했다. 그의 과거는 영원히 그와 함께하며, 한 번 살인하려 했던 사람은 다시 살인하려 할 것이다. 증거가 없다는 건 확실했지만, 강력한 단서들은 존재했다. 물론 검사는 그 사실을 확인하는 데 필요한 수사를 하지 않기로 결정한 모양이지만, 아코스타가 테켄다마폭포에서 암살범들과 함께 있는 모습이 목격되었다. 그리고 이제 알프레도 가르시아에게는 자신이 증언해주는 대가로 그 남자가 자신에게 대가를 지불할 것이라고 생각할 이유가 있었다. 안솔라는 거기에 대해 생각해보왔다. 아니, 그는 증언에 대한 대가를 지불하지 않을 것이고, 반대로 침묵에 대한 대가를 치르게 될 것이라고 생각했다. 그 이후, 안솔라는 마치 꿈처럼, 페드로 레온 아코스타가 4월 14일에 어느 목공소 밖에서 자신과 같은 다른 사람들, 공모자들 또는 음모자들에 둘러싸여 있는 모습을 보았고, 그가 암살범들에게 그럼 모든 준비가 되어 있군요라고 말하고, 암살범들이 이번 일은 아주 잘될 겁니다라고 말하고 나서 이번 일이 잘되는 걸 보시게 될 겁니다라고 말하는 것을 보았다.

"아코스타가 거기 있었군요." 안솔라가 토마스 실바에게 말했다. "아코스타가 그 일행 가운데 하나였네요."

"나도 그렇게 생각해요." 토마스 실바가 말했다.

"그리고 알프레도 가르시아도 분명 그렇게 생각했고요."

"그는 자신이 입을 다무는 조건으로 아코스타가 자기에게 돈을 주기를 원해요."

"아닙니다." 안솔라가 말했다. "그는 자신이 입을 다무는 조건으로 아코스타가 자기에게 돈을 줄 거라는 사실을 알아요. 그게 처음이 아닐 것 같군요."

"전에도 그렇게 돈을 받았을 거라고 생각하시는 건가요?"

"이 일을 최대한 빨리 처리해야 할 것 같군요." 안솔라가 말했다. "우리가 그를 찾아 로드리게스 검사에게 데려가서 검찰이 그의 진술을 받아들일 때까지 문앞에서 죽치고 있자고요."

"검찰이 그의 진술을 받아들이지 않는다면요?" 토마스 실바가 말했다.

"받아들여야 할 겁니다." 안솔라가 말했다.

"그래도 받아들이지 않는다면요?"

"먼저 그를 데려가야 해요." 안솔라가 말했다. "그러고 나서 어떻게 되는지 보죠."

그다음날 두 사람은 가르시아가 큰 방 하나를 세 들어 살고 있는 카예 16의 집으로 그를 찾아갔다. 하지만 만나지 못했다. 이틀 후 다시 가보았는데, 이번에도 역시 운이 없었다. 약 일주일 후, 영국이 불가리아에 전쟁을 선포했다는 소식을 외신이 전한 아침에 세번째로 그의 집에 갔다. 끈질기게 집 문을 두드리면서 알프레도 가르시아를 소리쳐 부르자 순찰을 하던 경찰관이 다가와 무슨 문제가 있는지 물었다. 그들이 아무 문제도 없고 자신들은 알프레도 가르시아를 찾고 있다고 경찰관에게 말하는 사이에 이웃 여자가 나오더니(처음에는 고개를 내밀더니 나중에는 몸을, 풍만한 몸을 드러냈다), 자신이 가르시아 씨를 아는데 부재중인 게 확실하다고 말했다.

"부재중이란 게 무슨 뜻인가요?" 안솔라가 말했다.

"없다고요, 박사님." 그녀가 말했다. "여러 날 동안 이 집에서 그 사람을 본 적이 없어요."

안솔라가 발로 문을 거칠게 걷어차자, 여자가 놀라며 두 손을 입에 갖다댔다.

범행이 발생한 지 일 년이 지났다. 라파엘 우리베 우리베 장군을 기리는 강연회가 열렸다. 길거리에서는 사람들이 행진을 하면서 가끔은 하얀 손수건을 흔들며 큰 소리로 기도를 하고, 가끔은 목청껏 구호를 외치며 정의나 복수를 다짐했다. 도시의 모든 곳에서 떠나버린 우리베 장군을 추모하는 연설을 하면서 그의 공민적 지도력과 도덕적인 힘을 그리워하고, 그가 취한 논쟁적인 입장 속에 내포된 심오한 진실을 고찰하고, 다른 사람들, 즉 그의 적들이 그 진실을 볼 줄 몰랐다며 불만을 토로했다. 초록색 발코니들에는 새로 꽃을 피운 제라늄이 놓여 있었고, 문의 노커나 빗장에는 검은색 띠가 묶였다.

안솔라는 집단적 고통으로 촉발된 여러 시위 가운데 어느 시위에 동참했다. 좋아서라기보다는 일종의 의무감에서였다. 검은 옷을 입은 사람 수백 명의 무리와 함께 바실리카에서 센트럴 묘지로 걸어갔는데, 일 년 전 장례식날에 걸었던 바로 그 구간을 지금 다시 걷고 있었던 것이다. 안솔라는 일 년이 지났음을 생각했지만, 모든 사람이 했던, 그 자신이 했던, 그가 다른 사람에게 했던 수천 가지의 질문에 대한 답은 아직 전혀 없었다. 사람들은 그 질문들에 대한 답을 찾으라는 임무를 안솔라의 손에 맡겼고, 그는 실패하고 있었으며, 심지어 그의 실패가 아직 비밀이라는 점이 가장 굴욕적이거나 혹은 고통스러웠다. 다른 증인은 사라져버렸다. 아나 로사 디에스가 사라진 뒤로, 이제 사라진 사람은 지표면에서 지워져버린 알프레도 가르시아였다. 증인들이 안솔라의 코밑에서 사라져버렸거나 누군가가 그들이 사라지도록 강제했는데, 안솔라가 할 수 있는 일은 전혀 없었다. 안솔라는 자신의 무력함을 느꼈고, 사기꾼이 된 것만 같았다. 자신에게 맡겨진 임무가 너무 크다고, 자신은 준비되지 않은 상태로 어른들의 게임에 끼어들어버렸다고 생각했다. 자신이 통제할 수 없는 것에, 의심조차 할 수 없었던 것에 억지로 도전했으며, 그 답을 찾기 위해 공정한 조건 속에서 싸운 것도 아닌 듯 느껴졌다. 그는 걸어가면서 자신의 검은 장갑을 바라보았다. 나중에 그렇게 빈손으로 우리베의 가족을 찾아가고, 그렇게 빈손으로 우리베 장군의 부인을 포옹하고 그의 형에게 인사를 하게 될 것이다. 아직 아무것도? 라고 훌리안 우리베가 안솔라에게 물을 것이고, 그러면 안솔라는 대답할 것이다. 아직 아무것도요.

그는 부끄러움을 느꼈다. 그곳에서 안솔라는 서쪽을 향해 대로를 걷고, 이제 시신이 없는 어느 장례행렬 같은 인파 속에서 어렵사리, 말없이 움직이고, 그 희생에 슬퍼하는 사람들이나 동조하는 사람들의 살아 있는 몸들과 몸을 스치면서, 자신이 우리베 장군의 형의 기대에 부응하지 못하고 있거나 그의 믿음에 걸맞지 않은 사람이라는 사실을 스스로 입증하고 있다고 생각했다. 그 점이 그를 아프게 했다. 그는 훌리안 우리베가 자신에 대해 어떤 생각을 하느냐가 중요하다는 점을 깨달았다. 우리에게 뭔가를 가르쳐줄 수 있는, 혹은 연륜을 지닌 연장자들의 의견이 우리에게 중요하듯이, 안솔라에게는 훌리안 우리베의 생각이 중요했다. 그는 고독 속에서 자신의 실패와 피로를 담담히 받아들이기 위해, 슬며시 그 군중에서 벗어나 집에 숨어버리고 싶었다. 애도하는 사람들의 신발 뒷굽 소리가 땅바닥에서 울려퍼졌는데, 그들은 포석이 깔린 도로에서 포석이 깔리지 않은 도로로 이동하고, 가끔은 더러운 물이 있는 웅덩이들을 밟고, 개똥을 밟지 않으려고 애썼다. 한편 안솔라는 다른 사람들의 발을 밟지 않으려고 신경을 곤두세웠다. 사람들이 그를 에워싸고 있어서(옷소매가 서로 닿을 정도로) 어디에 발을 디딜지 제대로 분간할 수 없었다. 그는 눈을 들어 장례행렬 앞의 잿빛 하늘을 쳐다보았고, 행렬 뒤인 동쪽으로는 언덕 위에 떠 있는 죽은 쥐 모양의 거대한 구름을 쳐다보았다. 이후 비가 올 것 같았다.

행진은 장군의 묘지 앞에서 멈추었다. 그곳에 장군의 유해가(물론 안솔라가 두 손으로 들고서 만지고 쓰다듬었던 그의 두개골의 일부인 머리덮개뼈라 불리는 부분은 제외하고) 묻혀 있었다. 군중이 공동묘지의 출입문을 통과하기 위해 행렬이 가늘어졌다가, 이제는 기념비 앞에 마련된 공간을 채웠고, 그들이 움직이는 소리, 소곤거리는 소리 또한 차가운 공기를 채웠다. 몇몇 사람이 연설을 했는데, 안솔라는 내용을 제대로 알아듣지 못하고 곧바로 잊어버렸다. 연설하는 사람들은 장군의 묘 앞에 차례로 자리를 잡고서 자신의 연설을 강조하기 위해 뒤꿈치를 든 채, 한 손으로는 구겨진 연설문을 들고 다른 손은 활짝 펴고 흔들어댔으며, 군중은 연설을 경청하고 가끔씩은 연설에 진지하게 반응하다가 연설이 끝나자 조용히 자리를 떠나기 시작했다. 안솔라는 사람들이 떠나는 모습을 바라보았다. 묘의 하얀 돌, 새 물건들이 풍기는 광택을 여전히 간직한, 그늘이 지지 않은 그 하얀 돌을 바라보고는, 이 나라에서 죽은 모든 사람의 기념비가 세월과 더불어 더럽혀지듯이, 그리 오래지 않아 더럽혀질 것이라고 생각했다. 그때 계속해서 소곤거리는 소리가 군중 사이에서 들려왔고, 고개를 들어 바라보니 튜닉 차림의 한 여자가 묘의 돌받침대 위로 올라가서 콜롬비아의 국기를 흔들어대기 시작했다. 여자의 행위가 우스꽝스럽다거나 시시하게 보일 수도 있다는 생각이 들기도 전에, 안솔라는 맨 앞줄에서 디 도메니코 형제가 자신들의 검은 상자를 튜닉 차림의 여자를 향해 돌려놓고 있다는 사실을 깨달았다. 형제 가운데 하나가(프란시스코 같았지만 빈센소일 수도 있었는데, 안솔라는 그들을 처음 보았던 터라 구별할 수가 없었다) 오른손으로 검은 상자의 핸들을 돌리면서 자신의 얼굴을 그 검은 상자에 접근시키고 있었다. 또다른 형제는 자신들의 작업에 방해되지 않도록 참석자들에게 옆으로 비켜서라고 지시하면서, 참석자들이 마치 성가신 군중인 양 손으로 그들을 한쪽으로 내몰았는데, 그 불쾌하고 이해할 수 없는 기계로 군중이 애도하는 장면을 담아내려 하는 남자가 아니라 군중, 즉 장군을 애도하기 위해 온 사람들이 마치 여기 난입한 자들이라는 듯이 굴었다.

그래, 디 도메니코 형제가 그러기 위해 온 것이라고 안솔라는 생각했다. 그들은 촬영을 하고 있었던 것이다. 틀림없이 그 행렬을 찍었을 텐데, 자신들의 그 기구로 다른 무언가를 찍었는지 누가 알겠는가? 그것이 그 신문 광고와 어떤 관계가 있었을까? 디 도메니코 형제가 우리 베 장군의 생애를 얘기할 준비가 되어 있는 작가를 찾아냈을까? 안솔라는 그런 사실을 알 수 없었지만, 그에게 가서 물어볼 엄두가 나지 않았다. 사람들이 슬퍼하는 와중에 그 이탈리아 출신 형제가 그곳에 나타난 것은 안솔라가 보기에는 건방지고 무례하며 돈만 밝히는 기회주의적인 태도였다. 튜닉 차림의 여자는 국기를 흔들어대면서 장군의 묘 한쪽에서 다른 쪽으로 지나갔지만, 얼굴에는 별 감흥도 없었으며, 그녀는 아무 말도 하지 않았다. 그녀의 역할은 무엇이었을까? 연극배우처럼 차려입고 그곳에 나타나 장군의 묘 돌받침대에 올라간 목적이 무엇이었을까? 안솔라는 당시에는 그런 것들을 알 수 없었으나, 며칠 뒤인 11월 말, 디 도메니코 형제가 자신들의 최신 영화인 〈10월 15일의 드라마〉를 올림피아극장에서 상영한다고 대대적인 선전을 했을 때 비로소 알게 될 것이다.

시내 담벼락에 붙은 커다란 광고 포스터들이 영화의 상영을 알리고 있었다. 보고타 사람들은 그 사각형 종이에서 투우사, 곡예사, 서커스의 광대들을 보는 데는 익숙했으나, 많은 사람이 신문에 실린 근엄한 사진들만 보아왔던 라파엘 우리베 우리베 장군의 사진을 보게 된 일은 대단히 불경스럽게 여겨졌다. 장군의 부인은 영화 시사회에 참석하기를 거부했다. 반면 훌리안 우리베는 가장 좋은 좌석을 얻기 위해 자신의 성_姓을 사용하는 것을 크게 꺼리지 않았고, 그 옆에는 우루에타와 안솔라가 앉았다. 그런 일이 일어난 적은 결코 없었다. 영화 포스터에는 위대한 행사, 스크린에서는 결코 볼 수 없었던 순간을 담은 첫번째 영화라는 문구가 쓰여 있었고, 가두 선전원들은 범죄자들의 손에 최후를 맞이한 위대한 카우디요에게 바치는 경의와 어느 지도자의 마지막 순간의 재구성을 예고했다. 일부 참석자들은 디 도메니코 형제가 산마테오에서 순국한 애국지사 안토니오 리카우르테*의 죽음에 관한 영화를 이미 상영한 적이 있다는 사실을 기억했으나, 그 사건은 이미 백 년이 넘는 과거 일이었던 반면 우리베 장군의 암살은 여전히 뉴스거리였으며, 여전히 친구들 사이에 갈등과 대립, 심각한 언쟁을 불러일으키고 있었다. 입장하기 위해 줄을 선 사람들 중 절반이 들어가자 올림피아극장은 만석이 되었다. 입장하지 못한 관객들을 통제하기 위해 경찰관 세 명을 불러야 했다. 극장 밖에 남게 된 사람은 좌절감을 느꼈고, 극장 안에 있던 사람들은 자신들의 행운을 차마 믿을 수가 없었으나, 안팎의 사람들 모두 자신을 기다리던 것이 무엇인지 모르고 있었다. 극장이 꽉 차는

---

* 콜롬비아와 베네수엘라 독립의 영웅이자 볼리바르군의 대장. 베네수엘라의 산마테오 전투에서 전사했다.

그 경이로운 흥행을 만족스럽게 지켜보던 디 도메니코 형제 역시도 무슨 일이 일어날지 예견할 수 없었을 것이다.

영화는 월계수처럼 보이는 나뭇가지 두 개로 둘러싸인 라파엘 우리베 우리베의 이미지(넓은 이마, 끝이 뾰족한 콧수염, 흠잡을 데 없는 넥타이)와 더불어 시작되었다. 사람들이 박수를 쳤다. 극장 안 어느 곳에서 소극적인 야유가 들렸는데, 그 이유는 우리베의 적들조차 시사회에 참석하는 것이 금지되지 않았기 때문이다. 하지만 그때, 관객들이 뭔가에 적응할 새도 없이, 마지막 수술을 하던 의사들에 둘러싸여 있는 장군의 몸이 화면에 나타났다. 안솔라는 믿을 수 없었다. 그 장면에서 무언가, 마치 허락 없이 치워진 가구처럼, 제자리에 없는 것 같았으나, 그 부조화가 무엇인지는 정확히 확인할 수 없었다. 화면에는 장군의 몸 주위에서 움직이고, 광채가 없이 하얗게 보이는 수술도구들을 휘두르는 의사들이 있었고, 자신의 목숨을 구하기 위한 노력이 소용없거나 혹은 무익하다는 사실을 모른 채 죽어가는 우리베 우리베 장군이 있었다. 그때, 안솔라는 그 장면이 실제와 일치하지 않고 위조되었다는 사실을, 어느 연출자가 연극 한 편을 공연하는 식으로 구성되어 있다는 사실을 이해했다.

뺨을 한 대 맞은 기분이었다. 어떻게 의사들이 이런 익살극에 동원될 수 있단 말인가? 하지만 화면 속에서 수술을 하던 의사들은 실물이 아니었던가? 그 기이한 장면 앞에서 고조된 사람들의 시끄러운 말소리가 올림피아극장의 나무 벽에 울려퍼졌다. 사람들은 그 무례한 장면에 화가 난 것 같았으나 아무도 자리를 뜨지 않았다. 극장의 관객들은 일종의 집단최면에 걸려 각각의 불경한 장면을 그대로 받아들였는데, 화면은 실패한 수술 장면에서 바실리카에서 나오는 관으로 바뀌었고, 다시 장례식날 고인을 둘러싼 군중에서 비쩍 마른 말들이 끄는 회색 꽃으로 치장된 마차로 바뀌었다. 화면에서는 우리베의 지지자들이 하는 연설이 무음으로 처리되어 나왔고, 우리베의 형 홀리안은 극장 의자에 앉아 있다가 화면에서 동생을 땅에 묻던 그날, 대화중인 자신의 모습을 보고는 벌떡 일어섰다. 장면은 고인과 이별하기 위해 관으로 다가가는 일가친척의 모습을 담고 있었고, 검은 모자를 쓰고 콧수염이 서글퍼 보이는 남자들을 담고 있었고, 어떤 소리도 내지 않는 벌어진 입들을 담고 있었고, 군인들이 쏘았지만 올림피아극장에서는 울려퍼지지 않은 예포를 담고 있었다. 그것들은 회색 화면에 잠시 나타났다 곧 사라지는 선명한 얼룩 같았다. 죽어가는 장군의 몸이 공개된 일에 분개하던 사람들이 차분해진 듯했다. 반면 안솔라는 전보다 더 불안해졌다. 비가 내리는 것 같은 화면에는 그를 불편하게 만든 존재가 있었다. 장례식의 첫 줄에 서 있던 유명인사들 가운데 자신이 암살당한 장군의 일가친척인 양 경의를 표하는 사람이었는데, 그는 바로 페드로 레온 아코스타였다.

그래, 그곳에 아코스타가 있었다. 검은색 스리피스 정장 차림에 모자를 쓰지 않은 그가 허공을 쳐다보고 있었다. 그는 우리베 장군에 대한 반감을 노골적으로 드러내던 어느 사제 옆에 있었다. 안솔라는 그 사제가 에스파냐 출신이라는 사실을 기억해냈으나, 그의 정확한 이름은 기억나지 않았다. 카메라가 이삼 초의 짧은 시간 동안 아코스타의 냉정한 얼굴을 비쳤지만, 안솔라가 그를 보고 알아보는 데 충분한 시간이었다. 장군의 형 또한 그를 알아보았다고 생각했는데, 그의 형이 안솔라에게 공모자의 시선을 던지는 동시에 울적한 시선, 낙담한 시선을 내비쳤고, 그 눈빛에서 동지애보다는 어두운 분노가 더욱 느껴졌기 때문이다. 그곳 극장에서 그들은 귀를 쫑긋 세우고 눈을 똑바로 뜨고 자신들을 염탐하는 사람들에게 둘러싸여 있었기 때문에 하고 싶은 말을 내뱉을 수가 없었다. 많은 것이 그 10월 15일 이후에 발생했고, 장례식날 또 한 사람의 조문객처럼 망자의 관을 따라갔던 아코스타 장군이 일 년 뒤에는 그 범죄의 주요 용의자들 가운데 하나가 되었다고 말하고 싶었다. 안솔라는 훌리안 우리베가 우루에타에게 몸을 기울여 귓속말을 하는 모습을 보았다. 그는 두 사람이 바로 그 일에 관해, 즉 우리베 장군에게 작별인사를 한 사람들 가운데 아코스타가 있었으며, 그 단순한 장면이 그해가 지나면서 어떻게 바뀌었는지 얘기했을 것이라고 어림짐작했다. 장례식 장면은 범죄 현장 장면으로 바뀌었다. 국회의사당 동쪽 벽이, 장군이 쓰러졌던 보도가, 장군이 상체를 기댔던 돌담이 있었다. 카메라는 공원이 딸린 볼리바르광장과 철책, 그리고 호기심어린 시선으로 바라보는(우리를 바라보고 있었다고 안솔라는 생각했다) 행인들을 기록했다. 그때 암살범들이 등장했다.

"말도 안 돼." 훌리안 우리베가 혼잣말로 소리쳤다. 하지만 그랬다. 화면에는 파놉티콘, 즉 레오비힐도 갈라르사와 헤수스 카르바할이 자신들에 대한 수사가 진척된 결과를 기다리고 있는 교도소가 구체적으로 드러나 있었는데, 카메라는 두 사람이 서로 말을 하고, 소리가 들리지는 않지만 만족스럽게 껄껄 웃고, 치차가게에서 친구들과 하듯이 다른 죄수들과 논쟁하는 모습을 보여주었다. 안솔라는 야유 소리에 귀가 따가울 정도였다. 야유 소리가 멈출 때는, 사람들이 아연실색하거나 도저히 믿기지 않아 넋이 나가 있을 때였다. 이제 카메라 앞에 등장한 암살범들은 먼저 옆 감방들에서, 그런 다음 감방 밖 마당에서 포즈를 취했다. 가장 특이했던 것은 그들의 복장이었다. 두 사람은 영화 촬영기사들을 기다리고 있었다는 듯이 아주 말쑥하게 차려입고 있었다. 안솔라는 그 순간까지 교도소에서는 기자나 사진사가 그들을 만나는 것이 허용되지 않았다고 알고 있었다. 그런데 어떻게 해서 디 도메니코 형제는 그들이 이런 포즈를 취하게 할 수 있었을까? 일부 장면은 암살범들이 모르게 촬영된 것처럼 보였으나, 다른 장면들에서는 갈라르사와 카르바할이 카메라를 보고 있었고(그들의 게슴츠레한 눈빛은 반항적이었다), 다른 장면에서는 마치 카메라 뒤에 있는 남자들이 그들에게 범행을 어떻게 저질렀는지 묻기라도 한 양, 가상의 손도끼로 가상의 희생자를 가격하려는 듯이 손을 더 높이 쳐들었다. "이건 너무 모욕적이야." 훌리안 우리베가 이를 악물고 말했고, "후안무치한 인간들!" 하고 우루에타가 순간 평정심을 잃고 소리를 질렀는데, 안솔라는 그의 말이 암살범들을 가리키는 것인지 영화 사업가들을 가리키는 것인지 알 수 없었다. 한 가지는 확실했다. 모든 일이 그 이탈리아 사람들이 바라던 것과는 반대로 일어났다. 그들은 대단히 충격적이었던 그 사건을 재현함으로써 보고타 대중의 환심을 사려 했으나, 경의를 표할 수 있으리라 생각했던 그 행사는 일종의 뺨 때리기가 돼버렸고, 어느 위인을 기릴 수 있으리라 생각했던 그 행사는 그에 대한 기억을 모욕하는 일이 돼버렸다.

"위선자들!" 우루에타가 소리쳤다. "후안무치한 인간들!" 그들 뒤에서 더 분노한 어조의 더 심한 욕설이 들려왔다. 안솔라가 그 이탈리아 남자들을 찾으려고 고개를 돌렸지만, 화가 난 머리들, 허공에다 흔들어 대는 발끈한 주먹들 위에서 그들은 보이지 않았다. 화면에서 암살범들이 카메라를 바라보면서 무릎을 꿇더니 손을 모아 자신들이 저지른 범죄를 용서해달라고 들리지 않는 목소리로 빌었지만, 뉘우치는 기색은 커녕 포동포동 살이 오른 얼굴과 만족스러워하는 표정이 드러났다. 새로운 야유 소리가 극장을 가득 채웠다. 누군가 신발 한 짝을 벗어 스크린을 향해 던졌고, 화면에 맞고 튄 구두가 죽은 새처럼 단으로 떨어졌다. 안솔라는 일이 감당할 수 없게 커질까 두려워져서 가까이 보이는 출구를 하나 찾기 시작했는데 아마도 왼편 아래쪽 특별석 옆의 출구, 아마도 정원으로 통하는 문을 지나 나갈 수 있을 것 같았다. 화면이 갑자기 검게 변했고, 안솔라는 이어지는 장면을 이내 알아보았다. 행렬이 있던 날이었다. 한 달 전쯤 장군의 서거 일주기 기념행사가 거행됐는데, 이제 그 기념행사가 저기 스크린에서 마술처럼 그러나 어색하게 이루어지고 있었다. 안솔라는 스크린에서 자신의 모습을 보았는지 자문해보았다. 보이지 않았다. 하지만 자신이 찾아간 적 있던 장군의 묘지는 알아보았고, 실제 사안들이 영화로 만들어질 때는 많은 것이 바뀐다는 사실에 놀랐다. 그가 두 눈으로 직접 본 적 있는 하얀 튜닉 차림의 여자가 장군의 묘 돌받침대 위에서 그 지루하고 긴 몇 초 동안 빛바랜 콜롬비아 국기를 흔들어댔었다. 안솔라는 그것이 하나의 비유, 즉 콜롬비아의 자유를 수호하다가 고인이 된 사람의 무덤 위에서 표현한 자유(혹은 아마도 조국)였다는 사실을 이해했다. 안솔라는 그런 발상이 유치하고 진부한 행위라고 생각했으나, 그 누구에게도 말하지 않았다. 그때 화면이 다시 어두워졌다. 화면에서 부글부글 끓는 것 같은 거품과 무작위로 나타나는 긁힌 자국들이 빛을 내며 뒤섞이는 가운데 상영이 끝나고, 올림피아극장은 의자에서 일어나는 사람들의 소란스러운 소음으로 가득찼다.

안솔라가 거리로 나섰을 때도 여전히 야유 소리가 들려왔다. 사람들이 훌리안 우리베와 카를로스 아돌포 우루에타를 에워싼 채 분노를 표출했는데, 안솔라는 그 사람들의 야유에 대거리를 하지 않고 앞으로 나아가기 위해 그 순간을 이용했다. 그는 정원 가장자리를 따라 걷다가 길을 건넜고 자기 집 방향으로 걷기 시작했으나, 혼자 있는 시간을 더 오래 보내기 위해 길을 이리저리 돌아서 갔다. 그의 등뒤에서는 군중이 수군거리는 소리가 얼마간 계속해서 들끓고 있었다. 바로 그때 그는 자신이 극장에서 나온 뒤로 동일한 사람들이 앞에서 걸어가고 있다는 사실을 깨달았다. 고급 루아나를 입고 실크해트를 쓴 남자 넷이 방금 전에 본 영화에 관해 쾌담을 나누고 있었다. 안솔라는 남들의 대화를 들어줄 기분이 아니었다. 그럼에도 앞질러가려고 하면서 아는 사람들에게 인사도 하지 않고 지나가는 결례는 저지르지 않기 위해 그들을 흘깃 쳐다보았는데, 페드로 레온 아코스타를 알아보고는 공포가 엄습했고, 아코스타도 안솔라를 알아보았는지 손가락 두 개를 모자챙에 갖다대면서 가볍게 목례를 했으나, 그의 정중한 인사에는 안솔라가 그 누구의 얼굴에서도 결코 본 적 없던 진한 증오, 차분하게 표출되며 자신이 통제하고 자기 마음대로 조종하기 때문에 더 섬뜩하고 무시무시한 증오가 배어 있었다. 그는 내가 누구인지 알고, 내가 무엇을 아는지 알고, 내가 무엇을 하는지 안다고 안솔라는 생각했다. 또한 이 남자가 마음만 먹으면 자신에게 해를 끼칠 수 있고, 손을 떨지도 양심의 가책을 느끼지도 않을 것이며, 게다가 필요한 수단들을 가지고 있을 것이라는 사실이 이미 던져진 주사위처럼 확실하다고 생각했다. 그리고 그 짧은 순간에 아나 로사 디에스와 알프레도 가르시아의 사체들, 진흙이 가득한 보고타 강바닥에 버려졌거나 테켄다마폭포의 벼랑 아래로 무자비하게 내던져졌을 사체들을 상상하고는, 그와 비슷한 운명이 자신을 기다리고 있는 것은 아닌지 자문해보았다.

안솔라는 걸음을 멈추었다. 페드로 레온 아코스타는 이제 그를 바라보지 않고 함께 가던 이들에게 다시 말을 건네고 있었는데, 안솔라로부터 몇 미터 떨어진 지점에서 그들이 지옥의 합창소리처럼 요란스러운 웃음을 터뜨렸다. 그 순간 안솔라는 페드로 레온 아코스타가 에나멜가죽 앵클부츠를 신고 있다는 사실을 알아차렸다.

안솔라는 길 잃은 개처럼 길 한가운데에 선 채 그가 사라지는 것을 바라보았다.

그날 오후, 집에 도착한 안솔라는 서랍을 열고, 범죄가 일어난 날의 신문들을 찾아보았다. 그는 그 신문들을 조심스럽게 보관해두고 있었는데, 첫째는 일종의 기념 또는 미신적인 의식으로 여겨서였고, 그다음은 그 신문들은 자신이 수행하던 임무에 관한 문서 혹은 보고서였는데 시간이 흐르면서 다시 읽는 것이 즐거워져서였다. 맨 처음 찾아낸 신문은 10월 15일 오후에 배포된 4쪽짜리 〈라 레푸블리카나〉였다. 헤드라인이 첫 페이지 중간 부분에 세 줄에 걸쳐 요란스럽게 놓여 있었다. 첫 줄에 우리베 우리베 장군. 둘째 줄에 상원으로 등원중 비열하게 공격당하다. 셋째 줄에 가해자들 체포됨 ─격분하고 고통받는 사회. 그 아래로 '우리의 항쟁'이라는 제목의 사설이 시작되는데, 사설 중간의 박스 속에는 여전히 안솔라를 감동시키는 문장이 있었다. **우리베 우리베 장군 암살 시도.** 그 페이지에 나타난 세계는 그때까지는 참으로 단순해 보였다. 우리베가 아직 죽지 않은 세계, 우리베에 대한 공격이 이행된 살인이 아니라 하나의 시도인 세계, 가해자들이 이미 체포되고 모든 사회가 격분하는 세계…… 장군은 죽어 무덤에서 차갑게 식어 있고, 범죄의 책임자들은 소문과 어둠 속에 숨어 있고, 암살범들은 디 도메니코 형제의 영화에 출연한 대가로 달러를 받는 지금의 세계와는 어쩌나 다른 모습인지.

안솔라는 현재까지의 조사 내용을 메모해둔 메모장을 서랍에서 꺼냈다. 비어 있는 쪽을 찾아 검사 알레한드로 로드리게스 포레로와 경찰청장 살로몬 코레알의 태만에 관한 제언—제언 같은 분위기를 지닌 기사—한 편을 쓰기 시작했다. 하지만 그가 쓴 모든 문장은 하나의 비난이었는데, 다음 문장으로 넘어가기 전 안솔라는 글을 뒷받침할 수 있는 증거가 없다는 사실을 깨달았다. 중간쯤 쓰다가 그는 열의를 상실하고 그 종이에 장난을 치기 시작했다. 법정에서 이루어지는 심문 형식으로 헛소리를 늘어놓기 시작했다. "검사가 진실을 은폐하고 있고, 중요한 정보도 묵과해버리고, 순전히 무관심으로 핵심 증인이 사라지게 만들었다는 것은 사실이며, 본인은 그 사실을 입증할 수 있습니다. 우리베 장군의 친구인 우리는 당국이 진범들을 찾을 단서를 조사하도록 끈질기게 그들에게 요청했으나, 은폐와 부패로 이루어진 도저히 감당할 수 없는 벽에 부딪혔다는 것이 사실이며, 본인은 그 사실을 입증할 수 있습니다." 아니, 그것은 사실이 아니었다. 그는 그 어떤 것도 실제로 규명할 수 없었다. 모든 게 분명하고 아주 분명했으나 그는 규명할 수 없었고, 그래서 이렇게 썼다. "이 모든 것은 사실이지만 본인은 입증할 수 없습니다. 이 모든 것은 사실이지만 본인은 규명할 수 없습니다."

그는 의자에 등을 기댄 채 만년필―카마초 롤단 서점에서 산 워터맨 만년필―을 흔들었다가 계속해서 썼다.

"암살범 갈라르사와 카르바할이 단독으로 범행하지 않았고, 그런 견해는 음모자들이 꾸며낸 이야기라는 것이 사실이지만 본인은 입증할 수 없습니다. 레예스 대통령을 암살하려 시도했다가 사면된 페드로 레온 아코스타, 바로 그가 보수 진영의 다른 부유한 우두머리들과 함께 어느 수공업자 단체를 이끌고 재정적으로 지원한 사람이며, 그들 모두는 스스로 자유주의의 적임을 맹세한 자들이라는 것은 사실이지만 본인은 입증할 수 없습니다. 보수파들의 숙원, 즉 라파엘 우리베 우리베의 제거 임무를 수행할 사람을 선발하기 위해 그 단체에서 어떤 식으로든 제비뽑기가 이루어졌다는 것은 사실이지만 본인은 입증할 수 없습니다. 10월 14일 밤에 알프레도 가르시아가 암살범들의 목공소에서 영향력 있는 보수파 인물들 한 무리가 그들과 이야기하는 모습을 보았다는 것은 사실이지만 본인은 입증할 수 없고, 그 인물들 가운데 하나는 페드로 레온 아코스타인데, 그가 그날 밤에 우리베 장군이 죽을 운명을 맞도록 암살범들과 계약을 체결했다는 것은 사실이지만 본인은 입증할 수가 없습니다.

페드로 레온 아코스타가 15일, 새 루아나 차림에 말끔하게 면도를 하고 에나멜가죽 앵클부츠를 신고서 범죄 현장에 있었으며, 그라우 씨가 그때 거기서 그를 본 것은 사실이지만 본인은 입증할 수가 없고―

이제는 입증할 수 있기를 바랍니다! ─우리베 장군에 대한 공격이 끝난 뒤 아코스타가 암살범들 가운데 한 명에게 다가가 '어떻게 됐소?' '죽였소?'라고 물었다는 것은 사실이지만 본인은 입증할 수가 없습니다. 그 암살범이 '네, 죽였습니다'라고 아코스타에게 대답했다는 것은 사실이지만 본인은 입증할 수가 없습니다. 이 사안에 관해 스핑크스처럼 침묵을 고수하는 공화국의 대통령까지 만날 수 있는 아주 강력한 인물들이 이 흙먼지 같은 사건 속에 연루돼 있다는 것은 사실이지만 본인은 입증할 수 없습니다. 페드로 레온 아코스타가 혼자가 아니고, 그 손도끼 장군이 혼자가 아니고, 그 부패한 검사가 혼자가 아니라는 것은 사실, 아주 명확한 사실입니다. 하지만 꼭두각시를 조종하는건 누구일까요? 본인은 입증할 수가, 아무리 해봐도 입증할 수가 없습니다! 본인이 진정으로 입증할 수 있는 것, 진실이며 본인이 입증할 수 있는 것은 음모자 자신들은 원하는 모든 일을 이룰 수 있다는 사실입니다. 진실이며 본인이 입증할 수 있는 것, 매일매일 본인이 입증할 수 있는 것, 본인이 잠들어 꿈꾸는 그 순간까지 입증할 수 있는 것은 하느님께서 우리를 잊어버리셨다는 사실입니다."

그러고는 그 종이를 구겨 공처럼 만든 뒤 벽난로의 장작 위에 올려놓고는, 구일기도를 할 시간이 되기 전에 장작에 불 붙일 것을 찾으러 갔다.

프랑스 사람들은 이브와 아르망티에르에서 적군 8천 명 이상이 죽었다고 보도했다. 영국의 내각은 전화戰禍로 위기에 처해 있었다. 독일군이 러시아의 심장에 쳐들어갔고, 폴란드를 점령했으며, 발칸반도에서는 세르비아를 지도에서 지워버리고, 터키와의 육로를 열었다. 안솔라는 그 뉴스를 읽었고, 본인 역시 자신의 전쟁에서 패하고 있다고 생각했다가, 잠시 후 그런 생각을 한 것이 부끄럽고 경솔하다고(비록 각자 자신이 겪는 고통의 크기가 다르다 하더라도 말이다) 느꼈다. 하지만 마음속 깊은 곳에서 그렇게 생각했던 것은 분명했다. 조사가 전혀 진척되지 않았다. 안솔라는 라파엘 우리베 우리베의 암살은 거대한 음모였다는 생각에는 전혀 동요 없이 확신했지만, 이런 생각은 이미 명백해진 로드리게스 검사의 공모 사실에 부딪혀 고꾸라졌으며, 따라서 그 어떤 것도 얻어낼 방도가 전혀 없었다. 상황 전체가 그에게 좋지 않았다. 사방이 온통 적임을 감지하기 시작했다. 올림피아극장은 검열위원회의 명령에 따라 〈10월 15일의 드라마〉의 상영을 취소했다. 영화는 공식적으로 상영금지 처분을 받았는데, 어떤 사람들은 심지어 당국이 영화를 소각할 정도에까지 이르렀다고 말했다. 그래서 안솔라는 음모자들이 그렇게 되도록 손을 쓴 것이 명백하다고, 범죄의 진짜 장본인들에 대한 중요한 증거 하나가 사라져버렸다고 생각했다. 하지만 그가 이런 말을 공개적으로 내뱉고 자신의 편집증을 드러냈을 때―비록 그 대상이 자신의 지인들과 가족이라는 소수의 사적인 관계의 사람들이었다 할지라도―똑같은 대답을 들었다. "미쳤군."

혹은 "대단한 상상력이군".

혹은 "허깨비랑 싸우고 있구면".

그들은 안솔라더러 사람이 달라졌다고, 더 우울해지고 더 조용해지고 더 자폐적으로 변했다고 했다. 그는 우리베 사건의 관련 자료에 몰입해 눈이 아파올 때까지 또는 마치 잠든 아이를 업고 있느라 목덜미가 묵직해진 것 같은 느낌이 들 때까지 검토하면서 나날을 보낸 끝에 증인들의 진술을 암기할 정도가 되었는데, 자신이 그들을 잘 알고 그들과 함께 살았다는 불편한 느낌마저 들었다. 그는 12월의 축일 동안 몇 번 그렇게 했듯이, 자신의 실패와 무력감을 토로하기 위해 훌리안 우리베를 자주 찾아갔다. 장군의 형은 안솔라의 보호자이자 조언자, 즉 우리를 감싸주고 실망한 우리를 위로해주고 우리에게 자신감을 북돋아주는 그런 사람이 되었다. 하지만 이번에 그는 알 수 없는 표정으로 안솔라를 맞이했다.

"루빈 보니야 기억나는가?" 그가 안솔라에게 물었다.

루빈 보니야, 그래, 그는 과거에 경찰청 수사반장이었다. 그는 우리베 장군이 암살당한 바로 그날 수사 책임자를 맡았는데, 나중에 반정부 소문을 퍼뜨렸다는 이유로 기소되어 살로몬 코레알의 결정에 따라 돌연 해임되었다. 한편 보니야는 자신이 해임된 것은 틀림없이 자신이 유능했기 때문이라고 늘 주장했다. 그는 수사에 착수한 지 불과 며칠 만에 어떤 불편한 진실에 너무나 가까이 다가갔다. "나는 나방처럼 불타버렸소." 그가 훌리안 우리베에게 말했다. "불빛에 너무 가까이 다가가버려서."

"아주 잘 기억하고 있습니다." 안솔라가 말했다.

"그래, 오늘 아침 내가 미사를 끝내고 나오는데 보니야 장군이 나를 찾았네." 훌리안 우리베가 말했다. "자네가 그와 얘기를 해보고 싶어할 것 같은데."

"보니야 장군이 보고타에 있습니까? 그들이 그를 아라우카로 보내버렸다고 생각했습니다. 완전히 지워버리려고요."

"그런데 여기 있다네. 얼마 전에 돌아왔는지, 돌아온 지 이미 오래되었는지는 잘 모르겠어. 하지만 뭔가를 말하고 싶어 돌아왔고, 그래서 그더러 자네와 얘기해보라고 했네."

"어떻게 하면 제가 그분과 얘기할 수 있을까요?"

"장군이 라 가타 골로사에서 다과를 들고 있을 거야." 훌리안 우리베가 말했다. "그곳에 가면 틀림없이 만날 수 있을 거네."

안솔라가 레푸블리카대로에 도착했을 때는 다섯시가 넘은 시각이었으나 보니야 장군은 여전히 그곳에, 조심스럽게 신경써서 창문이나 커다란 거울에서 멀리 떨어진 탁자에 앉아 있었다. 보니야는 실제보다 더 젊어 보였다. 귀가 작고, 검은 머리카락은 한치의 흐트러짐도 없이 마치 그려놓은 것처럼 보였으며, 낮은 눈썹 때문에 그의 표정과 얼굴 윤곽이 안솔라가 좋아하는 절도 있는 인상을 풍겼다. 탁자 위에 놓인 식사 도구들이 완벽한 대칭을 이루고 있었다. 누구든 보니야에게 다가와 그와 얘기를 해보면 이내 그 사람에게서, 그 탁자에서, 그 카페 전체에서 일종의 질서를 느끼게 된다. "안녕하세요, 장군님." 안솔라가 말했다.

"어서 와요." 보니야가 말했다. 보니야는 피곤해 보이는 얼굴을 들어 안솔라를 쳐다보았다. "이런. 당신이 젊다고는 들었지만, 이 정도로 젊은 줄은 몰랐소. 젊은이들은 물불을 안 가린다는 말이 있지요."

"여기에 계시는 줄 몰랐습니다." 안솔라가 말했다. "그들이 장군님을 다른 곳으로 보내지 않았던가요?"

"한동안 다른 곳에 있었소, 그래요." 보니야가 말했다. "하지만 그들이 나를 다른 곳으로 보냈기 때문에 그런 건 아니었소. 그들이 내게 무슨 짓을 할 거라고 생각해서였지요."

최근 몇 개월 동안 루빈 보니야는 정말 고통스럽게 지내야 했다. 보고타에서 도망쳐나온 뒤 며칠 동안 뒤를 돌아보며 주위를 경계하고 사방을 주시하면서 카우카주의 산루이스에 도착했는데, 검사가 그런 변방까지 그를 찾아왔다. 어느 날 시청에 전보 하나가 도착했다. 가능한 한 빠른 시일 내에 보고타에 출두하라는 명령이었다. "그건 불법적인 명령이오." 보니야가 시장에게 말했다. "나는 범죄자가 아니오. 만약 검사가 내 진술을 원한다면, 시장님이 내 진술을 받을 수 있도록 시장님에게 부탁해야지요." 그로부터 사흘 뒤 보니야는 자신을 체포하라는 새로운 전보가 도착했다는 사실을 알았다.

"그들이 장군님을 투옥하려고 했습니까?" 안솔라가 물었다.

"주지사의 명령이었어요." 보니야가 말했다. "즉시 시행하라는 명령이었소."

"그래서 어떻게 하셨습니까?"

그는 은신하는 수밖에 다른 도리가 없었다. 몸이 좋지 않아 복용하던 약도 챙기지 못한 채 한밤중에 그 마을을 떠났는데, 다행히 친구 하나가 온갖 속임수와 계략을 써서 약을 약간 챙겨다주었다. 보니야는 도망자로 살아본 적이 단 한 번도 없었으나 그곳 산지에서는 그렇게 살아야 했다.

그에게 무슨 범죄 혐의를 전가했는지, 그가 결국 투항하면 어떤 결과가 있을 수 있는지 그의 친구들이 알아보려고 애쓰는 사이, 그는 여러 날 밤 한뎃잠을 자고 나무 밑이나 바위 근처에서 비를 피했으며, 위험을 무릅쓰고 그를 도와준 다른 친구들 덕분에 허기를 채우고 목을 축였고, 가끔 침대를 빌리게 될 때면 이전에 그를 깨우던 들짐승 걱정

없이 몇 시간 동안 잘 수 있었다. 그러던 어느 날 밤, 그는 무자비하기로 소문난 경찰서장 푸노 부에나벤투라가 보낸 수많은 순찰부대원 가운데 한 명에게 체포될 뻔했다. 개들이 짖은 덕분에 도망칠 수 있었으나 하나밖에 없는 담요를 챙길 시간조차 없었다. 맨발에 벌거벗은 것이나 다름없는 몸으로, 농부들의 적선에 의지해 간신히 배를 채우면서 산길을 통해 이바게에 도착했다. 거기서 그는 손도끼 장군이 자신을 체포해 당국에 인계하는 사람에게 포상금으로 30만 페소를 걸었다는 사실을 알았다. 그때 그는 확신했다. 만약에 그들이 그를 투옥하려 한다면, 그것은 어떤 범죄로 기소하기 위해서가 아니라 어느 날 아침에 굶주린 자객의 손에 주검으로 발견되도록 하기 위해서였다.

그래서 보고타로 돌아왔다. 그는 안솔라가 우리베 장군의 가족을 위해 개인적으로 조사를 진행하고 있다는 사실을 알았다. 보니야가 그게 사실인지 물었다.

"돈 훌리안의 부탁을 받았습니다." 안솔라가 대답했다.

"그렇군요." 보니야가 말했다. "말해봐요, 에두아르도 데 토로와는 얘기를 해보았소?"

"에두아르도 데 토로라고요?"

"그 당시 탐정학원을 운영하고 있었소. 장군이 피격당했다는 소식이 들렸을 때 살로몬 코레알과 함께 있었던 사람이오."

"장군님이 함께 계셨던 거 아닌가요?" 안솔라가 말했다.

"나는 늦게 도착했어요." 보니야가 말했다. "하지만 그 사실들에 관해서는 나중에 알았소. 아니, 오히려 그가 내게 알려주었다는 편이 맞겠네요."

"그 사실들이라니요?"

"예를 들어, 감방에 관한 얘기 같은 거요. 갈라르사와 카르바할이 서로 소통하지 못하게 각각 멀리 떨어진 감방에 집어넣었는데, 당연히 그렇게 해야죠. 그런데 살로몬 코레알은 아주 신속하게 그들의 감방을 바꾸어버렸소. 칸막이 하나로만 분리되어 있는 감방에 각각 집어넣었던 거요. 마치 두 사람이 내통해 자신들의 거짓말에 대해 입을 맞추라고 허가증을 내준 셈이나 다름없었소. 그리고 그 암살범들도 바보가 아니니 당연히 그걸 이용했어요, 안솔라. 암살범 가운데 하나가 심문을 받을 때마다 어디서 교습을 받은 것처럼 진술하더군요. 그래서 내가 그를 다시 불러 다시 물었는데, 매번 거의 똑같았소. 첫날 오후는 진을 뺐지요. 우리 모두 지쳐버렸어요. 공기 중에 긴장감이 가득했고, 정말 견디기 어려웠소. 갈라르사와 카르바할은 자신들이 원하는 대로 다 할 수 있었음에도 예민하게 굴었어요. 매시간 화장실에 가게 해달라고 부탁했고, 경비요원들은 그들이 함께 화장실에 들어가게 했소. 이렇게 표현해서 좀 그렇지만, 둘이 함께 오줌을 싸게 했단 말이오! 그들의 감방 문은 열려 있었고, 마당으로 통하는 문도 열려 있었지요. 그들이 원했다면 탈옥할 수도 있었을 거요. 그 모든 것에도 불구하고, 그들은 그 많은 질문을 견딜 수 없다는 듯이 신경이 예민한 상태였소. 심문 첫날의 마지막, 즉 특히나 힘들었던 심문이 끝난 뒤 카르바할이 화를 내더군요. 그를 감방에 데려다놓자 이렇게 말했소. '만약 계속해서 나를 괴롭히면 당신들 다 고발해버리겠어!' 모두에게 그 말이 들리도록 큰 소리로 말했지요."

그런 심문이 이루어진 다음날, 좋은 신발과 옷을 잘 차려입은 사람들이 그 범죄가 일어나기 전날 밤에 갈라르사의 목공소에서 목격되었다는 소문이 루빈 보니야에게 전해졌다. 그곳에서 모임이 열렸다고들 말했다. 수공업자 단체의 모임이었는데, 경찰관 한 명이 목공소 출입문을 지키고 있다가 어떤 사람은 들어가게 하고 어떤 사람은 들어가지 못하게 했다고도 했다. 보니야는 그 모든 이야기에서 무엇이 사실이었는지 알아보려고 애를 썼는데, 그 이유는 만약 그 경찰관이 실제로 존재했다면 아마도 유용한 증언을 해줄 수 있을 것이기 때문이다. 보니야는 살로몬 코레알을 찾아갔다. 왜냐하면 자신이 요청한 정보, 즉 10월 15일 이전의 며칠 밤 동안 그 구역에서 근무한 모든 경찰관의 이름과 수에 관한 정보 제공의 승인은 오직 경찰청장만이 가능했기 때문이다. "정보를 주지 않고 질질 끌더군요." 보니야가 말했다. "뭐하려고 그게 필요한 거냐고요, 내가 헛다리 짚고 있다고요." 하지만 보니야는 집요하게 부탁했다. "아마 그게 금요일 저녁이었을 거요. 그런데 토요일 아침 일찍 내게 해임을 통보하더군요."

"그 모임 건으로 아픈 데를 건드리셨군요." 안솔라가 말했다.

"그랬던 것 같소." 보니야가 말했다. "멋들어진 사람들이 야밤에 수공업자들을 만나다니…… 보고타에서 그런 일이 일어났다는 건, 그럴 만한 이유가 있다는 거요."

"장군님은 누가 그런 모임에 갔는지 조사해보셨나요?"

"아니요. 하지만 페드로 레온 아코스타 장군이 보고타 밖에서 암살범들과 함께 있는 것이 목격되었다는 사실은 알아냈소."

"테켄다마폭포에서죠." 안솔라가 말했다. "1914년 6월이었습니다. 그래요. 저 역시 그 사실을 알아냈습니다."

"나는 다른 모임을 말하고 있는 거요. 범행이 일어나기 너댓새 전이었어요."

"그때도 그가 암살범들과 함께 있는 것이 목격되었습니까?"

"보고타시토호텔에서였소. 내가 그 사실을 확인하려고 그곳에 가보기까지 했고, 확인했어요. 그런데 나중에 증인들이 발뺌을 하더군요."

그래서 루비 보니야 장군은 수사에서 배제되었음에도, 자비를 들여가며 계속해서 조사를 이어갔다. 보니야가 단순히 직업적으로 수사하는 사람이 아니라 천성적으로 타고난 수사관이었기 때문에 코레알이 위협을 느낀 것은 당연하다고 안솔라는 생각했는데, 요즘에는 그런 사람들을 블러드하운드라 부른다. 밖은 날이 어두워지고 있었다. 안솔라가 눈을 들어보니 검은 나비 한 마리가 두 사람 머리 바로 위 천장 구석에 앉아 있었다. 아니면 아마도 처음부터 그곳에 있었을 것이다.

"그런데 이 모든 것이 에두아르도 데 토로와는 무슨 관계가 있는 겁니까?" 안솔라가 물었다.

"아, 그래, 토로 씨." 보니야가 말했다.

범죄가 일어난 지 며칠 뒤, 아마도 2주 뒤에 보니야는 그가 경찰서에서 나오는 것을 보았다, "안에 들어갈 생각도 마세요." 토로가 보니야에게 말했다. "장군님은 이 건물에서 기피 인물이에요." 보슬비가 내리기 시작했고, 보니야는 토로에게 몇 가지 질문을 하기 위해, 어디 가서 카라히요 한 잔 대접해도 되겠느냐고 물어봤다. 범행 당일에 관한 사실 몇 가지를 확인하고 싶을 뿐이었다. 잠시 후 두 사람은 엘 오소 블랑코에 앉아 있었다.

"당신과 내가 지금 여기에 앉아 있는 것과 마찬가지였소." 보니야가 말했다. "나는 수첩과 연필을 꺼내서 미리 적어놓았던 사항을 물어볼 준비를 했어요. 하지만 첫번째 질문도 하지 못했지요."

에두아르도 데 토로는 코레알의 관심을 받지 말라고, 더는 그를 불쾌하게 만들지 말라고, 불법적인 조사를 중단하라고 보니야에게 충고했다. "불법이 아니오." 보니야가 말했다. "장군님의 생각은 중요하지 않다고요." 토로가 말했다. "그 인간이 장군님을 눈여겨보고 있어요." 그러고 나서 곧바로, 최근 몇 개월 동안 베레스타인 신부가 경찰서를 몇 번 방문했다고 보니야에게 말했다. 루피노 베레스타인은 보고타에서 가장 영향력 있는 예수회 신부들 가운데 한 명으로, 경찰청 담당 사제였다. 그러니 신부가 가끔 경찰청을 방문하는 것은 전혀 이상하지 않다고 보니야가 말했다. "가끔 방문한 게 아니에요." 토로가 말했다. "베레스타인 신부가 자기 본당보다 경찰청에서 더 많은 시간을 보낸다는 느낌을 준다니까요. 와서는 코레알과 얘기를 하는데, 가끔은 두 사람이 따로 한 시간 내내 얘기를 해요. 저는 신실한 가톨릭 신자인데요, 그 신부가 한 번도 마음에 든 적이 없어요. 요 며칠간 생긴 일을 겪은 뒤로는 그게 훨씬 더해요." 토로가 말했다. 10월 15일, 아침 일찍부터 에두아르도 데 토로는 베레스타인 신부가 경찰청에 있는 것을 보았다. 신부는 이리저리 왔다갔다하다가 위층으로 통하는 복도로 나가서 아무도 제대로 알아듣지 못할 질문을 했으나, 그 질문들은 길거리에서 일어나던 일에 관한 정보를 얻어야겠다는 명백한 목적을 가지고 있었다.

"혹은 아직 일어나지 않은 일에 대한 정보였겠죠." 보니야가 안솔라에게 말했다.

그 범죄가 발생한 뒤 베레스타인 신부의 태도는 많은 사람의 신경을 건드렸다. 전국이 애도를 하고 보고타시는 라파엘 우리베 우리베를 두고 비통해했으며, 보고타에는 그들, 즉 에두아르도 데 토로처럼 라파엘 우리베 우리베를 추종하거나 존경하는 사람들, 또는 그저 그 야만적인 행위를 규탄하는 사람들이 있었다. 그럼에도 베레스타인 신부는 자신의 의지를 강요했다. 자신의 권위가 지닌 무게를 이용해, 자신이 며칠 전에 계획했던 영성훈련을 강행한 것이다.

"저도 거기에 있었어요." 에두아르도 데 토로가 말했다. "경찰의 모든 구성원과 마찬가지로, 루피노 신부가 주도하는 영성훈련에 참여할 수밖에 없었죠."

여러 날 동안 경찰관, 형사, 사제 들이 카사 데 카히가스에 모였다. 카예 19에 있는 옛 가죽 무두질 공장이었는데, 현재는 예수회가 관리하고 운영하면서 피정과 성찰을 하는 곳으로 사용되고 있었다. 평소에도 손님을 넉넉하게 받는 그 집이 그 주말에는 사람들로 미어터질 지경이었다. 루피노 베레스타인 신부는 경찰의 주요 인사들 앞에서, 그리고 경찰청장 살로몬 코레알로부터 두 걸음 떨어진 곳에서 자신의 마지막 강론을 하면서, 약 팔 년 전 하느님께서 당신 곁으로 데려가신 파스토 교구의 주교 고故 에세키엘 모레노 수사*를 기억하라고 경찰관들에게 부탁했다. 신부는 지나가는 말로 며칠 전에 암살당한 우리베 우리베 장군을 언급하고는 오늘은, 비록 죽어서 땅속에 묻힌 지 얼마 되지 않았다 할지라도, 가톨릭교회의 적이었던 그를 불경스럽게 기념하기보다는 선종 팔 주기를 맞이한 주님의 종을 성스럽게 기억하는 것이 더

---

* 자유주의를 '죄악'이라고 규정한 에스파냐 출신의 사제. 콜롬비아 피나라 교구와 파스토 교구의 주교를 역임했으며, 1992년 성인으로 추대되었다.

유익해 보인다고 했다. 베레스타인 신부는 말했다. 무신론적인 자유주의의 공격에 저항하라는 메시지를 가져오기 위해 자신의 모국에서 이 땅으로 오신, 하느님을 두려워하신, 그 박식하고 용기 있는 남자 에세키엘 모레노 수사님이 남기신 것은 무엇입니까? 수사님의 메시지가 남아 있습니다, 형제들이여. 그리고 그 유산은 여러분 것입니다. 수사님이 여러분을 보호해주십니다. 수사님이 여러분을 지켜주십니다. 우리 조국의 신앙심이 사탄의 공격으로 약해졌으니, 따라서 에세키엘 수사님 같은 성인들을 기억해야 합니다. 성인들은 당신이 살았던 세상을 그대로 우리에게 남겨주신 분들입니다. 팔 년, 에세키엘 수사님이 선종하신 지 팔 년이 흘렀지만, 수사님의 글 「마지막 의지」의 말씀이 여전히 살아 있고 영원히 살아 있을 것입니다. 우리 경찰의 뛰어난 구성원들은 에세키엘 수사님의 「마지막 의지」를 읽으셨지요? 그 글은 아주 단순한 문장 하나로 요약되는데, 안타깝게도 사람들은 그것을 잊고 있습니다. '자유주의는 죄악이고 적그리스도이며 민족의 파멸이다'라는 문장입니다. 그 성자께서 무엇을 요구하셨는지 아십니까? 당신의 시신이 안치될 회당에, 그리고 당신의 장례식이 거행되는 동안 성당에도 그 글귀를 부착해달라는 것이었습니다. 그 글을 유언처럼 혹은 유언을 대신해 남기셨습니다. **자유주의는 죄악이다**라는 그 영원한 진리를 수록한 표지판 하나를 걸어달라는 부탁 말입니다.

영성훈련이 끝나고 참석자들이 각자의 집으로 떠나기 시작할 때, 범행 당일 국회의사당 옆 사건 현장으로 출동했던 경찰관들 가운데 한 명인 아바쿡 아리아스가 우리베 장군의 영령을 위해서도 기도를 해달라고 용기 있게 제안했다. 어쩌면 그가 루피노 신부가 강론을 할 때 그곳에 있지 않았거나, 무식해서 루피노 신부가 했던 말을 이해하지 못했는지도 모른다. 어쨌든 그렇게 해달라고 부탁했다. 루피노 베레스타인이 자리에서 일어섰는데, 그의 굳은 표정에는 그림자가 드리워져 있었다. 신부는 그 누구도 결코 본 적 없는 차가운 눈, 에두아르도 데 토로가 평생 잊지 못할 그 눈으로 그 경찰관을 뚫어지게 쳐다보았다. 그러고 나서 침을 뱉었다.

"그 짐승 같은 인간은 지옥에서 썩고 있어야 해."

7. 그들은 누구인가?

    루빈 보니야를 만난 다음날 아침, 안솔라는 전날 보니야가 이야기를 마친 뒤 탁자 위에 올려놓았던 가죽 커버 노트를 가슴에 안은 채 보고타 시내를 걷고 있었다. "여기에 사람들의 이름과 주소, 그리고 대충 읽을 수 있는 메모들이 있어요." 보니야가 안솔라에게 말했다. "이게 변호사 선생에게 작게나마 도움이 될 수 있다면 내게는 영광이오." 보니야는 안솔라가 진술을 확보하기 위해 즉시 찾아야 할 사람 두세 명의 이름을 안솔라에게 일러주었다. 그들 가운데 하나는 프란시스코 소토 씨였는데, 보니야는 그 이름 밑에 확실한 선 두 개를 그어놓았다. 소토 씨는 2층짜리 저택에서 살고 있었는데, 집 모서리에 발코니가 있고 발코니 난간을 따라 제라늄 화분들이 걸려 있었다. 부유한 사람의 집이었다. 하녀가 안솔라에게 현관문을 열어준 다음 황토 화분들로 경계를 이룬 안마당 왼쪽에 있는 응접실로 안내했는데, 안솔라가 보니 저 안쪽 어느 복도의 벽 앞에서 맨발의 아이가 동전치기 놀이를 하고 있었다. 프란시스코 소토가 뜻밖이라는 듯이 안솔라에게 인사했다. 그는 젊은 남자였으나 자신을 만나려는 사람은 미리 연락하는 방식에 익숙해져 있었던 것이다. 사업차 오랜 기간 여행을 하고 막 돌아왔다면서, 카라카스에서 아바나로, 아바나에서 뉴욕으로 갔다가 돌아오는 진이 빠지는 여행이었는데 자신이 보고타로 돌아왔을 때 신문들이 자신의 도착 소식을 알리지 않기를 바랐노라고 설명했다. 그래서 그의 친구들 대다수는 그가 보고타에 있는지조차 아직 모르고 있었다. 그런데 안솔라 씨는 어떻게 그가 보고타에 있다는 사실을 알아냈을까?

"루빈 보니야 장군님께서 제게 사장님에 관해 말씀하셨습니다." 안솔라가 말했다.

"아하, 보니야 장군님." 소토가 말했다. "생각보다 훨씬 더 영리한 분이죠."

"장군님은 두 분이 지금으로부터 약 일 년 전, 우리베 장군의 암살 사건 이후에 한 번 만났다고 하시더군요."

"사건이 발생한 지 대략 두어 주 뒤에 만났죠." 소토가 말했다. "내가 변호사인 알베르토 시카르드의 사무실에 간 적이 있어요. 우리는 장군이 그 당시 설립하려고 생각중이던 탐정학원에 관해 얘기하기 시작했지요. 장군에게 나를 소개했는데 내 이름을 이미 알고 있었어요. 장군이 노트를 꺼내더니 오래전부터 나와 이야기를 하고 싶었다고 하더군요."

"우리베 장군의 암살 범죄에 관해선가요?"

"내가 어떤 정보를 가지고 있었다는 말을 들었던 거예요." 소토가 말했다. "어떻게 그 사실을 알게 됐는지 알 수 없었는데, 아직도 모르겠어요. 보니야 장군은 사냥개예요. 결국 탐정학원은 설립됐나요?"

"네, 설립했습니다." 안솔라가 말했다. "그런데 무슨 정보였습니까? 예수회원들과 관련된 것이었나요?"

소토가 눈을 반쯤 감았다. "그걸 어떻게 알았죠?" 하지만 소토는 안솔라가 대답할 틈을 주지 않았다. "그래요, 바로 그거였어요. 사실은 내가 본 것을 다른 사람이 본 거라고 장군에게 거짓말을 했어요. 아니면 그것을 본 사람에 관해 알고 있다고 말했을 텐데, 그 사람이 나라고는 말하지 않았지요. 그런 문제에 끼어들고 싶지 않았거든요. 다음에 경찰들이 나와 장군을 볼 수 없는 다른 곳에서 만나자고 하더군요." 소토가 잠시 말을 멈추었다. "하지만 며칠 만에 내가 여행을 떠났기 때문에 우리는 결코 만나지 못했고, 이후로 장군은 지금까지 나를 찾아오지 않았는데요."

"오늘까지도요."

"그래요." 프란시스코 소토가 말했다. "그리고 나는 이에 관해 그 누구에게도, 아니 거의 아무에게도 말한 적이 없어요. 당신이 어떻게 알게 되었는지 모르겠군요."

"그런데 사장님이 보신 게 무엇이었습니까?"

우리베 장군의 범죄 사건이 발생하기 이틀 전인 10월 13일 밤에, 프란시스코 소토는 친구 카를로스 엔리케 두아르테와 함께 카예 9를 걸어내려가고 있었다. 늦은 시각이어서 길거리에는 사람이 없었다. 두 사람이 가톨릭수련원 건물의 발코니 아래를 지나갈 때 프란시스코 소토가 건너편 길모퉁이에 있는 집을 가리켰다. "우리베 장군이 저기 살고 계시지." 소토가 친구에게 말했다. 친구는 아무 말도 하지 않았다. 두 사람은 계속해서 국회의사당 방향으로 걸어갔는데, 카레라 7의 길모퉁이에 도착할 즈음 한 사람은 펠트 모자를, 다른 사람은 밀짚모자를 쓴 남자 둘이 작은 문을 통해 나오는 것을 보았다.

"산바르톨로메 건물은 거기, 카예 9 쪽으로 작은 문이 하나 있는데, 일종의 뒷문이죠." 소토가 안솔라에게 말했다. "그들이 그 문으로 나왔어요. 펠트 모자를 쓴 사람은 즉시 알아보겠더군요. 레오비힐도 갈라르사였죠. 함께 있던 다른 사람은 제대로 못 봤는데 키가 더 크고 차림새도 더 좋아 보였어요."

1909년경, 소토는 엘 미팅 바에서 갈라르사를 처음 만났다. 친구인 카를로스 엔리케 두아르테도 갈라르사를 알고 있었다. 갈라르사가 몇 개월 전에 두아르테의 어머니에게 목공일을 해준 적이 있었다. 그런 야밤에 갈라르사가 자신과 다른 계층의 인물과 함께 예수회 학교 건물 뒷문으로 나오는 것이 두 사람에게는 생소하게 느껴졌다. 하지만 그 이후로 신문에 갈라르사의 사진이 등장하기 전까지 두 사람은 그 일에 관해 얘기하지 않았다. "갈라르사가 우리베 장군을 죽였어." 그주 금요일에 두아르테가 프란시스코 소토에게 말했다. "그가 죽였어!" 그렇게 말하고는 다시 반복했다. "그가 죽였다고!"

그들은 즉시 경찰을 찾아가지는 않았다. 우리베 장군의 장례식날 우리베 장군과 함께 바실리카에서 센트랄 묘지까지 간 조문객이었던 소토와 두아르테는 사건이 심상치 않음을 알아차렸고, 희생자의 가족과 함께 걷던 가톨릭 사제들을 멀리서 바라보고는 예수회 사제들이 그 사건을 잘 알고 있었을 가능성에 관해 얘기했다. 예수회원들이 암살된 장군에 대해 공공연하게 말로 천명한 반감은 그 누구에게도 비밀이 아니었다. 모든 보고타 시민과 마찬가지로, 프란시스코 소토는 예수회로부터 총애받는 확성기를 자처한 〈라 우니닷〉과 〈산손 카라스코〉가 지면을 통해(프란시스코 소토는 이들을 '예수회의 두 용병'이라고 말했다) 우리베 장군의 위신을 실추시키려고 최근 몇 년 동안 벌인 폭력적인 캠페인을 보았다. 그리고 암살범들 가운데 하나가 산바르톨로메 건물에서 나오는 것을 보았다는 사실은 소토 자신에게 지나친 우연의 일치처럼 보였다. 소토는 보고타에서 가장 중요한 인물인 동시에 가장 완고하기도 한 루피노 베레스타인 신부가 경찰청 담당 신부라는 사실을 친구 두아르테와 함께 떠올렸다. (프란시스코 소토는 그를 '경찰의 라스푸틴'*이라고 불렀다. 두아르테는 소토의 농담에 웃지 않았다.) 그리고 두 사람은 바로 그곳에서, 검은 옷을 입은 채 고인과 이별하던 조문객 행렬에 참여해 걸어가면서, 경찰이나 예수회와 관계된 범죄 사건에는 휩쓸리지 않는 것이 좋으니 침묵을 유지하는 게 더 낫다고 서로에게 말했다. 이후 두 사람은 다행이라고 생각했을 것이다. 왜냐하면 그 주말에 경찰들이 사건과 관련된 정보를 제공하려고 찾아오는 모든 이를 체포해 수감하고 있다는 소문이 돌기 시작했기 때문이다. 두 사람은 나중에 두 눈으로 그런 사실을 직접 확인했다. 두 사람이 아는 사람들, 평판이 좋기로 보증된 사람들이 자기가 본 것을 말하는 실수를 저질렀

---

* 제정러시아 말기의 파계 수도자, 예언자인 그리고리 예피모비치 라스푸틴. 혈우병에 걸린 황태자를 치료하고 황제의 신임을 얻은 뒤 황제의 배후에서 내정 간섭을 일삼다가 암살되었다. '미친 수도자 라스푸틴' '요승 라스푸틴' 등으로 불렸다.

다는 이유로 몇 시간, 또는 하룻밤을 범죄자처럼 교도소에서 보냈던 것이다. "그 불쌍한 사람들은 봤어도 못 봤다고 해야 하는 것들이 있다는 사실을 몰랐지요." 프란시스코 소토가 말했다. "특히나 당시에는 말이에요."

"하지만 지금은 말할 수 있습니다." 안솔라가 말했다. "지금 우리에게 필요한 것은 말을 하는 겁니다. 사장님 같은 분이 말해주시지 않으면, 이런 짓을 저지른 자들이 처벌을 면하게 됩니다."

"그들을 보러 갔었나요?"

"누구 말입니까?"

"암살범들이요. 파놉티콘에 가본 적 있어요?"

프란시스코 소토는 가보았다. 지난 12월, 사업차 장기 여행을 다녀오고 조금 뒤에, 그는 아버지가 투옥된 이후로 그 건물에 들어가본 적이 없다는 생각을 했다. "사장님 부친께서 파놉티콘에 투옥되셨습니까?" 안솔라가 물었다. 그렇다고 소토가 말했다. 마지막 전쟁이 끝난 뒤였다. 그의 아버지 돈 테오필로 소토는 용감무쌍한 자유파였고, 콜롬비아 교도소를 가득 채웠던 수천 명의 패배자와 마찬가지로 그 불명예스러운 전쟁의 패배자였다. 돈 테오필로는 전쟁 이야기를 해주면서 자식들을 키웠다. 프란시스코가 어렸을 때는 무용담을, 프란시스코가 성장해가는 동안에는 고통과 실패와 좌절된 꿈에 관한 이야기를 해주었다.

"어른이 되어서는 교도소에 가본 적이 전혀 없다는 사실을 알게 되었어요." 프란시스코 소토가 말했다. "그런데 가볼 필요가 있다는 생각이 들더군요."

햇살 좋은 어느 날 그는 파놉티콘에 도착했다. 마당에서는 죄수들이 햇볕을 쬐고 있었다. 소토는 좌우를 살피면서, 간수들에게 질문을 하면서, 오줌냄새와 썩은 음식 냄새를 맡으면서 마당을 걸어갔다. 전쟁이 끝난 뒤로 모든 것이 바뀌었다는 사실을 감지했으나, 정확히 무엇이 바뀌었는지는 엄밀하게 말할 수 없다는 사실도 감지했다. 아마도 바뀐 것은 자기 자신이라고 생각했는데, 그는 어렸을 때 죄수인 아버지를 면회하러 왔지만 이제 어른이 되었다보니 교도소의 공간, 복도와 담벼락, 밖에서 본 감방들이 작아져 있었다. 지금은 교도소 전체가 당시보다는 덜 인상적이었다. 아버지가 교도소에 갇혀 죽지 않을 것이라고, 삶의 마지막 나날을 보내는 게 아니라고 아이였던 그에게 설명해준 사람이 아무도 없었기 때문에, 당시 그곳은 두려움과 불안을 유발하는 공간이었다. 그래서 프란시스코 소토는 슬픔이 어린 그 장소를 박물관의 관람객처럼 걸었는데, 그때 각각 자기 감방에 앉아 있던 우리베 장군의 암살범들을 알아보았다.

"저기 갈라르사와 카르바할이 있군." 그가 말했다.

갈라르사가 소토를 알아보았다. 갈라르사는 자리에서 일어나지 않은 채 소토에게 악수를 청하며 인사를 하면서 소토의 눈이 아니라 소토의 넥타이, 조끼의 단추들을 바라보았다. "안녕하세요, 소토 씨." 소토는 암살범들에게 다가가 고개를 숙이지 않고서 어떻게 지내는지, 대우는 괜찮은지, 지루하지 않은지 물었다.

"보시다시피, 박사님." 갈라르사가 말했다. "이 일에 우리를 개입시켜 놓고 나서는 그 누구도 우리를 거들떠보지도 않네요."

그해가 끝나기 전, 불가사의한 알프레도 가르시아, 사라진 그 증인이 카리브 연안의 바랑키야에서 자신은 코스타리카로 영영 떠나겠다며 알리는 편지 한 통을 보냈다. 안솔라와 다른 사람들은 그의 두번째 성姓*의 머리글자가 A.로 적힌 것이 특이하다고들 말했는데, 그 이유는 그가 전에 그렇게 서명한 적이 단 한 번도 없었기 때문이다. 하지만 2월에 메데인에서 발간되는 신문 〈에트세테라〉에 특이한 편지 한 통이 실렸다. 동일한 알프레도 가르시아가 서명한 것이었으나 그의 두번째 성의 머리글자가 바뀌어 있었다. "가르시아 B." 편지를 읽은 안솔라는 편지에 무례하거나 모욕적인 내용이 들어 있기라도 하다는 듯이 눈살을 찌푸렸다. 게다가 편지는 보고타에서 부쳤다고 되어 있었는데, 그것으로 판단해보건대 알프레도 가르시아는 결국 코스타리카로 떠나지 않은 것이다. 계획을 바꾼 것일까? 비밀리에 보고타에 머문다는 게 가능했을까? 혹은 영영 떠나버린다고 알린 것은 수사관들을 따돌리기 위한 하나의 속임수였으며, 가르시아가 사라지기 위한 돈은 물론 사법당국에 혼선을 유발하기 위한 돈도 받지 않았다는 증거였던가? 편지의 내용은 격정적이었다. 편지의 저자는 최소한의 의심의 기미조차 남기지 않는 용어를 사용해, 우리베에 대한 범죄와 관련된 개인 수백 명의 의심스러운 행동들을 폭로했다. 그 편지는 만약 안솔라가 판사였더라면 작성했을 판결문과 같았다. 훌리안 우리베가 말했다시피 그 편지는 현실이 된 꿈이었다.

편지의 저자는 페드로 레온 아코스타 장군을 비난하는 것으로 편지를 시작했다. "나는 1914년 10월 11일 오전 열한시 반경, 벵하민 벨란

* 에스파냐어권 나라에서는 흔히 아버지 성과 어머니 성을 순서대로 함께 쓴다. 두번째 성은 어머니의 성이다.

디아 씨 소유의 보고타시토호텔에서 갈라르사 및 카르바할과 함께 있는 그 남자를 보았습니다. 세 사람은 내가 알아들을 수 없는 말을 짧게 나누고 나서 테켄다마폭포로 갔습니다." 곧이어 그는 예수회원들을 등장시켰다. "같은 달 13일 밤 열시경, 나는 페드로 레온 아코스타가 동료 갈라르사, 카르바할과 함께 카예 9의 뒤쪽에 있는 산바르톨로메수도원의 작은 문을 통해 산바르톨로메학교로 들어가는 것을 두 눈으로 직접 보았습니다." 심지어 아나 로사 디에스가 지표면에서 사라지기 전에 토마스 실바에게 건네고자 했던 그 유명한 명함을 언급하기에 이른다. "나중에 나는 갈라르사네 어머니의 친한 친구 로사 부인을 통해, 아직은 그 이름을 밝힐 수 없는 어느 수사로부터 그녀가 명함 하나를 받아서 가지고 있다는 사실을 들었습니다." 알프레도 가르시아는 자신이 그 명함을 직접 보기라도 한 것처럼, 명함에 대해 자세히 설명하는 여유까지 부렸다. "명함에는 대략 다음과 같은 글이 쓰여 있었습니다. '존경하는 신부님께서, 우리가 어떤 일을 도모할 방법을 모색하는 동안 귀하가 모 부인의 집에서 얼마 동안 머무르는 것을 그 부인이 허용해주도록, 귀하를 그 부인에게 아주 특별한 방식으로 추천합니다.'" 그리고 손도끼 장군을 언급하면서 편지를 끝맺었다. "나는, 갈라르사의 어머니가 살로몬 코레알을 찾아가서 자신의 안녕과 삶을 돌볼 방법을 찾아달라고 요구하고, 자신을 보살펴줄 유일한 아들이 교도소에 갇혔는데 자신이 고생하고 있는 것이 정당하지 않다고 말했으며, 코레알 씨는 걱정하지 마시라고, 먹고살 수 있게 매월, 제3자의 손을 통해 일정액을 받을 수 있도록 신사들 몇 명에게 얘기를 해보겠노라고 대답한 사실 역시 분명히 알고 있습니다."

메데인에서 이루어진 〈에트세테라〉의 폭로는 보고타에서 진행된 법적 절차를 뒤흔들었다. 사건이 발생하고 일 년 반의 세월이 흐르는 동안 꼼짝도 하지 않던 검사가 움직이기 시작했다. 페드로 레온 아코스타는 담당 법원에 편지를 써서 그 편지를 쓴 사람이 누구인지 밝혀달라고 요청했다. 검사는 아코스타, 갈라르사, 카르바할의 진술을 듣기 위해 이들을 소환했다. 생각다못한 검사는 결국 알프레도 가르시아를 찾아내기로 결정하고서 여러 도시에 공문을 보내기 시작했다. 2월 말 어느 오후 알모하바나*가 식어가고 뜨거운 초콜릿에 얇은 피막이 생기는 사이에 〈에트세테라〉 신문이 손에 손을 거쳐 훌리안 우리베 우리베의 집에 배달되었다. 마치 암살 진범들에게 유죄 선고라도 내려진 것처럼 그 일을 축하하기 위해 토마스 실바와 카를로스 아돌포 우루에타도 부름을 받고 그 자리에 함께 있었다. "여기 이 신문에 모든 것이 들어 있군요." 토마스 실바가 말했다. 그러자 흥분한 훌리안 우리베가 탁자 주위를 돌면서, 그렇소, 결국, 여기에 모든 것이 들어 있어요, 라고 말했다. 안솔라는 마치 종전 소식이 어느 프랑스 가정집에 전해진 것처럼 〈에트세테라〉 신문이 우리베 가족의 집에 전해졌다고 생각했다.

분명 안솔라도 처음에는 그곳에 모인 모든 사람과 함께 기쁨을 나누었으나, 시간이 흐르면서 어떤 실망감을 느끼기 시작했는데, 그것이 무엇 때문인지 아무도 정확히 이해할 수 없었고, 그 자신도 제아무리 애를 써봐도 설명할 수 없었다. 그 편지에서는 뭔가 삐걱거렸다. 너무나 완벽하고, 너무나 딱 들어맞고, 너무나 유용하고, 너무나 시기적절

---

* 밀가루나 카사바녹말에 버터, 달걀, 설탕 등을 넣고 반죽해 튀긴 빵의 일종.

했다. "정확하게 여기에 모든 것이 나타나 있습니다." 안솔라가 말했다. "우리가 필요로 했던 모든 것, 우리가 확인하고 싶어했던 모든 것이요. 폭포에 함께 있던 아코스타와 암살범들이 여기에 있고, 산바르톨로메 학교에서 나오던 아코스타와 암살범들이 여기에 있고, 일 년 반 전에 그 누구도 찾을 수 없었던 예수회 사제의 명함이 있고, 코레알이 은밀하게 암살범들을 돕고 있었다는 증거가 있습니다. 그래요, 분명 여기에 모든 것이 나타나 있어요."

"그런데 뭐가 문제죠?" 실바가 말했다.

"모르겠습니다." 안솔라가 말했다. "하지만 이런 일은 그런 식으로 되지 않습니다."

"모든 일은 어떤 식으로든 일어나죠." 실바가 말했다.

"네, 맞습니다." 안솔라가 말했다. "하지만 그 어떤 것도 그런 식으로는 되지 않습니다."

"날 불안하게 만드는군요, 친애하는 안솔라." 실바가 말했다. "사방에 적들이 있는지 살피는 데 너무 익숙해져서, 이제는 하늘에서 보물이 떨어져도 못 알아보는군요."

"이건 보물이 아닙니다."

"딱 한 마디만 하겠어요. 조심해요. 그러다가는 심판의 날에 선생을 구원하러 오실 우리 주 예수그리스도조차 믿지 않으려 할 것 같군요."

안솔라는 자신의 의구심을 말로 표현하려고 애썼다. 알프레도 가르시아는 범죄가 일어난 후, 검사가 자신의 진술을 채택하기를 기다리면서 일 년이 넘는 기간 동안 괜히 보고타에 머물렀다. 중요한 사건이었음에도 불구하고 그는 10월 13일 밤 자신이 본 것에 대해 그 기간 내

내 단 한 번도 언급하지 않았다. 가르시아는 경찰청장 살로몬 코레알이 자신의 진술을 받아들이기를 거부한 이후, 살로몬 코레알에 관해 떠돌던 의혹에 대해 알고 있었음에도 그것을 결코 언급하지 않았다. 예수회 사제의 명함에 관해서도 결코 언급하지 않았고, 아나 로사 디에스의 실종 때문에 안솔라, 실바와 함께 걱정하면서도 자신이 명함의 내용을 자세히 묘사할 수 있다는 사실 또한 결코 드러내지 않았다. "그 사람이 왜 그랬을까요?" 안솔라가 말했다. "왜 이에 관해 우리에게 아무 말도 하지 않았을까요? 일 년 반 동안 우리와 함께 그 범죄에 관해 얘기하고 이 모든 것에 관해 얘기했으면서도, 왜 이런 건 정확하게 언급하지 않았을까요? 왜, 갈라르사가 미지의 그 남자와 함께 예수회의 수도원에서 나온 것을 언급하는 증언을 수집해놓은, 바로 지금일까요? 왜, 예수회 사제들과 손도끼 장군의 공모가 명백해지기 시작하는, 바로 지금일까요? 왜 하필이면 지금 용기를 내서 그가 그렇다고, 자신이 알고 있다고, 자신 또한 보았다고, 자신 또한 알았다고 말하고 있을까요? 도대체 우리가 운이 얼마나 좋길래, 검사가 마침내 암살범들에 관한 진실에 이르는 데 필요한 모든 것을 이 종이 한 장으로 얻게 되는 걸까요? 가르시아가 자신의 편지에서 언급한 것이 최근에 우리가 다른 수단으로 밝혀내온 것과 거의 같은 이유가 무엇일까요? 그의 성 머리글자가 바뀐 이유는 무엇일까요? 그의 두번째 성이 B로 시작되지만, 메모장에서는 C로 시작되고, 바랑키야에서 보낸 편지에서는 A로 시작되죠. 왜일까요?"

"다른 사람일까?" 우루에타가 소심하게 말했다.

"다른 사람이란 말이 아닙니다." 안솔라가 갑자기 짜증을 냈는데, 이는 윗사람을 대한다기에는 버릇이 없거나 심지어 무례하다 싶을 정도의 행동이었다. "같은 사람이라는 건 확실합니다. 동명이인 셋이 순전히 우연의 일치로 한 사람이 되지 않는다면요. 동명이인 셋이 우리베 장군의 암살 범죄에 관해 똑같은 사실을 아는 게 아니라면요. 아니, 저는 동일한 사람이라고 생각하고, 게다가 그 사람은 지금 이 게임에 들어와 있다는 생각까지도 듭니다. 누군가 알프레도 가르시아에게 돈을 두둑하게 쥐여주면서 보고타에서 빼돌렸다고 봐요. 우리가 걱정한 바대로 그는 매수당했고, 매수자들은 그가 돈값을 하도록 시키죠. 가르시아더러 우리를 따돌릴 수 있는 편지를 쓰게 하는 거예요. 성의 머리글자를 바꿔쓰게 하는 거지요. 그리고 그가 보수파 사람들과 예수회 사제들을 그 범죄에 연루시킬 수 있는 모든 것을 편지를 통해 자백하게 하는 거죠."

"하지만 그건 터무니없는 소리예요, 안솔라, 그게 말이나 된다고 생각해요?" 실바가 말했다. "뭐하려고 그들이 그렇게 하겠어요? 뭐하려고 음모자들이 스스로 자신들의 신분을 노출시키려 하겠냐고요?"

"누가 그들을 지목하고 있는지 생각해보세요." 안솔라가 말했다.

"어느 증인이죠." 실바가 말했다.

"사라졌거나 혹은 도망친 증인입니다." 안솔라가 말했다. "자기 성의 머리글자를 잘못 쓴 서명과 편지 한 장을 신문사에 보낸 어떤 사람입니다. 이 편지를 책임질 사람이 없기 때문에 판사는 이 문건을 전혀 신뢰할 수 없을 겁니다. 밀고자는 어디에 있을까요? 아무도 모릅니다. 바랑키야에 있을까요? 보고타에 있을까요? 메데인에 있을까요? 얼굴이 없는데요, 얼굴이 없는 증인은 존재하지 않는 거나 마찬가지입니다. 아니, 이 편지는 우리를 골탕먹이고 있습니다." 훌리안 우리베가 한쪽 눈썹을 치켜올렸다. "음모자들은 펜대를 한번 굴려서 우리가 한 모든 고발의 신뢰도를 완전히 떨어뜨려버려요. 예수회 사제들, 살로몬 코레알, 페드로 레온 아코스타의 개입으로 모든 것이 싸구려 소문으로 변해버렸어요. 어디에 있는지도 모르고, 편지를 쓸 때마다 두번째 성의 머리글자를 바꾸어 서명하는 도망친 증인 하나가 보낸 혼란스러운 편지. 그래요, 이 편지는 눈곱만큼의 설득력도 없고, 그 어떤 판사든 정상적으로 판단한다면, 그 편지를 전혀 신뢰하지 않을 겁니다. 우리가 하는 모든 고발의 신빙성을 없애버리고, 그것들을 어느 실성한 미치광이가 퍼뜨린 터무니없는 소문으로 만들어버리는 일, 이것이 바로 음모자들이 원하는 것입니다. 그리고 음모자들의 계획대로 되고 있는 게 확실합니다. 심지어 싸움이 시작되기도 전에 그들이 우리를 이기고 있다고요. 제가 예언 하나 할까요? 검사가 온 세상을 다 뒤져 고발자를 찾으려 할 텐데, 숨겨진 진실을 찾는다며 굉장한 구경거리가 될 겁니다. 검사는 몇 주 또는 몇 개월 이내로 고발자를 찾지 못했다고 공식적으로 선언할 겁니다. 온갖 노력을 기울였지만 그 고발자를 찾지 못했다고 하고, 이후 그의 고발은 어느 미치광이의 말로 변해버릴 겁니다. 예수회가 그 범죄에 연루되었다고요! 터무니없는 소리입니다. 아코스타 장군과 경찰청장이 그 범죄에 연루되었다고요! 터무니없는 소리입니다. 당연히 그들은 다른 사람 이름을 빌려 편지를 쓰고, 그런 졸장부 소굴에서 나올 용기도 없는 그 익명의 고발자에게서 뭘 기대할 수 있겠느냐고 말할 겁니다. 아니, 그런 고발은 어떤 정신 나간 자가 꾸며낸 파렴치한 짓일 뿐이라고 말할 겁니다. 또 그들은 '우리는 그 말을 진지하게 받아들일 수 없다'고 말할 겁니다." 안솔라는 잠시 뜸을 들였다가 말했다. "이건 굉장한 노림수입니다. 우리 적들이 꾸며낸 짓만 아니었다면, 저는 정말 감탄했을 겁니다."

이후 모임이 파하고 함께하던 이들과 작별인사를 할 때, 안솔라는 그들이 자신을 바라보는 눈빛이 달라졌다는 사실을 깨달았다. 그가 그들의 눈에서 본 것이 안타까움이었을까? 아니면 불신이었을까? 걱정이었을까? 그들은 마치 헛소리하는 어느 친척을 바라보는 것처럼, 긴장된 입술과 비통해하는 눈빛으로 안솔라를 바라보았다. 집을 나서면서 안솔라는 그날 오후 자신이 뭔가를 잃어버렸다고 생각했다. 그는 노란 불빛으로 도로 포석에 드리워진 그림자를 보면서 시내 두세 블록을 걸었다. 그는 알프레도 가르시아 A., 알프레도 가르시아 B., 알프레도 가르시아 C.를 생각하고, 보고타에서 만난 적 있는 남자, 의식이 음모자들에게 파괴되어버린 그 남자를 떠올리면서 자신이 어느 강력한 기계와 맞서고 있다고 혼잣말을 했고, 그러자 등골이 오싹해졌다. 그가 그런 괴물들과 맞설 수 있었을까? 그러고 나서 자문했다. 자신이 느끼는 이런 기분은 두려움일까? 볼리바르광장에 들어섰을 때 남자 몇이 그를 쳐다보았는데, 안솔라는 그들이 자기 얘기를 하고 있었다고 확신했다. 그들이 광장 모서리 쪽으로 걸어가기 시작했을 때 그들 사이에서 폭소가 터져나왔는데, 돌멩이 하나가 연못에 떨어질 때처럼 웃음소리가 텅 비어 있는 광장에 공허하면서도 동시에 묵직하게 울려퍼졌다. 안솔라에게 한 가지 생각이 떠올랐다. 몇 분 후 훌리안 우리베의 집으로 돌아갔는데, 그가 떠나기 전에 앉았던 자리를 식구들이 차지하고 있었고, 아까도 그랬듯 동정어린 눈빛이 그를 주시했다.

"우리베 박사님, 우루에타 박사님, 부탁드릴 게 있습니다." 안솔라가 말했다. 그러고는 두 사람이 말을 꺼내기 전에 덧붙였다. "저를 교도소로 보내주세요."

그렇게 해서 안솔라는 파놉티콘에서 일하기 시작했다. 공공사업부 공무원이었던 그의 과거 직업이 도움이 되었다. 우리베와 우루에타는 안솔라의 전직을 구실로 삼아 안솔라가 보고타에서 가장 큰 교도소의 관리직원으로 일할 수 있도록 영향력을 행사했다. 교도소의 공사 현장들을 한가하게 순찰하는 것을 제외하면 그의 임무가 무엇인지는 아무도, 전혀 몰랐다. 하지만 그 누구도 그것을 묻지 않았고, 수개월 동안 안솔라는 갈라르사와 카르바할이 전국에서 온 범죄자들, 범법자들과 함께 지내던 차가운 돌건물로 들어갈 수 있었으며, 수감자들의 얼굴에서 피곤한 증오를 보았고, 또 그들의 뺨을 홀쭉하게 만들고 눈밑을 그늘지게 만들던 열패감을 보았다. 그래, 파놉티콘에서 받는 급료는 공공사업부 감독관 시절에 받던 것보다 훨씬 적었으나 잠시 허리띠를 졸라매는 것은 중요하지 않았다. 그 당시에는 이미 조사를 하는 것이 어떤 직책보다, 또 어떤 일보다 훨씬 더 중요했다. 그것은 하나의 소명이었고, 그에게 삶의 방식과 목표를 부여해주었다. 그는 갈라르사와 카르바할을 찾아보았다. 그들의 눈에 띄지 않도록 주의하면서 멀리서 그들을 관찰했고, 오후에 퇴근해서 집에 돌아오면 자신이 발견한 것들을 기록했다. 그는 암살범들이 범행을 저지르기 전에 했을 행동, 즉 사냥감을 감시하고, 사냥감이 전혀 눈치채지 못하게 감시하며 만족하는 등 그런 행동을 자신이 모방하거나 되풀이하고 있음을 깨달았다. 안솔라는 다른 사람을 관찰하면서, 이제 그에게 해를 끼쳤다고 생각하는 사람을 취하게 만드는 힘에 관해 이해했다. 혹은 이해했다고 생각했다. 어떤 순간 이후로는, 단순한 호기심일 수도 있지만 그의 마음을 어지럽히는 새로운 감정을 발견하기 시작했다. 그는 암살범들을 보고 자문해보았다. 암살범들이 낮에는 무슨 생각을 할까? 자신들이 희생시킨 사람을 기억할까? 그 사람 꿈을 꿀까? 사람을 죽인다는 건 무엇일까? 어느 날 오후 안솔라는 간수에게 살인죄로 복역중인 재소자 한 명을 가르쳐달라고 부탁한 뒤, 서커스의 맹수를 대하듯 조심스럽게 그에게 다가갔다.

"희생자 꿈을 꿉니까?" 그에게 물었다.

"네." 살인자가 안솔라에게 말했다. "깨어 있을 때만 꿉니다."

안솔라는 죄책감에 관해 그처럼 확실한 정의定義를 결코 들어본 적이 없었고, 그래서 그것에 관해서는 더 묻지 않았다. 하지만 며칠이 지나는 동안 그 재소자가 안솔라에게 다른 재소자를 소개해주고 그 재소자는 또다른 재소자를 소개해줘 마침내 살라메아라는 성을 가진 남자와 진솔한 대화를 하게 되었는데, 그는 안솔라가 갈라르사와 카르바할의 감방을 배회하는 모습을 본 적이 있었다. "선생님은 형사세요?" 그 남자가 안솔라에게 물었다. 안솔라는 그렇지 않다고, 자신은 공공사업부에서 위임받은 일을 하기 위해 그곳에 있지만 우리베 장군의 암살범들에 관한 왜곡된―그리고 안솔라는 뭔가 병적인 것이라는 사실을 인정해야만 했다―관심을 떨칠 수 없다고 말했다.

"오히려 더 흥미로운 건 그자들에게 일어나고 있는 일이에요." 그가 안솔라에게 말했다.

"그게 무슨 말인가요?"

"그 사람들은 자기 하고 싶은 대로 해요." 살라메아가 말했다. "자유인처럼 행동한다니까요."

살라메아라는 남자는 어느 정도 학식이 있는 사람이라는 것이 명백했고, 그래서 그는 교도소에서 받는 부당한 대우에 관해 간수들에게 과감하게 항의했다. 그는 빚 문제로 복역중이라고 했지만, 더 자세한 설명은 하지 않았다. 다만 그는 갈라르사와 카르바할이 불법에 가까운 특별대접을 받는다는 사실이 놀랍다고 설명했다. 간수 페드라사가 그 암살범들에게 은밀히 배달해주는 편지에 관해 안솔라에게 말해준 사람은 바로 살라메아였다. 그 암살범들이 세상에 보내는 밀봉한 봉투들을 직접 받기 위해 예수회 사제 한 명이 교도소에 왔던 사실을 말해준 사람은 바로 살라메아였다. "그 사람이 예수회 사제인 게 확실합니까?" 안솔라가 물었다.

"테노리오 신부예요." 살라메아가 말했다.

"라파엘 테노리오요?"

"그래요." 살라메아가 말했다. "혹시 그를 아시나요?"

안솔라는 그를 본 적이 없지만 알고는 있었다. 훌리안 우리베가 안솔라더러 테노리오의 의심스러운 행동을 조사해보라고 부탁한 적이 있었기 때문이다. 찾아보니 테노리오 신부는 마지막 전쟁이 벌어지고 있을 때 보수파 군대의 담당 신부였는데, 우리베 장군을 죽여버려서 가장 신속하게 전쟁을 끝내주겠다고 제안한, 카르바할이라는 성을 지닌 군인을 언젠가 담당 신부 자격으로 만난 적이 있었다. 우리베 장군의 암살 범죄가 발생한 뒤 카르바할의 사진이 신문에 등장했을 때, 테노리오 신부는 소예배당에 자주 찾아오던 보수파 지지자 에두아르도 에스

게라라는 사람에게 그 사건을 얘기했다. "바로 그 사람이에요." 테노리오가 말했다. 하지만 몇 개월 뒤 마침내 검사의 심문을 받게 되자 테노리오는 자신의 이전 발언을 부인했다. "그 사진과 내 기억을 비교해보니 동일인이 아니라는 확신이 드네요." 그러면 이 사람이 바로 암살범들을 찾아갔던 바로 그 사람이었던가? 이 사람이 바로 암살범들의 서신을 배달해준 그 사제였던가?

"갈라르사와 카르바할이 교도소 소예배당에서 테노리오 신부를 만나 친구처럼 얘기를 했어요." 살라메아가 말했다. "이 두 눈으로 봤다고요." 살라메아는 잠시 뜸을 들였다가 덧붙였다. "하지만 테노리오가 그 사람들을 자주 찾아가고, 선물을 가져다줘요. 다시 말하면, 응석을 받아주는 거지요."

"무슨 선물인가요?" 안솔라가 물었다.

"선물상자들을 본 적이 있어요." 살라메아가 말했다. "책, 신문이죠. 하지만 그 이상은 몰라요."

어느 날 살라메아는 재소자들이 마당에 나가는 시간에 그 암살범들과 나눈 대화에 관해 안솔라에게 말했다. 살라메아가 그들에게 뭣 때문에 그런 골치 아픈 일에 끼어들었느냐고 묻자, 카르바할인지 갈라르사인지, 아무튼 두 사람 가운데 하나가 대수롭지 않게 대답했다. "우리가 그를 죽이지 않았더라면 다른 사람이 죽였을 거요." 그들은 자신들이 이십오 년 형을 구형받을 범죄를 저질렀다 할지라도 교도소에서 사 년 이상은 있지 않을 거라고 확신하고 있었고, 살라메아는 그런 오만은 자신들이 어떻게 하든 면책될 것이라는 생각에서 비롯됐다고 믿고 있었다. 한번은 다른 재소자가 탈옥을 시도하려고 사용하던 망치, 끌, 줄이 그들이 함께 수감되어 있던 감방에서 발견되었는데, 다른 재소자가 그런 죄과를 저질렀다면 무거운 징벌을 받았을 터이나 그들에게는 어떤 처벌도 따르지 않았다.

"아무 일도 없었나요?"

"질책도 받지 않았어요." 살라메아가 말했다. "그래서 말씀드리는 건데요, 그자들은 선택받은 사람이에요. 심지어 영화배우로 살아간다니까요."

살라메아는 암살범들이 영화를 위해 여기 이 감방 앞, 이 복도에서 포즈를 취한 적 있던, 디 도메니코 형제의 영화에 관해 언급하고 있었다. 처음부터 암살범들이 〈10월 15일의 드라마〉에 출연하고 사례금을 받았다는 소문이 나돌았다. 지금 살라메아는 큰 소리로 그 사실을 확인해주고 있었다.

"그래서 디 도메니코 형제가 그 사람들에게 돈을 줬나요?" 안솔라가 물었다.

"네, 줬죠." 살라메아가 말했다. "각자에게 50페소씩 줬어요. 보세요, 옷도 잘 입고, 물건들도 구해 쓰잖아요. 그 사람들 물건이 감방에 얼마나 많은지 말도 못해요."

위장업무로 매양 똑같은 기나긴 시간과 단조로운 나날을 보내면서, 안솔라는 암살범들의 감방에 들어가서 무언가를 발견하기에 적합한 기회를 노리고 있었다. 그럼에도 그렇게 하는 것이 쉽지 않았는데, 그 이유는 갈라르사와 카르바할의 일과가 다른 재소자들의 일과와 달랐기 때문에, 예를 들어 재소자 교육에 참여할 의무도 없고 다른 재소자들처럼 고통스러운 시각에 기상할 의무도 없었기 때문이다. 암살범들은 가끔 점심시간에 그곳 재소자들이 공동체라 부르는 사람들과 함께, 모두가 식사하는 시간에 다 같이 음식을 나누어 먹었으나, 가끔은 아내들이 만들어 가져오는 외부 음식을 받아먹는 것이 허용되었고, 또 어떤 때는 자신들이 일반 식당에서처럼 식사를 한다고 공공연히 자랑하기도 했는데, 그들이 감방으로 음식을 배달시켜 먹는 장면을 본 사람까지 있었다. 안솔라는 그런 특혜 때문에 그들이 공동체의 반감이나 노골적인 원한을 샀다는 사실을 눈치챘다. 다른 기소자들은 그들을 어느 불청객 보듯 멀찍이서 바라보고, 그들 가운데 하나가 다가오면 화제를 바꾸고 서 있는 자세까지 바꿨다. 심지어 갈라르사와 카르바할이 교도소 안에서 높은 이자를 받고 돈을 빌려줬다든지, 급전이 필요한 재소자들로부터 값을 후하게 쳐주고 목걸이, 반지, 아과르디엔테를 사들인다든지, 가끔은 외부의 날음식을 교도소로 배달시켜서는 그런 일이 허용되지 않는 다른 재소자들에게 팔았다든지 하는 말까지 들렸다. 또한 안솔라는 그들이 다른 재소자들과 같은 시간에 미사에 참여하지도 않고, 파놉티콘의 소예배당에 일종의 선호하는 장소가 있어서 다른 시간에, 미사를 집전하는 사제와 함께 자신들끼리만 따로 전례를 거행한다는 사실도 알았다. 안솔라에게 한 가지 좋은 생각이 떠올랐다. 그다음주 일요일 이른 시각에 교도소에 출근했다. 정오경, 대머리 사제가 도착해서 암살범들의 감방으로 가더니 암살범들을 소예배당으로 데려갔다. 안솔라는 그 기회를 노렸다.

갈라르사와 카르바할의 감방은 다른 감방들보다 넓기만 한 것이 아니라 아예 다른 형태의 방이었다. 밤에는 서로 대화를 하는 데 전혀 지장이 없을 정도로 얇은 칸막이로 분리되어 있었다. 안솔라는 누구의 감방인지도 모른 채 왼쪽 감방으로 들어갔는데, 눈이 부셨다. 바닥에 깔린 작은 양탄자와 송아지 가죽 때문에 공기가 따스했다. 천장에 매달린 불 켜진 전구가 예수성심 그림에 가정집 같은 그림자를 드리우고 있었다. 구석에 있는 수도꼭지에서 일정한 간격으로 물방울이 떨어지고 있었다. 수돗물이 나오고 전기가 들어오는 감방이라…… 안솔라는 생각했다. 어떤 사람이 암살범들의 뒷배를 봐주고 있을까? 똑같이 생긴 침대 두 개가 놓여 있었는데, 각 침대에는 모포 두 개, 베갯잇으로 감싼 베개 네 개, 커버에 자수가 놓인 쿠션 하나가 있었다. 구석에도 때가 끼어 있지 않았다. 나무탁자 위에는 마치 그곳에 우리베 장군을 암살한 목수들이 아니라 어느 가난한 학생이 살고 있는 것처럼, 필요 이상으로 책과 종이가 무질서하게 쌓여 있었다. 아니, 일반 학생이 아니라 신학생이라고 안솔라는 생각했다. 벽 쪽, 가르멜산의 성모상 밑에는 무릎을 꿇고 기도하는 데 사용하는 방석 깔린 벤치가 있었다.

안솔라는 성탄절에 읽는 미사전서와 구일기도서, 가죽 장정을 한 성경책, 소책자 등을 보았는데, 제목이 특별한 책자가 눈에 띄었다. 『네와 아니요』. 처음 보는 책이었으나 사람들이 그 소책자에 관해 늘 분노를 표출하면서 얘기하는 것을 여러 번 들은 적이 있었다. 에세키엘 모레노 신부가 자유주의는 죄악이라는 주장을 펼친 지 몇 년 뒤인 1911년에 우리베 장군은 자신의 뛰어난 수사학적 무기와 명쾌한 논리로 가득찬 멋진 소책자로 응수했는데, 제목은 '콜롬비아 정치적 자유주의가 죄악이 아닌 이유'였다. 바로 그 소고小考가 물의를 일으켰다. 거기에서 우리베는 자유당이 다른 당만큼 천주교 교리를 따르고, 다른 당만큼 콜롬비아의 삶을 구성하는 가족적·사회적 제도들을 존중한다고 주장하고는, 이어서 콜롬비아 자유파들에게 가톨릭 성직자들의 권력 남용에 대항하고 폭로하고 규탄하라고 북돋았다. 그럼에도 그것이 최악은 아니었다. 콜롬비아 가톨릭교회로부터 금서로 지정된 이후, 우리베는 그들에게 가장 심한 모욕을 가했다. 교황청에 호소한 것이다. 이는 사제들에게 결정적인 한 방이었다. 암살범들의 소유물 가운데서 아주 특별한 위치를 차지하던 『네와 아니요』는 이에 대한 사제들의 대응이었다. 이 책자의 작가는 아리스톤 멘 하이더라는 불가해한 가명 뒤에 숨어버렸다. 안솔라는 루빈 보니야의 노트를 꺼내 마지막 쪽에 그 책자의 제목, 지은이, 인쇄소 이름 '크루사다 카톨리카'*를 적었다. 인쇄소는 〈라 소시에닷〉 신문을 발간하고 있었는데, 그 신문은 우리베 장군을 비도덕적인 세력이라고 선포하고, 1899년 전쟁**은 전혀 의심의 여지 없이 사탄을 추종하는 자들에 대한 하느님의 징벌이라고 밝혔다. 안솔라는 소책자를 대충 펼쳐서 읽어보았는데, 우리베 우리베는 가톨릭, 보수주의 원칙 그리고 조국의 적이라고 쓰여 있었다. 하지만 그때 재소자 한 명이 소리를 지르며 열려 있는 감방문 앞을 지나가는 바람에, 깜짝 놀란 안솔라는 혹여나 기다란 복도에서 암살자들과 눈을 마주칠까봐 아무도 쳐다보지 않고 감방을 나왔다.

그다음날 아침, 안솔라는 위장 혹은 가짜 업무를 하러 가기 전에 크루사다 카톨리카 인쇄소에 들렀다. 『네와 아니요』 한 권을 구입하고, 저자에 대해 알기 위해서였다. 하지만 그렇게 할 수가 없었다. 인쇄소의 그 누구도 그 외국인 이름 뒤에 숨어 있는 사람이 누구인지 몰랐기

---

* '가톨릭 십자군'이라는 의미.
** 천일전쟁을 가리킨다. 라파엘 우리베 우리베 장군이 이 내전에 참전했다.

때문이다. 원고를 인쇄소에 가져온 건 마르코 A. 레스트레포라는 예수회 사제였으나, 그 소책자의 저자에 대한 진실은 분명 장부에만 있었을 것이다. 안솔라는 장부를 볼 수 있을지 인쇄소 직원에게 물어보았지만, 직원은 그것이 교황청 관할이라고 설명하고는 안솔라처럼 널리 알려진 사람에게 장부를 보여주려 든다면 그전에 참사회원들이 자기 한 팔을 잘라버릴 거라고 고상한 말투로 대답했다. 하지만 그 책자 한 권을 겨드랑이에 숨겨 인쇄소를 나올 때 안솔라는 바보같이 작은 승리감을 느꼈다.

그는 하루종일, 혼자 밥을 먹으면서도, 쉬는 시간에도 그 소책자를 읽었는데, 각 단락이 아리스톤 멘 하이더의 펜 끝에서 만들어진 기괴한 거짓말, 명백한 사실 왜곡, 중상모략, 침 뱉기로서 우리베 장군의 생전에도 평판을 더럽혔듯 장군의 기억을 더럽히고 있었음에도, 침착하게 끝까지 읽었다. 특별히 한 단락이 그의 이목을 끌었다. 거기에서 저자는 라파엘 우리베 우리베 장군이 콜롬비아공화국의 상원의원 시절 저지른 용서할 수 없는 죄과들에 대해 분개하며 기록하고 있었다. 그런데 무슨 죄악이었나? 상원의원 우리베가 콜롬비아를 예수성심상에 봉헌하는 문제를 다루기 위해 열린 회의에 참석하지 않았다는 것이다. '원죄 없이 잉태되신 성모마리아' 교리 선포 오십 주년을 기념하는 가톨릭 세계의 축전에 콜롬비아가 참가하는 문제를 논의하던 그때 상원의원 회의실에서 떠났다는 것이다. 그래, 그래서 이 광신도들의 나라가 우리베 장군을 죽도록 증오한 거라고 안솔라는 생각했다. 콜롬비아의 헌법을 그 광신도들의 미신이라는 흙으로 빚지 않아서, 조국의 불확실한 미래를 어느 부패한 신학의 케케묵은 요술에 의탁하지 않아서. 콜롬비아가 그 축전에 참여하는 문제로 투표하려고 할 때 우리베가 회의장을 떠나는 모습을 본 어느 보수파 의원이 비꼬자 여러 의원이 박수를 쳤다는 유명한 일화가 있었다.

"장군은 악마가 아닐까 싶습니다." 그가 말했다. "성모님 이름을 듣더니 도망가는군요."

가톨릭교회의 적. 콜롬비아 내전의 책임자. 민족의 살인자. 그런 비난은 익숙한 것이었다. 안솔라는 그 말을 수도 없이 들었고, 신문에서도 수도 없이 읽었지만, 지금 그 소책자를 읽고는 다른 뭔가를 감지했다. 그것은 하나의 메아리, 모호한 맛 같은 것이었는데, 이런 내밀한 사실을 알아차리는 데는 오랜 시간이 걸리지 않았다. 아리스톤 멘 하이더의 목소리는 엘 캄페시노*라는 가명으로 〈엘 레푸블리카노〉의 지면을 통해 우리베 장군을 맹렬하게 공격했던 작가의 목소리와 특이하게 닮아 있었다. 그 글들은 안솔라가 읽고 몇 년 동안 유감스럽게 생각했던 사설들이었다. 안솔라는 그 기사들이 야기한 논란을 추적해보았고, 다른 자유파들과 그 기사들의 함의에 관해 토론한 적도 있었다. 엘 캄페시노는 우리베가 1899년 전쟁중에 수천 명의 젊은이를 죽음으로 내몰았다고 비난했다. 엘 캄페시노는 우리베가 가톨릭교회의 소멸, 가족의 해체, 사유재산의 폐지를 원하고 나라를 무신론적인 사회주의에 넘기고 싶어했다고 비난하기도 했다. 엘 캄페시노는 우리베가 자신의 글을 통해 모든 도덕의 퇴락, 그리고 좋은 삶을 지탱해주는 신앙의 위신 추락을 꾀했다며 비난했다. 엘 캄페시노는 누구였을까? 안솔라의 직감이

---

* '농부'라는 뜻의 에스파냐어 단어.

틀리지 않았다면, 엘 캄페시노와 아리스톤 멘 하이더는 동일인물이었다. 두 개의 다른 필명, 그리고 한 명의 진짜 중상모략자. 하지만 그것을 어떻게 확인할 수 있을까?

안솔라는 〈엘 레푸블리카노〉의 인쇄소를 찾아가 확인하려고 시도했다. 편집부 직원들, 인쇄기사와 얘기했다. 한쪽 눈에 안대를 한 젊은 기자가 안솔라를 만나러 나왔다. "여기 없습니다." 그는 이렇게 말하며 안솔라의 팔을 붙잡아 밖으로 이끌었다. 두 사람이 반 블록쯤 걸었을 때 그 청년이 자신을 루이스 사무디오라고 소개하고는 엘 캄페시노의 글이 실리던 시기에 신문사 기자로 일했다면서, 안솔라에게 감탄과 존경을 표하더니 우리베 장군의 암살 사건에 관한 진실이 곧 밝혀지기를 원한다고 했다. 곧이어 그는 우리베 장군을 비난하는 기사들을 쓴 사람이 누구인지 모른다고 말했다.

"그들은 기사를 타자기로 써서 우리에게 보내요." 그가 말했다. "여기 편집실에서 직접 쓰지 않아요."

"편집장이 쓰지 않았나요?"

"아니요, 그건 확실히 아니에요." 사무디오가 말했다. "우리끼리는 예수회 사제들이 썼다고들 얘기하죠. 천재가 아니어도 그런 건 알 수 있으니까요."

"하지만 누가 기사를 가져오나요?"

"가끔은 프란치스코회 수도원장인 벨라스코 신부가 가져오죠. 편집장과 단둘이 얘기를 해요. 가끔은 테노리오 신부도 가져오고요. 예수회 소속인데, 혹시 아는 사람인지 모르겠어요."

"네, 알아요." 안솔라가 말했다. "그들이 바로 장본인일 거라고는 생각하지 않나요?"

"엘 캄페시노라고요?"

"네."

"아, 거기까지는 잘 모르겠어요. 앞서 말했다시피, 기사가 타자기로 작성되어 오니까 누가 썼는지 알 수가 없죠. 내가 아는 것은 확실히 신문사측이 쓰지는 않았다는 겁니다." 그리고 덧붙였다. "부끄럽습니다, 안솔라 씨."

"뭐가 말입니까?"

"이 신문이 이렇게 변질된 거요. 신문이 장군에게 한 짓, 장군에 대해 벌인 그 무례한 캠페인 말입니다." 사무디오가 말했다. 두 사람은 다시 인쇄소 문 앞에 도착했다. "한 가지 물어봐도 되겠습니까?"

"네, 말씀하세요."

"왜 엘 캄페시노에게 그토록 관심을 갖는 건가요? 우리베를 비난하는 목소리는 사방에서 들리고 있어요. 그런데 왜 유독 엘 캄페시노인가요?"

안솔라는 동지애가 솟구치는 것을 느꼈다. 자신이 누군가를 믿는 것이 무엇인지, 그리고 누군가가 자신을 믿어준다는 것이 무엇인지 떠올렸다. 그런 감정이 그를 유혹했고(아마도 나약한 마음과 과거에 대한 향수가 뒤섞여서), 그래서 한쪽 눈을 다친 그 낯선 기자에게 상황을 모조리 설명해줄 뻔했다. 안솔라는 하마터면 아리스톤 멘 하이더와 『네와 아니요』에 관해 말할 뻔했다. 자기 생각에는 그 사설과 소책자의 저자가 동일인물이라고, 그 소책자를 우리베 장군 암살범들의 감방에 있던 소지품 가운데서 찾아냈다고 그에게 말할 뻔했다. 자기 생각에는 암

464

살범들이 그 범죄를 명령한 사람들로부터 소책자를 받았다고, 그들이 암살범들의 결단력을 강화하기 위해, 우리베에 대한 증오심을 키워주기 위해, 죄의식을 덜어주기 위해 그리고 후회하지 않게 하기 위해 소책자를 암살범들에게 보냈다고 그에게 설명할 뻔했다. 따라서 이 숨겨진 인물이 누구인지 밝혀내면 그 사건의 책임자들을 밝혀낼 새로운 빛이 비칠 거라 믿는다며, 안솔라는 그 비좁은 보도 위에서 하마터면 그 기자에게 털어놓을 뻔했다. 하지만 곧 심사숙고했다. 이 사무디오라는 사람은 어쨌든 〈엘 레푸블리카노〉를 위해 계속 일해왔다, 그렇지 않던가? 그가 무슨 의도로 그토록 많은 이야기를 했는지 누가 알 수 있겠는가? 어떤 보이지 않는 끈들이 그에게 블록을 한 바퀴 돌도록 만든 건 아닐까? 살로몬 코레알과 로드리게스 포레로 검사가 그에게 비밀임무를 부여하지 않았다고 어떻게 확신할 수 있는가?

안솔라는 누군가 자신들을 감시하고 있는지 확인하려고 길모퉁이를 살펴봤다. 그는 기자와 헤어진 후 그곳을 떠났다.

5월 말, 〈에트세테라〉 신문에 실린 불가사의한 편지에 관해 안솔라가 예견했던 일이 벌어졌다. 알레한드로 로드리게스 포레로 검사가 엄청나게 호들갑을 떨면서, 온 천지를 다 뒤져서라도 편지를 통해 저돌적으로 비난했던 증인 알프레도 가르시아를 찾아내라고 명령한 것이다. 검사는 첫번째 편지의 발송지인 바랑키야의 시장에게 다급하게 서한을 보냈다. 하지만 가르시아의 인상착의에 대해 묘사하는 최소한의 용의주도함도 없던 탓에 그의 요청대로 수행될 수 없었다. 바랑키야의 시장은 수배하려는 인물의 인상착의에 대해 묘사해달라고 검사에게 요청한다며, 자세한 설명을 서류에 기재해 회신했으나 답을 받지 못했다. 그러면서 검사는 전국의 모든 시장에게 공문을 보냈다. **귀하의 관할 지역에 알프레도 가르시아 A.가 거주하는지 즉시 조사해 전신기로 알려주시길 앙망함.** 긍정적인 답은 없었다. 안솔라는 전보 내용을 전해듣자마자 지체하지 않고 훌리안 우리베의 집으로 갔다. "왜 가르시아 A.랍니까?" 안솔라가 장군의 형에게 물었다. "검찰이 그의 성 머리글자가 혼란스럽다는 것을 알고 있다면 왜 가르시아 B.는 안 되고, 왜 가르시아 C.는 안 되는 겁니까? 범인들이 그에게 세 가지 다른 방식으로 서명하라고 부탁한 이유가 무엇인지 이제 우리는 알고 있습니다. 추후에 당국이 그를 찾아보지만 그가 발견되지 못하도록, 당국이 혹여라도 그들을 찾는 노력이 결실을 맺을 위험은 피하면서 노력을 하는 것처럼 보이도록 하기 위해서죠. 제 예상이 맞았습니다. 제 예상이 맞았지만 여러분은 제 말을 믿지 않으셨습니다." 훌리안 우리베는 안솔라의 말을 인정할 수밖에 없었다.

28일 아침, 안솔라가 파놉티콘에서 근무중일 때 간수 한 명이—페드라사라는 성을 가진 사람이었는데, 그는 살로몬 코레알의 첩자처럼 보였고, 암살범들이 외부 세계와 장사하는 것을 도와주고 있었다—안솔라에게 다가와 누군가 밖에서 안솔라를 기다리고 있다고 말했다. 안솔라는 최근에 내린 비로 아직 습기가 가시지 않은 거리에 나가 토마스 실바를 만났는데, 그는 검사의 포고령이 실린 〈엘 티엠포〉 한 부를 손에 들고 있었다.

안솔라는 신문을 펼친 뒤, 손목을 한 번 털어 빳빳하게 한 다음, 읽어나갔다. "우리베 우리베 장군의 죽음에 대한 책임자 수사 담당 검사 알레한드로 로드리게스 포레로는 그 편지의 저자를 인용하고 소환……"
더이상 말할 필요가 없었다. 안솔라는 그 즉시 이해했다. 검사가 증인
더러 모습을 나타내서 범죄에 관해 자신이 알고 있는 바를 진술하라고
공공연하게 요청하고 있었다. 검사는 증인에게 모든 것을 보장해주겠
노라고 확언하고 있었다. 하지만 모습을 드러내지 않으면 은닉자가 될
거라는 말이었다.

안솔라는 몇 걸음 걷다가 대로를 향해 놓여 있던 어느 벤치에 앉았
는데, 벤치 위로는 잎사귀에 먼지가 가득한 나무들이 있었다. 자동차
두 대가 시끄러운 소리를 내며 지나가는 것을 보았고, 자동차 뒷좌석에
앉은 모자 쓴 부인들도 보았으며, 또 북쪽인 '바로 콜로라도' 쪽으로 가
면서 똥을 싸갈기는 말도 보았다. "다 끝났어요. 그들이 원하는 대로 됐
네요." 안솔라가 말했다. "친애하는 실바, 그들은 마법사여서 그들을 이
길 수 없습니다. 가르시아는 나타나지 않을 겁니다. 그는 모습을 감춘
대가로 이미 돈을 받고, 안전을 보장받았으니까요. 한 가지만 말해주
세요, 토마스. 한 사람의 목숨을 보존시켜 사라지게 하는 데 돈이 얼마
나 들까요? 그 사람을 터무니없는 편지들을 쓴 사람으로 만들고, 그러
고 나서는 유령으로, 그다음엔 허구의 존재로, 또 그다음엔 범죄 수사
전체의 신빙성을 떨어뜨리기 위한 도구로 만드는 데 돈이 얼마나 들
까요? 지금 그 한 사람이 알프레도 가르시아입니다. 이 나라 저명인사
의 그 훌륭한 이름을 더럽히기 위해 우리가 만들어낸 발명품이죠. 그가
한 모든 비난과 그가 편지에 쓴 모든 것은, 지금부터 그리고 앞으로 영
원히, 어느 은닉자의 망상으로 변해버렸어요. 이런 조작과 더불어, 페
드로 레온 아코스타가 테켄다마폭포에 모습을 드러낸 일이 결국 무가

치한 것이 되어버렸어요. 그 암살범들이 예수회 수도원의 문으로 나온 일이 결국 무가치한 것이 되어버렸어요. 제가 막을 수 있는 일이 아닙니다. 저도, 그 누구도요. 구역질이 나지만, 뭘 할 수 있겠습니까? 그 거대한 힘, 아나 로사 디에스를 지구에서 사라지게 만들 수 있는 힘, 알프레도 가르시아가 자신이 모르는 것을 써서 진실을 거짓말로 만들게 할 수 있는 힘, 일어난 일을 이제 일어나지 않은 일로 만들 수 있는 힘에 대항해 무슨 일을 할 수 있겠습니까? 저는 하느님만이 그런 기적을 행하실 수 있다고 생각했는데, 결국 그렇지 않고 또다른 사람들 역시 그 힘을 가지고 있다는 겁니다. 그렇습니다, 구역질이 나는데요, 사람들도 그렇게 느끼고 저도 그렇게 느낍니다. 그런데 무엇을 할 수 있겠어요? 토하는 겁니다, 실바. 뱃속에 든 것을 모두 토해내는데, 토사물이 그 누구에게도 튀지 않도록 해야지요."

증인 알프레도 가르시아에 관해서는 다시 언급되지 않았다. 그것은 그가 수사선상에서 그리고 세상에서도 사라졌다는 의미였다. 가끔 안솔라는 알프레도 가르시아를 떠올리며 그가 어디에, 바랑키야 또는 코스타리카, 또는 멕시코시티에 있을지, 혹은 목에 마체테를 맞아, 근접거리에서 쏜 총 두 발을 등에 맞아 땅속 몇 미터 지점에 묻혀 있을지 자문해보았다. 9월 말에 알레한드로 로드리게스 포레로 검사가 증언 취합을 끝내고 수사를 종결하고 있다는 소문이 나돌기 시작했고, 어떤 사람들은 검사가 공소장을 작성하기 시작했다고 말했는데, 그들이 거짓말을 할 이유는 없었다. 안솔라는 소문을 듣고서 이렇게만 생각했다. 알프레도 가르시아의 증언은 그 기소장에 언급되어 있지 않을 거야. 그들이 그렇게 되도록 만들었어. 그들이 해낸 거야. 우리베 장군의 암살 범죄가 일어난 지 이 주년이 되어가고 있었고, 안솔라는 자신이 현장에(안솔라는 혼잣말을 하고, 꿈을 꾸고, 정신착란에 빠져 있을 때 **현장**이라는 말을 사용하는 데 익숙해져 있었다) 가본 지가 꽤 오래되었다는 사실을 깨달았다. 어느 날 아침 그는 현장에 갔다. 다른 곳을 향하고 있었지만 산타클라라성당을 지나갈 때 방향을 틀어 현장에 가보기로 했다. 국회의사당 뒤를 통해 볼리바르광장에 들어가는 길에서, 경찰관 한 명과 시민 한 명이 레오비힐도 갈라르사를 붙잡아 피 묻은 손도끼를 압수한 바로 그 장소를 지나가야 했다. 나중에 갈라르사는 그의 첫번째 진술에서 "이걸 전혀 사용하지 않기 때문이죠. 사람을 죽인 적이 없거든요"라고 말했다. 안솔라는 외지에서 온 사람들을 쓰러뜨려버리는 그 찬바람 한줄기를 맞기라도 한 것처럼 몸을 부르르 떨어야 했는데, 그 이유는 순식간에 도시 전체가 **현장**으로 바뀌고, 각각의 거리와 각각의 담벼락이 우리베 암살 범죄의 증인 또는 장면으로 바뀌어버렸기 때문이다.

안솔라는 길모퉁이를 돌아갔다. 보도까지는 아직도 약 스무 보 정도 떨어져 있었을 때, 그 익숙한 풍경에서 새로운 무언가가 눈에 띄었다. 거기에서 눈을 떼지 않은 채 가까이 다가가서 보니 명판이었다. 보고타 사람들이 그 비극을 절대 잊지 않도록 얼마 전 누군가가 설치해놓은 대리석 명판. 이렇게 쓰여 있었다.

1914년 10월 15일에 이곳, 이 한탄스러운 곳에서 기품 있는 신사이자 콜롬비아가 사랑하는 아들, 라틴아메리카의 명예인 장군 라파엘 우리베 우리베 박사가 사악한 악인 두 명의 손도끼에 기만적으로 희생당했다.

누가 명판을 설치했을까? 누구를 위해? 물론 명판을 처다보지도 않은 채 그 앞을 지나가던 이 무감각한 행인들을 위한 것은 아니었다. **사악한 악인 두 명**이라는 문구를 읽고는 갑자기 속은 기분이 들었다. 아니, 이 범죄에는 두 명이 아니라 여러 명이 더 있었다. 명판은 음모자들과 한통속이었다. 뿐만 아니라 **한탄스러운**이라는 말은 거짓이었고, **희생**이라는 말은 가증스러웠고, **손도끼**라는 말은 부정확했으며, **사랑하는**이라는 말은 위선적이었다. 진실을 왜곡하고 가짜 단서로 교란하는 등 벌건 대낮에도 진실을 은폐하는 기술이 아주 뛰어난 장군의 적들이 내린 명령에 따라 설치되었을 가능성이 높은 이 대리석 명판 전체가 사기라는 생각이 들었다. **돌에 쓰인**이라는 표현은 영원한 진실, 즉 이제 영원히 확실해진 어떤 것을 언급할 때 그런 식으로들 말하지 않는가? 무해한 기념비처럼 보이는 이 명판이 실제로는 음모자들에게 바치는 것이고, 술에 취한 목수 둘이 정부가 자신들에게 일자리를 주지 않았다는 이유로 장군을 죽인 그 현실에 한 걸음 더 들어가보라고 강요하는 것이었다. 명판은 그 거대한 이리떼가 결국은 사면받게 될 것이라는 사실을 보여주는 한 부분이었다. 그때 새로운 사실을 깨달았다. 마흔세 개의 단어*로 이루어진 그 대리석 명판은, 나중에 거짓말의 씨를 뿌리기 위해 땅을 갈듯이, 나중에 공소장이 훨씬 더 많은 단어를 통해 이를 말하게 될 거라고 미리 알려주고 있었던 것이다. 안솔라는 명판을 다시 읽고는 루빈 보니야의 노트를 꺼내서 단어 마흔세 개를 적었는데, 한

---

* 명판에 적힌 글은 원서에서 에스파냐어 단어 마흔세 개로 이루어져 있다.

획 한 획 그을 때마다 공소장에 무슨 말이 쓰일지 이미 알게 되었으니 공소장을 읽을 필요가 전혀 없다고 생각했다. 공소장에는 라틴아메리카의 명예라고 쓰일 것이고, 기품 있는 신사라고 쓰일 것이고, 특히 사악한 악인 두 명의 손도끼에 희생당했다라고 쓰일 것이다.

외로운 늑대 두 마리. 공범 없는 암살범 두 명.

* * *

공소장, 우리베 사건의 피고인이 누구인지를 법 앞에 밝히게 될 문서가 11월에 국립인쇄소에서 발간되었다. 빽빽하게 법률용어로 이루어진 가죽 장정의 330쪽짜리 책이었지만, 사람들은 공소장이 대중소설이나 되는 듯 탐독했다. 길모퉁이에서는 "자, 나왔습니다. 나왔어요!" 소리가 들렸고, 신문팔이들은 판매할 공소장이 없었지만 그렇게 홍보하고 있었다. 그날 오후 훌리안 우리베는 긴급회의를 소집했지만, 모임 장소는 자신의 집이 아닌 카예 9의 111번지로, 그곳에는 우리베 장군의 부인이 여전히 살고 있었고, 장군의 책상과 서재가 장군이 남겨놓은 모습 그대로 보존되고 있으며, 장군의 관이 내려왔던 계단, 장군을 추모하느라 밤을 지새웠던 넓은 거실, 장군이 죽은 날 밤 추종자들의 비통한 울음소리가 들려왔던 창문 등 장군의 유령이 수천 가지 형태로 존재하고 있었다. 장군의 서재에서 훌리안 우리베와 카를로스 아돌포 우루에타가 슬픔 또는 분노에 휩싸인 채 서 있었다.

"얘기 들었는가?" 우루에타는 서재로 들어서는 안솔라를 보자마자 물었다.

안솔라는 〈엘 리베랄〉의 사무실에서 공소장 한 부를 구했고, 곧바로 차례 쪽으로 넘어갔다. '결론'을 찾아보고, '수감 명령'을 찾아보고는 자신이 가장 두려워하던 바를 가슴을 쥐어짜는 심정으로 확인했다. 검사는 헤수스 카르바할과 레오비힐도 갈라르사에 대한 형사소송을 공시한 뒤에 그 밖의 다른 혐의자들의 책임에 대해서는 그 어떤 증거도 없다고 결론지었다. 안솔라는 무혐의자의 명단을 읽었는데, 그들에 대해서는 법을 적용할 수 없게 되었다. 명단은 프랑스-벨기에 공업회사의 정비공 아우렐리오 칸시노부터 시작되었는데, 그가 우리베 장군의 암살 범죄를 몇 주 전에 예측했음에도 불구하고 그 어떤 수사관도 그의 예지력에는 전혀 관심을 두지 않았다. 안솔라는 명단에 실린 쉰여 명의 이름을 하나하나 꼼꼼하게 살펴보았고, 마지막으로 자신이 진정으로 관심을 두었던 그 유일한 이름을 발견했다. 페드로 레온 아코스타가 그 불명예스러운 목록의 마지막 자리를 차지하고 있었다. 안솔라에게는 그들이 자신에게 농담을 하고 싶어하는 듯 느껴졌다. 아코스타라는 이름이 마치 그다음 문단으로 넘어가게끔 유도하는 외설적인 연결부처럼 문단의 끝에 위치하고 있었고, 의심할 것도 없이 그다음 문단에는 살로몬 코레알의 무혐의가 공표되어 있었기 때문이다. 그 이후 지금 안솔라가 우리베 장군의 집에 도착해 있고 장군의 형이 슬픔에 잠긴 눈으로 그를 바라보고 있을 때, 카를로스 아돌포 우루에타가 안솔라에게 물었다. "그건 봤나?"

"이미 보았습니다." 안솔라가 말했다.

"아코스타, 무혐의." 우루에타가 설교자처럼 공소장을 흔들어대면서 말했다. "코레알, 무혐의."

"그리고 예수회 사제들에 관해서는, 단 한 마디도 없겠지." 훌리안 우리베가 말했다.

"단 한 마디도." 우루에타가 말했다. "마치 그들이 존재하지 않는 듯 말이야. 자네가 조사한 모든 것이 아무것도 아니라는 듯이. 물론 그 모든 것이 순전히 자네의 상상이 아니라는 전제하에 말이야."

"저의 상상이 아닙니다." 안솔라가 말했다. "저는 예수회 사제들이 암살범들을 찾아간다는 사실을 알고 있습니다. 암살범들이 산바르톨로메학교에 있었다는 사실을 알고 있습니다. 예수회 사제들이 코레알과 접촉했다는 사실을 알고 있습니다. 아리스톤 멘 하이데라는 가명 뒤에 숨어 소책자를 쓴 자가 있다는 사실도, 그자가 우리베 장군에 대해 끔찍한 기사들을 엘 캄페시노라는 필명으로 쓴 바로 그 사람이라는 사실도 알고 있습니다."

"그자는 누구인가?"

"잘 모릅니다." 안솔라가 말했다.

"그래, 역시 모르는군." 훌리안 우리베가 말했다. "자네는 짐작만 하고 있구먼, 오직 짐작만. 아코스타는 여기서, 코레알은 저기서, 베레스타인 신부는 조금 더 멀리서…… 난 자네를 믿고 싶네만, 자네는 자네가 발견한 것들이 서로 어떻게 연계되어 있는지 아직 내게 설명한 적이 없어. 자네의 상상, 다시 말해 자네의 이론 이상의 것들 말이야. 자네가 그런 것을 내게 설명해준 적이 없는데, 재판이 열리면 우리가 어떻게 판사에게 설명할 수 있겠는가? 안솔라, 나는 자네를 믿고 싶네만, 아무도 자네가 주장하는 바를 마음에 들어하지 않을 것이고, 따라서 판사도 좋아하지 않을 거야. 시간이 많이 없네. 법은 법이야. 공소장에 나타난 혐의자들만 재판을 받을 거야. 공소장에 나타나지 않은 사람들은 마치 존재하지 않는 것처럼 말이야. 그리고 이건 나뿐만 아니라 자네도 알고 있는 사실이잖아, 그렇지 않은가?"

"맞습니다."

"재판은 대략 일 년 후에 시작될 거야. 우리는 공소장이 거짓인 이유를 일 년 동안 판사에게 얘기해야 해. 이 책자가 잘못되어 있다고 일 년 동안 판사를 설득해야 한다고. 이보게, 친애하는 안솔라, 한마디로, 자네에게 일 년이 남았다는 거야. 자네가 우리의 기대에 부응하고 내 동생에 대한 기억에 부응하기 위한 시간이 일 년 남았다는 거지. 우리가 이렇게 민감한 사안을 자네에게 맡긴 게 우리 실수가 아니었다는 걸, 자네가 우리에게 입증할 시간이 일 년 남았다는 거야. 많은 것이 위험에 처해 있다네, 안솔라, 특히 내 동생의 경우에서 나타나는 정의의 문제 말고도 많은 것이 말이야. 만약 자네가 말한 것이 사실이고 어떤 음모가 있다면, 음모자들이 자신들이 원하는 대로 할 수 없도록 막아야만 이 나라에 미래가 있는 거야. 살인을 하고도 처벌받지 않은 사람은 다시 살인을 하게 되지. 이런 일을 꾸민 사람은 다시 꾸미게 되어 있어. 이를 막기 위해 자네는 어떻게 할 생각인가?"

안솔라는 말이 없었다.

"말해보게, 안솔라." 훌리안 우리베가 계속했다. "이 책자가 진실을 왜곡했다고, 아니, 진실은 다른 곳에 있고 우리는 그 진실을 발견한 사람들이라고, 판사를 어떻게 설득할 생각인가?"

"저 역시 글을 쓸 겁니다." 안솔라가 말했다. 그가 어찌나 확실하게 말했던지, 마치 이전부터 그런 결심을 했다는 착각이 들 정도였다. "제가 모든 것을 얘기할 겁니다. 그렇게 되면 이후 온 세상이 뒤집어질 겁니다."

닷새 뒤, 그가 쓴 첫번째 글이 모습을 드러냈다.

걸출한 자유파 지도자이자 공화국의 도덕적인 등대인 라파엘 우리베 우리베라는 인물을 비열하게 암살한 사건은 피의자들에 대한 재판이 채 시작되지도 않은 상태에서 무죄가 되었다. 우리가 가장 곧고 정직하거나, 적어도 가장 부지런하고 엄격하다고 믿었던 알레한드로 로드리게스 포레로 박사가 작성한 그 불행한 공소장은 우리에게 다른 결론을 요구하지 않는다. 하지만 그의 문서는 여전히 어둠 속에 숨어 있는, 지능적으로 범죄를 저지르는 사람들이 모든 시민 위에 갖고 있는 권력에 대한 서글픈 증거다. 만약 그들이 우리베 장군처럼 아주 고명한 어느 인물의 죽음을 원하고 이룰 수 있었다면, 만약 그들이 1914년 10월 15일에 우리의 국민적 영웅이 받은 것과 같은 비겁하고 기만적인 공격을 계획하고 대낮에 실행할 수 있었다면, 우리 가운데 그 누구도 안전하지 않다는 사실을, 그리고 신의 손에서 벗어난 이 나라에서 누가 살고 누가 죽을 것인지 권력자들이 어둠 속에서 결정한다는 사실을 인정할 필요가 있다.

공소장은, 그 자체가 지닌 신망과 공정성 때문이 아니라 진실을 덮을 수 있고 전술한 범죄의 책임자들을 은닉할 수 있는 능력 때문에 무시무시한 문서다. 수사가 시작되고부터 검사의 왜곡된 의지가 아주 명백하게 드러난 탓에, 희생자의 형인 훌리안 우리베 우리베 박사는, 가끔은 훌륭한 조언자가 되곤 하는 의구심과 함께, 그 사건에 대한 검찰의 수사와 병행해 조사를 해달라고 우리에게 부탁할 수밖에 없었다. 당시 우리는, 우리베 장군의 업적을 알고 감탄했기 때문에, 그의 죽음이 우리를 고통스럽게 했기 때문에, 그 임무를 명예롭게 받아들였다. 당시 우리는 이처럼 복잡하게 얽히고설킨 음모, 조작, 부도덕, 거짓말과 맞닥뜨리게 될 것이라는 사실을 상상할 수 없었다. 몇 개월 동안 우리는, 사실들을 왜곡시키고, 조사를 방해하는 음침한 세력들에 대항해 사건의 진실을 공개적으로 밝히기 위해 시간과 수단을 아끼지 않았다. 그리고 오늘, 이 용감한 신문의 지면에서 우리는 우리의 저명한 에밀 졸라가 최근에, 그리고 우리처럼 힘든 시기에 그랬듯이, 용기를 내서 손가락을 들어 비난하고, "우리는 고발한다"라고 말한다.

우리는 경찰청장 살로몬 코레알 장군이 우리베 사건에 필요한 공적 권한을 행사하지 않고 사유화했으며, 심지어 공화국의 대통령이 아마도 그에게 부여했을 개인적인 임무에 대해 거짓말을 했기 때문에 고발한다. 우리는 코레알 장군이, 루빈 보니야 장군처럼 자신들의 임무는 라파엘 우리베 우리베의 암살범들을 찾아내는 것이지 연막 뒤에 숨기는 것이 아니라고 착각한 수사관들을 추격하고 박해했기 때문에 고발한다. 우리는 코레알 장군이 검사와 공모함으로써 어느 용감한 증인이 진술을 하지 않도록 해버렸을 때처럼, 여러 개인을 실제 암살자로 기소할 수 있었던 증거들을 받아들이지 않았기 때문에 고발한다. 우리는 코레알 장군이 암살범들의 집에서 발견된 종이를 받아서 부하들이 지켜보는 데서 몇 개를 골라 호주머니에 넣고 다른 것들만 돌려주었을 때처럼 증거를 숨김으로써 그때 이후로 사라져버린 서류들이 어떤 정보를 담고 있었는지에 대한 의혹을 남겼기 때문에 고발한다. 우리는, 암살범들이 체포된 뒤에 그들끼리 자유롭게 소통할 수 있도록 그가 허용해주었기 때문에 고발한다. 우리는, 수사관들이 암살범들에게 질문을 할 때 암살범들이 언제 입을 다물고 언제 대답해야 하는지 그가 암살 범들에게 손가락으로 지시했기 때문에 고발한다. 우리는 그가 암살범들이 파놉티콘의 칸막이 하나로만 분리된 감방을 사용하도록 조치함으로써 그 들이 자기네 거짓말과 전략을 일치시킬 수 있도록 해주었기 때문에 고발 한다. 우리는 그가 암살범들이 원하는 음식을 만들어주고 아침에는 침대를 정리하고 밤에는 폐수를 버려주는 조수를 암살범 각자에게 붙여주고, 암살 범 각자가 예사롭지 않은 분량의 식품, 즉 일부 재소자에 따르면 약 6리브 라* 정도 되는 고기와 쇠기름을 받을 수 있도록 허용해주었기 때문에 고발 한다. 우리는 그가 콜롬비아의 그 어떤 재소자도 기대할 권리가 없는 호의 를 그 암살범들에게 베풀기 위해 작지 않은 자신의 권력을 사용했기 때문 에 고발한다. 왜 그런 호의를? 왜냐하면 이들 암살범만이 라파엘 우리베 우 리베를 암살한 진정한 범인들에게 불리한 말을 할 수 있었을 것이기 때문 이다. 왜냐하면 이들 암살범만이 금처럼 가치 있는 침묵의 주인이었기 때 문이다.

코레알 장군의 태도는 개관적인 시선으로 보아도, 진실을 찾는 것 이외 의 다른 의도를 지니지 않은 자유로운 지성으로 판단해도, 여러 가지 의혹 에 둘러싸여 있었다. 그런데 로드리게스 포레로 검사는 법적 절차가 시작 되었을 때부터 코레알 장군과 한통속이었으며, 그의 행동거지는 정직한 공 무원이라기보다는 주인에게 복종하는 노예와도 같았다. 그래서 그는 페드 로 레온 아코스타가 테켄다마폭포에서 암살범들과 함께 있는 모습을 보았 던 수많은 증인의 진술에서 개연성 있는 진실을 찾아내는 것을 거부했다.

---

* 무게 단위 파운드의 기호 표기. 1리브라는 약 460그램이다.

그는 페드로 레온 아코스타 장군이 암살 범죄가 일어나기 전날 밤 목공소의 문에서 암살범들과 이야기를 나누던 그 남자였을 가능성조차도 고려하지 않았다. 결국 그는 비록 수천 가지 정황증거가 페드로 레온 아코스타 장군을 그 형사 사건에 불가피하게 말려들게 했음에도 장군을 포함시키는 것을 결국은 거부했다. 검사 나리는 증인 수십 명의 증언이 일치함에도 그 용의자의 말을 더 신뢰했는데, 용의자는 그 비극적인 순간이 도래하기 전 며칠 동안 자신이 보고타에 있었다는 사실조차 부인했다. 〈라 파트리아〉의 독자들은, 그것이 아주 공적인 사건이었기 때문에, 페드로 레온 아코스타 장군이 어느 불행한 운명의 날에 공화국의 대통령인 라파엘 레예스 장군을 암살하려고 시도한 당사자였다는 사실을 기억할 것이다. 검사가 아코스타 장군의 말을 다른 증인들의 말보다 더 신뢰하기로 작정했던 것인가? 이런 사실은, 어느 쿠데타 참가자의 말은 전적으로 신뢰하는 반면 과거가 깨끗한 시민들의 말은 무시하면서 자기 공동체의 이익을 대변하는 듯 보이는 로드리게스 포레로 같은 공무원에 관해 우리에게 무엇을 말해주는가?

오늘날, 단지 고의적으로 이루어진 근시안적 판단이나 나쁜 믿음 때문에, 페드로 레온 아코스타 장군이 라파엘 우리베 우리베 장군의 암살 사건에서 공소장이 적시하고 있는 것보다 더 많은 책임을 져야 한다는 명백한 사실이 부정될 수 있다. 단지 부패나 안일주의 때문에, 경찰청장이 그 모든 과실로부터 자유롭고 그 모든 부주의에 대한 책임이 없다는 주장이 철면피하게 견지될 수 있다. 그리고 단지 무지나 기억상실 때문에, 그 사악한 두 남자가 언젠가 공화국의 대통령을 암살하려 한 공통점을 지니고 있다는 사실이 묵과될 수 있다. 살로몬 코레알은 노인인 마누엘 마리아 산클레멘테 박사를 고문하고, 페드로 레온 아코스타는 라파엘 레예스 장군을 비겁하게 공격했다. 그들이 한통속이고 동일한 목적을 가지고 있다는 사실을 증명하는 데 얼마나 많은 증거가 필요할까?

하지만 자유파 카우디요 한 명을 지도에서 지워버리고 원하는 것을 이룬 이 악의 삼각관계에는 제3의 교차점이 있다. 〈라 파트리아〉의 독자들, 선량한 콜롬비아 사람들은 예수회에서 제3의 교차점을 찾아야 한다. 독자들은 추문, 신성모독이라고 소리칠 것인가? 아니, 그저, 우리 모두를 고통스럽게 하지만 소수의 우리가 수용하는 어떤 진실들을 명확하게 글로 표현하는 용기를 낼 뿐이다.

우리는 증거에 의존한다. 문을 닫아놓고 경찰청장과 대화를 하는 그 남자들은 누구였는가? 루피노 베레스타인이 대표하는 예수회 사제들이다. 장군이 암살당한 그 불길한 날로부터 불과 일주일이 지난 뒤, 장군에 대한 기억을 모욕하고 훼손하기 위해 영성훈련의 강론대를 이용한 사람들은 누구였으며, 장군의 영혼이 지옥에서 썩기를 원한 사람들은 누구였던가? 또다시, 예수회 사제들이다. 또다시, 바스크 출신으로 카를로스파*로 알려지고, 콜롬비아 경찰의 라스푸틴인 베레스타인이 대표하는 예수회 사제들이다. 우리가 수집할 수 있었던 증언들에 따르면, 1914년 10월 13일 밤에 암살범들이 어디에서 나왔던가? 예수회 학교의 카예 9 쪽에 있는 작은 문에서 나왔다. 파놉티콘에 있는 암살범들을 찾아가 만나는 사람들은 누구이며, 흔들림 없이 암살범들의 용기를 북돋고, 가톨릭 신앙이 그들의 무시무시한 범죄를 묵인하고 심지어 축하하기 위해 우리베 장군의 명예를 훼손하고 묵살한 책들을 암살범들에게 선물로 가져가는 사람들은 누구인가? 예

---

* 에스파냐의 왕당파 중 카를로스 데 몰리나 백작(카를로스 4세의 차남)의 혈통을 옹립하려 한 전통주의, 정통주의 세력.

수회 사제들. 예수회 사제들. 예수회 사제들.

우리는 우리 나라의 사법 체제가 담당해야 할 형사적 책임을 규명할 의도를 가지고 이처럼 어려운 주장들을 자유언론의 토론장에 기고하는 것이 아니다. 하지만, 우리는 해명하기보다는 은폐하기 위해 구상된 것처럼 보이는 어느 공소장이 지닌 결점과 오류에 관해 알리고자 한다. 로드리게스 포레로 박사의 공소장은 우리베 우리베 장군의 암살 범죄에는 자기 죄를 자백하고 수감되어 재판이 시작되기를 기다리는 암살범들 이외의 다른 혐의자들이 없다는 견해를 피력한다. 하지만 상식과 민활한 수사는 우리 사회의 고위층 인사들이 포함되어 있는 더 넓은 범위의 음모와 죄를 암시하고 있다. 앞으로 며칠 동안, 만약 하느님이 우리를 살아 있게 해주시고 이 영웅적인 신문이 우리에게 지면을 제공해준다면, 우리가 자체적으로 진행했고, 그 어떤 거짓된 관심과 그 어떤 복수심으로도 훼손되지 않은 조사과정에서 우리가 찾아낼 수 있었던 것을 말할 것이다. 왜냐하면 우리는 우리의 합법적인 질문에 대한 답을 찾을 뿐이기 때문이다. 콜롬비아 국민은 속임수, 음모 그리고 거짓말에서 벗어날 권리를 가지고 있지 않은가? 자신의 운명을 좌우하는 사람들에 대한 진실을 알 권리를 가지고 있지 않은가? 우리베 우리베 장군의 죽음의 진짜 배후인물들은 누구인가?

그들은 누구인가?

마르코 툴리오 안솔라는 〈라 파트리아〉에 실린 자신의 글을 읽었을 때, 이제는 절대 후퇴할 수 없다고 생각했다. 그후 몇 개월 동안 안솔라는 자신이 조사한 것들의 결과를 종종 신문사에 보냈는데, 다시 말해 각종 메모와 문서로 이루어진 불가해한 세계에서 무질서하게 살아가던 것들을 정리해 신문사에 보낸 글이었고, 이는 단순히 분노를 표출하는 칼럼이 아닌 미래에 출간할 어느 책, 즉 공소장에 대한 그의 용기 있는 반박이자 훌리안 우리베가 그에게 임무를 맡긴 것이 실수가 아니었다는 사실을 입증하게 될 책, 『나는 고발한다』의 예고편을 미리 게재하는 식이었다. 안솔라는 엘 캄페시노나 아리스톤 멘 하이더가 우리베 우리베에 대해 독설을 퍼붓고 사실을 날조한 것과 달리 가명으로 그 기사들을 쓰지 않고 당당하게 대문자로 자신의 이름을 사용했으며, 우연히 그 글을 읽은 독자들이 길거리에서 그를 세워놓고 그의 용기를 칭찬할 때면 스스로 우쭐해졌다. 그 도발적인 기사들은 집필중인 어느 책의 일부라는 말들이 나돌았는데, 그 책의 독자는 몇 명 되지 않았지만, 그들의 눈빛과 목소리에는 저자에 대한 존경과 찬사가 있었다. 안솔라는 그 당시까지는 허영심, 용감한 사람이 되겠다는 그 무시무시한 허영심이 어떤 것인지 전혀 몰랐다.

그 무렵부터 길모퉁이 여기저기에서 수상한 사람을 보기 시작했다. 어느 날 아침, 비가 오는지 보려고 창밖을 내다보았는데, 비 대신 그의 집을 바라보고 있는 듯한 남자 둘이 보였고, 그때부터 모든 것이 시작되었다. 어느 금요일 밤 사무실에서 나오다가 그들을 다시 보았는데, 그들이 하다못해 지난번 보았던 사람들이겠구나 짐작했지만, 잠시 후 설령 이것이 자신의 목숨이 달린 문제라 할지라도, 결코 확인할 수는 없을 것이라고 생각했다. 안솔라는 그 일에 관해 그 누구에게도, 훌리안 우리베에게는 더욱이 말하지 않았다. 그는 항상 전전긍긍하며 살아가는 그런 부류의 인간이 되고 싶지 않았다. 안솔라는 우리베 장군이 당시에 두려워하지 않았다고, 그런 불안한 사람들처럼 살아가지 않았다고 생각했다. 위대한 장군도 무시했던 두려움을 안솔라가 품을 만한 이유가 있었을까?

그럼에도 안솔라는 내무부 장관에게 편지 한 통을 썼다. 시민의 권리와 개인의 안전을 보장할 책임이 장관에게 있음을 상기시키고, 우리베 장군의 암살 사건을 명확히 밝히는 일이 지닌 의의에 대해 말했으며, "완벽하게 합법적인" 그 임무의 일부로서 자신이 재판 담당자들이 저지른 오류를 증명하는 일련의 칼럼을 〈라 파트리아〉에 게재하기 시작했다고 밝혔다. 그때부터 자신이 "낯선 개인들로부터 은밀하면서도 상당히 위험한 박해"를 당한 피해자가 되었다고 편지에 설명하고, 이들 개인을 체포하기 위해 경찰관 또는 수사관들을 지원해달라고 장관에게 부탁했다. "저는 지금 신변보호를 요청하는 것이 아닙니다." 안솔라는 편지에 적었다. "저는 단지 만약의 경우를 대비해, 당국이 효과적이고 적절한 지원을 마련해줄 것을 제안하는 것뿐입니다."

한 달 후 장관으로부터 답장이 왔다. 부정적인 대답을 넘어, 거의 조롱에 가까웠다. "편지 발신인이 언급하는 문제가 발생하자마자 국립경찰은 필요한 지원을 할 것입니다." 안솔라는 경멸적이고 비꼬는 그 말투에서 살로몬 코레알의 직인을 보았다. 자신이 겪은 일을 더 자세히 언급하지 않아서 조롱을 면했다는 생각을 하자 차라리 다행스러웠다. 그러는 사이 〈산손 카라스코〉가 전쟁에서 대립하는 도당들이 등장하는 휘황찬란한 만화 하나를 게재했는데, 한편에는 매부리코에 이빨이 툭 튀어나오고 사나운 표정을 짓고 있는 안솔라가 뿌옇게 처리된 우리베 우리베와 커다란 낫을 든 사신 아래에 그려져 있었고, 다른 한편에는 담담하게 십자가를 들고 있는 살로몬 코레알이 있었다. 겁쟁이들이 무리를 지어 공격한다'라는 해설이 있었다. 그 만화는 어느 월요일에 게재되었고, 다음날 안솔라는 마르코 피델 수아레스를 추종하는 사람들이 주최한 어느 연설회에 참석했다. 수아레스는 하얀 턱수염을 기른 문법학자이자 에스파냐 한림원의 옛 언권言權회원으로, 다음해 대통령 선거에 보수당 후보로서 자신을 알리기 시작하던 차였다. 연설회는 인데펜덴시아 공원에서 개최되었는데, 주변은 지친 나무들과 높이가 낮은 집들뿐이어서 누구도 동쪽 언덕에서 불어오는 바람을 피할 수 없었다. 안솔라는 무명의 군중 틈에 서서 첫번째 연사가 연단에 오르기를 기다리고 있었는데, 그때 누군가가 그를 알아보았다.

"당신이 그 무신론자군요." 검은 루아나를 입은 남자가 안솔라의 면전에서 말했다.

안솔라가 무슨 말인지 알아차릴 새도 없이 그가 야유하기 시작했다. "무신론자!" 안솔라에게 보이지 않는 입들이 소리를 질렀다. "무신론자!" 안솔라가 항변하려 했다. "난 가톨릭 교인이에요!" 안솔라가 우스꽝스럽게 소리쳤다. "성당에도 갑니다!" 그 험악한 입에서 반짝이던 금니들과 위협적인 얼굴들 뒤편에서는 우듬지들이 흔들리기 시작했다. 안솔라는 우리베 장군이 죽기 전 장군에게 일어난 일을 떠올렸다. 여기와 비슷한 공원에서, 아니면 바로 이 공원에서 리카르도 티라도, 혹은 파비오 로사노의 연설회가 진행되는 동안 분노한 군중이 장군에게 소리를 지르며 장군을 둘러쌌고, 막 장군을 공격하려던 참에 장군의 동료들이 검은 우산을 방패삼아 펼치고는 사람들이 장군을 들쳐메듯이 해서 그곳에서 빼냈다. 안솔라는 우리베 장군, 증오, 증오의 용이함에 대해 차례차례로 생각했고, 모든 인간은 누군가를 죽일 이유를 매 순간

지니고 있다고 생각했다. 그때 비가 내리기 시작했다. 안솔라를 위협하던 사람들은 어린아이 혹은 짐승처럼 비에 정신이 팔렸고, 안솔라는 서둘러 공원 밖에 인접한 보도로 빠져나왔다. 그 사람들은 그에게 더는 신경을 쓰지 않았다. 집단적 분노의 불꽃은 일어날 때만큼이나 빠르게 사그라졌다. 몇 분 후, 그는 피곤하고 긴장한 몸을 이끌고 집으로 향했는데, 눈은 휘둥그레져 있었고 손은 바르르 떨렸다.

그 무렵 안솔라는 교정국장 이그나시오 피녜레스에게 편지를 써서, 암살범들의 감방에 대한 조사를 명하고 이를 시행할 것을 요청했다. 그곳에 안솔라의 고발 내용을 뒷받침해줄 수 있는 증거, 가치 있는 단서, 혹은 기밀문서 들이 있을까? 안솔라는, 적어도 자신이 파놉티콘에서 비밀 임무를 수행하는 동안 본 것을 통해 판단해보자면, 가능한 일이라고 생각했다. 하지만 그것을 위해서는 모든 법적 수단을 동원하고, 동시에 암살범들 모르게 조사를 진행하는 것이 필수적이었다. 교정국장을 설득하는 것은 어렵지 않았다. 3월 14일, 오전 아홉시 반경에 안솔라와 피녜레스는 파놉티콘 정문에 도착했다. 루에다라는 성을 지닌 젊은 교도소장이 두 사람과 동행했는데, 그는 양 볼기 사이에 뭔가를 넣고 다니는 것처럼 말하고 움직였고, 그의 날카로운 목소리에 익숙해지는 데에는 시간이 필요했다. 반면에 피녜레스는 처음부터 안솔라의 마음에 들었다. 안솔라가 보니 그는 성실한 사람이었고, 기꺼이 자신을 도와줄 준비가 되어 있었다. 그들 셋이 갈라르사와 카르바할의 감방 앞에 도착했을 때, 교도소장은 안솔라가 나서서 뭔가를 하게 내버려두지 않고, 자신의 권위를 내세우기 위해 그보다 먼저 행동했다. 그는 침대에서 무뚝뚝하게 자신을 쳐다보는 암살범들에게 앞으로 할 일에 대해 일러주었다. 교도소장은 단호하지만 무례하지 않은 목소리로 암살범들에게 자리에서 일어나 복도에서 기다리라고 말했다. 갈라르사가 먼저 맨발로 나갔는데, 안솔라가 보니 그의 다리에는 털이 없었고 엄지발톱을 제외한 나머지 발톱들은 지저분한데다 뭔가에 맞은 것처럼 보라색이었다. 카르바할은 조금 늦게 나갔는데, 결국 나가면서 잠시 주변을 빠르게 둘러보며, 혹시 위험한 것이나 유죄를 입증할 만한 것이 감방 안 여기저기 흩어져 있지는 않은지 확인하고 싶다는 듯 감방 안을 쓱 훑었다. 암살범들은 서로를 쳐다보지 않은 채 복도 벽에 등을 기대고 서 있었다. 듬성듬성한 콧수염에 가려지지 않은 그들의 입, 창백하고 가는 입술에는, 마치 지금 일어나고 있는 모든 것이 남의 일이라는 듯 적대적이지만 차분한 표정이 드러나 있었다. 갈라르사가 찢어진 눈으로 안솔라의 넥타이를 뚫어지게 쩌려보며 말했다.

"선생님은 여기서 일하는 분이 아닙니까?"

"맞아요." 안솔라가 말했다.

"그럼 아직 안 쫓겨났나요?"

"아뇨, 안 쫓겨났어요." 안솔라가 말했다. "자리를 옮겼어요, 승진했거든요. 쫓겨난 게 아닙니다."

"우리한테는 쫓겨났다고 했거든요."

"누가요?"

"사람들이요."

"사실이 아닙니다. 쫓겨나지 않았어요. 승진했고, 그래서 자리를 옮겼을 뿐입니다."

갈라르사가 말했다. "아하."

그리고 조사가 시작되었다. 세 시간 반 동안 두 공무원은 함께 붙어 있는 방 두 개를 돌아다니면서 물건들을 보고 만지고 분류하고 기술하고 나서, 증인 알프레도 가르시아가 아무 소용도 없었던 그 진술을 적기 위해 오래전에 사용한 것과 유사한 메모장에다 자신들이 감방에서 발견한 모든 것을 기록했다. 먼저 조사한 카르바할의 방에서는 상태가 좋은 스리피스 정장 한 벌, 잘 다려진 새 재킷 하나와 바지 하나, 외제 와이셔츠 세 개, 속옷과 반바지가 가득찬 상자 하나를 발견했다. 팔 열 개 길이의 끈 하나, 금속테 하나, 톱 하나와 바늘 세 개도 발견했다. 초콜릿과 유카 빵*이 들어 있는 상자 하나, 돈이 들어 있는 지갑 하나, 열쇠가 없는 열쇠고리 하나, 그리고 상당량의 편지, 책, 노트가 있었는데, 안솔라가 그것들을 살펴보는 사이 피녜레스와 루에다는, 암살범들이 복도에서 무심하게 바라보는 가운데, 한 방에서 나와 다른 방으로 들어가는 식으로 넓은 방들을 돌아다니고 있었다. 갈라르사의 방에서는 모포 몇 개, 거의 새것이나 다름없는 앵클부츠 세 켤레, 상태가 완벽한 초록색 정장 한 벌, 모직 바지 네 개, 페도라 두 개, 막 구입한 칼라 반 다스, 넥타이 한 상자, 고급 속옷 한 상자를 발견했다. 목록을 점검한 뒤에 피녜레스는 상황을 여섯 단어로 축약했다.

"이 구제불능 인간들이 나보다 잘 입네요."

그사이에 안솔라는 암살범들의 책과 노트에 폭로할 비밀이 있다는 듯이 주의깊게 살펴보고는 자신이 발견한 내용을 루빈 보니야의 노트에 적었다. 다 살펴보고 나서 한시가 되기 조금 전에 복도로 나왔다. 하

---

* 카사바 전분과 치즈로 만드는 콜롬비아 전통 빵.

지만 암살범들에게는 말도 건네지 않은 채 마당을 가로질러가서는, 담당 간수에게 질문이 될 수도 있었으나 비난 형태로 튀어나온 말을 건넸다.

"저 사람들에게 우리가 온다고 알렸군요."

"아닙니다, 선생님." 간수가 떨리는 목소리로 말했다. "어젯밤에 장군께서 오셨고요, 저는 아무 짓도 하지 않았습니다."

안솔라의 심문을 받은 간수의 이름은 카를로스 리아뇨였다. 그의 진술을 통해 지난밤, 열두시가 되기 조금 전에 살로몬 코레알이 자신의 심복 가운데 하나인 장교 기예르모 감바와 함께 파놉티콘에 왔다는 사실을 알았다. 교도소장은 그들을 암살범들의 감방까지 대동한 뒤, 두 사람이 암살범들과 따로 만나게 했다. 그들의 만남은 반시간 정도 지속되었으나 교도관 리아뇨도, 재소자들도, 교도소장도 그들이 만나서 무슨 얘기를 했는지 몰랐다.

"그런데 누가 이걸 코레알에게 알렸나요?" 안솔라가 말했다. "이걸 알고 있던 사람은 당신들과 우리뿐이에요. 그런데 우리는 알리지 않았다고요."

"코레알 장군님은 사방에 귀를 가지고 있어요, 선생님." 리아뇨가 말했다. "무엇보다도 카르바할과 갈라르사가 관계된 일에는요. 여기서 장군님이 모르는 일이 일어난다는 건 결코 있을 수 없는 일이에요. 두 사람이 싸울 때마다 장군님이 나타나시거나 테노리오 신부님이 나타나세요. 진짜, 파놉티콘에서는 모든 것을 두 분이 보시는 것 같다니까요."

리아뇨는 갈라르사와 카르바할이 몇 개월 전부터 마치 결혼을 잘못한 부부처럼 행동했다고 말했다. 코레알이나 테노리오 신부가 개입해야만 두 사람이 화해할 수 있었다. 마지막 사건은 불과 며칠 전에 일어났다. 리아뇨는 암살범들 감방 옆방에서 동료 간수 몇과 체스를 두고 있었는데, 정확히는 자신의 나무 체스판에서 동료들이 체스를 두는 것을 구경하고 있었다. 그때 첫번째 비명이 들렸다. 카르바할이 상대에게 그의 잘못 때문에 자신들이 그곳에 들어와 있다고, 그가 그 사람들과 약속을 해버렸기 때문이라고, 왜 자신이 그의 말에 따랐는지 모르겠다고, 이전에는 그 둘이 잘 지냈음에도 불구하고 그렇게 말했다. 그러자 갈라르사가 모욕적인 말을 내뱉기 시작했다. "입 닥쳐, 개자식아. 그렇게 주둥이를 함부로 놀리면 목을 따버릴 테니 두고 봐." 모욕을 당하자 눈이 뒤집힌 여자처럼 카르바할이 소리지르며 대답했지만, 사실은 그 반대 상황이라는 것이 명백했다. 바로 그때 갈라르사가 자신의 나이프를 찾느라 모든 사람이 지켜보는 가운데 바지 주머니에 손을 넣었다. 카르바할이 재빨리 화장실로 숨었다.

"코레알이 이 모든 것을 알게 됐나요?"

"알았는지는 모르겠지만, 그다음날 테노리오 신부님이 오셔서는 두 사람을 소예배당으로 데려가 문을 닫아걸었어요. 늘 그러거든요. 그리고 그들은 아무 일도 없었다는 듯이 그곳 부속 성당에서 나오곤 하죠." 리아뇨가 말했다. 그리고 덧붙였다. "고해가 영혼의 부담을 덜어준다고 합디다."

"그렇게들 말하죠." 안솔라가 말했다. 그리고 즉시 물었다. "그런데 그들이 뭔가를 가져갔나요? 코레알과 그의 부하 말이에요. 감방에서 뭔가를 꺼내갔어요?"

"제가 본 바로는 아닌 것 같습니다." 리아뇨가 말했다.

안솔라는 교정국장에게 몇 가지 권고했다. 암살범들이 서로에게 혹은 다른 사람에게 해를 가하거나 탈옥을 시도하는 일을 막기 위해서는 그들에게서 밧줄과 도구들을 압수하고, 누군가 그들을 감옥에서 빼내는 경우 암살범들이 변장하기 위해 사용할 수 있는 페도라도 압수하라고 했다. 모두 다 조언대로 되었다. 안솔라는 만족스럽게 집으로 돌아가면서도 걱정을 했는데, 그 이유는 자신이 증언들을 통해 알게 된 사실들, 즉 손도끼 장군과 예수회 사제들이 실질적으로 암살범들의 대부 내지 보호자가 되었다는 것을 직접 확인했기 때문이다. 그들에게는 자신들이 털어놓을 수도 있었던 그 일이 그토록 두려운 것이었을까? 간수 리아뇨는 **고해가 영혼의 부담을 덜어준다**라고 말했지만, 안솔라는 암살범들이 한 고해가 아니라 그들의 윗사람들이 해준 약속이 영혼의 부담을 덜어준다고 생각했다. 그들이 밤중에 감방에 방문했던 이유는, 우리베 우리베를 중상모략하던 그 서적들과 또 그를 하느님과 가톨릭교회의 적이라고 표명하던 그 소책자들이 감방에 들어오게 된 이유와 같았다. 안솔라는 썼다. 그들의 양심을 달래는 것. 이렇게도 썼다. **지옥에 가지 않을 거라고 그들에게 확신을 주는 것.**

감방을 조사한 지 며칠이 지난 뒤 파놉티콘의 담당 사제가 보낸 짐꾸러미 하나가 암살범들에게 도착했다. 짐꾸러미를 열자 새 앵클부츠 두 켤레와 속옷 뭉치가 있었다. 카르바할은 노란색 가죽 앵클부츠를, 그리고 갈라르사는 하얀색 캔버스 앵클부츠를 선택했고, 속옷과 반바지는 함께 나누었다. 간수 리아뇨가 이 모든 것을 얘기해주었다. 또 어느 날 오후에는 암살범들이 옷 꾸러미를 짊어진 채 감방으로 돌아오는 것을 본 적도 있다는 얘기도 했다. 그는 그들이 어디서, 누구에게서 그것들을 받아오는지 몰랐는데, 갈라르사는 그 옷이 필요 없다는 듯이 거들떠보지도 않은 채 트렁크에 집어넣었지만, 카르바할은 잠시 그 새 옷들을 펼친 뒤 들어올려서 자세히 살펴보다가, 리아뇨가 자신을 지켜보고 있다는 사실을 눈치채고는 한꺼번에 트렁크에 집어넣은 다음 건방진 태도로 덮개를 힘껏 닫았다는 얘기도 해주었다. 안솔라는 리아뇨의 증언을 들으며, 그의 말에 상당히 짙게 배어 있는 질투와 억울함을, 그 재소자들이 간수들보다 더 잘산다는 것에 대해 리아뇨가 경멸하고 있으며, 그가 일종의 불편한 기색을 드러내고 있다는 사실을 간파했다. 그에게 동전 두어 개만 쥐여주면 갈라르사와 카르바할이 어느 날 밤 잠을 자다가 목이 잘려 고급 담요의 수놓은 안감 위에서 피를 쏟으며 죽게 만들고도 남겠다고 생각했다.

지난 며칠 동안, 우리는 헤수스 카르바할과 레오비힐도 갈라르사의 감방을 기습적으로 조사하기 위해 교정국장과 함께 파놉티콘으로 갔다. 특이하게도 경찰청장 살로몬 코레알 장군이 우리가 조사할 것이라는 사실을 알아차리고는 조사 전날 밤 자정이 되기 직전에 몸소 암살범들을 찾아갔다는 사실을 알고 우리는 참으로 놀라지 않을 수 없었다. 〈라 파트리아〉의 독자들은, 우리가 스스로에게 물었듯이, 경찰청장이 그 야심한 시각에 라파엘 우리베 우리베 장군을 죽였다고 자백한 암살범들의 감방에서 무엇을 해야 했는지 물을 것이다. 누구든, 자신의 첩자들로부터 정보를 받아 밤에 비밀리에 활동하는 사람의 의도가 올바르지 않다고 의심하기 위해서 셜록 홈스가 될 필요는 없다.

하지만 지금 우리는 대중이 지혜롭게도 손도끼 장군이라고 이름을 붙여준 사람에 대한 아주 많고 아주 흉흉한 비난은 한쪽으로 제쳐두겠다. 우리는 앞서 언급한 방문 조사 기간에 행운이 따른 덕분에 발견하게 된 사실들, 대중이 양심에 따라 가치를 부여해주게 될 그 사실들을 대중에게 소개하고 싶었다. 첫번째 것은 헤수스 카르바할이 소지하고 있던 어느 메모장으로, 우리가 방문조사를 실시하기 전에 누군가가 미리 일곱 쪽을 찢어가버렸는데, 무슨 내용이 쓰인 부분인지는 알 수가 없었다. 하지만 공범들의 손이 모든 쪽을 찢어갈 수는 없었다. 그래서 나머지 쪽들에 충분한 정보가 있었다. 예를 들어, 1916년 7월 1일자 메모는 다음과 같다. '나는 호세 가르시아 로사노에게서 모포를 현금 450페소($450)를 주고 구입했다.' 이런 증거 앞에서는 정신이 둔감한 사람도 자문할 것이다. 재소자 하나가 어떻게 해서 그 많은 돈을 가질 수 있었을까? 서글프게도 유명해진 공소장에 따르면, 갈라르사와 카르바할은 범죄를 저지를 당시 어찌나 가난했던지 쇠쇠를 50페소에 저당잡혀야 했다. 우리가 조사를 통해 밝혀낸 바에 따르면, 현재 그들은 옷과 생필품을 사는 데 수백 페소를 쓰고도 돈이 남아 다른 재소자들에게 고리로 빌려준다. 운이 참 기묘하게 바뀌었도다! 하지만 그 어떤 것도 마땅히 로드리게스 검사의 관심을 받아야 한다고 판단되지는 않았다.

이제 우리는 이 몇 년 동안 암살범들을 에워싸고 있는 사람들에게 무슨 일이 일어났는지 지적해보겠다. 갈라르사의 어머니는 경찰청장과 여러 차례 면담을 했다. 검사가 채택하고 싶어하지 않았던 증언들에 따르면, 그녀는 어느 면담에서 자신을 부양하고 보살피던 아들이 감옥에 들어간 일에 대한 걱정을 경찰청장에게 표명했다. 코레알 장군은 그녀더러 걱정하지 말라고 부탁하면서, 제3자의 손을 빌려 그녀에게 돈이 도착하게 할 방법을 모색해보겠다고 확언했다. 갈라르사의 정부 마리아 아루블라는 무척 가난하게 생활했었는데, 가정부를 고용하고 이웃사람들을 소풍에 부르게 까지 되었다. 아루블라는 부엔 파스토르 여자교도소에 한동안 수감되었는 데, 그사이에 그녀의 법적인 상황이 어떠했는지 밝혀졌다. 증인들의 말에 따르면, 그녀는 그곳에서 다른 수감자들을 관리하는 임무를 맡고, 매일 우유 1리터와 도시락을 지급받는, 다른 재소자는 그 누구도 얻을 수 없는 권리를 누리면서, 흔치 않은 특권을 향유했다. 어느 재소자는 다음과 같이 진술했다. "분명하게 말씀드리자면, 우리베 우리베 장군이 암살당하기 전에는 마리아 아루블라가 친츠 원피스를 입고 알파르가타 신발을 신는 등 옷차림이 남루했지만, 장군이 암살당한 뒤로는 가죽 앵클부츠를 신고 실크 숄을 두르고 트위드 치마를 입고 있는 것을 본 적이 있고요, 게다가 성을 두 개 사용한다는 것을 알고 있습니다." 이런 상황인데 검사가 당연히 최소한의 수사라도 해야 하지 않았을까? 그런데도 아무런 수사도 이루어지지 않았다는 사실을 우리가 이 지면에서 확언한다 해도 아무도 놀라지 않을 것이다.

카르바할의 가족도 유사한 행운을 누렸다. 앞서 언급한 메모장에서 우리는 다음과 같은 메모를 발견했다. '5월 19일에 알레한드로는 톨리마주를 향해 보고타를 떠났다.' 알레한드로라는 인물은 암살범 헤수스의 동생인 알레한드로 카르바할인데, 그는 범죄 현장에 있었고―검사가 이를 조사하지 않으려 했다는 것은 기이한 우연의 일치다―군중이 표출할 수 있었던 분노로부터 헤수스를 보호해주었다. 검사가 할 수 없었거나 하고 싶어하지 않았던 그 조사를 우리가 했는데, 그 암살범의 동생이 예전에는 극빈자였으나 현재는 이바게에서 알레한드로 바르보사라는 이름을 내걸고 장사를 하는 부유한 상인이 되어 있다는 사실을 알게 되었다. 독자 여러분은 그토록 갑작스러운 운의 변화에 깊이 의심할 만한 것이 없는지, 이름을 바꾼 사람이 필요에 의해 위장을 하고 숨고 싶어하지 않는지를 판단해보시라.

앞서 언급한 이 모든 것에도 불구하고, 검사는 라파엘 우리베 우리베의 암살 범죄의 경우에서 이윤의 동기가 될 만한 사항을 자신의 공소장에 기록하지 않았다. 검사가 수사를 시작하면서부터 단서와 증언이 그의 주변에 북적거렸지만 검사는 그것들을 확인하지 않으려고 초인적인 노력을 기울였다. 왜 그랬을까? 만약 암살범들이 돈 때문에 범행을 저질렀다는 사실을 그가 받아들이게 되면, '당연히' 그 돈의 출처를 찾고 돈을 지불한 사람들이 누구인지 자문해야 하기 때문이리라. 그 범죄 이야기를 만들어내기 위해 공소장은 검사를 다른 길들로 인도할 단서는 무엇이 되었든 부인해야 했다. 지금 우리는 그렇게 된 것이 검사의 단순한 태만 때문이 아니라 진짜 책임자들, 즉 피에 젖은 돈을 가지고 한 인간의 암살을 계약하고 돈을 지불했으며, 어느 국민의 역사를 둘로 나누어버린 검은 손들을 숨기려는 명백한 의지 때문이었음을 알고 있다. 우리는 계속해서 묻는다. 그 검은 손들은 어떤 사람들의 것인가?

과연 어떤 사람들일까?

7월 중순에 훌리안 우리베가 안솔라를 불러들였다. "내가 다른 증언을 가지고 있네." 그가 안솔라에게 말했다. "하지만 특별한 것이야. 만약 이게 판사를 설득시키지 못한다면, 이제 할 수 있는 게 전혀 없네."

그리고 안솔라는 지금, 최근 몇 년 동안 여러 번 그랬던 것처럼 여기 훌리안 우리베의 거실에 앉은 채, 이따금 밖에서는 어느 나라가 전쟁으로 붕괴되어가는 사이에 자신은 평화로운 곳에 있다고 느꼈고, 또 자신이 이 비밀스러운 곳에서부터 다른 음모, 즉 권력자들의 살인 음모에 맞서는 또다른 음모자라고 생각했다. 거리에는 가랑비가 내리기 시작했고, 바람에 휩쓸린 비가 베벨드글라스에 부딪혔다. 훌리안 우리베는 카레라 쪽으로 난 유리창에서 가장 가까이 있는 의자에 앉아 시가를 피우고 있었는데, 벌겋게 달아오른 끝 부분이 어둠 속에서 자신의 형상을 드러내고 있었다. 안솔라의 건너편에는 아델라 가라비토와 그녀의 아버지가 각각 고리버들 의자에 놓인 벨벳 쿠션의 가장자리에 앉아 있었다. 엘리아스 가라비토 장군은 이제는 하얗게 센 빽빽한 수염을 길렀는데, 턱 부분은 예전에 유행하던 식으로 면도를 한 상태였다. 그 역시 우리베 장군을 알고 존경했던, 콜롬비아 경비대의 옛 구성원이었다. 그가 맨 먼저 입을 열었다.

"얘기해보거라, 딸아." 가라비토 장군이 소곤거리듯 말했다. "우리가 알고 있는 것을 얘기해봐."

가라비토 장군의 딸은 수줍음 많고 신앙심 깊은 사십대로, 검은색 긴 치마를 입고 몸가짐이 차분했는데, 자유파 아버지가 원하던 것보다 훨씬 더 자주 미사에 참례했다. 용기를 내서 안솔라의 눈을 쳐다보기까지는 제법 시간이 걸렸지만, 그렇게 대담자의 눈을 피하면서, 대담자보다는 카펫과 더 많은 대화를 하면서, 세상 경험이 더 많거나 더 활발하거나 더 용감한 누군가도 두려워서 함구했을 것들을 활기찬 목소리로 대담자에게 얘기했다.

그녀의 이야기는 1914년 10월 15일에 일어난 것이었다.

"범죄가 일어난 날이군요." 안솔라가 말했다.

"내게는 아빌라의 성녀 테레사 축일이지요." 아델라 씨가 말했다.

아델라 씨는 사그라리오 예배당의 아홉시 미사에 참석한 뒤 가족이 사는 집으로 돌아가려고 카예 9를 통해 올라가고 있었는데, 그때 살로몬 코레알 장군처럼 보이던 한 사람이 함께 있던 한 경찰관을 방치된 것처럼 보이는 어느 집 현관으로 들어가게 하는 모습을 보았다. 아델라 씨는 몇 걸음을 걸었을 때, 그 사람은 바로 자신이 잘 알고 있던 코레알이라고 확신했다. 경찰관은 재킷 차림에 칼을 차고 있었으나 누군지는 알아볼 수 없었다. 한 번도 본 적이 없는 사람이었다.

"그들이 옆집에 있었나요?" 안솔라가 말했다. "그러니까, 우리베 장군의 옆집인 거죠?"

"네." 아델라 씨가 말했다 "그들이 거기서 다른 사람들에게 수신호를 했어요."

"어떤 사람들에게요?" 안솔라가 말했다.

코레알은 옆집 현관에서 자신을 수행하던 경찰관을 안으로 들어가게 한 뒤 그 집 현관에서 고개를 내밀고 카레라 5의 길모퉁이 쪽을 바라보더니 허공에 팔을 휘저었다. 우리베 장군의 집 현관문에서 불과 몇 걸음 떨어진 길모퉁이에는 루아나를 입고 밀짚모자를 쓴 초라한 행색의 남자 둘이 있었다. 아델라 씨는 멀리서 봐도 모든 상황이 정상이 아니라는 사실을 감지했다. 길모퉁이에 있던 남자들은 불안해하는 모습으로, 자신들이 어떻게 해야 할지 상대방에게 묻는다는 듯 서로를 쳐다보는 것 같았다. 아델라 씨는 참으로 의심스러운 그 상황을 자세히 살펴보면서도, 동시에 자신이 무례하거나 참견하기 좋아하는 사람으로 비치지 않도록 애쓰며 카예 9를 통해 계속 위로 올라가다가 두 수공업자 옆을 지나가게 되었다. 그때 그녀는 두 사람이 루아나 속으로 뭔가를 감추었다는 사실을 눈치챘다.

"두 사람이었나요?" 안솔라가 물었다. "확실한 거죠?"

"내 딸은 거짓말도 과장도 하지 않네." 가라비토 장군이 말했다.

"그런 뜻이 아닙니다." 안솔라가 말했다. "확실한지만 물은 겁니다."

"하느님이 살아 계신 것만큼이나 확실해요." 아델라 가라비토가 말했다. "두 사람은 루아나 속에 손을 감추고 뭔가를 움직이고 있었어요. 둘 다 뭔가를 숨기고 있었죠."

"손도끼입니다." 안솔라가 말했다.

"그건 잘 모르겠어요." 아델라 씨가 말했다. "하지만 그들이 초조해한다는 건 쉽게 알 수 있었어요."

그 순간에 에텔비나 포세 아주머니가 아델라와 마주쳤는데, 두 사람이 서로 잘 아는 사이였음에도 불구하고, 포세 아주머니는 어찌나 급하게 가던지 아델라에게 인사도 없이 지나쳤다. "아주머니가 나를 알아보지도 못했어요." 아델라 가라비토가 말했다. 도냐* 에텔비나는 아델라에게 살갑게 군 적이 결코 없었다. 사람들은 그녀가 코레알과 지나치게 친하고, 반면에 그녀의 남편은 그 경찰청장을 미워했다고들 말했다. 코레알이 그녀를 다른 시민들에 관한 정보를 제공해주는 시민부대인 비밀경찰로 채용했다고도 말했다. 아델라 가라비토는 은밀하게 뒤를 돌아보았는데, 그때 도냐 에텔비나가 가던 길을 멈추고 코레알 장군과 얘기하는 것이 보였다. 그 순간에 아델라 가라비토는 이미 길모퉁이를 돈 상태였기 때문에 두 사람이 무슨 얘기를 하는지는 들을 수 없었지만,

---

* 기혼 여성의 이름 앞에 붙이는 경칭.

남쪽으로 반 블록 떨어진 곳에 있는 집에 도착해서 자신이 보았던 것을 아버지에게 얘기했다.

그날 오후에 그들에게 소식이 전해졌다. 우리베 우리베 장군이 수공업자 두 명으로부터 손도끼 공격을 받았다는 것이었다. 가라비토 장군은 어찌된 일인지 알아보려고 미친듯이 거리로 나가 우리베 장군의 집에 도달했으나, 혼란스러운 현관에서는 우리베 장군의 가족들을 찾아볼 수 없었다. 그곳에 있던 자유당원 두세 명을 알아보고 그들과 얘기를 나누었으나 모두가 넋이 나가 있었기에, 이내 세상의 종말이 도래할 것 같던 그 시간을 가족과 함께 보내기 위해 집으로 돌아가야겠다고 생각했다. 그는 노크도 하지 않고 딸의 방으로 들어갔는데, 눈에 눈물이 그렁한 자신의 모습을 딸이 볼 수 있다는 것도 신경쓰지 않았다. 침대 위 쿠션들을 한쪽으로 치워놓으며 침대에 걸터앉은 그는, 자신이 무슨 말을 하고자 하는지 딸에게 굳이 설명할 필요가 없었다. 그리고 누군가가 자신들의 말을 엿들을 수도 있다는 듯이 말했다.

"오늘 오전 내게 했던 말은 절대로 발설하지 말거라. 그들이 우리를 독살할 수도 있단다."

그녀는 아버지의 말대로 했다. 며칠 뒤 아델라는 다시 도냐 에텔비나 포세와 마주쳤고, 이번에는 에텔비나 아주머니가 걸음을 멈추고 이런저런 얘기를 했는데, 얘기가 끝날 무렵 에텔비나 아주머니는 손에 들고 있던 신문을, 암살범 갈라르사와 카르바할의 사진이 있는 지면을 펼친 상태로 아델라에게 보여주었다.

"이 사람들 알아요." 아델라 가라비토가 말했다. "장군이 암살당한 날 저 길모퉁이에 서 있던 바로 그 사람들이에요."

아델라의 말을 들은 도냐 에텔비나는 깜짝 놀랐다. "마치 에텔비나 아주머니가 자신이 내게 실수를 했다는 사실을 갑자기 깨달은 것 같았어요." 아델라 가라비토가 말했다. "마치 내가 당시에 아주머니와 그 자리에 함께 있었거나 우리베 장군의 죽음에 즐거워하는 사람들과 함께 있었다고 착각한 것처럼요. 내가 자기네 편이 아닐 거라는 생각은 하지 못했던 거죠. 아주머니의 안색이 변했어요."

"그 사람들이 어디에 서 있었나요?" 도냐 에텔비나가 말했다.

"저기, 장군님 집 길모퉁이요." 아델라가 말했다. "그리고 코레알 장군님이 옆집 현관에서 그들에게 신호를 했어요. 특이하게 보였지요."

"장군님은 그날 없었어요." 도냐 에텔비나가 말했다.

"확실히 있었어요." 아델라 가라비토가 말했다. "이 눈으로 봤는걸요."

"글쎄, 난 전혀 못 봤는데요." 도냐 에텔비나가 말했다.

"그리고 장군님은 혼자가 아니었어요." 아델라가 말했다. "누군가 장군님과 함께 있었는데, 그 두 사람이 암살범들에게 신호를 했다고요."

도냐 에텔비나는 아델라를 쳐다보지도 않은 채 자신이 들고 있던 신문을 내밀었다.

"난 다 읽었으니 가져요, 아가씨." 그렇게 말하고는 떠났다. "실례할게요."

"이 이야기를 다른 누구에게 한 적이 있소?" 훌리안 우리베가 물었다.

"아무에게도 하지 않았습니다." 가라비토 장군이 말했다. "그 당시에는 경찰이 증언을 하러 오는 사람들을 함부로 다룬다는 소문이 있었죠. 증인들을 박해하고 윽박질렀어요. 여러 사람의 경우를 들었지요. 자신들이 본 것을 말하기 위해 경찰을 찾아갔다가 결국은 구금당해 두세

498

밤을 보냈다니까요. 그래서 내가 아델리타*더러 그 사실을 아무에게도 말하지 말라고 했고, 아델리타는 내 말을 따랐습니다."

홀리안 우리베는 자리에서 일어나 거실 한가운데로 걸어갔다. 오후 여섯시의 어스름 속에서 그의 형체가 더 길어진 것 같았다.

"증언을 해주시겠습니까?" 홀리안 우리베가 물었다.

아델라 가라비토가 아버지를 쳐다보았는데, 그의 얼굴에 안솔라가 볼 수 없었던 무언가가 보였다.

"뭔가에 도움이 된다면요." 아델라 가라비토가 말했다.

"엄청나게 도움이 됩니다." 안솔라가 말했다. 그런 다음 방금 아델라의 말에 대답했음에도 불구하고, 딸이 아니라 아버지를 바라보았다. "제가 다 준비할 겁니다, 장군님. 모레 판사님이 와서 따님의 증언을 청취할 겁니다. 그리고 괜찮으시다면 장군님의 증언도 청취할 겁니다."

"난 상관없네." 장군이 말했다. "하지만 난 말해야 할 건 이미 다 말했네만."

"하지만 판사 앞에서는 하지 않으셨습니다." 안솔라가 말했다.

"똑같을 텐데." 장군이 말했다. "증인이 있든 없든, 신사의 말은 신사의 말이거든."

"그렇게 간단했으면 저도 좋겠습니다." 안솔라가 말했다.

안솔라는 오랫동안 느끼지 못했던 흥분으로 의기양양해져서 홀리안 우리베의 집을 나섰다. 그런 낙관은 그리 오래가지 않을 거라는 사실을 알고 있었음에도, 잠시 그 순간만은 낙심한 마음을 치유하는 해독제 같

───────────────

* 아델라의 애칭.

은 기분을 만끽했다. 밤이 되고 있었지만, 아직 모든 가로등에 불이 켜지지 않았다. 반면 여러 집의 전구 불빛은 비가 그친 뒤에 생긴 물웅덩이에서, 비에 젖은 포석에서 반사되고 있었다. 바람이 강해지기 시작했다. 안솔라는 머리카락이 흐트러지는 것을 느꼈고, 이런 결정적인 시기에 폐렴에 걸려서는 안 된다는 생각에 돌풍에 외투가 벌어지지 않도록 두 팔을 교차시켜 가슴 깃을 여몄다. 모든 사람이 평소보다 한 시간 정도 빨리 집으로 들어간 것으로 보아 사람들도 똑같이 추위와 불편을 느낀 모양이었다. 포석이 깔린 보도에서 들리는 안솔라의 발소리가 어느 빈집의 복도에서 들리는 침입자의 발소리처럼 들렸다. 그런 생각을 하고 있었을 때 거리에서 다른 존재를 감지했다.

안솔라가 고개를 돌려 어깨 너머로 보니 루아나 차림의 남자 둘이 있었다. 그의 상상이었을까, 아니면 그 남자들이 뭔가를 숨긴 듯 루아나 자락이 흔들렸을까? 그는 걸음을 재촉했고, 구두 소리가 건물 회벽에 튕겨 되돌아왔다. 안솔라는 길모퉁이를 돌고 나서, 루아나 차림의 두 남자가 자신이 그들로부터 멀어지려 한다는 사실을 눈치채지 못하게, 거의 뛰다시피 본격적으로 보폭을 넓혀 걷기 시작했다. 그 남자들도 길모퉁이를 돌았고, 안솔라는 다시 고개를 돌려 어깨 너머로 그들을 보았고, 다시 그들의 루아나 속에서 뭔가가 움직이는 것을 보았고, 자신이 본 것이 진짜였는지 계속 자문하게 될 것이다. 어느 루아나 자락이 대왕가오리의 날갯짓처럼 위로 들리더니 순간적으로 가로등 불빛에 번쩍이는 금속 날이 보였다. 그때 안솔라는 위험을 감지하고 더 빨리 발걸음을 재촉했는데, 구두 소리가 빠르게 뛰는 심장소리 같았다. 가슴이 땀으로 젖은 것이 느껴졌다. 깊은 어둠 속에서 불빛 하나가 포석 위로 흩어지는 것을 보았고, 그 불빛을 향해 가보니 문을 연 치차가 게에 사람이 가득차 있었다. 가게 안으로 들어가 재빨리 밖을 살펴보았으나 이제 아무도 없었다. 루아나 차림의 남자들도, 그 누구도 없었다. 안솔라는 갑자기 온기를, 타인들의 숨결의 온기를 느꼈다. 귀가 욱신거렸다. 아마도 그래서 그 질문에 늦게 대답했을 것이다.

"뭘 드릴까요, 선생님?"

어느 날 아침, 안솔라가 거리로 나서려는데 누군가가 갖다놓은 봉투 하나가 눈에 띄었다. 봉투에 든 것은 예전 일자의 〈힐 블라스〉 신문 스크랩이었는데, 안솔라는 아직 그것을 열어보지 않았다. 집에 틀어박혀 3천 쪽짜리 사건 파일을 검토하는 어려운 작업을 하고 있었기 때문이 아니라, 〈힐 블라스〉가 자신의 이념적인 적들처럼 무책임하고 무모했기 때문이다. 그 기사는 가위가 아니라 손으로 찢어 오려낸 것이어서 한쪽 모퉁이에 몇 글자가 없는 상태였지만 읽는 데 방해가 되지는 않았다. 편지 기사였다. 파놉티콘의 어느 재소자가 신문사 편집국장에게 보낸 편지로, 그는 자신이 살로몬 코레알의 경찰이 행한 고문의 희생자임을 공개적으로 밝히고 있었다. 그 재소자의 이름은 발렌틴 곤살레스인데, 안솔라는 〈힐 블라스〉가 제공한 정보 이외에 그에 관해 아는 것이 전혀 없었다. 그는 니에베스성당의 성체 안치기를 훔친 혐의로 기소되어 파놉티콘에 수감되어 있었다. 안솔라는 그 사건을 기억하고 있었다. 전년도 7월 어느 날 니에베스성당에서 성체 안치기가 사라져버렸다. 사제이자 오페라 가수였던 에스파냐 사람을 체포했다가 석방한 지 일주일이 지난 뒤, 경찰은 성당의 어느 어두컴컴한 구석자리의 산루이스상 밑에서 도난품 일부를 발견했다. 거기에 성체 안치기의 받침대, 성체 부스러기, 손수건 하나, 담배꽁초 몇 개, 발자국 등 도둑의 명백한 흔적들이 남아 있었다. 경찰은 용의자 여섯 명을 체포했다. 그리고 자신들이 절도 사건을 해결하고 있으니 사회가 평온해질 것이라고 선언했다. 그 순간 수많은 사람과 마찬가지로 안솔라 또한, 절도 사건이 일어난 지 여드레가 지났건만 마치 그동안 그 누구도 성당 바닥을 비로 쓴 적 없었다는 듯이 모든 증거가 같은 성당에서 일거에 발견되는 게 어떻게 가능했는지 자문해보았다. 이제 그 사건이 간략하게 안솔라의 손에 되돌아왔다.

재소자 발렌틴 곤살레스는 이렇게 썼다. "나는 음식은커녕 빵 한 조각 먹지 못하고 몸을 덮을 만한 것 하나 없이 아흐레 동안 비좁은 감방에 갇혀 있었습니다. 매일 새벽 한시에서 세시까지 그 지저분한 곳에서 나를 끌고 나와 추위로 벌벌 떨고 배가 고파 죽을 지경인 상태로 제1마당에 있는 사무실로 데려가서는, 거기 그 사무실에서 군대식 족쇄 고문을 했는데, 양발 엄지발가락을 묶은 뒤 라이플에 내 목과 무릎을 묶는 고문이었습니다." 이런 고문을 한 뒤에 책임자인 마누엘 바스토스 경감은 곤살레스를 그 비좁은 감방으로 돌려보냈는데, 경찰관들이 감방에 다른 사람들의 오줌과 똥물을 끼얹어놓곤 했다. 어느 날 발렌틴 곤살레스는 고통과 배고픔과 추위와 학대에 지친 나머지 자신을 단번에 죽여달라고 간수들에게 요청했다.

"그렇게 하면 재미가 없어." 간수들이 그에게 말했다. "아주 조금씩 죽여야지."

명백히 그들은 그런 식으로 나날을 보냈다. 곤살레스는 경찰관들이 툭하면 그를 감방에서 꺼내 양손을 묶고, 눈에 톱밥을 뿌리고, 그가 비틀거릴 때까지 뺨을 때렸으며, 그동안 다른 경찰관들은 깔깔대고 웃었는데 웃음소리가 마당에 메아리쳤다고, 비밀경찰의 폭력에 관해 말했다. 이런 식으로 여러 날을 보낸 뒤 그는 감방에서 끌려나와 지하감옥으로 보내졌고, 이틀 동안 독방에서 지냈다. 그의 말에 따르면, 이제 그의 손가락은 고문 때문에 궤양이 생기고 지하감옥의 습기 때문에 엄청나게 고통스러운 류머티즘에 걸렸다. "내가 의사를 불러달라고 끝까지 요구했지만 소용이 없었습니다." 그는 편지에 썼다. "바스토 씨는 내가 처했던 상황에 관해서는 아무도 모르는 것이 좋다고 했습니다." 그리고 그는 자신이 고발한 이 내용을 확인하기 위해 누구든 파놉티콘에 가볼 수 있을 것이고, 자기 손가락의 궤양을 보고자 하는 사람은 누구나 실제로 볼 수 있다는 말로 편지를 끝냈다. 안솔라는 그가 성체 안치기를 훔치지 않았다고 스스로 밝히지는 않았다는 사실을 알아차렸다. 그것은 안솔라에게 중요하지 않았다. 안솔라에게는 발렌틴 곤살레스가 겪은 고초가 외부세계에 알려지는 것이 중요했다.

안솔라는 오려낸 편지 기사를 읽고 또 읽었다. 그가 맨 먼저 생각한 것은 만약 이런 일이 여전히 일어난다면, 아직은 승산이 있다는 것이었다. 다시 말해 만약 무명의 시민들이, 선한 사람들이 경찰의 진짜 얼굴을 여론 앞에 밝히고 살로몬 코레알의 가면을 벗기기 위해 필요한 증거들을 모으고 공론화하는 데 시간과 노력을 쓴다면 말이다. 자기 옆에 있는 사람 모두가, 그처럼 범죄에 관한 진실을 찾던 모든 사람이 저 사람처럼 폭로해주기만 한다면! 만약 음모자들이 대중의 분노에 압박을 느끼기만 한다면! 아, 그래, 안솔라는 아마도 굉장한 위험을 무릅쓰면서, 또 비밀경찰들에게서 몸을 숨기면서…… 이 봉투를 건네줬을 그 익명의 그림자에게 참으로 고마워했다. 안솔라는 그런 생각을 하다가 그 은인의 정체에 관해 어떤 실마리를 찾아보려고 작정하고서 봉투를 집어들었는데, 봉투 안에는 정체를 파악할 수 있는 것은 없고, 대신 전에는 본 적 없는 누르스름한 종잇조각 하나가 들어 있었다. 안솔라는 손으로 쓴 짧은 글귀를 읽으면서 자신이 어느 유치한 농담, 하지만 예사로운 농담이 아니라 손에는 마체테를 들고 눈에서는 검은 눈물이 흐르는 아이가 등장하는 농담의 희생자가 된 듯 느꼈다.

   안솔라 박사. 만약 당신이 잃어버리지도 않은 물건을 찾는 걸 그만두지 않으면, 당신에게 어떤 일이 일어나는지 보게 될 거요.

   이후 안솔라는 자신이 인지한 것보다 훨씬 더 많은 일이 자신에게 생겨났음을 깨닫게 될 것이다. 첫번째는 두려움이고, 두번째는 그가 예견한 적 없던 것으로, 자신이 두려워한다는 사실에 대한 두려움이었다. 그리고 만약 그가 굴복한다면? 만약 위협을 받아, 육체적인 고통을 겪거나 비명횡사를 당해 굴복한다면? 그렇다면, 고생하며 보낸 이 몇 년, 다른 사람들을 위험에 빠뜨리고 자신도 위험에 처했던, 음모의 진흙구덩이 속에서 알 수 없는 진실과 정의를 찾아 나섰던 이 몇 년은 어디로 가는 건가? 이 모든 것은 훌리안 우리베와 카를로스 아돌포 우루에타가 그를 찾아와서 무언가를 부탁했던 1914년 그 밤부터 갑작스럽게 바뀌었다. 당시에 세상은 매우 단순했으나 오직 그, 우리베 장군에게만 그랬다. 그에게 글로 가해졌던 협박은 그의 목숨을 앗아간 실제 공격이 되었다. 여기서 두 가지를 생각해볼 수 있었다. 먼저, 어떤 행위가 몰고 올 결과를 잘 알면서도 그 일을 계속해서 수행하는 자는 정신 나간 사

람일 것이라는 사실, 또다른 하나는 위협에 굴복하는 일은 암살당한 장
군에 대한 기억을 훼손하는 것이라는 사실이었다. 안솔라는 그 메모를
자신의 서류 사이에 넣어 보관하지 않고 벽난로에 던져버렸다. 반면에
〈힐 블라스〉에서 오려낸 편지 기사는 나중에 기록해둘 생각으로 책상
위에 놓았다. 비록 그가 인지하지 못했다 할지라도, 그 단순한 행위에
는 계속해서 앞으로 나아가겠다는 그의 숨겨진 결단이 이미 내포되어
있었다. 몇 주 후, 어느 우연한 만남을 통해 그 결단은 돌이킬 수 없는
것이 되어버렸다.

안솔라는 '아미고스 데 라 엔텐테'*라는 이름을 지닌 어느 단체가 개
최한 유럽 전쟁에 관한 강연회에 참여했는데, 올림피아극장에 3백 명
이 넘는 사람이 모였다. 기나긴 두 시간 동안 현재 만 삼 년째 전쟁을
치르고 있던 유럽에서 일어나는 일에 관한 얘기를 들었다. 이 지옥 같
은 전쟁이 강대국들을 삼켜버렸다는 사실, 전쟁으로 5백만 명이 사망
한 것을 보면 한 세대 전체가 결딴났다는 사실을 알 수 있었다. 그는
미국에 있는 프랑스 대사들, 이에페르**에서 새롭게 벌어진 전투들, 독
일군이 벨기에 국경에서 점령한 수마일에 이르는 참호들에 관한 얘기
를 들었고, 어느 에스파냐 출신 남자로부터 야만과 벌이는 전쟁을 밖
에서 구경만 하다가 나중에 부끄러워하지 않기 위해, 에스파냐도 전쟁
에 참전할 수 있도록 자유파들이 엄청난 노력을 기울이고 있다는 얘기
도 들었다. 그는 군인 에르난도 데 벤고에체아의 가족이 저기 연단 앞
줄에 앉아 있었다는 사실을 자신에게 일러준 사람이 누구였는지 기억

---

* '협약을 맺은 친구들'이라는 뜻.
** 벨기에의 도시로, 제1차세계대전에서 독일 제국과 연합국 간의 격전지였다.

나지 않았다. 아니, 그런 사실을 말해줄 필요도 없었던 것이, 그 이유는 각 강연자마다 연단에서 그의 가족을 바라보면서 그 젊은 군인의 용기와 그가 쓴 시의 우수성에 관해 극찬했으며, 심지어 시 한 편을 읊기까지 해서인데, 안솔라는 제대로 이해할 수 없었지만 파리에 관해 얘기하며 불꽃, 별 같은 단어가 들어 있는 시였다. 그러자 청중이 박수를 쳤다. 첫번째 줄에서 어떤 사람 둘이 자리에서 일어서자 청중 전체가 일어섰는데, 안솔라 자신도 감동을 느꼈다.

강연회가 끝나자 안솔라는 극장에서 나가려고 하는 청중과는 반대로 연단 쪽으로 다가갔다. 벤고에체아의 가족을 만나 그들과 악수하고, 그들의 목소리가 어떤지 알아보고 싶어서였는데, 가족 전체가 아니라 그 군인의 누이인 엘비라만 디에고 수아레스 코스타와 보호자와 함께 강연회에 참석했다는 사실을 알게 되었지만 실망하지 않았다. 수아레스는 그 군인과 아주 친한 콜롬비아 친구인 것 같았다. 안솔라는 그 친구가 보고타에 잠시 온 것인지 살고 있는 것인지 알지 못했지만 그리 큰 관심도 없었는데, 그 이유는 그의 관심이 엘비라에게 쏠려 있었기 때문이다. 엘비라는 눈이 크고 두툼한 올림머리를 한 젊은 여성이었는데, 목에 프랑스 국기 모양의 메달을 걸고 있었다. "오빠를 만났더라면 좋았을 텐데요." 그녀를 소개받은 안솔라가 그녀에게 말했다. 안솔라는 그녀의 손을 잡고 바닥에 떨어진 손수건처럼 들어올려서 꽉 다문 입술을 손가락에 가져갔지만 대지는 않았다. "마르코 툴리오 안솔라입니다." 그가 말했다.

"아, 네." 그녀가 말했다. "우리에게 걱정거리를 주는 것들을 쓰신 분이군요."

"미안합니다." 그가 말했다. "그게 아니라 저는……"

"우리 오빠도 선생님을 만나고 싶어했을 거예요." 엘비라가 안솔라의 말을 잘랐다. "적어도 우리 가족은 그렇게 말해요."

나에 관해 말을 나누는군, 이라고 안솔라는 생각했다. 그는 나를 만나고 싶어했을 거다라고도 생각했다. 그는 이어지는 몇 개월 동안 시간과 에너지를 자신이 쓰고 있던 책을 마무리하는 데 쏟아붓는 사이에 어이없게도 그 짧은 대화를 떠올렸다. 가끔은 엘비라 씨의 말에는 뭔가를 옹호하면서 동시에 요구하는 것이 들어 있다는 생각을 했다. 가끔은, 살로몬 코레알이나 페드로 레온 아코스타를 고발하는 글을 쓰는 사이에, 안솔라는 에르난도 데 벤고에체아가 자기 나이에는 이미 죽어 있었으나 고작 스물여섯 살에 오늘날 사람들로부터 박수를 받는 글을 남기고 영원불변의 가치를 지키기 위해 영웅적으로 죽은 사람이라는 생각을 했다. 그 당시 만 스물여섯 살이 된 안솔라는 스물여섯 살의 나이를 먹는 동안 자신은 무엇을 해왔는지 생각했다. 자신이 쓰고 있던 그 책은 시가 아닌 조잡한 산문이었고 집필 의도도 오직 어느 살인 음모를 비난하는 것인데, 정밀한 법조문과 상식에 대한 투박한 미사여구 외에 다른 장식이 없는 이 책이 그에게 실제로 죽음을 가져올 수 있을까? 안솔라가 글을 한 문단 한 문단 쓰면서, 또 기사를 한 편 한 편 쓰면서, 심도 있는 증언을 듣고 또다른 증언을 들으면서 자신의 무덤을 파고 있었던 걸까? 원고지의 각 페이지마다, 안솔라가 휘갈겨쓴 글씨로 채운 초안마다 상황을 전복시킬 내용이 폭로되어 있었고, 또 폭탄이나 어뢰처럼 파괴력이 있는 비난이 실려 있었다. 그렇다, 안솔라는 그렇게 생각하기로 했다. 즉 원고는 잠수함이며, 일부 문단은 콜롬비아 정부라는 순항 여객선을 겨냥해서는 그 여객선의 흘수선 아래에 구멍을 뚫어버림으로써 모든 것을 바닷속에 가라앉혀 결코 밖으로 나오지 못하도록 하는 어뢰라고.

안솔라는 자신이 쓰고 있던 글의 힘을 확인하기 위해 계속해서 〈라 파트리아〉의 칼럼을 썼으나, 이번에는 나중에 책으로 펴낼 글을 칼럼에 사용한 것이 아니라 최종적인 온전한 단편斷片들이었다. 그는 원고를 꺼내 자기 옆에 있는 사람에게 보여주곤 했는데, 가끔은 증인에게 그의 주장대로 올바르게 썼는지 확인을 요청하기 위해서, 가끔은 어느 경험 많은 전문가—자신보다 박학다식한 형법학자, 형사소송법 전문가—로 하여금 그가 법을 잘못 해석한 부분이나 혹은 그의 해석이 지닌 약점을 수정하도록 하기 위해서였다. 한번은 단지 확인해보고 싶어서, 알레한드로 로드리게스 포레로 검사의 부패에 관해 쓴 글 전체를 쿤디나마르카 주의회에 들고 간 적이 있다. 의회는 차기에 임명될 검사를 선출하기 위해 예비후보 3인을 소개하는 일을 맡고 있었다. 안솔라가 쓴 글만 읽어봐도 로드리게스 씨에 대한 지지를 철회하기에 충분했건만, 저기 밖, 보통의 일반 사람이 사는 세상에서는 그런 철회가 일어나지 않는다는 사실에 안솔라는 안타까워했다. 어느 신문 기사에서 로드리게스 포레로는 우리베의 가족이 안솔라가 하는 업무에 분노하고 있으며, 안솔라를 대책 없는 허언증 환자로 치부하고 그가 채택한 조사 방식을 못마땅해한다고 밝힌 적이 있었다. 그리고 안솔라가 그 일에 관해 얘기하려고 훌리안 우리베를 찾아갔을 때, 훌리안 우리베는 곤혹스러운 얼굴로 안솔라의 눈조차 쳐다보지 않은 채 다음과 같은 소식을 전했다.

"얼마 전 우리 가족이 재판을 담당할 변호사를 선임했네." 홀리안 우리베가 안솔라에게 말했다. "나는 변호사 선임 건과 무관하다는 사실을 자네가 알아주기 바라네."

"누구입니까?" 안솔라가 물었다.

"페드로 알레호 로드리게스야." 홀리안 우리베가 말했다. "그렇지만 나도 어떻게 그렇게 됐는지 이해가 되질 않는다네."

뭔가 이해할 수 없는 일이 일어났다. 젊은 변호사 페드로 알레호 로드리게스는 알레한드로 로드리게스 포레로 검사의 아들이었다. 그를 우리베 가족의 장군의 암살범들에 대한 법정대리인으로 선임한 것은 어리석은 짓이었다. 자살행위나 다름없는 일이었다. 하지만 그 소식은 장군의 형이 직접 밝힌 것으로, 그는 분명 그 소식을 전달하고 싶지 않았으리라. 음모자들 가운데 한 사람의 아들이었음에도 불구하고, 혹은 음모자들을 보호하기 위해 사용 가능한 모든 수단을 썼음에도 불구하고, 페드로 알레호 로드리게스는 공식적으로 우리베 장군측의 변호사였다. 아니, 홀리안 우리베가 그토록 저급한 함정에 빠졌을 가능성은 없었다. 안솔라는 화가 치밀어 손으로 머리를 감쌌지만, 품위를 지키느라 하고 싶은 말을 모두 내뱉지는 않았다.

"확실하네요." 안솔라가 말했다. "이제 저를 믿지 않으신다는 거군요."

"이게 정확히 어떻게 된 건지 나도 모르겠네, 친애하는 안솔라." 홀리안 우리베가 말했다. "도냐 툴리아가 결정한 거야, 그렇게 되었어. 그 불쌍한 분께 누가 무슨 말을 했는지 어찌 알겠나?"

"미망인들은 절대 어떤 일을 결정해서는 안 됩니다." 안솔라가 말했다.

"말조심해, 이 친구야." 홀리안 우리베가 말했다. "그 미망인이 바로 내 제수씨야. 그리고 여전히 우리의 존경을 받고 계셔."

"모든 존경을 받으시면서, 그 미망인분께서는 전부 다 망치고 계시는군요." 안솔라가 말했다. "자식들의 의견은 어떻습니까?"

"모르겠어."

"우루에타 박사님은요? 선생님과 마찬가지로 제게 이 일을 맡기셨잖아요. 그분에게도 권리가……"

"우루에타 박사는 지금 워싱턴에 있네."

"뭐라고요? 거기서 뭘 하시는데요?"

"공사로 임명되었어." 홀리안 우리베가 말했다. "떠나버렸는데, 뭘 더 할 수 있었겠나?"

"그렇군요, 그건 상관없습니다. 공사라고 해도 이 사안에 동의하지 않을 수 있죠."

홀리안 우리베가 듣다못해 말했다. "말했다시피, 나도 자네만큼이나 깜짝 놀랐네. 하지만 우리 역시 그 젊은 친구 로드리게스가 어떤 사람인지 모르지 않나. 최악의 상황을 기대할 필요는 없네."

"아니, 해야 합니다, 우리베 박사님, 예상해야 한다고요." 안솔라가 말했다. "최악의 상황, 그리고 그보다 더한 것도 말입니다."

그 소식을 듣고 몹시도 속이 상한 안솔라는, 혹여 그런 실망과 환멸 탓에 책 쓰는 작업을 포기하게 될까봐 도리어 책 집필을 마치기 위해 3주간 두문불출했다. 하마터면 책 쓰기를 포기할 뻔했다. 이제 우리베 장군 가족과의 단순한 연대감은 말할 것도 없고 그들의 칭찬도 기대할 수 없는 일에서, 뭣 때문에 명성, 심지어 목숨까지 위태롭게 하겠는가?

그럼에도 불구하고 그는 밤낮을 바꿔가면서 낮에는 늦잠을 자고 밤에는 조악한 불빛 아래서 눈이 아플 정도로 글을 썼다. 반론의 여지가 없는 사실들을 기록한 3천 쪽짜리 사건 서류, 그리고 거짓말과 왜곡으로 이루어진 330쪽짜리 공소장이 그와 함께했다. 9월 어느 날 밤 새벽, 일반적인 것보다 더 길어 보이는 종이에 결론이라는 단어를 썼을 때, 이제 그는 더는 분노를 느끼지 않았고, 심지어 먼 과거의 어느 밤에 자신이 이 의뢰를 수락했던 이유조차도 잊어버렸다. 그리고 아래에 다음과 같이 썼다.

첫째. 레오비힐도 갈라르사와 헤수스 카르바할은 자유파 카우디요인 우리베 우리베 장군의 암살 사건에서 오로지 행위의 도구일 뿐이다.

둘째. 그 위대한 애국자의 암살 사건은 그 카를로스파 보수당원들 집단에 의해 꾸며졌는데, 그들이 희생시킨 사람들 가운데는 공화국의 대통령이었던 마누엘 마리아 산클레멘테 박사가 있었으며, 그 집단은 공화국의 대통령이던 라파엘 레예스 장군의 암살을 기도하기도 했고, 나라가 민주화를 진행하고 있는 상황에서 자신의 우수한 자질을 투여한 모든 사람에 대한 일련의 범죄를 확실히 계속할 것이다.

셋째. 이 흉악하고 음험한 집단의 영혼은 소위 '예수회'다.

그리고 나서는 자음 둘 모음 하나로 이루어진 끝이라는 단어를 크고 굵게 썼는데, 어찌나 굵게 썼던지 워터맨 만년필의 뾰족한 펜촉이 종이에 긁힌 자국을 남겼다. 안솔라는, 교황님이 인쇄를 명한다 해도 거부할 국립인쇄소이기에, 그곳에 책 인쇄를 맡겨 시간을 낭비할 필요가 전혀 없다고 생각했다. 그래서 가능하면 빨리 원고를 고메스인쇄소에 갖다주고 인쇄비를 사비로 지불하겠다고 마음먹었다. 침대에 누웠지만 흥분되어 잠을 이룰 수가 없었다. 그다음날, 동이 틀 무렵 그는 새 종이 한 장을 집어 제목을 썼다.

그들은 누구인가?

책 원고 전체를 가죽 서류가방에 집어넣고 막 깨어난 도시로 나왔다. 날씨가 추웠고, 바람에 얼굴이 베이는 듯했다. 안솔라가 심호흡을 하자 차가운 공기에 코가 화끈거리고 눈에 눈물이 맺혔다. 모든 것이 정상으로 보였지만 이미 정상인 것은 아무것도 없었다. 삼 년 전 우리베 장군의 가족이 그에게 의뢰한 일이 마무리 단계에 이르렀는데, 이제 그 가족은 그를 도와주지 않았다. 그는 이 나라의 모든 권력자를 비난하는 손가락을 들어올리고 있었으며, 그들이 그에게 해코지하지 않으리라는 보장은 아무도 할 수 없었다. 아직도 그는 마음을 바꿀 수 있었고, 다음 길모퉁이에서 방향을 틀어 그 블록을 한 바퀴 돌고, 뜨거운 초콜릿 한 잔을 마신 다음, 이 모든 것을 잊고 이전의 삶, 평화로운 삶으로 돌아갈 수도 있었다. 하지만 그는 길을 걸어가는 자신을 바라보던 사람들이 자신의 무엇을 주시하는지 생각하면서 계속 걸어나갔다. 고독한 남자, 하지만 완전히 실패하지는 않은 남자. 젊은 나이지만 이젠 꿈조차 남아 있지 않은 남자가 신발을 끌며 걸어갔다. 그가 마음속에 품은 돌이킬 수 없는 결심이 그의 겉모습에 드러나 보였을까? 만약 누군가 그의 결심이 무엇인지 알았더라면 그를 말리려고 시도했을까? 하지만 말릴 수 없었을 것이다. 그는 저항해야 했고, 계속해서 앞으로 나아가야 했고, 그렇게 해서 언젠가 자신은 적어도 훌리안 우리베에게 했던 약속을 지켰노라고, 책을 썼고 모든 것을 얘기해주었고, 지금은 앉아서 머리 위로 하늘이 무너져내리기를 기다릴 뿐이라고 말할 수 있을 것이다.

안솔라는 포드 한 대가 지나가도록 길모퉁이에서 걸음을 멈추었다. 모자를 쓴 아가씨가 소심하게 고개를 들었는데, 그녀의 시선이 마치 안솔라가 보이지 않는다는 듯이 안솔라를 뚫고 지나가버렸다.

8. 재판

마르코 툴리오 안솔라는 구십칠 년 뒤 그를 잊은 이 도시의 어느 작고 어둑한 아파트에 독자 둘이 모여, 마치 작가가 살아 있다는 듯이 작가에 관해 얘기하고, 더욱이 자기 책을 손에 들고서 책에 언급된 것들이 마치 얼마 전에 일어난 일인 듯 언급하리라는 사실을 모른 채 그 도발적인 책을 출간했다. 카르바요의 의도가 처음부터 그 책을 내게 보여주는 것이었는지는 모르겠는데, 왜냐하면 그 둘 사이의 ― 책과 독자 ― 관계가 내가 지금껏 본 적도 없고 아마도 한 번도 느껴보지 못했을 만큼 친밀했기 때문이다. 카르바요가 내 손에 그 책을 쥐여주었을 때 그의 마음속에 공포 혹은 불안감이 있었는지, 또는 그가 나를 그런 신뢰를 받을 만한 가치가 있는 사람으로 여기고 책을 주었는지, 나는 알 수 없었다. 우리는 안솔라에 관해, 훌리안 우리베와 카를로스 아돌포 우루에타가 안솔라에게 했던 부탁에 관해 얘기한 적이 있었다. 나는 내게 말해준 그 모든 것을 어떻게 조사하게 되었으며 그런 정보는 어디에 있었는지 카르바요에게 물었다. 그는 대답 대신 자리에서 일어나 서재가 아닌 자기 방으로 들어갔다. 최근에 그 책을 자기 방에서 다시 본 게 분명했다. 그가 그 책을 가져와 두 손으로 내게 내밀었다.

"그런데 말이죠, 한 스무 번은 읽어야 해요." 내게 말했다. "그러지 않으면 그 누구도 이 책에 든 비밀을 캐낼 수 없어요."

"스무 번이나요?"

"아님 서른 번이나 마흔 번." 카르바요가 말했다. "이 책은 보통 책이 아니에요. 당연히 그럴 만한 가치가 있어요."

그 책은 오래된 책에서 나는 냄새를 풍겼는데, 가죽 장정을 한 책등에는 글씨가 돋을새김으로 박혀 있었다. 첫 페이지에는 **라파엘 우리베 우리베 장군 암살 사건**이라 쓰여 있었다. 그 밑에 카를로스 카르바요의 서명이 있고, 서명 밑에는 책 제목, 즉 제목이라기보다는 완전히 편집증적인 선언 하나가 있었다. **그들은 누구인가?** 제목 앞에 역물음표, 즉 에스파냐어에만 있는, 아주 오래전 18세기부터 에스파냐 한림원이 의무적으로 사용하라고 규정한 그 문장부호가 없었다.* 한편, 제목 맨 뒤에 붙은 물음표 옆에는 잉크가 가득 채워진 손 모양 그림이 있었다. 나는, 그 **검은색 손**이 검지로 뭔가를 가리키고 있다고 생각했다.

"어떤 음모를 고발하는 책인가요?" 내가 물었다. "사실 안솔라 씨는 아주 영리한 사람은 아니었군요."

---

* 에스파냐어는 의문문에서 문장 앞에 역물음표(¿)를 붙인다.

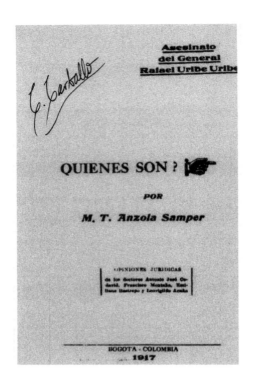

하지만 카르바요는 내 평이 재밌지 않은 것 같았다. "이 책이 보고타의 모든 서점에 깔려 있었어요." 카르바요가 건조하게 말했다. "모든 사람이 책을 샀어요. 일부는 제단에 갖다놓으려고, 일부는 화톳불에 태워버리려고요. 하지만 1917년에는 모든 사람이 한 번쯤은 이 책을 손에 들고 있었어요. 당신이 언제쯤 이 정도 책을 쓸 수 있을지 지켜보지요."

"추문에 관한 책이요?" 내가 말했다.

"가치 있는 책." 카르바요가 말했다. "고상한 목적을 지닌 책." 그러고 나서 덧붙였다. "물론 그런 단어가 당신 세대 사람들에게는 아무런 의

미도 없지만 말이에요."

나는 그의 공격을 무시하기로 했다. "그 목적이란 게 뭔지 혹시 알 수 있을까요?"

"아뇨, 당신이 머릿속에 특정 정보를 갖고 있지 않은 한 알 수 없어요." 카르바요가 말했다. "먼저 이 책을 읽고 내용을 잘 이해해야 해요. 말하자면, 책 안에서 물속에 있는 물고기처럼 움직여야 한다는 거요. 내가 했던 것처럼 스무 번을 읽으라고 말하는 게 아니에요. 하지만 그래도 최소한 네댓 번은 읽어야 하죠. 다시 말해, 내용을 이해할 때까지요."

나는 『그들은 누구인가?』를 펼친 후, 굳이 지루함을 숨기지 않은 채 책장을 넘겼다. 빽빽한 활자로 이루어진 300여 쪽짜리 책이었다. 우리베 우리베 장군의 친구가 되는 명예와 그토록 걸출한 위인에 대해 최고의 진정한 애정을 품는 명예를 가질 만한 자격을 갖춘 우리 같은 사람들에게는, 그를 기리는 데 진심어린 경의를 표하는 것이 대단히 만족스러운 일이다.

책에는 내가 혐오하는 것들, 즉 화려한 수사, 과장된 표현, 콜롬비아 사람들이 숭배하지만 나는 인간종의 가장 나쁜 악행보다 더 싫어하는 과장되고 오만한 표현이 다 들어 있었다. 나는 오랜 습관대로 맨 마지막 쪽, 흔히 일부 독자가 메모나 감상을 적어놓는 쪽을 보았는데, 거기에는 거의 한 세기에 달하는 책의 수명이 지속되는 동안 책을 읽은 수많은 독자 가운데 누군가가 남긴, 1945년의 어느 날짜 하나만 적혀 있었다.

"나더러 이 책을 네댓 번 읽으라는 건가요?" 내가 말했다.

"이해하려면요." 카르바요가 말했다. "그러지 않으면 앞으로 나아갈 수 없어요."

"그렇다면 여기서 그만두는 게 좋을 것 같네요." 내가 말했다. "이런 걸 할 시간이 없어요, 카를로스. 그건 당신의 강박관념이지, 내 것이 아니에요."

카르바요가 다리를 벌린 채, 무릎에 팔꿈치를 괴고 손깍지를 낀 채 고개를 떨구었는데, 나는 분명히 그의 한숨소리를 들을 수 있었다. "당신 것이기도 해요." 그때 그가 말했다.

"아니에요. 내 게 아니라고요."

"당신 것이기도 해요, 바스케스." 그가 우겼다. "당신 것이기도 하다는 내 말을 믿어요."

나는 그때 그가 시선을 구석의 벽 위에, 보르헤스의 사진 위에, 혹은 더 멀리 떨어진 하얀 레이스 커튼이 드리워진 캄캄한 유리창 위에 잠시 던져놓고 나서 이렇게 말한 것을 기억한다. "잠깐만요, 금방 올게요." 나는 그가 자기 방 문이 아닌 다른 문 뒤로 사라졌다는 것을 기억하고, 또 우리에게 너무나 소중하기에 따라서 위치를 결코 잊어버리지 않았을 어떤 물건을 찾으러 갔다고 하기에는 예상보다 긴 시간이 흘렀다는 사실도 기억한다. 이후 나는 카르바요가 그 모든 것—나를 집으로 초대한 것, 비록 그는 그 사실을 모르겠지만 사실은 절대 쓰지 않을 그 책을 쓰게끔 나를 자기 삶으로 다시 찾아오게 한 것—을 후회하고 있지나 않을까 의심했고, 또 내게 보여주려고 했던 것을 보여주지 않으려고 그럴싸한 핑계를 궁리하고 있는 그를 상상하기도 했다. 하지만 그는 손에 오렌지색 천을 들고 문에서 다시 나왔는데, 그가 강렬한 색의

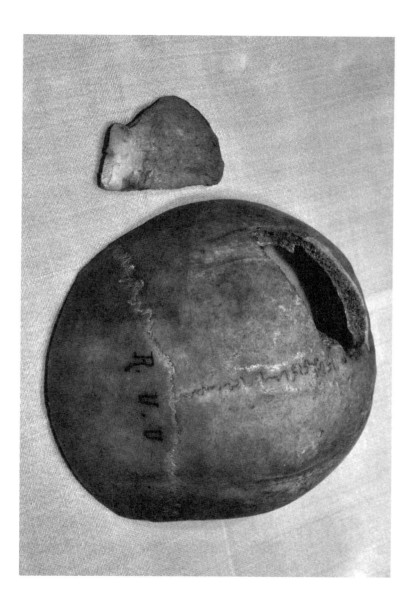

스카프를 매고 있는 모습을 내 멋대로 연상했다. 천은 형체가 모호하고 불규칙적인 어떤 물건을 감싸고 있었다(혹은 그 천에 잡혀 있는 복잡한 주름 때문에 그 물건의 정확한 형태를 구분할 수 없었을 수도 있다). 초록색 소파에 앉은 카르바요가 천의 매듭을 하나하나 풀고 천을 벗겨 내리자 내용물이 드러났는데, 내가 강렬한 불빛 아래서 보고 있던 것이 뼈, 사람의 뼈, 두개골의 윗부분이라는 사실을 알아차리는 데는 약간의 시간이 필요했다. "자, 여기 있어요." 카르바요가 말했다. 천장에서 쏟아지는 하얀 불빛 아래 깨끗하고 윤기나는 그 두개골은 파손되어 있었다. 두개골에서 분리되어 나온 파편이 하나 있었다. 하지만 내 관심을 즉각적으로 끈 것은 이마뼈에 식각蝕刻한 검은색 글자 세 개였다. R. U. U.

* * *

나는, 내가 얼마 동안이나 침묵하고 있었는지, 그가 내게 보여주던 것의 정체를 내 이해력으로 알아차리는 데 어느 정도의 노력이 필요했는지 기억나지 않고, 또 분명 무슨 말을 하긴 했지만 정확히 무슨 말을 했는지도 기억나지 않는데, 그러는 사이 카르바요는 자랑스럽고 당당하게, 또 한편으로는 분명하게 우려를 내비치면서 그 물건을 다루었으며, 마치 언제든지 다시 반복해서 볼 수 있는 물건이라는 듯, 또 설령 부서진다 해도(바닥에 떨어져서 혹은 뭔가에 부딪혀서) 그것이 우리 모두에게 복구 불가능한 피해를 의미하는 것은 아니라는 듯이, 내가 그 물건을 다룰 수 있도록 허락해주었다. 나는 그 기적 같은 일이 일어나고 있다는 사실을 받아들이면서, 예전에 살아 있던 어느 몸의 예전에 살아 있던 그 부분을 통해 생명이 빠져나갔으리라 단순히 생각했는데, 그때 카르바요가 파손된 뼛조각을 조심스럽게 분리해서 내게 건넸고, 나는 겁을 먹은 채 손가락 두 개로 뼛조각을 집어들고서 불빛에 가까이 갖다대고는 보석이나 되는 듯이 양면을 살펴보았으며, 그때 내 머리에 한 문장이 떠올랐다. 이곳을 통해 라파엘 우리베 우리베가 죽었다.

그러자 카르바요가 마치 내 생각을 알았다는 듯이 말했다(네온등의 유령 같은 불빛 아래, 달라진 아파트 안 분위기 속에서, 나는 그가 내 생각을 알았을 가능성을 완전히 배제할 수 없었다).

"저기 저 구멍을 통해 우리베 장군의 생명이 빠져나갔어요. 놀랍지 않아요? 세상에서 이걸 본 사람은 몇 명 안 되니, 당신은 자랑스러워해야 할 거요, 바스케스." 그가 이어서 농담했다. "그리고 이걸 본 사람들 대부분은 죽었어요. 예를 들면, 이것을 내게 넘겨준 사람도 죽었다니까요."

"루이스 앙헬 베나비데스군요."

"부디 영면하시기를……"

"그분께서 이걸 주셨나요?"

"선생님께서 강의에서 사용하셨어요. 나는 선생님의 제자였을 뿐만 아니라 만년에는 서로 흉금을 털어놓는 친구였고, 선생님을 모셨던 사람이었지요. 선생님의 조력자였을 뿐만 아니라 이것들에 대해 이해하는 사람이었어요. 또 이것들을 어떻게 사용해야 하는지 아는 사람이기도 하고요. 내가 이것들을 유익하게 사용할 사람이라고요. 네, 그래요. 그래서 내게 남기신 거요. 그렇게 놀라지는 말아요."

"이것들은 뭘 의미하는 겁니까?" 내가 물었다. "이것들을 사용한다는 것은 무슨 의미죠, 카를로스? 또 뭐가 있나요? 베나비데스 박사께서 뭔가 다른 것을 남기셨나요?" 그러고 나서 덧붙였다. "게다가 어떻게 해서 박사님이 이걸 갖게 되신 거죠? 우리베 장군이 암살당했을 때 박사님은 태어나지도 않았는데, 어떻게 해서 이런 게 박사님의 손에 들어온 건가요?"

나는 카르바요가 생각에 잠기는 모습을 보았다. 머릿속으로 여러 가지 위험성과 나의 신의에 대해 추산해보고, 특정 정보를 가지고 내가 무엇을 하고 무엇을 하지 않을지 내 얼굴에서 읽어내려고 애쓰는 그의 판단 메커니즘이 작동하는 소리가 거의 들리는 듯했다.

"우리가 조급하게 서두르다간 피곤해질 뿐이니까, 일을 차근차근 해야 할 것 같아요. 한꺼번에 많은 걸 하려 들면 오히려 소득이 더 적을 수 있으니까요." 마침내 그가 말했다.

"하지만 이해되지 않는 게 있어요. 물론 이건 정말 놀라운 일이에요. 내 말 오해하지 마요, 카를로스. 이걸 손에 들고, 만지고…… 이걸 내게 허락해준 데 대한 고마움을 결코 잊지 않을 거예요. 하지만 이게 우리가 해야 할 일과 어떤 관련이 있는지 이해는 안 돼요."

"진정으로 내게 감사하는 거요?"

"한없이 감사하죠." 내가 그에게 말했다.

아마도 이 말은 그때까지 내가 한 말 가운데 가장 신비로운 것이었으리라. 나는 느꼈다. 그 유골을 내 손에 들어보는 일, 살아 있는 내 손가락으로 그 뼈를 만져보는 일이 2005년 밤에 베나비데스의 집에서 가이탄의 척추를 보았을 때 느낀 이후로 느껴본 적 없는 감동을 몰고 왔으나, 이번에 유물을 직접 만져보고 느낀 감동은, 그로부터 구 년의 세월이 흐르는 동안 쌓아온 내 경험 덕에 더욱 풍요로웠다. 그렇기에 유리창을 통해 이제 동이 트고 있던 거실에 앉아, 조심스러운 손으로 우리베 우리베의 두개골 일부를 든 채, 추적하기 힘든 복잡한 길들을 통해 삶이 나를 지금 이 순간으로 이끌었다는 느낌을 받았다. 하지만 동시에, 어느 그림을 더 자세히 들여다보기 위해 그 그림에 너무 가까이 다가간 사람처럼, 무언가를 놓치고 있다는 느낌도 들었다.

"그래요, 상황이 달라지긴 했네요." 내가 말했다. "책을 가져가서 최대한 빨리 읽은 뒤에 돌아올 테니 그때 얘기해보죠."

"안 돼요." 카르바요가 말했다. "이 책은 내 집에서 가지고 나갈 수 없어요."

"그럼 어떡하죠? 공공도서관처럼 내가 여기로 와서 읽어야 하나요?"

"그게 터무니없다고 생각되는 이유가 있나요?" 카르바요가 말했다. "나는 매일 새벽 다섯시에 집에 와요. 여기서 만나서, 내가 잠을 자는 사이에 당신은 책을 읽고, 그러고 나서 얘기합시다. 미안하지만 그게 유일한 방법이에요. 다시 말하지만, 이 책은 아파트 밖으로 나갈 수 없거든요."

나는 반론을 제기하려고 했으나 때맞춰 분별력이 작동했다. 이 남자가, 내게 강요하면 내가 마지못해 수용하리라 믿고서 제의하던 것은, 이 아파트에서 자신이 자는 사이에 나 혼자서, 본인 눈을 의식하지 않은 채, 몇 시간을 보내라는 얘기였다. 그는 분실된 그 척추를 내가 자기 아파트의 구석구석에서 보이는 대로 자유롭게 찾아볼 수 있다는 사실을 내게 암시하고 있었다. 그것을 거부하는 것은 바보 같은 짓이었으리라.

"우리, 내일부터 시작할까요?" 내가 말했다.

"할 수 있다면요." 카르바요가 말했다.

"네, 할 수 있어요." 내가 말했다. "그런데 궁금한 게 있어요."

"네, 말해봐요."

"우리베의 머리에는 이것 대신 무엇이 있나요? 왜 부검감정서에는 두개골을 복원했다고 쓰여 있죠?"

"복원한다는 것이 머리덮개뼈를 제자리에 갖다놓는다는 의미는 아니에요." 카르바요가 말했다. "베나비데스 선생님을 아주 많이 찾아뵌 뒤에 확실히 알게 됐죠. 예를 들어, 뼈 보관소가 있다고 칩시다. 누군가 뼈 보관소에 갖다주려고 죽은 사람의 뼈를 떼어낸 뒤에는 조포粗布와 대빗자루 같은 것으로 채워서 복원한 거죠. 여러 해 전, 선생님과 함께 시간을 보내기 시작하면서 생각지도 못했던 많은 것을 알게 됐어요. 예를 들어, 수술실에 머리덮개뼈를 보관하는 냉장고가 있다는 사실이죠. 지금 이것과 같은 것들 말이에요. 그러니까 외상성 뇌손상 환자의 뇌가 확장되도록 두개골 한 조각을 떼어내 환자를 살리고, 그 뼛조각은 보관하는 거지요. 가끔은 어떤 이유로 냉장고에 보관할 수 없기도 해요. 그러면 그 두개골 조각을 복부에 집어넣어 보관하는데, 그 조각이 몸의 세포를 보호해주고 감염을 막아줘요. 환자에게서 두개골 조각을 떼어낼 수 있는데, 그래도 막 하나가 남아 있기 때문에 머리 형태는 유지되죠. 그 누구도 이 사람의 머리가 단단한지 알아본다는 이유로 만지려 들지는 않을 거요. 뼛조각을 떼어내고 피부만 남겨둘 수 있다고요. 나는 우리베가 그런 상태로 센트랄 묘지의 무덤에 잘 매장되어 있을 거라 생각해요."

나는 집에 도착하자마자 방의 블라인드를 쳤고(아내도 딸들도 없었는데, 내가 조금 전까지 겪었던 것을 누군가에게 설명해줄 만한 힘도 없고 머리도 맑지 않았기 때문에 차라리 다행이었다), 그러자 지난밤날을 새우느라 쌓인 피로가 한꺼번에 엄습했다. 나는 글을 쓸 때 사용하는 파란색 귀마개를 꽂고 침대 속으로 들어갔다. 기진맥진했음에도 불구하고 몹시 흥분한 상태였기 때문에 잠을 이루기 어려울까봐 걱정했다. 하지만 몇 초 만에 의식을 잃은 듯 깊이 잠들어서는, 마치 사춘기 이후로는 낮잠을 자본 적이 없었다는 듯이 마취 상태에서 잠드는 것과 다르지 않은 잠에, 즉 시간도 공간도 감지할 수 없는 어느 곳, 우리가 자신이 잠을 자는지조차 모르다가 잠에서 깨어났을 때에야 비로소 몸이 얼마나 많은 휴식이 필요했는지 이해하기 시작하는 **존재하지 않는 어느 곳**에 빠져들었다. 처음은 깨어나기 어려운, 꿈을 꾸지 않는 잠이었는데, 그 잠 속에서는 혼미한 상태가 되고 고독감과 어떤 우울감을 느끼게 된다. 눈을 떴을 때 우리는 우리를 안아주면서, 우리가 어디에 있는지, 어떤 삶을 살고 있는지, 다른 삶이 아닌 지금의 삶을 살아가는 것이 얼마나 큰 행운인지를 입맞추며 상기시켜주는 누군가를 만나고 싶어한다.

그날 밤 나는 베나비데스 박사에게 전화를 했다. 내가 카르바요의 집에서 본 것에 관해 그에게 얘기했을 때 전화선에는 죽음 같은 침묵이 흘렀다.

"카르바요가 머리덮개뼈를 갖고 있다고요." 마침내 베나비데스가 말했다.

"그럼 그 뼈가 존재한다는 걸 알고 계셨습니까?"

또 침묵이 흘렀다. 저 너머 정적 뒤로, 접시에 부딪히는 날붙이 소리가 들려왔다. 보아하니 베나비데스가 식구들과 점심식사를 하는 듯했는데, 내가 방해를 한 것이다. 하지만 베나비데스는 신경쓰는 것 같지 않았다.

"아버지가 머리덮개뼈를 여러 번 집에 가져오셨어요. 당시 나는 일고여덟 살 정도 되는 아이였어요. 아버지가 그걸 보여주시면서 이것저것 설명해주셨지요. 내가 그걸 집어서 돌려보고, 이리저리 살펴보고, 뒤집어보도록 해주셨고요. 그런데 카르바요가 그걸 가지고 있던가요?"

"네, 죄송합니다." 나는 죄송하다고 느낀 이유도 제대로 모른 채 그렇게 말했다.

"글자가 새겨져 있었지요? 앞쪽에 이름 머리글자가."

"네." 내가 말했다. "R. U. U.라는 머리글자가 있었습니다. 네, 그랬어요."

"나도 완벽하게 기억하고 있어요." 베나비데스가 말했다. 이제 소음이 들리지 않았다. 그가 식구들이 식사하는 식탁의 소음으로부터 멀어진 어느 방에 들어간 것이 분명했다. "난 그 글자들에 매료되었는데, 그런 글자들이 어떤 사람의 이마뼈에 새겨져 있다는 게 참 멋져 보였지요. 아버지는 이런 걸 참 재미있어라 하셨어요. '우리 모두는 이런 글자를 가지고 있단다. 우리 모두는 이마에 우리의 머리글자를 새긴 채 이 세상에 왔어'라고 말씀하셨죠. 그래서 나는 불빛에 더 가까이 다가가기 위해 작은 나무의자 위에 올라선 채 화장실 거울을 보면서 한 손으로는 앞머리를 들어올리고 다른 손으로는 내 이름 머리글자 F. B.를 느낄 수 있는지 보려고 이마를 만지느라 몇 시간을 보내곤 했어요. 손가락 끝으로 머리글자를 찾아보고, F자와 B자, F자와 B자를 찾아보려고 이마를 만졌지요. 그러고 나서는 아버지께 가서 불평했어요. '아빠, 머리글자를 못 찾았어요'라고 말했죠. 그러자 아버지가 내 이마를 만지셨는데, 아니, 이마를 쓰다듬었다고 하는 편이 더 맞을 거요. 이렇게 말씀하시더군요. '여기 있잖아, 나는 느끼겠다.' 그러고 나서 아버지는 직접 자기 이마에 손을 갖다대더니 집중하는, 아주 깊이 집중하는 표정을 짓고서 내게 말씀하셨죠. '그래, 그래, 여기도 있다. L. A. B. 너도 그걸 느껴보거라.' 나는 아버지의 이마를 만져보면서 느끼려고 애를 썼지만 전혀 느끼지 못했고, 속이 많이 상했지요. 어린 아들더러 자기 이마를 만져보라고 해놓고는 아들이 만지자 당신 역시 집중하는 표정을 짓는 아버지의 모습을 지금 보고 있는 것 같네요. 나 또한 내 아이들에게 그렇게 만져보라고 했어요, 바스케스. 내가 지금 무슨 말을 하고 있는지 당신은 알 거라고 생각해요."

나는 그토록 진한 향수가 배어 있는 그의 목소리를 들은 적이 결코 없었다. 그의 맑은 목소리가 약간 축축해진 듯 느껴진 것으로 보아 그가 슬픔에 잠긴 것처럼 보였으나, 물어보는 것은 주제넘고 쓸모없는 짓이라는 생각이 들었다. 설령 슬픔에 잠겼다고 해도, 베나비데스가 내게 결코 실토하지는 않을 테니까. 하지만 내가 우리베 우리베의 머리덮개뼈에 관해 밝힘으로써 그의 잠자던 기억을 일깨웠고, 그 기억과 더불어 그의 감정을 일깨웠다. 유년 시절에는 모든 것이 파괴적이거나 충격적이기에 그 시절에 대한 기억은 가장 강렬하다. 무언가를 하나씩 발견할 때마다 인식의 세계에 나를 재배치하고, 모든 애정 표현으로 우리의 몸을 채운다. 어린아이는 여과장치도 보호장비도 방어기제도 없이, 자신을 억압하는 것에 대항하면서 맨몸으로 살아간다. 나는 그렇다고, 그가 무슨 말을 하고 있는지 안다고, 나 또한 내 딸들이 손으로, 나를 닮아 기다란 그 손가락으로 내 이마를 만지게 했노라고 베나비데스에게 말하고 싶었다. 비록 내 딸들은 자신들 역시 물려받게 될, 이 나라에서 암살당한 사람들 가운데 그 누구의 유해도 손으로 만져본 적이 없지만 말이다. 그래, 암살당한 사람은 많고, 내 딸들이 살아갈 세월 동안 훨씬 더 많아질 것이다. 그리고 누군가는 행운이 내게 주었던 것을, 어느 남자의 유골을 손으로 만져보는 그 특이한 특권을 언젠가는 내 딸들에게도 줄지 모른다.

"네, 무슨 말씀을 하시는지 알겠습니다." 내가 말했다.

"네, 무슨 말인지 알겠죠?" 베나비데스가 말했다.

그리고 나는 대답했다. "네."

전화선에 다시금 침묵이 흘렀다. 베나비데스의 말이 침묵을 깨뜨렸다. "그걸 내게 가져다줘요."

"좋습니다." 내가 그에게 말했다.

"그 척추와 마찬가지로, 그 엑스레이 사진과 마찬가지로, 그 머리덮개뼈 역시 내 거요."

"하지만 제게는 반대로 말씀하셨잖아요, 프란시스코. 이들 물건이 박사님 것이 아니라 모든 사람 것이고, 그래서 어느 박물관에 기증하실 거라고요. 생각이 바뀌신 건 아니겠죠?"

"모두 내게 가져다줘요. 그렇게 해줄래요?"

"그리 쉽지는 않을 거예요." 내가 말했다. "하지만 노력은 해보겠다고 약속하겠습니다."

"약속하는 거죠, 바스케스?"

"네, 프란시스코. 약속하겠습니다."

"그 약속 지키기를 바라요." 베나비데스가 말했다. 그러더니 갑자기 진지하게, 아주 진지하게 말했다. "이봐요, 죽은 사람의 유골은 아무데서나 굴러다니면 안 돼요. 사람의 유골은 강력한 무기이기 때문에, 누군가 당신이나 내가 상상할 수 없는 일에 이용할 수도 있어요. 부적절한 사람들 손에 들어가게 하면 안 돼요."

나는 물론 이해했다고 베나비데스에게 말했다. 그러고 나서 더는 아무 말도 하지 않았다.

사흘, 거짓말같이 똑같은 일상이 계속된 혼란스러운 사흘이었다. 나는 사흘 동안 새벽 네시에 잠에서 깨어나 네시 반에 집을 나서 다섯시 또는 다섯시 몇 분 전에―교통량이 적은, 인간이 도시를 지배하고 있다는 환상을 주기 때문에 이 척박한 도시가 더 친절해 보이는 시간―카페 18에 도착했는데, 그곳에는 카르바요가, 비록 몇 분 이내로 잠들 생각이었다 해도, 진한 커피를 마시고 있었다. 그는 나를 마르코 툴리오 안술라의 책과 함께 홀로 놔두었고, 나는 책 쓰기 작업을 할 때 늘 그러듯이, 검은색 수첩을 펼쳐 책 옆에 두고 수첩 위에 심이 가느다란 연필을 올려놓은 채 책을 읽었다. 나는 그 책의 혼란스러운 내용과 고군분투하며, 또 거기에 담긴 거친 분노를 달래면서 내용을 메모하고 연보를 정리했는데, 그러자 분기탱천한 그 작가, 나라에서 가장 막강했던 자들에게 도전했던 그 대담한 젊은이의 면모가 메모와 연보 사이에서 차츰차츰 드러났다. 안술라는 내게 매력과 동시에 불신을 유발했다. 그

의 용기는 논쟁의 여지가 없었다. 그럼에도 그가 쓴 책에 나타난 고발
에는 전혀 근거가 없다는 사실이 명백하게 보였는데, 그 이유는 분별력
있는 독자라면 『그들은 누구인가?』에 기술된 예수회 사제들에게서는
어떠한 책임도 발견할 수 없을 것이기 때문이다(예를 들어 베레스타인
은 편협하고 인상 나쁜 사람이지만 안솔라의 책에서는 그가 살인자일
거라고 명시하지 않았다). 정오경이면 수도관에서 졸졸거리는 소리가
들리기 시작했고, 잠시 후 카르바요가 하루를 시작할 준비가 된 상태로
자기 방에서 나왔는데, 그는 늘 하얀 양말을 신고 가끔은 크라바트를
찼다. 그는 안솔라의 책에 없는 것들을 내게 얘기해주고 다른 서류들을
보여주었다. 그렇게 해서 나는 『그들은 누구인가?』가 출간된 뒤, 아니
그 책이 출간되었기 **때문에** 이후 일어난 일에 대해 천천히 알아갔다.

책은 1917년 11월에 출간되었다. 안솔라의 적들이 지체하지 않고
응수했는데, 많은 경우가 안솔라 자신이 가장 절망적일 것이라 예상한
정도보다도 더 강력했다. 동시에 안솔라는 자신을 공격하는 사람들 가
운데 많은 수가 그 책을 읽지 않았다는 사실을 깨닫기 시작했다. 그들
은 비록 가끔은 자기 이름을 내걸었지만, 그 책과 저자의 평판을 깎아
내릴 목적으로 권력자들에게 고용된 단순한 하수인으로서 인쇄된 활
자를 저격했는데, 질투와 원한에 사로잡힌 서글픈 인간들이었다. 그들
은 〈엘 누에보 티엠포〉에 일말의 부끄러움도 없이 이런 고백을 하기까
지 했다. "이 책이 광적인 상상력과 방향성을 상실한 교육의 결과물이
라는 사실을 확인하기 위해 책의 내용을 살피느라 우리의 눈을 더럽힐
필요는 없다." 아라미스라는 필명을 사용한 어느 칼럼니스트가 쓴 글이
었다. 일반적으로 보수적인 언론은 안솔라를 아나키스트, 도덕 말살자,

돈을 받고 중상모략을 하는 사람이라고 비난했다. 가명을 사용해가며 빼어난 장문의 기사를 쓴 사람들은 그를 가톨릭교회의 적, 악행의 옹호자라고, 심지어 악마의 전령이라고까지 불렀다. 동일한 비난이 언젠가 우리베 장군에게 가해졌다는 생각이 안솔라에게는 위안이 되었고, 우리베 장군이 특히 불공정하거나 고통스러웠던 이런저런 모욕에 어떻게 반응했을지 자문해보면서 밤잠을 설치기도 했다. 미겔 데 마이스트레라는 필명을 사용하는 사람이 〈라 소시에닷〉에 다음과 같이 썼다. "가톨릭교도인 척하는 일부 사람은 이 세상에서 성모님교회라는 선한 이름을 더럽히는 임무를 스스로에게 부여했다. 그들은 부도덕한 중상모략으로 우리 안에 있는 하느님의 대리인들을 공격하고, 그렇게 함으로써 선한 사람들 각각을, 우리의 정결한 여자들 각각을, 우리의 순진한 아이들 각각을 공격한다. 이들 악의 전령은 불화의 씨앗을 뿌린 우리의 골육상잔의 원인이 된 글을 씀으로써 조국을 무신론적 사회주의 국가로 바꿀 방법을 모색한다. 하지만 그들은 우리 하느님의 전사의 수가 그들이 생각하는 것보다 많다는 사실을 알게 될 것이다. 그리고 때가 도래하면, 신성한 무력으로 우리의 신앙을 수호할 준비가 되어 있다는 사실을 알게 될 것이다."

그후 몇 주 동안 안솔라는 보고타의 어느 작가가 자신의 책을 '단순한 범죄소설'이라고, 자신을 '허풍쟁이 탐정'이라고 부르는 것을 참아야 했다. 어느 카페에 들어가면 사람들이 수군거리는 것을 참아야 했으며, 예를 들어 어느 날 〈쿨투라스〉 강연 시리즈에서 루이스 로페스 데 메사가 하는 강연에 큰 관심이 갔음에도 자기 혼자 있는 것이 아니라 예측할 수 없는 청중들 틈에 있어야 했던 탓에 참석하지 않기로 마음

먹었다. 12월 초 볼리바르광장에서 노동자들의 시위가 있었다. 안솔라
는, 다른 광장에서 그리고 다른 시위 현장에서 하마터면 겪을 뻔했던
일을 여전히 생생하게 기억하고 있었기 때문에, 시위 장소를 피해 에
돌아 집에 도착했다. 혼자라는 느낌이 그토록 강했던 적이 없었다. 그
는 모든 사람이 자신의 이름을 언급하면서도 모든 사람이 그의 시선을
피한다는 것을 알고 있었다. 성탄절에 훌리안 우리베로부터 소포가 도
착해 열어보니 에키타티바 초콜릿이 들어 있는 작은 상자와 '메리 크
리스마스'라고 쓰인 카드가 있었는데, 이는 그의 가족이 그를 파문하
지 않았다는 첫번째 징조였다. 안솔라는 그 넓은 도시의 지도에 생겨
나는 건축물을 점검하면서 집과 사무실을 오가는 나날을 보냈다. 성
탄절과 신년 사이에는 산프란시스코강에 있는 어느 다리의 보수공사
를 점검했다. 며칠 전에 여자 하나가 다리에서 떨어지면서 미끈거리는
바위에 부딪혀 얼굴이 망가졌다는 설명을 들었다. 분명히 이런 설명
을 들었지만 그는 최근에 언론이 자신에 대해 말한 거짓말에 관해, 최
근에 어느 기사가 그에게 잉크로 가한 침 뱉기에 관해 생각하고 있었
기 때문에 그런 설명에는 관심을 기울이지도 연민을 느끼지도 않았다.
그는 1918년의 처음 몇 주를 자신에게 일어나던 일, 즉 오직 그가 재
판 기간에 재판에 온전히 참석할 수 없게 하려는 목적으로 자신에 대
해 본격적으로 실시한 명예훼손 캠페인을 주시하면서 보내야 했을 것
이다.

혹은 적어도 그랬을 것이라고 나는 상상했다. 카르바요에게 그런 얘
기를 하자, 그는 그렇다고, 그런 일이 있었을 것이라고 내 말에 동의했
다. "그래요, 보고타 시민 일부가 그에게 전쟁을 선포했는데, 그들의 힘

이 막강했어요." 카르바요가 말했다. "당신도 나도 그 아이가 겪어야 했던 일을 상상할 수 없어요." 카르바요는 안솔라가 자기 아들 또는 어느 지인의 아들이나 된다는 듯이 '아이'라고 불렀고, 그가 그렇게 부를 때마다 나는 안솔라의 나이를 기억했다. 그는 책을 출간할 당시 스물여섯 살, 아니 스물여섯번째 생일이 될 시점이었다. 나는 나이 스물여섯 살의 11월에 바르셀로나에 도착했는데, 내게 우선은 방향에 대한 상실감을, 그러고서는 열패감을 남겨준 소설 두 권을 출간한 시기로, 다시 새로 시작하기 위해, 새로운 나라에서 새로운 삶, 다시 한번 작가가 되기 위해 도전할 준비를 하고 있었다. 한편 안솔라는, 거슬리는 사람은 다양한 앙갚음을 당하는 어느 나라에서 자신을 가장 거슬리는 한 사람으로 만들어버린 책 한 권을 출간했을 뿐만 아니라, 최근 역사상 가장 떠들썩했던 범죄 사건 재판에 증인이 될 준비를 하고 있었다. 여전히 한 세기가 진행중이고, 또 향후 그 수상쩍은 명예를 획득할 여러 명의 후보자가 우리 앞에 나타날 것임에도 불구하고 많은 사람이 그 사건을 세기의 범죄 사건이라 불렀다. 가이탄 암살 사건도 그렇게 부를 테고, 몇 년 뒤에 일어난 라라 보니야 암살 사건과 루이스 카를로스 갈란 암살 사건도 그렇게 부를 것이다. 그런 면에서 우리 나라는 풍요롭다.

"세기의 범죄 사건이라." 어느 순간 카르바요가 웃었다. "사람들은 우리에게 닥친 것이 무엇인지도 몰랐어요."

라파엘 우리베 우리베 장군을 암살한 혐의로 기소당한 레오비힐도 갈라르사와 헤수스 카르바할에 대한 재판은 1918년 5월에 시작되었다. 재판은 안솔라의 고발이 이루어진 뒤에 개시되었는데, 그가 언론에 밝힌 바에 따르면, 그는 『그들은 누구인가?』의 출간에 만족하지 않고 재판에 증인 서른여섯 명을 동원해 우리베 장군 암살 사건에 관해 알려지지 않은 세부사항들을 폭로하겠다고 선언했다. 원고측 변호인인 페드로 알레호 로드리게스는 증인들의 증언을 기각한다고 선언하고, 안솔라가 어떤 식으로든 재판에 참여하는 것을 금지해달라고 재판부에 요청했다.

"페드로 알레호 로드리게스라." 내가 말했다. "그렇죠, 사건 수사를 담당했던 검사의 아들이군요. 다시 말해, 적의 아들이죠."

"맞아요." 카르바요가 말했다. "그는 안솔라가 증인으로 재판에 참여하는 것까지 막아달라고 요청했죠. 그리고 판사는 요청을 받아들였고요."

하지만 안솔라는 겁을 먹지 않았다. 재판 당일, 그는 정오경에 집을 나서 살론 데 그라도스로 향했는데, 그 건물의 권위가 어찌나 대단하고 건물이 어찌나 오래되었던지 그 공간에서 우리베 장군의 암살범들을 재판한다는 사실을 그 누구도 이상하게 생각하지 않았고, 사 년 전에 우리베 장군의 장례식을 치른 곳도 바로 거기였다. 안솔라는 겨드랑이에 서류 꾸러미를 끼고 갔는데, 그곳까지 가는 동안 서류를 서류가방에 넣어가지 않은 것을 내내 후회했다. 옷을 적실 정도는 아닌 이슬비가 내리는 가운데 기나긴 여러 블록을 걸어갔는데, 걸음을 뗄 때마다 포석 위로 겁에 질린 구두가 끌리는 것을 느꼈으나 자신이 재판정에 가지 않는 일 또한 굴복이나 포기가 된다고 생각했다. 카레라 6에 도달하기 전에, 이미 사람들의 소음이 열대지방의 벌떼 소리처럼 거리를 채우고 있었다. 안솔라는 카예 10을 통해 아래쪽으로 내려갔다. 시몬 볼리바르가 음모자들을—시몬 볼리바르의 근위병들 가운데 하나를 죽이고 나서 텅 빈 방과 여전히 미지근한 침대를 발견했던 사람들—피해 탈출했던 창문 앞을 지난 뒤 넘어지지 않으려고 땅을 바라보면서 걸어가 마침내 담벼락 앞에 서게 되었다. 걸음을 멈추었다. 겨드랑이에 끼고 가던 서류 사이에는 『그들은 누구인가?』 한 권이 들어 있었다. 안솔라가 그 책을 가져온 것이 실수가 아니었을지는 알 수 없었다. 그는 호흡을 가다듬고 나서 성호를 긋고는 오른손 엄지손톱을 입술에 갖다댔다. 그러고 나서 길모퉁이를 돌아갔는데, 마치 원형경기장으로 나와 맹수와 맞닥뜨린 순간 거대한 문이 등뒤에서 닫히는 느낌이었다.

"저기 있어요!" 누군가가 소리쳤다. "그 책을 쓴 사람이 저기 있다고요!"

안솔라는 군중의 시선이 하나의 시선이라고, 하나의 눈으로 자신을 발견한 한 마리의 괴물이라고 느꼈다. "꺼져버려!" 분노한 목소리가 합창하듯 외쳤다. "꺼져버려! 꺼져버려!" 카예 9에 더 가까워지자 다른 목소리가 수녀들의 발코니에서 나오는 것 같았다. "들어가라! 들어가라!" 안솔라는 자신이 불안해한다는 사실을 눈치채지 못하도록 일부 사람들에게 시선을 고정시킨 채 군중을 뚫고 앞으로 나아가서, 커다란 강철 노커가 달리고 성스러운 분위기를 풍기는 두꺼운 나무문에 도착했다. 돌에 새겨진 문장 아래서 출입을 통제하던 두 명의 경찰관 가운데 하나가 그를 가로막았다. "출입금지입니다." 경찰관이 말했다.

"왜죠?" 안솔라가 말했다.

"판사님의 명령입니다."

그러자 안솔라는 목청을 가다듬고 모든 사람이 듣도록 경찰관에게 말했다.

"저 안쪽에는 있으면 안 될 사람들이 있어요."

군중이 소리치기 시작했다. "중상모략자! 무신론자!" 수녀들이 있던 발코니 아래에서는 안솔라를 들어가게 하라고 다른 사람들이 소리를 질렀는데, 어찌나 공격적인 목소리로 외치던지 안솔라는 순간적으로 자신이 어느 싸움을 유발하는 사람이 될까봐 두려웠다. 어찌되었든 경찰의 명령이 명확했기 때문에 그 이름 없는 목소리들의 노력은 아무 소용이 없었다. 안솔라는 안으로 들어갈 수가 없었다.

"하지만 그다음날은 운이 더 좋았어요." 카르바요가 말했다.

"뭐가 바뀌었나요?" 내가 물었다.

"아무것도, 그리고 전부." 카르바요가 말했다. 뭔가를 생각하는 것 같았다. "들어가봤어요, 바스케스? 살론 데 그라도스가 있는 그곳에 들어가본 적 있어요?"

"아니요." 내가 그에게 말했다.

"아, 그럼 한번 둘러봅시다." 그가 말했다. "그 누구도 우리더러 온종일 이 아파트에 있어야 한다고 하지 않으니까요."

우리는 거리로 나서서 카레라 5를 통해 남쪽으로 걷기 시작했다. 나는 무엇이 바뀌었는지, 무슨 일이 있었기에 안솔라의 출입을 금한 다음날 들어가게 허락했는지 카르바요에게 다시 물었다.

"언론." 카르바요가 말했다. "모든 신문이 안솔라를 배제한 일을 항의했거든요. 〈엘 티엠포〉도 〈엘 리베랄〉도 〈엘 에스펙타도르〉도 〈엘 레푸블리카노〉도. 그 날짜의 모든 사설이 『그들은 누구인가?』의 저자를 옹호하고, 자신의 증인 서른여섯 명을 출석시킬 그의 권리를 옹호했어요.

그리고 사람들이 항의에 가담했지요. 큰 소동이 벌어지자 가르손 판사는 모든 예상을 뒤엎고 자신의 결정을 철회할 수밖에 없었고요. 잘 모르겠네요. 아마도 안솔라의 출입금지를 고집하면 일이 커질 수 있다고 생각했던 것 같아요." 우리는 히메네스대로를 건너 내가 한가할 때 많은 시간을 보낸 아벤티노 당구장 앞을 지나, 카예 14의 담벼락, 그 앞에서 1996년 어느 날 오후에 리카르도 라베르데*가 암살당한 담벼락을 마주한 뒤 오른쪽으로 돌아 카레라 6을 통해 남쪽으로 계속해서 걸어갔다. "그다음날 안솔라는 살론 데 그라도스에 다시 갔어요. 신문들이 매일매일 재판의 결과에 대한 단평을 소개하면서 심문의 녹취록을 게재하고 심문에 대한 견해를 밝혔기 때문에, 누구든 어떻게 되었는지 어느 정도 알 수 있었죠. 어느 신문이 안솔라에 관해 소개했어요. 그가 서류 꾸러미를 겨드랑이에 끼고 도착하는 모습을 묘사했죠. 책, 노트, 철하지 않은 종이였어요. 이번에는 그런 걸 전혀 가져오지 않았지만, 과거에 몇 번 안으로 들어가서 재판 장면을 연구하고 그 순간 우리 아이가 무엇을 보았을지 알아보기 위해 몇 번인가 다 가져온 적이 있어요."

카르바요가 우리 아이라고 말했다. 우리는 카예 10의 길모퉁이에 도착했고, 그곳에서부터 한 세기 전에 살론 데 그라도스가 있던 석축이 시작되었는데, 바로 그때, 오래전에 떠올라야 했을 어떤 사실이 머리를 스쳤다. 즉 카르바요와 안솔라의 강력한 관계, 아니 더 정확히 말해 카르바요가 우리 아이라고 부르는 또다른 음모자 사냥꾼에게 느낀 깊은 유대감이었다. 나는 비좁은 보도에서 카르바요를 따라가는 동안 그

---

* 작가의 전작 『추락하는 모든 것들의 소음』의 등장인물.

가 눈치채지 않게 그를 주시했다. 심지어 그는 분명 환생을 믿을 거라는 얄궂은 생각을 했다가 그런 생각을 한 것을 후회했다. 그때 돌을 다듬어 만든 웅장한 아치와 나무 대문에 도착해서, 어둑한 현관을 통과해 밝은 햇빛이 드는 마당, 즉 한가운데에 돌 분수와 장미나무가 있는 마당으로 나아갔는데, 장엄한 열주列柱가 있는 복도를 걸어가는 동안 나는 안솔라가 당시에 느꼈거나 느끼기 원했을 것, 예를 들면 심문이 이루어진 높은 천장의 대형 홀 안으로 들어갈 때, 또 예를 들어 지진으로 물건들이 흔들릴 때 일제히 나는 소음처럼 방청석에 앉은 사람들이 그를 맞이하면서 질러대는 소리 같은 것들을 생각했다.

"여기였어요?" 내가 물었다.

"여기였어요." 카르바요가 말했다.

기다란 나무의자에 수백 명의 청중을 수용할 만한 공간이었다. 당연하지만 그래서 이름이 살론 데 그라도스였다.* 왜냐하면 과거에는 그곳에 있던 어느 대학교에서 가장 중요한 공간이었기 때문이다. 카르바요는 그 당시 며칠 동안 신문에 실린 사진들에 관해 얘기했다. 차가운 강당의 문으로 들어서면서 카르바요는 안솔라가 앉았을 만한 곳에 관해 설명하고, 저 안쪽, 공간을 어둡게 만드는 캐노피 밑의 위엄 있는 의자에 보고타 고등법원의 차석판사 훌리오 C. 가르손 박사가 앉았을 것이라고 말했다. 배심원들이 배석했고, 그 네 명의 머리 위에는 나무 십자고상이 매달려 있었는데, 그리스도상이 다섯 살짜리 아이만큼 컸다. 그들 앞의 다른 탁자에는 네 뼘 높이의 탑처럼 쌓인 서류 더미가 있었고,

---

* 에스파냐어로 '살론 데 그라도스'는 '졸업식장' '학교 강당'이라는 뜻이다.

그 뒤에는 서류 더미를 방벽 삼아 법원 서기가 앉아 있었다. 안솔라는 증언을 하기 위해 처음으로 법정에 들어간 날, 페드로 레온 아코스타가 그 범죄에 가담했다며 비난하는 어느 시민과 길거리에서 몽둥이를 휘두르고 주먹질을 하면서 싸웠다는 사실을 알게 되었다. 싸움이 어찌나 격렬했던지 질서 유지를 담당하던 경찰관이 두 사람을 뜯어말렸는데, 아코스타가 저명인사라는 사실을 제때에 몰랐더라면 두 사람을 경찰서로 데려가 유치장에서 하룻밤을 지내게 했을 것이다.

"나는 안솔라를 상상해보곤 해요. 그가 '내 책이 해냈어'라고 생각했을 거요. 그가 시선을 들어 방청석에서 그를 비난하거나 박수를 보내는 사람들을 쳐다보고, 자신의 책이 해냈다고 생각했을 거라 상상해요. 그는 마치 또 한 명의 조수처럼 앉아 있던 로드리게스 포레로 검사를 분명 봤을 거요. 로드리게스 포레로는 이미 그 재판에 관여하지 않았기 때문에 저기 저 방청석에 앉아 있었을 가능성이 농후해요. 그가 공소장을 쓰고 출간했지만, 나중에 검사직무에서 배제되고 다른 검사가 대신 맡았으니까요. 그리고 그의 아들이 우리베의 가족을 변호했는데, 그런 이유에서도 그가 재판에 참여할 수 없었어요, 그렇죠? 기피 대상자였던 거요."

"그럼 암살범들은 어디에 있었을까요?"

"저기요, 봐요."

나는 카르바요가 가리키는 곳을 바라보았다. 갈라르사와 카르바할은 어느 옆 벽을 등지고 경위들에게 둘러싸여 팔걸이가 없는 긴 나무 의자에 앉아 있었다. 그들은 마치 자신들에게 아무 일도 일어나지 않을 거라는 듯이 재판 과정에 참여했는데, 다시 말해 그들의 얼굴을 통해 알 수 있었던 사실은 그들이 상황을 제대로 이해하지 못한다는 것이었다. 두 사람은 목을 손수건으로 동여맨 상태였는데, 어찌나 두툼하던지 그들이 고개를 숙일 때마다 얼굴이 가려질 정도였다. 갈라르사는 막 배코 친 것 같은 대머리였고, 카르바할은 피로에 젖은 사람처럼 시선이 축축했다. 시간을 보려고 가끔 고개를 돌려 맨벽에 걸려 있는 시계를 쳐다보았다. 그가 온몸으로 표현하는 것을 두고, 어느 기자는 그가 피곤했던 것이 아니라 지루해했다고 썼다.

판사가 재판 개시를 선언하자 우리베 가족의 변호사 페드로 알레호 로드리게스가 발언을 신청했다. 그는 이마가 지나치게 넓고, 고작 서른 살이었는데도 이마 선이 아주 깊숙이 들어가 있었으며, 눈꺼풀이 커다란 눈은 졸려 보였고, 날카로운 목소리는 버릇없는 아이의 투정 같았다. 그가 손가락 하나로 카르바할과 갈라르사를 가리키면서 말했다.

"이 사람들이 암살범입니다. 여기서 우리는 이들 말고 그 누구에 관해서도 말하지 않고, 이들 말고 그 누구도 비난하지 않을 겁니다."

사람들이 휘파람을 불면서 나무의자를 두드리기 시작했다.

"방청객들, 조용히 하세요." 판사가 말했다.

"배심원들이 갈라르사와 카르바할의 책임에 관해 재결하려고 여기에 앉아 계십니다." 로드리게스가 계속했다. "사실 본 재판은 다른 사람들과는 전혀 상관이 없습니다. 하지만 우리가 본 재판을 준비하던 중 이 사람이 재판정에 출두해버렸습니다."

그가 안솔라를 가리켰다. 위층 방청석에서 수군거리는 소리가 들렸다. "꺼져버려!" 어딘가에서 방청객들이 소리쳤다.

"조용히 하세요." 판사가 말했다.

"이 사람은 재판정에 출두해 자신이 여기서 진술하게 해달라고 요청했습니다. 자신뿐만 아니라 서른여섯 명의 증인이 말입니다. 하지만 안솔라 씨는 평범한 증인이 아닙니다. 그는 갈라르사와 카르바할 외의 다른 사람들을 고발한 괴문서의 저자입니다. 재판장님, 이자가 그런 식으로 똑같이 죄를 뒤집어씌우기 위해 여기에 왔을 개연성이 아주 농후합니다. 그럼 법이 정한 바에 따라 증인들의 말을 들어보십시오. 그들의 증언이 우리를 두 개의 결론 가운데 하나로 이끌 것입니다. 즉, 새로운 증거들은 법적으로 완벽하거나, 아니면 그 어떤 결론에도 이르지 못하므로 고려할 필요 없는 단순한 의혹에 불과할 겁니다. 우리는, 우리 측에서는 장군 가족 분들께서 원하시는 대로 진행할 겁니다." 그는 문서 파일 가운데 하나를 집어서 종이 한 장을 꺼냈다. "이것이 바로 장군의 사위 카를로스 아돌포 우루에타 박사가 워싱턴에서 우리에게 보낸 편지입니다. 이렇게 쓰여 있습니다. 수사와 관련해 우리가 바라는 것이 무엇인지 귀하는 아실 것입니다. 가능하면 모든 것이 밝혀지기를 바라오나 그 어떤 쓸데없는 추문도 없어야 하고, 특히 장군의 이름이 그 누구의 명예를 훼손하는 도구로 사용되지 말아야 합니다. 판사님, 그것이 바로 고발을 통해 우리가 할 일입니다."

"좋습니다." 판사가 말했다. 그러고는 그 순간까지 안솔라가 본 적이 없던 작은 종을 울렸다. "증인 나오라고 하세요."

"안솔라가 자리에서 일어나 앞으로 걸어나갔어요." 카르바요가 손가락 하나로 가리키면서 말했다. "이쪽으로요. 신문들에 안솔라가 가지고 있던 종이의 분량에 관한 내용이 실렸지요. 손에서 종이가 떨어지자 안솔라가 집어들었어요. 물론 긴장했던 거요. 그의 적들인 알레한드로 로드리게스 포레로, 페드로 레온 아코스타가 그곳에 있었으니."

"아코스타가 있었다고요?"

"맨 첫 줄에." 카르바요가 말했다. "살로몬 코레알은 없었고요."

"왜죠?"

"그럴 필요가 없었죠." 카르바요가 말했다. "첩자들을 보냈으니까요. 실제로 모든 경찰관이 코레알의 첩자였어요."

"안솔라 씨." 판사가 말했다. "당신도 알다시피, 만약 허위 사실을 말하면 몇 년 동안의 징역형까지 처벌받을 수 있다는 사실을 명심하세요. 모든 질문에 진실을 말하겠다고 하느님께 맹세하겠습니까?"

"네." 안솔라가 말했다. "맹세합니다. 하지만 저는 연설가가 아니라는 사실을 알려드립니다. 제가 지루하게 진술하거나 과도한 말을 한다 해도 방청객들이 인내해주시기를 부탁드립니다. 제가 진술할 것에 관해 말씀드리자면, 일부 경우에는 제가 현장에서 직접 목격했습니다. 다른 경우에는 참고인으로 하는 것입니다."

"방금 한 말을 기록하세요." 로드리게스 검사가 말했다.

"모든 것을 기록하세요." 안솔라가 대꾸했다. "왜냐하면 제가 여기서 할 말은 나중에 전혀 철회하지 않을 테니까요."

"그 사실, 그래요, 어디 한번 사실을 말해보세요." 검사가 말했다.

"그러도록 하죠." 안솔라가 말했다. "전임검사인 알레한드로 로드리게스 포레로는 갈라르사와 카르바할이 단독으로 범행했다는 주장에 유리하게끔 사건 파일을 훼손했습니다. 원고측 변호인인 돈 페드로 알레호 로드리게스에게 공소장을 참조하시길 요청합니다. 전임검사님이 지금 우리와 함께 계시니, 자신의 공소장을 들고 읽어보세요. 그러면 지루하지 않을 겁니다."

방청석에서 웃음소리가 터졌다.

"사실을 밝혀주세요, 안솔라 씨." 검사가 말했다.

"여기서 제가 한 가지 사실을 증명하겠습니다. 로드리게스 포레로 검사가 사건 파일을 훼손했습니다."

"고발을 하려면 증거를 대세요, 안솔라 씨." 로드리게스의 아들이 말했다. "지금 당장 제출하라고요."

"기꺼이요." 안솔라가 말했다. "서기님, 사건 파일 1214쪽을 펼쳐보세요. 원고측 변호사님, 귀하의 부친이 작성한 공소장 270쪽을 펼쳐보세요. 암살 범죄가 일어나기 십오 일 전에 갈라르사의 목공소에서 이루어진 모임에 관한 내용이 기술되어 있습니다. 목공소에서는 살로몬 코레알의 부하 경찰 한 명이 경비를 섰습니다. 그 모임에 누가 참석했는지 확실히 할 필요가 있기 때문에 그 모임은 대단히 중요합니다. 좋습니다, 사건 기록에는 이렇게 쓰여 있습니다. '범행이 일어나기 십오 일 전에⋯⋯' 로드리게스 포레로 씨가 공소장에 쓴 것을 보시죠. '범행이 일어나기 며칠 전에⋯⋯' 즉, 이제는 정확히 십오 일이 아닌 모호한 날짜입니다. 그럼 제가 질문하겠습니다. 어느 검사가 정확한 것보다 모호한 것을 선호할 때는 언제일까요? 판사님, 저는 이렇게 대답하겠습니다. 사항이 정확할 경우 어떤 이들이 곤란에 빠질 때이고, 검사는 무슨 수를 쓰더라도 그 일을 막아야겠죠. 이런 건 날조입니다!"

안솔라는 박수 소리를 기다렸고, 사람들이 그에게 박수를 보냈다.

"그렇지 않습니다!" 로드리게스가 말했다. "날조란 일건서류에 나타난 어떤 것을 제거하거나 나쁜 의도로 바꾸는 일입니다. 여기에 있는 것이라고는 내용의 요약뿐입니다. 검사는 사건 서류에 실린 사실들을 요약할 때, 단어 몇 개를 바꿀 수 있습니다."

"그렇게 할 수 있다고요?" 안솔라가 비꼬며 말했다.

"물론 그렇습니다. 그 문장은 따옴표 안에 들어 있지 않으므로* 검사는 결코 날조한 것이 아닙니다."

"하지만 이뿐이 아닙니다." 안솔라가 말했다. "다른 식의 훼손이 많이 이루어졌습니다."

"전부 얘기해보세요." 로드리게스가 말했다.

"알레한드리노 로바요라 불리는 남자가 그날 밤 암살범의 목공소에 있었습니다. 사건 기록에서 로바요는 자신과 함께 있었던 사람들의 이름을 언급하는데, 셀레스티노 카스티요라는 사람이 포함되어 있습니다. 하지만 서기님, 공소장을 읽어보세요, 그걸 읽어보세요. 공소장에는 함께 있던 그 사람의 이름이 사라지고 대신에 이렇게 쓰여 있습니다. '그때 그는 어느 동료와 함께 있었고……' 물론, 셀레스티노 카스티요라는 이름은 삭제되었죠. 왜냐고요? 그가 살로몬 코레알의 부하였기 때문이지요!"

로드리게스가 손짓했다. "서기님, 이 문장이 따옴표 안에 들어가 있는지 우리에게 말해주세요."

서기가 말했다. "따옴표가 안 보입니다."

"따라서 날조는 아닙니다." 로드리게스가 말했다.

안솔라가 방청석 쪽으로 고개를 돌렸다. "저는 원고측 변호사에게

---

* 공식적인 문서에서 따옴표는 주로 어떤 발언이나 기술의 내용이 무척 중요해 변경 없이 그대로 인용할 때 사용한다.

진실을 말하고 있는데, 저 사람은 따옴표에 관해 얘기하고 있습니다!"

방청객들이 들고일어났다. 귀를 먹먹하게 만드는 고함소리가 터져 나왔지만 안솔라는 자신을 비난하는 목소리들 위로, 적들의 벌어진 입 위로 누군가 자신의 이름을 부르고 다음과 같이 말하는 것을 들었다. "걱정 말아요! 당신을 지지하는 사람들이 여기에 있어요!" 그 말이 그의 어깨를 토닥거려주는 것 같았다. 안솔라가 목소리를 높였다.

"저는 로드리게스 포레로가 은폐자라고 분명히 말씀드리는 바입니다!" 그가 소리쳤다.

방청객들이 자리에서 일어나 주먹을 높이 치켜들고 입을 벌려 큰 소리로 외쳤다. 안솔라는 바로 그곳에서, 바로 그 순간 폭동을 일으킬 가능성이 자신의 손에 달려 있다는 느낌을 받았고, 우리베 장군이 연설을 하며 느꼈을 기분을 처음으로 이해하게 되었다. 군중을 지배하는 권력과, 그 권력을 사용할 수 있는 무시무시한 가능성. 경찰 간부들이 질서를 유지하기 위해 방청석 앞에 자리를 잡았는데, 안솔라를 지지하는 사람들은 그것을 일종의 협박으로 받아들였다. "덤벼라!" 그들이 소리쳤다. "어디 쏴봐! 그럼 민중이 스스로를 지켜낼 줄 안다는 걸 보게 될 거야!" 판사는 소란을 벌이는 사람들보다 더 크게, 손으로 나무의자를 두들기는 소리보다 더 크게, 목소리를 높이려고 애썼다. "질서를 지키세요!" 그가 소리쳤다. 어느 구석자리에서 고함소리가 들렸다. "암살범들은 뒈져라!" 다른 쪽에서는 이런 고함소리가 들렸다. "보수파 아코스타는 뒈져라!" 판사가 계속해서 쇠종을 치며 소리쳤다. "휴정을 선언합니다! 휴정을 선언합니다!"

"그리고 휴정이 되었어요." 카르바요가 내게 말했다. "그러니 분위기가 어땠을지는 익히 짐작할 거요. 그리고 안술라의 증언이 있었던 재판 첫째 날에 일어난 소동이 그후 며칠 동안에도 계속되었어요. 고함소리. 항의. 박수. 방청석은 적의를 품은 사람들과 지지자들로 갈라져 있었고, 금방이라도 폭동이 일어날 것 같았죠······ 그 와중에 안술라는 거기서 증언을 하고 있었던 거요. 그러고 나서 그가 자신의 증인들을 호명하기 시작했을 때도 분위기는 나아지지 않았어요."

"안술라가 자신의 증인들을 호명했다고요? 하지만 그건 재판에서는 불가능해요, 카를로스."

"네, 나도 알아요." 카르바요가 말했다. "당신도 변호사인데, 내가 거의 잊고 있었군요. 그래요, 하지만 판사가 허락해주면 가능했어요. 내가 어딘가에 그 법령번호와 관련 조항을 적어두었는데, 판사가 자의적인 판단에 따라 심리 방식을 정할 수 있게 되어 있어요. 지금도 그렇게 할 수 있는지는 모르겠지만, 당시에는 가능했다고요. 그리고 안술라는 그 책을 쓴 사람이고, 자신의 증인 서른여섯 명의 출석을 고지하고, 자기 편으로 둔 언론이 있었거나 적어도 그렇게 보였기 때문에, 평범한 증인은 아니었지요. 그래서 법원은 비록 그 증인들이 원고와 피고 어느쪽도 대변하지 않더라도, 안술라가 그들을 법정에 출석시키고 그들과 대화할 수 있도록 허락해준 거요. 예외적인 경우였지만 이 재판에서는 모든 게 예외적이었는데, 이는 민중의 폭동을 예방하기 위해서였어요. 그렇게 해서 안술라는 갈라르사와 카르바할이 향유했던 특권에 관해 말해준 파놉티콘의 간수 두 명을 법정에 데려갔고, 그들은 암살범들과 살로몬 코레알의 관계에 관해 진술했죠. 간수들 가운데 소지품 검사를 담당하던 어느 간수는, 어느 날 갈라르사의 아내가 갈라르사를 면회하러 온 것을 보았다고 말했어요. 간수가 신경을 쓰지 않는다고 믿고서, 갈라르사의 아내가 갈라르사에게 종이 하나를 건넸어요. 그는 종이를 부츠 속에 숨겼죠. 그녀가 떠난 뒤에 간수는 갈라르사에게 종이를 보여 달라고 명령했어요."

"종이에 뭐라고 쓰여 있었습니까?" 판사가 증인에게 물었다.

"이런 내용이었습니다." 증인이 말했다. "박사님과 얘기했는데, 바깥세상은 아무 문제 없다고 말씀하셨어요. 하지만 당신들에게만 책임이 있는 게 아니라는 사실을 명심해요. 책임자들이 더 많이 있는데도 당신들만 계속해서 죄를 뒤집어쓰는 바보짓은 하지 말아요."

"간수가 이렇게 폭로하자 방청객들이 소리를 질렀는데, 매일같이 많은 폭로가 이루어졌어요." 카르바요가 말했다. "그러고 나서 안솔라는 계속 자신의 증인들을 심문했고, 자신의 책을 위해 그들이 말해준 것을 모두 법정에서 밝히게 했지요. 하지만 그는 배심원들을 설득시키려면 『그들은 누구인가?』에 실린 것보다 더 많은 것이 필요하다는 사실을 이내 깨달았어요."

아델라 가라비토는 그 범죄 사건이 일어난 날 아침에 살로몬 코레알이 우리베 우리베 장군의 집 옆에 있는 것을 본 적이 있다고 말했다. 코레알의 비서인 경찰관 아돌포 쿠에야르가 즉시 코레알 장군은 오전 내내 자기 사무실에 머물렀다고 분명하게 말하자 방청객들이 열광적으로 박수를 쳤다. 자신이 카르바할의 딸을 낳았다고 밝힌 아나 벨트란은 갈라르사의 목공소에서 이루어진 어느 모임에 관해 말했고, 그 모임에서 우리베 우리베를 죽이겠다는 얘기가 있었다고 확언했다. 판사는 이내 그녀더러 다른 남자와의 사이에 다른 딸을 두었다고 자백하도록 몰아갔고, 그러자 방청객들이 그녀를 비웃었으며 그녀가 한 증언은 마술처럼 증거로서의 가치를 모두 상실해버렸다. 파놉티콘에 수감중인 비야르라는 이름의 증인은 안솔라가 자신더러 자기에게 유리하게 증언하면 보상을 해주겠다는 제의를 했다고 밝혔고, 심지어 이 재판에 참여하는 안솔라의 모든 증인이 그렇게 매수되었을 것이라는 말까지 했다. "제가 그걸 확인할 수는 없지만, 거의 확신합니다." 그가 말했다. 그가 확인할 필요가 없었다. 방청객들이 그 모든 것이 웃기는 짓거리라고 소리를 질렀기 때문이다. 비야르가 안솔라를 중상모략했지만, 방청객들은 안솔라가 중상모략을 했다고 소리를 질렀다.

"그리고 더 안타까웠던 건, 그렇게 해보았자 아무 소용이 없었다는 거요." 카르바요가 말했다. "이 재판에서 배심원 셋은 단 하나의 의무만 가지고 있었어요. 갈라르사와 카르바할을 심판하는 것. 법은 아주 명확했어요. 공소장에 피의자로 명시된 사람들만 심판하는 것이었죠. 그 누구도 아닌. 그래서 배심원들은 그 책에 언급된 사항들에 관해서는 그 어떤 결정도 내릴 수가 없었어요. 그 사항들을 밝히기 위해서는 다른 사법절차를 밟아야 했을 거요. 살론 데 그라도스에서 일어난 일은 일종의 여론재판이었는데, 안솔라는 그 점을 아주 잘 알고 있었고, 이미 그것을 받아들인 상태였어요. 안솔라의 임무는 하나뿐이었어요. 코레알, 아코스타, 그리고 예수회 사제들이 그 범죄의 책임자라는 사실을 입증하고, 그러고 나서는 여론에 나머지를 맡기는 것이었지요. 그 이상은 아무것도 할 수 없었고요. 그는 임무를 계속했어요. 그리고 그에 대한 값을 치르기 시작했지요."

"그게 무슨 말인가요?"

"이리 와봐요, 바스케스." 카르바요는 나더러 옛 회랑을 둘러싸고 있던 복도를 통해 따라오라고 했다. 마당 한가운데서 졸졸거리는 분수 소리가 쉼없이 들려왔는데, 분수와 우리 사이에는 장미나무가 자라고 있었다. 우화에나 등장할 것 같은 그곳에서, 우화에 등장하는 수많은 장소에서처럼 무시무시한 일들이 일어났던 것이다. 우리는 어느 문 앞에 이르렀다. "여기는 재판이 진행되는 동안 증인들이 머문 방이었어요." 카르바요가 내게 알려주었다. "증인들은 호명을 받기 전에, 그 누구와도 얘기를 하지 못하도록 여기 모여 있었지요. 그런데 여기서 무슨 일이 일어났는지 알아요?" 하지만, 물론 나는 그 일에 대해 몰랐고, 물론 그가 내게 설명해줄 것이었기 때문에, 그것은 수사적인 질문에 불과했다. "처음에는 추잡한 일에 불과했지만 나중에 안솔라에게 끔찍한 결과를 초래할 일이 여기서 일어났어요. 정확히는 기억하지 못하지만, 예닐곱 번의 심문이 열렸을 거요. 심문이 열리던 어느 날 안솔라는, 재판에 참여하는 몇몇 사람과 대화하기 위해 평소보다 일찍 살론 데 그라도스에 도착했어요. 그들 중에는 기자들, 그의 고발을 지지하던 사람들, 증인은 아니었지만 증인이 될 수 있었던 어느 대위가 있었어요. 하지만 경찰은 그것을 허락해주지 않았죠."

"판사의 명령입니다." 순경이 안솔라에게 말했다.

"나는 들은 바가 없습니다." 안솔라가 말했다. "저 사람들과 얘기할 수 없다는 겁니까?"

"판사님은 당신이 증인들의 방에 가 있으라는 처분을 내렸습니다." 그 경찰관이 말했다. "데려다줄 테니 따라오세요, 안솔라 씨."

"안 됩니다." 안솔라가 말했다. "나는 강제로 끌려가진 않을 겁니다."

얼어붙은 참석자들 앞에서 경찰이 안솔라의 팔을 붙잡아 끌려고 했다. 안솔라가 구두 뒷굽을 땅에 붙인 채 버텼고, 경찰 책임자는 경찰관 두 명을 더 불러야만 했다. 저항하던 중에 안솔라가 바닥으로 쓰러지자 경찰관들이 그를 힘껏 일으켜 세웠는데, 그사이에 안솔라는 그곳에 자신을 보호해줄 자유파가 혹시 없는지 큰 소리로 물었다. "내가 코레알의 죄상을 입증하려고 했기 때문에 경찰관들이 나를 체포하고 있어요!" 안솔라가 외쳤다. 경찰관들이 그를 벽에다 세워놓고 몸을 수색해서 권총을 찾아냈다. 안솔라가 현관 옆 증인들의 방에 갇혀 있는 동안 경찰관들은 판사에게 보여주려고 권총을 가져갔다. 안솔라는 경찰관들이 안솔라가 자신들을 쏘기 위해 권총을 꺼냈다며 고발했다는 사실을 나중에 알게 되었다. 마침내 호명을 당한 안솔라는 판사 앞에서 경찰관들이 자신을 모욕하고 폭행한 혐의로 고발하고, 다른 고발도 했다. 소신 있게 코레알에게 불리한 증언을 한 경찰관들이 자신들이 속한 경찰조직으로부터 보복을 당했다고 말했다.

"보복 이상이었어요!" 안솔라가 소리쳤다. "본격적인 탄압이었다고요!"

"안솔라는 그렇게 보복당한 어느 경찰관의 편지를 가지고 있었어요." 카르바요가 말했다. "그가 편지를 읽으려고 했으나 판사는 그가 검사가 아니라 증인이라고 말하면서 편지를 읽지 말라고 했죠. 그러자 안솔라는 제지당하기 전에 기자들이 있는 곳으로 가서 편지를 건네주면서 신문에 게재해달라고 부탁했고요. 전임검사 로드리게스 포레로가 자리에서 일어나 항의했고, 방청객들도 그와 함께 소리를 질렀어요. '우리를 검열하려고 합니다!' 안솔라는 이렇게 말했는데, 자신이 한 말을 제대로 듣지도 못할 정도였어요. 판사가 사람들을 퇴장시키라고 명령했어요. 경찰관들이 명령에 따랐지요. 경찰관들의 수가 갑자기 늘어난 듯 보였는데도 방청객들이 완강하게 버티자 경찰관들이 무기를 치켜들었고요. 그들은 총 개머리판으로 때리기 시작했고, 기자들은 고함 소리가 난무하는 그 순간 누군가가 하는 말을 들을 수 있었어요. '사실들이 밝혀지기 시작하니까 우리를 쫓아내려 해.' 안솔라는 그날 오후에 아주 중요한 증인 한 명을 부를 생각을 했던 터라 그 또한 그런 생각을 했을 거요. 이렇게 생각했겠죠. '내 의도를 알아버렸어, 적들이 내 의도를 알아버렸고, 그래서 나를 공격하고, 그래서 심문을 중단한 거야.' 하지만 아니었어요. 심문은 십오 분 동안만 중단되었는데, 그 십오 분은 사람들을 진정시키고 참사가 일어날 가능성을 차단하는 데 필요한 최소한의 시간이었던 거죠. 뼈가 부러지고 개머리판이 피로 물드는 참사가 일어날 수도 있었을 거요. 하지만 그런 일은 일어나지 않았어요. 십오 분 뒤에 진술이 재개되었죠. 안솔라, 증인 안솔라는 다른 증인을 불러 진술하게 했어요. 갈색 재킷을 입고 검은색 스카프를 두른 젊은 노동자였죠. 이름이 중요한 건 아니지만 그의 이름은 프란시스코 산체스였어요. 중요한 건 그가 다음과 같은 질문을 받았다는 거요. 에밀리오 벨트란이 그에게 우리베 장군을 죽이라고 제안했다는 주장이 사실이냐는 것이었지요."

"에밀리오 벨트란이라." 내가 말했다. "들어본 것 같은데, 누구인지는 기억나지 않네요."

"그래요, 『그들은 누구인가?』에 두어 번 언급되죠. 하지만 안솔라는 자기 책이 출간되었을 때, 자신이 이후에 알게 되었던 것을 아직 조사해보지 않은 상태였어요."

　에밀리오 벨트란은 카르바할의 술친구였다. 두 사람은 자주 치차가
게에 모습을 드러냈는데, 거의 대부분 엘 몰리노 로호에서 취하도록 마
시거나 포커를 했다. 벨트란은 일거리가 없어서 몇 개월 동안 카르바할
의 집에 세 들어 살았는데, 그럼에도 불구하고 진술할 때는 모든 것을
부인했다. 자신이 카르바할을 안다는 사실도, 그의 집에서 빌붙어 살았
다는 사실도, 노름하기 위해 그를 만났다는 사실도, 암살 사건이 일어
난 날 아침에 자신이 갈라르사의 목공소에 있었다는 사실도.

　"사실입니다." 프란시스코 산체스가 말했다. "저는 에밀리오 벨트란
의 친구였는데, 우리베 장군을 죽이는 데 함께하자는 제안을 듣고 그
친구와 절교했습니다."

　"그게 언제였나요?" 판사가 물었다.

　"날짜는 기억나지 않습니다. 하지만 제게, 만약 우리가 이 일에 개입
하면 우리의 운명이 바뀔 거라고 한 말은 기억납니다."

　"왜 당국에 그 사실을 알리지 않았나요?"

　"친구를 배신하고 싶지 않았기 때문입니다. 하지만 그런 일에 끼어
들지 말라는 충고는 했습니다. 제가 우리베파는 아니지만, 나는 그런
일에 끼어들지 않을 거고 너도 역시 끼어들지 말라고 말했습니다. 어머
니를 생각해서라도 그런 짓을 하지 말라고 했죠."

　"그런데 증인은 왜 그가 증인에게 그런 제안을 했다고 생각하나요?"

　"제가 우리베 편이 아니라는 사실을 알고 있어서일 거라고 생각합니
다. 어느 날 그 친구가 저를 자기 작업장으로 오라고 하더니 말했습니
다. '일이 아주 안 된다. 우리 상황이 아주 심각한데, 그건 우리베 장군

때문이다. 내가 그자를 제거하도록 도와주면, 상황이 나아질 거다.' 그런 말이었습니다."

"그 음모에 가담한 또다른 누군가에 대해 그가 증인에게 말했나요?"

"확신에 차서 말한 걸로 봐서 누군가가 더 있을 거라고 생각했습니다. 하지만 제게 다른 사람을 언급하지는 않았습니다."

"그가 돈을 제시하던가요?"

"제시하지는 않았지만, 제가 돈을 받게 될 거라고 이해했습니다. 그리고 암살 사건이 벌어진 뒤에는 그 친구의 상황이 바뀌었다는 걸 알게 됐습니다. 아주 좋아졌어요. 예전에는 목수였지만, 이제는 부자가 되어 있습니다."

그러자 안솔라가 개입했다. "그건 사실입니다. 벨트란은 이제 집도 있고, 목공소도 가지고 있습니다. 어떻게 그런 변화가 생겼을까요? 그게 바로 여기에 출석하신 박사님의 아버지 로드리게스 검사님이 밝히기를 꺼린 것입니다."

페드로 알레호 로드리게스가 어깨를 으쓱했다. "지금 그런 걸……"

"판사님, 에밀리오 벨트란 씨를 들어오게 해주세요." 안솔라가 말했다.

"벨트란은 대단한 멋쟁이가 되어 있었어요." 카르바요가 말했다. "〈엘 티엠포〉의 기자조차도 어떻게 목수 하나가 새 정장을 차려입고 멋진 모자를 쓰게 되었는지 자문할 정도였죠."

벨트란은 불안해 보였다. 판사는 산체스를 향해 자신의 친구 벨트란에 관해 진술한 것이 모두 사실임을 인정하는지 물었다.

"네." 산체스가 말했다. "인정합니다."

"사실이 아닙니다." 벨트란이 말했다.

"이봐요, 잘 기억해봐요." 산체스가 벨트란에게 말했다. "내가 목재 몇 개를 꺼내려고 당신 집으로 갔던 날 내게 그런 얘기를 했잖아요."

"기억이 나지 않아요."

"기억이 나지 않는다니, 이 사람아, 기억해보라니까." 산체스가 벨트란에게 말했는데, 특이하게도 말투를 바꿔 반말을 썼다. "내가 산후아니토 다리 앞에 있는 자네 집에 갔던 날 말이야."

"증인이 당신 집에 간 적이 있나요?" 판사가 그에게 물었다.

"두세 번입니다." 벨트란이 말했다.

"그렇다면 기억해봐, 그걸 부인할 이유가 없잖아. 자네가 나더러 우리베 장군을 죽이자고 제안한 것을 기억해보라고."

"그런 일은 기억에 없습니다." 벨트란이 말했다. "그건 이 사람이 며칠 전부터 제게 뒤집어씌우고 싶어하는 중상모략입니다."

"벨트란, 당신이 갈라르사의 목공소에서 일했다는 게 사실인가요?" 안솔라가 물었다.

"그렇습니다."

"그리고 그 당시에 당신의 상황이 좋지 않았지요?"

"그렇습니다, 선생님. 상황이 좋지 않았습니다."

"그럼 현재는 어떻습니까?"

"지금은 상황이 더 열악합니다."

"하지만 그 당시에는 돈이 없었는데 지금은 부동산 소유자가 되어 있다는 게 참 특이하군요."

벨트란은 아무 말도 하지 않았다. 그러자 안솔라가 10월 15일에 일어난 일에 관해 그에게 물었다.

벨트란이 고집스럽게도 단음절로 대답했는데, 단음절 대답도 대부분은 기억나지 않는다는 말이었기 때문에, 한 시간 동안 지속된 심문은 고문 같았다. 그 어떤 것도 명확해지지 않았다. 암살범들이 그 집에 드나든 시각에 대해, 손도끼의 날을 간 일에 대해, 부서진 손잡이를 수리한 일에 대해, 손도끼 날을 가는 동안 이루어진 발언들에 대해, 암살범들이 점심식사를 한 장소에 대해, 그들이 저당잡힌 쇠사슬에 대해 오랫동안 말을 주고받았다.

"그럼에도 불구하고 명확해졌어요." 카르바요가 말했다.

"무슨 말인지 모르겠어요." 내가 말했다.

"모르겠다고요?" 카르바요가 말했다. "투명한 물처럼 모든 게 훤히 보이잖아요. 저기 저 벤치에 제3의 공격자가 앉아 있었다고요."

"너클더스터를 낀 남자 말인가요?" 내가 물었다.

"맞아요." 카르바요가 말했다. "세번째 손도끼를 사용하려던 남자인데, 그 손도끼가 우연히 발견됐어요. 하지만 그는 손도끼 대신 너클더스터를 사용했어요. 그리고 저기에 있었지요."

"그럼 안솔라가 그 사실을 입증했나요?"

"아니요." 카르바요가 말했다. "하지만 그가 얻어낸 건 제법 좋았어요."

자신의 진술 마지막 부분에서 안솔라는 에밀리오 벨트란의 공모가 입증되었다는 사실을 공공연하게 주장하기에 충분한 증거를 가지고 있다고 느꼈다. "그는 갈라르사, 카르바할과 친한 사이였습니다." 안솔라가 말했다. "그는 두 사람과 함께 살았고, 우리베 장군을 협박하는 말을 했으며, 마지막에는 다른 사람더러 함께 장군을 죽이자고 제안했습니다." 그러고 나서 결론을 맺었다. "이 사람을 수감해야 합니다. 한 개인을 구속하라는 명령을 내리는 데는 범죄에 대한 물증과 중대한 단서들만 있으면 충분합니다. 우리 사건의 경우, 범죄에 대한 물증이 있고, 벨트란에 대한 아주 중대한 단서들이 있습니다." 그러고 나서 안솔라는 암살범들의 변호사를 향해 말했다. "벨트란을 수감해야 한다고 생각하지 않습니까?" 그러니까 이런 말이었다, 왜 당신의 의뢰인들은 수감되어 있고 이 남자는 자유로운가? 갈라르사와 카르바할이 있는 곳에 마땅히 벨트란도 있어야 한다고 변호사는 생각하지 않는가? 무리요 변호사가 네, 라고 말하자 방청객들이 박수를 보냈다. 그때 안솔라가 마치 높은 천장과 나무 대들보를 쳐다보는 것처럼 고개를 쳐들더니 의기양양한 목소리로 말했다.

"앞서 말한 모든 것을 통해 우리는 제3의 용의자가 존재한다는 결론에 도달했습니다. 따라서 공소장의 내용은 폐기되어야 합니다."

"사람들은 마을 축제에서처럼 난리가 났어요." 카르바요가 말했다. "상상해봐요, 바스케스, 어땠을지 상상해보라고요. 안솔라는 공소장이 결함투성이 문서라는 것을 이제 막 입증했어요. 절반은 승리한 셈이였죠. 공소장에 진짜 범인들이 무죄라고 적시되어 있었기 때문에 그때까지 그들이 무사했고 재판에서도 제외됐던 거요. 하지만 만약 공소장이 그 정도로 믿을 만한 것이 아니었다면, 그들의 면책권은 어떻게 되겠어요? 다시 말해, 아코스타와 코레알은 공소장이라는 방패 뒤에 숨어 있었어요. 하지만 안솔라가 막 그 방패를 제거해버린 거요. 이제 뭐든지 할 수 있게 되었죠. 그리고 안솔라는 자기 계획대로 되도록 온갖 노력을 쏟아붓기 시작했어요. 아주 흥분했고요. 그 아이가 아주 흥분해 있었다니까요. 그런데 그거 알아요? 나는 그래서 그 아이가 결국 일을 망쳐버렸다고 생각해요. 그는 이제 모든 것이 자기 손안에 있다고 느꼈던 거죠. 그때 뭔가 잘못되어, 그는 통제력을 상실해버렸어요. 아마 나였어도 그랬을 거요."

안솔라의 몰락은 다음과 같이 일어났다.

안솔라는 공소장에 대해 승리를 거둔 뒤, 자신의 책을 통해 고발한 페드로 레온 아코스타, 살로몬 코레알, 예수회 사제들과 맞서 싸우는 길이 평탄하다고 생각했음이 틀림없다. 안솔라는 『그들은 누구인가?』의 출간이 자신에게 어떤 흥미로운 만남을 제공해준 덕분에, 먼저 아코스타에 대해 공격하기로 마음먹었다. 카르바요가 조사한 바에 따르면, 2월에 베로네시라고 불리는 이탈리아 출신 남자가 안솔라에게 다가와 세 가지 이야기를 해주었다. 첫째, 그가 안솔라의 책을 읽었고 둘째, 그는 대국 콜롬비아의 손님에 불과하기 때문에 그 누구와도 문제를 일으키고 싶지 않으며 셋째, 그렇다고 해서 우리베 우리베의 암살 사건에 관해 사람들이 하는 얘기를 듣지 못하는 것은 아니다. 그들 가운데 하나는 자신을 위해 일하고 있었다. 그 사람의 이름은 돌로레스 바스케스인데, 그녀는 중요한 무언가를 목격했다. 아마도 안솔라 또한 그것이 중요하다고 생각할 것이다.

돌로레스 바스케스는 검은색 숄을 걸치고 다니며, 목소리가 가늘고 행동거지가 차분한 노인으로, 세상과 어느 정도 거리를 두고 살아가면서 인간의 해악을 관찰하는 듯 보이는 그런 여자였다. 그녀는 가끔 이탈리아 출신 남자 베로네시를 위해 일을 해주면서 몇 년을 보냈고, 암살범들이 범죄를 일으키기 전날 밤 만났던 치차가게 푸에르토 콜롬비아 근처에 살고 있었다. 안솔라가 그녀를 찾아낸 일에 만족스러워했으리라는 것을 우리는 쉽게 상상할 수 있다. 안솔라는 자신의 책을 출간하기 오래전부터, 그 치차가게에서 암살범들이 훨씬 여러 번 만났고 다른 사람들이 그 암살범들과 그곳에 모여 우리베 장군의 죽음에 관해 얘기했다고 의심해왔지만, 그런 사실을 입증해줄 증언을 수집할 수는 없었다. 돌로레스 바스케스는 잘 차려입은 남자들이 푸에르토 콜롬비아에서 암살범들과 만났는데, 그 남자들 가운데서 특히 늘 실크해트를 쓰고 외투를 입은 남자, 범죄가 일어나기 조금 전에 갈라르사를 찾으러 그곳에 모습을 나타낸 남자를 자주 언급했다. 안솔라가 그 사람이 페드로 레온 아코스타 장군인지 그녀에게 물었는데, 그녀는 그 장군을 모른다고 대답한 모양이다. 안솔라는 라파엘 레예스 대통령에 대한 음모가 꾸며졌던 과거 시기에 발간된 신문에서 오린 낡은 사진 하나를 구해서 어느 날 오후 베로네시 씨의 가게로 가져갔는데, 그곳에서 일하던 돌로레스 바스케스는 그 누르스름한 사진을 보더니 확실치는 않지만 그 사람을 자기 눈으로 직접 보면 아마도 알아볼 수 있을 것이라고 말했다. 안솔라는 그 만남을 성사시킬 텐데, 만남은 살론 데 그라도스에서 이루어지게 하겠다고 작정했다.

하지만 돌로레스 바스케스가 페드로 레온 아코스타를 확인하기로 한 날에 일이 생겨버렸다. 보고타 언론에 게재된 어느 소식에 따르면, 안솔라가 살론 데 그라도스의 입장 허가를 기다리던 중 장갑을 끼고 지팡이를 든 남자가 안솔라에게 다가왔다고 한다. "축하해요." 남자가 안솔라에게 경멸적으로 말했다. "이제야 당신의 노력이 결실을 거두고 있군요." 페드로 레온 아코스타의 어머니가 막 사망한 것이다. 사람들은 안솔라를 탓했으나 그것은 그리 심각한 일이 아니었다. 심각한 문제는 아코스타가 어느 절친한 벗에게 보낸 전보를 법원 서기가 읽으면서 심문을 시작했다는 것이다.

사경을 헤매시던 친애하는 내 모친께서 오늘 오전 열시 우리에게 마지막 작별인사를 하심으로써 우리를 엄청난 고통에 빠뜨리셨는데, 오직 그 때문에 내가 어느 공적인 임무를 완수하지 못할 수도 있게 되었네. 그로 인해 내가 그 공적인 임무에서 면제되지 않도록 이것을 판사님께 보여주시게.

그래서 돌로레스 바스케스가 증언하도록 소환되었을 때 아코스타는 법정의 방청석에 없었다. 안솔라는 필시 좌절감을 견딜 수 없었을 것이다. 당시 그가 느낀 감정은 어디에도 기록되어 있지 않지만 나는 그가 살론 데 그라도스에 도착했을 때, 아마도 그날 용의자들이 최후를—결정적으로, 그리고 부인할 수 없게 그들의 정체가 탄로되는 일—맞이하게 되리라 생각하면서, 또 이 나라의 사법체계에서는, 그가 그랬듯, 권력자들과 맞서는 것 말고는 다른 방도가 없다고 생각하면서 품었을 기대감이 어느 정도였는지 짐작할 수 있다. 안솔라는 결국, 그날 자신의 노력과 곤경과 희생으로 점철된 최근 사 년이 마무리될 것이라고, 또 늘 자신의 빚을 인정하지 않는 운명이란 것이 그를 도시에서 버림받은 사람으로 만들어버리는 대신 그에게서 많은 시간을 빼앗아버린 데 대한 빚을 이제는 갚게 되리라고 생각했을 것이다. 하지만, 그렇게 되지 않았다. 운명은 그럴 생각이 없었다. 혹은 아마도 빚을 갚고 싶지 않았던 사람들은 바로 자신의 적들이었다고 안솔라는 생각했는지도 모른다.

(어찌되었든 이것이 카르바요의 생각이었다. 즉 정보가 새버렸고, 돌로레스 바스케스가 증언을 할 것이라는 사실이 알려졌고, 돌로레스 바스케스가 누구인지, 무슨 말을 할 수 있을지 알려져서, 세상을 조종하는 사람들이 페드로 레온 아코스타가 모습을 드러내지 못하도록 줄을 움직였다는 것이다. 그 사건을 조사하고 관련 서류들을 가지고 있던 사람이 바로 카르바요였기 때문에 나는 살짝 어이가 없다고 느껴져서, 그렇게 이목을 끈 재판의 심문에 응하지 않으려고 어머니의 죽음을 핑계 대는 사람은 아무도 없다고 말했다. "이 사람은 그런 짓을 하고도 남아요." 카르바요가 말했다.)

돌로레스 바스케스가 사람들을 넘어오게 하고 상대편을 무장해제시킬 만한 엄청난 증인이라는 사실이 안솔라에게 더 큰 좌절감을 안겨주었다. 그녀는 암살 사건이 일어나기 전 몇 달 동안 카예 9의 누녜스 다리 옆에 있는 베로네시 씨 가게에서 매일 밤 일을 했다고 말했다. 당시 그녀는 치차가게 푸에르토 콜롬비아 옆 골목에 살고 있었고, 방의 창문 세 개 거리만큼 떨어진 곳에 헤수스 카르바할이 살고 있었다. 10월 1일 밤 열한시경, 그녀는 베로네시 씨 가게의 청소를 마친 뒤 가게 열쇠를 잠그고 집으로 돌아갔다. 자신이 사는 골목에 이르렀을 때 같은 집에서 사는 이웃 남자와 마주쳤다. 거기서 두 사람은 누군가 집 문을 열어주기를 기다리고 있었는데, 그때 돌로레스 바스케스는 멋진 외투를 입고 실크해트를 쓴 남자가 빠르게 걸어오더니 카르바할의 집 문을 두드리는 것을 보았다. 그는 형체를 알 수 없는 꾸러미 하나를 겨드랑이에 끼고 있는 청년을 대동하고 있었다. 카르바할의 방문이 열리고 두 사람, 즉 실크해트를 쓴 남자와 수행자 또는 조수가 급히 안으로 들어갔다.

"실크해트를 쓴 남자를 알아보았나요?"

"아닙니다, 판사님."

"그 사람을 직접 보면 알아볼 수 있을까요?"

"그럴 것 같습니다, 판사님."

"좋습니다. 다른 사안으로 넘어갑시다. 증인은 카르바할을 알고 있었나요?"

"그렇습니다, 판사님." 여자가 말했다. "푸에르토 콜롬비아에서 그를 보아서 알고 있었습니다."

"그럼 그날 밤에 증인은 무엇을 했나요?"

"제가 그때 막 본 것을 이웃 남자에게 말하자, 그 남자가 카르바할 집으로 다가갔습니다. 그러고 나서 여러 사람의 목소리를 들었다고 말했습니다."

"그러니까, 다른 사람들이 있었다는 거군요."

"네, 판사님. 이웃 남자의 말에 따르면 큰 모임이 있었답니다."

"그런데 그게 무슨 모임이었나요?"

"이웃 남자가 그건 말해주지 않았습니다. 그들이 무슨 말을 하는지는 제대로 들을 수 없었지만, 유력 인사들이라고 얘기했습니다. 유력 인사들이 자정이 다 된 시각에, 사람들의 눈에 띄고 싶지 않다는 듯 어느 목수 집으로 들어가 있는 게 아주 특이하다는 생각이 들었습니다."

"잠시만요, 판사님. 증인 본인이 해석하는 행위를 삼가도록 해주십시오." 원고측 변호사가 말했다.

"증인은 수상하게 보이는 어느 행위에 대해 묘사하는 것입니다." 안솔라가 말했다. "그렇게 할 권리가 있습니다."

"증인, 계속하세요." 판사가 말했다.

"우리베 장군이 암살당하기 전날 밤에 증인은 어디에 있었습니까?" 안솔라가 물었다.

"10월 14일 말씀이세요?" 여자가 물었다.

"네, 10월 14일 밤 말입니다."

"아, 네. 베로네시 씨의 가게에서 일하고 있었습니다."

"거기서 뭘 보셨나요?"

"열다섯 명 정도 되는 수공업자 무리가 와서는 술을 주문했습니다. 그 사람들이 의심스럽더군요. 그래서 술을 갖다주지 않았는데, 그것을 본 남자가 주머니에서 돈뭉치를 꺼내더니 말했습니다. '봐요, 나 돈 있어요. 보라고요, 돈 낸다고요. 주문한 술 내와요, 어서요.' 수공업자가 그렇게 많은 돈을 가지고 있는 게 특이했기 때문에 그를 눈여겨보았습니다. 그와 함께 온 청년들이 모두 나갔을 때, 골목에 있던 경찰관에게 저 사람들이 그 남자의 돈을 뺏지는 않는지 지켜보라고 얘기했는데, 그렇게 말한 이유는 다들 그가 가진 돈을 보았기 때문이었습니다. 경찰관이 그 남자와 함께 나갔다가 잠시 후 돌아와서 제게 말했습니다. '내가 그 사람을 거기 목공소에 데려다줬어요. 안심하세요, 아주머니. 이제 도둑맞는 일은 없을 겁니다.'"

"다시 한번 말씀해주세요. 경찰관이 그 사람을 어디에 데려다주었다고요?"

"목공소입니다."

"그런데 그다음날에 무슨 일이 있었습니까?"

"그다음날 우리베 장군이 암살당했지요. 그리고 사나흘 후에 신문에서 암살범들의 사진을 보고는 그들 가운데 한 명이 카르바할이라는 사실을 알고서 정말 놀랐습니다. 그리고 그와 함께 있던 사람은 제가 본적 있던 바로 그 사람이었습니다. 가게에서 돈을 모두 보여준 사람 말입니다."

그다음날 신문들은―특히 〈엘 티엠포〉의 보도와 속기록이 모든 신문 가운데 가장 세밀했다―안솔라가 자잘한 전투에서 승리했다는 데 동의했다. 한 세기의 시간차를 두고 그 모든 것을 살펴본 후, 나는 그 당시에 일어난 일은 안솔라의 적들도 동일한 인식을 가지고 있었다는 증거라고 해석할 수 있었다. 그 이유는 그다음날(금요일이었다) 안솔라가 심문이 열리는 곳에 도착해서 보니 청중이 바뀌어 있었기 때문이다. 살론 데 그라도스의 방청석은 이전 심문에서 안솔라의 친구들과 적들을 동일한 수로 수용했고 박수와 야유가 분위기를 동일하게 반분했는데, 하루 사이에 언론이 **반안솔라파**라고 부르기 시작한 사람들로만 들어차 있었다. 모두 남자였고, 모두 귀가 먹먹해질 정도로 휘파람을 불 줄 아는 사람들이었고, 모두 재빨리 주먹을 치켜들고 사납게 인상을 쓰면서 경멸할 줄 아는 사람들이었고, 모두 안솔라에게 손을 뻗고 이해할 수 없는 욕설을 퍼부으며 삿대질하는 단순한 몸짓을 통해 그곳을 전대미문의 증오로 채울 줄 아는 사람들이었다. 그들은 변장한 경찰관들이었다. 그들은 한통속이었다. 방청객의 4분의 3은 코레알 장군의 비밀경찰대원으로 이루어져 있었다. 그들은 재판정을 차지하고서 협박을 하고 공포를 조성하고 분위기를 산만하게 만들었다.

　그때 증인 루이스 렌돈이 증인석에 올라섰다. 그의 증언은 그 며칠 동안 행해진 다른 수많은 증언과 같은 증언일 수밖에 없었다. 경찰이 갈라르사와 카르바할에게 허용해준 특권에 관한, 파놉티콘의 어느 재소자의 증언이었다. 눈꼬리가 치켜올라간 렌돈은 자신의 정부가 다른 남자와 함께 있는 것을 보고는 그 남자를 죽였고, 더 나빠질 것도 없는 상황에서 법원에서 그녀와 대질심문을 하는 중에 그녀를 폭행했다. 그는 그 범죄로 십팔 년 형을 선고받았으나 무기수처럼 행동했다. 난폭하고, 단정하지 못했으며, 비도덕적인 행위 또는 당국을 모욕한 혐의로 독방에 수감된 것이 한두 번이 아니었다. 그리고 그는 코레알 장군의 부패를 배심원들 앞에서 계속 입증해나가기 위해 안솔라가 선택한 사람이었다.

　따분한 말싸움이 이어진 뒤에 카르바할의 변호사가 암살범들의 식단에 대해 렌돈에게 질문했다. 렌돈은 교도소 밖에서 그들에게 가져오는 고기와 버터에 관해, 원하는 만큼 감방을 밝힐 수 있도록 그들에게 나눠준 양초에 관해, 갈라르사와 카르바할이 다양하지만 늘 투명하지는 않은 이유로 다른 재소자들에게 건네준 돈에 관해 얘기했다. 그러고 나서 그는 갈라르사와 카르바할이 교도소에서 품행이 좋았다고, 그들이 자기 감방에서 거의 한 번도 나오지 않았다고, 그들을 괴롭히는 재소자는 누구든 이유를 막론하고 엄벌에 처하라는 집행부의 명령이 있었다고 했다. "그자들은 비호를 받고 있어요." 렌돈이 말했다.

그때, 그 증언의 신빙성을 훼손하기 위해 서기가 살인에 대한 선고문을 읽었다. 방청객 뒷자리에서 누군가 소리를 질렀다.

"안솔라는 저자를 변호해봐!"

물론 그것은 조롱이었다. 안솔라가 며칠 전에 감옥에서 데려온 증인들을 비꼬는 것이었다.

"그런 게 아닙니다, 여러분." 안솔라가 말했다. "제법 심각한 죄를 저지른 증인들을 변호하려는 게 아니라고요. 그게 무슨 상관입니까? 어느 증인이 백 가지 죄를 저질렀다 해도 진실을 말한다면 뭐가 그리 중요하겠습니까? 여러분은 제가 치차가게 푸에르토 콜롬비아에서 꾸며진 어느 범죄를 가지고 외교관들이라도 불러놓고 증언을 시키길 원하는 겁니까? 혹시 여러분은 파놉티콘에서 일어난 문제를 증언하라고 집무실에 있는 장관들을 데려오기를 바라는 겁니까? 아닙니다. 우리가 범죄가 일어난 순간에 대해 말할 때는, 저는 당연히 범죄 현장에 있었던 장관들을 불러올 겁니다. 현재로서는 제가 범죄집단에 증언을 부탁할 수밖에 없습니다. 치차가게에서 일하면서 뭔가를 목격한 여자들이 저를 진실로 다가가게 해줄 수 있다면 그 여자들까지도 데려올 겁니다."

안솔라를 지지하던 사람들이 소심하게 박수를 쳤다.

"안솔라, 여기서 일장 연설은 늘어놓지 말기 바랍니다." 판사가 말했다.

그리고 그때 일이 벌어졌다. 이 글을 쓰고 있는 현재, 나는 마르코 툴리오 안솔라의 머리에 무슨 생각이 떠올랐기에 곧이어 다음과 같은 말을 했는지, 그의 감정에 무슨 빌어먹을 수가 작동했기에 그가 수사적 자제력을 잃어버렸는지 자문해보고 있다.

"여기서 지금까지 드러난 모든 사건을 재논의해야겠군요." 안솔라가 말했다. "여러분이 사건의 결론을 잘 이해하실 수 있도록, 페드로 레온 아코스타가 여기서 자신이 테켄다마폭포에 두 번 갔다고 말했지만 사실은 네 번 갔다는 사실을 제가 입증해야 할 것 같습니다. 또 실크해트를 쓴 남자가 갈라르사를 찾아 푸에르토 콜롬비아에 갔던 사실도 얘기해야 할 것 같습니다. 왜냐하면 여러분, 제가 그 남자가 누구인지 아주 정확한 정보를 이미 가지고 있기 때문입니다."

이렇게 말하고 나서 그는 자신이 하지 않았어야 할 말을 했다는 사실을 곧바로 인식했다. 나는 그렇게 생각했는데, 그 이유는 그가 그 사실을 몰랐을 가능성도 없었고, 자신이 거짓말을 해버렸다는 사실을 인식하지 못했을 가능성도 없었기 때문이다. 사실 그는 실크해트를 쓴 남자에 관해 정확한 정보를 전혀 갖고 있지 않았다. 내가 생각하기에 그의 머리에 뭔가 변화가 생겨버린 것 같았다. 증인들의 증언을 들으며 수년 동안 작업하고 범죄 사실들에 관해 책 한 권을 쓸 정도로 그 사실들에 공감함으로써, 그는 자신의 직감을 신뢰하게 되었다. 그리고 돌로레스 바스케스 부인이 실크해트를 쓴 남자에 관해 말한 뒤로, 그의 직감에 페드로 레온 아코스타가 자리잡았던 것이다. 그 사람 말고 누가 될 수 있을까? 안솔라는 생각했을 것이다. 그는 푸에르토 콜롬비아로 갈라르사를 찾으러 갔고 또 밤 열한시가 넘은 시각에 카르바할을 만나러 그의 집을 찾아갔던 실크해트를 쓴 남자가, 사라져버린 증인 알프레도 가르시아가 범죄가 일어나기 전날 밤 갈라르사의 목공소 문에서 목격한 바로 그 남자, 그리고 역시 범죄 당일에 메르세데스 그라우가 모습을 목격한, 줄무늬 바지와 에나멜가죽 앵클부츠로 멋지게 차려입고서 암살범들 가운데 한 명에게 "어떻게 됐소?" "죽였소?"라고 물은 바로 그 남자라고, 불가사의하게, 주술적으로 확신하고 있었다. 하지만 증거도 없는 그런 확신 때문에 그는 그런 비열한 술수를 쓰게 되었다. 어찌되었든 그는 곧바로 함정에 빠져버렸는데, 더 심각한 것은 그 함정을 그 자신이 파놓았다는 사실이었다.

"이름을 말해봐요!" 방청석에서 사람들이 성난 목소리로 소리쳤다. "이름을 밝히라고요, 안솔라!"

다른 사람들이 그 분노한 합창에 합세했다. "어디 그 이름을 밝혀봐요!"

"안솔라 씨, 어서 그 사람의 이름을 밝히세요." 검사가 안솔라에게 말했다. "그러지 않으면 은닉자가 되고 말 거요."

"안솔라 씨는 자신이 한 발언에 대해 사흘 이내로 정확하게 소명할 것을 명합니다." 판사가 말했다.

"방청객들을 퇴장시켜주시기 바랍니다, 판사님." 안솔라가 반론했다.

"방청객 여러분은 침착해주시길 바랍니다." 무리요 변호사가 말했다. "그러지 않으면 판사님이 인내심을 잃어버리실지도 모릅니다."

나는 안솔라가 그 순간 자신이 계속해서 입을 다물고 있을 수는 없음을 깨달았을 것이라고 생각한다. 이제 그의 침묵은 패배의 침묵이 되었기 때문이다. 그에게는 어떤 연막이, 주의를 돌릴 만한 무언가가 필요했고, 그것은 그 자신이 가장 잘 알고 있던 것, 즉 저항하는 것이었다. 그는 이 재판의 전 과정이 자신의 주장을 방해하기 위해 획책되어 있는 것 같다며 이의를 제기했다. 그는 자신의 주장을 뒷받침해주는 증언들이 인정받지 못했다고, 판사가 원할 때만 그가 증인들을 심문하는 것이 허락되었다고, 그리고 이제는 자신이 가진 패를 보이라고—비밀에 부치는 것이 더 나았던 어떤 사람의 정체를 공개적으로 밝히라고—요구하고 있다고, 또 그런 식으로 자기가 지금껏 얻어낸 작은 이점마저 잃어버리게 강요하고 있다고 이의를 제기했다. 반면에 판사는 살로몬 코레알에게 출석 명령 내리기를 거부함으로써, 대질심문에서 살로몬 코레알의 반대편 증인들이 한 증언이 효력을 잃게 만들어버렸다. "그 이유는?" 안솔라는 자문했고, 즉시 그 질문에 스스로 대답했다. "그렇게 하면 경찰청장에게 해가 되기 때문에."

하지만 안솔라의 전략은 성공하지 못했다. 그때까지 의자에 가만히, 아무 말 없이 앉아 있던 로드리게스 포레로의 아들이 자리에서 일어났다.

"판사님, 안솔라 씨는 특정 개인을 고발했기 때문에 이 순간에 그 유명한 실크해트를 쓴 남자의 이름을 밝힐 필요가 있고, 또 반드시 그렇게 해야만 합니다."

"그렇게 해야 해!" 방청객들이 소리를 질렀다.

"내게 강요할 수는 없습니다." 안솔라가 말했다. "지금 하고 있는 조사가 끝나기 전에는 그 이름을 밝힐 수도 없고, 여러분이 내게 강요할 수도 없습니다. 경찰관들을 매수해 내가 수집한 증거들의 효력을 상실시키려고 그 증거들을 탈취하지는 못할 겁니다. 그렇게 된다면 참 멋지겠지만요."

"꺼져버려!" 방청석에서 누군가가 고함을 쳤다.

"안솔라 씨, 당신은 우리를 존중할 의무가 있습니다." 검사가 말했다.

"그따위 고발로 우리를 모욕할 수는 없습니다."

"당신은 증인입니다." 카르바할의 변호사가 말했다. "증인으로서 그 사람의 이름을 알고 있으면 밝혀야 합니다. 그렇지 않으면 증거를 은닉한 자로 재판을 받게 될 겁니다."

"여러분은 내가 증거들을 배심원단에 제출하는 날 그 이름을 알게 될 것입니다." 안솔라가 말했다.

"만약 공개적으로 밝히기를 원치 않는다면, 판사에게 개인적으로 밝혀도 됩니다."

"누구에게도 밝히지 않겠습니다. 그 누구도 그걸 강요할 수는 없습니다."

방청석에서 큰 소동이 벌어졌고, 그곳에 있던 남자들의 분노가 대단해졌기에 판사가 십 분 동안 휴정을 선언했다. 안솔라는 밖으로 나가지 않았다. 분수가 있는 마당, 벽돌로 된 복도에는 안솔라를 해칠 수 있는 기회가 오면 1초, 아니 단 0.1초도 머뭇거리지 않을 남자들이 가득차 있었기 때문이다. 그날 심문에 참여한 사람들 가운데 『그들은 누구인가?』에 언급된, 예전에 길거리에서 안솔라를 위협적으로 뒤따라왔던 루아나 차림의 남자들이 있을 가능성이 없지 않았다. 그 순간 안솔라는 무슨 생각을 했을까? 어느 영상 이미지에서처럼, 그가 이 만만치 않은 일에서 자신이 앞으로 걸어야 할 길 전부를 보았을 수도 있다. 페드로 레온 아코스타가 법정으로 출두하고 그의 정체가 밝혀져야만 했다. 예수회 사제들과 관련된 그 일을 무대 한가운데로 끌고 올 증언들이 필요했다. 그의 책에 있는 많은 페이지의 내용이 필요했고, 그가 모집한 서른여섯 명의 증인들 가운데 여러 명을 소환할 필요가 있었다.

그때 판사가 입장했다. 놀랍게도, 그는 자리에 앉지 않았다. 그는 종을 흔들어 방청석이 조용해지기를 기다렸다가 십자고상을 바라보면서 길게 성호를 그었다.

"오늘 여기서 일어난 모든 일은 일종의 조롱입니다." 판사가 말했다. "본인은 안솔라 씨가 모든 사람을 조롱하는 것을 더는 용인할 수 없기에 안솔라 씨에게 최종기한을 주기로 결정했습니다. 안솔라 씨가 필요로 하는 모든 증인을 출석시키고, 또한 필요한 증언을 모두 할 수 있도록 돌아오는 화요일까지 나흘 동안의 기한을 주겠습니다. 이 기간이 지나면 더이상 발언을 할 수 없게 됩니다."

"판사님은 그렇게 하실 수 없습니다." 안솔라가 말했다.

"물론 할 수 있습니다." 판사가 말했다.

"저는 법원의 결정에 따라 말하는 것입니다, 판사님. 제가 법을 그리 잘 알지는 않지만, 재판에서의 판결은 법대로 한다는 건 알고 있습니다. 따라서 판사님은 제가 언제까지 발언을 할 수 있는지 지금 결정하실 수 없습니다."

"본인이 이런 논쟁을 총괄하는 재량권을 가지고 있기 때문에, 증인이 여기서 말을 하고 있는 겁니다." 판사가 반박했다.

"입 다물어라!" 방청객들이 소리를 질렀다.

"저는 이런 고함소리는 신경쓰지 않습니다." 안솔라가 말했다. "내일 저는 이런 사건을 일으킨 사람들의 명단을 신문에 공개할 겁니다. 저들은 저를 모욕하기 위해 본인들 자리를 비우고 온 공무원들과 경찰들로서, 코레알의 명령에 따라 그렇게 하고 있습니다."

"증인은 이곳에서 한 고발의 내용을 구체화해주세요." 가르손 판사가 안솔라에게 말했다. "그리고 본 재판관을 존중해주지 않으면 증인에게 벌금을 물리겠으니 그리 아세요."

"그 이전에, 판사님이 제게 설정한 기한에 관해 명확하게 해주십시오."

"아닙니다. 고발하세요. 그러면 내가 그것을 입증할 증인들을 소환하겠습니다."

"저는 그 누구도 상상하지 못할 인물들에 대한 엄청난 증거들을 가지고 있습니다." 안솔라가 말했다. "하지만 그들에 대해 딴소리를 할 가짜 증인들을 데려오지 못하도록 아직은 그들의 이름을 밝히지 않겠습니다. 제 증거들을 공정한 판사님께 제출하겠습니다. 저는 에밀리오 벨트란에 관한 증거, 실크해트를 쓴 남자에 관한 증거, 그 밖의 모든 사람에 대한 증거를 갖고 있습니다."

"협잡꾼!" 방청객들이 안솔라에게 소리질렀다.

검사가 몇 번이나 언급된 실크해트를 쓴 남자의 이름을 명확히 밝히라고, 국민의 이름으로 한번 더 안솔라에게 요구했다.

"이름을 밝히지 않으면 판사님께 당신에 대한 벌금형을 요청할 겁니다." 검사가 말했다.

판사는 검사가 자신에게 그런 요청을 할 때까지 기다리지 않았다.

"10페소오로*의 벌금을 부과할 테니, 증인은 우리베 장군 암살 사건에 개입돼 있다고 믿는 그 실크해트를 쓴 남자의 이름을 밝히세요." 판사가 말했다.

---

* 콜롬비아의 화폐 단위로, 1페소오로는 100페소다.

"만약 제가 그 이름을 밝히지 않는다면, 그것은 여러분 때문입니다." 안솔라가 대답했다. 그는 방청객들의 고함소리, 욕설, 방청석 앞 난간을 두드리는 소리 너머로 자신의 목소리를 전하기 위해서는 목에 힘을 줘야 한다는 사실을 깨달았다. 또한 자신이 심문에서 주도권을 점점 잃고 있다는 사실을 깨달았다. "제가 그 사람에 관해 가지고 있는 단서들이 계속해서 유효하리라는 믿음이 없기에, 그 이름을 밝힐 수 없습니다. 벌금이라면 기꺼이 내겠습니다. 하지만 그전에 우리베 장군의 진짜 암살범들을 숨기는 사람들이 누구인지 국가 앞에 입증할 것입니다. 판사님, 제가 공정한 판사님께 진술할 수 있도록 허락해주십시오. 그러면 반드시 증거들을 제출하겠습니다!"

그것은 필사적인 몸부림이었다. 비록 안솔라 자신이 그런 사실을 알고 있었는지는 잘 모르겠지만, 나는 안다. 그곳에서 입증할 수 없었던 것을 누구에게 입증하려 했던 것일까? 그때 검사가 자리에서 일어났다. 검사는 안솔라가 한 고발이 매우 심각한 사안이며, 또 안솔라의 진술을 막은 사람이 아무도 없건만 그는 다른 사람들이 자신을 괴롭힌다고 주장하며 심한 불평을 늘어놓는다고 말했다. 그 말은 사실이기도 했다. 그는 안솔라 자신이 갖고 있던 모든 증거를 반드시 제출해야 한다고 말했다. 만약 그렇게 하지 않을 경우, 안솔라가 그 재판에서 진실을 밝히기는커녕 그저 모든 수단을 동원해 혼란만 유발할 것이라고 말했다. 이 또한 사실로 보였다. 검사는 안솔라가 그 순간까지 구체적인 증거를 단 하나도 제시하지 못했다고 말했다. 이는 부정할 수 없는 사실이었다. 안솔라는 여기서 스스로 정의의 기수처럼 보이고 싶어했으나, 그 대신 웃음거리 하나를 가져왔다고 말했다. 그러자 방청객들이 소리를 지르고, 안솔라를 모욕하고, 위협하기 시작했다. 그들은 그 웃음거리라는 단어를 아주 좋아했고, 심문이 이루어지는 동안 안솔라가 웃음거리를 가지고 왔다며 비난했다. 검사가 말한 모든 것은 사실이었다. 안솔라는 혹시 저들의 말이 옳은지 자문해보았을까? 자신이 확신하던 것들을 의심하기 시작했던 걸까?

"만약 안솔라가 증거를 제시하지 못하면, 판사님께서는 그를 본 심문에서 당연히 배제해야 합니다. 만약 증거를 제시하지 않으면, 그는 자신의 발언이 제지당한다고 주장할 수 없으며, 또 이 재판에서 진실을 은닉하는 자들이 있다는 주장은 더더욱 할 수 없습니다."

신문 기사에는 바로 그 순간 가르손 판사가 세 명의 배심원에게 상체를 기울여 입을 가린 채 뭔가 말했고, 배심원들도 입을 가린 채 대답했다고 기록되어 있다. 판사는 상체를 다시 세운 뒤 선언했다.

"배심원들의 판단에 따라 안솔라 씨 당신을 신문에 회부하기로 결정했습니다. 우리베 장군의 암살 사건에 개입되었다고 판단하는 사람들에 대한 모든 고발을 구체적으로 표명해주기 바랍니다. 그리고 그들의 이름 또한 밝혀주기 바랍니다."

"그렇게 할 수 없습니다." 안솔라가 말했다.

"그 사건의 책임자라고 생각하는 사람들의 이름을 밝히세요."

"그렇게 할 수 없습니다." 안솔라가 말했다.

"마지막으로 묻겠습니다. 밝힐 겁니까, 밝히지 않을 겁니까?"

"밝힐 수 없습니다." 안솔라가 말했다.

"좋습니다. 그렇다면 당신은 여기 있어봐야 소용이 없습니다. 당신의 역할은 끝났습니다. 더는 발언할 수 없습니다."

심문은 마치 길거리 시위처럼, 지독한 폭력의 도화선에 불이 붙었다는 느낌을 주며 끝났다. 마찬가지로 또다른 시위 하나가 카레라 6에서 안솔라를 기다리고 있었는데, 어찌나 맹렬했던지 기자 호아킨 아추리가 안솔라의 앞을 가로막고서 밖으로 나가지 말라고 조언했다. "잠시 기다려요, 사람들이 해산할 때까지 기다려요. 그렇게 합시다." 그가 안솔라에게 이렇게 말한 것 같았다. 하지만 안솔라는 그의 말을 듣지 않았다. 안솔라가 나무 대문을 나서자, 그를 죽이겠다는, 저 개자식을 죽이겠다는 협박이 쏟아졌다. 그러더 상놈의 자식이라는 고함소리가 길모퉁이에서 들렸고, 일부는 그를 창녀의 자식이라고 말했고, 일부는 그를 배신자라고 불렀으며, 기어이 어떤 자들은 그가 도둑질을 했다고, 사람을 죽였다고, 뇌물을 받았다고 비난했다. 안솔라는 사람들의 가래침 세례를 피하기 위해 고개를 숙였다. 경찰관 한 분대가 그를 에워쌌는데, 분노한 군중이 그를 덮쳐서 맨손으로 사지를 찢어놓지 못하도록 하기 위해서였다. 경찰관들의 몸을 넘어 솟구치던 그 손들 가운데 하나가 어깨 사이로 들어와 그를 때렸고, 따귀를 날리는 듯한 또다른 손이 날아와 그의 모자를 떨어뜨렸는데, 얼굴에 닿았더라면 상처를 입었을 것이다. 그를 공격한 사람 중 다수는 한 주 전에 그에게 환호를 보냈던 이들이었다. 안솔라는 그들을 알아보았을까? 그렇게 그는 경찰관들에게 둘러싸여 폭력의 환영幻影에 갇힌 채, 자신이 어디로 움직일 것인지 스스로 결정하지도 못하면서 볼리바르광장에 도달했다. 멀리 떨어져 있던 기자 아추리는 어디선가 자동차 한 대가 나타나 문이 열리더니 안솔라가 떠밀리듯이 자동차 안으로 들어가는 것을 보았고, 누군가 명령하는 소리를 들었다.

"그 사람 집으로 데려가. 멈추지 말고, 세상 무슨 일이 있어도 멈추지 말게."

그때 일어난 일에 관해서는 증인이 없었다. 우리는 안솔라의 체포와 수감에 관한 뉴스를 통해 그 사건을 유추할 수 있을 뿐이다. 그다음날 아침 안솔라가 이미 경찰서 유치장에 수감돼 있었던 것으로 보아 일이 신속하게 진행되었다는 것은 분명했다. 그 차가 그를 집으로 데려가라는 명령을 받았는데 실제로는 경찰서로 데려갔다고 추정하는 것이 타당하다. 나는 안솔라가 체포되기 몇 초 전에 어떤 상태였는지 상상해본다. 집에 도착해 침대에, 양털 담요가 있는 그 침대에 피신할 생각이 었는데, 집 앞이 아닌 경찰서 사무실 앞에 있다는 사실을 갑자기 알아차리게 되는 안솔라의 모습을 상상해본다. 인도에서 경찰관 둘이 그를 양 옆에서 붙들어 경찰서 건물 안으로 끌고 간다. 안솔라가 결코 얼굴을 볼 수 없었던 세번째 경찰관은 안솔라에게 체포되었다고 말하면서 간다.

"어떤 혐의로 이러는 거요?" 안솔라가 저항하면서 소리를 질렀다. "혐의가 무엇이냐고요?"

"당국에 대한 불경죄요." 누군가 안솔라에게 거칠게 말했다. "경찰 간부에게 무기를 사용하려고 했잖소."

일이 그런 식으로 일어났는지도 모른다. 안솔라가 구속기소된 것은 일주일도 더 된 사건 때문이었다. 당시 살론 데 그라도스의 복도에서 어느 경찰 간부가 안솔라를 증인들이 있던 방으로 데려가려고 했을 때 완력을 행사해야 했다는 것이다. 그 사건에서 유일하게 다친 사람은 안솔라였는데, 그는 바닥에 쓰러진 채 끌려갔었다. 하지만 그랬던 안솔라를 지금 고발한 것이다. 가장 터무니없는 점은 그 경찰 간부가 안솔라의 몸수색을 해서 권총을 빼앗았음에도, 그가 권총을 사용하려 했다며 기소했다는 사실이다. 그것은 복수였다. 그것은 모든 경찰의 복수였고, 안솔라의 증인들이 행한 증언으로 명예가 훼손된 경찰관 각자의 복수였다. 이것은 코레알, 그래, 안솔라에게 이 나라에서는 경찰들과 엮이지 말라고 경고했던 살로몬 코레알의 복수였다.

안솔라가 며칠 동안 유치장에 있었는지는 기록이 없기 때문에 나는 잘 모르지만, 그에 대한 재판이 살론 데 그라도스에서 안솔라가 부재한 상태에서 진행되었다는 사실은 잘 알고 있었는데, 그곳에서 안솔라는 이제 구역질나는 사람이었으며, 그의 이름은 불명예스러운 것이 되었다. 그를 감시하던 어떤 경찰관이 그에게 심문의 진행 상황을 얘기해주는 호의를 베풀었는지는 알 수 없고, 혹은 적선하는 차원에서 최근 며칠 치 신문을 가져다주는 누군가의—예를 들어 훌리안 우리베—면회를 받았는지도 알 수 없다. 만일 그가 신문을 볼 수 있었더라면, 이 세상, 바깥세상, 그가 약간의 정의를 (아마도 자신의 영혼 가장 내밀한 곳에서 얻게 된 신념을 실제로 증명할 수 있다고 정말 어설프게 믿으면서) 다시 세우려고 시도했던 세상에서 자신에 대해 어떻게들 생각하고 있었는지 알게 되었을 것이다. 〈엘 티엠포〉의 기자가 **심문에 대한 인상**이라는 제목으로 깨진 거울 같은 글 몇 문단을 썼다. 안솔라는 수감되어 있는 동안 그 글에서 자기 모습을 보았을지도 모른다. 이름 없는 어두운 힘이 자신의 목숨을 어떻게 처리할까—천천히, 느긋하게—결정하는 동안, 자신이 그 글에 일그러져, 혹은 불완전한 모습으로 비친다고 느끼면서.

안솔라 삼페르 씨는 우리베 우리베 장군의 암살범들에 대한 재판의 심문에 참여하지 못하게 되었다. 십삼 일 동안 그는 세상을 깜짝 놀라게 한 그 소송의 정점에 있던 인물이었다. 열세 번의 심문에서 그가 모은 증인들이 증언하고 그가 요구한 대질심문이 진행되었는데, 심문이 모두 끝났을 때, 이 불안정한 젊은이는 스스로 고발을 명확히 하는 것과 공개적으로 고발하는 것을 거부함으로써 자신의 활동을 끝냈다. 그는 진실을 찾고 사실을 규명하는 사람으로서 배심원들 앞에 출석했다가, 자신이 안다고 했던 책임자들의 이름 공개를 거부하고 우리 모두가 그의 입에서 나오기만을 기다렸던 그 가공할 만한 고발을 계속해서 진행할 의사가 없음을 명백하게 밝힘으로써, 암운에 휩싸인 상태로 물러났다. 그런 식으로 거부한 뒤, 그는 이제 배심원들 앞에 나설 이유도 없고 그곳에서 할 일도 전혀 없었다.

자, 안솔라가 어떤 상태였는지 한번 같이 살펴보자. 매일 이른아침에, 아마도 밤새 보초를 선 피로에 젖은 경찰관이 짜증을 내며 안솔라를 깨운다. 안솔라를 변소로 데려간 다음—안솔라 혼자 들어가는 것을 허용한다—걸쇠가 고장나 반쯤 열린 문 앞에서 그를 기다리고, 안솔라는 균형을 잃지 않은 채 악취가 풍기는 구덩이 위에 쭈그리고 앉기 위해 뒤틀린 자세를 취해야 한다. 다행스럽게도, 부족한 식사량과 구역질나는 음식 때문에 위의 습관이 흐트러져버려서 사흘 동안 배변을 하지 못했다. 가끔 손을 씻는 것이 허용되었으나 늘 그렇진 않았다. 그의 옷에서 오줌냄새와 고약한 땀냄새가 나기 시작하는데, 자신의 악취에 익숙해질 즈음 그를 체포했던 경찰관이 나타나더니, 종이로 포장하고 용설란 노끈으로 묶은 꾸러미 하나를 건네며 말한다. "친구들이 있다는 걸 고맙게 생각하시오." 안솔라는 그런 식으로 옷을 갈아입는다. 누가 그에게 옷을 가져왔는지 아무도 설명해주지 않는다. 안솔라는 옷으로 얼굴을 덮고 숨을 깊이 들이마신다. 막 다림질한 옷감으로 피부를 문지르는 것이 그토록 좋은지 예전에는 결코 몰랐다. 옷을 갈아입으면 풀먹인 목깃에 목이 온종일 쓸린다. 하지만 개의치 않는다. 밤에는 성가신 발진이 생기지만, 그런 시시한 불편에 집중하다보면 자신이 불행하다는 생각을 지나치게 하지 않게 된다는 사실을 알고 있다.

안솔라 씨의 열정적인 십삼 일 동안의 활동에도 불구하고, 그는 그 어떤 것도 입증하지 못했다. 그의 증인들은 특정 사실들에 대해 의구심을 내비치고, 어떤 세부 사항을 과장하거나 혹은 페드로 레온 아코스타 장군과 관련된 이야기처럼 옹호하기 힘든 주장을 파기하는 역할을 했다. 아코스타 장군은 아마도 이 재판의 전 과정에서 자신이 2월 10일에 발생한 레예스 대통령 피습에 가담한 것에 대해 속죄하는 일 외에는 다른 활동은 하지 않았는데, 오직 가담한 전과가 있다는 사실로 인해, 자신의 가장 가벼운 잘못뿐만 아니라 본인과 아무 관련 없는 잘못조차 입증하지 못할 어느 재판에 연루될 수도 있었기 때문이다. 대규모의 증인들, 즉 코레알 장군이 다른 경찰관을 대동한 채 우리베 장군의 암살 사건이 벌어지기 세 시간 전 대낮 시간에 그 저명한 희생자의 집 앞에서 암살자들과 대화를 하고 거기서 암살자들에게 지시를 하는 모습을 본 사람들에게는,

간결하고 단순하게 말해 도저히 믿을 수 없는 그 일에 관해 얘기한다는 것은 그야말로 난감한 일이었다. 그 이유는 코레알 장군의 경우에 그런 증언들이 그의 공모 여부는 차치하고, 그가 대단히 어리석고 참으로 경솔하며 예지력이 없다는 사실을 시사하기 때문이며, 경찰청장의 경우는 말할 것도 없고 가장 지각없는 무식쟁이의 경우라 해도 믿기지 않는 일이기 때문이다. 엄밀히 말해 만약 코레알 장군이 그 무시무시한 범죄에 어떤 식으로든 개입했더라면, 범죄가 일어난 날 자신이 희생자의 집 앞에서 암살범들과 공공연하게 대화를 하는 모습을 그 어떤 이유로도 노출하지 않았을 것이라는 점은 어떤 공리처럼 단언할 수 있었다.

며칠 뒤―사흘, 나흘?―안솔라는 파놉티콘으로 이감된다. 그를 담당하던 간수들은 유머 감각이 없지는 않았다. 그의 감방은 이전에 암살범 갈라르시와 카르바할이 있었던 방에서 방 몇 개를 사이에 두고 떨어져 있었는데, 두 사람은 선고를 앞두고 다른 곳으로 옮겨진 상태였다. 가끔 소예배당에 가서 기도를 하는 것이 허용된다. 안솔라는 성당의 나무문을 닫자마자 차가운 돌바닥에 무릎을 꿇고 어스름 속에서 입으로 주기도문을 외우려 애써보지만 곧 중단한다. 안솔라는 암살범들도 예수회 사제들과 함께 똑같이 주기도문을 외웠을 것이라고 생각한다. 그래, 그 사제들은 암살범들에게 찾아와 자제력을 키우라고 이야기하고, 읽을 책을 추천했을 것이다. 그들은 가명으로 쓴 기사들과 누군가가 한 말을 누군가가 들었다고 누군가가 말했다는 몇 가지 소문 이외에는 다른 흔적을 남기지 않는다. 그 사제들은 어둠 속에 있고, 우리베에 대한 음모를 성공시켰다…… 하지만 그들은 누구인가? 안솔라는 그들의 얼굴조차 본 적이 없다. 그들을 길거리에서 마주친다 해도 알아볼 수 없을 것이다. 밤에는 춥다. 안솔라는 모포로 몸을 감싸고 무릎이 가슴에 닿도록 몸을 웅크리는데, 아마도 낮에 신문을 읽고 오랜 습관에 따라 별 의미 없는 글을 끼적거리고 살론 데 그라도스에서 오간 대화에 관한 신문 기사에 논평을 하는 것 외에는 다른 활동을 하지 않아서인지, 잠을 이루기가 몹시 힘들다. 사람들은 그를 충성심이 없는 인간, 거짓말쟁이, 중상모략을 하는 인간이라고 부르며, 재판 도중에 그를 제거해버린 것이 만족스러워서, 그래, 그를 증인에서 쫓아내버린 것이 만족스러워서 방청객들은 박수를 친다. 안솔라는 다른 재소자들이 마당으로 나가는 시간에 마당으로 나가고 다른 재소자들과 동일한 식사를 받고 동일한 시간에 변소를 사용한다. 가끔 자신이 교도소에 위장 취업을 했을 때 감독하던 공사현장에 가보고, 가끔 재소자들과 대화를 한다. 그들 가운데, 암살범들과 그들이 누린 특혜에 관해 많은 정보를 안솔라에게 제공했던, 살라메아라는 성을 지닌 자가 어느 날 아침 안솔라에게 다가오더니 아이에게 말하듯 말한다. "아아, 친애하는 친구, 당신만 그렇게 생각해요. 오직 당신만 그렇게 생각한다니까요."

하지만 그 사건의 새로운 책임자들은? 그들은 어디에서도 모습을 확실하게 드러내지 않았다. 어떤 일이든 상관없이, 모호하고 불길한 공모의 여지를 심어주는 것은 단순하고도 매우 쉬운 일이다. 대중의 정신은 그런 종류의 씨앗을 심기에 지극히 비옥한 땅이다. 그 정신에는 너무나 터무니없는 것일지라도 의혹이 경이로운 속도로 뿌리를 내린다. 하지만 안솔라 씨에게서 기대했던 것은 그런 의혹이 아니라 구체적인 증거와 고발이었고, 국가는 그것을 기다리고 있었다. 안솔라 씨의 말을 들었을 때, 우리는 그가 그의 영혼의 가장 깊숙한 곳, 그의 진실함 가장 내밀한 곳에서는 판사, 검사, 많은 방청객이 아는 것 이상으로 확실하게 알고 있지 않다는 느낌을 받았다. 그렇기 때문에 불과 몇 시간밖에 시민들의 양심 속에 머무르지 못한 것이다. 그는 용기 있고 결연하고 대담무쌍한 고발자로서 등장해 많은 사람의 마음을 사로잡고 모든 사람의 관심을 끌었지만, 단지 자신의 발판이 되었던 막연함에 기반해 서 있었을 뿐이며, 재판에서의 논쟁으로 그 발판이 산산조각나버렸기 때문에, 그의 몰락은 회복할 수 없는 것이었다. 재판 초반에 보여주었던 그의 강렬한 고뇌의 흔적은 재판 후반부에는 웃음거리가 되어버렸고, 네메시스*가 내뿜는 소름끼치는 입김을 자신들의 머리 위로 느꼈던 사람들은 결국 웃거나 하품을 했다.

홀리안 우리베가 일련의 법적인 술책과 과거 자신이 베푼 호의를 거두는 등의 수완을 발휘함으로써 자유의 몸이 된 안솔라는 집으로 가서 제일 먼저 뜨거운 물로 샤워를 한다. 그가 어찌나 오래 샤워를 하던지 하녀가 욕실 문에 물항아리 두 개를 더 갖다놓는다. 욕실에서 나온 안솔라는 자신의 서류가방이 되돌아와 있다는 사실을 알아차리고 놀란다. 가방이 작업용 의자 곁에 애완견처럼 놓여 있다. 가방은 이후 며칠동안 그 자리에 그대로 있지만 안솔라는 제자리에 갖다놓거나 가방 안에 든 것을 정리하려 들지 않는다. 그 가방은 실패의 기념품, 잃어버린

---

* 그리스신화에 등장하는 복수의 여신.

몇 년의 기록이다. 보고타 사람들의 증오의 포로가 되어 집에 틀어박혀 며칠을 보내면서, 자신을 가리키는 어느 손이나 경멸적인 시선과 맞닥뜨릴까봐 두려워 포석이 깔린 거리를 내다보려고 창문으로 다가가지도 않는다. 하지만 자신의 일상을 복구하기 위해 처음으로 집밖으로 나서 분홍색 알약*을 사려고 약국에 거의 도착했을 무렵 아델라 가라비토 씨와 마주친다. 그는 모자에 손을 갖다대면서 인사를 하고 그녀에게 한 걸음 다가가지만 아델라 가라비토는 그가 다가오지 못하게 한다. "당신은 우리를 거짓말쟁이로 만들었어요." 그녀는 이미 반감을 넘어, 이제는 확연히 원망과 노여움으로 자리잡은 어조로 그에게 말한다. "아가씨, 저는……" 안솔라가 무슨 말인가를 하려고 시도하지만 그녀는 그의 변명을 가로막는다. "우리 아빠가 당신을 쏴버릴 수도 있으니 우리집에 얼씬도 하지 말아요." 그녀는 안솔라가 나병환자라도 된다는 듯 걸음을 재촉하고, 첫번째 길모퉁이 뒤로 사라진다. 마르코 툴리오 안솔라는 약국까지 갈 엄두가 나지 않는다.

그동안 살론 데 그라도스에서는 연설이, 신문 칼럼 열여섯 개를 빽빽한 글씨로 채운 영원한 장광설이 계속되는데, 모든 연설자는 하나의 비밀스러운 목적을 지닌 것처럼 보인다. 그것은 바로 마르코 툴리오 안솔라를 불명예의 진흙탕 속에 처박는 것이다. 검사와 암살범 측 변호사들의 연설에서 안솔라는 억누를 수 없는 보복의 욕망을 지닌 광신적인 자유파이거나 헛된 영광을 갈망하는 엉터리 변호사인데, 어쨌든 그는 무책임한 사람, 타인의 명성을 훼손하는 사람, 조국의 제단에 불을 지

---

* 19세기 후반부터 20세기 초까지 판매되던 알약. 습진, 두통, 관절염, 빈혈, 부분 마비 등 거의 모든 증상을 치료할 수 있는 약으로 여겨졌다.

른 방화범이자 진실과 정의 그리고 명예라는 신성한 가치를 파괴한 사람이다. 한 주 동안 보고타는 모든 이들의 적인 안솔라를 불태우기 위해 설치된 모닥불과 같았다. 연설들은—이편 저편의 변호사들은 이런 연설을 함으로써 그 재판을 끝내간다—그를 겁쟁이, 등뒤에서 공격하는 천박한 시종, 옹졸한 품성 때문에 고상한 사람들의 눈에 들지 못하는 기회주의자라고 부른다. 잠 못 이루는 밤에(또는 개 한 마리가 어렵게 이룬 선잠을 깨울 때) 한두 번 안솔라는, 최근 들어 그런 생각이 자주 드는데, 그들이 옳지 않을까 자문해본다.

이제 책에 등장한 모든 사람이 그로부터 멀어지거나 증인 출석일의 변경을 요청하거나 심지어 증인으로 출석하지 않겠다며 삭제를 요청했다. 이 같은 증인들의 변화 중 가장 최근의 일은 마지막 심문 과정에서 나타나게 된다. 신문에 따르면, 루피노 베레스타인이 살로몬 코레알의 집무실을 방문한 일에 관해, 그리고 카히가스에서 이루어진 영성훈련 동안에 생긴 일에 관해 안솔라에게 말해준 형사 에두아르도 데 토로가 1914년 그 며칠 동안 자신이 겪고 느낀 바를 적은 노트 한 권을 갈라르사의 변호사에게 보냈다. 갈라르사의 변호사가 법정에서 큰 소리로 노트에 쓰인 것을 읽었고, 그렇게 방청객들은 결국 이 사건에 관한 토로 형사의 견해가 무엇이었는지 결국 알게 되었다. "나는 암살범들이, 노동자들이 우리베 장군에게 품은 증오로 서로 공모해 범죄를 저질렀고, 그 참혹한 범죄에 다른 범인은 없다는 결론에 도달했다."

살론 데 그라도스에서 재판이 끝났을 때, 법원 서기가 세 명의 배심원을 바라보자 그들이 자리에서 일어났고, 서기는 질문 두 개가 실려 있는 질문지 하나를 읽었다. "피고인 레오비힐도 갈라르사는 확인된 바와 같이, 1914년 10월 15일에 본 도시의 카레라 7 블록 10에서, 사전에 계획한 바에 따라 자발적으로 예리하고 강력한 도구를 이용해 라파엘 우리베 우리베 장군에게 상처를 입혀 사망하게 만든 장본인입니까? 피고인 레오비힐도 갈라르사는 다음과 같은 상황들, 또는 다음과 같은 상황 가운데 특정한 상황 또는 일부 상황에서, 즉 첫째로 미리 몰래 기다리고 있다가, 둘째로 사악한 사전 계획에 따라, 기만적으로, 희생자가 방심하고, 비무장 상태이며, 준비가 안 되어 있다는 사실을 알고 확신에 차서 앞의 질문에 언급된 행위를 한 장본인입니까?" 그러고 나서 서기는 레오비힐도 갈라르사라는 이름을 헤수스 카르바할로 바꾸어 똑같은 질문지를 읽었다. 배심원들은 만장일치로 그렇다고 대답했다. 모든 것이 사실이라고. 두 경우 모두 사실이라고.

1918년 6월 25일 오후, 가르손 판사는 헤수스 카르바할과 레오비힐도 갈라르사에 대한 판결문을 읽었다. 판사는 라파엘 우리베 우리베 장군의 암살 사건에 대해 그들에게 이십 년 징역형, 정치적 권리 박탈, 재판 비용 외에 8만 페소오로의 벌금을 선고했다. 방청객들이 박수를 치며 검사 만세, 안솔라와 그자의 책은 죽어라, 라고 소리쳤다. 한 신문은 판결에 대해 논평하고, 판사가 논평에서 사용했던 말을 그대로 인용하면서 다음과 같이 썼다.

"본 평결은 자기의 정치적인 경쟁자들을 고발하기 위해 그 범죄를 이용하려 했던 사람들을 만족시키지 못할 것이다. 모든 사람의 고통을 오용함으로써 편파적인 격노를 부추기려 했던 사람들을 만족시키지 못할 것이다. 반면 본 평결은, 일부 사람들이 여러 정당의 깃발을 어느 위대한 인물의 피로 물들이려고 시도하면서 조국의 깃발 또한 불명예로 물들이겠다고 협박했는데도, 이에 굴하지 않았던 진정한 애국자들을 만족시킨다. 본 평결은 콜롬비아인 그대들에게 명예를 되돌려주고, 그대들에게 정의의 은총을 내리고, 불확실한 과거로부터 그대들을 해방시키고, 그대들에게 평화로운 미래를 선사한다."

9. 폐허의 형상

　나는 내 나라의 과거가 이해 불가능하고 어두운, 진정한 암흑의 영역이 되었음을 깨닫기 시작한 순간이 언제인지 모르고, 내가 그토록 신뢰하고 예측 가능하리라 믿었던 모든 것이―내가 자란 곳, 내가 말하는 그곳의 언어, 내가 경험한 그곳의 풍습, 초중등학교와 대학에서 배운 그곳의 과거, 해석하고 이해하는 척하는 데 익숙한 그곳의 현재―우리가 방심하자마자 끔찍한 인간들이 튀어나오는 그늘진 곳으로 변한 순간이 언제인지도 정확히 기억하지 못한다. 시간이 지나, 나는 이것이 바로 작가들이 자신의 어린 시절과 청소년기, 그리고 젊은 시절을 살았던 장소에 대해 글을 쓰는 진짜 이유라고 생각한 적이 있다. 즉 그들은 자신이 알고 이해하는 것을 글로 쓰는 것이 아니고, 알고 이해하기 **때문에** 글을 쓰는 것은 더더욱 아니며, 오히려 자신의 모든 지식과 이해가 거짓, 신기루, 환상이었음을 깨달았기 때문에 글을 쓰는 것이라고, 따라서 그들의 책은 방향감각을 상실한 상태를 잘 다듬어 보여주는 것, 즉 당혹스러움을 광범위하게 다양한 방식으로 공언하는 것에 지나지 않으며, 앞으로도 결코 그 이상이 될 수는 없으리라고. 그래서 이렇게들 생각한다. 내가 아주 확실하게 믿었던 모든 것은 마치 우리를 배신하는 어느 친구처럼, 이제 이중성과 감춰진 의도로 가득차 있다. 늘 마음을 불편하게 만들고 아주 빈번히도 노골적으로 고통스러운 그런 폭로에 대해, 작가는 자신이 할 줄 아는 유일한 방법으로, 즉 책을 가지고 대응한다. 그렇듯 작가는 자신의 혼란을 완화하고, 알지 못하는 것과 알 수 있는 것 사이의 간극을 줄이며, 또 무엇보다 예측할 수 없는 현실과의 깊은 불일치성을 해결하기 위해 노력한다. 예이츠가 말했다. "우리는 타인과 논쟁하면서 수사학을 만들고, 우리 자신과 논쟁하면서 시를 만든다." 만약 이 두 가지 논쟁이 동시에 벌어질 때, 그리고 세상과 싸우는 것이 숨겨진 대립이지만 누군가 자신과 끊임없이 벌이는 대립을 반영하는 거울 혹은 변형일 때는 무슨 일이 일어나는가? 그렇다면 그는 지금 내가 쓰고 있는 것과 같은 책을 쓰고 있는데, 그는 그 책이 다른 누군가에게 의미가 있을 것이라고 맹목적으로 신뢰한다.

이 같은 생각은 그날, 폭로가 일어난 그날 이미 내 머릿속에 있었을지도 모른다. 그날은 2월의 마지막날이자 금요일이었다. 카르바요의 아파트에 도착했을 때는 점심시간이었는데, 시간을 계산해보니 그 올빼미가 이미 샤워를 마치고 복잡한 일과를 시작할 준비를 했을 터였다. 그리고 정말 그랬다. 분명 옷을 입고는 있었지만, 평소처럼 복장이나 액세서리에 신경을 쓴 것이 아니라 오래 입어서 편하고 헐렁해진 회색 운동복 차림이었다. 그는 마치 경색전협심증을 겪은 뒤 너무 늦게 운동에 집착하는 노인처럼 달리기를 하러 나갈 준비가 된 것처럼 보였는데, 그런 노인들의 운동복은 결코 편해 보이지 않으며 침입자, 협잡꾼, 혹은 자신이 혐오하는 배역을 맡은 배우처럼 보인다. 그날 오전 카를로스 카르바요는 그렇게 보였다. 그의 외모가 내게 일종의 우울한 분위기를 느끼게끔 만들었을까, 아니면 우울함이 그의 외모를 자아내고 어떤 식으로든 그렇게 만들어내기까지 했을까? 그가 그토록 피곤해하는 모습을 보는 것은 처음이었다. 비록 우리가 겪지 않은 과거를 회상할 때일지라도, 과거를 회상하는 일은 우리를 지치게 한다(우리 자신의 과거를 회상하는 것은 우리를 지치게 할 뿐만 아니라, 물이 바위를 닳게 하듯이 우리를 마모시킨다). 카르바요의 아파트에 도착했을 때 그런 생각을 했다. 카르바요는 내게 정보와 유익함을 주기 위해 이 나라의 숨겨진 과거를 너무 많이 바라본 나머지 지쳐 있었다. 탑처럼 높이 쌓인 탐정소설더미 옆 바닥에 텅 빈 검은색 백팩을 내려놓고 착실한 제자처럼 자리에 앉았을 때, 나는 우리가 공유했던 그 많은 나날 중에서 가장 기억할 만한 날이 시작되고 있다는 사실을 그 순간에는 상상하지 못했다. 2014년 현재에서부터 아주 멀리 떨어진 그 2월 28일에 우리가 아주 먼 과거인 어느 해 어느 날의 사건에 끌려들어가서는, 어느 남자가 그 스스로 원하지 않았으나 다른 선택의 여지가 없었기 때문에 아프고 쓰라린 과거를 회상하는 그 무시무시한 광경을 바라보며 하루를 보낼 것이라고는 상상도 하지 못했다.

그때, 이미 나는 시간이 얼마나 흘렀는지 잊은 채『그들은 누구인가?』에 몰두해, 그 책의 내용을 파헤치고 결말에 대해 의문을 제기하면서, 이 모든 것은 거짓이고 우리 도시에서는 이런 일들이 일어날 수 없었다고 가끔 나 자신에게 말하곤 했는데, 그 근거란 그 일들에 관해 아는 사람이 아무도 없었고, 언급하는 사람조차 없었기 때문이다. 즉 이 무분별한 고발이 살아남지 못했기 때문이다. 그리고 나는, 그 고발이 살아남지 못했기 때문에, 콜롬비아 역사는 불편한 설說들을 감추거나 그 일을 언급할 때 사용하는 말을 바꾸어버림으로써 끔찍하고 비인간적인 것들을 일반적인 것, 바람직한 것, 심지어 추앙받을 만한 것으로 바꿔버리는 특별한 능력을 수천 번 경험해왔기 때문에, 그 고발은 정확한 사실이라고 생각했다. 그리고 다시 생각했다. 그 고발은 살아남지 못했으며, 아무도 그것에 대해 말하지 않고, 망각 속으로 가라앉았기 때문에 거짓인데, 왜냐하면 역사는 고유한 규칙을 갖고 있어서, 자연이 종을 선택하는 것처럼 걸러내고 선택하기 때문이며, 진실을 유린하고 거짓말을 하거나 우리를 기만하는 설들은 역사의 뒤안길로 사라지고 오직 우리 시민의 문초와 회의懷疑를 견뎌내는 것들만 살아남기 때문이다. 그러자 콜롬비아 역사의 악취 풍기는 구덩이에 안솔라가 이런 식으로 빠져 있다는 사실이 끊임없이 나를 괴롭혔고, 이제 무슨 생각을 해야 할지 알 수 없게 되었다. 한 달이 넘는 기간 동안 뉴스의 중심에 있었고, 매일 신문의 주요 지면에 등장하고, 매일 신문에 실리는 자신의 글을 본 남자. 지난 사 년 동안 자신의 연구와 저서를 통해 한 약속으로(어떤 이들은 그것을 協박이라고 했다) 국민을 갈라놓은 그 남자는 1918년 6월 이후로 공적인 무대에서 사라진다. 그가 투옥된 후, 매체들은 그에 대해 더이상 보도하지 않는다. 그에 대한 소식도 없고, 그를 폄훼하기 위한 경우 외에는 이름도 거론되지 않으며, 판결 이후에는 아예 언급조차 되지 않는다.

　카르바요가 수년 동안 그 젊은이의 흔적을 추적한 끝에 발견할 수 있었던 단 한 가지, 살아가면서 우연히 마주친 유일한 정보 부스러기는 워싱턴의 의회도서관에 있는 비밀스러운 서지사항이었다. 1947년에 작성된 것으로, 그 내용은 다음과 같았다.

　삼페르, 마르코 툴리오 안솔라, 1892 — 뉴욕
　룰렛의 비밀과 기술적 함정들 : 카지노 딜러의 폭로, 32p., 삽화.

　카르바요는 위 글에 쓰인 것이 전부 이상하다고 생각했고, 나 또한 이상하다고 생각했다. 저자의 알파벳 분류(첫번째 성이 아닌 두번째 성을 기준으로 한 점), 작품의 길이(삽화가 있는 짧은 소책자), 마지막으로 예상치 못한 주제(『그들은 누구인가?』의 저자가 도박 중독자를 위한 매뉴얼을 집필했다니 상상조차 할 수 없었다). 마지막 대화에서 우리는 그 옛것에 관해 아주 오랫동안 숙고해보았다. 나는 카르바요에게 『룰렛의 비밀과 기술적 함정들』이라는 책자를 찾는 일에 정말로, 진짜 집요하게 **정말로** 관심을 갖지 않았는지 물었다. 또 어느 카지노 딜러의 폭로가 라파엘 우리베 우리베와도, 호르헤 엘리에세르 가이탄과도, 혹은 서글픈 우리 나라의 폭력이나 정치나 폭력적인 정치와 아무런 관련이 없다 할지라도, 카르바요가 진짜로 그 책자를 찾아보았는지 물었다. 간단히 말하자면, 그렇게 하는 게 그에게 아무런 소용이 없었다 할지라도 말이다.

　"물론 있어요." 그가 대답했다. "한때는 그 빌어먹을 책을 찾아 땅과 바다를 헤매고 다녔죠. 내가 아는 모든 장서가에게 전화도 해보고, 희귀 도서, 고서가 있는 모든 서점에 연락해 도움을 구하기도 했어요. 또 당연히 바보가 아닌 이상, 의회도서관에도 전화를 해봤고요. 하지만 전혀 없더군요. 그 소책자는 존재하지 않는다고요. 그 도서관에 없었는데, 그곳은 이 악취나는 세상에서 책자 형태를 지닌 것은 모두 있는 곳일 거요. 하지만 그렇다고 해서 내게 아무런 도움이 되지 않았다는 말은 아니에요."

"무슨 말이에요?"

"먼저 그 책자의 출판지에 대해 생각해봤어요." 카르바요가 말했다. "뉴욕. 왜 뉴욕일까요? 나는 늘 안솔라의 실종이 지나치게 완전하고 완벽하다는 생각을 했어요. 그 누구도 그렇게 사라지지 않아요. 다시 말해, 콜롬비아의 매체에 그토록 많이 등장하다가 갑자기 사라지는 방법은 단 하나밖에 없다는 거요."

"콜롬비아를 떠나는 거죠."

"그래요. 그래야 논리적이지 않아요? 당신이라면 어떻게 했을까요? 만약 당신이 『그들은 누구인가?』와 같은 책을 썼더라면, 역사상 가장 주목받는 재판에 참여했더라면, 그리고 당신의 책과 당신이 어느 재판에 참여했다는 사실이 겨우 스물 몇 살에 당신을 콜롬비아에서 가장 혐오스러운 인간으로 만들어버렸다면…… 당신도 떠났을 거요, 바스케스. 그리고 나 또한, 나 또한 떠났을 거고요. 이런 생각을 하고 또 해보았어요. 안솔라 같은 젊은이는 어디로 가게 될까? 아는 사람이 있는 곳, 적어도 연락할 만한 사람이 있는 곳. 그러고서 나는 카를로스 아돌포 우루에타가 워싱턴의 외교관이었다는 사실을 기억했죠. 나는, 미국이라고 생각했어요. 안솔라는 미국으로 떠난 거라고요. 난 여전히 그랬다고 믿어요."

"아, 확신하지는 않는군요?"

"백 프로는 아니에요." 카르바요가 말했다. "하지만 그게 논리적이지 않아요? 게다가 그건 내게 중요하지 않아요."

"어떻게 중요하지 않다는 거죠?" 내가 물었다. 나는 그가 어떤 사실을 털어놓을 것이라고 기대하면서 그의 추리를 듣기 시작했었다. 이제 자신이 어떤 흔적을 뒤쫓았다고 내게 말할 것이고, 그것을 뉴욕에서 찾았다고 말할 것이고, 나를 깜짝 놀라게 할 거야라고 생각했었다. 나는 그에게 실망감을 숨기지 않았다. "어떻게 중요하지 않다는 거예요, 카를로스? 거기에는 어떤 이야기가 있지 않겠어요? 그 이야기 속에는 공백이 하나 있어요. 그 공백을 채우고 싶지 않아요? 안솔라에게 무슨 일이 있었는지 알고 싶지 않냐고요?"

"그러고는 싶지만 내게 중요하지는 않아요. 그 둘은 서로 별개의 것이에요."

"중요하지 않다고요?"

"않다니까요." 카르바요가 말했다. "나는 당시 상황을 충분히 짐작할 수 있어요. 많은 사람이 불편한 진실을 말하며 콜롬비아를 떠나는 것처럼 안솔라도 이곳을 떠난 거요. 수많은 사람처럼 불편함을 느끼고 떠나야만 했어요. 떠난 이들의 목록을 만든다면, 끝이 없을 거요. 안솔라는 오래된 예인데, 가장 오래된 예는 아니지만 그중 하나죠. 그리고 그게 다니까, 그에 대해서는 더 생각할 것도 없어요. 나는 그렇게 된 거라 생각하고, 또 안솔라의 삶이 실제로 내게 중요하지 않기 때문에 그걸로 충분해요. 다시 말해 내게 중요한 건 그의 책이라고요, 이해하겠어요? 내게 중요한 건 그가 책을 썼다는 사실이에요. 독자가 그것을 발견하도록 말이에요, 그렇죠? 바로 그때부터 이야기가 시작되는 거요."

당시 그의 마지막 말이 내 관심을 끌었다고는 말할 수 없는데, 내가 그 심오한 의미를 알아차리거나 예측하기란 불가능했을 것이다. 아마도 나는 그 말을 상투적인 표현으로 여겼을 것이다. 아마도 카르바요가 어떤 독자와 어떤 책이 만나는 기적에 관해 얘기한다고 생각했을 것이다. 그가 그 말을 했을 때 나는 그가 구체적인 독자나 특정한 책을 염두에 두었을 거라는 생각은 전혀 하지 않았고, 추상적이기까지 한 그 가상의 만남이 아주 구체적인 장소와 날짜에 실현될 것이라는 생각도 하지 않았다. 하지만 그랬다. 나는 즉시 그에게 진심으로 궁금해서라기보다는 예의상 순진한 질문을 하나 던졌다.

"카를로스, 안솔라가 떠나버린 데에는 더 단순한 이유가 있다고 생각하지 않아요?"

카르바요가 새로 자란 턱수염에 한 손을 갖다댔다. "어떤 이유요?" 그가 내게 퉁명스럽게 말했다.

"안솔라는 아마도 박해를 당해 떠난 게 아닐 겁니다. 아마도 단지 실패했기 때문에 콜롬비아를 떠났을 거예요."

카르바요는 눈을 살짝 감았는데, 얼굴에 경멸하는 듯한 표정이 드러났다. 나는 개의치 않았다. 그리고 그에게 부정할 수 없는 진실 하나를 말해주었다. 즉 실제로 어떤 일이 일어났건, 그가 책을 통해 어떤 고발을 했건, 마르코 툴리오 안솔라가 재판에서 아무것도 증명할 수 없었다는 것만은 분명하다는 사실 말이다. 적어도 그 점에서는 〈엘 티엠포〉

편집자의 말이 옳았다. 그러자 카르바요가 그 어느 때보다 화를 냈다.

"편집자의 말이 옳다고요?" 그가 자리에서 일어나며 말했다. "안솔라가 아무것도 입증하지 못했다고요? 그곳에 증인들이 있지 않았나요?"

"진정하세요, 카를로스." 내가 그에게 말했다. "증인들이 있었지만 아무것도 입증하지 못했어요. 물론 그 책은 대단히 설득력 있고, 나도 그 300쪽에 달하는 어느 음모론에 심취하고 싶어요. 하지만 중요한 건 그 책의 이론이 아니라 벌어진 재판이고, 그 재판은 실패였어요. 완전한 실패, 시끌벅적하고 굴욕적이기까지 한 실패였죠. 그 일은 실망, 아니, 안솔라를 지지했던 모든 사람에 대한 배신이었어요. 그 불쌍한 남자에게는 피고인에 대한 증거가 겨우 이런 것, 즉 사람들이 코레알을 여기서 봤다, 페드로 레온 아코스타를 저기서 봤다는 것밖에 없었어요. 그 두 사람이 아주 못마땅하지만, 그렇다고 해서 그들이 안솔라가 책에서 말한 대로 했다는 의미는 아니에요. 아코스타가 수년 전에 어느 대통령을 죽이려 했다는 건 동의해요. 코레알이 다른 이를 구타하고, 심지어 고문까지 했다는 것도 동의해요. 하지만 이는 그들의 과거를 말해줄 뿐, 아무런 증거가 되지 않아요. 또 예수회 사제들에 관해서는 어떻죠? 책에서 예수회 사제들도 고발했지만, 재판에서는 아무것도, 결코 아무것도 없었어요. 그 문제는 건드리지도 못했다고요."

"안솔라가 거기까지는 못 이르렀기 때문이에요!" 카르바요가 소리 질렀다. "예수회 사제들의 문제에 도달하기도 전에 그를 배제해버렸잖아요!"

"그래요, 하지만 그렇게 하는 건 아주 쉬운 일이에요. '분명 예수회 사제들은 유죄지만, 나는 그걸 나중에 입증하려고 했다.' 이건 진지하지 않아요."

"난 그렇게 생각하지 않아요." 카르바요가 목소리를 낮추며 말했다.

"배심원들도 그렇게 생각하지 않았겠군요." 내가 빈정거렸다.

"그렇다면, 베레스타인 신부와 코레알이 만난 것은 뭔가요? 산바르톨로메 건물 문 밖으로 나오던 암살범들을 봤다는 사람들의 증언은 뭐냐고요?"

"그들은 그렇게 모임도 했고 증언에도 등장해요, 카를로스. 하지만 안솔라는 그것이 어떤 결과를 가져왔는지 전혀 입증하지 못했어요."

"그럼 베레스타인의 진술은 뭐래요? 그때 우리베가 지옥에서 썩길 바란다고 했잖아요. 대체 그건 뭔데요?"

"아이고, 카를로스, 제발요." 내가 말했다. "이 나라 사람들은 놀랄 만큼 쉽게 지옥에 떨어지라고 저주해요. 모든 사람이 늘 그렇게 한다고요. 꼭 그렇게 되라고 하는 말은 아니지만 의미를 모르고 하는 말은 아니죠."

카르바요가 다시 자리에 앉았다. 그의 표정과 행동(팔짱을 끼고 다리를 꼬는 방식)은 깊은 실망감에 젖어 있었다. 나는 그에게 그렇게 말해 대단히 유감스럽다고 말했지만, 여러 사실은 대단히 명확했다. 하나는 책이고, 다른 하나는 재판이었다. 나는 예수회 사제들에 관한 이야기를 다시 꺼냈다. 적어도 카르바요가 말한 대로, 안솔라는 재판의 전 과정에서 예수회 사제들에 대해서는 단 한 번도 언급하지 않았다. "아니면 언급했던가요?" 내가 그에게 물었다. "재판에서 예수회 사제들에 대한 어떤 증거가 제시되었나요?"

그가 작게 대답했다. "아니요."

"그래서요?"

"그래서 그들이 이겼죠."

"뭐라고요?"

"지금 당신은 한 세기 동안 이 나라 전체가 해온 일을 똑같이 하고 있어요, 바스케스. 안솔라가 재판에서 졌기 때문에, 또 안솔라에게 고발당한 사람들에 대한 명확한 판결이 내려지지 않았기 때문에 안솔라가 한 주장이 엄청난 거짓말이 된 거요. 이봐요, 친구, 당신이 주장하는 진실은 매우 빈약한데요, 법원에서 말하는 진실은 종종 삶의 진실과 매우 동떨어져 있기 마련이죠. 당신은 안솔라가 법정에서 아무것도 입증하지 못했기 때문에 그의 책이 거짓이라고 말하고 있어요. 하지만 왜 그가 법정에서 아무것도 입증하지 못했는지 스스로 질문해본 적은 있어요? 안솔라가 자신이 지닌 증거를 입증하지 못하게끔 재판 전체가 조작되었다는 것이 명백하지 않나요? 그들이 완벽하게 합법적인 것처럼 보이는 아주 교묘한 방식으로 그가 침묵하도록 만든 게 명백하지 않냐고요?"

"하지만, 카를로스, 그가 원하는 건 모두 말하게 해줬어요. 그가 원하면 뭐든 증거로 제출할 수 있게 했다고요. 그런데 어떻게 그를 침묵하게 만들었다는 거죠?"

"알고 있는지는 모르겠지만, 당신은 지금 〈엘 티엠포〉에서 한 말을 반복하고 있어요."

"완벽하게 알고 있어요." 내가 그에게 말했다. "하나만 말할게요. 〈엘 티엠포〉의 칼럼니스트의 말이 전적으로 옳아요. 안타깝게도 논평에 본명이 나와 있지 않아서 그가 누구인지는 모르겠지만, 그의 주장이 옳아요. 안솔라가 아코스타에 대해서도, 코레알에 대해서도 증거를 전혀 댈 수 없었다는 그의 주장이 옳다고요. 사람들의 의구심을 일으키는 것은 매우 쉬운 일이지만, 그 의구심은 입증되어야 한다는 그의 주장이 옳고 말고요. 왜 안솔라는 실크해트를 쓴 남자가 누구였는지 말하지 않았을까요? 카를로스, 안솔라가 그 사람이 누구였는지 진짜로 알고 있었다고 믿는 건가요? 만약에 알았더라면, 왜 거기서, 모든 사람들 앞에서 그 이름을 말하지 않았을까요? 그가 몰랐기 때문에 말하지 않았다고 생각하지 않아요? 말해보세요, 카를로스, 솔직히 말해봐요. 안솔라가 허풍을 떨었다고는 생각하지 않나요?"

"허풍이 아니에요." 카르바요가 말했다. "이건 포커게임이 아니라고요."

"그는 예수회 사제들의 출판물에 대해서는 아무것도 밝히지 않았어요. 한 남자를 암살할 사람을 정하기 위해 여러 사람 가운데 제비뽑기를 했다는 단체들에 대해서는 아무것도 밝히지 못하죠. 그런데 누가 그를 믿을 수 있겠어요? 말해보세요, 카를로스. 우리베 장군에 반하는 글을 쓴 아리스톤 멘 하이더나 엘 캄페시노 같은 사람은 대체 누구죠? 당시 보고타는 수백만 명이 사는 대도시가 아니라 그저 작은 도시였어요. 내 생각에는 그 누구도 그렇게 완벽하게 숨을 수는 없었을 것 같아요. 그렇다면 오늘날 모든 소셜미디어에 존재하는 미친 비방자들처럼, 오직 익명으로만 활동하는 그 광신적인 두 칼럼니스트에 대해 왜 아무런 증거도 제시하지 못할까요? 그의 대답은 '그들이 그저 미치고 광신적인 비방자에 지나지 않기 때문이다'였어요. 그리고 그 단체들 말인데요, 정말로 그렇게 했을까요? 부자들의 후원을 받아서, 제비뽑기를 통해 암살자들을 선발해 자신들의 심기를 거스르는 사람은 누구든 죽여버리게 하는 그런 조직이 정말로 있을까요? 안솔라가 그에 대한 증거를 어디에서 보여주고 있나요?"

"그들이 이겨요." 그가 중얼거렸다, 아니면 그런 말을 들은 것 같다고 생각했을 수도 있다.

"난 그들이 누군지 모르겠어요." 내가 말했다. "하지만 그들이 이긴 게 아니라, 이것이 바로 우리가 지금 이용할 수 있는 진실이라는 뜻이죠. 그런데 그런 진실을 바꿀 만한 충분한 증거가 없어요."

카르바요는 침묵했다. 그는 앉아 있던 소파에 발을 올리고는 놀란 강아지처럼 몸을 웅크렸다. 그러고는 패배를 인정하면서도 고집을 부리는 것 같은 목소리로 말하기 시작했다. 나를 쳐다보지 않았으나 속으로는 큰 소리로 외친다고 생각하는 것 같았다. 그렇지만 속으로만 큰 소리로 외치는 게 아니라 내게, 오직 내게 말하고 있었다.

"하지만 다른 진실이 있어요, 바스케스." 그가 말했다. "신문에 실리지 않은 진실이 있다고요. 아무도 모른다고 해서 덜 진실하지만은 않은 진실이 있어요. 아마도 그런 진실은 기자도, 역사가도 다가갈 수 없는 특이한 곳에서 생기곤 하죠. 그렇다면 우리가 그 진실을 가지고 어떻게 해야 할까요? 그런 진실이 존재할 수 있는 공간을 우리가 어디에다 마련할까요? 단지 그런 진실이 올바른 방법으로는 생명을 얻을 수 없다는 이유로, 혹은 그 진실보다 더 큰 힘들이 승리하도록 내버려뒀다는 이유로, 그 진실이 존재하지 않았다는 양 썩게 내버려둬야 할까요? 바스케스, 연약한 진실, 미숙아처럼 유약한 진실, 증명된 사실들의 세계, 신문들의 세계, 역사책들의 세계에서는 옹호될 수 없는 진실이 있어요. 비록 어느 재판에서는 무너져버렸다 할지라도, 혹은 사람들의 기억 속에서 잊혔다 할지라도, 그런 진실이 존재한다고요. 혹시 우리가 아는 역사만이 특정 사건들에 관한 유일한 설명이라고 말하려는 거요? 그건 아니니까, 그렇게 순진하게 굴지 말아요. 당신이 역사라고 부르는 건 단지 승자의 이야기일 뿐이에요, 바스케스. 누군가가 다른 것들이 아닌 바로 그 이야기가 승리하도록 만들었기 때문에 오늘날 우리가 그 것을 믿는 거요. 오히려 기록으로 남아 있다는 이유로, 단지 사람들이 하는 말의, 혹은 심지어 전혀 발화되지 않고 생각 안에만 존재하는 말의 무한한 빈 공간 속으로 사라지지 않고 남아 있다는 이유로, 우리는 그것을 믿어버려요. 〈엘 티엠포〉의 기자가, 20세기의 역사학자가 나타나서는 글로 무언가를 얘기해요. 그것은 우리베의 암살 범죄가 될 수도 있고, 인간의 달 착륙이 될 수도 있고, 혹은 원자폭탄, 에스파냐 내전, 파나마 분리 등 뭐든지 될 수 있어요. 그리고 그것은 진실이지만, 단지 **언급될 수 있는 어느 곳에서 일어났고, 또 누군가 구체적인 단어로 얘기할 수 있기 때문에 진실이 되는 거요.** 다시 한번 말하자면, 그런 장소들에서 일어나지 않는 진실이, 눈에 보이지 않기 때문에 결코 그 누구도 기록으로 남기지 않는 진실이 있다고요. 특별한 장소들에서 일어나는 수백만 가지 일이 있는데요, 다시 말하지만, 이들 장소는 역사가나 기자의 손이 닿지 않는 곳이에요. 꾸며낸 장소들이 아니며, 허구가 아니라 아주 실제적인 거죠, 바스케스. 신문에 실리는 여느 것들과 마찬가지로 아주 실제적이라고요. 하지만 그런 것들은 살아남지 못해요. 그 누구도 언급하지 않은 채 그렇게 되어버려요. 그리고 그건 불공평해요. 불공평하고 슬픈 일이지요.”

그리고 그는 자기 아버지에 관한 이야기를 하기 시작했다. 호들갑 떨지도 않고 감상에 젖지도 않은 채, 약간은 울적한 상태였겠지만 말을 더듬지 않고 복잡한 이야기를 해나갔는데, 이를 통해 나는 분명 다음 두 가지 중 하나일 거라고 짐작했다. 그가 이 이야기를 이미 여러 번 했거나, 아니면 이 이야기를 하기 위해 평생을 기다렸으리라고. 나는 두 번째 경우일 것이라 생각했고, 사실이었다.

나는 카르바요의 놀라운 기억력이 착각하거나 혼동한 몇 안 되는 부분을 바로잡음으로써 그의 이야기가 더 잘 이해되거나 더 잘 평가받을 수 있도록 필요한 정보 일부를 추가해 이야기를 완성했다. 그 외에도 내 삶에서 그런 이야기를 결코 다시 듣지 못할 가능성이 농후했기에 내가 일종의 공증인으로서 임무를 수행하고 있다는 사실을 기억하려고 애썼다. 매우 힘들면서도 동시에 단순한 내 임무는, 업무를 공정하게 처리하거나 적어도 유용하지 않는 것이기 때문이다.

그의 이야기는 다음과 같다.

* * *

세사르 카르바요는 보고타 동쪽에 위치한 라 페르세베란시아 동네의 어느 집에서 태어났는데, 나중에 그의 아들이 살게 되는(그리고 그 아들이 이 모든 것을 내게 말해줄 것이다) 카예로부터 북쪽으로 열한두 블록 떨어진 곳이었다. 1924년 그해, 그의 어머니 로사 마리아 페냐는 자신이 사는 곳의 언덕길을 내려와 카레라 7을 건너고 철길을 넘은 후 북쪽으로 몇 블록 가면 있는 부자 동네들에서 세탁부로 일했다. 그녀가 살던 카예의 테라스에서 그 부자 동네가 보이는 맑게 갠 아침에는 이웃 여자들과 함께 수다를 떨면서 그들을 도와 용설란으로 만든 빨랫줄에 젖은 옷을 걸었는데, 이런 재질의 빨랫줄은 섬세한 천에 긁힌 자국을 남기곤 했다. 세사르의 아버지는 대다수가 정비공, 미장이, 목수인 수공업자 동네에서 유일한 제화공이었다. 벵하민 카르바요는 고작 사춘기 때 돈 알시데스 말라곤의 신발 공방에서 기술을 배우기 시작했는데, 말라곤은 그 도시와 더불어 태어나 반드시 그 도시와 함께 죽겠다는 생각을 가진 것처럼 보이는 노인이었다. 말라곤 노인이 죽었을 당시, 스물두 살의 벵하민 카르바요는 임신한 아내가 있었고 이미 세상의 이치도 깨우쳤으므로, 별다른 고민 없이 노인의 신발가게를 물려받았다. 나중에 그는 자신이 그렇게 한 데 흡족해했는데, 그 이유는 해가 갈수록 신발을 만드는 것 또한 하나의 예술이며, 조각상 하나를 만드는 것이 수제화 하나를 만드는 것보다 더 존엄한 일도 아니라는 확신이 들었기 때문이다. 수제화를 만들 때는 족형의 불규칙성을 탐구하고, 규격에 꼭 맞는 깨끗한 석고틀을 만들고, 양발이 똑같지 않은 법이라 발의 모양에 맞춰 나무로 신골을 만들어 그 위에 가죽을 덧댄 뒤 신골과 가죽의 모양이 정확히 일치하도록 말린다. 그는 그 일을 배우는데 평생을 바쳤고, 아들 세사르가 자신에게서 일을 배우기를 바랐다.

그런 바람을 가진 데에는 충분한 이유가 있었는데, 세사르가 사분면과 곡선자를 전문가처럼 잘 다루고, 열 살 때부터 패턴을 완벽하게 그려낼 줄 알았기 때문이다. 문제는—아들을 하루 여덟 시간 조수로 쓰길 원하던 아버지 입장에서는 문제였다—아들이 대단히 뛰어난 학생이기도 했다는 점이다. 그가 다니던 학교는 지붕이 어설프게 수리된 탓에 비오는 날이면 수업을 할 수 없었고, 모든 학생이 공책을 가진 것도 아니며 책은 사치품이었으나, 불굴의 사명감을 갖고서 학교를 운영하던 교장은 이내 세사르의 능력을 알아보았다. 그 동네의 사정을 잘 알던 그 교사는 세사르가 학업을 마칠 수 있게 해달라고 로사 마리아를 설득했는데, 로사 마리아가 세사르를 자퇴시켜 가족의 일손을 돕도록 하겠다는 생각을 하기도 훨씬 전의 일이었다. 그 제화공의 아들은 열두 살 때 라파엘 폼보의 동시를 한 편이 아니라 모두 외웠고, 시를 외우는 것이 지루해지면 일부 시어를 외설스러운 것으로 바꾸기도 했는데, 그래서 교활한 암고양이 미링가 미롱가는 **모든 수고양이와 암고양이가 / 가운을 들어올려 엉덩이를 보여주기를 원하게 되었다.*** 로사 마리아는 교사의 말에 따랐다. 세사르는 항상 자신도 동생도 학업을 중단하지 않게 하려고 자신의 부모가 열심히 일했다는 이야기를 했을 것이다. 세사르 카르바요가 호르헤 엘리에세르 가이탄을 처음 본 곳은 바로 그곳, 흙바닥 교실이었다.

그 무렵 가이탄은 보고타 시장으로 재직한 지 몇 개월밖에 안 됐지만, 시민 편이라는 이미지를 쌓으면서, 사방을 두루두루 살펴보고 자신의 모습을 내보이면서 이미 도시 전체를 둘러보았다. 당시 서른세 살이던 그는 권력에 대한 남다른 갈망과 전설적인 이력을 지니고 있었다. 그는 변변찮은 집안, 즉 어느 교사와 중고책 판매상 사이에서 태어났지만, 라파엘 우리베 우리베 이후 이쪽 진영에서 유례가 없는 가장 매서운 웅변 실력으로 이미 십오 년 동안 정치계를 뒤흔들었다. 열여덟 살

---

* 콜롬비아 시인 라파엘 폼보의 동시 「미링가 미롱가」의 한 구절을 외설적으로 바꾼 것.

에는 자유당 후보를 지지하는 열광적인 연설을 하던 중 군중 속에 있던 적들이 그를 향해 총격을 가한 사건이 있었다. 총알이 현란하게 움직이던 그의 팔 밑을 스쳤는데, 가이탄은 총알구멍이 난 재킷을 보관했다가 나중에 그 후보에게 선물로 주었다. 그는 로마에서 스승 엔리코 페리의 지도하에 박사과정을 밟던 중, 무솔리니가 수천 명의 군중에게 최면을 걸던 방식을 보고 감탄한 다음 그것을 배웠다. 즉흥연설에 타고난 재능을 가지고 있었으며, 연설중 잠시 멈추거나 침묵하는 고도의 기교를 스스로 터득하고, 길거리 언어와 격조 높은 수사법을 뒤섞는 신비한 연금술을 찾아냈다. 그 결과 대중 앞에서 그 어떤 적수라도 제압할 수 있는 웅변가가 되었으니, 청중을 매료시킬 필요 없이 위협하면 된다고 확신하던 콜롬비아 정치인들이 팔라스 아테나, 혹은 키케로, 혹은 데모스테네스 등을 언급하며 연설을 시작했다가도, 이후 가이탄이 등장해 매서운 문장들을 명사수처럼 정확하게 쏘아내면 모든 것이 바뀌었기 때문이다. 가이탄은 무아지경에 빠졌고, 모든 청중은 그가 연설하는 곳으로 그를 따라올 준비가 되어 있는 듯했다. 가끔은 가이탄이 무슨 말을 하는지는 중요하지 않은 것 같았다. 중요한 것은 그 말을 하는 사람이 가이탄이라는 사실이었다. 이것이 바로 낡은 모자를 쓰고 진한 땀 냄새를 풍기는 청중이 느끼던 것이었다. 그는 자신의 청중 가운데 하나였으나, 아무도(그리고 그 청중 가운데 하나는 더더욱) 그 청중에게 결코 그렇게 말하지 않았다. 그는 의회에서 그런 식으로 폭발적인 연설을 함으로써 어느 콜롬비아 대통령과 격렬하기 이를 데 없는 논쟁을 했고, 그 대통령은 고전을 면치 못했다. 1928년, 카리브해의 어느 바나나 농장에서 벌어진 파업이 실패한 뒤 군이 특정할 수 없는 수 혹은 공표되지 않은 수의 노동자들을 살해했다. 가이탄은 모든 사람이 잘 알고 있던 그 사건을 언급했다. 하지만 그가 그렇게 했을 때, 마치 그 학살이 방금 전에 일어난 것처럼, 혹은 국가가 그 학살을 실제로 처음 인식한 것처럼 보였다. 나중에 어떤 사람은 고위층 국회의원들의 조롱을 받던, 머리에 기름을 발라 뒤로 넘긴 그 원주민 웅변가가 듣는 이를 전율시키는 연설로 장내를 압도하고, 극적인 효과를 거두면서 연설을 마친 그 순간에 관해 언급할 것이다. 그는 모든 사람 앞에서 머리카락이 없는 두개골, 바나나 농장 학살의 피해자 중 한 명의 두개골을 꺼내 보여주었다. 그 두개골은 어느 어린이의 것이었다.

그로부터 칠 년 후, 그 운동가는 보고타의 시장이 되어 어느 공립학교를 방문했다. 시장의 방문으로 라 페르세베란시아 지역이 마비되었다. 사람들은 더블브레스티드 정장과 펠트 모자를 쓰고 걸어오는 그를 보았는데, 그는 이내 구경꾼과 빈궁한 사람들과 뒤섞여버린 수행원들에 둘러싸여, 땀을 흘리지도 동요하지도 않은 채 카레라 5에서부터 가파른 먼지투성이 길을 성큼성큼 올라갔다. 사람들은 그가 그 교사의 공로를 칭찬하고, 자신의 어머니가 교사였다는 사실을 몰려든 대중들에게 상기시키고, 세상에서 교육자보다 더 아름답고 고귀한 직업은 없다고 이야기하는 말을 들었다. 아이는 배가 불러야 더 잘 배울 수 있으니 학교에 식당을 만들어주겠다고 약속하는 말을 들었다. 그가 한 아이에게 왜 맨발로 학교에 오느냐고 물었고, 공립학교 학생들에게는 신발을 무상으로 의무적으로 지급하겠다고 약속하는 말을 들었다. 가이탄의 즉흥 연설을 듣는 이들 중에는 제화공 벵하민 카르바요도 있었는데, 그는 어느 정치인이 신발에 대해 말하는 것을 한 번도 들어본 적이 없었고, 아들 세사르가 시장의 연설 중 불쑥 끼어들어 변성기의 목소리로 소리를 지르며 제안하던 그 장면을 그날, 그주, 그달 내내 떠올렸다. "우리 아빠가 신발을 만들어줄 수 있어요!" 가이탄은 씩 웃고는 아무 말도 하지 않았다. 그렇게 학교 방문을 마치고 나오던 그는 교문에서 세사르와 마주쳤다. 그가 세사르를 거의 쳐다보지도 않은 채 말했다. "구두장이 아들." 그런 다음 계속해서 언덕길을 내려갔다.

훗날 세사르 카르바요는 그때가 바로 자신이 가이탄주의자가 된 순간이라고 말할 것이다. 세사르는 마치 거울을 보는 것처럼 가이탄에게서 자신을 보았다. 세월이 흐를수록 가이탄은 점점 그의 롤 모델, 그의 삶을 설계하는 귀감이 되어갔다. 라 페르세베란시아와 썩 다르지 않은 동네인 라스 크루세스 출신의 한 남자가 국회의원과 시장이 되었다면, 그가 훈련과 공부의 힘만으로 그 남자와 비슷한 길을 가지 못할 이유가 있었을까? 세사르 카르바요는 가이탄처럼 법을 전공하고 가이탄처럼 콜롬비아 국립대학교에서 공부하고 싶었으나, 고등학교를 마치자 현실의 무게가 온통 그를 짓눌렀다. 대학에 갈 돈이 없었던 것이다. 당시 그는 열여섯 살이었다. 가이탄이 교육부장관으로 임명된 지 채 일 년이 되지 않은 1941년 정월, 세사르 카르바요는 아침 일찍 일어나 깨끗한 셔츠를 입고 걸어서 카레라 7과 카예 10의 교차점에 있는 장관 집무실로 갔다. 그는 가이탄이 있는지 물었고, 부재중이란 답변을 들었다. 한 시간이 지난 뒤에 다시 물었지만, 다시 부재중이란 답변을 들었다. 그는 주변을 둘러보았고—엄마와 함께 있는 어린이 셋, 겨드랑이에 책을 끼고 있는 청년 하나, 안경을 쓰고 지팡이를 든 노인 하나—자신이 노골적인 도움을 청하기 위해 장관이 있는지 물어본 유일한 사람이 아니라는 사실을 깨달았다. 그 순간 그는 직감했다. 가이탄이 간청하기 위해 자기를 찾아온 수많은 사람과 실랑이를 하지 않으려고 집무실을 나갈 때 후문을 이용할 것이라 생각하고서, 한 블록을 돌아 후문 옆에 서 있었다. 오후 한시에 가이탄이 나오는 것을 보고서 다가가 말했다. "제가 그 구두장이의 아들입니다." 그는 자신이 대학에서 공부를 하고 싶고 장학금이 필요한데, 가이탄 장관이 장학금을 줄 수 있다고 하는 말을 들었다고 허겁지겁 말했다. 가이탄은 잘 차려입은 두 명의 신사와 함께 있었다. 세사르 카르바요는 그들의 얼굴에 번지는 냉소를 보고서 자신이 시간을 낭비하고 있다고 생각했다. 그는 자신이 하는 말이 무슨 소용이 있을지도 잘 모른 채 "저는 자유파입니다"라고 말했다. 가이탄은 동행인들을 한번 쳐다본 뒤 세사르를 바라보며 말했다. "그런 건 중요하지 않네. 굶주림은 자유파도 보수파도 아니야. 더 나아지려는 욕망도 마찬가지고." 그가 시계를 본 뒤에 덧붙였다. "내일 다시 찾아오면 무엇을 할 수 있는지 알아보세."

세사르는 그의 말대로 했다. 가이탄은 자기 사무실에서 그를 맞아준 다음 틴토 한 잔을 대접했고 그를 아들처럼 대해주었다고, 적어도 세사르는 남은 생애 동안 그렇게 말했을 것이다. 가이탄이 콜롬비아 국립대학교에서 받은 변호사 자격증을 보고 감동해 언젠가는 자신도 그런 학위증서를 손에 넣게 되리라 생각했지만, 진정으로 인상적이었던 것은 사무실 벽을 장식하고 있던 액자들 가운데 하나였다는 말도 했을 것이다. 그것은 스물다섯 살짜리 가이탄이 스승인 위대한 형법학자 엔리코 페리와 함께 찍은 사진이었다. 사진에는 로마에서 집필한 논문으로 상장과 찬사를 받은 제자 호르헤 가이탄에게 스승 페리가 자필로 쓴 헌사가 들어 있었다. 세사르가 어떤 논문이었는지 묻자 가이탄은 그가 내용을 이해하지 못한 세 문장으로 설명해주었다. 물론 아직 성인이 되지 않았던 비천한 제화공의 아들인 세사르는 그 순간에 예모像謀라는 말이 무슨 의미인지 이해할 수 없었고, 그 말이 형기의 경감 사유와 어떻게 연관될 수 있는지 더더욱 이해할 수 없었을 것이나, 가이탄의 문장들이 그에게는 주술처럼 들렸고, 그 위대한 남자가 그에게 그 내용을 설명하려 했다는 바로 그 사실은 그가 장학금을 받을 수 없다는 실망스러운 소식도 견뎌낼 수 있도록 해주었다. 하지만 세사르 카르바요는 가이탄이 진심으로 노력하는 모습을 보았다. 그가 비서에게 전화를 걸어 이미 장학금 기한이 지났는지 묻자, 네, 박사님, 이미 기한이 지났습니다, 라고 하는 말을 듣는 것을 보았다. 그러고 나서 그가 비서에게, 종종 그렇듯 마지막으로 장학금을 수령하지 않은 사람이 있는지 묻고 혹시 그렇다면 그 장학금을 이 청년에게 줄 수 없는지 물었으나, 아닙니다, 박사님, 올해는 모든 대상자가 장학금을 수령했기 때문에 미지급 장학금이 없습니다, 라는 말을 듣는 것을 보았다. 그리고 가이탄이 세사르에게 말했다. "봤나, 젊은이. 아주 유감스럽구먼. 일 년 뒤 신청 기간이 끝나기 전에 찾아오면, 자네가 장학금을 받을 수 있도록 도와주겠네."

하지만 운명의 음모가 세사르 카르바요의 앞길을 가로막았다. 가이탄이 사무실에서 세사르를 맞이한 지 5주 후 그는 교육부장관직을 조기 사임했고, 세사르는 또다른 장애를 겪어야 했다. 그는, 자기 인생은 결코 쉬운 적이 없었기 때문에 어느 정치인의 도움을 받든 받지 않든 장학금을 탈 수 있고, 11월에 지원해서 이듬해에 새로운 삶이 시작될 거라고 스스로에게 말했다. 하지만 그는 장학금에 지원하지 못했다. 만

열일곱 살이 되기 얼마 전인 5월의 어느 오후에 세사르가 공방에 도착해보니, 아버지가 여전히 목에 줄자를 두른 채 구두 디자인을 그려놓은 종이 사이로 바닥에 쓰러져 있었다. 어느 손님의 발 치수를 재고 나서 패턴을 계산하던 중 손님이 떠난 뒤에 심근경색이 일어난 것으로 보였는데, 어쨌든 모든 사람이 그런 상황에서는 취할 수 있는 조치가 거의 없었을 것이라고들 했다. 세사르 카르바요는 구두 가게를 떠맡고, 물론 그의 동생도 떠맡아야 했다. 그는 그 일에 모든 시간을 바치고 거의 모든 신경을 썼다. 이제 대학에서 공부를 하겠다는 생각은 전혀 할 수가 없었다. 세사르 카르바요는 그 꿈을 잊었거나 의식의 깊은 곳 어딘가에 묻어둔 채, 신골과 석고틀, 그리고 천문대 아래 카예 8에 있는 마구 가게에서 구입한 가죽을 다루는 일에 집중했다. 그렇게 몇 년이 흘렀다.

서글픈 운명이었을 테지만, 세사르 카르바요는 그런 운명을 생각할 겨를도 없었다. 그리고 그는 자신이 희생당한다는 생각을 하지 않으려고 마음을 다잡았다. 가게 문을 여섯시가 아닌 다섯시에 닫을 수 있는 날이면, 세상만사 다 제쳐두고 히메네스대로에 있는 카페에 가서 신문을 읽고 법학도들과 의학도들이 정치에 대해 하는 말을 들었다. 그런 순간에 그는 자신이 살아 있음을 느꼈다. 온종일 가게에서 보냈지만, 아직 스무 살이 되지 않은 그의 상황에서 몇 안 되는 좋은 점들 가운데 하나는 비난받을 일 없는 독신 생활이었다. 어디에도 그를 기다리는 사람이 없었고, 집에 빨리 오라고 독촉하거나, 담배 냄새가 난다고, 또는 한 달에 한두 번 일이 잘되면 맥주를 마음껏 마셔댄다고 바가지를 긁을 여자도 없었다. 카페 종업원들의 엉덩이를 움켜쥐었다가 따귀를 맞는가 하면, 도미노 게임을 하는 사람들 뒤에서 도미노 패를 넘어뜨리지 않도록 늘 조심하면서 몇 시간 동안 구경을 할 수 있었고, 카페 엘 몰리노에서는 먼발치에서 유명 작가들을 보았으며, 카페 벽에 그려져 있던 인물들이 『돈키호테』의 주인공이라는 사실을 알게 되고 그 작가들이 눈을 크게 뜬 학생들에게 『돈키호테』에 관해 하는 이야기를 듣고는 자신은 그런 것에 전혀 관심이 없다는 사실을 깨닫기도 했다. 『돈키호테』에 관심이 없었다는 것이 아니라, 지어낸 이야기에 흥미가 없었다는 것이다. 또한 카페 아우토마티코의, 누군가 그려놓은 시인 레온 데 그레이프의 캐리커처 밑에 있던 보헤미아풍 테이블에서 종종 들려오던 시에도 관심이 없었는데, 물론 그 시를 많이 들은 탓에 일부 시구를 알게되어, 이후 평생 읊게 될 시구 몇 구절을 간혹 아가씨 하나를 침대로 데려가기 위해 써먹기도 했다.

이 장미가 증인이었네
그게 사랑이 아니었다면
그 어떤 것도 사랑이 될 수 없으리.
이 장미가 증인이었네
그대가 내 것이 된 바로 그 순간!

아니, 그의 관심을 끌었던 것은 오직 정치였다. 그는 몇 개월이 지난 뒤에 동네 친구들을 소풍에 데려가기 시작했고, 가끔은 자기네보다 나이가 많은 삼사십대 수공업자들(기계공, 미장이, 목수)과 함께 노동자들이 모이는 카페에 갔는데, 그들 말에 따르면 나라의 열熱을 재기 위해서였다.

그리고 그렇게 세사르 카르바요는 나라에 열이 있다는 사실을 알아가게 되었다. 유럽에서 발발한 전쟁이 콜롬비아에 영향을 미치고 있었다. 그렇다고 커피 가격이 최하로 떨어질 정도는 아니었고, 또 건축용자재가 부족해져서 건설업과 더불어 건설 노동자들이 불경기를 겪게되지도 않았는데, 보수파들은 파시즘의 승리를 점치면서 미국을 지지하는 자유파 정부가 자신들더러 경주에서 지는 말에게 베팅을 하도록강요한다며 불만을 쏟아냈다. 그들은 모두 독일이 승리할 것이라고 믿었는데, 그쪽이 콜롬비아에게는 이득이 될 터였다. 신념 때문이든 전염이 되어서든 모두가 프랑코주의자였고, 추축국의 승리는 프랑코의 승리였으며, 프랑코의 승리는 우익 보수당의 승리였기 때문이다. 세사르카르바요와 라 페르세베란시아 동료들에게 보수파는 적이었다. 그들에 대항해 싸워야 했다. 보수당의 승리는 과거 암흑시대로의 회귀일 뿐만 아니라 유럽 파시즘이 침입하는 것이기도 했기 때문이다.

  하지만 당시에는 일련의 새로운 사상이 마치 괴소문처럼 보고타의가난한 동네들을 중심으로 퍼져나가고 있었다. 호르헤 엘리에세르 가이탄이 전국을 돌아다니며 연설을 했지만 언론에서는 이를 다루지 않았는데, 그의 연설은 비밀스러운 복음처럼 사람들의 입에서 입으로 전해졌다. 그는 연설에서 특이한 말을 했다. 배고픔은 자유파도 보수파도아니고 말라리아도 마찬가지라고. 민중을 위한 국민국가가 있으며 지배계층을 위한 정치국가가 있다고. 그리고 콜롬비아 사람 모두의 적,즉 콜롬비아의 노동자들에게 고통을 주는 불의와 절망을 만들어내는존재는 머리가 두 개 달린 뱀인데, 그중 하나는 과두정이라 불리고 다른 하나는 제국주의라 불린다고. 1944년 2월에 가이탄이 자신의 가장 열성적인 지지자들을 세실리아 바에 모아서 1946년에 실시될 대통령 선거를 위한 정치운동을 공식적으로 개시했을 때, 세사르 카르바요와 라 페르세베란시아의 동료들은 그곳 맨 앞줄에 앉아 카우디요 가이탄이 내뱉는 말을 들이마시면서, 그가 콜롬비아의 대통령이 될 수 있도록 뭐든지 하겠다고, 필요하면 목숨까지 바치겠다고 맹세했다.

한 주는 '문화의 금요일'을 중심으로 돌아가기 시작했다. 시립극장에서 진행된 가이탄의 연설은 이러했다. 그는 손에 아무것도 들지 않고, 손으로 아무것도 짚지 않은 채, 자신의 말을 라디오로 송출하는 사각형 마이크 앞에 서서, 주먹을 치켜들고, 그 누구도 느껴본 적 없는 흥분으로 그곳을 가득 채웠다. 세사르 카르바요는 그 연설을 듣기 위해 살고 있었다. 신발 공방에서 일하지 않을 때나 함께 일하기 시작한 이웃집 아들에게 기술을 가르치지 않을 때면 지난주 금요일 시립극장에서 가이탄이 했던 연설을 떠올리며, 다음주 금요일에는 어떤 말을 할지 기대하며 시간을 보냈다. 그리고 그날이 되면, 연설장 밖에 있지 않으려고 오후 세시부터 언덕길을 내려가서 연설장까지 갔고, 연설장 문이 열리기 네 시간 전부터 줄을 섰다. 그 탓에 공방에서 일할 시간을 빼앗기자 어머니가 그를 나무라기 시작했다. "아들아, 네가 대장의 연설을 들으러 가는 거 다 안다." 어머니가 그에게 말했다. "그게 중요한 일이란 건 알아. 하지만 우리 가족의 사업은 뒷전인 것처럼 만사를 제쳐두고 왜 그리 일찍 나가는지는 알 수가 없구나. 집에 라디오도 있잖니, 아들아. 네 아빠가 살아 계셨다면 뭐라고 하셨겠니?" 가이탄을 직접 보는 것이 어떤 느낌인지, 어머니에게 어떻게 설명할 수 있었을까? 그것이 불가능했기 때문에 어머니에게는 이렇게만 말했다. "지금 안 내려가면 연설장 밖에 있어야 해요, 엄마." 그리고 정말 그랬다. 시립극장은 그 카우디요의 추종자로 가득차고, 위아래 층의 모든 의자뿐만 아니라 복도의 빈 곳까지도 가득찼다. 세사르에게 자신들을 하나로 묶어주던 그 신비한 연대감은 세상 그 어느 것과도 바꿀 수 없는 무언가였다.

게다가 시립극장에 들어가지 않으면 아마도 다시는 볼 수 없을 것들을 놓치게 되는데, 이를테면 지난번에 극장의 스피커가 고장나자 가이탄은 초조하고 성가시다는 표정을 지으며 마이크를 손으로 탁 쳐서 치워버린 뒤 숨을 한번 깊게 들이쉬고는 사십 분 동안 큰 목소리로 연설을 했고, 그의 초인적인 목구멍의 놀랄 만한 힘과 대단히 명확한 발음 덕에 극장 맨 끝줄에 있던 가장 운 없는 사람도 단어 하나하나를 모두 명확하게 이해할 수 있었다.

또한 시립극장의 연설이 끝난 뒤에 이루어진 일도 똑같이 중요했다. 그 마법의 순간이 끝나면, 라 페르세베란시아의 동료들은 카레라 7의 인파로 넘치는 보도에 모였다가 자신들이 방금 전에 들은 연설에 관해 이야기하기 위해 시내의 카페로 향했다. 물론 많은 사람이 해가 뜨자마자 일을 해야 했고, 게다가 많은 사람이 정치에 그렇게까지 관심을 갖지는 않았기 때문에, 모두가 그렇게 할 수 있었던 것은 아니었다. 그러나 카르바요는 항상 그곳에서, 이제 추위가 몸을 파고드는 밤거리를 자신과 같은 젊은 남자들에게 둘러싸여 걸었고, 그들과 함께라면 그 무엇도 두렵지 않았다. 경찰들도 그들을 건드리지 않았는데, 그 당시 거의 모든 경찰관이 자유파였고, 또 그들 가운데 상당수가 비밀리에 가이탄주의자로 활동했기 때문이었으나, 가끔은 어느 오만한 보수파 사람과 몇 마디 설전을 벌이기도 했는데, 카르바요는 그때마다 특이한 용기가 솟는 느낌을 받았다. 그리고 마치 자신들이 그 구역을 접수하듯 카페나 치차가게로 들어갔는데, 모두가 말은 하지 않았지만 가이탄을 만나기 전에는 할 수 없었던 행동이라는 사실을 알고 있었다. 가이탄은 그들에게 새로운 자긍심을 선물했고, 그 덕분에 수대에 걸쳐 이 도시를 위해 일해온 자신들이 이 도시의 주인이기도 하다는 사실을 느낄 수 있었다. 그곳, 엘 잉카, 혹은 엘 가토 네그로, 혹은 세실리아 바, 혹은 콜롬비아 바에서 맥주와 아과르디엔테를 마시는 기나긴 밤, 적어도 몇 시간 동안 그들은 분명 자기네 모두가 주인일 수 있는 어느 유사한 도시, 환영 같은 도시에서 살았거나, 혹은 그렇게 보였다. 그 당시 세사르 카르바요는 진정한 감성 교육을 받았다. 지금 그때의 상황을 재구성해보려고 시도하는 내가 그 야간 모임에서 일어난 일을 폄하할 수는 없으며, 참석자들이 그 모임을 테르툴리아*라고 불렀기 때문에 나도 그렇게만 부를 것이다.

술에 취해 꼴사나워진 그들이 고래고래 소리를 질렀고, 테이블을 뒤엎는 그 혼란스러운 토론은 새벽 두세시가 돼서야 끝이 났는데, 토론에 일단 참여했다 하면 결코 퇴장하지 않았다. 그 무렵 가이탄주의자들은 더욱 조직적으로 더 활발하게 활동하기 시작했다. 도시는 지역 단위로, 지역은 구역 단위로, 구역은 위원회 단위로 나뉘었다. 라 페르세베란시아 위원회 사람들과 함께 카페 혹은 치차가게에서 시작된 테르툴리아에는, 밤이 깊어지면 거의 항상 이웃 지역에서 온, 하지만 가끔은 멀리 떨어진 어느 지역에서 온 다른 위원회들이 합류했다. 모든 연령의

---

* '모임' '동아리'를 뜻하는 에스파냐어 단어. 이 당시에는 특정 주제를 두고 토론하는 모임을 가리켰다.

남자들이 참여했는데, 그 문화의 금요일은 카르바요에게 그랬던 것처럼 그들에게도, 대장이 마이크에서 물러나 고급 차를 타고 시립극장을 떠나도, 끝나는 법이 없었다. 하지만 때로는 길 잃은 보헤미안, 시인 또는 소설가 또는 만화가, 〈호르나다〉의 칼럼니스트, 유혈이 낭자한 사건을 방금 취재하고 온 법률저널의 보도 기자, 그 보도 기자와 동행해서 인간이 저지르는 악행의 모든 면모를 보고 눈이 피곤해진 사진사도 그 모임에 참여했다. 그리고 무엇보다 대학생도 있었다. 콜롬비아 국립대학교 학생들이나 리브레대학교 학생들, 혹은 로사리오대학교의 반항적인 부르주아들이었는데, 이들은 다른 카페에서 법이나 의학을 공부한 뒤에, 혹은 다른 테르툴리아에서 프랑코, 무솔리니, 스탈린, 루스벨트, 처칠, 히틀러 등에 관해 얘기한 뒤에, 또는 이미 낮은 임금에 허덕이는 사창가에서 모욕적일 만큼 싼 가격으로 할인받으려고 단체로 다녀온 뒤에 자정 무렵에 그곳에 나타났다.

비록 그 학생들이 카르바요 자신은 거절당한 모든 것을 가지고 있다 할지라도, 그는 이내 그들에게 연민을 느꼈다. 그는 그들이 시끌벅적하게, 자신만만한 태도로 도착하는 모습을 보았는데, 그들은 정치적 열망과 카페의 테이블(당시 그들이 알고 있는 세상은 그 테이블 크기였다)에 앉아서 세상을 바꾸려는 혼란스러운 욕구가 충만한 상태로 신들린 사람처럼 손을 흔들고 빈병들 사이로 책을 주고받았다. 가이탄주의 위원회는 다른 사람들이 많이 가는 카페에 가는 일에 매우 신중했기 때문에, 대부분 자유파였지만 신참 공산주의자들도 보고타의 서점에서 헐값에 구입한 마르크시즘에 관한 소책자를 들고 그곳으로 왔고, 심지어 침울한 분위기를 풍기는 무정부주의자 서너 명으로 구성된 작은 집단―모두가 검은 옷을 입고, 모두가 길고양이 같은 행색을 하고 있었다―도 왔는데, 그들은 카페 라 그란 비아의 한쪽 구석에 자리잡고는 몇 시간 동안 그 누구와도 말을 나누지 않으며 앉아 있었다. 카르바요는 여러 가지 생각으로 부푼 머리와 자신의 손을 뜨겁게 달굴 문서들을 가지고 그 테르툴리아에서 나온 뒤, 머릿속에 간직했던 제목들을 구두 가게의 회계장부에 적어내려갔다. 그 시절 그는 대여한 책, 훔친 책, 중고서점에서 산 책을 미친듯이 읽어댔다. 책에 일종의 미신 같은 경외감을 느꼈다. 책이 가이탄의 인생을 구해주었으니, 혹시 자신의 인생도 구해줄지 모른다고 생각했다. 그는 가이탄과 마찬가지로 약간의 가능성과 평범한 운을 가지고 태어났다. 책―자신보다 부유한 학생들 덕분에 카페와 테르툴리아에서 알게 되어 읽은 책들―이 바로 탈출구였다.

그후 몇 년 동안 가이탄주의는 음모를 꾸미듯 빠른 속도로 조직되어갔다. 아마 그들은 그 사실을 몰랐겠지만, 라 페르세베란시아 위원회는 그 구두 가게 아들에게 많은 빚을 지고 있었다. 그 위원회에서 세사르 카르바요는 회원들 가운데 가장 열성적이었다. 밤에는 집에서 어머니가 잠들면 밀린 일을 어느 정도 마친 뒤 자신의 동네와 이웃 동네들에 벽보를 붙이러 다녔다. 가끔은 자기 집 담이나 자신이 사는 동네 길거리의 기둥에 가이탄의 벽보를 붙이는 것을 싫어하는 집주인들과 약간은 폭력적인 실랑이를 벌이기도 했다. 세사르는 지역의 가장 유명한 깡패, 불량배 혹은 전과자 들과 어울리는 법을 배웠고, 그렇게 사람들의 방해가 마술처럼 사라졌다. 라 페르세베란시아의 거리들은, 대부분 카르바요가 만들고, 시립극장에서 있을 다음 연설이나("가족과 함께 오세요"라고 지시하는) 대장이 어느 보수파 지역을 방문한다는 사실을 홍보하는 벽보로 뒤덮였다(그리고 사람들이 가이탄과 함께 갔는데, 이는 오직 가이탄이 여러 사람과 함께한다는 사실을 지역 주민들에게 알리기 위해서였다). 위원회 회원들은 산에서 먼지를 뒤집어쓴 채 도시로 내려온 사람들이라는 뜻에서 유래한 **로스 엠폴바도스***라는 공감 가는 별칭을 얻었고 또 자신들도 그렇게 불렸지만, 나중에 그 지역 밖에서는 **로호스****라고 불렸다는 사실을 알게 되었다. 모임은 매번 다른 집에서 열렸다. 회원들이 자신의 집에서 가이탄주의자들을 맞이하는 명예를 얻으려고 경쟁했기 때문이다. 그들은 부탄가스 냄새가 나는, 텅 비고 차가운 부엌에서 땀으로 얼룩진 모자를 돌려 참석자들이 모자에 동전을 넣도록 했다. 당시 자유파는 두 진영으로 나뉘어 있었다. 한쪽은 대대로 정치를 하는 가문의 아들인 가브리엘 투르바이고, 다른 한쪽은 대장 가이탄이었다. 세사르 카르바요는 위원회의 어느 모임에서 공사용 사다리와 포름산을 가득 채운 소독용 펌프를 가지고 카레라 7을 돌아다니면서 기둥에 매달려 있는 투르바이의 호화로운 천 홍보물에 뿌리자고 제안했다. 다음날 아침에 트루바이의 홍보물들은 너덜너덜하게 찢어져버렸고, 보고타시 전체가 그것을 목격했다. 그들의 작전은 완벽하게 성공했다. 세사르 카르바요는 만 스물두 살이 되지 않았지만, 이미 그 위원회에서 가장 존경받는 사람 중 하나였다. 그는 자신의 지역에서 세력을 강화해나가고, 가이탄주의는 콜롬비아 전역에서 세력을 강화해나갔다. 동시에 신임 대통령 오스피나의 통치하에서 지방

---

* 에스파냐어로 '로스'는 '사람들', '엠폴바르'는 '먼지를 뒤집어쓰다'라는 뜻이다.

** 에스파냐어로 '로호'는 '붉은색'이라는 뜻으로, '좌파' '급진파'를 가리키기도 한다.

의 폭력 사태가 더욱 격렬해져갔다.

당시 소문들은 믿기 어려울 정도였다. 1899년 전쟁 이후로는 경험한 적 없던, 자유당 당원과 그 가족에 대한 보수파 경찰의 괴롭힘과 박해가 도를 넘어서고 있다는 소식이 보고타에 전해지기 시작했다. 하루는 대통령 만세를 외치지 않았다는 이유로 통하광장에서 마체테로 난도질당한 젊은 자유당원에 대한 소식이 알려졌고, 또 어느 날은 과타비타 경찰 무리가 한밤중에 어느 자유당원의 집에 찾아가 식구 일곱 명을 총살하고 가구에 불을 질렀다는 소식이 알려졌다. 그들 가운데 여덟 살짜리 아이가 부엌문을 통해 탈출했다. 하지만 아이는 풀이 무성한 도랑에서 붙잡혔고 경찰들이 마체테로 아이의 오른손을 자른 다음 피를 흘리는 대로 내버려두었으나, 아이가 살아남아 당시에 일어난 일을 얘기했다. 전국 방방곡곡에서 이와 유사한 잔학행위로 인한 유사한 희생자들이 유사한 얘기를 했다. 정부는 이 문제에 그다지 신경을 쓰지 않았다. 정부 대변인은, 이는 자신들과 무관한 사건으로 경찰이 도발에 대응했을 뿐이라고 했다. 하지만 보고타의 자유파 사람들, 특히 가이탄의 추종자들은 걱정하고 있었다. 카르바요의 경우는, 그가 개인적으로 불안정한 상황에 처해 있지 않았더라면 아마도 걱정을 훨씬 더 많이 했을 것이다. 12월의 어느 금요일 오후 세시 무렵, 그가 시립극장으로 내려가려고 구두 가게의 문을 닫을 때, 누군가 그를 기다리고 있다는 사실을 깨달았다. 돈 에르난의 딸 아말리타 리카우르테였다. 모든 사람이 존경하고 좋아하는 기계공 돈 에르난은 오른팔에 어느 보수파의 마체테 공격이 남긴 영광스러운 흉터를 가지고 있었고, 옛 파놉티콘 뒤편에 있는 차고인 그의 공방에서는 벌써 네 번이나 위원회 모임이 열렸다.

아말리타는 겁먹은 짐승처럼 카르바요에게서 멀찍이 떨어진 상태에서 인사를 건네고, 카르바요에게 어디로 가는지도 묻지 않은 채 옆에서 함께 걷기 시작했다. 그와 함께 세 블록을 가는 동안에도 아무 말이 없다가, 카레라 7과 카예 26 교차점에 도착했을 때, 땅에 시선을 떨군 채 나지막한 목소리로 자신이 임신했다고 말했다.

이는 우연한 만남, 피의 덫에 걸린 결과였지만, 그 순간부터는 영원한 현실이 되었다. 작고 마른 체구에 아주 큰 눈과 매우 검은 머리를 지닌 아말리타는 카르바요보다 세 살 위였는데, 자신은 이미 혼기를 놓쳤다고 느끼던 차였다. 그녀는 가이탄의 연설을 좋아해서라기보다는 아버지의 명령에 따르느라 문화의 금요일에 자주 가이탄의 연설을 들으러 갔고, 그렇게 자신의 아버지와 정치 활동을 속속들이 공유하고 이미 한 가족 전체의 복지를 양어깨에 짊어진 우렁찬 목소리의 청년 카르바요에게 조금씩 다가갈 수밖에 없었다. 수년이 지난 뒤에 아말리타는 자신의 외아들에게 그 일화를 얘기해주면서, 은밀하고 덧없던 당시의 만남을 **피할 수 없는**, 혹은 **운명적인** 같은 거창한 단어로 위장하고 첫눈에 반한 사랑에 관해 스스럼없이 말했는데, 따라서 실제로 무슨 일이 있었는지는 알 수 없다. 그 일을 기억하는 유일한 사람인 그녀가 어떻게 기억하고 싶어하는지만 알 수 있을 뿐이다. 어찌되었든 1947년 초에 아말리타는 이미 세사르 카르바요와 동거하면서 아침마다 카르바요 가족의 화장실에서 구토하고 부엌에서 카르바요 어머니와 마주쳤는데, 어머니는 그녀에게 줄 보잘것없는 창과를 준비하는 동안 못마땅한 표정으로 쳐다보면서 그녀가 자기 아들을 훔쳐갔다고, 자신의 집에 쳐들어왔다고, 그리고 죽은 남편의 사업을 차지하러 왔다고 비난하곤 했다.

그들은 시내에 있는 어느 성당에서 급하지만 행복한 결혼식을 올리고, 아과르디엔테와 엠파나다*를 준비해 피로연을 열었다. 그날 밤, 돈 에르난 리카우르테는 빈 잔을 손에 든 채 새 사위를 껴안으면서 말했다.

"이 손주는 더 좋은 나라에서 태어날 걸세. 자네와 내가 이 일에 힘을 합쳐서 내 손주가 더 좋은 나라에서 태어나게 해보세."

아말리타는 반쯤 취한 상태에서 고개를 끄덕이는 남편을 보면서 자신도 그렇게 믿고 있음을 깨달았다. 다달이 달라지는 그녀의 임신한 몸은 그 지역에서 가장 충실한 위원회가 된 라 페르세베란시아 위원회의 모임이 열릴 때마다, 그리고 보고타와 인근 지역에서 이루어지는 시위와 연설을 준비할 때마다 더욱 두드러졌다. 그녀의 아버지와 남편의 위원회에 대한 헌신은 다른 위원들에 뒤지지 않았다. 대장이 회의론자들의 마음마저 사로잡을 만한 행사인 횃불 대행진에 관한 말을 꺼냈을 때, 라 페르세베란시아 위원회가 그 행사를 조직하는 임무 또는 과업을 받아들인다는 사실에 아무도 놀라지 않았다. 당시 아말리타는 임신 육 칠 개월 차였다. 그렇게 그녀는 누구의 도움도 받지 못한 채 피로가 쌓인 뱃속에 아기를 담고 다니는 모진 고생을 하면서, 남편이 모금 활동을 하는 데 앞장서고, 집집마다 찾아다니며 동전을 구걸하고, 위원회의 모임에서 모자를 돌리는 일을 떠맡고, 또 동네를 돌아다니며 사람들로부터 횃불을 만들겠다는 약속을 받아내는 모습을 지켜보았다. 세사르는 싸구려 직물을 구하러 동네 공방을 찾아갔다. 세탁소를 찾아가서 빗자루나 자루걸레 손잡이를 가져왔다. 목수들은 부서진 의자의 다리를,

---

* 밀가루 반죽에 고기나 야채를 넣고 구운 에스파냐와 라틴아메리카의 전통 요리.

기계공들은 막 구입한 연료를 기부했다. 카르바요는 기차에서 기름을 얻은 대신 자신의 구두 가게에 있는 압정을 기부했으며, 또 거리의 부랑자들은 나무에 횃불용 막베를 부착할 때 사용할 수 있도록 쓰레깃더미에서 병뚜껑을 모아왔다. 원래는 각 위원회에서 일정량의 횃불을 만들기로 했는데, 나중에는 운동자금을 마련하기 위해 횃불 하나당 2페소에 판매했다. 세사르 카르바요는 가장 많은 횃불을 지원했을 뿐만 아니라, 그 어떤 가이탄주의자도 불쪼가리를 두고 서로 싸우지 않도록 횃불을 넉넉하게 만들었다. 돈 에르난 리카우르테는 그들의 작업에 대단히 만족해하면서 사람들 앞에서 사위를 끌어안고 훈장이나 다름없는 공치사를 했다. "우리 아들이 훌륭한 일을 해냈어!" 그러는 동안 아말리타도, 그녀의 아버지도, 그녀의 남편도, 왜 가이탄주의자들이 행진을 하는지에 대해서는 일절 의문을 품지 않았다. 대장이 그렇게 하라고 부탁했고, 그것으로 충분했다.

보고타에서 유례가 없는 광경이었다. 7월의 그날 밤, 온 동네 사람이 횃불을 들고 언덕에서부터 산아구스틴을 향해 걸어내려갔고, 그곳에서 산빅토리노, 라스 크루세스, 라 콘코르디아, 산디에고 등 다른 동네에서 온 다른 횃불들과 합류했다. 오후 세시, 광장에는 사람 하나 들어갈 틈도 없었다. 하늘에는 구름이 껴 있었지만 비는 오지 않았는데, 누군가 그것은 분명 하느님이 가이탄주의자이기 때문이라고 말했다. 행진은 느린 걸음으로 진행되기 시작했는데, 행진의 위압적인 장엄함을 과시하기 위해서이기도 했지만, 수많은 남자와 여자가 서로 발이 걸려 넘어지지 않기 위해서는 천천히 움직여야 했기 때문이다. 날이 점점 어두워지자 여기저기서 횃불이 밝혀졌는데, 세사르 카르바요는 훗날 그

야수의 몸속에서 갑자기 끓어오른 열기에 대해 말했을 것이다. 하늘이 자줏빛으로 물들고, 어둠이 동쪽의 산들을 삼키기 시작할 무렵, 그들은 카레라 7을 통해 대통령궁 쪽으로 향했다. 밤이 되자 마치 도시 전체의 불빛이 주눅들어 꺼져버린 것처럼 보였다. 가이탄이 요구한 대로 하나의 횃불의 강이었다. 동료들 틈에 끼어 다른 가이탄주의자들과 어깨를 맞대고 행진하던 카르바요는, 열기 때문에 땀이 나고 횃불의 연기로 눈이 따가웠지만, 그 영광스러운 장소를 결코 포기할 수 없었다. 동료들의 얼굴은 노랗게 물든 채 빛이 났고, 보고타에서 행진이 이루어지고 있는 곳 이외의 장소는 어두웠으며, 하늘은 지평선과 맞닿아 있었고, 사람들의 실루엣이 감탄과 놀라움을 표하며 창문에 모습을 드러냈는데, 그들은 자신들이 존재하지만 이곳에 있지 않은 것이, 자신들이 존재하지만 함께 행진하지 않는 것이, 자신들이 존재하지만 이 같은 기적을 만들어내는 민중과 함께하지 않는 것이 조금은 부끄럽다는 듯이 거실이나 사무실의 불을 전혀 켜놓지 않았다. 행진이 마무리될 때 세사르는 가이탄의 연설을 들었지만, 행진의 마지막 순간에 느낀 감동 탓에 무언가를 이해한다는 것이 소모적이거나 잉여적인 것으로 변해버렸기 때문에, 많은 부분을 이해하지 못했다. 옷에 연기 냄새가 배고 얼굴이 그을린 채 집에 돌아왔지만, 행복했고, 아말리타가 그때까지 결코 보지 못했고 그 이후로도 결코 볼 수 없을 정도로 그는 행복했다.

　나라가 바뀐 상태로 다음날 아침을 맞이했다. 자유파 고위급 인사들은 공산주의자들과 결탁해 대장의 행진을 파시스트 운동이라고 몰아세웠다. 그들은, 가이탄이 사적인 모임에서 자신들의 주장을 인정하리라는 사실은 전혀 몰랐다. 가이탄은 무솔리니가 로마에 입성하는 장면을 보고 영감을 받았으며, 그 영감이 그에게 결과를 맺게 했던 것이다. 이제 사람들은 그를 두려워하게 되었고, 모두가 겁에 질렸고, 모두가 그가 자신의 추종자들을 일깨울 수 있다는 사실을 목격했고, 모두가 만일 권력의 문이 열리면 그가 무슨 일을 벌일지 자문했다. 나중에 카르바요는 가이탄이 자신의 사무실에서 보좌관들을 칭찬했다는 소문을 들었다. "아주 좋아요, 작은 파시스트 동지들. 이에 대한 감사를 누구에게 표해야 할까요?" 그때 누군가가 카르바요를 언급했다. 그런 소문이 있었는데, 누군가가 그를 언급한 적이 있었다. 카르바요의 짧은 인생에서 그보다 더 중요한 일은 없었다. 카르바요가 아말리타에게 말했다. "우리가 해냈어요. 우리가 이걸 해냈다고요." 그는 아내의 배에 얼굴을 갖다대고서 불룩 솟은 배꼽 뒤에서 자라고 있던 아기에게 똑같이 말했다. "우리가 바로 대장을 위해 그렇게 했고, 대장이 그것을 알아주셨어요." 그녀는 그 기억, 즉 자신의 젊은 남편이 마치 자기 앞에 횃불을 들고 있는 것처럼 빛나는 얼굴을 자신의 배에 대고 말하던 모습을 평생 안고 갈 텐데, 그 이유는 그로부터 이십오 일이 지난 뒤 아이가 태어났을 때 부부는 큰 고민 없이 카를로스 엘리에세르라는 이름을 지어주었기 때문이다. 카를로스는 에레라 장군의 명령을 따르다 페랄론소 전투에서 전사한 아말리타의 할아버지 이름이고, 엘리에세르는 아이의 아버지에게 지상의 명령을 내린 남자의 이름이었다.

공포의 나날이었다. 과거에 보수파 경찰이 행한 일탈적인 월권행위가 이제는 매일 마주하는 무시무시한 광경으로 변해버렸다. 마체테에 맞아 열려버린 목구멍, 강간당한 여자, 이름 모를 몸들을 묻기 위해 들판 한가운데에 판 도랑들. 산타 로사 데 오소스의 주교는 라디오 방송을 통해 농민들에게 하느님의 전사가 되어 자유주의적 무신론과 싸우라고 권하고, 다른 주교들에게는 붉은 배교자들을 추방하라고 명령했다. 폭력은 이미 그 도시에 소심하고 교활하게 존재하고 있었으며, 길모퉁이에서 고개를 내밀다가 종종 그 위험한 얼굴을 보여주기 위해 밖으로 나왔다. 가이탄이 자유당의 유일한 당수로 선포되자, 자유파들은 환영하기는커녕 두려워하기 시작했다. 불한당들이 어릴 때부터 같은 카페의 문 앞에서 일해온 어느 구두닦이 노인의 빨간 넥타이를 재봉가위로 자른 뒤에 그의 목에 가위를 갖다대고는 한번 대들어보라며 위협했다. 치한들이 붉은 원피스를 입은 아가씨 뒤를 몇 블록 쫓아가서는 욕을 퍼붓고 그녀의 몸을 더듬다가, 어느 경찰관이 이를 알아채고 권총을 뽑아 허공에 세 발을 쏘자 흩어졌다.

보고타 북부의 도로에서는 '최후의 일격'을 당한 시체들이 보이기 시작했다. 그들은 보야카주에서 도망쳐 나온 자유당원이었지만 목적을 달성하지 못했다. 사망자 수는 계속 늘어갔다. 보고타-퉁하 간 철도의 기관사는 일요일 열두시에 집을 나섰다가 미사에 참석하지 않았다는 이유로 칼을 맞아 살해되고, 산탄데르주의 마을에서는 일반인처럼 차려입은 사제들이 하느님의 원수를 손가락으로 가리키며 다닌 다음 이어지는 며칠 동안 그 원수들의 시체가(종종 머리 없이) 광장의 나무 아래에서 발견되었다. 이런 공포스러운 일들은 자유파 사람들이 가이탄에게 보낸 편지에 쓰였지만, 신문에서는 다루어지지 않았다. 오스피나 대통령 정부에게 그들의 죽음은 보이지 않는 죽음이었다. 가이탄주의자들은 자신이 무엇을 해야 할지 알기 위해 지도자가 보내는 지침을 기다렸다. 1948년 초, 가이탄은 그들에게 지침을 보냈다. 그는 자신이 가장 잘하는 것을 했다. 즉 군중을 모아 그들 앞에서 연설하는 것이었다. 하지만 이번에는 예전과 달랐다.

훗날, 2월 7일 그날은 전설처럼 얘기될 것이다. 다음 장면을 상상해볼 필요가 있다. 도시를 덮은 잿빛 하늘 아래 볼리바르광장은 십만 명넘는 사람으로 가득찼지만, 나중에 뒤쪽에서 광장으로 다가오는 사람들의 발소리, 어느 노인의 기침소리, 광장 건너편에 있던 지친 아이의 울음소리를 들을 수 있었다. 십만 명의 사람들. 도시 전체 인구 중 5분의 1이 지도자의 부름을 받아 그곳에 모여 있었다. 하지만 군중은 소리를 질러가며 누군가를 지지하지도, 누군가를 위해 만세를 부르지도, 누구더러 죽으라는 비방을 하지도 않았으며, 횃불도 켜지 않고 주먹을 쥔손을 들어올리지도 않았는데, 그 이유는 대장이 그들에게 부탁한 것은단 하나였기 때문이다. 침묵이었다. 전국에서 자신의 지지자들이 짐승처럼 살해되었지만 폭력에 폭력으로 대응하지 말라고 말했었다. 그래, 그들은 교훈 하나를 주려고 했다. 그들은 바로 침묵 속에서 행진할 것이며, 그런 평화의 침묵은 궐기한 민중의 분노보다 더 강력하고 더 감동적일 것이다. 그의 동료들은, 자신의 화를 분출하고 싶어하는 분노한 군중 수천 명을 조용히 시키는 것은 불가능하고, 또 수많은 군중을그렇게 제어하는 것도 불가능하다고 그에게 말했다. 그럼에도 불구하고 가이탄은 명령을 내렸다. 그리고 때가 되자 초라하고, 쉽게 화를 내고, 초조해하는 사람들로 이루어진 수많은 군중이 마치 주문에 걸려 하나의 몸이 된 것처럼 그의 말을 따랐다. 그것은 세사르 카르바요가 라페르세베란시아 동료들과 함께 보고타대성당의 돌계단에 자리를 잡고앉아 있었을 때 목격한 장면이었다. 그는 거기 군중보다 머리 한두 개 정도만큼 더 높은 단상에서 대장이 자신의 인생을 담은 연설을 준비하는 모습을 보고 있었다. 장작더미를 나르다가 잠시 쉬고 있던, 알파르가타 신발을 신은 어느 노파가 다른 이들도 수긍할 만한 말 한마디를 내뱉었다. "저 박사님이 악마와 협약을 맺었군."

그때 가이탄이 단상에 올랐다. 카르바요가 자신의 옷이 다른 사람의 옷과 스치는 소리를 들을 정도로 조용한 초자연적인 침묵이 흐르는 가운데, 가이탄이 공화국의 대통령을 향해 폭력을 멈춰달라고 요구했으나, 이전과 같은 선정주의적 방식이 아니라 조용하고 장엄하게, 하지만 마치 어느 친구의 장례식에서 말하듯 간소하게 연설했다. 가이탄은, 오늘 자신과 함께하는 사람들은 오직 자신의 권리를 지키겠다는 목적으로 콜롬비아 각지에서 모여들었으며, 그들이 여기에 있는 것 자체가 그들이 절제력이 있는 사람임을 보여주는 증거라고 말했다. "사람들이 두 시간 전부터 이 광장으로 모여들고 있는데 그 누구도 소리를 지르지 않습니다." 가이탄이 말했다. "하지만 거센 폭풍처럼, 사람들 속에 잠재되어 있는 힘은 훨씬 더 강력합니다." 또한 이렇게 말했다. "여기에 박수갈채는 없지만 검은 깃발 수천 개가 휘날리고 있습니다." 이렇게도 말했다. "이번 집회가 벌어지는 이유는 심각한 문제가 있기 때문이지 사소한 이유 때문이 아닙니다." 그리고 그때, 가이탄이 지금까지 그랬던 것처럼 조용한 어조로 무언가를 말했는데, 세사르 카르바요는 잠시 그 말을 이해하지 못했다가 이내 자신의 피가 얼어붙는 듯한 느낌을 받았다.

"여기에 모인 대다수가 하나의 지시를 따르고 있습니다." 가이탄이 말했다. "그러나 이렇게 자제력이 있는 사람들은 자신에게 내려지는 다음과 같은 명령도 따를 것입니다. 여러분, 정당방위에 나서세요."

세사르 카르바요는 주위를 둘러보았으나, 아무도, 즉 같은 동네에 사는 동료들도, 넥타이는 차지 않은 채 와이셔츠를 입은 남자들의 무리도, 그들 옆에 있던 다른 사람들 무리도, 그 말을 듣고도 놀라지 않는 듯했는데, 바로 거기서 카르바요는 다른 집회 혹은 아마도 금요일의 테르툴리아에서 본 적이 있는, 가느다란 콧수염을 기른 사진사를 알아보았다. 정당방위. 카르바요가 제대로 이해한 것일까? 가이탄이 협박을 하고 있었던 것일까? 이 모든 일은 이 남자의 능력을 국민 절반이 알 수 있도록 그 국민을 향해 힘을 과시하는 것이었을까? "대통령 각하." 대장이 말을 계속했다. "상복을 입고 있는 이들 군중, 이 검은 깃발들, 군중의 이 같은 침묵, 가슴에서 우러나오는 소리 없는 외침이 당신에게 요구하는 것은 아주 간단한 것입니다. 우리를, 우리의 어머니를, 우리의 아내를, 우리의 자식을, 우리의 소유물을 당신의 어머니, 당신의 아내, 당신의 자식, 당신의 소유물이 대접받기 원하는 만큼 대접하라는 것입니다." 검은 깃발을 흔들거나 돌로 포장된 바닥을 바라보던 사람들은 카르바요와 마찬가지로 가이탄이 하는 말을 들은 것 같았으나, 그럼에도 아무도 미간을 찌푸리거나 자신들이 방금 들은 말이 사실인지 확인하기 위해 다른 이를 쳐다보지 않았는데, 왜냐하면 아무도 카르바요가 이해한 사실을, 즉 가이탄이 휴화산과 같은 몇 마디 말 때문에 콜롬비아에서 가장 위험한 인물로 변했다는 사실을 이해하지 못했기 때문이다. 오직 한 사람만이 자신의 은밀한 걱정을 되새겨보았고, 오직 한 사람만이 가이탄의 연설이 끝난 뒤 자신이 생각하는 바를 입 밖으로 꺼냈다. 대장의 명령이었기 때문에 사람들은 여전히 침묵하고 있었고,

모두 침묵을 유지하면서 볼리바르광장의 네 귀퉁이로 빠져나갔다. 그러나 사람들이 카사 델 플로레로* 앞을 지나면서 일종의 금기가 발동한 듯이 발코니 아래를 피해갔던 바로 그 순간에, 카르바요보다 키가 크고 덥수룩한 검은 턱수염을 기른 남자가 자신이 우연히 관찰한 듯 보이는 사실을 콜롬비아가 아닌 외지 억양으로 말했다.

"이 남자는 방금 전에 자신의 사형선고에 서명했네요."

그때부터 카르바요는 그 생각에 사로잡혔다. 지역의 위원회는 더이상 소집되지 않았지만 카르바요는 장인 돈 에르난 리카우르테더러 라 페르세베란시아의 동료 몇을 설득하도록 했고, 며칠 후에는 열성적인 동료 여러 명이 카르바요와 함께 가이탄더러 조심하라는 부탁을 하려고 우스꽝스럽게 애를 썼다. 그러나 그해 3월에 대장을 만나는 것이 불가능했기 때문에, 그들은 대장에게 이 말을 직접 하지는 못했다. 미주 대륙의 모든 지도자가 보고타에 모이게 되는 제9차 범미주회의의 개최가 얼마 남지 않은 상황에서 가이탄은 추종자들의 희망사항을 처리하는 데 여념이 없었다. 대통령이 그를 콜롬비아 대표에서 제외해 모욕감을 주었기 때문에 손이 모자랄 정도로 바쁘게 움직이고 있었던 것이다. "감히 자유당의 유일한 당수를!" 가이탄주의자들은 분노했다. 정부는 가이탄이 뛰어난 형법학자이지 국제법 전문가가 아니라는 엉뚱한 주장을 내세웠다. 그러나 정부의 주장과는 전혀 다르게, 원주민인 가이탄이 콜롬비아 대표에 포함된다면 자신은 회의에 불참하겠다고 위협한 보수당 지도자 라우레아노 고메스의 요구에 대통령이 굴복했다는

---

* 볼리바르광장 근처에 있는 독립박물관.

사실을 전 국민이 알고 있었다. 라우레아노 고메스는 오랜 자유당 집권 기간 동안 잃어버렸던 나라를 되찾는다는 명분으로, 보수파에게 **과격한 행동과 개인을 대상으로 한 테러**를 종용한 인물이었다. 그는 공개적으로 분명하게 연합국의 패배를 염원했던 프랑코 지지자였다. 그는 적이었으며, 그 적이—카르바요와 라 페르세베란시아의 **엠폴바도스**에게는 이것이 분명한 사실이었다—이 싸움에서 승리한 것이다. 그럼에도 가이탄은 두려워하지 않았다. 사람들이 가이탄을 위해 경호대를 조직하자는 제안을 전달할 수 있게 되었을 때, 가이탄은 그 누구도 자신을 죽일 수 없을 거라고 대단히 완강하고 논리적으로 대답했는데, 암살범 본인이 즉시 살해되리라는 사실을 알기 때문이라는 것이었다. "그게 내 생명보험이에요." 가이탄이 말했다. 사람들이 그에게 물었다. 그런데 만약 암살범이 죽음을 개의치 않는다면요? 그런데 만약 암살범이, 간디의 경우처럼 자신의 죽음을 받아들인다면요? 대장은 그 말에 신경 쓰지 않았다. "내게 그런 일은 없을 겁니다." 그가 말했다. 카르바요는 이 말을 직접 듣지 못했다. 장인은 그 말을 카르바요에게 전했고, 카르바요는 장인의 말만으로도 상황을 충분히 이해했다.

　주변의 조언에도 불구하고 가이탄은 여전히 평소처럼 행동했다. 사무실에 출근하기 전, 아침마다 그 어떤 동행도 없이 혼자 국립공원에서 조깅을 했다. 재킷을 벗고 넥타이를 느슨하게 푼 채 공원을 한두 바퀴 돌았는데, 그가 보통 사람들처럼 땀을 흘리지 않는 이유를 아무도 알지 못했다. 밤이 되면, 예고도 없이 친구를 만나거나 뷰익을 타고 드라이브를 나가 아무에게도 말하지 않은 것들에 대해 생각하기 위해 혼자 외출했다가 늦은 시각에 귀가했다. 카르바요는 그런 사실을—가이탄이 국립공원에서 혼자 뛴다는 사실과 밤마실을 다닌다는 사실을—알고 있었는데, 왜냐하면 그가 가이탄 몰래 그와 동행해 멀리서 뒤따라가고, 암살범이 가이탄을 지켜보았을 법한 눈빛으로 그를 지켜보았기 때문이다. 그랬다. 그 엠폴바도스는 비밀경호대로서 대장에게 교대로 봉사하기로 결정했다. 어느 날 아침, 카르바요는 국립공원까지 대장의 뒤를 따라갔고, 대장이 공원의 시계탑 앞에서 뷰익에서 내려 아래로 향하는 길로 뛰어가는 모습을 보았다. 대장이 위로 올라가는 길로 뛰어갈 때는 대장이 뛰는 속도에 맞춰 멀찌감치 뒤따라갔다. 그러나 가이탄의 날씬한 몸을 주시하고, 주먹만한 돌부리와 자칫 방심하다가 발목을 부러뜨릴 수 있는 구덩이를 동시에 신경쓰면서 달리는 것은 어려운 일이었다. 이제 조깅을 마무리하면서 언덕 아래로 내려갈 때 가이탄이 더욱 속도를 냈다. 그래서 카르바요는 그를 시야에서 놓치지 않으려고 갑자기 방향을 틀어야 했고, 그때 그의 발에 차인 돌멩이가 가이탄의 몇 걸음 앞에 떨어졌다. 카르바요는 유칼리나무 뒤에 숨어 가이탄이 걸음을 멈추고 사방을 둘러보는 모습을 보았는데, 그때 처음으로 그의 얼굴에서 두려움 같은 무언가가 보였다. 극히 짧은 순간, 카르바요는 가이탄이 자신이 돌팔매질을 당하고 있다고, 그런 다음 매복이나 공격, 즉 어떤 무모한 행위, 개인적인 폭행을 당할 수도 있겠다고 생각했다는 사실을 알아챘다. 카르바요는 숨어 있던 곳에서 나올 수밖에 없었다. 가이탄의 얼굴에 떠오른 안도의 표정이 이내 짜증으로 바뀌었다.

"이게 대체 무슨 짓이야?" 그가 소리를 질렀다. "거기 숨어서 뭘 하느냐고?"

"대장님을 따라하고 있습니다, 대장님." 카르바요가 말했다.

"바보 같은 짓 집어치우게, 카르바요." 가이탄이 화를 내며 그에게 말했다. "따라하긴 뭘 따라해! 쓰잘데없는 데 애쓰지 말고 가서 표나 얻어오게."

가이탄은 뷰익에 올라탄 뒤 남쪽으로 떠났다. 카르바요는 대장이 자신을 알아봤으며 이름을 기억한다는 사실에 만족스러웠지만, 동시에 이런 생각도 떠올랐다. 자신을 죽이려 한다는 사실을 대장도 알고 있어. 누군가가 자신을 노리고 있다는 사실도 의심하기 시작했어.

물론 카르바요는 그에 대한 증거를 가지고 있지 않았다. 하지만 카르바요가 라 페르세베란시아 동료들에게 자신이 염려하는 바를 털어놓았을 때, 많은 동료가 대장이 공격당할 수 있다는 생각을 자주 하고, 심지어 그들 가운데 어떤 이는 서툰 철자법으로 쓰인 쪽지를 받았다는 사실도 알게 됐다. 가이탄에게 조심하라고 말해요. 그들만이 우려하는 것이 아니었다. 보고타시 전체에서 피해망상증의 분위기가 느껴지기 시작했다. 범미주회의를 앞두고 모든 사람이 긴장하는 기색이 역력했다. 경찰들은 이 마을 저 마을을 돌아다니며 창녀와 거지를 감금하고, 각국의 대표단이 청결하고 위엄 있는 도시를 볼 수 있도록 도시 미화 작업을 벌였는데, 결과적으로는 그 여러 동네의 주민들이 통행금지가 선포된 국경의 어느 곳처럼 음산하고 긴장감이 흐르는 도시가 되었다고 느낄 뿐이었다. 모든 것이 변하고 있었다. 처음에 수도원으로 사용되었던 감옥 파놉티콘은, 마치 이 도시에는 더이상 악인이 없고 오직 예술가와 철인哲人만 있다고 말하고 싶다는 듯이 박물관으로 변했다. 그러나 평화로운 도시 밖에서는 여전히 전쟁이 지속되고 있었다.

범미주회의에 대한 소식은 비정규적인 채널을 통해 전해졌다. 보야카주의 경찰이 자유파들의 집 대문 앞에 폭탄을 설치하고 다닌다는 소문이, 그리고 두이타마의 어느 자유파가 인근 낭떠러지로 끌려가 아래로 내던져졌다는 소문이 있었다. 몇몇 몽상가는 정부 타도를 돕기 위해 아르헨티나의 페론주의자들이 보고타에 도착했다고 말했다. 다른 이들은, 콜롬비아에 온 사람들은 양키이며, 이들은 사업가 혹은 기자 등으로 변장해서 도시에 우글거리고 있으나 사실은 공산주의 위협에 맞서기 위해 훈련된 정보요원이라고 말했다. 이 모든 이야기는 카페에서 이루어진 것이었다. 세사르 카르바요와 돈 에르난 리카우르테는 토론과 집회에 참여했는데, 이제는 장인과 사위라기보다는 아버지와 아들처럼 보였다. 두 사람은 각자 자신에게 부족한 것을 상대방에게서 발견했다고 생각해야 타당할 텐데, 그 이유는 그 무렵에 그들이 서로 떼어놓을 수 없는 사이가 되었기 때문이다. 두 사람은 카페 아스투리아스에서 리브레대학교의 좌파 학생들이 범미주회의에는 마셜 플랜을 콜롬비아에 강제하기 위한 의도가 숨겨져 있다고 비난할 때 함께 있었고, 카페 산모리츠에서 라사예대학교 학생들이 국제사회주의에 속한 **공작원들**이 보고타에 있다는 사실을 폭로할 때도 함께 있었다. 호르헤 엘리에세르 가이탄이 군의 명예를 위해 살인을 저지른 코르테스 중위를 변호한 날인 4월 8일 저녁에도 두 사람이 함께 있었다는 사실은 그리 특이하지 않다. 새벽 한시쯤, 가이탄이 코르테스 중위의 무죄선고를 받아낸 후 군인과 혁명가가 뒤섞인 잡다한 군중의 어깨 사이로 빠져나왔을 때, 세사르 카르바요와 돈 에르난 리카우르테는 가이탄 만세를 외치고, 손이 아플 때까지 박수를 친 다음, 라 페르세베란시아까지 함께 걸어갔다. 두 사람은 그리 엄숙하지 않게 헤어졌다. 분명 승리를 거둔 밤이었지만 평범한 밤이기도 했다. 다음날 자신들의 인생이 바뀔 것이라고는 상상도 못했다.

그날 일어난 사건들과 그 결과를 기억하는 유일한 목격자인 돈 에르난 리카우르테가 나중에 밝힌 바에 따르면, 그는 오전에 장미목 색깔의 스튜드베이커* 한 대를 조립하는 작업을 하고, 정오가 채 되기 전에 함께 점심식사를 할 사람을 찾아 카레라 7로 내려갔다. 그는 밝고 활기찬 대로를 통해 남쪽으로 걸어내려갔는데, 기둥들은 범미주회의를 알리는 깃발로 장식되어 있고 거리는 세상 그 어느 곳보다 깨끗했다. 하늘에는 구름이 드리워져서 오후에 비가 올 것 같았다. 그라나다호텔 부근에 다다랐을 때, 에르난 리카우르테는 산탄데르광장을 가로질러 히메네스대로로 가려고 마음먹었다. 〈엘 에스펙타도르〉 칠판에 적힌 뉴스를 읽고 사람들 입에 오르내리는 것만큼 보도되지 않았다는 데 분노를 표하고 나서, 가이탄주의자들이 모인 테이블을 찾아 여유롭게 점심을 먹은 다음(그날은 금요일이었다) 다시 자동차 공장으로 돌아갈 생각이었다. 하지만 동료들을 찾을 필요도 없이 그들이 먼저 리카우르테를 알아보았다. 그들은 사춘기 소년 패거리처럼 깔깔 웃으며 히메네스대로의 어느 철물점에서 나왔다. 길에서 걸음을 멈추지 않은 채 사람들에게 인사를 건네고, 다른 날도 늘 그랬던 것처럼 카페 잉카로 향했는데, 카페의 발코니는 카레라 7이 훤히 내려다보이는 특석이었다.

돈 에르난 리카우르테는 어느 시인이 그곳을 세계 최고의 길모퉁이라고 칭했다는 사실을 알지 못했으나, 그도 그 시인의 말에 동의했을

* 미국의 자동차 제조회사.

것이다. 그는 그곳의 전망을 좋아했다. 귀퉁이가 검은 돌로 이루어진 산프란시스코성당과 최근 범미주회의에 참석할 외국인들을 위해 청소를 한 대통령궁을 바라보는 것이 좋았고, 또 무엇보다도 대장의 변호사 사무실이 있는 아구스틴 니에토 건물을 바라보는 것이 좋았다. 가이탄이 사무실에서 늦게 퇴근한 어느 날 저녁, 라 페르세베란시아 동료들은 가이탄이 늘 자동차를 세워두던 산탄데르광장까지 걸어가는 그를 시선으로 동행하기 위해 그곳에 자리잡고 앉은 적이 있었다. 가이탄의 일과를 본인 일처럼 잘 알던 돈 에르난 리카우르테는 이제 당수가, 누구와 함께 먹을지는 모르겠지만 막 점심을 먹으러 나올 때가 되었다고 생각했다. 그때 시계를 보았는데, 오후 한시 오 분 전이었다는 사실을 나중에 기억할 것이다. 또한 점심 친구들의 위치도 정확히 기억할 것이다. 사각형 식탁에서 곤살로 카스트로와 호르헤 안토니오 이게라는 창을 등지고 앉고, 그들 앞에는 그와 세사르 카르바요—아버지와 아들처럼 보이는 장인과 사위—가 앉았는데, 발코니와 아주 가까운 자리였기 때문에 전차가 그들 발아래로 지나가는 것 같았다. 하지만 그후 자신들이 몇 분 동안 건성으로 나누던 대화는 기억하지 못할 텐데, 그때 카르바요가 길거리를 바라보며 차분하게 말했다. "보세요, 저기 대장이 나오고……" 하지만 그는 말을 끝내지 못했다. 리카우르테는 카르바요가 눈이 휘둥그레져서 자리에서 일어나는 것을 보았고, 그가 평생 간직할 기억 속에서, 평생 꿈에 나타날 그 장면 속에서, 첫번째 폭발음이 들리는 순간 카르바요가 무언가를 붙잡으려는 것처럼 팔을 뻗었다.

리카우르테는 총소리를 두 번 더 들었고 권총을 든 남자가 네번째로 쏘는 장면을 목격했다. 총소리가 마치 폭죽 소리처럼, 길거리 부랑아들이 터뜨리기 위해 전차 레일 위에 올려놓는 폭죽소리처럼 들렸다. 하지만 대장이 인도에 쓰러지고 사람들이 소리를 지른 것으로 보아 분명 폭죽소리는 아니었다. "가이탄을 죽였어!" 누군가 아래에서 비명을 질렀다. 엘 가토의 종업원이 길거리로 뛰쳐나와 울부짖으며 머리를 감싸더니 앞치마로 손의 물기를 닦았다. "가이탄을 죽였어요! 가이탄을 죽였다고요!" 테이블에 있던 네 명은 겁에 질린 군중을 필사적인 힘으로 뚫고서 비틀거리는 걸음으로 아래로 내려가 이제 카레라 7에 섰는데, 리카우르테는 경찰관 하나가 총을 쏘고 난 뒤에 엉거주춤 뒷걸음질을 치며 히메네스대로 쪽으로 도망치던 범인을 붙잡는 것을 보았다. 리카우르테는 멀찍이서—옷도 잘 갖춰 입지 않고, 면도도 제대로 하지 않은 채, 분노와 두려움이 뒤섞인 얼굴을 한—그를 주의깊게 관찰했고, 성난 군중이 이미 그를 둘러싸고 있다는 사실 또한 알아차렸다. 한편 대장은 친구들에게 둘러싸여 있었다. 리카우르테는 크루스 박사와 멘도사 박사가 그곳에 있는 것을 보았는데, 그들은 중상을 입은 가이탄에게 공기를 들이마시라고 부탁했고, 엘 가토의 그 종업원은 가이탄의 몸 곁에 쭈그리고 앉아 컵으로 물을 마시게 하고 있었다. 걷잡을 수 없는 충격에 사로잡힌 사람들이 가이탄에게 다가가 그의 몸을 만졌는데, 그들 가운데는 카르바요도 있었다. 리카우르테는 카르바요가 쓰러진 가이탄 옆에 쭈그린 채로 그의 어깨에 한 손을 올리는 것을 보았다. 친근하지만 소심한 태도가 역력하게 배어 있는 순간적인 움직임이었는데, 그러자 가이탄이 작은 새 같은 목소리로 응답했다. 리카우르테는 가이탄이 살아 있다고 생각했다. 대장이 살아날 것이라고도 믿었다. 리카우르테가 웅성거리며 모여 있던 사람들 틈을 헤집고 사위 곁으로 다가갔을 때, 사위의 얼굴은 증오심으로 일그러져 있었으나 동시에 무서울 정도의 침착함을 유지하고 있었다. 카르바요가 손을 펴더니 가이탄 곁에 쭈그려앉아 있다가 발견한 것을 리카우르테에게 보여주었다. 총알이었다. "잘 보관해두게." 리카우르테가 그에게 말했다. "주머니에 넣어두고 잃어버리지 마." 그때, 리카우르테는 그날 카르바요가 했던 특이한 여러 말 가운데 첫번째 말을 들었다. "다른 놈을 찾아야 해요."

"다른 놈?" 리카우르테가 물었다. "둘이었나?"

"한 놈은 쏘지 않았어요." 카르바요는 장인의 눈을 쳐다보지 않은 채 무언가를 계속 찾으며 말했다. "다른 놈은 키가 더 크고, 옷을 잘 차려입고 있었는데, 팔에 비옷을 걸치고 있었어요. 신호를 보낸 자예요, 돈 에르난, 제가 위에서 그를 봤어요. 그자를 찾아야 해요."

하지만 그 순간은 어떤 치명적인 관성으로 가득차 있었다. 엘 가토 네그로, 콜롬비아, 엘 잉카, 엘 아스투리아스에서 사람들이 쏟아져나와 카레라 7을 뒤덮었으며, 전차는 레일 위에 멈춰 서 있었고, 비명소리를 듣고 근처의 각 거리를 통해 사람들이 모여들었는데, 어느 순간 사람들이 너무 많아져서 택시 두 대가 어떻게 그곳까지 들어왔는지 아무도 몰랐다. 그중에서 반짝이는 검은색 택시에 가이탄을 태웠다. 이렇게 하자 저렇게 하자 옥신각신하고, 부산하게 오가는 구두 소리와 크고 작은 히스테리로 일대 혼란이 일어나는 가운데, 리카우르테는 가이탄의 몸을 들어올리던 사람들 가운데서 호르헤 안토니오 이게라를 보았지만 이후로는 그를 더이상 볼 수 없었다. "센트랄병원으로 가시오!" 어떤 이들이 외쳤다. 또다른 이들이 소리쳤다. "트리아스 박사를 불러요." 택시들이 남쪽을 향해 출발했다. 그 절박한 순간에 그곳에 있던 수많은 사람이 상체를 숙여 손수건에 가이탄의 피를 적셨다. 리카우르테는 아무 생각 없이 그들을 따라했다. 대장이 쓰러져 있던 곳으로 다가간 그는 포장도로에 고인 검은 피웅덩이의 크기를 보고 놀랐는데, 햇빛이 비치지 않았는데도 그 검은 피가 반짝거렸다. 학생 하나가 〈엘 티엠포〉의 한 페이지를 피로 적셨고, 그 종업원은 깨끗한 앞치마의 끝부분을 피로 적셨다. "박사님을 죽였어." 그녀가 말했고, 벌써부터 울기 시작한 그녀의 동료는 아니라고, 죽이지 않았다고, 박사님은 강한 사람이라고 부정했다.

"괜찮을 거예요, 아주머니." 그녀가 흐느꼈다. "박사님이 회복하실 테니 두고 봐요."

그러는 사이, 그라나다약국 앞이 소란스러워졌다. 암살범이 약국 안에 피신해 있었는데, 성난 군중이 약국 안으로 들어가 그를 강제로 끄집어내려던 참이었다. 십여 명의 남자가 있는 힘을 다해 약국의 철제 셔터를 강제로 열려고 했다. 구두닦이들은 나무 구두닦이 통으로 셔터를 쾅쾅 쳐댔고, 그사이에 짐꾼 두 명은 격노하며 자기 철제 접이식 수레를 들어올려 충차처럼 사용하고 있었다. 나머지 사람들은 아예 셔터에 달라붙어 통째로 뽑아버릴 태세였다. "저 형편없는 인간을 끌어내!" 누군가 으르렁거렸다. "저자가 한 짓의 대가를 치르게 합시다!" 군중은 흥분했다. 리카우르테는 가이탄을 쏜 그 남자가 성난 군중의 손에 들어가면 몇 분 안에 끝장날 것이라고 생각했다. 무질서한 군중이 그를 밖으로 끌어내기 시작한 바로 그때 리카우르테는 그 무리 속에 세사르 카르바요도 있다는 사실을 알았으나, 그는 다른 무언가에 더 정신이 팔린 것 같은 표정이었다. "저기 나온다, 저기 나와!" 누군가 뒤에서 소리쳤고 또다른 누군가가 소리쳤다. "저놈을 죽여라!" 그때, 시끄러운 금속성 소리와 유리 깨지는 소리, 공포의 비명소리가 뒤섞이는 가운데 가이탄을 공격한 남자가 여러 사람에게 붙들려 자신의 피난처였던 그라나다약국 문 밖으로 질질 끌려나왔다. "저를 죽이지 마세요!" 그가 애원했고, 리카우르테는 그가 울고 있다고 생각했다. 가까이서 보니, 방금 전에 보았던 것보다 더 어려 보였다. 스물셋, 아니면 스물넷? 그의 모습은 증오와 연민을 동시에 불러일으켰지만(기름 혹은 기름처럼 보이는 무언가로 얼룩진 초콜릿색 양복, 헝클어지고 지저분한 머리), 리카우르테는 그가 대장을 죽이려 했으니 그에 대한 사람들의 복수가 정당하다고 생각했다. 난폭한 괴물이 그의 마음속으로 들어왔다. 그는 질질 끌려나오는 그 나약한 남자를 향해 두어 걸음 걸어가다가 그 순간에 사위를 보았는데, 사위는 분노의 한가운데서 자신의 말을 전하려고 애를 쓰고 있었다. "죽이면 안 돼요! 살려둬야 해요!" 그가 말했다. 하지만 이미 너무 늦은 상태였다. 철제 접이식 수레 하나가 저격범의 머리를 내리치고, 구두닦이들이 구두통으로 그를 구타하자 그의 뼈가 부러지는 소리가 사방에 울려퍼졌으며, 어떤 이는 만년필을 꺼내 그의 목과 얼굴을 여러 차례 찔렀다. 저격범은 더이상 신음소리를 내지 않았다. 이미 죽었거나, 충격과 공포로 의식을 잃었을 것이다. 누군가 그를 전차 밑으로 던져버리자고 제안하자 그 순간 사람들은 그렇게 할 것처럼 행동했다. 다른 누군가가 말했다. "대통령궁으로 갑시다!" 그리고 그 지시에 이성을 잃은 군중은 저격범의 몸을 질질 끌고 남쪽으로 향하기 시작했다. 리카우르테는 지금쯤 병원의 이동용 침상에서 삶을 위해 싸우고 있을 가이탄을 생각하며 카르바요에게 다가갔다.

"자네, 이리 오게. 더는 저 일에 끼어들지 말게나." 그가 사위의 팔을 잡으며 말했다. "우리는 대장과 함께 있어야 하네."

하지만 카르바요는 장인의 말을 듣지 않았다. 마치 술에 취한 사람처럼, 딴 데 신경을 쓰고 있었다. "그자를 못 보셨어요, 돈 에르난?" 그가 물었다. "거기 있었는데, 못 보셨나요?"

"자네, 누구를 말하는 건가?"

"고급 옷을 입은 남자 말입니다." 카르바요가 대답했다. "잘 차려입은 그 남자."

집단구타를 당한 저격범을 끌고 가던 사람들 뒤로 예상치 못한 인파가 구름처럼 몰려들었고, 이제 카레라 7은 지나가는 길에 발견한 모든 것을 휩쓸어버리는 성난 파도로 가득찼다. 리카우르테는 산타페 골목으로 빠져나와 카레라 6에서 방향을 틀어 센트럴병원으로 갈 수도 있었지만, 사위의 시선이 예전에는 볼 수 없던 확신에 차 있었기 때문에 그와 함께 걷지 않을 수 없었다. 저격범의 몸을 대통령궁으로 가져가서 대통령에게 보여줌으로써 자유파들의 반응이 어떠했는지 알리기 위해서였다. 이제 멀리서 몇 발의 총성이 들리기 시작했다. 대체 누가? 누구에게? "놈들이 대장을 죽였어요." 카르바요가 말했는데, 리카우르테는 그가 그렇게 말하는 것을 처음으로 들었다. "아니야, 죽지 않았어. 대장은 강하거든." 리카우르테는 자신도 믿지 않았지만, 그렇게 대답했다.

그는 가까이서 대장의 상처, 입에서 흘러나오는 피, 하얗게 초점을 잃은 눈동자를 보았고, 그렇게 심각한 상태에서는 아무도 빠져나올 수 없다는 사실을 알고 있었다. 하지만 그때 카르바요가 말했다.

"옷을 잘 차려입고 있었어요."

그런 다음 곧바로 덧붙였다. "이 모든 게 이미 일어나버렸어요."

리카우르테는 무슨 말인지 이해할 수 없었으나 세사르가 더이상 말하지 않았기에 방금 들은 말에 대해 더 묻지도, 사위더러 다시 말해보라고 요구하지도 부탁하지도 않았다. 그들은 저격범의 몸으로부터 약 30미터 정도 뒤떨어져, 점점 늘어나는 군중과 뒤섞여 볼리바르광장으로 향했다. 인도에 있는 사람들의 놀란 얼굴을 보았는데, 어떤 이들이 인도에서 도로로 내려와 저격범의 무기력한 몸을 발로 걷어차고, 침을 뱉고, 큰 소리로 욕을 퍼붓는 것 또한 그 거리를 두고 볼 수 있었다. 카예 11에 도착했을 때, 동쪽 인도에서 시끄러운 소리와 분노가 쇄도했다. 밀짚모자를 쓴 남자가 그 무리를 이끌고 있었는데, 그는 마체테를 휘두르고 딸꾹질을 하면서 신경질적으로 흐느꼈으며, 복수를 맹세하면서 대장 가이탄이 방금 전에 숨을 거두었다고 알렸다.

"대통령궁으로 갑시다!" 그를 따르던 무리가 이렇게 외치면서 저격범을 끌고 가던 무리와 뒤섞였다. 돈 에르난 리카우르테는 폭주기관차에 올라탄 기분이었다. 이제 공포의 열차는 볼리바르광장에 들어섰고, 이 비통한 순간에 범미주회의의 지도자들이 모여 있는 국회의사당으로 향했다. 그러나 자신들의 진짜 목표가 살인범의—그때 그 저격범은 이미 살인범이 되었다—시신을 대통령궁의 계단으로 데려가는 것이 아니라, 대통령궁으로 들어가는 것, 대통령궁으로 들어가 원수를 갚는 것, 대통령궁으로 들어가 오스피나 대통령에게 자신들이 호르헤 엘리에세르 가이탄의 살인범에게 했던 일을 똑같이 해주는 것임을 갑자기 깨달았다는 듯이, 즉시 방향을 틀더니 카레라 7로 되돌아갔다. 리카우르테는 볼리바르광장에서 방향을 틀었을 때, 마치 뱀이 허물을 벗듯이, 그 암살범의 몸에서 코트와 셔츠가 벗겨진 것을 보았다. 그에게 집단구타를 가한 사람들이 그의 옷을 주워 모았다. 한 남자가 그의 셔츠와 재킷을 한데 묶었고, 그러고서 카예 9에 도착했을 즈음 또다른 남자가 그의 바지를 벗겼기 때문에, 카예 8에 도착했을 때 그는 도로에 끌려 찢어진 팬티만 입고 있었다. 멀리서 리카우르테와 카르바요는 공포에 질려 그 광경을 바라보았다. 앞서가던 사람들은 그 살인자를 일으켜 세운 뒤 대통령궁 정문의 격자에 그의 옷으로 그를 결박해서 십자가에 못박힌 사람처럼 만들려고 했다. 하지만 그들이 동정심을 느낄 새도 없었는데, 그 순간 대통령궁의 정문에서 총의 섬광이 터져나오는 바람에 성난 군중은 뒤로 돌아 사력을 다해 도망쳐서 볼리바르광장으로 피신하거나 재집결해야 했기 때문이다. 이슬비가 수줍은 듯 내리기 시작했다. 광장은 무장한 사람들로 계속해서 채워지고 있었다. 보고타는 순식간에 전쟁중인 도시로 변해갔다.

남쪽으로는 이미 상점에서 불길이 일기 시작했고, 누군가는 산카를로스궁이 불타고 있다는 말까지 했으며, 라디오에서는 〈엘 시글로〉의 건물이 이미 불타버렸다고 알렸다. 전투 태세를 갖춘 남자들이 사방에서 쏟아져나와 군중과 합류했다. 나중에 알려진 바에 의하면, 이들은 혁명에 참여하기 위해 철물점과 병영을 약탈하고 마체테와 쇠파이프뿐만 아니라 마우저 소총과 최루탄 발사기를 가지고 왔다. 그때 대통령궁의 보병대대가 카레라 7을 수복하기 위해 나왔다는 소문이 나돌기 시작했고, 몇 분 뒤 사람들은 우리베 우리베 장군의 죽음을 기리는 명판이 있는 카예 9와 카예 10 사이에 바리케이드를 세웠다. 국회의사당에서 의자와 책상, 작은 캐비닛을 꺼내왔고, 그곳에서 근무하던 이들은 공무차를 타고 뒷문으로 빠져나갔으며, 바리케이드 뒤 맨 앞줄에는 몇 분 전에 경찰로부터 탈취한 무기로 무장한 남자들이 배치되었다. 오후 두시가 조금 넘었을 때, 바리케이드 뒤에서 방어를 하고 있던 사람들이 대통령 경비대가 다가오는 것을 보고는 그들에게 총을 쏘기 시작했다.

경비대도 응수했다. 리카우르테는 일렬로 늘어선 군인들이 무릎쏴 자세를 취하고 사격하는 것을 보았다. 그는 후방에서 살아 있는 사람들의 보호를 받으며, 남자 세 명, 잠시 후에는 네 명이 도로 한복판에서 죽어 쓰러지는 것을 보았으나, 그들이 누구인지는 알 수 없었다. 자신이 사는 동네의 가이탄주의자들은 아니었다. "버텨! 버텨야 해!" 바리케이드 옆쪽에서 누군가 외쳤다. 하지만 군인들의 사격이 더 정확하거나 반란자들이 너무 명백히 미숙했고, 따라서 사람들은 계속 쓰러져갔으며, 뒤에 있던 사람들은, 마치 죽음이 존재하지 않는 것처럼, 끈질기고 용감하게 계속 앞으로 나아갔다. 그때 리카우르테는 카르바요를 찾아보았는데, 그가 무언가에 주목했는지 고개를 쳐드는 것이 보였다.

"탑 위에 놈들이 있어요." 그가 말했다.

정말이었다. 예수회의 본부인 산바르톨로메학교 건물 옥상 탑에서 실루엣 여러 개가 군중을 향해 총을 쏘고 있었다. 하지만 그때 카르바요와 리카우르테는 주위를 둘러보고, 모든 건물의 지붕에 저격수가 배치되어 있으며 따라서 이내 총알이 어디에서 오는지 알 수 없게 되었고 자신들을 보호하는 것 역시 불가능해졌다는 사실을 알았다. 그들은 우리에 갇힌 신세였다. 남쪽에서는 경비대가 진격해오고, 북쪽에는 산바르톨로메의 탑이 솟아 있었으며, 카예 9의 여러 지붕에서는 다른 저격수들이 대담무쌍하게 마구잡이로 총을 쏘아댔다. 나중에 리카우르테는, 특이하게도 아무도 도망갈 가능성을 생각하지 않는 듯했다고 말했을 것이다. 군중 전체가 복수심에 눈이 멀어 그 자리에 계속 남아 있었다. 리카우르테는 포위망에서 벗어날 수 없다는 사실을 깨달았다. 바로 그 순간 어디선가 날아온 총알이 그 옆에 있던 남자의 가슴을 꿰뚫었고, 그는 둔탁한 소리와 함께 땅바닥에 쓰러져 한쪽 다리가 다른 다리 뒤로 접힌 채 바닥에 드러누웠다.

"자네, 엎드려!" 리카우르테가 소리쳤다.

하지만 카르바요는 그의 말을 듣지 않았다. 나중에 돈 에르난 리카우르테는 딸에게, 더 나중에는 손자에게 그날의 이야기를 들려주면서, 사위의 얼굴에서 본 것을 얘기하고 그의 이마와 눈에서 본 힘들어하는 기색을 비천한 기계공의 언어로 묘사하려고 무진 애를 쓸 것인데, 그때 그는 카르바요가 했던 알아듣기 힘든 말 가운데 마지막 말을 들을 수 있었다.

"젠장." 그의 사위가 말했다. "모든 게 반복되는 것 같군."

그때 북쪽에서 총의 섬광이, 저격수들이 쏜 총의 섬광이 도달했고, 리카우르테는 바닥으로 몸을 날렸다. 그는 신원 미상의 시체 위로 엎어졌고, 그의 얼굴은 몸을 숨김과 동시에 한숨을 돌릴 수 있는 공간을 발견했다. 옆에서 카르바요가 넘어지는 것이 느껴졌다. 리카우르테는 그의 존재(다리 위에 느껴지는 압박)를 느꼈으나, 그의 몸이 어떤 자세였는지는 알 수 없었다. 그는 눈을 감았다. 그곳, 그 독특한 공간에서는 땀과 축축해진 옷 냄새가 났고, 그 세상은 총알이 공기 중에서 휘파람 소리를 내는 밖보다는 더 조용하고 덜 공포스러웠다. 그저 견뎌야 했고, 리카우르테는 그렇게 했다. 견뎌냈다. 그는 몇 분이 지났는지 재보지 않았지만, 기적이 일어나기까지 그리 오랜 시간이 걸리지는 않았다. 비가 내리기 시작했다.

그달에 내릴 만한 소나기였는데, 그의 목덜미와 등에서 길거리에서 누군가가 자신을 부르며 등을 두드리는 손가락처럼 굵은 빗방울이 느껴졌다. 그는 신이, 이제는 거의 믿지 않는 그 신이 자기 편이라고 생각했는데, 그런 소나기만이 이 전투에 참여한 두 편을 해산시킬 수 있는 유일한 것이었기 때문이다. 믿을 수 없게도 그의 생각이 들어맞았다. 비가 거세지면서, 마치 지붕, 종탑의 창문, 돌계단에 부딪히는 빗방울 소리에 겁을 먹은 것처럼, 총소리가 잦아들기 시작한 것이다. 리카우르테는 아주 천천히 얼굴을 들었고, 자리에서 일어섰을 때는 현기증을 느꼈지만, 기회가 왔음을 알고 있었다. 카르바요를 불러보았는데, 자기 다리에서 여전히 그의 무게가 느껴졌다. 카르바요는 대답이 없었다. 리카우르테는 쌓여 있는 세 구의 몸 위에 혼자 있었다. 그 누구도 사위가 아니었다. 주위를 둘러보다가 그를 발견했다. 그는 바리케이드를 향해 걸어가려던 것처럼 남쪽으로 서너 걸음 떨어진 곳에서 엎드린 상태가 아니라 눈을 부릅뜬 채 하늘을 쳐다보고 있었는데, 얼굴은 빗물에 씻겼고 장미꽃 모양의 피가 가슴 한가운데를 덮고 있었다. 피는 빗물로 색이 바랜 탓에 가이탄의 피처럼 검은색이 아니었다. 분홍색, 강렬한 분홍색이었고, 흰 셔츠 위로 번지고 있는 것 같았다.

"내가 그 모든 얘기를 얼마나 자주 들었는지 당신은 모를 거요." 세사르의 아들, 돈 에르난 리카우르테의 손자 카르바요가 내게 말했다. "내가 이 이야기에 대해 처음으로 들은 게 언제인지는 기억 못하지만, 그게 바로 내가 아주 어린 시절부터 이 이야기를 듣기 시작했다는 가장 좋은 증거예요. 나는 아빠가 어디에 있었는지 묻거나 그와 비슷한 질문을 했다는 기억이 없어요. 그걸 묻기 훨씬 전에 어머니가 내게 설명하기 시작하셨던 것 같아요. 물론, 지금 생각해보니 그렇다는 건데요, 왜냐하면 내 기억에 나는 4월 9일의 사건과 더불어 살지 않은 순간이 한 번도 없었기 때문이죠. 마치 내가 직접 본 것처럼 지금도 잘 아는 이미지들과 더불어 살아왔다고요. 바스케스, 나는 그 유령들과 더불어 살아왔는데, 그 유령들이 나와 함께하고, 나를 둘러싸고 있고, 나와 대화를 해요. 당신도 죽은 자들과 대화를 하는지는 모르겠지만 나는 해요. 시간이 지나면서 적응이 되더군요. 전에는 아빠하고만 대화를 했는데, 때로는 가이탄과도 대화를 했다는 사실을 부정하지 않겠어요. 내가 가이탄에게 이렇게 말했죠. 아빠는 대장이 살해당할 거라는 사실을 알고 있었는데, 대장은 왜 아빠의 말을 무시하셨나요? 그 대화에서 나는 가이탄을 대장이라고 불러요. 대장이 살해당했을 때 나는 겨우 몇 개월 된 아기였지만, 아빠가 했을 거라 생각되는 방식으로 그에게 말해요. 그래요, 더 못된 미치광이들도 있으니까요, 안 그래요? 더 위험한 미치광이들도 있잖아요."

아마도 그 순간 내가 몇 가지 중요한 것들(혹은 나중에 새로운 중요성을 갖게 될 것들)을 이해하기 시작한 것 같았지만, 말로 표현하기에는 내가 이해한 것들은 여전히 너무 모호했다. 또한 나는 그 순간 몇 가지 사실을 직감한 것 같다. 예를 들어 카르바요는 내가 가이탄 사건을 다룬 『그들은 누구인가?』 같은 책을 쓰기를 기대한다고 생각했다. 우리는 대화를 하면서 몇 시간을 보냈다. 시간은 녹아내리거나 길게 늘어났

으며, 마치 우리의 모임이 비밀스럽거나 비합법적이라는—음모자들의
모임—듯이 카르바요의 아파트의 커튼이 쳐져 있어서, 밤인지 낮인지
도 확실히 알 수 없었다. 벌써 밤이 된 건가? 밤이었다가 다시 새벽이
된 건가? 우리가 과거의 유령들과 함께, 작고, 어둡고, 비좁은 그곳 아
파트에 갇혀서 몇 시간을 보낸 거지?

"그런데 아버지는 어디에 묻히셨나요?" 내가 카르바요에게 물었다.

"그래요, 그건." 카르바요가 말했다. "물론, 그것도 이 이야기의 일부
죠. 아마 당신도 그 이미지를 본 적 있을 거요. 4월 9일, 대략 오후 네시
이후에 일어난 일이죠. 화재, 약탈, 이 도시는 폭격을 당해 폐허가 된
것 같았어요. 바스케스, 죽음이, 도시 전체에 죽음이 퍼졌어요. 나는 늘
이 모든 것이 그 시체를, 아니, 집단구타를 당한 암살범의 몸을 대통령
궁으로 데려간 그 사람들에게서 시작되었다고 믿었어요. 커가면서 거
기에 아빠가 있었다는 사실을 알게 되었고요. 수십 명의 사람, 나중에
수백 명이 된 그 수십 명의 사람 중 한 명이 아빠였다는 것도요. 내가
뭘 어쩌겠어요? 그런 게 세상을 보는 눈을 바꾸죠. 나는 4월 9일에 관
한 얘기를 다른 사람들처럼 들으며 자랄 수 없었어요, 아빠가 살해당한
날에 대해 들으며 자랐다고요. 말하자면, 내가 고아나 다름없이 자란
이유에 대해 들으며 자란 거죠. 그리고 나중에, 그날이 어땠는지에 대
해 아주 조금씩 이해하게 됐고요. 4월 9일에서 중요한 것이 내게 아무
말도 하지 않았던 다른 분, 즉 정치인이자 다른 수많은 사람처럼 죽은
그분의 죽음이 아니라, 내 아빠의 죽음이었다는 사실을 생각하면서 어
린 시절을 보내고 성인이 되었다는 것은 특이한 일이죠. 내게 4월 9일
에서 중요한 것은 죽은 아빠, 총 한 방을 맞고 거기에서 죽은 아빠, 많

은 죽은 이들 가운데 한 명, 그 시각에 보고타에서 이미 죽어 있던 수많은 사람들 가운데 한 명이었던 아빠였어요. 어린아이는 이러한 것들을 아주 천천히 이해해요. 나는 아빠가 유일한 사망자가 아니란 사실을, 그날 그리고 이어지는 사흘 동안 보고타에서 약 삼천 명이 죽었으며 아빠는 그들 가운데 한 명일 뿐이었다는 사실을 이해하게 되었어요."

"어찌되었든, 맨 먼저 죽은 사람들 가운데 한 사람이셨죠."
"그래요, 하지만 단지 한 명일 뿐이었죠. 그리고 나중에 이제 사춘기 소년이 되어서는, 그 모든 게 어떻게 되었는지 이해하기 시작했어요. 만약 가이탄이라 불리는 분이 먼저 죽지 않았더라면 아빠가 죽지 않았을 거라는 사실을 이해하기 시작했죠. 아빠는 어느 지진으로 갈라진 틈 속에 빠졌고, 그 지진의 진원지는 콜롬비아, 보고타의 히메네스대로와 만나는 카레라 7, 아구스틴 니에토 건물 앞이었다는 사실을 이해하기 시작한 거요. 이해하기 시작했다고요. 가끔은 아무것도 이해하지 못했다면, 아무것도 몰랐다면, 난 잘 모르겠지만, 어느 날 아빠가 집을 떠나버렸다든지 아니면 한국전쟁에 참전하러 가버렸다든지 하는 거짓말을 믿으면서 자랐다면 더 나았을 거라는 생각을 해요. 그래요, 그렇게 되었더라면 좋지 않았겠어요? 예를 들어, 아빠가 콜롬비아 대대와 함께 한국으로 떠나 불모고지 전투에서 전사한 한국전쟁의 영웅이었다고 생각하는 거죠. 불모고지라고 부르는 게 맞죠?"
"네." 내가 그에게 대답했다. "그 전투를 그렇게 부르지요."
"그래요, 그런데 그렇지 않았어요. 할아버지와 어머니는 내게 모든 걸 말해주셨어요. 그날에 대한 모든 것을, 아빠의 삶에 대한 모든 것을,

방금 내가 말해준 것 전부를. 4월 9일 아빠를 죽음으로 몰고 간 것 모두를. 그리고 그후에 일어난 모든 일을."

"4월 9일 이후에 일어난 일인가요?"

"아니요, 바로 그날요. 할아버지는 눈물 없이는 그 얘기를 못하셨죠. 항상, 내가 스무 살이 됐을 때도 그랬는데, 이제 할아버지가 사물을 기억하지 못하는 것처럼 보였을 때에야, 할아버지가 슬퍼하지 않고 그 얘기를 하시는 걸 보았어요. 사격이 잠시 소강상태에 이르고, 이제는 세상이 끝장나지 않을 것 같은 그 마법 같은 순간에 그곳 볼리바르광장 앞 수많은 시체 가운데에 서 있는 할아버지를 상상해봐요. 하지만 그곳에서 당신의 사위가 죽었으니까, 어쨌든 세상이 끝장나긴 했지요. 할아버지는 아빠를 사랑하셨는데, 많이 사랑하셨죠. 가이탄 건은 가족 일이기도 했다는 걸 알아요? 우리 가족은 가이탄을 중심으로, 가이탄이 한 약속을 중심으로 뭉쳤거든요. 그때 할아버지는 사랑하는 사위의 몸을 어떻게 처리해야 할지 곧장 결정해야 할 처지였지요. 보고타는 이미 전쟁중인 도시였다는 건 명백했고요. 할아버지는, 마치 정상적인 삶이 지속되었다는 듯이, 잠깐 경찰관을 부르려고 하셨다가, 잠시 후 마음을 고쳐먹고는 상황이 바뀔 때까지는 정상적인 삶이 중단된 거라고 생각하셨다고 항상 얘기하셨어요. 할아버지는 아빠의 몸을 들어 감자 자루처럼 둘러업고 당신이 사는 동네로 갈 생각으로 북쪽을 향해 걷기 시작했죠. 바스케스, 할아버지는 힘이 세지도 않고 덩치도 크지 않았지만 아빠를 들어서 아무도 볼 수 없게 성당 벽에 바짝 붙여두었어요. 그렇게 겁에 질린 상태로 두어 블록을 걸었죠. 멀리서 총소리가 들렸는데, 때때로 가까이서 들리기도 했어요. 하지만 가장 충격적이었던 건 상점의 진열창이었어요. 카레라 7의 부서진 진열창들 말이에요. 금은방들, 가게들에 물건을 훔치는 사람들로 가득했는데, 사람들은 가게에서 냉장고, 라디오, 옷을 한 아름씩 훔쳐갔다니까요. 할아버지는 마체테를 든 남자가 라디오를 훔쳐가는 다른 남자를 붙잡아 세우는 모습을 보았어요. 도둑에게서 라디오를 빼앗아, 바닥에 내리쳐서 박살을 내버렸지요. 남자가 도둑에게 소리쳤어요. "우린 물건을 훔치러 여기 있는 게 아니야! 대장의 복수를 하러 여기에 있는 거라고!" 하지만 대부분 사람은 그의 말에 동의하지 않았고 할아버지는 애석해하셨어요. 혁명을 시작할 좋은 기회였을 텐데, 범죄자들의 축제로 변해버렸기 때문이죠. 훔칠 수 있었기에 훔쳤고, 사람을 죽일 수 있었기에 죽였는데, 마구잡이로 죽이기도 했어요. 한번은 할아버지가 내게 이렇게 요약하시기도 했죠. '쓰러지는 모습을 보기 위해 죽였지.'

그러는 사이에 할아버지는 당신의 존재가 알려지지 않기만을, 사람들의 눈에 띄지 않고 지나갈 수 있기만을 바랐어요. 무거운 아빠를 업고 두번째 블록, 세번째 블록을 가셨지요. 그러고서 네번째 블록을. 그러고서 다섯번째 블록을 할아버지는 시체를 피해 걸어갔고, 때로는 시체가 너무 많아 무거운 아빠를 업은 상태로 시체들을 밟고 넘어갈 수 없어서 돌아가기도 했지요. 아빠가 너무나 무거웠기 때문에 다른 시체들을 넘어가기 위해 다리를 들어올릴 힘도 없었대요. 대부분은 남자였지만 여자도 있었고, 물론 살아 있는 어린아이를 보기도 했어요. 가끔은 휴식을 취하려고 멈춰야 했는데, 아빠의 시체를 벽에 기대어두고 쳐다보지 않으려 애쓰셨죠. 할아버지는 늘, 아빠를 보면 계속해서 나아갈 수 없을 것 같아 보지 않으려 노력했다고 말씀하셨어요. 그사이에도 반

648

란에 가담한 경찰들은 계속해서 사격을 했어요. 성난 군중은 유대인들의 가게, 즉 카레라 7에 있는 그 모든 금은방을 계속해서 방화하고 약탈했고요. 철물점이 보이면 사람들은 파이프, 실톱, 망치, 도끼 등 대장의 복수를 하기 위해 쓸 수 있는 건 무엇이든 훔쳤어요. 주류상점이 보이면 진열창을 부수고 술을 훔쳐가거나 그 자리에서 마셨지요. 총격을 피해 카예 11의 레이백화점으로 들어가던 이들은 옷을 한 아름씩 들고 나오던 이들과 부딪쳤어요. 할아버지는 가이탄이 암살당할 때 당신이 있던 카페 앞을 지나갔는데, 카페의 테이블이 부서지고 의자도 부서져 있었으며, 사람들은 부서진 목제 다리와 조각으로 무장한 채 거리로 나왔어요. 하지만 그들은 할아버지를 보지 않았어요. 마치 투명인간 같았죠. 그러다가 할아버지는 카레라 7을 통해 남쪽으로 향하던 군 탱크들과 마주쳤어요. 사람들은 탱크에게 길을 비켜주었고, 그들이 반란군이며 대통령을 타도하기 위해 대통령궁으로 향하고 있다고 생각하고서 탱크 뒤를 따라 걷기 시작했어요. 탱크들이 카예 10에 도착해 멈춰 서더니 기관총을 돌려 발포하기 시작했다는 사실이 나중에 알려졌지만요. 할아버지는 그 장면을 보지는 못하고 나중에 알게 되셨는데, 내게는 실제로 본 것처럼 말하셨죠. 결국에는 당신이 무엇을 보고, 무엇을 들었는지 구분하지 못하셨어요. 생각해보면, 우리 모두에게도 그런 일이 생기죠.

히메네스대로에 다다르자, 할아버지는 이제 더이상 갈 수 없었어요. 아빠를 업고 카예 네댓 개를 걸어간 탓에 이제 힘이 없었지요. 아빠를 기대어두고, 몇 분 동안 쉬었다가 남은 힘을 다해 다시 아빠를 들어올려 카예를 건너려 했대요. 하지만 그 순간 도청 건물 쪽에서 달려오던 여자가 눈에 들어왔는데, 총성이 들리더니 도로 한복판에서 쓰러져 죽은 거요. 할아버지는 모든 걸 보셨죠. 달려오던 여자, 그러다 다리가 잘린 것처럼 넘어지는 모습, 그리고 넘어지던 두 사람, 비명소리, 도움을 청하는 소리. 만일 그 사람들이 죽지 않았더라면 할아버지가 죽었을 거요. 총알은 산타페 골목 입구에 자리를 잡고 있던 군인들이 쏜 것이었는데요, 누구든 그 카예를 건너려고 하면 무차별적으로 쏴버렸으니까요. 할아버지는 모퉁이에서 웅크린 채 적당한 때를 기다렸지만 군인들이 계속해서 총을 쏘았지요. 그곳 지붕에도 저격수들이 있었어요. 할아버지는 만약 당신이 그라나다호텔까지 갈 수 있다면 아마도 사람들이 숨겨줄 거고, 또 아마도 아빠의 몸을 집으로 운반할 구급차를 부를 수 있도록 도와줄 거라 믿으셨죠. 어디서 생긴지도 모를 힘을 써서 마지막으로 아빠를 들어올린 뒤에 다른 방향을 향해 최대한 빨리 걷기 시작했는데, 그 순간 한쪽 발목이 타는 것 같은 느낌이 들더니 이내 통증이 느껴졌고, 아빠와 함께 바닥에 고꾸라지면서 모든 게 끝장났다는 걸 아셨어요.

나중에, 내가 소년이 되었을 때, 한 열여섯 살쯤 되었을 텐데요, 할아버지가 전에는 하지 않던 행동을 하시기 시작했어요. 내게 용서를 구하신 거예요. 아빠를 집까지 데려오지 못했던 것에 대한 용서, 히메네스대로에 두고 온 것에 대한 용서를. 상상해봐요. 총알이 쏟아지는 가운데 발목이 부서져버려 아빠를 들어올리지 못한 걸 사과하고, 그러고는 다음날 아빠를 찾으러 가지 않았다는 것에 대해 사과하셨다니까요. 하지만 당신도 알다시피, 그다음날 누구도 집밖으로 나갈 수 없었어요. 통행금지를 어긴 사람은 주검으로 발견되었으니까요. 할아버지는, 사람들이 라디오를 들으며 집에 틀어박혀 있던 일과, 그리고 당신 편 사람들, 즉 자유파들이 접수한 방송국에서 그들이 하는 말이 얼마나 부끄럽게 느껴졌는지 내게 말해주셨어요. 그들은 사람들에게 보수당을 죽일 것을 촉구하고 과두집권층의 집을 불태웠다고 기쁘게 발표했으며, 사람들에게 마체테를 뽑아 들고 이전에는 붉은 피가 흘렀던 것처럼 이번에는 파란 피*가 흐르게 하라고 말했죠. 그 방송을 들어봤는지 모르겠지만, 모골이 송연해져요."

"네, 들어봤어요." 내가 말했다. 사실이었다. 4월 9일의 강박에 시달리는 우리 같은 사람이라면 누구나 들어봤을 것이라고 생각한다. 범죄 직후 선동가들은 방송을 장악하고, 거기서 복수가 줄 위안에 기꺼이 매달릴 준비가 되어 있으며 어찌할 바를 모르고 갈팡질팡하는 유약한 민중에게 테러를 부추기는 장광설을 늘어놓았다. "전쟁은 인류의 월경月經입니다." 장광설 중 하나는 그렇게 말했다. "우리 콜롬비아 사람들은 오십 년간 평화를 지켜왔습니다. 우리가 세계에서 유일한 겁쟁이라는 인상을 심어주지 않을 것입니다." 그런 도발적인 연설은 대통령을 암살해 잿더미로 만들라고 호소하고, '고성능 화염병' 제조법을 알려주고, '피와 불'로 정부의 자리를 차지하라고 촉구했다. 나는 카르바요가 그런 것들을 언급했다고 생각했다. 하지만 아마 그의 기억 속에는 다른 사례들도 있었을 텐데, 왜냐하면 모든 사람에게 최악이었던 그날은 수치스러운 사례가 너무나 많았기 때문이다.

"나중에 할아버지는 아빠를 다시 찾으러 가셨어요." 카르바요가 말

---

* '백인 귀족 계층' '특권 계층'을 뜻하는 표현.

을 이어갔다. "4월 11일, 발목이 부러져 엉망이 된 상태에서 아빠를 찾으려고 라 페르세베란시아에 사는 동료 두어 명을 데리고 시내의 지옥으로 들어간 이야기를 해주셨죠. 하지만 아빠를 찾을 수 없었어요. 양쪽 벽을 따라 한 구 한 구 나란히 시체들이 쌓이기 시작한 중심가 회랑들은 죽음의 냄새가 나는 터널 같았는데, 악취가 밖으로 흘러넘쳐 거리를 가득 채웠지요. 사람들은 남의 시체를 밟지 않으려고 회랑의 가운데로 걸어다니며 자기네 시체를 찾아다녔어요. 할아버지는 아빠의 시신을 찾아다니며 그곳 회랑들을 모조리 전부 돌았지요. 하지만 찾을 수 없었어요. 그후 며칠 동안에 만들어진 다른 시신 목록에서도 아빠를 찾을 수가 없었고요. 그리고 할아버지는 우리가 방문할 아빠의 무덤이 없는 것에 대해 항상 자책하셨죠."

"공동묘지에 묻히셨을 겁니다." 내가 그에게 말했다.

"그럴 수도 있지만 공동묘지에 대해서는 전혀 들어본 적이 없어요. 시체를 가득 실은 트럭들이 중심가에서 나와 구덩이들을 향해 갔다는 이야기도, 아빠가 구덩이들 중 하나에 묻혀 있을 가능성이 있다는 이야기도 들어본 적이 없어요. 하지만 그럴 수도 있겠다는 생각이 드네요, 그 밖에 어떤 가능성이 있겠어요? 없죠. 나는 아빠가 어느 공동묘지에 묻혔을 거라고 오래전부터 생각해왔어요. 무덤이 필요하다는 사실이 특이해요. 무덤이 있으면 마음이 많이 평온해진다는 게 참 특이하다고요. 나는 아빠의 시신이 어디에 있는지 아는 데서 비롯되는 평온을 느껴본 적이 없어요. 우리의 시신들이 어디 있는지 모른다는 것은 조용한 고문이자 깊은 상처 같아서 삶을 힘들게 하죠. 실제로 더 힘든 건 그 시신들이 우리가 바라는 바 그대로 되지 않는다는 거고요. 마치 죽음이란 누구든지 어떤 것에 대한 통제력을 완전히 상실했다고 느끼는 순간을 말한다는 것처럼요, 물론 사랑하는 사람의 죽음을 피할 수 있다면 언제든 그렇게 하겠죠. 죽음은 우리의 통제력을 앗아가요. 그리고 나중에 우리는 죽음 이후 일어나는 일을 아주 세세한 것까지 통제하고 싶어하죠. 매장할지, 화장할지, 심지어 빌어먹을 조화弔花까지도요, 그렇죠? 어머니는 그렇게 하지 못해서 늘 괴로워하셨어요. 그래서 나는 가이탄의 시신을 그렇게 처리한 이유를 아주 잘 이해할 수 있어요. 가이탄의 시신이 어떻게 되었는지 당신도 알고 있으리라 생각해요."

"공동묘지에 매장하게 두지 않았어요." 내가 그에게 말했다. "당신 집에다 모셨죠."

10일 새벽 네시경, 술에 취한 사람 몇 무리가 두 차례에 걸쳐 센트럴 병원에 강제로 들어가 가이탄의 시신을 가져가려고 시도하자, 그의 부인인 도냐 암파로가 용감하게도 운구할 관을 준비하도록 지시했다. 그날에 일어난 모든 일에 관해서는 여러 가지 설이 존재한다. 어떤 이들은 암살 범죄가 일어난 지 불과 몇 시간 만에 이미 시신이 유물이 되었으므로 단지 그의 시신을 보호하기 위해서였다고 말했고, 또다른 이들은 가이탄의 부인이 가이탄의 국장을 통해 정부에 있는 가이탄의 적들이 자기의 죄과를 씻을 기회를 주고 싶어하지 않았기 때문이라고 말했다. 어찌됐든 간에, 오전 열시에 가이탄의 집은 사람들로 가득찼다. 그곳에 모인 도시 전체의 가이탄주의자 중에는 라 페르세베란시아의 엠폴바도스도 있었는데, 이들은 여섯 시간씩 교대로 대장의 곁을 지켰다.

"할아버지도 그중 한 사람이었죠." 카르바요가 말했다. "자신의 순서를 마치고 다시 아빠를 찾으러 가셨고요. 나중에 할아버지는 가이탄이 자기 집 정원에 묻혔다는 사실을 아셨어요. 매년 암살 사건이 벌어진 날이 되면 라 페르세베란시아 사람들은 제일 좋은 옷을 입고 언덕길을 내려가 대장이 묻혀 있던 곳을 찾아갔지요. 맨 처음으로 나를 그곳에 데려갔을 때 내가 몇 살이었는지 기억나지 않지만, 여전히 어렸을 때였어요. 아홉 살이나 열 살쯤이었을 텐데, 그보다 더 먹진 않았을 거요. 아니, 아홉 살이었던 것 같네요. 그래, 아홉 살. 물론 가이탄의 묘소를 찾아가는 것은 우리가 아빠의 묘소를 찾아가는 것을 대신하는 일이었어요. 아빠의 묘소에서 기도할 수도, 꽃을 놓을 수도 없었기 때문에, 가이탄의 집을 방문해 정원에서 기도를 하고 꽃을 놓았죠. 하지만 내가 이것을 이해하기까지, 그리고 무엇보다도 자연스럽게 할 수 있게 되기까지 얼마나 시간이 걸렸는지는 당신도 이해할 거요. 다른 사람의 묘를 찾아가서 동시에 아빠를 위해 기도하는 것이 내게는 이상하지 않았어요. 그래요, 그곳에 묻혀 있는 사람이 아빠가 아니라는 사실은 알았지만, 우리는 먼저 아빠를 위해 기도하고 그다음에 가이탄을 위해 기도했어요. 아이들은 원래 시키는 대로 하고, 가르쳐주는 것에 점차 익숙해지잖아요? 어쨌든 우리 가족은 집에서 가이탄의 동네까지 언덕길을 내려갔는데 먼 길이었지만 의식처럼 진행했고, 사실 의식의 일부였죠. 우리 가족은 할아버지, 엄마, 내가 갔는데, 처음에는 다른 가이탄주의자들도 함께 갔지만 시간이 지나면서 그들은 가지 않고 우리 가족만 남았어요. 길을 걸으며 할아버지와 어머니가 내게 얘기를 해주셨어요. 가끔 돈이 있을 때는 아이스크림을 사주셨고, 나는 길거리에서 아이스크림을 먹으면서 두 분의 이야기를 들으며 걸었어요. 얘기는 항상 4월 9일에 관한 것으로 귀결되었지요. 때때로, 보통은 돌아오는 길에, 가끔은 가는 길에, 내가 이런 말을 했어요. '아빠가 하늘나라에 간 날에 대해 얘기해주세요.' 그러면 두 분은 얘기를 해주셨죠. 내 생각에는, 내 또래의 아이에게 적절해 보이는 이야기만 해주셨을 거요. 나중에 물론 내가 성장하면서 두 분은 자세한 내용을 덧붙여갔는데, 4월 9일은 이제 **아빠가 하늘로 간 날**이 아니라 **아빠가 죽임을 당한 날**이 되었죠. 그 4월 9일 가운데 한 번, 할아버지가 처음으로 당신의 이론을 내게 말해주셨어요. 지금 내가 이론이라고 말했지만, 우리 가족은 이것을 그런 식으로 부르지 않았어요. 그저 간단히 말해 **할아버지가 생각하는 것**이었죠. 이런 문장으로 표현될 수 있는데, 우리는 다음과 같은 문장을 사용했어요. '너는 할아버지가 생각하는 걸 알지……' '그래, 할아버지가 생각하는 것에 관해 말하자면……' '할아버지가 생각하는 것은 이것과 관련이……' 그리고 더이상 말할 필요가 없었는데요, 왜냐하면 우리가 무슨 말을 하는지 이미 명확해졌기 때문이죠.

그때가 1964년이었어요. 나는 만 열일곱 살이 되기 직전이었고, 막 학교를 졸업할 시점이었죠. 나는 반에서 제일 우수한 학생이었어요, 바스케스. 그리고 우리 가족이 고대하던 소식이 당도했고요. 내가 콜롬비아 국립대학교에 장학생으로 입학하게 된 거지요. 나는 법을 공부하려 했는데, 가족의 말에 따르면, 그건 아빠가 하고 싶어했던 것이었어요. 더 중요한 사실은 가이탄이 법을 전공했기 때문에 아빠도 그렇게 하고 싶어했다는 거죠. 나는 내일 당장 죽을 사람처럼 신문을 읽기 시작했어요. 할아버지는 나를 바라보며 말씀하셨고요. '제 아비랑 똑같군.' 정치에도 본격적으로 관심을 갖기 시작했어요. 내 생각에는 할아버지가 그 사실을 아셨던 것 같은데, 그렇지 않고서야 당시에 할아버지가 당신 생각을 내게 말씀하실 이유가 그리 많지 않았기 때문이죠. 1964년 4월 9일 그날, 걸어서 집으로 돌아가는데, 대략 카라카스대로 쯤에서 할아버지가 느닷없이 말씀하셨어요. '얘야, 내 생각에는 말이다, 네 아비가 알고 있었다.' 내가 물었지요. '뭘 알았다고요?' 그러자 할아버지는 내가 바보 같다는 듯, 종종 어른들이 짓는 한심하다는 표정으로 나를 쳐다보시더군요. '뭐겠니?' 할아버지가 내게 말씀하셨어요. '누가 대장을 죽였는지 알았어.'

그리고 할아버지는 그날 아버지 얼굴에서 본 것, 불과 몇 분 동안에 아버지로부터 들은 온갖 특이한 문장들, 발포 이후 자살자 혹은 정신 이상자처럼 보이던 아버지의 반응 등에 대해 말씀하시기 시작했어요. 아버지가 본 다른 사람, 즉 비옷을 들고 아버지와 달리 멋지게 차려입은, 암살범의 공범 혹은 동행인에 대해서요. 그때부터, 그 남자를 본 이후부터 아버지가 이상하게 행동하기 시작했다고 하시더군요. 카레라 7에서 로아 시에라의 몸을 뒤따라 걸을 때도 이상하게 행동했고, 나중에 바리케이드가 쳐졌을 때도 이상하게 행동했다고요. 아버지로부터 들은 문장을 내게 여러 번 반복하셨죠. '모든 게 반복되는 것 같군.' 당시 할아버지는 그 말을 전혀 이해하지 못하셨어요. 그것은 아버지가 어느 저격수의 총에 맞아 돌아가시기 전에 한 마지막 말이었지만 할아버지는 이해하지 못하셨는데, 당시에는 이해하실 수 없었을 거요. 내게 이러셨죠. '그땐 이해할 수 없었단다. 하지만 나중에 알게 됐지. 비록 어려웠지만 말이야. 얘야, 이제는 너도 이해하길 바란다.'

그리고 집에 도착했을 때 나는 상황이 진지해졌다는 걸 알 수 있었는데, 왜냐하면 할아버지가 내게는 금지된 구역이었던 당신의 방으로 따라오라고 하셨기 때문이죠. 나를 침대 위에 앉히고는(할아버지는 내가 당신의 침대에 앉는 걸 결코 허용하지 않으셨거든요) 바닥에 무릎을 꿇으셨어요. 침대보를 들어올리더니 침대 밑에서 나무 서랍 하나, 어떤 가구에 붙어 있던 서랍을 꺼냈는데, 그 가구가 사라진 탓에 이제는 쓸모가 없는 자물쇠가 달려 있었어요. 서랍에는 물건들이 가득했어요. 신발과 종이가 들어 있었지만 무엇보다 책이 많더군요. '이것 보렴, 얘야.' 할아버지가 말씀하셨어요. '네 아빠의 책이란다.' 그러면서 소책자 하나를 보여주셨는데요. 그것은 가이탄이 라파엘 우리베 우리베의 무덤에서 한 연설문이었어요. 그는 당시 열여섯 살이었고, 국립청소년센터의 부탁으로 한 연설이었죠. '사랑하는 손자야. 대장이 네 나이 때에 해낸 일을 보여주고 싶었다.' 할아버지가 말씀하셨어요. 그런 다음 가이탄의 학위 논문 「콜롬비아의 사회주의 사상」을 보여주셨지만, 이렇게 말씀하시더군요. '이건 아직 안 된다.' 그러고는 내 무릎 위에 책한 권을 올려놓으셨죠. 그것은, 마르코 툴리오 안솔라라는 사람이 쓴 『그들은 누구인가?』였어요. 첫 페이지에는 아버지의 자필 서명 'C. 카르바요'가 적혀 있고, 마지막 페이지에는 그 책을 다 읽은 날짜가 적혀 있었지요. 1945. 10. 30. '얘야, 이건 괜찮다. 이 책을 가져가서 얼른 읽고, 네가 나랑 똑같이 이해했는지 이야기해다오.'

　그게 바로 할아버지가 내게 하신 말씀이었어요. 그렇게 되었다는 건두말할 필요가 없을 거요. 내가, 할아버지가 이해하신 것과 똑같이 이해했던 거죠. 아마도 처음 읽었을 때나 처음 대화를 나눌 때 바로 이해되지는 않았을 테지만 시간이 흐르면서 점점 이해하게 됐다고요. 1964년 4월 9일, 할아버지가 아빠의 책을 내게 주신 그날 오후에 나는 단 한 가지 목적을 위해 책을 읽기 시작했어요. 그것은 바로, 그 300페이지에서 가이탄이 암살되던 순간 아빠가 기억할 수 있었을 모든 것을 찾아내는 일이었어요. 물론 나는 열여섯 살이었고, 당시 내가 이해할 수 있는 건 아주 적었지요. 하지만 달이 가고 해가 가면서 점점 이해하게 되더군요. 안솔라의 책, 1917년 출판된 못생기고 무거운 어느 책에는, 1948년 4월 9일 아빠가 자기 인생의 마지막 시간에 생각했던 것들을 푸는 실마리가 들어 있었어요. 그런 생각이 쉽사리 받아들여지지는 않았지만, 나는 열심히 노력했죠. 책을 두 번, 세 번 읽은 뒤에 다섯 번, 열 번이나 반복해서 읽었는데, 매번 읽을 때마다 일부 장면들과 여기저기 흩어졌던 문장들이 표면에 드러나더군요. 나는 그 책을, 그 빌어먹을 책을 읽었고, 아빠가 돌아가시기 몇 분 전 알았던 것을 알게 된 거요. 그것은 마치 내가 아빠의 머릿속에 들어가고, 아빠의 눈으로 세상을 보고, 총알 한 방을 맞기 몇 분 전의 아빠처럼 되는 것과 같았죠. 그리고 나는 그 누구에게도 그런 경험을 해보라고 말하고 싶진 않아요. 그런 경험이 하나의 자산이자 특권인 것은 분명하지만, 짐, 짊어지기 힘든 짐이기도 하거든요. 그것이 바로 내 운명이었고, 나는 그 일에 평생을 바쳤어요. 아빠가 생의 마지막 순간에 깨달은 것, 나중에 할아버지 당신이 이해했다고 믿으셨던 것, 그분들이 내게 물려준 그 지식을 위해서요."

그래서 나는 그 순간에 그곳에서 내가 할 수 있었던 유일한 말을 했다. 일종의 질문, 아마도 후회하게 될지도 모를 질문이었지만, 그 질문을 묵과하는 것은 비겁한 짓이자 무분별한 짓이었을 것이다.

"그 이해라는 것이 무엇인데요, 카를로스? 당신 아빠가 이해하신 것은 무엇이며, 지금 당신이 이해한 게 무엇인가요?"

"그라나다약국 앞의 잘 차려입은 남자와 카예 9의 잘 차려입은 남자가 서로 다르지 않다는 사실이에요. 가르시아 마르케스가 묘사한, 스리피스 정장을 입고 영국 공작처럼 행동한 남자와 증인 메르세데스 그라우가 묘사한 에나멜가죽 앵클부츠를 신고 스트라이프 줄무늬 바지를 입은 남자가 서로 다르지 않고, 또 사라진 증인 알프레도 가르시아가 암살범 갈라르사의 목공소에서 본 남자와도 다르지 않으며, 또 안솔라가 법정에서 이름을 말하기를 꺼렸던 실크해트를 쓴 남자와도 다르지 않다는 사실요. 분노한 군중이 후안 로아 시에라를 집단구타할 때까지 선동한 잘 차려입은 남자는 우리베의 암살자 중 한 명에게 '어떻게 됐소? 죽였소?'라고 물은 남자와 다르지 않다는 사실이죠. 아빠는 1914년에 우리베가 지옥에 떨어지기를 원했던 사제가 가이탄의 암살 사건이 발생하기 전에 빨갱이들을 추방하라며 선동했던 그 유명한 사제와 다르지 않다는 것을 이해하셨어요. 아빠는 4월 9일 이전에 보고타 시내에 나돌던 소문과 익명의 쪽지들이, 10월 15일 이전까지 보고타에서 나돌던 소문과 익명의 쪽지들과 다르지 않다는 사실을 이해하셨죠. 가이탄이 암살당할 것이라고 확신했던 그 모든 사람이, 우리베가 암살당하기 사십 일 전부터 우리베가 암살당할 것이라는 말을 들은 사람들과 다르지 않다는 사실을 깨달으셨다고요. 바스케스, 아빠는 그것을, 똑같은 사람들이 그들을 죽였다는 끔찍한 사실을 깨달으신 거요. 물론 똑같은 손을 지닌 똑같은 사람들이 두 분을 죽였다는 말은 아니에요. 나는 지금 어느 괴물, 어느 불멸의 괴물, 여러 얼굴을 하고서, 여러 이름으로 많은 사람을 죽여왔고 또 앞으로도 죽일 그 괴물에 관해 말하고 있는 건데요, 왜냐하면 이곳은 수백 년 동안 전혀 변하지 않았고 절대 변하지 않을 것이며, 그렇기에 또 이 서글픈 우리 나라는 마치 쳇바퀴를 도는 생쥐와 같거든요."

우리가 역사라고 부르는 그것을 바라보고 이해하는 데에는 두 가지 방법이 있다. 하나는 역사를 우연한 것으로 보는 관점으로, 여기서 역사는 비합리적 행위, 예측할 수 없는 우연, 무작위적 사건의 무한한 연쇄에서 드러나는 숙명적인 결과물이다(인간이 필사적으로 정리하려고 하는 끊임없는 혼돈과 같은 삶). 그리고 다른 하나는 음모론적 관점으로, 역사란 그림자와 보이지 않는 손, 감시하는 눈, 귀퉁이에서 속삭이는 목소리로 이루어진 일종의 무대, 하나의 원인에서 모든 사건이 발생하는 일종의 연극으로서, 뜻밖의 일은 존재하지 않고 우연은 더더욱 존재하지 않는데, 사건이 일어난 까닭을 그 누구도 결코 알 수 없다는 이유로 그 원인은 잠잠해진다. "정치에서 우연히 일어나는 일은 전혀 없다. 그런 일이 생겼다면, 그렇게 계획되었기 때문이다." 프랭클린 델러노 루스벨트가 한 말이다. 나는 이 문장에 대해 신뢰할 만한 출처를 찾을 수 없었지만, 음모론을 지지하는 사람들은 이 문장을 굉장히 좋아하는데, 아마도 이 문장이 오랜 시간 동안 많은 것을 결정한 사람에게서(다시 말해, 그는 우연적이거나 돌발적인 것이 개입할 여지를 거의 주지 않았다) 나왔기 때문일 것이다. 하지만 만약 누구든 이 문장 속에 들어 있는 구린 부분을 주의깊게 들여다본다면, 이 문장 속에 들어 있는 것이 우리 가운데 가장 용감한 사람조차도 움칠하게 만들기 충분하다는 사실을 인식하게 되는데, 그 이유는 이 문장이 우리 삶의 기반이 되는 최소한의 확실성 가운데 하나를 막아버리기 때문이다. 불행, 공포, 고통, 괴로움은 예측할 수 없고 피할 수 없으나, 누군가 그것을 예견하거나 알 수 있다면 그 일을 피하고자 최선을 다하기 마련이다. 다른 사람들이 좋지 않은 일이 벌어질 것이라는 사실을 지금 당장 알게 되고도 그 피해를 막기 위한 행동을 전혀 하지 않을 터라는 생각은 공포스러운 것인데, 심지어 순수성을 잃고 또 인간의 도덕에 관한 모든 희망을 뒤로 제쳐둔 우리에게조차 소름 끼치는 생각이다. 우리는 늘 사건에 관한 이 같은 관점을 하나의 게임으로, 한량이나 뭐든 쉽게 믿어버리는 사람들의 취미로, 또 혼돈스러운 역사와 폭로에 대응하기 위한 고질적인 전략으로 취급하곤 하는데, 우리가 그 폭로의 일꾼 또는 꼭두각시라는 사실은 이미 수천 번 증명되었다. 우리는 음모론적 관점에 대해 우리의 잘 훈련된 회의주의와 반어적인 방식을 동원해 대응하면서 음모라는 증거가 없다는 말을 되풀이하고, 또 음모론 신봉자들은 모든 음모의 주요 목표는 음모의 존재를 감추는 것이며 음모를 볼 수 없다는 사실이야말로 음모가 존재한다는 가장 좋은 증거라고 우리에게 말할 것이다.

2014년 2월 28일 금요일, 범죄 중 하나가 발생한 지 거의 백 년 후, 그리고 또다른 범죄가 발생한 지 거의 육십육 년이 지난 그날, 나는 그렇게 모순적이고 회의적인 세계, 즉 운, 혼란, 사고, 우연이 지배하는 세계에 살고 있었다. 그리고 카를로스 카르바요가 내게 부탁한 것은 잠시 다른 세계로 나가서 살아본 뒤에 다시 내 세계로 돌아와 그 다른 세계에서 본 것을 얘기해달라는 것이었다. 그는 자기 아버지의 선견지명이 사라지지 않도록 내게 그렇게 부탁했던 것이다. 나는 보이는 곳에서는 발생하지 않는 진실, 기자나 역사가가 얘기할 수 있는 세계에서는 발생하지 않는 진실, 역사를 얘기할 책무를 맡은 사람들이 결코 볼 수 없고 그 소소한 존재를 인지하지도 못하기 때문에 망각 속에 침잠해버리는 작거나 유약한 진실에 관한 카를로스 카르바요의 말을 기억했다. 그리고 카르바요가 원한 것은 역사적 것들로 이루어진 세상에서 한 번도 알려지지 않은 진실을 망각으로부터 구해내기 위해서일 뿐만 아니라, 그의 아버지가 지금까지 한 번도 가진 적이 없는 어떤 실체를 그의 아버지에게 부여하기 위한 것이라고 생각했다. 아마도 그의 아버지의 무덤은 없을 것이며 그의 유골에는 자신의 이름이 쓰인 묘비명도 없을 테지만, 그의 이름과 기억이 존재하는 어느 장소는 있을 것이다. 즉 그의 삶이, 그의 행위와 사랑과 직업과 열정, 그의 혈육과 자손, 그의 생각과 감정, 그의 계획과 희망, 그의 미래 계획이 존재하는 장소 말이다. 아니, 카르바요는 내가 가이탄 사건을 위해 『그들은 누구인가?』와 같은 책을 집필하기를 원치 않았다. 그는 자신의 아버지가 살아 있게 될 말의 능묘 하나를 내가 만들어주기를 원했으며, 또한 자기 아버지의 삶에서 마지막 두 시간이 자신이 이해한 바처럼 기록되기를 원했는데, 그렇게 함으로써 그의 아버지가 세상에서 장소 하나를 갖게 될 뿐만 아니라 역사에서도 어떤 역할을 할 수 있을 것이기 때문이다.

나는 이 점을 이해했고, 그러자 아이디어 하나가 떠올랐다. 내가 그에게 말했다.

"카를로스, 내가 글을 쓸게요."

그는 얼굴을 들고 겨우 감지할 만큼 미세하게 자세를 바로잡았는데, 나는 그의 눈에 희미한 눈물자국이 있다는 사실을 깨달았다. 혹은 이십

사 시간 동안(아마 그 이상일 수도 있는데, 당시에는 알 수 없었다) 쉼 없이 대화하고 열심히 기억을 더듬은 탓에 그저 나처럼 피곤했기 때문 인지도 모른다. 내가 그렇게 말했을 때는 이미 2월 28일이 아니었을 것이다. 우리는 그곳에 틀어박혀 아주 오랜 시간을 보냈는데, 그 무렵 우리는 온전히 3월의 첫째 날을 맞이했을 것이다.

"쓰겠어요?" 그가 말했다.

"그래요. 하지만 그렇게 하기 위해서는 내가 당신을 믿을 필요가 있어요. 당신이 내게 하는 말이 진실인지 알아야 할 필요가 있다고요. 한 가지만, 그리고 이번 한 번만 묻겠어요. 그 척추를 가지고 있나요? 프란시스코 베나비데스의 서랍에서 가이탄의 척추를 꺼냈나요?"

그는 아무 대답도 하지 않았다.

"다른 방식으로 말하자면요, 카를로스." 나는 고집을 부렸다. "내가 가이탄의 척추와 우리베 우리베의 머리덮개뼈를 갖고 있을 필요가 있다고요. 그리고 그 뼈들을 합법적인 상속자인 프란시스코에게 돌려줄 필요가 있어요. 내가 그 뼈를 갖게 된다면, 책을 쓸게요. 만약 그렇게 되지 않으면, 책은 쓰지 않을 겁니다. 간단한 문제예요."

"하지만 그는 합법적인 상속자가 아니에요." 카를로스가 말했다. "그 머리덮개뼈는 스승님께서 내게 주셨다고요."

"그럼 척추는요? 척추도 주셨어요?"

"프란시스코는 그 뼈들을 포기하고 싶어해요." 그가 말했다.

"그렇지 않아요. 사람들이 그것을 볼 수 있게 박물관에 두기를 원한다고요. 이봐요, 카를로스, 그 뼈들은 프란시스코 것도 당신 것도 아니에요. 그 뼈가 간직하고 있는 과거는 모두의 것이므로, 그 뼈는 모든 이의 것이라고요. 나는 내가 그것들을 보고 싶을 때면 언제든지 볼 수 있기를 원해요. 내 딸들도 그것들을 보러 갈 수 있으면 좋겠어요. 또한 내 딸들을 데리고 어느 공공장소를 찾아가 어느 진열장으로 다가가서 딸들에게 그 뼈들을 보여주고, 그 뼈가 얘기하는 모든 것을 설명해주고 싶어요."

"하지만 그것들은 증거예요." 카르바요가 말했다. "우리가 볼 수 없지만 그 안에 들어 있을 수 있는 어떤 것의 증거라고요. 가령 머리덮개뼈에는 어느 너클더스터의 흔적이 있을지도 몰라요. 그리고 척추에는……"

"그건 순전히 헛소리예요." 내가 그의 말을 잘랐다. "헛소리하지 말라고요. 척추에 뭐가 있겠어요? 두번째 저격범의 총알이요? 당신은 이미 그렇지 않다는 걸 알고 있고, 만약 기억나지 않는다면 당신 스승이 1960년에 실시한 해부에서 발견한 것을 다시 한번 말해줄게요. 두번째 저격범은 없었어요. 그렇듯 그 척추에는 아무것도 없어요. 그리고 문제의 너클더스터에 관해 말하자면, 그 뼛조각에서는 그런 게 전혀 발견되지 않았어요. 너클더스터는 안솔라의 이론 속에만 존재할 뿐, 그 뼈에는 없어요. 오래전부터 이 뼈들은 법의학적 증거가 아니었어요. 증거도 아니고요, 전혀 그런 게 아니에요. 그것들은 단순히 유해, 인간의 폐허죠. 그래요, 고귀한 인간들의 폐허일 뿐이라고요."

내가 보고타의 아침으로―그 토요일 아침, 그 3월의 아침―나갔을 때, 내 검은 배낭에는 프란시스코 베나비데스의 물건들이 들어 있었다. 나는 그것들을 자동차의 내 옆자리, 조수석에 놓고 어떤 비현실적인 느낌에 휩싸인 채 내 집과 현재의 내 삶을 향해 가면서, 지난 몇 시간 동안 일어난 모든 일이 내 병적인 상상의 산물이 아니라는 사실을 확인하기 위해서라는 듯 운전중에 이따금 그 물건을 쳐다보고 싶은 생각이 든다는 사실을 깨달았다. 고귀한 몇몇 사람들의 폐허. 늙은 윌리엄과 함께 내게 자주 떠오르곤 했던 『줄리어스 시저』의 구절이 나를 기습했고, 그 말이 나의 혼란스러운 경험에 형태와 질서를 부여하도록 도와주었다(혹은 아마도 그 구절이 나를 구출해주었다고 말해야 했으리라). 그 장면에서 줄리어스 시저는 원로원에서 음모자들의 칼에 스물세 번 찔려 폼페이상 밑에서 피를 흘리며 죽고, 그의 친구이자 후배인 앤토니는 혼자서 시저의 죽은 몸 곁에 머문다. 앤토니가 시저에게 말한다. "오, 용서하소서, 피 흘리는 대지여, 이 도살자들 앞에서 이다지도 유순한 저를. 그대는 우리의 역사 속에서 살았던 가장 고귀한 인간의 폐허입니다." 우리베 우리베와 가이탄이 당시 가장 고귀한 사람이었는지는 모르지만, 집으로 돌아가는 길에 나와 동행한 그들의 폐허는 그런 고귀함을 지니고 있었다. 인간의 그런 폐허는 우리의 지난 과오에 대한 기록이며, 또한 때로는 예언이기도 했다. 예를 들어, 나는 우리베 사건에서 사적 기소를 담당했던 변호사들 가운데 한 명의 진술을 기억하고 있었다. 그는 두 명의 암살범 외에 다른 사람의 가담 여부를 일절 배제하고, 그 범죄의 성격을 정치-무정부주의적이라고 분류한 뒤에 다음과 같이 말했다. "다행히도 우리베 우리베 장군의 사건은 콜롬비아에서 유일무이한 **주님의 의지**였고, 또 그래야만 합니다." 그는 틀렸고, 내 옆에는 그 오류에 대한 물질적 증거가 있었지만, 내게 중요한 것은 그 뼈에 대한 기억이 아니라 뼈와의 접촉이 이 사람들, 즉 카를로스 카르바요, 프란시스코 베나비데스, 그리고 그의 죽은 아버지의 삶에 미친 영향이었다. 그리고 물론 내 삶에 미친 영향도 중요했다. 내 삶에도.

　그날은 토요일이었기에, 나는 예고 없이 베나비데스 박사 집에 찾아갈 수 있으리라 판단했다. 그는 여전히 독서용 안경을 착용한 채 손에 책 한 권을 들고 내게 문을 열어주었는데, 집에서, 집안 깊숙한 곳에서 첼로 소리가 구슬프게 들려왔다. 그에게 방문의 동기를 설명할 필요는 없었다. 그는 나를 위층으로, 거의 구 년 전에 모든 것이 시작됐던 자신의 보물방으로 안내했고, 내게서 자신의 유물을 건네받았다. 우리는 대화를 나누었다. 나는 지난 몇 시간 동안의 일에 대해 그에게 많은 것을 생략하고 알아낸 사실을 대충 요약해서 얘기했는데, 당시에는 모든 것을 말한다는 것이 일종의 배신 혹은 비밀 누설처럼 느껴졌기 때문이고, 그것은 아마도 카르바요가 말해준 사실들이 나를 최종수신자로 설정했거나 그 사실들의 유일한 목적이 내가 쓸 미래의 책에서 살아나는 일이어서일 것이다. 나는 베나비데스에게 카르바요와 맺은 약속에 대해 말했다. 마지막 순간에 맺어진 계약이었는데, 우리가 이미 작별인사를 하고 내 두 발이 이미 문턱에 올랐을 때 그가 내게 말했다. "그런데 당신이 그 약속을 지킬지 어떻게 알죠? 지금 당신이 그것들을 가져가서, 당신들 말대로, 프란시스코더러 박물관에 돌려주어 기증하게 하든 한다고 쳐요. 그다음 당신이 계속해서 책을 쓰리라는 걸 내가 어떻게 알 수 있냐고요?" 그리고 나는 그에게, 베나비데스를 설득해 내 책, 카르바요가 부탁한 그 책이 출판될 경우에만, 그 책이 카르바요가 내게 말한 이야기들로, 특히 그 이야기들 가운데 하나로 책을 채워서 책이 이제 현실 세계에서 살아 있게 될 때에만 그 뼈들을 세상에 공개하게 할 것이라고 제안했다. 이곳 베나비데스의 집에서 그에게 이 사실을 알렸고, 그도 수락했다. 하지만 나는 그의 태도를 통해, 그의 평생 친구이자 자기 아버지의 제자인 카를로스 카르바요와의 관계는 영원히 망가졌다는 사실을 알아차렸다. 그리고 오랜 친구를 잃은 사람이 마치 나인 것처럼 안타까운 마음이 들었다.

며칠 후, 나는 오래전부터 계획했던 대로 벨기에에서 몇 주를 보내기 위해 비행기에 올랐다. 작년 초, 여전히 한국전쟁에 관한 소설을 쓰고 있을 무렵에 벨기에의 한 재단이 작가들을 위해 마련한 숙소에서 내가 4주간 머물 수 있는 기회를 제공했다. 그 당시 비록 벨기에에는 내가 사랑하는 친구들, 한 번 만나고 나서 다음번에도 살아서 만날 수 있을지 스스로에게 물을 만큼 나이가 많아서 가능한 한 자주 찾고 싶은 친구들이 없었다 할지라도, 브뤼셀 중심가에 있는 어느 아파트에 틀어박힌 채 누구를 만나 얘기를 하거나 전화를 받을 필요도 없이 밤낮으로 내 허구의 인물들, 그리고 그들의 발명된 운명과 동거할 수 있는 그 기회는 내게는 거절할 수 없는 것처럼 보였으리라. 따라서 친구들도 만날 수 있고 집필 초기에 있던 소설에 집중할 수도 있을 그 제안을 받아들이는 것이 전혀 어렵지 않았다. 하지만 떠날 날이 도래할 즈음 상황이 바뀌어버렸다. 내 고독의 시간을 채워줄 것은 그 소설의 허구적 인물들이 아니라, 당시까지 내 나라의 과거에 대해 내가 이해한 것이 적다는 사실을 매번 내게 증명해 보이는 진정한 역사, 아주 여러 해 전에 일어났던 무질서 앞에서 내가 얼마나 형편없는 이야기꾼인지 느끼게 함으로써 마치 내 면전에서 나를 비웃는 것 같던 진정한 역사였던 모양이다. 이제 내 의지에 따라 그 존재가 결정되는 인물들의 갈등이 아니라, 카를로스 카르바요와의 여러 번의 만남을 통해 그가 내게 밝혀준 것들, 지금은 내 기억 속에 뒤섞여 있는 그것들을, 진정으로 그리고 영원히 이해하려는 나의 시도들 말이다.

그리고 나는 삼십 일 밤낮을 그렇게 보냈다. 라 플라스 뒤 비외 마르셰 오 그랭 아파트에는 포석이 깔린 거리가 보이는 작업실이 있었다. 벽 쪽으로 북쪽 나라의 차가운 빛이 들이비치는 두 개의 높은 창문 사이에 책상 하나가(표면은 검정색 가죽으로 돼 있고, 서랍은 전에 묵었던 사람들이 남긴 닳아버린 연필과 편지봉투로 가득했다) 있었지만 한 번도 사용하지 않았다. 왜냐하면 내가 맨 처음 아파트에 들어섰을 때 마주한 것은 1미터 높이의 하얀 진열장 여러 개로 둘러싸인 거실이었는데, 다음날 아침, 거의 이어진 것이나 다름없는 진열장들의 표면이 내가 여행하며 챙겨온 온갖 종이로 뒤덮이고―오래된 신문의 복사본, 사진, 책, 공책―주방의 사각형 식탁이 내 작업공간으로 변해버렸기 때문이다. 진열장의 모든 표면에 붙어 있고 불 꺼진 벽난로 위 대리석 선반에 놓여 있던 문서들의 위치가 바뀌어가면서, 어느 이른 봄날의 며칠 동안 카르바요의 이야기가 그럴듯한 모습으로 차츰차츰 빛을 보고 있었다. 잠 못 드는 밤이면 사납고 거칠게 적어놓은 메모를 읽고 또 읽었는데, 메모장에 적힌 고독과 피로감에 뒤섞여 있던 사실들이 내게 피해망상증과 비슷한 무언가를 불러일으켰다. 산책을 나가면 박물관, 서점, 광고로 뒤덮인 벽 등이 '세계대전'의 기억에 잠겨 있는 어느 도시와 마주했고, 천 번은 족히 보았을 그 이미지들, 그 철조망들, 철모를 쓰고 참호 속에 있는 그 군인들, 진흙으로 범벅된 그 얼굴들, 포탄을 맞아 움푹 팬 그 땅들을 바라보았다. 가끔 기차로 두 시간 거리에 있는 곳에서 장 조레스가 죽었고(그 기차를 탔더라면 좋았을 텐데), 자동차로 약 세

시간 거리에 있는 곳에서 군인 에르난도 데 벤고에체아가 죽었을 것이라는(차 한 대를 빌렸더라면 좋았을 텐데) 생각이 들었지만, 한 번도 그 여행을 떠나본 적은 없었다. 나의 콜롬비아에서 일어난 범죄들에 관한 생각을 멈출 수 없다는 사실을 깨달았기 때문에, 특별히 기억할 만한 그 도시에도, 그 지역이 내게 하게 만드는 과거로의 여행에도, 음모 이론을 믿는 그 남자와의 대화를 글을 통해 기억하는 일보다 더 흥미로운 일은 없다는 사실을 깨달았기 때문에, 나는 포석이 깔린 내 거리로, 내 작업실로 돌아왔다. 물론 그 기간에 내게는 다른 일도 생겼으며, 나는 다른 것도 생각하고 발견했다. 예를 들면 사라예보에서 작가 센카 마르니코비치의 정부였던 남자를 만난 일이라든가. 하지만 그 일화들을 이 책에 포함시킬 수는 없다.

반면에, 콜롬비아로 돌아오는 길에 내게 일어난 일에 관해서는 언급해야겠다. 연결편의 가격이 다른 것보다 저렴한데다 그것과는 관계없는 덜 실용적인 다른 이유도 있어서 뉴욕을 경유해 돌아왔는데, 몇 시간 동안만 머무를 거라는 예상과는 달리 결국 그 도시에서 이틀을 묵게 되었다. 중고서점이나 영화관에서 시간을 보낼 수도 있었겠지만, 아직 집필 초기 단계에 있는 내 책 속의 사건과 등장인물에 대한 강박관념으로 단 한 순간도 자유로울 수 없었고, 결국 어느 아침 시간을 할애해 그 강박관념을 해소하기로 했다. 천일전쟁이 한창이던 1901년 초에 라파엘 우리베 우리베가 뉴욕에 도착해 거쳐갔던 장소들을 찾아 나선 것이다. 하지만 운이 없었다. 답사는 성과가 전혀 없었다. 하지만 그때 나는 『룰렛의 비밀과 기술적 함정들』이라는 제목의 책에 기반해, 마르코 툴리오 안솔라는 재판 후에 미국으로 도망쳤으며, 아마도 그 과정에서 당시 워싱턴에서 외교관으로 근무하던 우리베의 사위 카를로스 아돌포 우루에타의 도움을 받았거나, 그가 관련된 일이 있었을 것이라는 결론에 이르게 된 카르바요의 이론을 상기했다. 나는 만약 안솔라가 그 무렵 뉴욕에 왔다면, 현재 대중에게 개방되어 있는 엘리스 섬의 기록보관소에 그에 대한 기록이 남아 있으리라고 생각했다. 게으름은 창조적이다. 햇볕이 쨍쨍한 어느 날 아침, 나는 보고타로 돌아가기 위해 공항으로 가기 전, 미국으로 들어오는 모든 이민자가 거쳐가는 그 섬으로, 관광객들과 한가한 사람들을 실어나르는 여객선을 타고 가서 조사를 시작했다. 기록을 찾는 데 한 시간도 쓸 필요가 없었다. 그곳의 컴퓨터 화면에 안솔라의 출입기록이 있었다. 그가 탔던 브라이턴호는 콜롬비아의 산타마르타 항구를 출발했다. 뉴욕에 들어온 날짜는 1919년 1월 3일이었다. 그의 동행자 중에는 카를로스 아돌포 우리에타가 있었다. 또한 출입기록에는 스물여덟 살이라는 나이, 그의 눈동자 색―짙은 갈색―그의 신체적 특징―왼쪽 뺨에 있는 점 하나―그리고 기혼이라는 결혼 여부도 수록되어 있었다. 안솔라는 뉴욕에서 무엇을 했을까? 얼마나 오랫동안 미국에 머물렀을까? 그는 어떻게 해서 도박꾼들에 관한 책을 쓸 수 있었을까? 그 책이 출판된 지 몇 개월 뒤에 가이탄은 보고타에서 암살당해 쓰러졌다. 안솔라가 그 암살 범죄에 관해 알고 있었을까? 당시에 안솔라가 어떤 음모론을 설계하거나 고려했을까? 나는 사진 몇 장을 대충 찍었고, 방금 전 유령의 출현을 목도했다고 느꼈다. 안솔라가 여전히 내 삶 속에 남아 있다고도 느꼈다. 진정한 강박관념은 그리 쉽게 사라지지 않는 법이다.

4월 초에 나는 보고타로 돌아왔다. 그리고 돌아온 지 며칠 되지 않은

	S. S. "BRIGHTON"					Passengers sailing from SANTA MARTA,				
	3 2	4	5	6	7	8	9	10		
	NAME IN FULL.	Age.			Calling or occupation.	Able to—	Nationality. (Country of which citizen or subject.)	† Race or people.	*Last perm	
	Family name.	Given name.	Yrs.	Mos.	Sex.		Read.	Read what language (or, if exemption claimed, on what ground).	Write.			Country.
✓	Gonzalez	Luis Carlos	24		M	S	Merchant	Yes	Spanish	Yes	Colombia	Spanish Am.	Colombia
	Ramirez-Ricaurte	Jorge	26		M	S			Spanish and English		"	"	"
✓	Izola-Samper	Marco T.	26		W	M	clerk		Spanish		"	"	Colombia
✓	Herrera	Julio E.	25		M	S	Merchant		"		"	"	"

John R. Montgomery
W. S. Watson,

Jan 3 1919.

어느 날 밤, 텔레비전의 저녁 뉴스를 통해 카르바요가 연행되는 장면을 보게 되었는데, 그는 놀란 악당 같은 얼굴을 하고 경찰의 승합차에 오르고 있었다. 등뒤로 양손에 수갑이 채워져 있었으나, 긴장한 것 같지는 않았다. 두 어깨 사이로 고개를 숙이고 있었지만, 얼굴을 가리기 위해서가 아니라 경찰 승합차의 창틀에 얼굴을 부딪히지 않기 위해서였다. 뉴스에서는 그가 호르헤 엘리에세르 가이탄의 정장을 훔치려 했다고 비난했지만, 나는 그렇지 않다는 것을 알고 있었다. 기자가 사건에 관해 묘사했을 때, 카르바요가 너클더스터로 가이탄의 정장이 전시돼 있던 진열장의 유리를 깼다고 말했을 때, 그가 정장의 어깨에 한 손을 올리려던 순간에 박물관 경비원이 그를 붙잡았다고 자세히 설명했을 때, 오직 나만이, 그가 그것을 훔치려 한 것이 아니라 그 끔찍했던 날 자기 아버지가 손으로 만졌던 그 천을 자신의 손바닥으로 느끼고자 했다는 사실을 알고 있었다. 나는 텔레비전을 보면서 유물은 그런 것이라고, 우리가 우리의 죽은 자들과 소통하는 하나의 방식이라고 생각했고, 그 순간 아내가 옆에서 이미 잠들었기에 그 모든 것을 그녀에게 말할 수 없으리라는 사실을 깨달았다. 그래서 나는 침대에서 일어나 내 딸들이 있는 방으로 갔고, 딸들도 자고 있었고, 그래서 나는 방문을 닫았고, 새 여러 마리로 장식된 딸들의 초록색 의자에 앉아, 평화로운 방의 어둠 속에 머무르면서 쭉 뻗은 아이들의 평온한 몸을 부러워하며 바라보고, 힘들게 태어난 딸들이 정말 많이 변했다며 스스로 놀라고, 도시의 소음 속에서 딸들의 부드러운 숨소리를 들어보려고 했다. 창문 너머로 펼쳐지기 시작한, 증오로 병든 이 나라에서 그토록 잔인할 수 있는 그 도시, 내가 물려받은 것처럼 내 딸들도 물려받을 과거를 지닌, 분별과 무분별, 옳음과 그름, 무죄와 범죄가 함께하는 그 도시와 그 나라.

작가의 말

　『폐허의 형상』은 허구적인 작품이다. 이 작품에서는 현재 혹은 과거의 인물, 사건, 기록, 일화가 소설화된 형태로, 그리고 문학적 상상력이라는 특유의 자유로운 방식으로 사용되고 있다. 이 책에 실린 내용이 실제 현실과 일치하는지 확인하고 싶다면, 독자는 각자의 책임하에 그렇게 할 수 있을 것이다.

감사의 글

이 소설을 쓰는 삼 년 동안 많은 친척, 친구, 지인이 내게 자기 시간, 공간, 지식, 조언 또는 특정 문제를 해결하는 데 반드시 필요한 도움을 주었으므로, 본 지면을 통해 감사의 표시를 하고 싶다. 이들은 알프레도 바스케스, 브뤼셀의 파사 포르타 재단, 카사노바스 & 린치 에이전시(메르세데스 카사노바스, 누리아 무뇨스, 산드라 파레하, 일세 폰트와 나탈리 에덴), 이네스 가르시아와 카를로스 로비라, 라파엘 데스카야르와 카르멜레 미란다, 하비에르 세르카스, 타티아나 데 헤르만 리본, 카탈리나 고메스, 엔리케 데 에리츠, 카밀로 오요스와 카로 이 쿠에르보 대학원, 가브리엘 이리아르테, 알바로 하라미요와 클라리타 페레스 데 하라미요, 마리오 후르시츠, 알베르토 만겔, 파트리시아 마르티네스, 호르헤 오를란도 멜로, 에르난 몬토야와 소코로 데 몬토야, 카롤리나 레오요, 엘킨 리베라, 아나 로다, 모니카 사르미엔토와 알레한드로 모레노 사르미엔토, 안드레스 엔리케 사르미엔토와 파니 벨란디아다. 하지만 내가 가장 큰 빚을 진 사람은 이 책을 맨 먼저 전한 내 아내 마리아나인데, 가시적이거나 불가시적인 마리아나의 존재는 이 책에(그리고 저자의 삶에) 조화調和와 유사한 신비로운 무언가를 선사해준다.

J. G. V.
2015년 9월, 보고타

문학으로 만나는 콜롬비아 폭력사와 음모론

콜롬비아에 대한 기억

1987년 봄, 유학생 신분으로 콜롬비아 수도 보고타에 도착한 지 얼마 되지 않았을 때 어느 학우의 초대로 극장에서 흑백영화를 보았다. 극장 이름이 호르헤 엘리에세르 가이탄이었는데, 나를 초대한 친구가 극장의 이름으로 사용된 그 낯선 인물에 관해 자세히 소개했다. 그리고 나는 고된 유학생활에 지친 몸으로 다채롭고 아름답고 '마술적인' 콜롬비아의 자연과 인간, 삶과 문화에 빠져드느라, 그가 설명해준 내용을 오랫동안 잊고 지냈었다. 1999년, 가브리엘 가르시아 마르케스의 『백년의 고독』을 번역하면서 아우렐리아노 부엔디아 대령의 모델이라 알려진 라파엘 우리베 우리베 장군에 주목했다. 가르시아 마르케스 외할

아버지의 친구이자 전우이며 두려움을 모른 채 투쟁했던 위대한 장군이 '밥을 새 모이만큼 먹는다'는 사실이 특이했다. 바나나 농장 노동자 파업을 정부군이 무자비하게 진압하는 장면은 1980년 5월의 광주 민주화운동 장면과 겹쳤다. 2005년, 가르시아 마르케스의 자서전 『이야기하기 위해 살다』를 번역했다. 콜롬비아 현대사의 비극적인 장면 '보고타소'와 그 사건을 촉발한 호르헤 엘리에세르 가이탄의 암살 사건에 관해 많은 지면이 할애되어 있었다. 민중의 사랑을 받는 지도자의 죽음과 더불어 민중의 희망이 사라지고 처음에는 한 나라의 수도가, 나중에는 전국이 아수라장이 될 수 있다는 사실을 절감하고 전율했다. 2020년, 후안 가브리엘 바스케스의 『폐허의 형상』을 접했다. 라파엘 우리베 우리베 장군과 호르헤 엘리에세르 가이탄의 암살 사건이 이 장편소설의 뼈와 살이 되어 생생하게 살아 있었다. 콜롬비아 역사와 정치, 그리고 현재의 삶에 두 인물의 생과 사가 미친 영향을 뼈저리게 느꼈다.

역사의 문학적 형상화

인간이 문자를 발명해 글을 쓰면서부터 문학과 역사·정치는 관계를 맺어왔고, 현재 이들 영역은 점점 더 교묘하고 다양한 방식으로 소통하고 있다. 특정한 역사관이나 정치적 견해를 지니지 않은 작가도, 자신의 문학에 그것들을 투영하지 않는 작가도 없을 것이다. 물론 문학과 역사·정치의 관련성을 확인하기 위해서는 대단히 중층적인 매개 단계를 파악하고 그 의미를 해석해야 한다. 문학작품은 특정 사회의 역사적·정치적 현상을 기반으로 생산되고 사회현상에 대항하는 전위적인 자세를 취함으로써 사회의 진보와 발전에 기여한다. 정치가 체제를 유지하기 위한 것이라면 문학은 어떤 의미에서는 그런 체제로부터 벗어나기 위한 것이기 때문이다.

인간을 '호모 나랜스'라고 규정하는 것은 인간이 '이야기를 하는 동물'이기 때문이다. 인간이 사건을 재구성해 이야기로 표현하는 커뮤니케이션 능력은 다른 동물의 그것과 확연히 구별된다. 모든 개인은 서사 속에서 서사와 더불어 삶을 영위하는데, 서사는 개인이 자기 정체성을 찾고 드러내는 중요한 방식일 뿐만 아니라 자신과 타인의 행위를 이해하기 위한 토대를 제공한다. 서사는 고도로 전략적이며 목적지향적이기 때문에, 화자가 이야기를 어떻게 전개하는지, 서사가 어떻게 작동하는지, 서사 속에 담긴 의미가 무엇인지 파악하는 것이 특히 문학에서는 대단히 중요하다. 이야기의 서사적 기능은 역사적이거나 상상적인 현실을 이야기의 틀에 맞춰 단순하게 재현하는 데 그치지 않고, 독자로 하여금 자신이 속한 현실과 관계를 맺고, 현실과 삶을 돌이켜보면서 기획하도록 한다. 이는 폴 리쾨르가 말한 '재형상화'인데, 재형상화가 현실을 대상체로 간주하고 단순히 재현하는 데 머무는 것이 아니라 생산적인 상상력을 통해 현실을 새롭게 발견해 적극적으로 드러내고 변형시킴으로써 우리의 세계관 또한 변화시킨다는 의미다.

역사적, 사회경제적, 정치적인 문제에 대한 고발과 비판은 라틴아메리카 소설의 주요 테마 가운데 하나다. 참여적인 소설은 당대의 이념과 시대정신의 충실한 대변인 역할을 한다. "우리의 위대한 문학은 정치

적, 사회적, 도덕적, 법률적 문제, 또는 우리 환경에 반드시 필요한 문제
와 결코 떨어져 있지 않았다. 이런 규범 안에서 이야기를 하는 이스파
노아메리카 작가는 이제 국민과 연대해야 한다. 이스파노아메리카의
작가는 국민의 말을 전달하는 사람으로서 큰 역할을 해야 한다." 과테
말라의 노벨문학상 수상 작가 미겔 앙헬 아스투리아스의 말이다.

콜롬비아의 작가 후안 가브리엘 바스케스는 아스투리아스와 유사한
입장을 견지한다. 자신이 당대의 시대정신을 포착하고 그 시대에 참여
(개입)해야 한다고 느끼는 그는, 작가로서 피할 수 없는 책무를 온전히
인정한다. 물론 이런 입장을 지닌 작가는 많을 수도 있다. 하지만 중요
한 것은, 무엇을 '어떻게' 쓰느냐(이야기하느냐)다.

라틴아메리카에서 가장 주목받는 젊은 작가

현재 라틴아메리카뿐만 아니라 세계 문단의 주목을 받는 작가들 가
운데 후안 가브리엘 바스케스는 단연 돋보인다.

그는 여덟 살 때부터 교지에 단편소설을 발표할 정도로 문학적인 자
질이 뛰어났는데, 변호사인 부모의 영향으로 보고타 로사리오대학에
서 법학을 전공한다. 물론 보고타에 있는 여러 문학관에서 시간을 보내
고 1948년에 암살당한 호르헤 엘리에세르 가이탄의 삶과 죽음에 관계
된 곳들을 찾아다니는 등, 법학보다 문학에 더 많은 관심과 열정을 쏟
는다. 1996년 『일리아스』에 나타난 복수'에 대한 논문으로 졸업하는
데, 논문이 대학출판부에서 출간된 것으로 보아 전공 공부도 소홀히 하

지는 않은 것 같다. 아니, 순수 법학보다는 문학과 연계된 법에, 법과 역사, 인간의 본질적인 문제에 더 깊은 관심을 가졌을 것이다. 대학을 졸업한 뒤에는 전공을 바꾸어 파리의 소르본대학에서 문학박사 과정을 이수하는데, 소설 쓰기에 전념하기 위해 박사학위 논문을 포기한다. 파리를 선택한 이유는 자신에게 영향을 미친 많은 작가가 그곳에서 살(았)고 작품을 썼기 때문이기도 했지만, 1980년대부터 조국 콜롬비아를 지배하던 폭력과 공포의 분위기에서 벗어나기 위해서였다는 사실을 그는 나중에 깨닫게 된다. 1999년 마리아나 몬토야와 결혼하고 바르셀로나에 정착하기로 결정한다. 바르셀로나가 라틴아메리카 문학의 붐Boom과 맺은 관계가 포괄적이고 심층적이었을 뿐만 아니라 작품 출간의 기회가 많은 도시, 라틴아메리카의 새로운 문학을 수용하려는 열린 정신을 지닌 도시라는 자체적인 평가가 그 이유였다. 2012년까지 바르셀로나에 머물렀는데, 빅토르 위고와 존 더스패서스 등의 작품을 번역해 생활을 유지하면서 자신의 문학적 기반을 튼튼히 다진다. 물론 그가 작가로 성장하는 데는 가브리엘 가르시아 마르케스, 마리오 바르가스 요사, 호르헤 루이스 보르헤스, 훌리오 코르타사르, 카를로스 푸엔테스 같은 라틴아메리카의 선배 작가들뿐만 아니라 조지프 콘래드, 버지니아 울프, 윌리엄 포크너, 하비에르 마리아스 같은 작가들의 영향이 크게 작용한다.

2004년에는 『보고자들』을, 2007년에는 『코스타과나의 비밀 이야기』를, 2011년에는 『추락하는 모든 것들의 소음』을 출간한다. 그는 현재까지 여덟 권의 장편소설과 두 권의 단편소설집, 네 권의 에세이집을 출간하고, 국내외의 수많은 유명 문학상을 수상했으며, 그의 작품은

30여 개 언어로 번역되어 40여 개국에 소개되었다. 특히 『추락하는 모든 것들의 소음』으로 알파과라상을 수상하고, 라틴아메리카 작가로는 처음이자 에스파냐어를 사용하는 작가 중에서는 에스파냐의 하비에르 마리아스에 이어 두번째로 국제 IMPAC 더블린 문학상까지 받는다. 이 소설은 최근 몇십 년 동안 콜롬비아에서 생산된 소설 가운데 최고 반열에 오른 작품으로 평가받는다.

2012년에는 십육 년 동안의 유럽 생활을 마치고 콜롬비아로 돌아와 수도 보고타에 정착한다. 2013년에는 어느 정치 만화가의 이야기를 다룬 『명성』을 출간함으로써 국내외의 저명 문학상을 수상한다. 〈뉴욕 리뷰 오브 북스〉는 이 소설이 "대단히 지적이고 설득력 있는 작품"이며, 작가가 "콜롬비아의 콘래드라 불릴 만하다"고 평가한다. 2015년에는 지난 수십 년 동안 콜롬비아를 황폐화한 전쟁에 종지부를 찍고 콜롬비아에 평화를 정착시킬 필요성을 주장하는 장편 『폐허의 형상』을 출간해 국제적인 명성을 더욱 확고히 쌓는데, 〈허핑턴포스트〉는 이 소설을 "금세기 라틴아메리카의 소설. 의심할 바 없이 위대한 소설이며 후안 가브리엘 바스케스의 최고의 소설"이라고 평가했다.

콜롬비아의 정치적 폭력과 테러

가르시아 마르케스는 1982년에 노벨문학상 수상 연설 「라틴아메리카의 고독」에서 다음과 같이 설파한다. "우리는 한순간도 마음 편히 지낸 적이 없습니다. 불길에 휩싸인 대통령궁에서 버티던 프로메테우스 같은 대통령은 혼자서 군대 전체와 싸우다 숨을 거두었고, 수상하기 짝이 없지만 아직도 그 원인이 분명히 밝혀지지 않은 두 번의 비행기 사고는 위대한 마음을 지닌 또다른 지도자의 목숨과 자기 민중의 존엄성을 복구한 민주적인 군인의 목숨을 앗아갔습니다. 이 시기에 다섯 번의 전쟁과 열일곱 번의 쿠데타가 일어났고, 라틴아메리카에서 우리 시대 처음으로 하느님의 이름을 걸고 민족을 말살한 악마 같은 독재자도 출현했습니다." 가르시아 마르케스가 말한 '프로메테우스 같은 대통령'은 칠레의 살바도르 아옌데, '위대한 마음을 지닌 지도자'는 에콰도르의 롤도스 아길레라, '민중의 존엄성을 복구한 민주적인 군인'은 파나마의 토리호스 에레라이며, '민족을 말살한 악마 같은 독재자'는 칠레의 아우구스토 피노체트를 가리킨다.

콜롬비아의 현대사 또한 폭력으로 점철되어 있다. 대표적인 것이 '천일전쟁'이다. 1898년 선거에서 승리한 마누엘 안토니오 산클레멘테가 자유파와 민족주의 보수파가 제시한 개혁안을 거부함으로써 1899년 10월에 발발해 약 천 일 동안 지속되다가 1902년 11월에 끝난 내전이다. 이 전쟁으로 약 15만 명이 죽고 국가 경제가 파탄에 이르렀으며, 종전 이후에는 대지주들의 지원을 받은 보수당 정권이 권력을 더욱 강화했다. 콜롬비아 역사에서 가장 길고 비극적이며 피비린내가 진동하는 천일전쟁은 전국의 생산시설, 사회간접시설을 파괴했을 뿐만 아니라 국민에게 원한과 분열, 불의를 심어놓았다. 내전은 콜롬비아 역사에서 적이었던 자유주의와 보수주의가 아이러니하게도 정치에서는 동전의 양면처럼 공범 관계를 유지했다는 사실을 확인해주었을 뿐이다.

1928년에 발생한 바나나 농장 노동자 학살 사건 또한 콜롬비아 현대사에 깊은 상흔을 남겼다. 19세기 말에 기업합병을 목적으로 미국에서 설립된 '유나이티드 프루트 컴퍼니'는 1901년 콜롬비아의 막달레나 지역에 진출한 이래 얼마 되지 않아 목표를 달성했다. 1906년에는 아라카타카와 푼다시온 사이를 철도로 연결하고 인근 토지를 독점했으며, 최신 생산기술을 도입함으로써 기존의 농장들을 흡수해 바나나 재배를 독점한 후 산업화했다. 상대방이 자신의 법칙을 수용하지 않으면 공갈, 협박, 강제매수 등 온갖 방법을 동원해 경작지를 확대하고 노동자를 탄압하는 등 정치, 상업, 노동 분야에서 전횡을 일삼았으며, 투기 사업을 벌였다. 이 회사가 사실상의 국가 권력을 행사하자, 1928년 10월 6일에 시에나가의 바나나 농장 지역 '막달레나 노조 연합'이 콜롬비아 영토에서 독립공화국처럼 국내법을 위반하는 회사에 노동자의 보험 가입, 일요일 유급 휴무, 임금 인상, 주급 지급, 배급표 폐지, 단체 노동계약 체결, 병원 설립 등을 요구했다. 회사와 정부가 요구를 무시하자 노동자들은 파업으로, 주민들은 시위로 맞섰다. 정부는 1928년 12월 5일 바나나 재배 지역에 위수령을 선포하고, 하루 뒤 시에나가역 광장에서 무자비한 진압 작전을 개시했다. 새벽 한시 이십오분에 시위대를 향해 포고령이 낭독되고, 오 분 뒤에 학살이 시작되었다. 정부의 폭력 진압으로 노동자뿐만 아니라 상인, 수공업자, 어린이, 여자까지 학살되었고, 그 결과 바나나 재배 시스템이 붕괴되었다. 처음으로 나온 공식 발표는 일곱 명(나중에는 열세 명)이 사망하고 스무 명이 부상당했다는 내용이었지만, 시에나가와 인근 지역에서는 사망자 수가 8백 명에 이른다는 소문이 퍼졌다.

　유명 정치인의 암살도 끊이지 않았다. 특히 다음에 언급할 두 정치인의 암살 사건은 『폐허의 형상』에 등장하는 가장 중요한 '폐허의 형상'이다. 20세기 콜롬비아 역사에 가장 깊은 상흔을 남긴 사건이기 때문이다.

천일전쟁에서 홀로 말을 타고 다리를 건너던 중 반대편 강변에서 적이 쏜 총을 맞고도 살아남은 대범한 사람이자 나중에 상원의원이 된 라파엘 우리베 우리베 장군이 1914년 10월 15일 경호원도 없이 걸어서 상원으로 출근하던 중 국회의사당 건물 근처에서 헤수스 카르바할과 레오비힐도 갈라르사가 휘두른 손도끼에 머리를 강타당해 사망했다. 그들에게 사건을 지시한 진범은 아직까지 밝혀지지 않았다.

1948년 4월 9일 자유당의 대통령 후보이자 카리스마 넘치는 뛰어난 웅변가인 호르헤 엘리에세르 가이탄이 보고타 시내 한복판에서 후안 로아 시에라가 쏜 총알 네 발을 맞고 사망했다. 원주민과 흑인의 혈통을 이어받은 가이탄은 사회 비주류층의 지지를 받으며 보고타 시장에 당선되어 교육, 보건, 환경 개선에 힘썼는데, 그의 암살에 분노한 시민과 지지자에 무장경찰까지 가담하면서 사상 최악의 도시 폭력 사태인 보고타소가 일어났다. 이틀 동안 2천 명 이상이 희생된 보고타소는 전국으로 확산되어 '라 비올렌시아'라 불리는 폭력 사태로 변했고, 1960년대 초반까지 20만 명 이상이 희생되었다. 가르시아 마르케스의 자서전 『이야기하기 위해 살다』에는 당시 보고타의 상황이 묘사되어 있다. "이미 그 당시 거리에 쌓여 있는 시체의 숫자와 도저히 찾아낼 수 없는 장소에 숨어 있는 저격병의 숫자, 그리고 고통과 분노에 휩싸인 채 화려한 상점에서 탈취한 고급 술에 취한 군중의 숫자는 헤아릴 수 없을 지경에 이르렀다. 중심가는 황폐화되어 여전히 화염에 휩싸여 있으며, 고급 상점들, 대법원 청사, 주청사, 그리고 다른 역사적 건물들이 파괴되거나 불에 타버렸다." 특히 가이탄의 암살 사건은 나중에 콜롬비아에서 일어난 폭력, 게릴라 및 준군사조직의 활동, 마약범죄, 그리고 콜롬비아 사회를 강타한 온갖 악의 씨앗이 되었다. 가이탄의 암살 사건에 관계된 사실들은 작가 후안 가브리엘 바스케스에게 문학적·개인적인 강박관념으로 작용했다. 당시 보고타에서 가까운 보야카주의 지사였던 그의 종조부 호세 마리아 비야레알은 폭력 사태에 개입한 가이탄주의자 경찰관들을 통제하기 위해 1948년 4월 9일에 군대를 파견한 인물이었는데, 어려서부터 그 이야기를 듣고 자랐기 때문에 바스케스는 그 비극적인 역사에 대해 일종의 부채의식을 느꼈는지도 모른다.

이뿐만이 아니다. 1989년 8월 18일 자유당의 대통령 후보 루이스 카를로스 갈란 또한 메데인 마약 카르텔의 사주를 받은 자객들에게 대통령 선거유세중에 암살당했다.

이들 세 인물은 공히 콜롬비아 자유당의 지도자로서 당대의 이단아였으며, 진보적인 이상을 가지고 사회적 정의가 부족한 나라와 국민에게 꿈을 심어주고 정의를 실현하기 위해 노력한 사람이었다.

콜롬비아의 1980~1990년대는 한마디로 말해 폭력의 시대였다. 마약 거래와 그로 인한 폭력은 콜롬비아의 한 세대 전체의 삶에 결정적인 영향을 미쳤다. 메데인 카르텔을 비롯한 마약 카르텔들의 국가에 대한 폭력, 군대의 마약 카르텔과 게릴라 집단에 대한 합법적인 폭력, 준군사조직의 폭력 등이 존재했다. 특히 마약 카르텔이 자행한 테러리즘과 폭력은 콜롬비아 사회를 황폐화시켰다. 마약 카르텔이 각종 차량과 공공장소에서 폭탄을 터뜨리고 자신들의 활동을 방해하는 주요 인사들을 살해함으로써 희생시킨 사람의 숫자는 셀 수조차 없으며, 통제할 수 없는 온갖 '악의 힘'이 지닌 광기와 야만성으로 콜롬비아 사회 전체는 공포에 휩싸여버렸다. 당시 메데인 카르텔의 '마약왕' 파블로 에스코바의 명령으로 4백 명 이상이 살해되었다고 알려졌는데, 비공식적인 통계에 따르면 그 수는 5천여 명에 이른다.

콜롬비아에서 수십 년 동안 지속된 온갖 폭력으로 희생된 사람은 30만 명이 넘는다고 한다. 하지만 폭력 범죄에 대한 조사와 온갖 이론이 난무했음에도 대부분 여전히 처벌받지 않았기 때문에, 그 범죄의 역사적 상흔은 더욱 깊게 남아 있다.

유명 정치인의 암살, 보고타소, 라 비올렌시아 같은 비극적인 사건은 콜롬비아에서 생산된 많은 문학작품에 다양하게 형상화되어 있다. 아마도 콜롬비아에 태어나 부조리한 현실에서 비교적 자유롭게 문학 혼을 불사르는 작가라면, 조국의 역사에 대해 진지하게 성찰하고 새로운 대안을 모색하려는 작가라면 한 번 정도는 해원굿이나 씻김굿을 해주어야 할 커다란 부채였을 것이다. 이런 의미에서 후안 가브리엘 바스케스의 가장 야심적인 장편소설 『폐허의 형상』은 조국에서 발생한 폭력 사태에 관한 일종의 개인적이고 집단적인 푸닥거리라고 할 수 있다.

후안 가브리엘 바스케스는 '지독하고 살벌한 탐정'처럼 우리베 장군과 가이탄의 암살 사건에 관한 잊힌 정보와 헤아릴 수 없는 가치를 지닌 사안들을 치열하게 찾고 파헤치면서 망각의 늪에 파묻거나 파묻힌 진실을 복원하고, 소설에 1인칭 화자로 직접 참여해 자신의 개인적인 삶을 역사와 연관시키면서 소설의 씨줄과 날줄을 섬세하고 정교하게 직조해서 다채로운 문양을 넣는다.

『폐허의 형상』과 음모론

소설에서는 2014년 4월, 카를로스 카르바요가 호르헤 엘리에세르 가이탄 박물관에서 가이탄이 암살당했을 때 입고 있던, 총알 자국이 그대로 보존된 정장을 훔치려 했다는 이유로 경찰에 체포된다. 1인칭 화자이자 작가인 바스케스는 오래전, 카르바요의 대학 시절 은사의 아들이자 친구인 의사 프란시스코 베나비데스의 집에서 카르바요를 만난적이 있다. 카르바요는 자신의 강박관념이 된 어느 과거의 미스터리를 파헤치기 위한 단서를 찾는 데 혈안이 되어 있으며, 그에게 역사에서 돌발성과 우연성은 허용되지 않는다. 그는 일반적으로 인정된 공식 이야기 뒤에 침묵하는 진실, 세상을 은밀하게 조종하는, 눈에 보이지 않는 음험하고 강력한 손들이 있다는 사실을 인식하고 있지만 그 누구도, 그의 절친한 친구들마저도 그의 강박관념의 이유와 실체를 제대로 파악하지 못한다. 카르바요는 공식 기록, 공식 역사가 지닌 허위성을 낱낱이 까발려 역사의 사법적인 해결책을 찾기 위해 바스케스더러 암살 사건에 관한 책을 쓰라고 설득한다. 바스케스는 운명처럼 다가온 이 사건에 얽혀 라파엘 우리베 우리베와 호르헤 엘리에세르 가이탄의 죽음의 비밀을 파헤치는 작업에 개입하고, 콜롬비아 역사의 가장 어두운 순간과 마주한다. 두 사람은 우리베 장군 암살 사건과 관련해 배후 인물들의 존재를 확신하고 탐색했던 젊고 의욕적인 변호사 마르코 툴리오 안솔라의 보고서 『그들은 누구인가?』를 분석한다. 당시 안솔라는 우리베 장군의 형 훌리안 우리베 우리베와 사위 카를로스 아돌포 우루에타의 부탁으로 암살 사건의 변론을 맡고 사건을 파헤치기 시작했는데, 위

책은 그가 삼 년 동안 탐색한 것의 결과물이다. 그는 일부 정치인과 예수회 사제들이 연루되어 있다고 확신했다. 〈엘 문도〉는 『폐허의 형상』에 관해 "안솔라의 조사는 참으로 매력적인 것으로, 긴장감 넘치고, 예리하고, 지적인 이야기의 한 예"라고 평가함으로써 안솔라의 작업과 바스케스의 작업을 동일선상에 놓고 있다.

불가사의한 인물 카르바요는 여러 가지 의미에서 매력적이다. 처음에는 독자에게 썩 호의적이지 않게 다가올 수도 있지만, 소설의 결말에 이르면 그가 콜롬비아의 비극적인 현대사, 특히 가이탄의 암살 사건과 깊게 관련되어 있으며 그 또한 진실을 찾는 데 몸과 마음을 바쳐왔다는 사실을 알게 되면서 그를 이해하고 유대감을 느낄 수 있을 것이다. 카르바요의 외할아버지와 아버지는 골수 가이탄주의자였다. 화자 바스케스 또한 처음에는 카르바요라는 인물을 적대시하면서도 묘하게 매력을 느끼는데, 잊힌 과거 사건들에 관한 진실을 찾고자 하는 카르바요의 열망이 바스케스의 마음과 일치했기 때문이리라. 어떤 의미로 카를로스 카르바요는 후안 가브리엘 바스케스의 '또다른 자아'이기도 하다.

앞서 언급했듯이 탐정소설 형식을 갖춘 『폐허의 형상』은 음모론을 차용하고 있다. 소설의 핵심인물 카르바요는 미국이 제1차세계대전에 참전하면서부터 케네디 대통령이 암살당한 사건(1963년 11월, 텍사스)을 거쳐 뉴욕의 쌍둥이빌딩이 비행기 테러로 무너진 사건까지, 이 모든 사건이 음모론으로 설명될 수 있다고 믿는다. 라파엘 우리베 우리베의 암살 사건(1914년 10월, 보고타), 호르헤 엘리에세르 가이탄의 암살 사건(1948년 4월, 보고타) 또한 우발적으로 일어난 것이 아니라 모종의 음모가 개입되어 있다고 확신하고, 이 사건들의 연계 가능성을 집요하게 탐색한다. 그의 삶은 온통 그 사건들의 진실과 상세한 내용을 파악하고, 사건의 배후로 작용한 음모를 파헤치는 데 집중되어 있다. 혹자는 콜롬비아에서 발생한 비극적인 사건들과 케네디의 암살 사건을 엮는 것은 무리이며, 소설의 얼개에 썩 필요하지 않다고 말한다. 혹자는 음모론이 진실을 다양한 방식으로 찾기 위한 방편으로 사용되었다거나 콜롬비아의 역사에 무관심한 독자들을 유혹하기 위한 미끼라는 견해도 제시한다. 사실, 카르바요는 당대를 풍미한 유명한 법의학자 루이스 앙헬 베나비데스 박사의 수제자였을 뿐만 아니라 역사의식이 투철한 교양인이다. 그런데 왜 그가 과학적인 방법론을 도외시하고 음모론에 심취하게 되었는지 파악해보는 것도 소설 읽기의 또다른 재미일 것이다. 어쩌면 음모론은 콜롬비아에서 자행되는 역사적인 거짓말, 역사의 부정확성, 왜곡으로 인한 공백을 메우고자 시민들이, 시민적 집단의식이 '발명해낸 것'이라고 할 수 있을지도 모른다.

작가 후안 가브리엘 바스케스는 언젠가 보고타에 거주하는 의사이자 법의학 전문가인 레오나르도 가라비토의 집에 초대받아 그가 보관하고 있던 가이탄의 척추와 우리베의 두개골 일부를 보았고, 그후부터 "우리 콜롬비아 사람들은 과거에 일어난 범죄행위를 어떻게 세대를 이어 물려받는가?"라는 질문에 대한 답을 모색하려 한다. 『폐허의 형상』은 역사가 어떻게 이해되는지, 등장인물들의 뒤에는 누가 있는지, 글이 쓰이는 과정은 어떠했는지, 소설을 쓰게 된 동기와 이유는 무엇인지, 왜 소설에 이런 제목을 붙였는지를 모두 품고 있다. 따라서 독자는 소설의 책략뿐만 아니라 문학적 창작 과정의 배경과 자세한 내용에 대한 대답을 이 소설에서 찾을 수 있다.

　콜롬비아뿐만 아니라 세계에서 각광받고 있는 『폐허의 형상』은 스릴러, 역사적 탐구, 문학적 전통이 어우러진 소설로, 그 어떤 작품과도 쉽게 비교할 수 없을 정도로 길고 복잡하다. 작가는 이 소설을 쓰는 일이 현재까지 경험한 가장 어려운 도전과제였다고 술회한다. 그 이유는 소설에 대단히 다양한 장르의 자료(각종 도서 및 문서, 사진, 이미지, 증언, 시, 편지, 신문의 기사, 사설, 전문가 및 독자의 기고문, 방송뉴스 및 대담, 음악 등)가 복잡하게 뒤섞여 있기 때문이다. 바스케스는 콜롬비아 역사의 가장 복잡하고 미묘한 수수께끼를 엄밀하고 진지한 탐색을 통해 밝히기 위해, 아주 '사실적인' 이야기로 쓰면서도 소설이 구가할 수 있는 모든 장점과 기교를 총동원한다. 다시 말해 각종 사실, 사건, 실제 인물에 관해 단순한 정보를 제공하는 수준을 넘어 이들에 관한 자신의 분석과 해석, 이들 속에 내포된 의미를 탐색하기 위해 픽션이라는 장르가 지닌 메커니즘과 자유를 맘껏 구가한 것이다.

　또한 『폐허의 형상』에는 가브리엘 가르시아 마르케스의 문학적 족적이 여기저기 남아 있다. 바스케스는, 가르시아 마르케스의 『백년의 고독』은 무한한 칭송과 감탄을 유발하는 작품이지만, 이 작품이 가르쳐주는 것을 적용하기는 쉽지 않다고 평하곤 한다. 그는 어느 정도의 야망을 지닌 그 어떤 콜롬비아 작가도 가르시아 마르케스의 이 작품이 이미 탐색한 길들을 감히 따라갈 수 없으며, 그 어떤 작가도 이 작품이 다른 작가들에게 열어준 문, 물려준 창작의 자유를 폄하하지 못할 것이라고 평하면서, "가르시아 마르케스에 비해 내가 지닌 큰 이점은 내가 가르시아 마르케스가 이미 썼던 세계에서 글을 쓴다는 것"이라고 말한다. 그의 전작 『추락하는 모든 것들의 소음』에는 『백년의 고독』의 초판 출간에 얽힌 이야기, 그 작품에 대한 평가 등이 흥미진진하게 묘사되어 있다. 물론 『추락하는 모든 것들의 소음』에 등장하는 이야기 또한 『폐허의 형상』에 교묘한 방식으로 삽입되어 있다.

가르시아 마르케스의 자서전 『이야기하기 위해 살다』에 기술된 호르헤 엘리에세르 가이탄의 암살 사건 또한 『폐허의 형상』에 짙은 그림자를 드리운다. 특히 범인 뒤에서 암살을 사주한 진범과 관련해 진실을 은폐하기 위해 집단구타를 사주하고 사라진, '멋지게 차려입은 어느 신사'에 관한 내용이 두드러진다. 가이탄의 암살 장면과 암살범이 암살 직후에 겪은 고난과 죽음, 보고타소의 폐해 등 동일한 역사적 사실에 대해 두 작가가 각자 보고 느끼고 해석한 바가 각각의 작품에 각기 다른 방식으로 독특하게 기술되어 있다.

뿐만 아니라 『폐허의 형상』에는 소설 『맘브루』를 통해 한국에 소개된 콜롬비아 작가 라파엘 움베르토 모레노 두란과 그의 가족이 주요 인물로 등장한다. 군데군데 6·25전쟁에 관한 얘기 또한 삽입되어 있어 한국 독자들의 호기심을 자극한다.

역사적 소설의 역할과 소설가의 사명

〈퍼블리셔스 위클리〉는 『폐허의 형상』에 관해, "과거의 음울한 그림자로 가득찬 자기 나라 영토를 탐사하는 한 작가의 이 감동적이고 불온한 여행기는 우리에게 폭력이 생존자들에게 어떤 식으로 해를 끼치는지, 그 사회를 어떻게 속이는지, 역사가 숨긴 진실을 픽션이 어떻게 얘기해줄 수 있는지 생생하게 보여준다"고 평가했다.

자유를 최고의 가치로 여기는 후안 가브리엘 바스케스가 밝힌 자신의 정치적인 입장은 자유롭고 독립적인 열린 사회의 모델을 추구하는 것이다. 그는 소설가가 사회적인 논쟁에 적극적으로 참여해야 한다고 생각한다. 정치가, 특히 콜롬비아 정치가들이 그 역할을 제대로 수행하지 못하기 때문이라는 것이다. 바스케스는 "소설이란 우리의 사회가 지닌 갈등과 분쟁을 탐색하기 위해, 우리가 우리 자신을 탐색하기 위해, 우리의 경험이 공유하는 공간에 빛을 비춰주기 위해 우리 인간이 발명한 위대한 도구"라고 규정한다. 소설이 세상을 이해하기 위해, 인간 삶의 가장 어두운 부분을 비추기 위해 발명한 가장 좋은 도구이기 때문에, 그는 역사의 맹점을 파고들기 위해 픽션을 이용한다. 그가 세계를 설명하기 위해 계속해서 픽션에 의존하는 이유는 명쾌하고 적확하다. 소설은 세계를 안에서 바라보고, 소설이라는 형식으로만 말할 수 있는 것들을 말하고, 우리가 인간의 영혼과 의식이라고 부를 수 있는 부분들을 탐색하는 장르이며, 도덕적이고 감정적이고 이데올로기적인 자유가 있는 유일한 공간이기 때문이다. 그에게 소설이란 '미래로 보내는 편지'다. 미래를 살아가는 사람들이 소설을 읽으면서 과거를 배울 수 있고, 과거를 통해 현재를 더 공정하고 정의롭게 살아갈 수 있고, 그런 지적인 유산을 미래에 전달할 수 있기 때문이다. "인간은 타인과 논쟁하면서 수사학을 만들고, 우리 자신과 논쟁하면서 시를 만든다"던 예이츠의 말을 패러디해본다면 "인간은 자신과 논쟁하면서 동시에 세계와 논쟁할 때 소설을 만든다".

최근에 콜롬비아에서 태어난 소설 가운데 가장 도발적이고 야심적인 작품으로 평가받는 『폐허의 형상』은 탐욕과 폭력이 세상에 유발한 깊은 상처를 파헤쳐 우리에게 보여준다. 이 소설은 아직 제대로 알려지지 않은 한 나라의 공식 역사와 음모에 의해 감춰진 불확실한 진실을 아주 교묘하고, 정교하고, 재미있게, 열정적으로, 따스한 애정을 가지고 파헤쳐 문학적으로 재형상화한 것이다. 한마디로 말해, 픽션이 지닌 장점과 특권을 전혀 방기하지 않은 채 콜롬비아 역사에 개입한 우연, 비이성적인 결정, 돌발적인 사건과 음모론이 지닌 매력에 관해 멋지고 예리하게 성찰한다고 할 수 있다. 이 소설에는 음모론에 관한 우리의 강박관념에 대한 우려스러운 성찰이 담겨 있지만, 공식 역사가 지닌 미스터리가 우리의 개인적인 삶을 움직이고 제어하는 방식에 관한 성찰 또한 담겨 있다.

소설은, 우리가 유산으로 물려받은 우리 사회의 비극, 우리가 태어나기 훨씬 전인 과거의 역사적인 순간들이 어떻게 해서 우리에게 계속 영향을 미치고, 우리의 현재를 만들어내는지 탐색해서 이야기하는 것이다. 따라서 소설가는 인간 감정의 역사를 다루는 사람, 영혼의 역사를 다루는 사람으로서, 특정한 역사적 사건이 우리에게 도달할 때 사적이고 비가시적인 곳에서 일어난 일을 이야기하려고 애써야 한다. 우리는 『폐허의 형상』을 통해 한 국가의 위기, 한 사회가 겪는 고통, 그리고 소설이라는 창작품 사이의 관계를 파악할 수 있다. 바스케스는 헤아릴 수 없는 가치를 지닌 대상을 발견해 그 참된 모습과 의미를 우리에게 깨우쳐주는 문학적인 고고학자이기도 한 것이다.

문학의 역사적·정치적 실천이란 삶의 구조, 세계의 질서가 인간을 어떻게 억압하는지 통찰하고, 그에 관해 말하는 것이다. 문학은 '생산적인' 상상력을 통해 현실과 인간의 숨겨진 차원을 새롭게 발견해 적극적으로 드러내고 '변형'시킴으로써, 우리의 삶과 세계관에 의미론적 혁신을 일으킨다.

그리고 후안 가브리엘 바스케스는 바로 문학과 소설가의 역사적 사명을 충분히 인식하고, 이 사명을 치열하고 아름답게 실천하는 작가다.

조구호

지은이 **후안 가브리엘 바스케스**
1973년 콜롬비아 보고타에서 태어났다. 2012년까지 프랑스, 에스파냐 등지에 머물다 보고타로 돌아왔다. 1997년 『사람』으로 작품 활동을 시작했고, 『추락하는 모든 것들의 소음』 『코스타과나의 비밀 이야기』 『폐허의 형상』 등 소설을 꾸준히 출간하고 있다. 알파과라상, 왕립 에스파냐 아카데미 상, 마리오 바르가스 요사 비엔날레 소설상 등 다수의 문학상을 수상했다.

옮긴이 **조구호**
한국외국어대학교 스페인어과를 졸업하고, 콜롬비아의 인스티투토 카로 이 쿠에르보에서 문학석사, 폰티피시아 우니베르시다드 하베리아나에서 문학박사 학위를 받았다. 현재 한국외국어대학교 중남미연구소 교수로 재직하면서 중남미 문학과 문화를 연구·강의하고, 에스파냐어권 작품을 한국에 소개하고 있다. 『추락하는 모든 것들의 소음』 『이 세상의 왕국』 『켈트의 꿈』 『백년의 고독』 등을 옮겼으며, 중남미에 관한 책 몇 권을 썼다.

문학동네 세계문학
폐허의 형상

초판 인쇄 2022년 5월 20일
초판 발행 2022년 5월 31일

지은이 후안 가브리엘 바스케스 | 옮긴이 조구호

책임편집 박신양 | 편집 오동규
디자인 김이정 최미영 | 저작권 박지영 형소진 이영은 김하림
마케팅 정민호 이숙재 박치우 한민아 김혜연 이가을 박지영 안남영 김수현 정경주
브랜딩 함유지 함근아 김희숙 정승민
제작 강신은 김동욱 임현식 | 제작처 한영문화사

펴낸곳 (주)문학동네 | 펴낸이 김소영

출판등록 1993년 10월 22일 제2003-000045호
주소 10881 경기도 파주시 회동길 210
전자우편 editor@munhak.com | 대표전화 031)955-8888 | 팩스 031)955-8855
문의전화 031)955-3578(마케팅), 031)955-1916(편집)
문학동네카페 http://cafe.naver.com/mhdn
문학동네트위터 http://twitter.com/munhakdongne
북클럽문학동네 http://bookclubmunhak.com

ISBN 978-89-546-8671-6 03870

This book has been supported by The Ministry of Culture of Colombia.
이 책은 콜롬비아 문화부의 지원을 받아 출간되었습니다.

www.munhak.com